A LOUCURA
DO MEL

JODI PICOULT
JENNIFER FINNEY BOYLAN

A LOUCURA DO MEL

Tradução
Carolina Simmer

1ª edição
Rio de Janeiro-RJ / São Paulo-SP, 2024

VERUS
EDITORA

Título original
Mad Honey

ISBN: 978-65-5924-200-9

Copyright © Jodi Picoult e Jennifer Finney Boylan, 2022
Edição publicada mediante acordo com Ballantine Books, selo da Random House, divisão da Penguin Random House LLC.
Todos os direitos reservados, incluindo o direito de reproduzir em todo ou em parte, por qualquer forma.

Tradução © Verus Editora, 2024
Direitos reservados em língua portuguesa, no Brasil, por Verus Editora. Nenhuma parte desta obra pode ser reproduzida ou transmitida por qualquer forma e/ou quaisquer meios (eletrônico ou mecânico, incluindo fotocópia e gravação) ou arquivada em qualquer sistema ou banco de dados sem permissão escrita da editora.

Verus Editora Ltda.
Rua Argentina, 171, São Cristóvão, Rio de Janeiro/RJ, 20921-380
www.veruseditora.com.br

CIP-BRASIL. CATALOGAÇÃO NA FONTE
SINDICATO NACIONAL DOS EDITORES DE LIVROS, RJ

P663L
Picoult, Jodi, 1966-
  A loucura do mel / Jodi Picoult, Jennifer Finney Boylan ; tradução Carolina Simmer. - 1. ed. - Rio de Janeiro : Verus, 2024.

  Tradução de: Mad Honey
  ISBN 978-65-5924-200-9

  1. Romance americano. I. Boylan, Jennifer Finney. II. Simmer, Carolina. III. Título.

23-87116
CDD: 813
CDU: 82-31(73)

Meri Gleice Rodrigues de Souza - Bibliotecária - CRB-7/6439

Revisado conforme o novo acordo ortográfico.

Seja um leitor preferencial Record.
Cadastre-se no site www.record.com.br e receba informações sobre nossos lançamentos e nossas promoções.

Atendimento e venda direta ao leitor:
sac@record.com.br

Este livro é dedicado a meu outro coautor, meu irmão do coração, Tim McDonald, que fez eu me apaixonar novamente pela escrita. Trabalharia com você de novo a qualquer momento, em qualquer lugar, e só vou lhe trancar na Jaula dos Escritores quando for estritamente necessário.
—JP

Susan Finney, minha cunhada, ama livros, histórias, vinho tinto, cachorros — e a mim também. Com seu coração aberto e sua generosidade, ela guiou membros da família Boylan — e Finney — em muitas jornadas, mesmo quando não sabíamos o caminho. Ela é irmã, mãe e avó, mas acima de tudo um anjo. Dedico este livro a você.
—JFB

A vida só pode ser compreendida ao se olhar para trás, mas deve ser vivida olhando para a frente.

SØREN KIERKEGAARD

OLIVIA ● 1

7 DE DEZEMBRO DE 2018
O dia D

Assim que descobri que eu teria um bebê, desejei que fosse uma menina. Eu perambulava pelos corredores de lojas de departamentos, tocando vestidos do tamanho de bonecas e sapatinhos cheios de lantejoulas. Eu nos imaginava usando o mesmo esmalte — justo eu, que nunca havia feito as unhas até então. Sonhava com o dia em que seu cabelo de fada estaria comprido o suficiente para ser preso em marias-chiquinhas, seu nariz pressionado contra o vidro da janela de um ônibus escolar; imaginei sua primeira paixonite, o vestido do baile de formatura, a primeira desilusão amorosa. Cada visão era uma conta do rosário de futuras memórias; eu rezava todos os dias.

No fim das contas, não fui uma carola... apenas uma mártir.

Quando dei à luz e o médico anunciou o sexo do bebê, não acreditei logo de cara. Eu havia feito um trabalho excepcional em me convencer daquilo que eu *queria* e me esqueci completamente daquilo de que *precisava*. Mas, quando segurei Asher, escorregadio feito um peixe, fiquei aliviada.

Era melhor ter um menino, que jamais seria vítima de quem quer que fosse.

A MAIORIA DAS PESSOAS em Adams, New Hampshire, me conhece pelo nome, e aqueles que não me conhecem sabem que devem ficar longe da minha casa. A vida de apicultores é assim mesmo — como os bombeiros, nós nos metemos por vontade própria em situações que seriam o pesadelo dos outros. Abelhas são bem menos vingativas que suas primas vespas, mas grande parte das pessoas não sabe diferenciá-las, então qualquer coisa que pica e faz zumbido é encarada como um perigo em potencial. A algumas centenas de metros da velha casa de fazenda, minhas colônias formam um arco-íris semicircular de colmeias, e as abelhas passam boa parte da primavera e do verão voando em disparada entre elas e os acres de flores que polinizam, zumbindo em alerta.

Cresci em uma pequena fazenda que pertencia à família de meu pai havia muitas gerações: um pomar de macieiras onde vendíamos sidra e donuts feitos pela minha mãe durante o outono, cujos campos, no verão, abríamos para clientes colherem os próprios morangos. Éramos ricos em espaço, mas pobres de dinheiro. Meu pai era um apicultor amador, como seu pai também havia sido, e assim por diante, até o primeiro McAfee que fora um dos fundadores de Adams. A cidade fica na distância certa do parque da Floresta Nacional White Mountain para que o preço dos imóveis seja razoável. Há apenas um sinal de trânsito, um bar, uma lanchonete, uma agência dos correios, uma praça gramada que costumava ser um pasto comunitário de ovelhas, e o córrego Slade — um riacho cujo nome tinha sido escrito errado em um mapa de inspeção geológica de 1789, mas que assim permaneceu. O córrego *Slate*, como deveria ter sido escrito, pegava emprestado seu nome da palavra em inglês que significa ardósia, pedra coletada no leito do rio e enviada para todos os cantos do país para se tornar lápide. *Slade* era o sobrenome do coveiro e bêbado do vilarejo, que tinha o hábito de sair vagando por aí quando enchia a cara e ironicamente havia *se matado* ao se afogar em quinze centímetros de água daquele mesmo rio.

Quando levei Braden para conhecer meus pais, lhe contei essa história. Ele estava dirigindo naquele momento; seu sorriso se abriu em um lampejo, como um raio. *Mas quem*, havia perguntado ele, *enterrou o coveiro?*

Na época, morávamos nos arredores da capital, Washington, onde Braden fazia residência de cirurgia cardiovascular no Johns Hopkins, e eu trabalhava no zoológico do Instituto Smithsonian, tentando juntar dinheiro para uma pós em zoologia. Havia apenas três meses que estávamos juntos, mas eu já tinha me mudado para sua casa. Fomos visitar meus pais naquele fim de semana porque eu sabia, bem lá no íntimo, que Braden Fields era *o* homem com quem eu queria ficar para sempre.

Naquela primeira visita de volta para casa, eu tinha certeza de que sabia tudo que o futuro me reservava. Mas estava completamente enganada. Nunca imaginei que me tornaria apicultora como meu pai; nunca sonhei que passaria a vida adulta dormindo no meu quarto de infância; nunca achei que moraria em uma fazenda da qual eu e meu irmão mais velho, Jordan, mal podíamos esperar a hora de ir embora, deixá-la para trás. Casei com Braden; ele foi contratado pelo hospital Mass General; nos mudamos para Boston; eu era a esposa de um médico. Então, quase no dia do aniversário de um ano de casamento, meu pai não voltou para casa após sair para olhar as colmeias à noite. Minha mãe o encontrou morto em meio à grama alta, vítima de um ataque cardíaco, com as abelhas voando em círculos ao redor de sua cabeça.

Minha mãe vendeu o terreno do pomar de macieiras para um casal do Brooklyn. Ficou com os campos de morango, mas não tinha a menor ideia de o que fazer com as colmeias do meu pai. Como meu irmão estava ocupado com sua brilhante carreira de advogado e minha mãe era alérgica a abelhas, o apiário se tornou, de repente, minha responsabilidade. Por cinco anos, fiz a viagem de Boston até Adams toda semana para cuidar das colônias. Depois que Asher nasceu, eu o levava comigo, deixando-o com minha mãe enquanto cuidava das abelhas. Acabei me apaixonando por apicultura, pela lentidão de puxar um quadro da colmeia, por procurar pela rainha à la *Onde está Wally?* Expandi as colônias, passando de cinco para quinze. Fiz experimentos genéticos com colônias da Rússia, da Eslovênia, da

Itália. Assinei contratos de polinização com o pessoal do Brooklyn e três outros pomares frutíferos locais, montando novas colmeias em suas fazendas. Colhi, processei e vendi mel e produtos de cera em feiras na fronteira do Canadá até os subúrbios de Massachusetts. Eu me tornei, quase por acidente, a primeira apicultora comercialmente bem-sucedida da história do cultivo de abelhas da família McAfee. Quando me mudei de vez para Adams com Asher, sabia que jamais ficaria rica com aquele trabalho, mas conseguiria nos sustentar.

Meu pai me ensinou que a apicultura é um fardo e um privilégio. Só devemos incomodar as abelhas quando elas precisam de ajuda, e devemos ajudá-las sempre que precisarem. É uma relação feudal: proteção em troca de uma porcentagem dos frutos do trabalho delas.

Ele me ensinou que, se for um corpo facilmente esmagável, ele desenvolverá uma arma para impedir que isso aconteça.

Ele me ensinou que movimentos repentinos causam ferroadas.

Talvez eu tenha aprendido essas lições bem demais.

No dia do funeral do meu pai, e anos depois, no dia do funeral da minha mãe, dei a notícia às abelhas. É uma tradição antiga, informá-las das mortes na família; se um apicultor morre e ninguém pede às abelhas para que fiquem com seu novo mestre, elas vão embora. Em New Hampshire, o costume é cantar, e a notícia precisa rimar. Então, envolvi cada colônia em musselina preta, bati de leve, cantarolei a verdade. Minha máscara de apicultura se tornou um véu fúnebre. A colmeia podia muito bem ter se tornado um caixão.

NAQUELA MANHÃ, QUANDO desço, Asher está na cozinha. O combinado é que aquele que acordar primeiro faz o café. Um fiapo de fumaça ainda sobe pela minha caneca. Ele está enchendo a boca de cereal, distraído com o telefone.

— Bom dia — digo, e ele responde com um resmungo.

Por um instante, o observo. É difícil acreditar que aquele garotinho fofo que chorava quando as mãos ficavam grudentas com o própolis das colmeias agora consegue levantar uma melgueira cheia com quase vinte quilos de mel como se ela pesasse tanto quanto seu taco de hóquei. Asher tem mais de um metro e oitenta, mas, mesmo enquanto crescia, nunca foi desajeitado. Ele se move com a graciosidade de um felino selvagem, capaz de abocanhar um gatinho ou um pintinho sem que você nem perceba o que está acontecendo. Asher herdou meu cabelo louro e os mesmos olhos verde-claros, e sempre fui muito grata por isso. Carrega o sobrenome do pai, mas, se eu precisasse ver Braden sempre que olhasse para o meu filho, tudo seria bem mais difícil.

Analiso a largura de seus ombros, os cachos molhados em sua nuca, a forma como os tendões de seus antebraços se movem e se acomodam enquanto ele arrasta a tela lendo mensagens. É chocante, às vezes, deparar com *isso* quando, pouquíssimo tempo antes, ele estava sentado em meus ombros, tentando pegar estrelas no céu e puxar a escuridão da noite.

— Não tem treino esta manhã? — pergunto, tomando um gole de café.

Asher joga hóquei desde que nos mudamos para cá, patina com a mesma facilidade com que anda. No ano passado, se tornou capitão do time, foi reeleito neste ano, o último na escola. Não lembro se o treino é antes ou depois da aula, porque o horário muda diariamente.

Os lábios de Asher se repuxam em um leve sorriso, e ele digita uma resposta no telefone, mas não responde aquilo que pergunto.

— Oi? — digo.

Coloco uma fatia de pão na velharia que é nossa torradeira, remendada com fita adesiva, que pega fogo de vez em quando. Para mim, café da manhã sempre quer dizer torrada e mel, que nunca está em falta.

— Acho que o treino deve ser mais tarde hoje — tento, e respondo para mim mesma quando Asher não faz isso. — Poxa, sim, mãe, valeu por ser tão interessada na minha vida. — Cruzo os braços por cima do suéter de tricô largo. — Será que sou velha demais para usar esse tomara que caia? — pergunto em tom despreocupado.

Silêncio.

— Desculpe, não vou jantar em casa hoje, vou fugir para morar numa seita. — Estreito os olhos. — Fiz um "TBT" no Instagram com aquela foto de você nu quando era bebê.

Asher solta um grunhido, distraído. A torrada pula da torradeira; passo mel nela e sento na cadeira bem na frente de Asher.

— Acho melhor você parar de usar meu Mastercard para pagar sua assinatura no Pornhub.

Seus olhos levantam e encontram os meus tão rapidamente que acho que escuto seu pescoço estalar.

— *O quê?*

— Ah, oi — digo, tranquila. — Que bom que você está prestando atenção.

Asher balança a cabeça, mas baixa o celular.

— Não usei seu Mastercard — diz.

— Eu sei.

— Usei o Amex.

Solto uma gargalhada.

— E nunca, *jamais*, use um tomara que caia — diz. — Nossa.

— Então você *estava* escutando.

— Não dava para *não* escutar. — Asher faz uma careta. — Aliás, nenhuma outra mãe fala de sites pornô no café da manhã.

— Que sorte a sua, hein?

— Bom — diz ele, dando de ombros. — É verdade.

Ele ergue a caneca de café, brinda na minha e toma um gole.

Não sei como é a relação de outros pais com os filhos, mas a minha com Asher passou por provas de fogo e é imbatível. Apesar de ele preferir morrer a receber um abraço meu depois de vencer um jogo, quando estamos só nós dois, somos nosso próprio universo, uma lua e um planeta unidos em órbita. Asher pode não ter crescido em um lar com dois pais, mas tem uma mãe que lutaria por ele até o fim.

— Falando de pornô — respondo —, como vai a Lily?

Ele engasga com o café.

— Se você me ama, nunca mais diga essa frase.

A namorada de Asher é pequena, negra, com um sorriso tão largo que muda completamente seu rosto. Se Asher é força, ela é alegria — uma fada que o impede de se levar a sério demais; um ponto de interrogação ao fim de sua vida previsível, popular. Asher se envolveu com várias meninas que conhece desde o jardim de infância. Lily é novata na cidade.

Neste outono, os dois estão inseparáveis. Normalmente, nossa hora do jantar é cheia de *Lily fez isso* ou *Lily disse aquilo*.

— Ela não veio aqui esta semana — digo.

O telefone de Asher vibra. Seus polegares voam, respondendo.

— Ah, ser jovem e apaixonado — reflito. — Não consegue passar trinta segundos sem se comunicar.

— Estou falando com Dirk. Ele arrebentou o cadarço dos patins, quer saber se eu tenho um sobrando.

É um dos caras do time de hóquei. Não tenho provas, mas sempre achei que Dirk é o tipo de garoto que se faz de bonzinho na minha frente, e então, quando vou embora, diz algo nojento como *Sua mãe é muito gostosa, cara*.

— Lily vai ao jogo no sábado? — pergunto. — Ela deveria vir jantar com a gente depois.

Asher concorda com a cabeça e enfia o telefone no bolso.

— Preciso ir.

— Você nem terminou o cereal...

— Vou me atrasar.

Ele dá uma última golada de café, pendura a mochila no ombro e pega a chave do seu carro na tigela sobre a bancada da cozinha. É um jipe 1988 que ele comprou com o dinheiro que ganhou trabalhando como conselheiro em um acampamento de hóquei.

— Leva um casaco! — grito enquanto ele sai porta afora. — Está...

Sua respiração forma uma névoa no ar; ele senta-se ao volante e dá partida.

— Está nevando — concluo.

DEZEMBRO É A época em que apicultores descansam. No outono, não, é uma correria, começa com a colheita do mel, depois temos de lidar com infestações de ácaros e preparar as abelhas para sobreviver ao inverno em New Hampshire. Isso envolve fazer um xarope de açúcar que é derramado sobre um alimentador, e então enrolar a colmeia inteira em material isolante antes de esfriar. As abelhas conservam energia no inverno, o apicultor deveria fazer o mesmo.

Nunca me dei bem com a ideia de descansar.

Agora há neve no chão, e isso basta para me convencer a procurar a caixa de decorações de Natal no sótão. Elas são as mesmas que minha mãe usava quando eu era pequena — bonecos de neve de cerâmica para a mesa da cozinha; velas elétricas para acender em todas as janelas à noite, pisca-piscas para a cornija da lareira. Há uma segunda caixa, com nossas meias e enfeites para a árvore, mas Asher e eu temos a tradição de pendurá-los juntos. Talvez a gente corte o pinheiro neste fim de semana. Podemos fazer isso depois do jogo no sábado, com Lily.

Não estou pronta para perdê-lo.

O pensamento me paralisa. Mesmo que a gente não convidasse Lily para escolher o pinheiro — para decorá-lo enquanto Asher conta a história por trás do enfeite com o adesivo de cervo que fez na pré-escola, ou os sapatinhos de bebê minúsculos, tantos os dele quanto os meus, que sempre penduramos nos galhos mais altos —, alguém logo se unirá à nossa dupla. Isso é o que eu mais desejo para Asher — o relacionamento que eu não tenho. Sei que o amor pode ser distribuído, mas sou egoísta o suficiente para torcer que ele continue sendo só meu por mais um tempinho.

Arrasto a primeira caixa pela escada do sótão, escutando a voz de Asher na minha cabeça: *Por que você não esperou? Eu podia ter carregado para você*. Olho para a porta aberta de seu quarto e reviro os olhos ao ver a cama desarrumada. Acho um absurdo ele não arrumar os lençóis, da mesma forma como ele acha um absurdo arrumar, quando sabe que vai bagunçar tudo de novo daqui a algumas horas. Solto um suspiro, largo a caixa e entro no quarto de Asher. Puxo os lençóis, estico a coberta. Quando faço isso, um caderno cai no chão.

É um diário em que Asher desenha com lápis de cor. Há uma abelha, pairando sobre um pomar de macieiras, tão perto que dá para ver sua mandíbula superior e o pólen preso em suas patas. Há minha picape antiga, uma Ford azul-bebê de 1960 que era do meu pai.

Asher sempre teve esse lado mais doce, e o amo ainda mais por isso. Na infância, já era perceptível que tinha talento artístico, e até cheguei a matriculá-lo em uma aula de pintura, mas seus amigos do hóquei descobriram e isso não foi nada bom. No dia em que errou um passe, um dos meninos disse que ele estava segurando o taco do mesmo jeito que Bob Ross segurava um pincel, e então ele abandonou as aulas de arte. Agora, quando desenha, procura fazer escondido de quem quer que seja. Nunca mostra os trabalhos para mim. Mas nós recebemos panfletos informativos de faculdade de artes e design em Rhode Island e Savannah, e não fui *eu* quem pediu nada disso.

Folheio as próximas páginas. Há um desenho que nitidamente ele fez de mim, apesar de eu estar de costas, na pia. Pareço cansada, esgotada. *É assim que ele me enxerga?*, me pergunto.

Um esquilo, seus olhos travessos brilhantes. Um muro de pedras. Uma garota — Lily? — com o braço cobrindo os olhos, deitada em uma pilha de folhas, nua da cintura para cima.

Solto o caderno de repente, como se ele estivesse me queimando. Pressiono as palmas das mãos contra o rosto.

Não que eu achasse que ele não tinha um relacionamento íntimo com a namorada, mas nunca tocamos nesse assunto. Em determinado momento, quando ele começou o ensino médio, fui proativa e comprei camisinhas, deixando-as no meio das compras normais da farmácia, junto com o desodorante, as lâminas de barbear e o xampu. Asher ama Lily — mesmo que não tenha me dito isso com todas as letras, vejo na forma como ele se ilumina quando ela senta ao seu lado, em como ele verifica o cinto de segurança dela quando entram no carro.

Após um minuto, bagunço de novo os lençóis e a colcha de Asher. Enfio o diário no meio da roupa de cama, pego um par de meias e fecho a porta do quarto.

Levanto a caixa de Natal de novo, pensando em duas coisas: memórias pesam demais, e meu filho tem o direito de guardar seus próprios segredos.

A APICULTURA É a segunda profissão mais antiga do mundo. Os primeiros apicultores surgiram no Egito antigo. Abelhas eram símbolos da realeza, as lágrimas de Re, o deus-sol.

Na mitologia grega, Aristeu, o deus da apicultura, aprendeu a cuidar de abelhas com as ninfas. Ele se apaixonou pela esposa de Orfeu, Eurídice. Enquanto ela fugia de suas investidas, pisou em uma cobra e morreu. Orfeu foi até o inferno para buscá-la, e as irmãs ninfas de Eurídice puniram Aristeu matando todas as suas abelhas.

A Bíblia promete uma terra de leite e mel. O Alcorão fala que o paraíso tem rios de mel para aqueles que lutam contra o mal. Krishna, o deus do hinduísmo, é retratado frequentemente com uma abelha azul na testa. A abelha em si é considerada um símbolo de Cristo: a ferroada da justiça e a misericórdia do mel, lado a lado.

As primeiras bonecas de vodu foram moldadas com cera de abelha; um hungã pode aconselhar que uma pessoa seja besuntada com mel para afastar fantasmas; uma mambo, sacerdotisa vodu, faria bolinhos de mel, amaranto e uísque, que, ingeridos antes da lua nova, podem mostrar o futuro.

Às vezes me pergunto quem foi meu ancestral pré-histórico a enfiar a mão em um buraco de árvore pela primeira vez. Ele saiu de lá cheio de mel ou cheio de ferroadas? A promessa de uma coisa vale o risco da outra?

DEPOIS QUE O interior da casa está paramentado com enfeites natalinos, coloco minhas botas de inverno e uma parca, e caminho pelo terreno para colher ramos de pinheiro. Preciso passar rente ao campo com as poucas macieiras que ainda pertencem à minha família. Em contraste com o chão congelado, elas parecem traiçoeiras e místicas, seus galhos contorcidos se esticando na minha direção, o vento sussurrando na voz de folhas mortas: *Mais perto, mais perto.* Asher as escalava quando era pequeno; uma vez, foi tão alto que precisei chamar o corpo de bombeiros para tirá-lo da árvore, como se ele fosse um gato. Balanço meu serrote enquanto entro no bosque atrás do pomar, os galhos estalando sob meus pés. Nem todos os galhos emplumados das árvores estão ao meu alcance; a maioria deles fica além do que consigo alcançar na ponta dos pés, embora seja muito satisfatório colher tudo que consigo. A pilha de galhos de pinheiros e abetos vai crescendo, e preciso de três viagens cruzando o campo do pomar para levar todos até a varanda da fazenda.

Quando por fim reúno toda a matéria-prima — os galhos e um rolo de arame para floristas —, meu rosto está corado e brilhante, e não sinto a ponta das minhas orelhas. Arrumo os galhos no chão da varanda, podando-os com a tesoura, juntando mais e mais ramos para engrossá-los. Na caixa de Natal que trouxe do sótão mais cedo está um longo pisca-pisca que vou entrelaçar pela guirlanda quando esta etapa estiver concluída; então poderei prender a folhagem ao redor da porta.

Algo, não sei ao certo o que, me faz pensar que estou sendo observada.

Todos os pelos da minha nuca se arrepiam, e me viro devagar na direção dos campos improdutivos de morango.

Na neve, os arbustos parecem fileiras de algodão branco. Nesta época do ano, o fim dos campos é coberto por sombras. No verão, guaxinins e cervos vêm atrás dos morangos; de vez em quando, um coiote aparece. Mas, quando o inverno se aproxima, boa parte dos predadores se esconde em suas tocas...

Saio correndo em disparada até as colmeias.

Antes mesmo de chegar à cerca elétrica que as protege, sinto o cheiro forte de banana — um sinal certeiro de que as abelhas estão irritadas. Quatro colmeias estão firmes e silenciosas, escondidas no isolamento. Mas a caixa na extrema direita foi destroçada. Batizo todas as abelhas-rainha em homenagem a divas da música: Adele, Beyoncé, Lady Gaga, Whitney e Mariah. Taylor, Britney, Miley, Aretha e Ariana ficam no pomar de macieiras; nos contratos, deixo Sia, Dionne, Cher e Katy. A colmeia atacada foi a de Celine.

Um lado da cerca elétrica foi destruído, pisoteado. Lascas de madeira da colmeia estão espalhados pelo chão cheio de neve; nacos de isopor foram arranhados até não sobrar quase nada. Tropeço em um pedaço de favo de mel partido com a marca de uma pegada de urso.

Estreito os olhos para a linha escura em que o campo se transforma em floresta, mas o urso já foi embora. As abelhas teriam se matado, literalmente, para se livrar do agressor — dando ferroadas até ele sumir.

Não é a primeira vez que um urso ataca uma colmeia, mas isso nunca aconteceu tão perto do fim da temporada de apicultura.

Vou até uma moita na beira do campo, tentando encontrar abelhas sobreviventes que não tenham congelado. Um pequeno apinhamento zumbe e pinga, escuro como melado, na forquilha exposta de um bordo. Não vejo Celine, mas, se as abelhas se reuniram aqui, existe a possibilidade de ela estar junto.

Às vezes, na primavera, abelhas formam enxames. É possível encontrá-las assim, no estágio de bivaque — o acampamento temporário antes de voarem para o lugar que escolherem como a nova casa.

Quando abelhas formam enxames na primavera, é porque não têm mais espaço para viver na colmeia.

Quando abelhas formam enxames na primavera, estão cheias de mel, felizes, calmas.

Quando abelhas formam enxames na primavera, é fácil recapturá-las e colocá-las em uma colmeia nova, onde terão espaço suficiente para suas células de cria, seu pólen e mel.

Isto não é um enxame. Essas abelhas estão com raiva e desesperadas.

— Fiquem aí — imploro, e corro o mais rápido que posso em direção à casa.

Preciso fazer três viagens, cada uma percorrendo oitocentos metros para atravessar os campos, derrapando sobre a neve. Tenho que trazer um novo fundo de madeira e a colmeia vazia de uma colônia que não vingou no ano passado, para o qual tentarei levar as abelhas; tenho que pegar meu equipamento no porão, onde o guardei durante o inverno — o formão e o fumigador, um pouco de arame e a vassourinha de abelhas, o chapéu, a máscara e as luvas. Estou suando quando termino, as mãos trêmulas e vermelhas por causa do frio. Desajeitada, junto os quadros que podem ser recuperados do ataque do urso e coloco-os no ninho. Prendo parte dos favos quebrados nos quadros com arame, torcendo para as abelhas serem atraídas ao que lhes é familiar. Quando a nova caixa está pronta, vou até o bordo.

Resta pouquíssima luz agora, anoitece cedo nesta época do ano. Vejo a movimentação das abelhas mais que seu contorno contorcido. Se Asher estivesse aqui, eu pediria para ele segurar o ninho diretamente abaixo do galho enquanto empurro as abelhas para dentro, mas estou sozinha.

Faço várias tentativas até conseguir colocar fogo em um pedaço de madeira e acender o fumigador; o vento dificulta a tarefa. Finalmente, surge uma brasa vermelha, e jogo-a no pequeno recipiente de metal, sobre um punhado de serragem. A fumaça sai pelo cano estreito enquanto bombeio algumas vezes. Solto baforadas perto das abelhas; isso as atordoa e diminui um pouco sua agressividade.

Coloco o chapéu e a máscara, e levanto o mesmo serrote que usei nos pinheiros. O galho está quinze centímetros mais alto do que eu conseguiria alcançar. Falo um palavrão, arrasto a base de madeira quebrada da caixa atacada para baixo da árvore e, com cuidado, tento me equilibrar sobre o que resta dela. Tenho tanta chance de conseguir serrar o galho quanto de quebrar o tornozelo. Quase choro de alívio quando solto o galho e o levo devagar, com calma, até a nova colmeia. Balanço-o com força, observando as abelhas caírem na caixa. Repito o gesto, rezando para a rainha ser uma delas.

Se estivesse mais quente, daria para ter mais certeza. Algumas abelhas se aglomerariam na tábua com as bundas viradas para fora, abanando as asas e liberando pelas glândulas de Nasonov os feromônios que chamariam suas amigas perdidas de volta para casa. Esse é um sinal de que a colmeia tem uma rainha. Mas está frio demais, então puxo cada quadro, analisando o frenesi de abelhas. Celine, graças a Deus, é uma rainha marcada — vejo o ponto verde pintado em suas costas estreitas e a pego pelas asas para colocá-la dentro dos clips de plástico que parecem um prendedor de cabelo e que servem para aprisionar abelhas-rainhas. Os clips a manterão segura por alguns dias enquanto todas se acostumam com a casa nova. Eles também garantem que a colônia não fugirá. Às vezes, abelhas vão embora com a rainha se não gostarem da nova situação. Se a rainha estiver presa, ninguém a deixará para trás.

Solto uma baforada de fumaça por cima da caixa, mais uma vez torcendo para acalmar as abelhas. Tento posicionar os clipes da rainha entre os pedaços de favo, mas meus dedos estão duros de frio e ficam escorregando. Quando bato a mão na beirada da caixa de madeira, uma das operárias enfia o ferrão em mim.

— Filha da *puta* — arfo, pulando para longe da colmeia.

Um grupo de abelhas me segue, atraídas pelo cheiro do ataque. Embalo a palma da minha mão com carinho, meus olhos se enchendo de lágrimas.

Arranco o chapéu e a máscara, enterro o rosto nas mãos. Posso tomar todos os cuidados possíveis com a rainha; posso alimentar as abelhas com xarope de açúcar e isolar o novo ninho; posso rezar com todas as minhas forças — mas essa colônia não tem qualquer chance de sobreviver ao inverno. Ela não tem tempo suficiente para fabricar o estoque de mel que o urso roubou.

Ainda assim, não posso desistir dela.

Então, com cuidado, coloco a tampa sobre a caixa e pego meu kit com a mão boa. Na que está ferida, seguro uma bola de neve para amenizar a ferroada. Vou me arrastando de volta para casa. Amanhã, farei a bondade de dar comida extra para as abelhas em um alimentador externo e cobrirei a caixa nova, mas são apenas cuidados paliativos. Algumas trajetórias são impossíveis de mudar, não importa o que você faça.

Em casa, fico tão distraída colocando gelo na mão latejante que não reparo que a hora do jantar já passou há muito tempo, e Asher não chegou.

NA PRIMEIRA VEZ, foi por causa de uma senha.

Eu tinha acabado de abrir uma conta no Facebook, principalmente para ver fotos do meu irmão, Jordan, e sua esposa, Selena. Braden e eu morávamos em uma casa geminada na Massachusetts Avenue enquanto ele fazia especialização em cirurgia cardiotorácica no Mass General. Boa parte de nossos móveis havia sido comprada em feiras de segunda mão nos bairros residenciais que visitávamos nos fins de semana. Um de nossos melhores achados tinha vindo de uma senhora que estava de mudança para uma casa de repouso. Ela vendia uma escrivaninha antiga estilo xerife, com pés de metal entalhado (eu achava que eram grifos; Braden, que eram águias). Estava bem nítido para nós que o móvel era uma antiguidade, mas como alguém havia removido o acabamento original não valia muito e, mais importante, estava dentro do nosso orçamento. Foi só quando chegamos em casa que percebemos que a escrivaninha tinha um compartimento secreto — um pedacinho de madeira entre as gavetas que parecia decorativo, mas que se soltava para revelar um esconderijo para documentos e papéis. Fiquei encantada, torcendo para encontrar a senha de um cofre antigo cheio de barras de ouro ou uma carta de amor tórrida, mas a única coisa que achamos lá dentro foi um clipe de papel. Praticamente me esqueci de sua existência até ter que escolher uma senha para o Facebook e procurar um lugar para guardá-la, para o dia em que eu me esquecesse dela. Que lugar melhor se não o compartimento secreto?

Nosso objetivo inicial ao comprar a escrivaninha era que fosse um apoio para Braden estudar, mas então vimos que seu laptop era grande demais para o espaço, e assim o móvel acabara se tornando decorativo, enfiado no espaço vazio no fim da escada. Deixávamos as chaves do carro ali, minha bolsa, e, de vez em quando, plantas que eu ainda não havia assassinado. Foi por isso que fiquei tão surpresa ao encontrar Braden sentado diante da escrivaninha uma noite, mexendo no compartimento secreto.

— O que você está fazendo? — perguntei.

Ele enfiou a mão lá dentro e tirou o pedaço de papel com um ar triunfante.

— Descobrindo os segredos que você esconde de mim — disse ele.

Foi um comentário tão ridículo que eu ri.

— Sou um livro aberto — respondi, mas tirei o papel de sua mão.

Ele levantou as sobrancelhas.

— O que tem aí?

— Minha senha do Facebook.

— Então qual é o problema?

— O problema — falei — é que ela é minha.

Braden franziu a testa.

— Se você não tivesse nada a esconder, mostraria a senha para mim.

— O que você acha que eu estou fazendo no Facebook? — perguntei, incrédula.

— Você que tem que me dizer — respondeu Braden.

Revirei os olhos. Mas, antes que eu conseguisse dizer qualquer outra coisa, sua mão voou na direção do papel.

PEPPER70. Era isso que estava escrito. O nome do meu primeiro cachorro e o ano do meu nascimento. Nada criativo; algo que ele poderia ter descoberto sozinho. Mas era o princípio daquela briga idiota que me indignava, e puxei o papel antes de ele conseguir pegá-lo.

Foi então que as coisas mudaram — o tom, o clima. O ar entre nós ficou pesado, e as pupilas de Braden dilataram. Ele esticou o braço, dando um bote como uma serpente, e agarrou meu pulso.

Por instinto, me desvencilhei e subi correndo a escada. O som dos passos dele correndo atrás de mim era como uma trovoada. Meu nome se retorcia em seus lábios. Que besteira, que idiotice, aquilo era uma brincadeira. Mas não parecia ser, não pelo modo como meu coração batia disparado.

Assim que entrei no quarto, bati a porta com força. Apoiei minha testa nela, tentando recuperar o fôlego. Braden forçou o ombro na porta com tanta força que o batente rachou.

Não entendi o que estava acontecendo até minha visão ficar toda branca e eu sentir uma martelada entre os olhos. Toquei o nariz e meus dedos voltaram vermelhos de sangue.

— Ai, meu Deus — murmurou Braden. — Ai, meu Deus, Liv. Caramba.

Ele sumiu por um instante, e depois pressionava meu rosto com uma toalha de mão, me guiando para sentar na cama, acariciando meu cabelo.

— Acho que quebrou — falei com a voz embargada.

— Deixe eu ver — exigiu. Com cuidado, afastou a toalha ensanguentada e, com as mãos leves de um cirurgião, tocou o dorso do meu nariz, o osso sob meus olhos. — Acho que não — disse em tom angustiado.

Braden me limpou como se eu fosse algo delicado, depois me trouxe uma bolsa de gelo. A essa altura, a dor aguda havia passado. Eu estava dolorida, e meu nariz parecia entupido.

— Meus dedos estão gelados demais — falei, soltando a bolsa de gelo, e ele a pegou, pressionando-a de leve contra o meu rosto.

Percebi que suas mãos estavam tremendo, e que ele não me olhava nos olhos.

Vê-lo tão abalado doeu mais que meu próprio machucado.

Então cobri sua mão com a minha, tentando consolá-lo.

— Eu não devia ter ficado tão perto da porta — murmurei.

Braden olhou para mim e concordou devagar com a cabeça.

— Não. Você não devia.

MANDEI MEIA DÚZIA de mensagens para Asher, que não respondeu. Cada uma soando mais irritada que a outra. Para alguém que aparentemente não tem problema nenhum em interromper a vida para responder a namorada e Dirk, Asher tem habilidades de comunicação seletivas quando lhe convém. Ele deve ter sido convidado para jantar em algum lugar e não se deu ao trabalho de me avisar.

Decido que, como castigo, ele vai ter que limpar os galhos de pinheiro ainda espalhados pela varanda, já que minha mão picada está doendo demais para eu conseguir terminar a guirlanda.

Sobre a mesa da cozinha está um montinho de jornal, que abro com cuidado. Ele foi deixado na caixa de decorações sem querer, mas faz parte de um dos enfeites de Natal. É o meu favorito — uma bola de vidro soprado artesanalmente com riscos azuis e brancos, com caracóis de vidro esfumaçado descendo do topo, no qual está preso um arame para pendurá-la. Asher a fez para mim quando tinha seis anos, pouco depois de deixarmos Braden para trás em Boston e eu me divorciar. Eu tive uma barraca em uma feira municipal naquele outono, vendendo mel e produtos de cera de abelha, e uma vidreira havia feito amizade com Asher e o convidado para vê-la trabalhando em sua oficina. Sem eu saber, ela o ajudou a fazer aquele enfeite para mim. Congelado naquele globo delicado estava o sopro da infância de Asher. Não importava o quanto ele envelhecesse ou o quanto crescesse, eu sempre teria aquele presente.

Então meu celular toca.

Asher. Se ele não mandou mensagem antes, sabe que está encrencado.

— É melhor você ter uma boa desculpa — começo, mas ele me interrompe.

— Mãe, preciso de você — diz Asher. — Estou na delegacia.

As palavras se embaralham na minha garganta.

— O quê? Você está bem?

— Eu... estou... não.

Olho para o enfeite na minha mão, para aquele pedacinho do passado.

— Mãe — diz Asher, com a voz falhando. — Acho que a Lily morreu.

LILY ● 1

7 DE DEZEMBRO DE 2018
O dia D

Assim que meus pais descobriram que teriam um bebê, meu pai desejou que fosse um menino. Em vez disso, teve uma filha: que se comportava feito um menino de certa forma, acho, mas não da maneira que importava para ele. Todos os dias, ele se dava ao trabalho de me lembrar de como eu o decepcionava, não pelas minhas ações, mas por ser quem eu era.

Às vezes, ele gostava de me ver enfiada em meu uniforme de esgrima pelo fato de meu rosto estar escondido atrás de uma máscara.

Eu devia ter dito a ele: *Nem sempre a gente consegue tudo aquilo que deseja*. Todo mundo sabe que é isso que diz aquela música dos Rolling Stones, mas você sabia que Keith Richards toca guitarra só com cinco cordas? Uma vez, há muito tempo, quando essa música tocou no rádio, contei esse fato para o meu pai.

Ele desligou o som. Ficamos em silêncio por um tempo, até que ele finalmente disse: *Você não sabe tudo.*

Eu queria gritar, mas, em vez disso, fiquei quieta: uma ótima estratégia para lidar com meu pai. É *óbvio* que não sei tudo. Mas quero saber.

No verão passado, quando minha mãe e eu saímos de Point Reyes e viemos para New Hampshire, minha mãe disse *Esta é a nossa segunda chance*, e pensei na forma como ela disse *nossa*, como se a chance também fosse sua.

Nós estávamos passando pela costa norte da baía, pela reserva florestal, a chamada rota panorâmica. Minha mãe gosta de estradas secundárias. Era o começo da longa viagem para o leste, uma viagem que duraria dez dias, incluindo paradas para conhecer faculdades e fazer audições. Fiquei me perguntando se eu voltaria algum dia.

— Você está bem, Lily? — perguntou minha mãe.

Comecei a dizer que estava, porque era isso que ela precisava ouvir, mas minha garganta fechou. Eu me virei para o outro lado, como se de repente estivesse fascinada pelas placas de trânsito. PRÓXIMA SAÍDA VALLEJO.

— Sou um caso perdido, só isso — falei.

Minha mãe esticou o braço e segurou a minha mão.

— Você não é um caso perdido — disse ela. — Você é uma heroína.

Olhei para as cicatrizes no meu pulso. Fiquei me perguntando o que o pessoal da escola nova pensaria quando as visse. Cogitei usar um elástico de cabelo, ou pulseiras por um tempo. Para cobri-las. Seria o recomeço pelo qual minha mãe tanto desejava, ou a mesma merda de sempre?

— Não sou uma heroína — disse. — Sou só uma pessoa que entendeu como parar de se sentir triste.

ASHER CONTINUA INSISTINDO: *Vou te dar o melhor presente de Natal do mundo! Ele é tão bom que vai chegar mais cedo.* Maya acha que ele vai me dar o anel de sua avó.

— Ela costumava nos levar a umas "expedições" malucas — diz Maya. — Certo dia, fomos à Casa do Papai Noel, no meio de julho, porque eles fabricam neve no meio do verão. E Asher teve um ataque, porque queria ir a um parque temático do Velho Oeste para fingir que era caubói, então a avó decidiu, no calor do momento, que dormiríamos numa pousada de merda da cidade, e por isso precisei dividir a cama com Asher. — Maya olhou para mim, como se só então tivesse se dado conta do que havia acabado de dizer. — Tínhamos seis anos, você não precisa ficar com ciúme nem nada.

Não estou com ciúme, não como ela pensa. Maya conhece Asher desde o jardim de infância. Essa é uma parcela da vida dele a que nunca terei acesso, e, às vezes, fico tão ávida pelas partes de Asher que ainda não conheço que parece que estou passando fome há décadas, e ele é um banquete. Tento lembrar a mim mesma que, ainda que Maya tenha brincado de casinha com ele no passado, fui eu quem ele desenhou neste ano, com o cabelo solto, sem blusa, coberta pelo sol de outono.

Asher pode chegar a qualquer minuto. Dou mais uma olhada no espelho. É dezembro na Nova Inglaterra, a época do ano que nem se pode pensar em usar biquíni. Mas meu cabelo está comprido e cacheado — não o corto desde que viemos para cá. Estou usando os brincos de lápis-lazúli, que fazem meus olhos ficarem mais parecidos com joias do que com um lago sujo, e a blusa que eu e Maya encontramos na loja hippie na semana passada. Ela não tem mangas compridas, são três-quartos, e não me importo em deixar Asher ver minhas cicatrizes. Ele já sabe a história toda.

Ele diz que não faz diferença, mas faz diferença para mim.

Desço a escada. Minha mãe está sentada diante da lareira, com uma taça de vinho. Ela continua usando o uniforme do Serviço Florestal Nacional — a blusa cáqui, a calça verde. Seu distintivo está preso sobre o seio esquerdo, e seu crachá fica acima do bolso no lado direito da blusa: AVA CAMPANELLO. Em uma das mangas está o emblema com o pinheiro dourado e as letras que formam EUA, as palavras SERVIÇO FLORESTAL em cima e DEPARTAMENTO DA AGRICULTURA embaixo.

O chapéu de feltro cinza está de cabeça para baixo no chão, ao lado de Boris. Digo sempre que ele é um labrador preto, mas sua cor está mais para cinza agora.

CINCO COISAS SOBRE MINHA
MÃE QUE A FAZEM SER DURA NA QUEDA

5. Ela consegue rastrear qualquer coisa: felinos selvagens, ursos-pretos, porcos-espinhos, cobras-corais, gambás. E também: seres humanos. Depois que eu trouxe Asher para casa pela primeira vez, a encontrei no quintal no dia seguinte, analisando a pegada da bota dele na lama. Perguntei: *O que foi?* Ela disse: *Seu namorado têm o pé esquerdo dominante, então provavelmente é canhoto.*

4. Ela me ensinou a decorar os signos do zodíaco na ordem correta, com a frase *Os carneiros e os touros gêmeos caranguejam por aí, enquanto o leão e a virgem balançam o escorpião no arco e flecha e a cabra quebra o aquário do peixe.* (Carneiro, Touro, Gêmeos, Caranguejo, Leão, Virgem etc.)

3. Ela sabe exatamente qual nó você precisa dar em cada situação, e como executá-lo: volta do fiel, lais de guia, escota, nó direito. "E tem o nó górdio", diz. "Esse só pode ser desfeito com uma espada." Minha mãe tem uma espada curvada ornamental que comprou no Japão e está pendurada em cima da lareira? Tem, sim. Ela a chama de *katana*.

2. Quando minha mãe se formou em administração florestal em Syracuse, já tinha saltado de paraquedas, escalado montanhas, pulado de bungee jump e mergulhado com tubarões. Acho que assistiu a quinze shows do Grateful Dead, apesar de não gostar de falar sobre isso. Ainda sente raiva de Jerry Garcia por "ter morrido feito uma baleia encalhada".

1. Eu sou a sua melhor amiga; sua segunda melhor amiga é ela mesma. Eu a chamo de *mãe florestal*. Todo mundo acha que ela é uma pessoa calma, doce. E é, a menos que você mexa com a sua filha. É nessa hora que ela abaixa a aba do chapéu de guarda florestal e diz: *Senhor? Acho que acabou de cometer um erro gravíssimo.*

MINHA MÃE OLHA para mim e abre um sorriso cansado. Ela aparenta estar mais e mais exausta neste outono, em parte porque trocou o emprego de guarda florestal por um trabalho administrativo no Serviço Florestal aqui em New Hampshire. *Acho* que é por isso que parece cansada — mas podem existir outros motivos, que estão ligados a mim.

— Você está bonita — diz minha mãe.

— E *você* parece meio esgotada. Está tudo bem?

Ela toma um golinho de vinho e sorri.

— Estou bem. Não se preocupe.

A trança comprida está caída sobre o ombro esquerdo. Penso: *Boris não é o único que está ficando grisalho.*

— Tarde demais. *Estou* preocupada. Quando você não está trabalhando, está dormindo. Ou conversando com o cachorro.

Ela sorri de novo.

— Ele é um ótimo ouvinte.

— Mãe, o Boris é surdo.

Minha mãe olha para Boris.

— Meus segredos estão seguros com ele.

— Você tem segredos? — pergunto, e só estou brincando em partes.

Ela me dispensa com um aceno de mão.

— Você vai sair com o Asher? Domingo à noite?

— Ele vai me dar um presente de Natal adiantado. Disse que é bom demais para esperar.

Minha mãe concorda com a cabeça.

— E o que você vai dar para *ele*?

Ela me encara com um olhar sério, como se eu devesse entender algum duplo sentido na pergunta.

— Faltam vinte e três dias para o Natal — digo. — Como vou saber?

Ela toma outro gole do Chablis.

— Vou partir do princípio de que esse presente maravilhoso vai ser dado em público? E que a presenteada vai estar completamente vestida?

— Vou partir do princípio de que nós duas vamos fingir que você não acabou de dizer isso — respondo. — Presentes de Natal são besteira, de toda forma. São uma interpretação errada da tradição.

Há um instante de silêncio antes de ela dizer:

— De que tradição estamos falando?

— Dos presentes dos reis magos. Mesmo que os três homens sábios *tenham* existido, eles não visitaram Jesus no dia em que ele nasceu. Só semanas depois, talvez anos.

Minha mãe levanta uma sobrancelha.

— Você está lendo a Bíblia agora?

— Eu leio tudo — respondo.

Minha mãe tira o chapéu do chão e o coloca sobre a pedra da lareira.

— Eu só sei — diz ela — que é legal dar presentes para os outros. Contanto que ninguém esteja nu.

— Ai, meu Deus. Para. Para com isso.

Minha mãe ri.

— Não esqueça de passar esse recado para o Asher quando ele te der o presente especial.

Uma mensagem faz meu telefone apitar; Asher chegou.

— E falando no assunto — digo.

Boris nem levanta a cabeça.

Coloco o casaco pesado, as luvas, e me olho no espelho do corredor.

— Lily — diz minha mãe. — Você está linda mesmo.

Dou a ela um sorriso e saio apressada para o frio da noite de New Hampshire.

O jipe velho de Asher espera na frente da garagem. Está nevando um pouco, a neve pairando preguiçosamente nos cones de luz dos faróis. Abro a porta e lá está ele, com um sorriso que divide seu rosto em frações, e os olhos verdes que me lembram do fim da primavera, quando tudo está florido. Ele se inclina para me beijar, e é elétrico para caralho; meu coração dá um salto, como um motor sendo ligado.

Após um instante, ou talvez uma vida inteira, ele se afasta.

— Pronta? — pergunta, dando ré.

Seguimos pela estrada. O rádio toca baixinho, sintonizado em uma estação de músicas antigas. Coloco uma mão sobre a de Asher enquanto ele troca a marcha do jipe. Ele olha de soslaio para mim.

— E aí? — pergunto.

— E aí o quê?

— Você vai me dar alguma dica?

Ele finge pensar no assunto.

— Hum, acho que não.

— A gente vai passar muito tempo fora? Porque eu não trouxe a escova de dente.

— Vou tentar te trazer de volta antes de amanhecer — diz Asher.

O som de uma caixa registradora vem da música do rádio, e reconheço a canção. "Money", do Pink Floyd. A que meu pai gostava de cantar.

— Nossa, eu detesto essa música — murmuro.

Ele olha para mim.

— Quer que eu mude de estação?

Balanço a cabeça.

— Ela é em compasso sete por quatro. É uma assinatura de tempo esquisita.

Asher não fala nada de imediato.

— Então seu problema é a assinatura de tempo?

Não quero entrar nesse assunto.

— Sabe o que mais é em sete por quatro? "All You Need Is Love", dos Beatles. E "Heart of Glass", do Blondie. "Spoonman", do Soundgarden.

Asher sorri.

— É inacreditável as coisas de que você se lembra — diz ele.

Ficamos em silêncio por um instante. Não falamos em voz alta, mas nós dois pensamos: *Seria bom se você conseguisse esquecer algumas coisas.*

Vamos na direção de Adams. À direita, fica a mata fechada da floresta de pinheiros. Nela, há uma trilha que margeia o córrego Slade, que vai da praça dos Presidentes até quase a minha casa. Na nossa primeira semana aqui, fiz essa trilha e encontrei algo muito parecido com excremento de urso.

— Nunca vi um urso — digo a ele.

— Você se viraria bem — responde Asher. — Contaria para ele sobre assinaturas de tempo de músicas pop. E ele acabaria virando de barriga pra cima para você fazer carinho.

— Minha mãe diz que, se a gente sair para fazer trilha em um lugar que tenha ursos-cinzentos, deveríamos levar um sininho.

Asher me lança um olhar questionador.

— Há ursos em Point Reyes?

— Bom, não cinzentos. Os ursos foram extintos no condado de Marin há centenas de anos. Mas faz uns dois anos que um urso-preto apareceu por aqui. Estava comendo lixo nos fundos de uma pizzaria.

Asher ri.

— Qual é a graça? — pergunto.

— Só estou imaginando qual é a pizza favorita dos ursos.

— Talvez havaiana?

— Ninguém gosta de havaiana. Nem os ursos.

— Para com *isso* — argumento. — É perfeita.

— Lily, se você gosta de pizza havaiana, acho que nosso namoro não tem futuro.

Mas ele está sorrindo, então penso: *Porra, não acredito que ele é meu*.

Passamos pela opera house e há uma placa que anuncia: ORQUESTRA SINFÔNICA WHITE MOUNTAIN APRESENTA CONCERTO DE MOZART. Será que Asher vai me levar a um concerto? Essa é a grande surpresa? Ele continua dirigindo.

Na praça dos Presidentes, a neve cai sobre a estátua de Franklin Pierce.

— Coitado — digo. — Ele parece com frio.

— Ele está acostumado.

— O filho dele morreu em um acidente de trem dois meses antes de ele se tornar presidente — digo baixinho. — O garoto só tinha dez anos. Pierce nunca superou a perda. — Estamos atravessando os trilhos do trem, passando pelo velho moinho. — Isso acontece o tempo todo com as pessoas que passam por uma tragédia e ficam destruídas. Tornam-se fantasmas.

Sinto Asher olhando para mim. Tento puxar a manga do casaco para cobrir o pulso direito.

— Você não virou um fantasma — diz Asher.

O que é irônico, porque tenho certeza absoluta de que Asher é a única pessoa que realmente me enxerga.

Paramos no estacionamento da lanchonete A-1.

— Pronta? — pergunta ele, e desliga o motor.

— Essa é a surpresa? — digo, olhando para a lanchonete.

Há um homem bebendo café em uma mesinha, e uma garçonete entediada lendo um jornal atrás do balcão. Eu me esforço para não ficar decepcionada.

Asher irradia empolgação.

— Vamos — diz.

Subimos a escada até a entrada da A-1. Asher segura a porta para mim. Entro e imediatamente sinto o cheiro de batatas fritas e café. A garçonete ergue os olhos do jornal.

Assim como o homem sentado à mesa.

Faz dois anos que não o vejo. Nunca o vi de barba antes. É quase toda grisalha.

— Pai? — digo.

— Oi, fera — diz ele, levantando-se.

— Feliz Natal, Lily — diz Asher.

Isso não está acontecendo. Essa não é mais a minha vida. Mas lá está Asher, e lá está meu pai, como potássio e água. A qualquer segundo, virá uma explosão.

Tudo começa a girar ao meu redor, e olho em pânico, primeiro para o meu pai, depois para Asher. *Mas que porra é essa?*, quero perguntar. De todas as coisas que poderia me dar, ele me trouxe justamente para ver a pessoa que mais odeio no mundo.

CINCO MINUTOS DEPOIS, estou em um banco na frente da prefeitura, a neve se acumulando em meu cabelo. O único sinal de trânsito da cidade pisca amarelo.

Pego o celular e o encaro por um minuto inteiro. Quero conversar com alguém que me *conheça*. Mas quem, se não Asher?

Minha mãe, mas não posso contar nada *disso* para ela.

Poderia ligar para Maya, mas tenho certeza de que ela ficaria do lado de Asher. É o que sempre acontece.

Então permaneço sentada ali, naufragada no banco da praça, com a neve caindo sobre a tela iluminada do telefone até ele desligar.

A última vez que vi meu pai foi em uma competição de esgrima — dois anos atrás, acho. Eu estava na pista, com minha espada apontada para o esgrimista da Academia Hartshorn. Trinta segundos depois da partida começar, acertei meu oponente com uma flecha, soltando um grito agudo. E o cara da Hartshorn *berrou* e saiu correndo de volta para o banco. Todo mundo na plateia riu, aplaudiu. O juiz me deu um ponto.

Então, da arquibancada, ouvi aquela voz. Fazia quatro anos. Mas eu sabia quem era sem nem mesmo precisar olhar. E sabia que ele estava bêbado. Eu lembrava como era ter sua presença na minha vida, como era passar boa parte do tempo morrendo de medo. Nunca dava para prever qual pai daria as caras. Às vezes era o pai legal, que me chamava de "fera".

E havia uma outra versão.

Esse é o meu orgulho!, berrou ele. *Esse é...*

Larguei meu florete e saí correndo.

A neve está se acumulando em meu cabelo, e meus dentes batem de frio, mas sinto que estou pegando fogo por dentro. Escuto o som de pessoas aplaudindo no interior da prefeitura.

— Lily.

Ergo o olhar e vejo Asher. Ele parece ter acabado de levar uma flechada. Meu primeiro pensamento é: *Ótimo*.

— Não quero falar com você — digo, e levanto, tentando me afastar.

— Lily, espera — diz ele, segurando meu braço.

— Me solta.

— Por favor. Me deixe explicar. — Seu lindo rosto está pálido e assustado agora. — *Por favor?*

Ele me aperta com *força*. Não preciso nem olhar para baixo para entender que ficarei com um hematoma. Não seria a primeira vez.

— Estava tentando fazer um negócio legal para você.

— Você achou que seria legal organizar um encontro com a pessoa que estragou a minha vida? Por que você acharia que eu iria querer uma coisa *dessas*?

— Porque eu sei como é. Não ter um pai.

— Sorte a sua!

Um brilho de raiva surge nos olhos de Asher, que logo desaparece.

— *Não* foi sorte, Lily. Não para mim. Era como ter um buraco negro imenso no meio de tudo.

— Eu preferiria ter um buraco negro imenso no meio de tudo do que ter aquele *babaca* — respondo.

— Você não está falando sério.

— Como *você* sabe se estou falando sério? Você não estava lá!

Começo a me afastar, mas ele agarra meu braço de novo.

— Você tem razão, eu não estava — diz. — Eu estava *aqui*. Sem o meu pai. E achei que, já que é impossível resolver isso para mim, eu poderia resolver para você.

Olho no fundo dos seus olhos.

— O que você pode fazer — digo devagar — é soltar a porra do meu braço.

Eu me retorço para me soltar e começo a caminhar pela neve. Minha casa fica a oito quilômetros daqui, mas eu andaria por cem quilômetros só para acabar com esta conversa.

— Você não acha que ele merece uma segunda chance? — grita Asher.

— Não — rebato.

— Lily — diz Asher. — Você *me* deu uma.

De novo, paro de andar. A neve apertou agora.

— Talvez esse tenha sido meu primeiro erro — respondo, e sigo pela trilha em meio à floresta escura que leva à minha casa.

CINCO DIAS DEPOIS, acordo doente. Correção: *ainda* doente. É o terceiro dia que falto à aula. Mal consigo me lembrar de segunda e terça, porque passei os dois dias tentando fugir de Asher e de todo mundo da escola. Seja lá o que peguei, começou na noite em que caminhei pela floresta, e só está piorando.

Mas, para ser sincera, tenho dificuldade em diferenciar quando estou me sentindo mal por causa da doença ou por causa de Asher.

Nem imagino que *caralho* ele fez para encontrar meu pai. Foi pelas redes sociais? Por um detetive particular? Pensar nisso está acabando comigo. E se meu pai continuar por aqui? O que o impediria de vir bater à nossa porta? Seria fácil encontrar a gente. A cidade é pequena.

O hematoma que surgiu no lugar em que Asher me segurou está azul-esverdeado. Ontem, quando falei para minha mãe que queria ficar em casa, ela me olhou e disse: *Lily, converse comigo.*

Mas o que dizer? Eu não tinha palavras.

Lily, disse ela. *Se aquele garoto estiver te machucando, você precisa me contar.*

Abri a boca, mas só comecei a chorar. Então minha mãe me envolveu em seus braços, me abraçou, e ficamos assim por muito tempo. *Ele me machucou, mãe,* sussurrei. *Mas não como você pensa.*

EU TINHA QUASE esquecido que hoje é o dia em que descubro a decisão preliminar da Oberlin. Para ser sincera, só quero dormir. Na hora do almoço, minha mãe volta ao quarto para ver como estou. Ela não está usando o uniforme do Serviço Florestal, o que significa que tirou o dia de folga para cuidar de mim. Traz uma caneca de chá, que coloca sobre a mesa de cabeceira antes de tocar minha testa.

— Você está quente — diz ela.

Pego a caneca e tomo um gole. É chá preto irlandês, meu favorito, apesar de eu desejar que tivéssemos um pouco do mel de Olivia.

Se eu terminar com Asher, acho que também preciso terminar com a mãe dele, não é? O que é triste, porque gosto muito dela. Uma vez, Olivia me chamou de *fada*, apesar de claramente não conhecer a mitologia. Na Inglaterra, acreditava-se que fadas eram crianças que morreram antes de serem batizadas.

Minha mãe senta na beira da cama.

— Você está com uma cara péssima.

— Você devia me amar incondicionalmente — digo, mas minha voz está rouca.

A trança comprida da minha mãe balança sobre o ombro direito.

— Talvez a gente devesse ir ao médico.

— Eu estou bem — digo. — Só quero dormir.

— Lily. — Ela tensiona e relaxa o maxilar. — A gente não se mudou para o outro lado do país só para você ficar com medo de um... — e pensa na palavra — garoto.

Viro para o lado e fecho os olhos.

— Não estou com medo dele. Estou com medo de mim.

— Do que você está com medo? — pergunta.

Como posso explicar a ela? Para minha mãe, que fez de tudo no universo por mim, que mudou de cidade duas vezes, que arrumou um emprego em New Hampshire só para podermos recomeçar?

— Só estou com medo... — digo. — Que nada seja o suficiente para me deixar feliz.

Ela pensa sobre isso.

— Algumas pessoas — diz em tom carinhoso — precisam lutar mais que outras.

Acho que ela está falando sobre mim, mas, após um segundo, entendo que minha mãe está se descrevendo. Ela não namora sério desde que saímos de Seattle, sete anos atrás. Não tem amigos com quem sai para tomar um café ou um vinho. Fico me sentindo mal por ela passar seus dias sentada à uma mesa no centro de operações florestais em Campton, enquanto todas as equipes que administra podem ir para o mato. Acho que minha mãe é o tipo de pessoa que se sente mais solitária em um escritório com outras pessoas do que sozinha no Caminho dos Apalaches.

Ela se levanta e para na porta do quarto.

— Não esqueça de tomar o chá — diz minha mãe enquanto seu celular toca.

Ela sai para o corredor.

Parece que faz uma eternidade desde que nos mudamos para o outro lado do país. Foi mesmo em agosto que gritávamos sempre que cruzávamos a fronteira de um estado? Nevada, o estado das artemísias. Utah, o estado das colmeias. Nebraska, Iowa, Illinois: descascadores de milho, águias, a terra de Lincoln. Os milharais de Indiana, parecendo intermináveis. O campus da Oberlin. As cataratas de Niágara.

Cruzamos o rio Connecticut no fim daquele mesmo dia. New Hampshire, o estado do granito. *Granito*, eu tinha pensado, *não quebra*. Eu me senti mais leve ao ler a placa: SEJA BEM-VINDO A NEW HAMPSHIRE: VIVA LIVRE OU MORRA!

Simples assim.

MEIO-DIA. OUTRA BATIDA à porta. Minha mãe, com um termômetro e mais chá. Desta vez, é Lapsang Souchong — o primeiro chá preto da história.

Tiro o termômetro da boca.

— Mãe — digo. — Preciso contar uma coisa.

Há uma pausa dramática, e Boris entra desajeitado no quarto. Ele se aproxima da cama, gira três vezes e desaba no chão com um gemido.

— É o meu pai. Ele está *aqui*. Em Adams. — Esse é o meu limite, não consigo contar mais nada a ela.

— Eu sei. Falei com ele hoje de manhã.

— Não quero que ele venha aqui! — explodo.

— Não se preocupe. Ele pegou um voo para Seattle ontem.

Solto um suspiro de alívio. Só agora me dou conta do quanto eu temia uma visita surpresa dele. Talvez seja isso que está me deixando doente — o medo do meu pai aparecer e estragar tudo de novo.

Minha mãe enfia o termômetro na minha boca outra vez.

— Ele me contou que foi Asher quem o encontrou, que o convidou para vir. Não sei o que aquele garoto estava pensando.

— Esse foi o grande presente de Natal. Um *reencontro* — digo com o termômetro na boca.

— Lily, você pode ficar quieta por um minuto?

Ela aponta para os meus lábios, que fecho ao redor do termômetro.

Ela fica em silêncio por um bom tempo. Por fim, diz:

— Nós nunca conhecemos as pessoas tão bem quanto pensamos. Especialmente aquelas a quem amamos.

O termômetro apita.

— Eu deveria perdoar o que ele fez? — pergunto, enquanto ela aperta os olhos para ver minha temperatura.

Minha mãe anuncia:

— Trinta e oito. Vou chamar o médico.

Ela se levanta.

Meu telefone apita, e sei quem é sem precisar olhar. Esta é a mais recente da série de mensagens que recebi de Asher, implorando para eu falar com ele.

— Devo responder? — pergunto à minha mãe.

Não respondi nenhuma mensagem até agora. Mal falei com Maya.

— Por que você não espera até se sentir melhor — diz minha mãe — antes de tomar qualquer decisão?

DR. MADDEN DIZ que preciso de repouso e ibuprofeno. Se eu continuar doente amanhã, ou se minha temperatura aumentar, preciso ir ao hospital. Minha mãe sai para comprar Advil na farmácia enquanto fico sentada no quarto com uma dor de cabeça infernal e um telefone que não para de apitar com mensagens do Asher. *Você não vai falar comigo? Nada?*

Não respondo.

E então: *Oi?*

Não respondo.

E então: *Lily, promete que você não vai se machucar de novo. Só me promete isso.*

Não respondo.

E então: *Lily, por favor.*

Recebo uma mensagem de Maya: *Qr q eu pegue o seu dever de casa ou alguma coisa no seu armário?*

Respondo: *N precisa valeu só tenho q ficar em repouso.*

A próxima de Maya diz o seguinte: *Fala comigo Asher está SURTANDO o q houve*

Não digo nada.

Desisto e vou dar uma olhada no site da Oberlin. Ainda não atualizaram o status da minha admissão.

Também me inscrevi na Berklee, no Instituto Curtis, na Escola de Música de Manhattan e na Peabody. Se eu não entrar na Oberlin, vou sobreviver, sei disso. Mas algo naquele campus me conquistou. Consegui me imaginar lá, nos gramados, nos edifícios com telhados vermelhos. Pela primeira vez, foi possível visualizar o meu futuro.

Vou para o andar de baixo, pensando em tocar para passar o tempo. Nossa casa é típica da Nova Inglaterra: toda em madeira, com vigas expostas e lareiras. A única coisa que falta é uma cabeça de alce na parede.

Gosto dela — mas sinto falta da baía às vezes.

Sento diante da lareira e tiro o violoncelo do estojo. Passando o arco pelas cordas, fecho os olhos e imagino as ondas subindo e crescendo rumo à costa.

Então toco Suíte para violoncelo n. 1, de Bach, deixando a música me guiar. Na primeira vez que toquei violoncelo, senti como se segurasse o corpo de uma mulher. Mesmo ainda criança, pensei: *Quem é ela?* E a resposta era óbvia: a pessoa que eu acabaria me tornando.

Meus dedos conhecem a música tão bem que se movem sem que eu precise pensar de forma consciente. Em alguns momentos, é o violoncelo que me toca, eu me torno o instrumento e a música flui pelo meu sangue.

Penso na névoa subindo da água quando estávamos nas cataratas de Niágara. O guia nos contou sobre as pessoas que desciam as cataratas dentro de barris. Um garoto caiu no rio ao norte das cachoeiras e foi levado pela correnteza. Ele não sabia que estava prestes a descer pelas cataratas de Niágara até passar da borda e despencar lá de cima.

De acordo com o guia, ele sobreviveu.

A SUÍTE N. 1, de Bach, não é uma música longa, talvez dure quatro minutos no máximo, mas, quando ergo o arco, muito tempo parece ter passado. Minha cabeça não está mais doendo tanto, e estou com fome. Decido fazer algo para comer quando escuto um assobio lá fora.

Abro a porta da frente, um vento frio entra. No quintal, vejo Dirk, cocapitão do time de hóquei.

Por muitos motivos, não vou com a cara de Dirk.

Mas Asher gosta dele, e tecnicamente, eu não estaria namorando Asher se não fosse por Dirk, então lhe dou um desconto.

— Dirk — falo. — O que você está fazendo aqui?

Ele para de assobiar, como se não esperasse que eu saísse da minha própria casa.

— Fiquei sabendo que você está doente — diz, parecendo surpreso por eu não ter telefonado para contar os detalhes.

— Deve ser uma virose qualquer.

— Eu não queria incomodar — diz. — Só estou... só estou meio mal.

Uma lufada de vento arranca seu boné de beisebol. O cata-vento em cima da garagem gira de novo, rangendo. Dirk tira o boné do chão, sacode a neve e o encara como se estivesse tentando imaginar se está gelado demais para devolvê-lo à cabeça.

Não quero ser babá de Dirk. Não quero ser a pessoa com quem ele se confidencia. Já tenho problemas demais.

— Mal como? — pergunto.

Ele segura o boné pela aba com os polegares e os indicadores, suspendendo-o como se fosse um titereiro, e o boné do Red Sox, sua marionete.

— Você sabe que recebi uma carta de pré-aprovação da uc Boulder, né? — Ele lança um olhar tímido para mim. — Mas minhas notas não podem cair.

O time de hóquei da uc Boulder precisa tanto de um goleiro que prometeu uma bolsa de estudos para Dirk no ano passado, a menos que ele não conseguisse se formar. E, pela sua cara, parece que isso está prestes a acontecer.

— Eu queria pedir para você ler o trabalho que escrevi para o Chopper.

Todo mundo, com exceção de mim, morre de medo de Chopper, o professor de inglês. Dirk enfia uma mão no casaco e tira um monte de papéis de lá.

— Dirk — digo. — Estou doente.

— Talvez quando você se sentir melhor?

Suspiro, pego os papéis da mão dele e leio o título: "O pequeno Gatsby".

Dirk retorce a aba do boné do Red Sox.

— Sua mãe está em casa?

Penso na pergunta por um segundo. Então digo:

— Você precisa de mais alguma coisa, Dirk?

Ele sorri, e isso o transforma. De repente, entendo por que as garotas na escola ficam com ele e se vangloriam disso, em vez de sentirem vergonha por terem caído em sua conversa mole.

— Sei que tem alguma coisa esquisita rolando entre você e Ash — diz.

Tudo em mim se paralisa.

— O que ele te disse?

Ele dá de ombros, depois dá um passo na minha direção.

— Escuta, sei que nada disso é da minha conta, mas, tipo... se você precisar de um amigo, Lily, posso ser seu amigo.

Eu preciso *mesmo* de um amigo, alguém com quem conversar sobre essa confusão toda. Alguém que não seja Asher, que não seja minha mãe, e que não seja Maya. Mas tenho certeza de que a pessoa de quem eu preciso não é Dirk.

Ele dá mais um passo em minha direção. Suas palavras são nuvens, formando todo um sistema meteorológico entre nós.

— Eu podia ser *mais* que um amigo — acrescenta.

— É melhor você ir para casa — digo.

— Beleza.

Ele coloca o boné de volta à cabeça, como se tivesse tomado uma decisão.

— Eu te mando um e-mail — digo. — Depois de ler o trabalho.

— Eu vou voltar — diz Dirk. — Quando você estiver pronta.

Outro lampejo daquele sorriso, como se ele estivesse me pedindo para guardar um segredo. Ele segue para o carro, um Dodge velho e batido, assobiando.

Quando volto para o quarto, deito na cama com o trabalho de Dirk. A primeira frase é: *Jay Gatsby, no romance* O grande Gatsby, *de F. Scott Fitzgereld, é conhecido por ser ótimo, mas será que é mesmo?*

Ah, Dirk.

Abro o laptop e entro no site da Oberlin. STATUS ATUALIZADO.

Prezada Lily,
O comitê de admissões do Conservatório de Música completou sua avaliação preliminar e decidiu esperar até a primavera para tomar uma decisão sobre a sua inscrição. Recebemos mais de cinco mil inscrições preliminares, e mais candidatos qualificados do que podemos aceitar.

Seu caso será reavaliado em fevereiro e março junto a todas as outras inscrições. Por favor, nos envie o relatório escolar semestral até o dia...

Fecho o laptop com força. *Merda.*

Pego o celular, abro meus favoritos, e meu dedo está prestes a apertar o nome de Asher quando lembro que não estamos nos falando. O que fazer quando você precisa muito conversar com alguém sobre o que seu namorado fez, e é justamente o seu namorado com quem você quer conversar sobre o que aconteceu? Lembro suas últimas palavras, me dizendo que eu deveria dar uma segunda chance para o meu pai. *Você me deu uma.*

Meu pai costumava chamar segundas chances de *colheres de chá*. Achava que eu era sua segunda oportunidade de acertar na vida. Foi uma estupidez chegar a essa conclusão, e uma estupidez ainda maior dizer esse tipo de coisa. Ninguém é o recomeço de outra pessoa, e se existe algo que você pode fazer é viver a própria vida, sem se tornar uma versão fantasmagórica da vida do outro.

Olho para o relógio. São quase quatro horas. A fila na farmácia deve estar imensa. A atendente de lá tem uns cento e vinte anos de idade, mas ninguém tem coragem de dizer para ela se aposentar. Minha dor de cabeça voltou e minha mãe está demorando uma eternidade para trazer o Advil. Eu queria que ela estivesse aqui. De repente, me dou conta de que a pessoa com quem preciso conversar é minha mãe, e quero contar tudo a ela.

Desço para a cozinha pensando em fazer um café. A cafeína vai melhorar a dor de cabeça latejante. Mas me distraio com o grande cepo cheio de facas em cima da bancada. Facas são tão, tão afiadas.

A campainha toca. Por um segundo, fico parada, apreciando o silêncio. Então há uma batida, que ecoa a dor latejante em minha cabeça. Seja lá quem for o visitante, ele não pretende ir embora.

OLIVIA ◆ 2

7 DE DEZEMBRO DE 2018
Três horas depois

A delegacia é um prédio quadrado sem qualquer característica marcante. Instalada nos limiares da cidade, é o tipo de lugar em que você não presta atenção a menos que precise ir lá, o que em Adams significa fazer um boletim de ocorrência porque o vizinho cortou uma árvore que ficava dentro de seu terreno, ou reclamar sobre um buraco que estragou seu carro, ou levar os escoteiros para fazer um tour pela instituição. Certa vez, perguntei ao meu pai o que os policiais faziam o dia todo, já que praticamente não havia crimes aqui.

— Não são crimes que conseguimos *ver* — disse, enigmático, e só anos depois, quando eu já estava casada, entendi o que ele queria dizer.

Paro tão rápido no estacionamento minúsculo para visitantes que minha picape atravessa duas vagas. Eu me dou conta de que saí literalmente correndo de casa, sem trazer uma bolsa, a carteira de motorista, nada. Lá dentro, vejo um policial e o atendente da central sentados atrás de uma barreira de acrílico. À minha esquerda, uma porta trancada. Meu filho está em algum lugar atrás dela.

— Não trouxe minha identidade, mas sou a mãe de Asher Fields; ele não tem o mesmo sobrenome que eu porque sou divorciada, ele me ligou para avisar que está sendo interrogado...

— Uau. — O policial ergue uma mão e fala por um autofalante que emite um som metálico. — Respire um pouco.

Faço isso.

— Meu filho está aqui — recomeço, e a porta trancada à minha direita se abre.

— Deixe comigo, Mac — diz uma voz.

O tenente Newcomb é o único detetive na pequena delegacia de Adams, mas há muito tempo ele era Mike e foi meu par no baile do segundo ano do ensino médio. Eu sabia, quando voltei para cá, que ele nunca tinha ido embora; nossos caminhos se cruzaram algumas vezes — em uma feirinha em que tive uma barraca para vender mel e ele cuidava da segurança; na iluminação da árvore de Natal da cidade; quando minha picape derrapou sobre o gelo na estrada e bati na cerca de segurança. Seu cabelo preto está um pouco grisalho agora, e há rugas no canto de seus olhos, mas sobreposto a esse homem há um lampejo do garoto de smoking azul-claro, correndo atrás de uma calota fujona no acostamento da estrada enquanto eu esperava e retorcia a flor presa ao meu pulso.

— O Asher...

— Está bem — interrompe Mike. Ele segura a porta no interior da delegacia para eu passar. — Mas está nervoso.

— Ele disse que Lily... — Não consigo nem dizer a palavra...

— Ela foi levada para o hospital. Ainda não tenho notícias. Espero que Asher consiga nos ajudar a entender o que aconteceu.

— Ele estava lá?

— Foi encontrado segurando o corpo dela.

Corpo.

Mike para de andar, eu também.

— Ele pediu para te ligar, achei que não faria mal.

Asher não é menor de idade, então a polícia não precisava esperar por mim para interrogá-lo. Mike está me fazendo um favor — talvez porque temos um passado, talvez porque Asher está transtornado. No telefone, a voz de Asher parecia serrilhada pelo choque.

— Obrigada — digo.

Ele me leva até uma sala com a porta fechada e se vira para mim.

— É melhor você se preparar — diz Mike. — O sangue não é dele.
Com essa declaração, abre a porta.

Asher está encolhido em uma cadeira de plástico, o corpo alto curvado como um ponto de interrogação, um joelho balançando sem parar, inquieto. Quando ele olha para cima, vejo sua camisa cheia de manchas vermelhas. Seus olhos estão inchados e assustados.

— Mãe? — chama ele em uma voz tão frágil que me impulsiono para a frente, envolvendo-o em meus braços, aconchegando-o com meu corpo, como se eu pudesse voltar o tempo.

ASHER ESTÁ SE remexendo na cadeira, contrariado. Sempre que um barulho vem do corredor, sua cabeça se ergue na direção da porta com um ar esperançoso, como se estivesse esperando alguém surgir com a informação de que está tudo bem, de que Lily se recuperou. A trinta centímetros de distância, sobre a mesa, está o gravador que Mike posicionou. Diante de nós, há dois copos de água intactos.

— O que você estava fazendo na casa de Lily? — pergunta o detetive.

— Ela é minha namorada — responde Asher.

— Há quanto tempo?

— Uns três meses. Fui lá falar com ela.

Mike concorda com a cabeça.

— Vocês não se viram na escola?

— Ela estava faltando porque ficou doente. E não respondia às minhas mensagens. Eu estava... bem preocupado. — Ele respira fundo. — Escuta, quero ajudar. Mas... o senhor sabe se ela... — Percebo o momento em que ele resolve ser otimista. — Se ela continua no hospital?

— Não sei — responde Mike. — Assim que me derem alguma notícia... — Pigarreia. — Então você foi até a casa dela para ver se estava tudo bem?

— Sim.

— Como você entrou?

— A porta estava aberta — diz Asher.

— Quando você entrou, onde estava Lily?

Ele engole em seco.

— Estava... — Asher olha para baixo, e seu cabelo cai sobre os olhos. Vejo sua garganta se mexendo por um instante, depois contraída com o restante da frase. — Lily estava no pé da escada, não se mexia.

Penso, rápido, em Lily — que parecia estar sempre em movimento, mesmo quando não estava; mexendo as mãos para dar ênfase às frases, preenchendo os espaços entre as palavras com um sorriso. Penso em como ela segurava a mão de Asher, o dedo acariciando as juntas dos dedos dele, como se precisasse se convencer de que ele era real.

— Tinha sangue embaixo de sua cabeça — diz Asher. — Tentei acordá-la? — Sua voz ganha um tom questionador, como se ainda não conseguisse acreditar no que falava.

— Como? — pergunta o detetive.

— Acho que sacudi ela?

— Por que você não ligou para a emergência?

Asher parece ter levado um tapa.

— Mike — murmuro. — Ele é só um *garoto*.

Ele olha para mim, não com um ar de alerta, mas sem demonstrar pena.

— Olivia, você vai ter que deixá-lo responder às perguntas.

Os olhos de Asher encontram os meus.

— Ai, meu Deus — diz —, por que *não* liguei para a emergência? Se eu tivesse ligado... ela estaria bem agora? *A culpa é minha?*

— Asher. — Toco seu ombro de leve, mas ele se afasta de mim.

— O que aconteceu com ela? — ele pergunta a Mike.

— Estamos tentando descobrir — diz o detetive, sério. — Havia mais alguém lá?

— Só o cachorro.

Ele assente.

— Vamos ver se entendi. Quando você entrou na casa, encontrou Lily no pé da escada. Mas, quando os policiais chegaram, Lily estava no sofá. Quem a colocou lá?

— Acho que fui eu, mas não me lembro de ter feito isso — admite Asher. Ele balança a cabeça. — Quando dei por mim, a mãe da Lily estava parada na minha frente, perguntando o que havia acontecido. Ela ligou para a emergência, ajoelhou na frente da Lily, e eu... me afastei. E aí vocês chegaram.

Mike aperta o botão da caneta duas vezes. Fita Asher, então faz um movimento com a cabeça.

— Tudo bem, Asher. Obrigado por responder às minhas perguntas. Agradeço de verdade.

Ele se levanta, Asher continua sentado, agarrando os braços da cadeira com força.

— Espera — diz. — Como ela caiu?

— Não sei — responde o detetive. — Ainda estamos tentando entender o que aconteceu. — De repente, ouvimos um zumbido. Ele tira o celular do bolso, levando-o à orelha. — Tenente Newcomb. — Observo seu rosto, mas ele permanece impassível, implacável. — Obrigado. Entendi.

Quando desliga, Asher se levanta com uma onda de esperança. Mike balança a cabeça, olhando nos olhos de Asher.

— Sinto muito — diz.

Asher se dobra, desmoronando no chão. Puxa os joelhos na direção do corpo, enterra o rosto nas mãos enquanto chora.

Os sons que emite não são humanos. Com a força muscular que eu não sabia ter, ajudo-o a se levantar. Quando estamos saindo da sala de interrogatório, Mike coloca uma mão em meu braço.

— Fique de olho nele — murmura. — Vamos tentar evitar outra tragédia.

• • •

A NOTÍCIA DE que as colônias americanas haviam vencido a Guerra de Independência demorou duas semanas para chegar a Adams, New Hampshire. Por isso, quando eu era garota, a cidade comemorava o Dia da Independência dois sábados depois do Quatro de Julho. Havia um pequeno desfile pela rua principal, animais em cercas sobre a praça gramada para as pessoas fazerem carinho, um caminhão de bombeiros e uma viatura policial para as crianças entrarem. Quando Asher tinha quatro anos, Braden teve folga no fim de semana do Dia de Adams, então viemos de Boston para visitar minha mãe. Sentamos no meio-fio e deixamos Asher pegar os doces jogados pelos carros do desfile que passavam titubeantes — veículos antigos carregando políticos que tentavam ser reeleitos, um quarteto de cantores locais, as escoteiras. Enquanto Braden entrava em uma fila para comprar algodão-doce para nós, Asher viu a viatura de polícia e saiu em disparada em sua direção.

Fui correndo atrás dele. A sirene estava ligada, e foi por isso que demorei um instante para me dar conta de que eu conhecia o policial que, em um só fluxo, colocava e tirava as crianças do veículo.

— Ai, meu Deus, Mike — falei antes de conseguir me segurar. — Você continua aqui?

Ele sorriu.

— Oi, Olivia. É difícil abandonar velhos hábitos.

Braden veio em nossa direção, segurando o cone de açúcar enrolado. Seu braço serpenteou ao redor da minha cintura.

— Quem é? — perguntou ele, sorrindo.

— Braden, Mike — apresentei. — Estudamos juntos há um milhão de anos.

Enquanto os dois trocavam um aperto de mão e batiam papo, Asher escalou a porta de trás da viatura, agarrando com os dedinhos gordos a grade de ferro que servia de divisória. Mike esticou os braços para pegá-lo.

— Se você vai passear numa viatura, garotão — disse —, não tenha dúvidas, é melhor ir na frente.

Ele passou Asher para o banco do motorista.

Mais tarde naquela noite, enquanto nos preparávamos para dormir, Braden parou ao meu lado diante da pia do banheiro. Ele me observou passar hidratante no rosto, no pescoço.

— Você já ficou com aquele cara? — perguntou.

Eu ri.

— Com Mike? Bom, quase isso. Éramos muito novos.

Os olhos de Braden se encontraram com os meus no espelho.

— Você trepou com ele?

Fechei o pote do hidratante.

— Nem vou me dignar a responder isso.

De repente, suas mãos estavam na minha garganta. Meu olhar se voltou para o espelho, para seus dedos pressionando minha traqueia.

— Eu podia te obrigar — respondeu Braden.

Quando minha visão começou a desaparecer, Braden me soltou de repente. Tossindo, passei direto por ele. Em vez de ir para o meu quarto antigo, onde tínhamos deixado nossas malas, fui para o quarto de costura da minha mãe, me encolhendo em um sofá estreito, tentando me tornar tão pequena quanto possível.

Horas — ou talvez minutos — depois, acordei com a silhueta de Braden ajoelhada ao lado do sofá. Estava tão escuro que ele era apenas um detalhe na sutura da noite. Ele esticou a mão para me tocar, me esquivei.

— Não aguento nem pensar em você com outra pessoa — sussurrou.

— Eu sou sua — falei enquanto ele encaixava seu corpo no meu.

Braden passou dias deixando bilhetinhos românticos para mim — no espelho do banheiro, na minha carteira, na pilha das roupas dobradas de Asher. Ele me trazia flores. Ele me beijava sem motivo. Até chegar ao ponto de meu corpo voltar a amolecer com o seu toque, em vez de ficar tenso.

• • •

QUANDO CHEGAMOS EM casa, me surpreendo ao ver os galhos de pinheiro, os arames e as luzes de Natal na varanda, onde os deixei. Parece que passei meses fora, não apenas horas. Asher, em choque e em silêncio durante todo o trajeto, sai do carro antes mesmo de eu parar completamente. Seus movimentos são convulsivos, trêmulos, como os de uma marionete de madeira, não de um garoto. Eu o sigo correndo, mas ele já está no meio da escada quando entro em casa.

— Ash — chamo. — Deixa eu pegar alguma coisa para você comer.

— Não estou com fome — resmunga, e, um instante depois, escuto o som da porta batendo com força.

Penduro o casaco e vou para a cozinha. Apesar de Asher ter recusado o jantar, esquento um pouco de sopa e levo para ele. Quando bato à porta do quarto, ele não responde. Hesito, reconhecendo seu direito à privacidade, mas então me lembro das palavras de Mike. Equilibro a bandeja no quadril e viro rápido a maçaneta, como se tivesse sido convidada a entrar. Asher está deitado na cama, imóvel, encarando o teto, os olhos tão vermelhos que parece que todas as veias estouraram. Ele não está chorando. Mal está respirando.

— Sei que você falou que não está com fome — digo, baixinho. — Mas quis trazer assim mesmo.

Existe um desfiladeiro entre nós.

— Se você quiser conversar...

Um leve tremor, um *não*.

— Se você comer alguma coisa, talvez se sinta melhor...

Silêncio.

Bato em retirada, sabendo que não existe comida no mundo que eu possa preparar para preencher o vazio em seu interior. Tenho consciência de que trouxe a bandeja com comida para que *eu* me sentisse melhor, não ele.

• • •

UMA HORA DEPOIS, bato à porta de Asher de novo. Ele continua na mesma posição, com os olhos ainda abertos. A sopa, intacta.

Desta vez, não me dou ao trabalho de falar nada; as palavras de que precisamos não existem em nosso idioma. Até o termo *luto* parece ser um penhasco, de onde caímos.

ENCONTRO O TELEFONE de Ava Campanello na lista da organização de pais e mestres da escola, um PDF que deixei em uma pasta do computador e nunca abri. Só falei com ela duas vezes: a primeira após um concerto em que Lily tocou uma música linda no violoncelo, a segunda quando veio buscar Lily em casa para uma consulta no dentista. Ambas as conversas foram educadas, simpáticas — entre pessoas desconhecidas que foram conectadas pelas circunstâncias. Penso em como, quando puxamos um quadro de uma colmeia, as abelhas criam uma cadeia pelo espaço: eu, depois Asher, depois Lily, depois Ava.

Não me surpreendo quando ela não atende. Ela deve ter... pessoas, amigos, parentes... alguém que esteja ao seu lado neste momento. E, ainda assim, me lembro vagamente de Asher falar algo sobre o pai não fazer parte da vida delas, e sei que Lily era filha única.

Espero que ela tenha companhia nesta hora.

— Ava — digo no espaço vazio da caixa postal —, aqui é Olivia McAfee. A mãe do Asher. Eu só... queria... — Fecho os olhos. — Meu Deus. Eu sinto muito.

Desligo enquanto um tsunami de tristeza me afunda em uma cadeira da cozinha. Lemos sobre tragédias no jornal, quando um estudante cai morto no meio de um jogo de basquete ou um aluno brilhante com notas entre as melhores do país é morto por um motorista bêbado, ou um tiroteio em uma escola tira a vida de um pré-adolescente. Na televisão, vemos os rostos deles, o aparelho nos dentes, seus topetes, suas sardas.

Dizemos a nós mesmos que isso não aconteceria onde moramos. Dizemos a nós mesmos que não foi com ninguém que conhecemos. Até acontecer, até ser.

NO MEIO DA MADRUGADA, escuto um som como o de um oboé, vibrando no centro da casa. Sento de supetão na cama, pensando no urso que acabou com minha colmeia, e o restante do dia começa a preencher os espaços vazios na minha consciência. A realidade me acerta como um soco.

O chão está frio sob meus pés descalços enquanto sigo o som. Sei que estou indo para o quarto de Asher, abro a porta e encontro meu filho encolhido de lado, chorando de soluçar.

— Ash — choramingo, apertando seu ombro. — Querido, estou aqui.

O som, aquela cascata de dor, não para. Jorra dele, vindo de uma fonte que se reabastece ao mesmo tempo que esvazia. Toco seu braço, seu rosto, seu cabelo, tentando consolá-lo. Com um choque, percebo que Asher está dormindo profundamente.

Imagine um sofrimento tão profundo que ultrapassa as barreiras do sono; imagine se afogar antes mesmo de perceber que está embaixo da água.

Não sei o que fazer. Então me enrosco nele da forma como fazia quando era pequeno e tinha um pesadelo. Mas agora ele é maior do que eu, sou mais um crustáceo do que uma capa protetora. Sussurro no seu ouvido versos que costumavam diminuir sua agitação, acalmar seu coração.

A coruja e o gatinho partiram ao mar,
Para em um lindo barco verde-ervilha navegar
Um pouco de mel e muito dinheiro os acompanharam,
Usando uma nota de cinco, os embrulharam.

Repito os versos sem parar, deixando o som embalá-lo como uma corrente, até eu cair no sono.

NA MANHÃ SEGUINTE — sábado —, acordo com o som do celular de Asher vibrando. Sento com cuidado, tentando não acordá-lo e olho para o aparelho. Na tela de bloqueio, vejo notificações de Dirk. De repente, lembro que há um jogo às quatro da tarde hoje, do qual Asher obviamente não vai participar. Então me dou conta de que Dirk não deve estar mandando mensagens por causa do jogo. A esta altura, a notícia da morte de Lily já deve ter se espalhado por todos os cantos.

Desligo o telefone para não incomodar Asher, deixo-o sobre a mesa de cabeceira. Tomo um banho rápido e prendo o cabelo em uma trança, misturo o xarope de açúcar na proporção de dois para um. Coloco botas e uma parca, pego um alimentador externo e faço o caminho pelo campo congelado até as colmeias. Não quero incomodar a colônia que sofreu o ataque ontem, mas não tenho escolha. Preciso libertar a rainha, dar a solução de açúcar para elas e passar o isolamento na caixa — apesar de saber que é uma batalha já perdida.

Quando chego, acendo o fumigador e então retiro a tampa. Fico surpresa ao ver dois zangões — as abelhas do sexo masculino, com suas cabeças grandes, olhos gigantes e zumbido de helicóptero. Nesta época do ano, é raro encontrar zangões. O único propósito deles é acasalar com a rainha na primavera, e eles morrem durante o processo. Enquanto esperam pela grande orgia, fazem treinos de voo, o equivalente à flexão das abelhas. Não coletam pólen nem néctar, apesar de poderem comer sempre que quiserem. Não produzem cera. Não limpam. Eles recebem permissão de entrar em outras colmeias, como diplomatas. Mas como são sanguessugas de energia da colmeia, os zangões sobreviventes são atacados pelas operárias no outono, sendo literalmente desmembrados e jogados para fora.

Para ser sincera, acho que temos muito que aprender com as abelhas.

O mundo delas é comandado pelas mulheres, e as operárias são todas fêmeas. Alimentam os bebês, constroem novas células com cera, buscam e armazenam néctar e pólen, amadurecem o mel, esfriam a colmeia quando a temperatura esquenta demais. E ainda são coveiras, trabalhando em duplas para remover os mortos. Porém, o trabalho mais importante é, sem dúvida, cuidar da rainha, que não consegue tomar conta de si sozinha — as abelhas a alimentam e limpam enquanto a rainha bota quinze mil ovos por dia.

É difícil identificar uma abelha-rainha se ela não for marcada. É a maior de todas — mais comprida, mais magra —, mas parece mais frenética, fugindo da luz com suas damas de companhia. Quando Asher era pequeno, tínhamos uma brincadeira em que eu tirava um quadro atrás do outro até encontrar a rainha para ele. *Como você sabe que é essa?*, perguntava ele, e eu dizia: *Ela está usando uma coroa bem, bem pequenininha.* Na verdade, o jeito de achar a rainha é buscando provas de que ela está viva. Se você não encontrar ovos em todas as fases do desenvolvimento, é provável que a rainha da colônia tenha morrido.

Na primeira vez que Asher trouxe Lily para casa, eu estava com as abelhas. Eu o vi atravessando o campo com ela, segurando sua mão como se achasse que ela poderia voar para longe — um balão solto, um dente-de-leão soprado. Eu estava pensando se devia acrescentar outra melgueira à colmeia de Ariana quando os dois pararam a cerca de seis metros de distância. Na mão, Asher carregava o chapéu de apicultura. Mas embaixo de seu braço também havia um capacete antigo com tela, que era do meu pai e devia estar guardado no sótão.

Asher já havia tido namoradas, mas nunca se envolvera o suficiente para me apresentar a uma delas. Eu conhecia toda a garotada da cidade. Aquela eu nunca tinha visto antes.

— Mãe — disse Asher, após ajudá-la a colocar o equipamento improvisado. — Esta é Lily.

Olhei para cima, sorrindo por trás da minha máscara. Era setembro, quando a temporada das abelhas começava a se acalmar. Em algumas semanas, eu faria a segunda colheita de mel, mas, por enquanto, ainda havia bastante flores e abelhas mergulhando nas entradas das colmeias com as pernas cheias de pólen.

— Ah — digo. — A famosa Lily.

Ela olhou para Asher com as sobrancelhas levantadas.

— Eu falo sobre você — disse ele, sorrindo. — Talvez demais.

— É um prazer conhecê-la, sra. Fields — respondeu Lily.

— É McAfee — corrigimos Asher e eu ao mesmo tempo, e quando Lily se retraiu, envergonhada, balancei a cabeça. — Não tem problema. Pode me chamar de Olivia. — Ergui o olhar para ela. — A primeira regra da apicultura: não pare na frente da colmeia.

Lily desviou para a direita, se encolhendo para fugir de uma abelha curiosa que voava ao redor de sua cabeça.

— Você é alérgica? — perguntou Asher.

— Não — respondeu ela. — Quer dizer, não que eu saiba.

— Você saberia — falei. Nesse momento, ela se encolheu um pouquinho, chegando mais perto de Asher. — Essas colmeias são bem tranquilas — expliquei. — Não vão te incomodar se você não incomodá-las.

Asher passou um braço ao redor dela, colocando a mão no bolso de seu jeans.

— Prometi um pouco de mel a Lily — disse ele.

Virei o quadro na minha mão para revelar a parte de trás, cintilante.

— Aqui está. — Mostrei para Lily. — Mas ainda não está pronto. Elas precisam opercular primeiro.

— Vômito de abelhas — disse Lily. — Não é assim que elas fazem?

— O néctar é regurgitado, sim — concordei. — Mas *vômito de abelha* não parece muito apetitoso nos rótulos.

— É a enzima que elas acrescentam que quebra o néctar em glucose e frutose — disse Lily.

— Isso, a invertase — confirmei, olhando de novo para Lily, agora por mais tempo.

— Lily é tão inteligente que chega a ser ridículo. Parece o Google — disse Asher. — Só que mais bonita.

Percebi que ela ficou tímida novamente e voltei o olhar para a colmeia agitada. Às vezes, quando abria o fundo de uma caixa, tinha a sensação de que estava invadindo a privacidade da colônia. Eu me senti desse mesmo jeito naquele momento, com Asher e Lily.

Apesar dos elogios, os olhos dela permaneceram focados em mim enquanto eu trabalhava metodicamente na melgueira, inspecionando a nova cera branca que as abelhas haviam acrescentado ao favo para separar os alvéolos, criando o espaço do tamanho certo para as abelhas se moverem confortavelmente, e deixando-os mais fundos para armazenar o mel. Ao olhar para aquilo, me lembrava de biscoitos *wafer*, ou de chocolate branco.

— Parece uma dança — disse Lily, hipnotizada. — Como se você estivesse atravessando o mel.

Sorri.

— O que mais você sabe sobre abelhas?

Imaginei que ela tivesse informações básicas: oitenta por cento das colheitas são polinizadas por abelhas, uma de cada três ou quatro garfadas de comida que colocamos na boca são resultado do trabalho delas. Em vez disso, Lily me surpreendeu.

— Em 1780, perto da Filadélfia, uma garota quaker, Charity Crabtree, estava cuidando de abelhas quando encontrou um soldado ferido. O homem pediu que ela fosse com o cavalo dele até o general Washington, para avisar que o exército britânico estava prestes a atacar. Ela atendeu o pedido, mas como ouviu o exército se aproximando, jogou no chão a colmeia de que estava cuidando e as abelhas atacaram os soldados inimigos. Supostamente, Washington falou que foram as abelhas que salvaram os Estados Unidos.

Pisquei para ela.

— Eu avisei. — Asher riu.

— Gostei dela — respondi.

Com cuidado, encaixei a tampa por cima da melgueira e apertei bem as amarras de náilon. Finquei o calcanhar na terra macia, fazendo um buraquinho para jogar as brasas do meu fumigador e apagá-las com a bota.

— Em um livro chamado *A múmia*, de 1925 — falei para Lily —, há um registro de um grupo de egiptólogos que descobriu um jarro grande lacrado em uma tumba. Quando o abriram e encontraram mel, acharam por bem provar, porque sabiam que mel não estraga e que seria fantástico experimentar algo de milhares de anos atrás. Mas um dos estudiosos achou um fio de cabelo enrolado em seu dedo ao retirar a mão do pote... e acabaram descobrindo o corpo de um bebê dentro do mel, ainda vestido e completamente preservado.

— Que *nojo* — disse Asher.

— Que *incrível* — falou Lily.

— Sei muitas histórias sobre mel — disse eu, rindo. — Gosto de contá-las em festas.

— Quando foi a última vez que você *foi* a uma festa? — perguntou Asher.

Na minha vida passada, pensei imediatamente, me lembrando dos eventos com os colegas de trabalho de Braden. Mas apenas ri.

Os olhos de Lily brilharam. Eles me lembraram das festas. Às vezes, eu via uma mulher parada sozinha do outro lado da sala lotada, encontrava seu olhar e acenava com a cabeça, sabendo que ela também pensava: *Essas pessoas, que não me enxergam de verdade, não sabem o que estão perdendo.*

Saímos de perto das colmeias. Enquanto eu ligava a cerca elétrica de novo, Asher virou Lily para que ficasse de frente para ele, e então levantou a tela protetora do rosto dela. Naquele momento, vi seu futuro.

Conseguia imaginá-lo com facilidade no dia de seu casamento, repetindo aquele mesmo movimento só que com um véu de renda delicada, revelando uma garota que o fitava do mesmo modo que Lily fazia agora.

Foi ali que percebi que meu filho não era mais um menino, e que enquanto eu não estava prestando atenção, ele havia se tornado um homem.

SÓ QUE LILY nunca será uma noiva, penso de repente.
Nunca irá envelhecer.

Meus joelhos cedem, e o gelo queima minhas pernas enquanto sento no chão congelado, tremendo. Lily não vai voltar. Nunca mais a verei segurando a mão de Asher enquanto ela atravessa o campo de morangos. Nunca mais a escutarei recorrer ao seu poço infinito de curiosidades e fatos interessantes enquanto jantamos um frango assado. Nunca mais a verei bater à porta da frente ou provocar Asher até ele ficar de bom humor.

É uma sorte tão grande ter nossos filhos, ainda que por pouco tempo, que acreditamos que eles estarão sempre ali, ao alcance de nossas mãos. Chegamos à conclusão idiota de que, enquanto vivermos, eles também viverão, apesar de isso não estar escrito em um contrato.

Não posso trazer Lily de volta. Mas posso impedir Asher de segui-la até um lugar de onde não poderá voltar.

Quando levanto, vejo a grama verde descongelada nos pontos em que minhas mãos estavam um instante atrás, prova de que — mesmo que não pareça — o inverno não dura para sempre.

DENTRO DE CASA, bato as botas e sinto a queimação do sangue voltando aos meus pés. Da sala, escuto um sotaque britânico.

Asher está sentado no sofá, segurando o laptop. Usa as mesmas roupas de ontem; seu cabelo está espetado em um lado da cabeça. Seus olhos estão horrivelmente vermelhos, e ele mal pisca enquanto encara o computador. Vejo o símbolo amarelo do History Channel no canto da tela. Um avião da Primeira Guerra Mundial atravessa a tela enquanto o narrador explica algo sobre o Barão Vermelho.

— O que você está assistindo? — pergunto.

Por cima de seu ombro, vejo um míssil flamejante bater e criar um buraco no corpo largo de um avião. Dá para perceber que é só uma questão de tempo para ele cair.

— É assim — murmura Asher. — A sensação é assim.

Tiro o computador de suas mãos e fecho a tela.

— Vem comigo? — pergunto. — Para contar às abelhas?

Demora um bom tempo para ele responder, mas então concorda com a cabeça.

— Está frio — digo. — Você vai precisar de um casaco.

No fim das contas, suas mãos tremem tanto que não conseguem puxar o zíper, e acabo ajoelhando à sua frente, fechando os dentes de metal, como se ele tivesse voltado à infância.

Pela segunda vez nesta manhã, atravesso o campo até as colmeias. Agora, trago metros de musselina preta que peguei no sótão.

Lily não fazia parte da família, tecnicamente, mas era uma de nós. É dever do apicultor contar às abelhas sobre a perda, e sou supersticiosa o suficiente para pensar que, se eu não fizer isso, uma colmeia completamente saudável pode deteriorar. Como a de Celine está destinada ao fracasso, para que correr esse risco?

Outra parte do ritual: é dever do primogênito da apicultora posicionar todas as colmeias à direita.

Eu me inclino perto de cada colônia e canto a primeira música que me vem à cabeça.

Neptune of the seas, an answer for me, please
*The lily of the valley doesn't know.**

---

* "Netuno dos mares, me dê uma resposta, por favor / O lírio do vale não sabe", em tradução livre. (N. da T.)

— Queen? — pergunta Asher.

Sua voz parece sair do fundo de um poço. Ele apoia o ombro na colmeia de Adele, usando sua força para empurrar a caixa de madeira quinze centímetros para o leste.

Concordo com a cabeça, cobrindo-a com um pedaço de pano. É um xale, uma mortalha. Um convite para se juntarem ao nosso luto. Pode ser minha imaginação, mas acho que escuto os zumbidos aumentarem um pouquinho dentro da colmeia, reagindo à letra de Freddie Mercury.

Asher arrasta um pouco a colmeia de Beyoncé, depois a de Gaga.

— Ela adorava essa música — diz ele.

CINCO DIAS APÓS a morte de Lily, há uma cerimônia na casa funerária Ricker's, a única de Adams. Asher usa um terno que não cabe mais em seu corpo; as mangas do paletó terminam antes dos ossinhos dos pulsos, e a calça está dois centímetros mais curta. Ele senta ao meu lado na picape, em silêncio, enquanto tentamos achar uma vaga. Mas ele passa muito tempo em silêncio ultimamente, menos à noite, quando chora tanto que chega a ficar ofegante em alguns momentos.

Desligo o motor e solto o cinto de segurança, Asher permanece imóvel.

— Ash? — digo baixinho. — Você não precisa ir, se for difícil demais.

Sei que minhas palavras não passam de uma reles mentira. Acho que ele *precisa* ir, ou passará a vida se arrependendo por não ter se despedido de Lily.

Asher encara o para-brisa, olhando para o nada.

— O que vão fazer com ela? — pergunta ele. — Já que o chão está congelado.

— Bem — começo —, quando a vovó morreu, era janeiro. Só a enterramos em abril, quando o chão desgelou.

Ele se vira para mim, esperando pelo restante da resposta.

— Acho que existe uma sala na casa funerária onde deixam os corpos até o fim do inverno.

O rosto de Asher empalidece.

— Ou a família pode ter decidido pela cremação.

— Então talvez ela nem esteja aí — murmura ele.

— Mas isso não faz diferença. Ash, seja lá o que for... Não é Lily.

A expressão dele se torna quase selvagem.

— Você acha que eu não sei disso?

Por instinto, me encolho para longe dele. Imediatamente, sua expressão desmorona.

— Desculpe. É que... — Sua voz fica aguda. — Todas as manhãs, acordo e me dou conta de que estou *dentro* do pesadelo.

— Não vou te dizer que não dói. — Seguro sua mão e a aperto. — Mas essa sensação não vai durar para sempre.

Quando Asher me encara, subitamente parece muito, muito velho.

— Não é porque vou parar de sentir saudade dela. Mas porque vou me acostumar com a ideia, e essa vai ser a minha nova normalidade.

Ele se curva para sair do carro, e, desta vez, eu é que sou deixada para trás. Ele tem razão; é impossível se recuperar da perda de uma pessoa amada — mesmo aquelas que você abandona porque é melhor viver sem elas.

Assim que entramos na casa funerária, vejo a caixinha de madeira polida sobre uma mesa decorada, com uma foto emoldurada de Lily ao seu lado. Então decidiram pela cremação. Assim que Asher a vê, fica imóvel ao meu lado.

Há jovens da escola aqui, alguns que conheço, outros que não. Professores parecem familiares. Meu braço está entrelaçado ao de Asher; sinto ele me puxar com determinação rumo à mesa, sobre a qual estão espalhados — é claro — lírios.

Penso em Alexandre, o Grande, que morreu em uma batalha distante e cujo corpo foi preservado para a viagem de volta para casa em um caixão cheio de mel. Imagino Lily, congelada em um líquido âmbar, com dezenove anos para sempre.

Asher para de andar quando ainda estamos a alguns metros de distância.

— Tudo bem? — sussurro, mas seu rosto está completamente inexpressivo.

Ele é uma estátua ao meu lado, pálido, os olhos vazios.

De repente, sua amiga Maya vem correndo em sua direção, jogando os braços ao redor de sua cintura, chorando em sua camisa. Ele não a abraça, não reage de forma alguma. É como se ela abraçasse uma árvore.

— Ai, meu Deus, Asher — chora ela.

Algumas pessoas se viram, observando a interação. *Aquele é o namorado. Ouvi falar que foi ele quem a encontrou. Coitado.*

Maya se afasta, ergue o queixo. O cabelo preto comprido bate na cintura — é assim desde que Asher tinha seis anos e os dois aprenderam a ler em dupla no jardim de infância. Eles brincavam na casa da árvore que meu pai construiu para mim e Jordan muitos anos atrás, e Maya sempre escolhia a aventura do dia: piratas em alto-mar, paleontólogos encontrando uma nova espécie de dinossauros, astronautas em Marte. Houve uma época em que eu tinha certeza de que os dois teriam um romance. Mas Asher se mostrou horrorizado quando toquei no assunto como quem não quer nada — seria, segundo o que ele me disse, como beijar sua irmã. Agora, lembro que foi Maya quem o apresentou a Lily. As duas eram melhores amigas.

Vejo o sofrimento dominando o rosto de Maya, e sua confusão por Asher não se compadecer.

— Maya — digo, puxando-a para um abraço. — Sinto muito.

Ela acena com a cabeça, esfregando o rosto molhado em meu ombro. Então olha de soslaio para Asher, que para ao lado da foto de Lily, de costas para nós. Ele parece um sentinela, como os guardas da rainha no palácio de Buckingham que não demonstram um pingo de emoção, mesmo quando alguém faz caretas ou grita para eles. Maya franze a testa.

— Ele está bem?

— Cada um vive o luto à sua própria maneira — digo baixinho.

— Pode dizer a ele que estou... aqui? — responde Maya. — Quer dizer, se ele quiser conversar e tudo mais?

— Você é uma boa amiga — respondo.

Os olhos de Maya vão na direção de Asher. De repente, suas mães estão aqui, lhe dando um abraço.

Nós, as adultas, nos cumprimentamos. Uma das mulheres — Deepa —, balança a cabeça.

— Que tragédia — diz.

Sua esposa, Sharon, me abraça.

— Maya está dormindo à base de remédios — murmura. — Imagino como isso está sendo difícil para o Asher.

Você não *tem como imaginar*, penso, insensível. *Ele a amava.*

Murmuro alguma resposta, mas meu foco já está em Asher. Ele se aproxima da caixa com as cinzas de Lily. Para a quinze centímetros de distância e estica uma mão, como se pretendesse tocar a madeira. Em vez disso, seus dedos pairam sobre a superfície, tremendo violentamente. Ele os fecha, mantendo apenas o indicador esticado, e traceja as bordas de uma pétala de lírio.

Paro ao seu lado e passo um braço ao redor de sua cintura. Sinto as pessoas olhando. Tento puxar Asher para longe, mas é claro que ele é maior e mais forte do que eu.

De repente, há uma comoção de vozes altas do outro lado da sala. Isso quebra a concentração de Asher, e ele se vira na direção do som.

Ava Campanello está agitada e com o rosto vermelho, seus olhos tão inchados que mal abrem. Ela usa um vestido preto reto e discute com um homem que nunca vi antes — alguém com um terno mal-ajambrado, que ergue as mãos em rendição. Duas mulheres tentam acalmar Ava, mas ela se liberta e sai correndo da sala.

O homem olha ao redor. Com os ombros caídos, segue para a saída, vindo na direção da caixa de madeira polida. Ele a toca, depois olha para cima.

— Asher — diz, cumprimentando-o com um aceno de cabeça, e então vai embora.

— Quem é? — sussurro, mas o rosto de Asher perdeu completamente a cor.

— Vou vomitar — murmura ele, e sai correndo da sala.

Quando chego ao corredor, onde ficam os banheiros, Asher já está lá dentro. Há duas portas com placas unissex. Tento adivinhar, bato na mais próxima.

— Ash? — sussurro.

A porta se abre, e dou de cara com Ava Campanello. A gola de seu vestido está umedecida, como se ela estivesse molhando o rosto na pia. Seus olhos estão brilhantes demais.

— Ava — digo. — Sinto muito.

Penso em como abelhas que não conseguem encontrar sua rainha preferem ficar no local onde estão os ovos. Elas fazem de tudo para voltar para a prole. Penso em como seria passar a vida inteira separada de um filho.

— Você *sente muito* — repete Ava. Sua voz é como uma faca quente. — Se não fosse pelo seu filho, eu ainda teria uma filha.

Chocada, pisco. Ela me empurra ao passar por mim, os saltos de seu sapato batendo no corredor azulejado. No fim dele, ela é absorvida por um grupo de mulheres que olha para mim e sussurra enquanto a levam de volta para a sala.

A porta do segundo banheiro abre, e Asher sai. As maçãs de seu rosto estão manchadas.

— Podemos ir embora?

— Podemos — digo. — Vamos.

Eu me viro e encontro Mike Newcomb apoiado na parede, as mãos nos bolsos da calça. O distintivo de detetive cintilando em sua cintura, como o sol em um espelho retrovisor que bloqueia a visão da estrada.

— Asher — diz ele. — Tem um minuto?

MIKE NOS DIZ que aquilo é uma questão de rotina; que com frequência, após o ocorrido, novas perguntas surgem. Nós o seguimos de volta à delegacia em nosso carro. Ele nos leva para a mesma sala de interrogatório em que sentamos dias atrás, serve dois copos de água, coloca o mesmo gravador sobre a mesa.

— Asher, muito obrigado por vir — diz ele em um tom amigável, mas a acusação de Ava Campanello não sai da minha cabeça. — Agora que os peritos analisaram a cena do crime, queríamos que você nos ajudasse a esclarecer algumas discrepâncias.

Três palavras entalam na minha garganta.

— Cena do crime?

Mike não olha para mim. Seu foco permanece no rosto de Asher.

— Uma garota jovem e saudável morreu. Se nós não investigássemos todas as possibilidades, eu teria problemas.

Meu rosto esquenta.

— Asher contou tudo que sabe.

— É verdade, Asher? — diz Mike em um tom tranquilo. — Ou você quer ajudar a gente?

— Eu só quero saber o que aconteceu com a Lily — responde ele.

O detetive relaxa, e esse efeito reverbera pela sala. Asher se recosta na cadeira. Ao vê-lo respirar, respiro também.

Ava deve ter falado aquilo porque está sofrendo. Ela me atacou porque, quando você machuca outra pessoa, é mais fácil ignorar a própria dor.

— Estamos tentando montar uma linha do tempo — diz Mike. — Você pode me contar como foi aquele dia? O que aconteceu desde a hora em que você acordou até o momento em que entrou na casa de Lily?

— Eu fui para a escola — diz Asher. — Foi... um dia normal.

— Da última vez, você disse que Lily tinha faltado porque estava doente, então você mandou uma mensagem para ela...?

— Mandei. Ela não ia havia dois dias. Mandei mensagens, mas ela não me respondeu.

Mike anota algo em um bloco de papel.

— Ela disse que estava doente?

Asher cora.

— Não. Descobri por uma amiga nossa. Maya.

— Maya...

— Banerjee.

— Por que Lily não te contou? — pergunta Mike.

— Fazia uns dias que a gente não se falava — responde Asher. — A gente estava brigado.

Eu me remexo na cadeira. Asher e Lily estavam brigando? Por que ele não me contou antes?

— Sobre o que era a briga? — pergunta o detetive.

Asher pigarreia.

— Sobre o pai dela — diz, me olhando rapidamente de soslaio e então desviando o olhar. — Os dois não se falavam havia um tempão, e achei que ela devia fazer isso...

Porque você não fala com o seu pai, penso.

— Mas Lily não queria.

Penso no homem na casa funerária com olhos escuros, terno amarrotado, que brigou com Ava e chamou Asher pelo nome.

— Era só por causa disso que vocês estavam brigados? — pergunta o detetive.

— Era.

Ele se inclina para frente.

— Você pode abrir o jogo comigo caso ela estivesse saindo com alguém.

— O quê? — Asher fica chocado de verdade. — *Não*.

— Então você mandou cinco mensagens para ela naquele dia e queria muito vê-la...

— Ela estava *doente* — explica Asher. — Eu queria saber como ela estava.

— Como você entrou na casa?

— A porta estava aberta. Tipo, literalmente.

— Você não achou estranho?

— Nem pensei nisso — diz Asher. — Bati, empurrei a porta e entrei. Chamei o nome da Lily.

— Lily respondeu?

— Não — diz ele, baixinho. — Ela estava caída no pé da escada.

Abro a boca para responder, porque vejo que Asher está prestes a desmoronar. Se Mike o fizer reviver a morte de Lily, é exatamente isso que vai acontecer. Para minha surpresa, Mike segue adiante.

— Você foi a algum outro lugar da casa?

— Não.

— Você não subiu?

Asher balança a cabeça.

— Mas você já esteve no quarto dela.

— Eu, hum... — Seu rosto está pegando fogo.

— Você não se sente confortável falando sobre isso na frente de sua mãe? — pergunta Mike. — Escute, Asher. Tudo isso vai ser bem mais fácil para você se me contar a verdade.

— Eu *estou* contando a verdade. Não fui no quarto de Lily.

— Então acho que você não sabe nada sobre a luminária virada, o vidro no chão da lâmpada quebrada, nem sobre a mesa de cabeceira derrubada.

— Não — responde Asher com firmeza —, porque *não fui ao quarto de Lily*.

— Que interessante — diz o detetive. — Porque suas digitais estão lá.

Asher fica imóvel.

Alguém se enganou, penso. *Que coisa ridícula. As únicas digitais em bancos de dados policiais são de criminosos, de garotos com antecedentes criminais, não de garotos como Asher.*

De repente, me lembro dele esfregando as pontas dos dedos na pia da cozinha na primavera passada, tentando limpar manchas de tinta. *É do acampamento de hóquei*, me explicou ele. *Todos os conselheiros precisaram registrar as digitais.*

— Para de falar — digo, mas minha voz sai ofegante. Aperto os braços da cadeira e forço as palavras a saírem mais rápido. — *Para de falar, Asher.* — Levantando, encaro Mike com frieza. — Acredito que temos direito a um advogado.

Ele ergue as mãos, amigável.

— Só estou fazendo o meu trabalho — diz ele.

— E eu só estou fazendo o meu.

Puxo meu filho pelo braço, arrastando-o para fora da sala de interrogatórios e pelos corredores da delegacia.

Não paramos até chegarmos ao estacionamento. A essa altura, Asher já saiu de seu estado de choque.

— Mãe — diz. — Não sei do que ele está falando. Encontrei Lily no pé da escada. Juro.

— Aqui, não — digo, trincando os dentes e abrindo as portas da picape.

Quando você trabalha com abelhas, a primeira coisa que faz é criar uma cortina de fumaça. É assim que apicultores as convencem a cooperar. É assim que adolescentes tentam convencer as mães de que está tudo bem.

Asher entra na picape. Eu me encosto na traseira azul-clara e pego o celular. Jordan, meu irmão, está de férias na Irlanda com a esposa e seu filho de onze anos. Ele está quase aposentado hoje em dia, mas foi um advogado de defesa renomado.

No exterior, já é madrugada, e a ligação cai na caixa-postal.

— Jordan? — digo. — É Olivia.

Eu me lembro da conversa que tivemos doze anos atrás com a mesma vivacidade de um tapa — de como Jordan ficou com raiva ao descobrir a verdade sobre meu casamento: *Meu Deus, Liv, por que você não me contou? Eu teria vindo ajudar. Eu teria levado vocês para longe dele.*

— Você me disse para te avisar da próxima vez que eu precisasse de ajuda — digo ao telefone.

Asher está com a têmpora no vidro gelado da janela. Seus olhos estão fechados.

Respiro fundo.

— Preciso de ajuda.

LILY ◆ 2

25 A 29 DE NOVEMBRO DE 2018
A semana anterior

Asher e eu começamos a rir feito loucos, como se tivéssemos acabado de roubar um trem e agora estivéssemos fugindo com o ouro. Ficamos assim por uma eternidade, até que por fim, ofegantes e delirantes, caímos em silêncio.

— Acho que entraram umas farpas na minha bunda — digo.
— Quer que eu pegue uma pinça?
— Não precisa, estou bem.

Que mentira deslavada. Estou *fenomenal*. Ainda bem que o braço dele está ao redor de minha cintura, porque preciso de uma âncora. Meus ossos parecem feitos de luz.

Os lençóis que trouxemos estão todos embolados. Pego uma manta e cubro nossos corpos.

Ficamos deitados no chão da casa da árvore, olhando para o teto de madeira. O avô de Asher construiu um forte e tanto: há uma janela em cada parede, as vigas estão presas por pregos redondos. Um telescópio de latão está posicionado diante de uma das janelas, apontado para as colmeias. Uma luminária enferrujada pende de uma corrente presa a um galho grosso da árvore. Na extremidade da casa, uma rede foi pendurada entre duas paredes, e sob ela há uma pilha de livros, que já viram dias melhores. *As crônicas de Nárnia*. *Jogos vorazes*. *A menina e o porquinho*. Caixas mofadas abrigam Batalha Naval e Candy Land. O caderno de desenhos de Asher. Uma caixinha de madeira.

Diante de outra janela está o leme de um navio. É tão fácil imaginar Asher, aos sete anos, parado ali com as mãos no leme, navegando por uma tempestade imaginária.

Se precisasse, ele afundaria com o navio. E eu afundaria junto.

Por um instante, ficamos deitados ali, sem falar, nós dois aconchegados perfeitamente um no outro, um origami humano. O sol entra pela janela aberta da casa da árvore, e um facho de luz ilumina o chão como o refletor de um teatro. Imagino todas as pessoas do passado que subiram aqui antes de mim. Será que somos os primeiros a termos dormido juntos — juntos *mesmo* — aqui?

— Como você chama este lugar? — pergunto a ele. — Casa da árvore? Ela tem nome?

Asher se apoia em um cotovelo e sorri.

— A Fortaleza — diz em uma voz parecida com a de Christopher Lee naqueles filmes da série *O senhor dos anéis*.

É impossível não rir.

— Que... medieval.

Ele olha ao redor.

— Quando eu era pequeno, a gente vinha aqui o tempo todo. Eu e Maya passávamos dias aqui no verão. Tínhamos um mundo inteiro. Eu era o rei, ela, a rainha.

Ele aponta para uma das vigas no teto, e lá estão suas iniciais, A.F., e as de Maya, M.B. Há outras também: O.McA. e J.McA. E D.A.

— O.McA. é sua mãe, né? E J.McA. é...?

— Meu tio Jordan. Meu avô construiu isto aqui para eles quando eram pequenos.

— E D.A.?

— Dirk! — diz Asher com um sorriso.

— Deixa eu adivinhar. Ele era o bobo da corte?

Asher ri.

— Não exatamente. No nono ano, a gente vinha aqui fumar maconha. Ficávamos vigiando pelo telescópio para ver se minha mãe estava

chegando. — Ele balança um pouco a cabeça, perdido nas memórias.
— Você devia ter visto a cara da Maya quando descobriu que eu trouxe Dirk aqui. Achei que fosse me bater. Ela disse: *Não é para você ficar chapado na Sala do Trono!*

— Sala do Trono?

— É.

Olho ao redor.

— Não tem lugar nenhum para sentar aqui.

Asher me puxa para cima dele, encaixando minhas pernas em cada lado de seu quadril. Ele está duro de novo, encostando em mim.

— Posso ser o seu trono — oferece.

Eu me inclino para beijá-lo.

— Deus salve o rei — sussurro.

Meu cabelo forma uma cortina ao nosso redor. As mãos de Asher estão na minha cintura e começam a subir, as palmas das minhas mãos pressionam seu peito. Então ele me solta, escuto o barulho da embalagem da camisinha sendo aberta, e ajeitamos nossos quadris enquanto ele a coloca. Penso sobre como você só percebe o quanto está vazia quando é preenchida. Então paro de pensar.

No final, trocamos de posição, e Asher pesa sobre mim, seu nariz pressiona a curva entre meu ombro e pescoço.

— Esta é a minha parte favorita de você — murmura.

— Não é uma parte muito excitante.

— Você que pensa. — Ele se aninha na minha pele. — Nunca mais vou sair daqui. Pode mandar minha correspondência para cá. Acabo de me mudar.

Eu rio e o empurro até ele rolar para o lado. Então levanto e coloco meu sutiã e a calcinha. Enquanto Asher procura a cueca, mexo no telescópio, vendo o mundo em que ele cresceu. Penso nele olhando pelo visor quando era pequeno, e em Olivia e seu irmão fazendo a mesma coisa quando eram crianças.

— *Plus ça change, plus c'est la même chose* — murmuro. Sinto o olhar de Asher em mim. — É uma citação de Jean-Baptiste Karr. — Sig-

nifica que quanto mais as coisas mudam, mais permanecem iguais.
— Traduzo.
Olho por cima do ombro, mas ele continua me encarando.
— O que foi? — pergunto, envergonhada.
— Você — responde Asher.
O jeito como ele fala faz uma corrente elétrica percorrer meu corpo, e penso: *Sabe, eu poderia arrancar minha calcinha de novo para tentarmos uma terceira rodada.* Às vezes, quando Asher olha para mim, é como se ele fosse uma flor em um campo, e eu, uma chuva desconhecida que ele precisa absorver.

Um segundo depois, sinto os braços de Asher me envolverem por trás, e me encosto nele. Não sei por quanto tempo ficamos parados assim, nós dois. É nisso que mal consigo acreditar. Que nós temos tudo que temos, e que é interminável.

Meu olhar encontra uma viga do outro lado da casa da árvore, onde há outro par de iniciais.
— Quem é B.F.?
Asher me solta, vai para o canto, veste a calça.
— Asher? — digo, e ele me lança um olhar.
Agora, abotoa a camisa de flanela.
— B.F. é meu pai — diz ele. — Braden Fields.
Sempre que Asher fala sobre o pai, o clima muda. *Só quero manter a porta aberta*, diz, mas não consigo entender por que manter a porta aberta para alguém que vai acabar arrancando-a do batente mais cedo ou mais tarde.
— Então deve ter sido... há muito tempo — suponho — que ele entalhou isso aqui.
— Foi — responde Asher, quieto, como se estivesse tentando decidir se quer falar sobre o assunto. — Antes de eu nascer. Minha mãe ficou irritada porque ele veio e entalhou suas iniciais, como se o lugar fosse dele. E não era.

— Acho que dá para entender — digo, com cuidado. — Talvez sua mãe quisesse uma memória que era só dela, que não precisasse dividir?

— As pessoas *deveriam* dividir as coisas com quem amam — diz Asher em um tom irritado que me deixa na dúvida se, de repente, estamos falando sobre nós dois.

Mas então a indignação o abandona. Asher senta no chão, desanimado. Sento ao seu lado e passo os braços ao redor de seus ombros. *Sinto* que ele está fazendo conexões sobre o passado.

— Às vezes não sei se ele é o babaca por causa do que fez — diz Asher —, ou se eu sou o babaca, porque sinto saudade apesar de tudo.

Não sei como responder. Quer dizer, não é possível mudar a forma como você se sente. Não sei se faz sentido tentar analisar se os sentimentos são bons ou ruins.

— Sei lá, Asher — digo. — Se fosse comigo, não sentiria saudade dele.

— Você não sente falta do seu pai? — pergunta Asher. — Nunca quis que ele não tivesse morrido, para vocês poderem conversar?

Agora, me sinto culpada — porque esse é o único assunto sobre o qual não contei a verdade para Asher. Não que eu quisesse esconder algo; sinceramente, me esqueci da desculpa que inventei meses atrás, quando nos conhecemos, sobre meu pai. Depois de tudo que Asher e eu passamos, morro de medo de ele descobrir que escondi mais coisas e querer me abandonar para sempre. É melhor eu admitir a verdade, dizer que o motivo para o meu pai não fazer parte da minha vida não é porque ele morreu. É porque ele é um *merda* tóxico, que destruiria o meu mundo se soubesse onde estou.

— Não sinto falta dele — digo, baixinho. — Nunca.

Lá fora, escuto o *vruuu* de uma pomba lamuriosa. São apenas quatro da tarde, mas as sombras já estão se alongando. Os dias de outono são curtos aqui.

— Não é que eu perdoe o meu pai — diz Asher — pelo que ele fez com a minha mãe. Mas quero entendê-lo. Porque... você sabe. Quem eu sou, independente do que isso seja, uma parte veio dele.

Não sei o que dizer. Acho que o pai de Asher é um mentiroso deslavado de marca maior.

— Entendo. Mas... tome cuidado. Acho que ele sabe manipular os outros como ninguém.

— Você acha mesmo que ele não dá a mínima para mim?

— Se ele não estivesse nem aí — digo para Asher —, talvez te encontraria mais que uma vez por mês? E não só numa lanchonete a duas horas e meia daqui?

— Fui *eu* que dei a ideia de a gente se encontrar fora da cidade — diz ele. — Estou tentando proteger a minha mãe.

— Eu sei — digo. — Mas por que não te convidar para ir à casa *dele*? Você já chegou a *ver* a esposa nova? Conheceu seus meio-irmãos? Shane e Shawn?

Eles têm nomes de caubóis saídos de um filme de faroeste, penso.

Asher franze a testa.

— Desculpe — digo a Asher, e estou mesmo arrependida do que acabo de falar.

Essa história toda com o pai dele não é da minha conta.

O vento entra pela janela aberta da casa da árvore. É o domingo depois do Dia de Ação de Graças e está mais quente do que deveria, levando em conta que estamos em New Hampshire e é novembro. Mas fico me perguntando se esta é a última vez que estaremos aqui antes da primavera. Por um instante, a ideia me deixa triste. Vou sentir falta deste lugar.

— A gente devia ir lá — diz Asher, bolando um plano.

— Onde?

— Na casa do meu pai. Nesta quinta. A gente devia... simplesmente aparecer.

— O que tem nesta quinta?

Asher levanta uma sobrancelha.

— É o Dia de Ação *dos Field*, Lily.

— Dia... do *quê*?

— Eles sempre comemoram o Dia de Ação de Graças uma semana depois. Porque meu pai insiste em trabalhar no hospital durante o feriado.

— Certo — digo, assimilando essa informação.

— Deu para entender? — diz Asher. — Este ano, a gente aparece lá, nós dois, e encaramos todo mundo. Conhecemos a Margot, os gêmeos, sentamos à mesa. Eles precisam saber que meu pai tem um passado, e que esse passado sou eu.

É uma ideia interessante, apesar de meio louca. Será que a esposa nova, Margot, sabe que Asher existe? E Shane e Shawn? Seria legal, só para variar, ver o pai dele perder o controle da situação.

— E se ele... te expulsar? — pergunto.

A última coisa que quero é que Asher seja magoado pelo pai de novo.

— Quero só ver ele tentar fazer isso — diz Asher. Dá para sentir a ideia tomando forma em sua mente. — É sério. Vai dar certo! Ele vai ser obrigado a falar com a gente! — E esfrega as mãos. — Você topa, Lily?

Concordo com a cabeça.

— Asher contra o mundo — digo.

Mas tenho praticamente certeza de que seja lá o que acontecer na casa de seu pai, não será o que Asher espera.

— NOSSA — DIZ MAYA, abanando a mão diante do rosto. É o dia seguinte depois de Asher e eu termos ido à casa da árvore, e Maya e eu estamos ensaiando perto da lareira da sala. — Esse cheiro *saiu dele*?

Olho para o pobre e velho Boris.

— Ele está ficando bem... podre.

— Tem certeza de que ele não morreu e está se decompondo?

— Tenha respeito pelos idosos — digo, e faço carinho na lateral do peito de Boris.

Ele abre os olhos, mas não levanta a cabeça.

Maya leva o oboé à boca.

— Vamos tentar de novo — diz ela, e me encara por cima dos óculos. — Pronta?

Concordo com a cabeça, e Maya começa a tocar. A composição — o dueto para violoncelo e oboé de Eugène Bozza — segue um compasso seis por oito. Maya tem sete deles sozinha antes de começar a minha parte. Sei que ela gosta disso, porque o oboé quase nunca tem solos. Mas, nessa música, só para variar, Maya é a estrela.

É ela que começa o *lá* para o primeiro violino quando a orquestra se afina. O primeiro violino dá a nota para o restante de nós. Mas é o oboé que começa para o violino.

É basicamente o único momento em que o oboé recebe algum respeito.

Penso nas iniciais de Maya entalhadas na viga da casa da árvore e na história de como ela se mostrou irritada quando descobriu sobre Dirk e a maconha. Penso em mim e Asher aconchegados no cobertor.

Maya para.

— Acorda, Lily — diz ela.

Perdi minha entrada.

— Desculpe.

— Você está pensando no Asher — diz ela com um sorriso.

— Isso é tão ruim assim?

Boris solta outra bomba horrível que fede a esgoto. Maya leva o oboé à boca de novo.

— Mais uma vez? — pergunta. — Se você já estiver de volta da... Ashlândia?

— Beleza — digo. — Pode ir.

Ela começa no quinto compasso, e a escuto tocar. No oitavo, entro. Adoro essa composição. As pessoas não conhecem as músicas de Bozza, mas deveriam, porque são geniais. Fecho os olhos e deixo o som tomar conta de mim.

Dois minutos depois, nós duas chegamos ao *ré* final, e o seguramos. Então levanto o arco, e terminamos. A sensação é parecida, de certa forma, com uma transa excelente.

Maya levanta uma sobrancelha.

— Vocês foram na casa da árvore de novo, né?

Não adianta esconder. Concordo com a cabeça.

— Ontem — digo baixinho.

Maya sorri.

— O seu violoncelo soa diferente quando você pensa nele — diz ela. — Você toca do jeito como um astronauta caminha na Lua.

— Isso é... bom?

— Sim, é como se você nunca tivesse escutado música antes, e precisasse prestar bastante atenção a cada uma das notas. — Ela olha para mim. — Você sabe que ele nunca se apaixonou antes?

Ela parece pensativa, como se estivesse se lembrando dos momentos em que era *ela* quem ia à casa da árvore, governando seus súditos.

— Desculpe se eu... — Não sei direito como dizer isto. — Se eu tirei ele de você?

Maya pisca para mim.

— Lily. — Ela ri. — A gente nunca teve nada.

Quero perguntar se isso foi por escolha dele ou dela ou o que, porque ainda não consegui entender se Maya é lésbica, assexual, ou qualquer outra coisa. Da última vez que toquei no assunto, ela desconversou. Asher diz que nunca a viu gostar de ninguém. Meu palpite é que Maya está esperando por alguém, e esse alguém ainda não entrou em cena.

Boris geme, parecendo um fantasma em uma casa assombrada.

— Mais uma vez? — pergunta Maya. — E talvez mais *legato* depois do vigésimo compasso? Sabe, a parte aguda?

Concordo com a cabeça.

— Beleza.

Ela começa a contar.

— Um, dois, três...
— Maya. — Ela baixa o instrumento, frustrada. — Posso fazer uma pergunta?
— A gente *continua* falando do Asher?
— Não — respondo. — Quer dizer, sim. — Deixo a ponta do meu arco encostar no chão. — Posso perguntar sobre o... pai do Asher?
— Ah — diz Maya. — O misterioso Braden. Quando você o conhece, pensa: Que sujeito legal! Tão simpático! Mas ele não é legal, Lily. Só aprendeu a fingir que é.
— Asher sabe disso?
Maya dá de ombros.
— Ele sabe que é isso que *eu* penso. Mas continua indo naqueles cafés da manhã aos sábados mesmo assim.
— Você sabe dos cafés da manhã aos sábados?
Maya concorda com a cabeça, como se *fosse óbvio* que soubesse desses encontros.
— Sei lá, acredito que Asher pensa que o pai é algo que ele precisa consertar.
— Ele quer... consertar o pai?
— Ele quer consertar a si mesmo.
Sinto uma dor física, como uma punhalada no peito, só de pensar que Asher acredita que não é bom o suficiente. Apesar de ser assim que eu pensava sobre mim mesma algumas semanas antes.
— Digamos que, hipoteticamente, Asher tenha resolvido aparecer de surpresa no meio de um jantar importante da família do pai. Bater à porta do pai sem avisar, para fazer a esposa nova e os filhos admitirem que ele existe...
— Espera, o quê? — pergunta Maya, e, pela primeira vez, a surpreendi. — É sério?
Penso nas coisas que contei a Asher e nas coisas que não contei. Se a confiança for uma semente, você a oferece para uma pessoa acreditando que ela não irá esmigalhá-la. Asher confiou em mim sobre isso, não em Maya, por um motivo.

— Eu disse hipoteticamente — respondo.

Maya estreita os olhos ao fitar meu rosto.

— Espero que você, hipoteticamente, tenha dito que essa é uma péssima ideia.

— Não sou estúpida — respondo, e ergo meu arco.

TRÊS DIAS DEPOIS, escuto o dueto de Bozza na minha cabeça enquanto Asher e eu estamos no carro. As folhas marrons no acostamento fazem pequenos redemoinhos quando o jipe passa correndo por elas.

Um músculo na mandíbula de Asher tensiona e relaxa. Cubro sua mão sobre o câmbio com a minha. Quero dizer: *Você não precisa fazer isso*. Mas não sei se é verdade. Acho que ele precisa de fato.

Não toquei a composição de Bozza na minha audição para Oberlin em julho, mas Concerto para violoncelo n. 1, de Saint-Saëns. E mal. Havia três pessoas no comitê — uma mulher negra com cabelo grisalho, uma mulher asiática jovem com óculos grandes, e um cara branco e velho com óculos meia-lua à la Benjamin Franklin, que passou o tempo todo me observando de cara feia, como se tivesse pisado em cocô de cachorro. O olhar dele era intenso, tão intenso que eu não conseguia parar de fitá-lo em intervalos rápidos, e ele parecia mais irritado sempre que eu olhava para ele. Comecei a tremer. Quando cheguei ao *poco animato*, deixei o arco cair. Ainda consigo escutar o som dele ao bater no chão. Foi o som do meu futuro desaparecendo em um mísero segundo.

Achei que aquilo era o fim, que eu podia muito bem me despedir do comitê, mas a mulher de cabelo grisalho pegou o arco, devolveu-o à minha mão e disse:

— Srta. Campanello, finja que está tocando para os seus amigos.

Foi uma das coisas mais generosas que alguém já me disse.

Mas isso não melhorou a cara feia de Ben Franklin. Então a mulher de óculos disse:

— Recomece desde o início. Estamos dando uma colher de chá a você.

Lá estava essa expressão de novo.

Talvez tenha sido porque cheguei à conclusão de que não tinha mais nada a perder, mas *arrasei* na segunda vez. Toquei a música como ninguém. Quando terminei, as mulheres aplaudiram. Até o Ben Franklin enfezado concordou com a cabeça. Alguns minutos depois, meu violoncelo estava de volta ao estojo, e eu o levava para o carro, onde minha mãe esperava com Boris.

— Como foi? — perguntou ela, e fiquei me perguntando se deveria contar sobre a primeira ou a segunda tentativa.

A segunda, decidi. Porque havia apagado a primeira.

Asher entra em uma estrada de terra sem placa. Seu pai mora em um bairro muito afastado do centro de Boston, perto de absolutamente nada.

— Falta muito? — pergunto.

Ele olha para o GPS.

— Menos de cinco quilômetros.

— Como você está se sentindo?

— Inquieto — diz ele.

— Sabe — digo. — Ainda temos tempo para o plano B. Podemos voltar, ver como está a sua mãe.

— Ah, ela vai usar o tempo livre para tirar o própolis dos quadros velhos — diz Asher. — Ela está *bem* empolgada por não ter que passar o dia todo cozinhando. Não precisa se preocupar com a minha mãe.

Olho para a floresta escura do outro lado da janela — pinheiros, bétulas, carvalhos.

— Não é com a sua mãe que estou preocupada.

Asher precisa diminuir a velocidade, porque a estrada de terra está cheia de buracos e desníveis. Uma bandeira xadrez aparece no mapa do GPS agora, mostrando a localização da casa. Ela fica às margens de um lugar chamado lago Frio.

Ele olha para mim, nota a expressão preocupada em meu rosto.

— Lily — diz ele —, vai dar tudo certo. Prometo.

Mas não sei dizer se ele fala isso porque é realmente o que ele acredita ou se está apenas tentando se convencer disso.

— Você acredita na sua mãe, né? — pergunto. Sei que é algo duro de dizer, mas não existe forma delicada de fazer isso. — Sobre o que ele fez com ela no passado.

— Acredito — responde ele, mas o tom de sua voz carrega um *porém*.

— Mas...?

— Foi o que aconteceu com ela — diz ele. — Não o que aconteceu comigo.

— Só que *aconteceu* com você também. Não foi?

— Se ele fez alguma coisa comigo — rebate ele —, não lembro. Mal me recordo dele ter machucado *ela*.

— Isso não é desculpa...

Ele se vira para mim.

— Você acredita que as pessoas são capazes de mudar?

Todo o ar em meu corpo se torna um peso.

— Acredito — respondo, por fim.

— Tudo bem então — diz ele, com os ombros relaxando. — Acho que a relação entre os meus pais era tóxica. E, sim, por culpa dele. Mas isso foi há *doze anos*. Os dois já passaram mais tempo separados do que juntos. A minha mãe decidiu que não posso ter um relacionamento com ele porque acha que está me protegendo. Mas o que aconteceu não foi entre mim e ele; foi entre *ela* e ele. Não é justo que eu tenha que me virar sozinho.

— Você não está sozinho — digo. — Você tem a sua mãe. Você tem a mim.

— Eu sei — responde ele, baixinho. — Mas é diferente. Não ter pai. Mesmo que seja um pai de merda. — Ele me encara como se pudesse me obrigar a entender o que diz. — Você nunca desejou que o seu pai estivesse vivo?

— Não se ele fosse um *babaca* cruel — digo, um pouco rápido demais.

Há uma longa pausa.

— Do que ele morreu? — pergunta ele.

— Em um acidente de carro — digo, baixinho. — Ele estava bêbado.

— Ah, que horror — diz Asher, e pisa no freio. Estamos completamente parados, em uma estrada de terra, no meio da mata fechada. Ele coloca o carro em ponto morto. — Sinto muito — diz ele, e se inclina para me envolver em seus braços. — Sinto muito mesmo, Lily.

Agora me sinto péssima por mentir para Asher, mesmo sendo estranhamente gratificante matar de mentira meu pai.

— Na verdade... — Eu me afasto do abraço. — Tem uma coisa sobre ele que eu deveria ter contado antes.

Os olhos de Asher escurecem até estarem do mesmo tom que os galhos que nos cercam.

— Me conta — diz ele.

Mas como posso fazer isso? Justamente agora que acabei de recuperar Asher?

— Não sei como — digo, minha voz falhando.

Por um tempo, ficamos sentados em silêncio.

— Tudo bem — diz Asher, por fim. — Está tudo bem. Quando você estiver pronta.

Seguro sua mão de novo, acaricio as juntas de seus dedos com meu polegar.

— Um pai de cada vez — falo, e Asher ergue a palma da minha mão e beija o centro, dobrando meus dedos, como se eu pudesse me agarrar a essa promessa.

Ele engata a marcha do carro, e seguimos de novo. E então, de repente, lá está ela: uma casa enorme, cheia de colunas e vigas de madeira expostas, com uma varanda que dá a volta na construção toda. Há canoas presas a suportes perto da água, e tábuas que parecem ter sido um píer, desmontado para o inverno.

Pelas janelas, vejo pessoas se movendo lá dentro. É algo que me faz lembrar de Olivia levantando o tampo de uma colmeia, das abelhas zanzando ao redor, ignorando-a por completo.

Asher desliga o motor.

— Chegou a hora — diz ele, e vejo o músculo de sua mandíbula pulsando de novo.

— Tem certeza?

Ele abre um sorriso vazio.

— É agora ou nunca.

Saímos e fechamos as portas do jipe. Começamos a andar.

As janelas largas da casa de Braden Fields brilham douradas. Deve haver uma lareira acesa que não consigo enxergar, porque a luz fica mais forte e cintila. Enquanto as pessoas passam por ela, suas sombras brincam nas paredes. Há uma mesa comprida em uma sala, alguns castiçais, e um candelabro bem acima de tudo. Dois garotinhos arrumam a mesa — devem ser Shawn e Shane, os ladrões de cavalo. Um setter irlandês abana o rabo. Uma mulher vem atrás deles — bochechas rosadas, gordinha —, Margot. Ela é completamente diferente de Olivia, e não sei se isso é bom ou ruim. Percebo que estou analisando sua pele em busca de hematomas.

Ela parece feliz.

Asher também observa a cena, e, conforme vamos nos aproximando, seus passos se tornam mais e mais lentos, até pararem quando chegamos quase ao batente da porta. Até este segundo, a outra família de seu pai era apenas um conceito. Mas, agora, é real: Margot, dois garotinhos, um cachorro. Enquanto permanecemos parados nas sombras, espiando, Braden entra na sala. Margot se movimenta, e não conseguimos mais ver seu rosto.

Asher respira, tão baixinho que mal consigo escutar, e então diz:

— Vamos dar meia-volta.

Faço isso, mas ele não está falando comigo. Ele está olhando para a família à sua frente.

— Foda-se — bufa Asher.

Ele volta a passos largos para o jipe, e preciso correr para acompanhá-lo. Antes mesmo de eu fechar a porta, Asher liga o carro e dá ré. Eu me viro para olhar para a casa enquanto vamos embora. Vejo Braden, Margot e os meninos encarando a escuridão pela janela larga, atentos ao som do jipe partindo.

Margot, Shawn e Shane parecem hesitantes, como se alguém tivesse lhes feito uma pergunta para a qual não sabem a resposta. Mas a expressão de Braden é completamente diferente. Seu rosto é frio e endurecido, afiado como uma faca, como se ele soubesse muito bem quem veio até a sua porta, e por quê.

NO CAMINHO DE VOLTA da casa do pai de Asher, conversamos sobre alguns assuntos:

1. Se Bruins vai chegar à final do campeonato.
2. Se inhame é batata-doce, e por que alguém faria uma torta com um desses ingredientes.
3. Qual presidente americano foi o primeiro a dar indulto a um peru que seria assado no Dia de Ação de Graças (John F. Kennedy).
4. Que a área onde está fincada a zona norte de Adams pertence à confederação indígena Wabanaki.
5. Quais reparações deveriam ser feitas para os povos indígenas e para a população negra.
6. Que o dia seguinte ao de Ação de Graças é o mais movimentado para os encanadores, o que diz muito sobre o talento de quem prepara o jantar do feriado.

E aqui está sobre o que não falamos:

1. O que aconteceu na casa do pai de Asher.

• • •

O JANTAR NAQUELA noite foi um balde de KFC na casa da árvore. Havia coxas, pedaços de peito, asinhas e potinhos de purê de batata com molho. Passamos de fininho pela casa, para Olivia não nos escutar. Percebo que estamos ficando bons em fugir de nossas mães.

— Pelo que você é grata? — pergunta Asher, mordendo uma coxa.

— Pelo que sou o quê?

— Grata. A sua família não fazia a mesa toda responder pelo que as pessoas são gratas?

— Nossos dias de Ação de Graças não eram nada de mais. — Eu me inclino para a frente e o beijo com força. — Mas estou bem grata por este *frango*.

Asher sorri.

— Dirk tem toda uma teoria sobre garotas, fazendo uma comparação com diferentes receitas do KFC.

— É claro que tem.

— Ele diz que só existem três tipos de mulheres: a receita secreta, a receita crocante e a receita apimentada.

Balanço a cabeça.

— Dirk é um babaca.

— Eu sei — diz Asher.

Ergo o olhar do purê de batatas.

— Então? Qual é o meu tipo?

Asher pensa um pouco.

— Crocante, acho.

— E Maya?

Ele franze o nariz.

— Maya não é uma receita.

— *Eu* não sou uma receita!

— Eu sei, eu sei... — Ele ri. — A receita secreta, na verdade. Maya é a receita secreta.

Olho para as iniciais dela na viga. Relembro de como ela me avisou para não irmos à casa de Braden.

Asher coloca o osso do frango sobre a pilha que acumulamos ali. Parece um cemitério em miniatura, uma vala coletiva. Fico me perguntando se Asher também está pensando sobre o que acontece com as coisas depois que elas morrem, porque ele diz, baixinho:

— Vou dizer a ele que não vou mais aos cafés da manhã.

Espero, porque sei que ele vai dizer mais alguma coisa.

— Eu só... — Ele balança a cabeça. — Não posso, agora. Agora que o vi... lá. — Asher levanta o olhar para mim. — Mesmo naquele único sábado por mês, ele não é meu.

— Como assim? — pergunto.

Ele dá de ombros.

— Não foi como eu esperava. Eles todos pareciam tão... felizes.

— E isso é ruim?

— É. Quer dizer, sei lá. Tudo parecia tão *falso* — diz Asher. — Minha mãe devia parecer feliz também, quando morava com ele, apesar de não estar. — Ele respira fundo. — Queria ver o rosto dela, da Margot. Quando ele entrou na sala, quero dizer. Queria saber se o seu olhar estava morto, ou se ela estava sorrindo demais. Se tudo estava perfeito entre os dois... ou se ela precisava passar essa impressão, por causa de quem ele é. — Seu corpo inteiro estremece. — Queria saber se ela parece com a minha mãe, quando fala sobre ele.

De repente, é como se Asher tivesse ido embora, se recolhendo completamente dentro de si mesmo.

— Merda — murmura ele.

— Ash? — digo, e me aproximo. — Ei.

Mas ele apenas fica curvado ali, a cabeça enterrada nos braços dobrados.

— Merda — repete ele, ainda mais baixo.

Passo um braço ao seu redor. A cabeça de Asher se apoia em meu ombro. Sua respiração está pesada, como se ele tivesse corrido dois quilômetros.

Por um instante, ficamos sentados assim. Então ele levanta a cabeça, os olhos estão molhados.

— E se eu for igual a ele?

— Você não é, Asher — digo. — Olhe para mim. Você não é.

Ele balança a cabeça.

— Mas eu poderia ser. — Sua voz é bem baixa, mas há nela uma intensidade que nunca escutei antes. — Há momentos que sinto muita raiva.

Penso em como ele é carinhoso comigo. Em seus gestos lentos com as abelhas. Em como ele é sempre o primeiro a sorrir, a brincar, a acalmar os colegas de time quando estão prestes a arrumar uma briga.

Mas então me lembro da vez em que tomamos café da manhã com seu pai, e como Asher foi cruel comigo no carro depois, quando estávamos voltando para casa. Em como enxerguei algo nele que me deixou com medo.

— Asher — digo com a voz firme. — É você que decide quem quer ser. Você não precisa ser como o seu pai.

Ele inclina a cabeça, olhando para mim.

— Você é tão... destemida. — Segura meu pulso, sua mão passa de leve pelas minhas cicatrizes. — Você é a pessoa mais corajosa que conheço.

— Não sou corajosa — digo.

— Você é corajosa o suficiente para falar a verdade — insiste ele.

Agora, é a minha vez de sentir vergonha.

— O quê? — pergunta ele. — É a história sobre o seu pai?

— Ele não morreu — confesso. — Eu mal te conhecia quando falei sobre isso.

— Você quer dizer que eu mal *te* conhecia.

— Ele não morreu — continuo. — Mas eu queria que tivesse morrido. — Afasto as minhas mãos de Asher e cruzo-as sobre a barriga. — Minha mãe e eu o abandonamos quando eu tinha onze anos. Fomos embora no meio da madrugada. Fugimos.

— Ele... ele machucou a sua mãe?

— Não — respondo. — Ele me machucou.

— Viu, é disso que tenho medo — diz Asher. — Que, algum dia, eu possa te machucar também.

— Você não faria isso.

— Eu *já* te machuquei — diz Asher, e nós dois nos lembramos daquele dia no carro.

Você não sabe de tudo, Lily, grunhira ele. *Acontecem coisas tão fodidas por aí que você nem conseguiria imaginar. Nunca!*

— Aquilo foi sem querer — respondo. — Você não fez de propósito.

Ele parece atormentado.

— *Aquilo* — murmura ele — é como me lembro do meu pai quando eu era pequeno. E isso era o que a minha mãe dizia para ele.

Pego sua mão e a aperto, *com força*.

— Você é o garoto mais carinhoso que já conheci.

Eu me inclino para frente e o beijo. Eu me perco nele, até sentir que só consigo respirar o ar que ele me oferece.

— Se você quiser — diz ele, baixinho —, posso ser um pouco mais... carinhoso.

Ele começa a desabotoar minha blusa. O tempo todo, olha nos meus olhos, como se nós fôssemos as únicas pessoas no mundo. Aqui, na casa da árvore, é fácil acreditar que isso é verdade.

Lembro como fiquei triste no domingo ao pensar que só voltaríamos à casa da árvore na primavera — mas aqui estamos nós, e a onda de calor continua.

Minha blusa voa até o chão.

Asher a observa cair, então olha para as vigas.

— Espera — diz ele, e vai para o canto onde fica a rede, abre uma caixa de madeira ao lado da pilha de jogos de tabuleiro.

Ele revira a caixa e volta para mim, segurando um canivete.

Por um segundo, meu coração para. Meus pulsos latejam.

— Lily — diz ele, me entregando a lâmina. — Entalhe as suas iniciais aqui.

Pigarreio.

— Sabe de uma coisa... eles não se chamam canivetes suíços... na Suíça.

Vou até a viga onde estão as iniciais de Asher, e, lasca por lasca, entalho as minhas. Demoro mais do que eu imaginei. Mas ele espera, paciente, aquele garoto atormentado que acredita ter um furacão fervilhando sob sua pele.

Quando finalmente termino, Asher me envolve no círculo de seus braços. O canivete cai da minha mão e aterrissa no chão com um baque.

— Então de *onde* veio o nome? — pergunta ele.

— Foram os soldados — Asher me beija — americanos que — ele me beija de novo — não conseguiam pronunciar — e de novo — *Offiziersmesser*, que é a palavra em alemão para...

Não termino a frase.

Quando Asher está sobre mim, quando seu quadril está contra o meu, queria conseguir convencê-lo de que não há nada dentro dele que eu não receberia dentro de mim. Que, mesmo que ele tenha partes complicadas e eu também as tenha, juntos, nós ainda somos um.

Depois, ficamos deitados sobre o cobertor, aquecendo um ao outro. Sem querer, espalhamos os ossos do jantar. Meu sutiã está pendurado no leme do navio.

— Feliz Dia de Ação dos Field, Lily — diz Asher, afastando o cabelo do meu rosto. Ele aninha o nariz naquele espaço entre minha mandíbula e meu ombro. — Minha — murmura ele.

Ser vista, penso. *É por* isso *que sou grata.*

OLIVIA ⬢ 3

13 DE DEZEMBRO DE 2018
Seis dias depois

No meu pesadelo, me escondo.

Consigo sentir o gosto dos batimentos cardíacos, mesmo enquanto digo para mim mesma que passar a noite na casa dos meus pais foi a decisão certa. Eu tinha ido cuidar das abelhas, mas uma tempestade forte me pegou de surpresa, e não posso arriscar a segurança do meu filho pequeno dirigindo para casa nesse mau tempo. Havia notícias sobre carros que aquaplanaram nas estradas, sofrendo acidentes fatais. Mas, agora que estamos de volta a Massachusetts, Braden acha que isso não passa de mera desculpa. Ele golpeia a porta que tranquei entre nós. *Você ia me abandonar*, diz ele.

Não ia, digo a ele. *Nunca.*

Que engraçado. Porque tenho certeza de que você não estava aqui ontem à noite.

Ele continua batendo, sento na beirada da nossa cama. Será que ele tem razão? Será que, no fundo, foi por isso que dormi fora? Porque sabia que voltar para casa seria assim?

Bam, bam, bam, bam.

Você o viu?

Não tenho a menor ideia de quem ele está falando. Meu pai morreu há anos.

Você deixou ele te tocar, sua piranha?

Ele levou o meu filho *para fazer um tour na porra da delegacia?*

Ele está falando de Mike? Faz meses que não o vejo. Que não penso nele, não falo sobre ele.

Braden, digo com voz tranquila, *a única coisa que fiz foi cuidar das abelhas.*

Escuto outra pancada forte, como se ele tivesse caído contra a porta.

Você está me matando, Liv. Sabia disso? É bem capaz de você ficar feliz se eu morrer. Vai se livrar de mim.

Estremeço, viro a maçaneta. Abro os braços para ele.

Quando você está longe, só consigo pensar que não vai mais voltar, diz Braden. *Se eu não te amasse tanto, não ficaria tão louco.*

Sentamos na cama com ele em meus braços, apesar de meu coração continuar disparado e minha boca estar seca. Mesmo que Braden esteja deste lado da porta, as pancadas não param.

VIRO NA CAMA, encharcada de suor, piscando na escuridão. Alguém continua batendo lá embaixo. Olho para o celular: 00h24.

Coloco um moletom e uma calça de flanela, corro até a porta da frente. Quando a abro, Mike está parado lá, junto com dois policiais fardados — um homem e uma mulher. Faz poucas horas que saímos da delegacia. Por instinto, penso: *Quando a polícia aparece na sua porta no meio da madrugada, a notícia nunca é boa.*

— Tenho um mandato de prisão para Asher — diz Mike em tom baixo.

Como se tivesse sido intimado, Asher fala às minhas costas.

— Mãe?

Ele usa uma camiseta e uma calça de moletom; seu cabelo está arrepiado. Ele parece emaranhado na teia de um sonho. Posiciono meu corpo entre a escada e o detetive.

Mike passa por mim. Os outros dois policiais o seguem. Tento fazer contato visual com a policial, torcendo para encontrar um brilho de compadecimento, mas ela já está ao lado de Asher.

— Asher Fields — diz Mike —, você está preso pelo homicídio de Lily Campanello. Você tem o direito de permanecer calado. Tudo que disser pode e será usado contra você no tribunal. Você tem direito a um advogado...

Advogado. Jordan está a caminho, no primeiro voo que conseguiu pegar de Dublin. Ele saberia o que fazer, mas não está aqui, e só chegará pela manhã.

Mike continua recitando os direitos de Asher.

— Mãe? — diz Asher, com a voz trêmula.

— Mike, isso é um engano...

— Por favor, vire e coloque as mãos atrás das costas — continua Mike, fingindo que não ouviu o que falei.

— Deve ter um jeito melhor de fazer isso. A gente pode ir à delegacia mais tarde. Eu...

A policial vira Asher com firmeza. O homem, mais brusco, enfia os pulsos dele nas algemas.

— Temos um mandado para apreender e inspecionar o conteúdo de seu celular e computador — diz Mike. — Onde eles estão?

— No meu quarto — responde Asher baixinho, e a policial sobe a escada.

Eu me coloco na frente.

— Por que você precisa dessas coisas?

— Está tudo bem, mãe — diz Asher. — Não tenho nada a esconder.

— Isto é um engano — repito.

Finalmente, Mike se vira e encontra meu olhar.

— É uma questão de rotina, Liv. Não é nada de mais. Seria negligência da nossa parte não levar os equipamentos eletrônicos.

A policial desce a escada com passos pesados, trazendo o celular e o laptop de Asher, junto com um par de tênis. Ela os joga no chão na frente de Asher.

Mas ele está algemado.

Eu me ajoelho diante dele, calço seus dois pés, amarro os cadarços. Da última vez que fiz isso, ele tinha cinco anos.

— Vamos — diz Mike.

Os dois policiais fardados ladeiam meu filho e seguem Mike para fora. Asher não está de casaco; está com uma camiseta de mangas curtas; vai morrer de frio.

— Esperem — digo, mas me dou conta de que um casaco é o menor dos problemas. — Para onde vocês vão levá-lo?

Sigo-os para o lado de fora e os observo abrindo a porta de trás da viatura e abaixando a cabeça de Asher para que ele sente no banco. Ele se inclina de um jeito desconfortável, as mãos ainda presas atrás das costas, o rosto próximo da grade que o separa da parte frontal do carro. *É melhor ir na frente*, penso, escutando a voz de Mike de tanto tempo atrás.

Eu me viro para ele, parada na entrada de casa, ao lado de seu carro que não está visível ao olhar dos outros.

— Só vou pegar minhas chaves.

— Volte lá para dentro, Liv — diz Mike em tom gentil. — Ele vai para a delegacia. Você não pode vir junto. — Ele hesita. — Não piore ainda mais a situação.

Não deixe ele te ver chorar, penso.

Esse é um pensamento que não tenho há muito tempo. Mal consigo forçar uma resposta.

— O que eu faço?

O olhar de Mike é carinhoso.

— Seu advogado vai saber — responde ele.

Olho a viatura se distanciar até os faróis desaparecerem, semelhantes ao vulto carmesim da criatura que achávamos viver embaixo da cama, ou dentro do armário, o monstro que mais nos dava medo.

TENTO LIGAR PARA Jordan, mas é claro que ele não atende, já que está no avião. Demoro dez minutos para entender que vou ignorar o conselho de Mike, mais dez para chegar à delegacia. Apesar de ser madrugada, há um sargento na recepção, atrás da barreira de acrílico, que me encara com uma expressão entediada.

— Trouxeram meu filho para cá. Asher Fields. Ele foi preso. — As palavras dissolvem na minha boca, amargas feito amêndoas. — Quero vê-lo.

— Bom, a senhora não pode.

— Sou a mãe dele.

— Ele é maior de idade — diz o sargento. Mas algo na minha expressão deve afetá-lo, porque ele me oferece uma migalha de informação. — Escute. Ele está sendo fichado. Impressões digitais, fotos, revista, bolsos sendo esvaziados. Ele vai passar o restante da noite numa cela. A senhora pode vê-lo amanhã cedo...

Olho para o meu relógio; seis horas até amanhecer...

— No Tribunal Superior — conclui o sargento.

Atordoada, volto para casa. Coloco uma chaleira no fogo para passar um café, porque dormir seria impossível. Enquanto a água esquenta, acabo seguindo para o quarto de Asher.

Os lençóis estão desarrumados e com cheiro forte, que lembra almíscar, de quem esteve deitado ali até pouco tempo atrás. Há um saco de pretzels na mesa de cabeceira, quase vazio. O carregador do celular se enrosca timidamente sob a cama. Na mesa, há uma pilha de livros da escola e o espaço vazio que o laptop costuma ocupar. Há uma cesta de plástico com roupas limpas dobradas que fica eternamente ali, já que ele não se dá ao trabalho de guardá-las no armário.

Sento na cama e ligo a luminária sobre a mesa de cabeceira. Então pego o travesseiro. Cheira a Asher.

De repente, assustada, penso que talvez ele nunca volte a este quarto.

Logo depois, fico me perguntando se Ava Campanello está sentada no quarto da filha, pensando a mesma coisa. E em como seria muito pior viver com essa realidade, e não apenas com a possibilidade dela.

Rapidamente devolvo o travesseiro à cama.

Eu deveria ligar para Braden, penso. Ele merece saber o que está acontecendo.

Ao mesmo tempo, Braden e eu não temos contato por um bom motivo. Passei doze anos removendo-o completamente da minha vida e da de Asher.

Ligar para Braden seria convidá-lo a retomar o controle, e não sei se eu conseguiria sobreviver a isso.

Talvez eu nem precise contar nada para ele. Talvez tudo isso se resolva dentro de um dia, com a compreensão de que foi apenas um mal-entendido, e possamos voltar às nossas vidas normais.

Meu olhar segue para a parede na frente da cama.

Há uma foto autografada de Bobby Orr emoldurada, que dei para Asher de presente de aniversário de catorze anos, e um desenho que ele fez da minha velha picape Ford. No meio dos dois, há um buraco no gesso.

Foi obra de Asher há quase um mês e meio. Ele estava com um humor péssimo, rosnando feito um urso com um espinho na pata. Ouvi o barulho e corri até o andar de cima, encontrando-o com o rosto vermelho e envergonhado, segurando o pulso. Olhei para a parede socada e para o meu filho normalmente impassível, minha mente abafando as lembranças adormecidas de Braden. *Bom*, falei, *espero que o motivo para você estar tão irritado valha a pena o dinheiro que vai gastar para consertar isso aí*. Ele jurou que consertaria o reboco e pintaria a parede. Imaginei que tivesse alguma coisa a ver com hóquei — por não ser escalado para jogar desde o começo da partida ou discordar da decisão de um juiz.

Mas, agora, voltando no tempo, percebo que pode ter acontecido quando ele e Lily brigaram. Quando ela parou de atender aos seus telefonemas e responder suas mensagens.

Mas eles tinham feito as pazes.

Não tinham?

Passei o restante da noite sentada na cama de Asher, esperando o sol nascer só para ter certeza de que clarearia mesmo.

• • •

FAZER MEL DÁ muito trabalho. O néctar coletado pelas abelhas é um líquido aquoso que precisa ser processado pelas operárias, engolido, cuspido e engolido de novo. Sempre que o líquido é exposto ao ar, ele seca um pouco, até a porcentagem da água alcançar cerca de vinte por cento. Enquanto isso, as abelhas abanam o favo com as asas, um sistema de ar-condicionado para secá-lo ainda mais.

Coletar o mel dá o mesmo trabalho. As abelhas não gostam dessa parte — você está levando embora os frutos de seu labor, afinal —, então é preciso tomar cuidado com o processo. Por esse motivo, Asher sempre me ajuda durante as duas colheitas de mel. Em setembro, Lily veio ajudar também.

— Como você sabe que está pronto? — perguntou ela, me observando jogar fumaça sobre o topo da melgueira e usar meu formão, um pé de cabra minúsculo, para soltar a lateral de um quadro.

A apicultura é algo viscoso, e como se o mel e o néctar já não bastassem, as abelhas também produzem própolis, que se estica feito um caramelo quando está quente e age como supercola ao secar. Repeti a ação do outro lado do quadro e deslizei a madeira para fora, segurando o favo retangular entre o polegar e o indicador enquanto as abelhas zumbiam sobre ele.

— Se estiver maduro, as células estarão cobertas de cera. Se você encontrar muito líquido, ainda não está na hora.

Não uso luvas quando trabalho — a maioria dos apicultores não usa, porque, se você se mexer devagar e com calma, as abelhas preferem o ignorar. Exceto, é claro, quando você está literalmente roubando o mel, e é então que elas se irritam. Esse é o único momento na temporada que uso a roupa de proteção completa. Um macacão branco. Asher também estava vestido com um tecido branco pesado, a máscara presa à gola do macacão. Lily sorriu para ele.

— Parece que você vai para a Lua.

— Isso é sexy? — perguntou ele, sorrindo.

Os olhos de Lily se iluminaram.

— Espera — disse ela. — Por favor, me diz que a sua mãe te explicou sobre sexo usando as abelhas como exemplo.

Levantei uma sobrancelha.

— Por favor, me diz que ele não precisa de mais explicações.

Ela riu.

— As pessoas usam exemplos muito... confusos.

— Fatos científicos são menos complicados que emoções — comentei. Encontrei o olhar de Asher. — Pronto?

Durante a colheita, é preciso ser rápido — as abelhas enxameiam os favos removidos. Asher tirou o tampo de uma caixa de colmeia vazia, a uns seis metros de distância, e voltou até onde eu estava. Tirei o primeiro quadro da beirada da caixa — ao produzir mel, as abelhas tendem a trabalhar de fora para dentro, ao contrário de como criam ninhadas, que ocorre do centro para fora. O quadro estava lindo — perfeito, maduro, com o favo uniformemente operculado.

Asher segurou o quadro com um par de pinças que pareciam pegadores de gelo antigos, e começamos a esvaziar a melgueira. Há métodos que envolvem substâncias químicas, e até um soprador de folhas, mas eu prefiro usar uma escovinha e empurrar com cuidado as operárias, que caem na caixa. As abelhas, que estavam zumbindo com toda calma do mundo, começaram a zunir — um som diferente, irritado. Elas nos cercaram em um frenesi, aterrissando sobre minha máscara e as mangas da minha roupa, em um ciclone de indignação. Enquanto Asher levava aquele quadro para a caixa vazia, rapidamente colocando-o lá dentro e cobrindo-o, puxei o próximo quadro. Repetiríamos aquela coreografia até todos os quadros cheios de mel daquela melgueira serem transferidos para a caixa extra, torcendo para as abelhas não nos seguirem até o celeiro, onde faríamos a extração.

Muitas gerações de McAfee atrás, o celeiro era usado para abrigar animais de fazenda, mas agora é lar apenas de um velho trator. O restante da área fresca, escura, era ocupado por ferramentas do meu trabalho. Eu tinha duas mesas, uma das quais coberta com papel encerado; em cima dela, uma faca quente elétrica estava ligada na tomada, esquentando, assim como um garfo desoperculador. A segunda mesa era mais baixa, e Asher colocou a caixa pesada sobre ela. Havia um grande cesto de plástico com um coador no fundo e uma válvula de onde o material sairia. E, é claro, um extrator, a máquina em formato de barril que removia o mel por força centrífuga.

Tirei a máscara e o chapéu, e Asher despiu seu macacão.

— Agora é a sua vez de ajudar — falei para Lily. Ergui a faca quente e tirei o primeiro favo da caixa. — Você pode desopercular este.

Mostrei a ela o que fazer, colocando o quadro em um apoio posicionado sobre o cesto de plástico, passando a ponta da faca na parte amarela no topo do quadro. O calor fazia o tampo de cera se enroscar e cair preguiçosamente, revelando o mel dourado que fluía do favo.

— Isso é... hipnotizante — disse Lily. — Como um ASMR visual.

O trabalho é mais difícil do que parece. Os quadros são pesados, e equilibrá-los exige muita força nos braços. A faca quente é perigosa — eu tinha várias marcas de queimadura nas mãos. E é grudento, obviamente. Quando o mel começa a sujar as mãos, a faca fica escorregadia.

Os tampos de cera se acumulavam em uma pilha gosmenta no fundo do balde. Asher se inclinou e puxou um pedacinho, colocando-o na boca. Ele fez o mesmo para Lily, deslizando o pedaço entre seus lábios.

— É para eu comer?

— Mastigue. Feito chiclete — disse Asher. — E quando o mel acabar... — Cuspiu o resto em uma lata de lixo. — É a melhor parte da extração do mel.

Quando ele era pequeno, eu lhe dava um potinho com os tampos de cera. Ele os mastigava e me assistia trabalhando.

Terminei de desopercular o primeiro lado. Então entreguei a faca para Lily e virei o quadro, para ela tentar fazer o processo.

Ela segurou a faca por bastante tempo, encarando a ponta ardente.

— Tudo bem — disse baixinho, e imitou exatamente o que eu havia feito.

— Não deixe essa escapar — falei para Asher.

Enquanto ela desoperculava os quadros, eu e Asher os colocamos no extrator. Os favos precisam ser posicionados de forma equilibrada para não ficarem batendo como uma máquina de lavar com uma carga desigual, andando pelo celeiro. O mel passa pelo tanque e é coletado em um reservatório, após passar por uma peneira para remover cera, detritos e partes de abelha. O reservatório tem uma torneira corta-mel, e, quando enche, passamos o mel por outra peneira mais fina antes de armazená-lo em baldes de cinco galões. Parte dele seria vendido a granel, a quatro dólares por meio quilo. O restante eu mesma engarrafaria e venderia por oito dólares em feiras.

Após todos os quadros serem desoperculados, Asher e Lily ficaram encarregados dos baldes, esperando o mel terminar de ser peneirado, enquanto eu levava as melgueiras vazias de volta para as colmeias. As abelhas comeriam o restante do mel, concluindo a limpeza por mim. Precisei fazer várias viagens, então ficava encontrando diferentes interações entre Asher e Lily, como cenas de um teatro interpretado por apenas duas pessoas: brincavam de quem conseguia se lembrar de mais músicas sobre mel — talvez a única lista do mundo a contemplar Barbra Streisand, Cheap Trick e Tori Amos. Na próxima vez que entrei, Asher desenhava as iniciais deles em um coração de cera de abelha e o entregava a Lily, que estava maravilhada. Na terceira vez, peguei Lily esticando as mãos grudentas e Asher se inclinando para frente para lamber seus dedos.

Peguei outra melgueira vazia e fingi não ver Lily beijar o mel nos lábios dele.

— Ash — sussurrou ela, como se ele já não estivesse apaixonado o bastante.

COMO MEU IRMÃO, Jordan, é dez anos mais velho que eu, não sou capaz de me lembrar de um momento em que ele não estivesse por perto. Quando eu era bebê, ele era minha distração favorita — eu passava horas olhando para ele e, depois, quando aprendi a engatinhar, comecei a segui-lo. Quando eu estava no primário, ele me convenceu de que vaga-lumes eram estrelas quebradas e que, se eu caminhasse pelos campos de morangos à noite, os encontraria escondidos nas plantas. Quando eu era adolescente, ele usava meu lápis de olho para escrever no espelho do banheiro quando vinha nos visitar: anotava piadas bobas, desenhava minhocas com monóculos, olhos que diziam *estou te vigiando*.

Quando ele entra pela porta da frente às 8h40, depois de pagar uma quantia exorbitante para um motorista de Uber que provavelmente nunca aceitou uma corrida tão distante do aeroporto de Boston, me jogo chorando em seus braços.

Jordan tem um metro e oitenta e dois de altura e cabelo mais grisalho do que castanho agora, mas, em vez de isso envelhecer sua aparência, o faz parecer mais experiente. Ele é um dos advogados de defesa mais famosos da história de New Hampshire, levando em consideração a atenção que seus casos receberam no passado — que incluíram um pacto de suicídio entre adolescentes e um dos piores ataques a tiros em escolas do país. Para mim, ele sempre será o cara que me erguia nos ombros para eu enxergar o malabarista no palco no Dia de Adams, mesmo que isso significasse que *ele* não conseguiria ver nada. Ele é dessas pessoas que comem porcaria o dia todo e se preocupam com a possibilidade de acabar emagrecendo mesmo assim. Apesar dessa injustiça, nunca cogitei sufocá-lo enquanto dormia. Então, seus pontos fortes nitidamente superam os fracos.

Ele me aperta por um segundo a mais, depois se afasta, segurando meus ombros.

— Vai dar tudo certo, Liv — afirma.

Meu irmão também sabe exatamente o que dizer, na hora certa.

Ontem, quando retornou a ligação após receber minha mensagem, Asher era apenas um suspeito. Jordan ainda não sabe a pior parte da história.

— Prenderam Asher ontem à noite — conto.

Ele assente, como se não estivesse surpreso.
— Qual é a acusação?
— Homicídio.
Um músculo estremece em sua mandíbula.
— Caramba.
— Vai ter uma audiência agora de manhã, no Tribunal Superior — explico. — Nem sei onde fica.
Jordan olha para o relógio.
— Merda — diz ele. — É em Lancaster.
Lancaster fica a uma hora daqui.
— Me dá cinco minutos.
Ele entra no banheiro, e só tenho tempo de pegar a carteira e as chaves do carro antes de encontrá-lo de novo na sala, agora de terno.
— Por que você levou um terno na sua viagem de férias? — pergunto.
— Para o caso de eu morrer — responde Jordan, sem pestanejar.
Ele me explica o caminho — *vire aqui, entre na estrada, dirija como se você estivesse sendo perseguida pela polícia* —, porque é bem provável que a audiência já tenha começado quando chegarmos ao tribunal. New Hampshire, me alerta, segue o programa Crimes Capitais Primeiro. Isso significa que audiências preliminares ocorrem no Tribunal Superior, e não no Tribunal Municipal — um prédio pelo qual passo o tempo todo e que fica a quinze minutos da minha casa.

Enquanto seguimos para o Tribunal Superior, conto a ele os poucos detalhes que sei.
— É um equívoco, Jordan — concluo. — Encontraram a namorada do Asher morta. E ele foi encontrado *com* ela. Ele jura que não fez nada.
Jordan batuca os dedos na perna.
— Se o acusaram de homicídio, devem ter encontrado *alguma coisa*. — Tarde demais, ele escuta suas palavras da mesma forma que eu escutei. — Olha — diz ele. — Ainda não conheço os fatos, mas Selena e eu vamos resolver isso.

Pela primeira vez, penso na esposa de Jordan — a mãe de seu segundo filho e sua investigadora de longa data. Fico com vergonha por ainda não ter perguntado sobre ela.

— E *cadê* ela?

— Foi deixar Sam na casa da mãe dela — diz Jordan. — Assim, ela pode descobrir um pouco do que está acontecendo. E vem para cá amanhã.

Concordo com a cabeça. Jordan sempre chama Selena de sua arma secreta.

— A gente vai conseguir trazer o Asher para casa, né?

Acabamos de entrar no quarteirão do tribunal e preciso pisar no freio. Há vans de canais de televisão de Concord a Manchester e um enxame de jornalistas.

— Aqui é sempre cheio assim? — murmuro, e Jordan não responde.

Ele espera eu entender que essa gente toda está aqui por causa de Asher.

Por minha causa.

— Não fale absolutamente nada — orienta Jordan.

Ele pula para fora do banco do passageiro e abre minha porta antes mesmo de eu conseguir tirar o cinto.

Entro em um mar de monstros: câmeras de TV que me encaram sem pudor, microfones empunhados como baionetas.

Você conhecia Lily Campanello?

Seu filho a matou?

Asher tem um histórico de violência?

— Sem comentários — diz Jordan. — Sem comentários.

Estou tremendo tanto que, se seus braços não estivessem ao meu redor, eu já teria desabado. Enquanto Jordan me guia até o tribunal, percebo que não respondeu minha pergunta sobre levarmos Asher para casa.

• • •

COMO ULTRAPASSEI o limite de velocidade na estrada, conseguimos sentar na primeira fila no instante em que a audiência começa. Há uma mesa comprida à nossa frente, à esquerda, que está vazia, e uma mesa igual à direita, ocupada por uma mulher com cabelo preto cortado em um chanel anguloso. Há também um meirinho, um oficial de justiça, um escrivão e um juiz — um homem branco e idoso, cujo queixo bate diretamente no pescoço, como o de uma tartaruga.

— Você sabe quem é o juiz? — pergunta Jordan.

— Não é o de toga preta?

Ele me encara.

— Estou falando do *nome* dele. Se tem a mão pesada com as sentenças ou se tem o coração mole.

— Não faço a menor ideia — respondo, e me pergunto por que estamos perdendo tempo sentados aqui quando meu filho está em algum lugar neste prédio.

— Rhimes — diz Jordan, olhando para o telefone. — É ele que está presidindo a audiência hoje. Selena me mandou.

— Como ela sabe? — pergunto, chocada.

— Ela joga runas — responde Jordan, seco. — E pelo site do sistema judiciário de New Hampshire.

— Quando a gente pode ver o Asher?

Como se eu o tivesse invocado, Asher entra por uma porta lateral, ainda algemado, com um policial. Ele está pálido, com olheiras escuras. Usa a mesma camiseta, a calça de moletom. Seu olhar percorre o tribunal e quando me vê — e ao seu tio — seus ombros relaxam.

O policial guia Asher até a mesa vazia, espera ele se sentar e remove as algemas.

— Estado contra Asher Fields — anuncia o assistente, entregando uma pasta ao juiz. — Acusação de homicídio qualificado.

Ao meu lado, Jordan puxa o ar.

— Merda — murmura ele.

— Sr. Fields — pergunta o juiz —, o senhor tem representação jurídica ou precisa que o tribunal ofereça um advogado?

Jordan se levanta.

— Eu estou representando o sr. Fields, Vossa Excelência. Permissão para me aproximar da corte? — Quando o juiz assente, meu irmão passa pelo portão da cerca de madeira. — Meu nome é Jordan McAfee e sou advogado do acusado.

— Obrigado, sr. McAfee — diz o juiz Rhimes. — O senhor registrou sua participação com o oficial de justiça?

— Não, Vossa Excelência. Acabei de chegar da Irlanda. Ainda tenho trevos na sola de meus sapatos. — O juiz não sorri. Nem pisca.

— Certo — continua Jordan sem nem pestanejar. — Vou falar com o oficial.

O juiz Rhimes resmunga, satisfeito.

— Para os autos, a acusação é representada pela procuradora-geral adjunta Gina Jewett. — A mulher com o cabelo preto e corte chanel cumprimenta Jordan com um aceno de cabeça. — Sr. McAfee, já teve a oportunidade de conversar com o seu cliente sobre as acusações feitas contra ele?

— Não, Meritíssimo. Se eu puder ter cinco minutos, acho que estaremos prontos para prosseguir.

O juiz não ergue o olhar de sua papelada.

— O senhor tem dois — diz friamente.

— Certo. — Jordan se vira para Asher, falando rápido e baixo. Estou perto o suficiente, na primeira fila, para ouvir cada palavra. — Você foi acusado de homicídio doloso. Não se assuste. A gente vai conversar sobre isso fora do tribunal.

— Mas, tio Jordan...

— Asher — diz Jordan —, você confia em mim?

Asher concorda com a cabeça. Ele engole em seco.

— Agora, só vamos declarar que você é inocente. Não precisa dizer mais nada. Entendeu?

— Entendi, mas só preciso que você saiba que eu não...

— Não quero ouvir nada, Asher — interrompe Jordan. — Guarde para depois. — Ele pigarreia e volta a encarar o juiz Rhimes. — Vossa Excelência, estamos prontos para continuar.

O juiz empoleira um par de óculos na ponta do nariz fino.

— Sr. Fields, o senhor foi acusado de homicídio doloso. Como se declara?

Jordan se levanta, e Asher o imita. Ele permanece com os lábios apertados, puxando a barra da camiseta. Jordan lhe dá uma cotovelada.

— Inocente — diz Asher, baixinho.

— Que conste nos autos que o sr. Fields se declara inocente. — O juiz soa entediado. Cansado. Como se sua vida inteira não tivesse virado de cabeça para baixo de repente, como aconteceu com a nossa. Se você trabalha com isso por tempo suficiente, me pergunto, será que percebe que as pessoas à sua frente estão despedaçadas?

O juiz Rhimes se vira para a procuradora-geral adjunta.

— Vamos debater a questão da fiança hoje, srta. Jewett?

Ela se levanta, uma cobra.

— Vossa Excelência, como está claro nos autos, o sr. Fields foi acusado de um dos piores crimes que podem ser cometidos, em uma cidade onde esse tipo de ato, para ser sincera, não acontece. Temos provas de que a vítima era sua namorada, que os dois tinham um relacionamento tempestuoso, que saiu de controle e levou à morte da vítima.

Cada palavra dela é como um tijolo, um muro sendo construído entre mim e meu filho. Encaro a advogada de acusação. *Você não sabe de nada*, penso.

— O acusado obviamente não tem capacidade de controlar a própria raiva e, portanto, é um risco para a comunidade — conclui Gina Jewett. — A acusação solicita que seja negada a fiança ao sr. Fields.

Devo estar emitindo algum som, um som horrível, porque Jordan e Asher enrijecem na minha frente. Mas, pelo tom despreocupado da voz de Jordan, parece que nada aconteceu.

— Que sugestão ridícula, Vossa Excelência. Asher passou boa parte da vida morando aqui. Não tem antecedentes. — A voz do meu irmão fica levemente aguda neste ponto, e percebo que ele está torcendo com todas as forças para isso ser verdade. — É bom aluno, tem conexões com a comunidade. Tem dezoito anos e nenhuma renda substancial. Sua mãe o cria sozinha, ela está bem aqui, Vossa Excelência. — Ele se vira, me revelando no espaço entre os seus ombros e os de Asher. Levanto a mão em um meio aceno. — Ela não vai deixar Asher ir a lugar algum. — Jordan volta a fitar o juiz. — A defesa solicita que a fiança seja estabelecida em uma quantia mínima, que, para ser sincero, Meritíssimo, talvez meu cliente nem consiga pagar.

O juiz Rhimes olha para cima e parece se dar conta pela primeira vez de que o tribunal está lotado de repórteres prestando atenção em cada palavra.

— Levando em consideração as conexões de longa data do sr. Fields com a comunidade e a falta de antecedentes criminais, e levando em consideração o fato de que se trata de uma acusação de homicídio... o tribunal estabelece a fiança em um milhão de dólares em dinheiro ou garantias.

Eu me sinto como uma borboleta, presa. Um milhão de dólares. Esse é um valor que existe apenas em programas de auditório. Em contas bancárias de celebridades. Em sonhos. Não é dinheiro de verdade, em uma conta bancária de verdade.

Que diabos vou fazer?

— O acusado ficará sob custódia a menos que a fiança seja paga — anuncia o juiz e bate o martelo. — Próximo?

Tudo acontece muito rápido. O policial se aproxima e segura o braço de Asher, puxando-o para longe da mesa da defesa. Nós dois entendemos ao mesmo tempo que ele não vai para casa hoje.

— Tio Jordan? — diz ele, com a voz trêmula. — *Mãe?*

— Vamos — diz o policial enquanto Asher resiste.

Jordan tenta falar por cima dele.

— Eu te encontro na prisão, Asher — promete ele enquanto Asher é arrastado para fora do tribunal. — Não posso sair pela mesma porta que você, mas já estou indo para lá.

Mas Asher não presta atenção nele. Seus olhos estão grudados nos meus com um olhar que não consigo identificar, mas que já vi antes. Como se ele estivesse atormentado pelas acusações e magoado pelo fato de que alguém seria capaz de pensar tão mal dele.

— Eu não fiz nada! — explode ele. — Mãe, eu não fiz nada. Eu *amava* a Lily.

É só depois que ele vai embora que percebo as lágrimas escorrendo pelo rosto e a presença de Jordan ao meu lado. E é só quando saímos do tribunal que lembro onde vi a expressão de Asher antes.

No pai dele.

ASSIM QUE BRADEN começou a ganhar dinheiro como médico, passou a querer gastar tudo. Dava para entender — o trabalho como residente não era lucrativo —, mas eu também sabia que ele tinha uma dívida de centenas de milhares de dólares de financiamento estudantil. Ele queria comprar uma casa em Concord, Massachusetts, uma cidadezinha chique — eu o convenci a mudar de ideia, argumentando que não gostava das escolas da região, e acabamos indo para Natick. Ele procurava viagens de luxo na internet; eu dizia que não podia abandonar as abelhas. Então não me surpreendi quando, um dia, ele chegou em casa com um Audi novo.

O carro era verde-escuro como uma floresta, com assentos de couro marrom. Tinha teto solar. Ele o mostrou para mim, me incentivando a apertar o botão. A empolgação irradiava de seu corpo. Poderíamos bancar aquela despesa se era algo que deixava Braden tão feliz, pensei. Quando ele estava feliz, eu também podia ficar.

A alegria durou exatamente seis dias. No sétimo, ele saiu para trabalhar, como sempre. Eu estava lavando louça, observando a chuva batendo na janela. Pouco depois, Braden voltou, soltando fumaça pelas ventas.

— Tem quinze centímetros de água no chão do Audi.

— O quê? Como?

— É isso que acontece quando você deixa o teto solar aberto e chove a noite toda.

— Você não parou dentro da garagem?

Braden me encarou, parecendo chocado por eu colocar a culpa nele.

— Não — disse ele com um tom de voz tenso. — Não parei.

— O seguro não cobre os danos? — perguntei em um tom calmo.

Ele agarrou a esponja na minha mão e a arremessou contra a janela às minhas costas.

— Sua idiota — berrou ele. — *Você* arruinou o carro.

Fiquei tão chocada que não consegui nem responder.

— Mas eu... não saí com o carro — deixei escapulir.

— Você voltou do mercado e o deixou fora da merda da garagem. Ou você é tão burra que não lembra?

Esfreguei a testa com a mão úmida. Eu tinha ido ao mercado, mas isso fazia dois dias, não? E tinha certeza de que colocara o carro na garagem em vez de deixá-lo na rua, porque havia pinheiros e eu não queria que a seiva pingasse no capô. Mas será que eu havia *imaginado* ter feito isso tudo? Tinha me distraído e esquecido?

Talvez Braden tivesse razão e fosse tudo minha culpa.

Com relutância, me forcei a olhá-lo nos olhos.

— Eu... me distraí — falei, engolindo em seco. — Foi sem querer. Desculpe.

Seus olhos eram como manchas de tinta derramada. Suas mãos cercaram meus ombros. Por um instante — um instante abençoado, esperançoso —, achei que ele me perdoaria.

— Pedir desculpas não resolve nada — disse Braden, e me jogou contra a parede.

NÃO CONSIGO FAZER minha voz funcionar até sairmos pelas portas duplas do tribunal.

— Um milhão de dólares? — falo, engasgando.

Jordan, que segura meu braço, me aperta.

— A gente vai dar um jeito — responde ele com calma.

Viramos uma esquina e, de repente, somos cercados por jornalistas. *Um enxame de abelhas*, penso. *Um cardume de tubarões. Um bando de crocodilos.*

A persistência dos repórteres.

As perguntas são um emaranhado de frases que me atordoam. Jordan toma a frente.

— Lamentamos muito pela pobre Lily e sua família — diz ele, sério. — Mas Asher Fields não fez nada de errado, e pretendemos mostrar que sua prisão foi uma tentativa equivocada de colocar a culpa em um inocente. É compreensível que a morte de alguém tão jovem quanto Lily cause uma forte necessidade de encontrar respostas. Mas arruinar a vida de outro adolescente no processo é injustificável.

Sem hesitar, ele me guia para o estacionamento. Desta vez, estica as mãos para pegar as chaves e senta no banco do motorista. Ele segue pela estrada de mão dupla por cerca de quatrocentos metros antes de virar e parar em uma rua sem saída.

— Você está bem? — pergunta ele, e concordo com a cabeça. — Ótimo. Então me explique que porra de caso é esse.

— Não sei — respondo, sentindo minha garganta apertar e meus olhos se encherem de lágrimas. — Não entendi nada. Eu estava com Asher no interrogatório da polícia. Ele não era suspeito, só estava lá para ajudar a esclarecer o que aconteceu com Lily. Ele *queria* falar com a polícia.

— Ele foi interrogado uma vez?

— Duas — corrijo. — Logo depois de ele encontrar a Lily... pediram para que desse um depoimento. A segunda foi depois do funeral. Ele só estava no lugar errado, na hora errada, Jordan — digo. — E, agora, está levando a culpa.

Jordan pensa por um momento.

— A procuradoria não acusa ninguém de homicídio qualificado sem motivo.

— Não sei nem o que isso significa.

— Em New Hampshire, você é culpado de homicídio qualificado se causa a morte de alguém de propósito. Se faz isso deliberadamente, com premeditação.

— Ele foi à casa de Lily para conversar com ela, porque os dois haviam brigado. — Quando as sobrancelhas de Jordan levantam, balanço a cabeça. — Para *conversar* — repito. — Ele não planejou matar ninguém.

— Premeditação não é isso. Pode acontecer num milésimo de segundo. Só um pensamento que passou pela cabeça dele.

Eu me enrijeço.

— Meu filho não pensa em matar pessoas.

Jordan volta a focar no volante e liga o carro.

— Ótimo. Vou te deixar em casa antes de ir à cadeia e conversar com ele.

— Nada disso. Vou junto.

Ele se vira.

— Liv, se você quiser que eu seja o advogado dele, precisa deixar que eu seja o advogado dele.

— Então você precisa deixar que eu seja mãe dele, Jordan — imploro. — Você viu como ele estava. Está com medo. — Jordan tamborila os dedos no volante. — Se alguma coisa acontecesse com Sam — pergunto —, você deixaria Selena ficar só olhando?

Percebo o momento em que ele cede, porque já vi isso acontecer antes — quando ele tomava conta de mim e eu implorava para passar mais uma hora acordada; depois que destruí meu carro na época da faculdade e liguei para ele pedindo dinheiro emprestado para o conserto, para não precisar contar aos nossos pais; quando apareci em sua porta com um saco de lixo cheio de roupas e uma criança de seis anos, torcendo para poder passar um tempo lá.

— Se eu sou o advogado de Asher — explica Jordan —, vou escutar o que ele me diz. Não você. Ele é o meu cliente, e você, não. Quando eu conversar com ele sobre o caso, quando estiver fazendo recomendações ou analisando estratégias, vou escutar o que *ele* quer.
— Ele olha no fundo dos meus olhos. — Se você começar a mandar em mim, está fora.
— Entendi.
— E se ele quiser conversar comigo em particular, Liv — acrescenta Jordan —, você vai ter que sair.
Concordo com a cabeça.
— Combinado — digo.

ASHER ESTÁ DETIDO em West Stewartstown, no Instituto Correcional do Condado de Coös, mas, quando chegamos, somos informados de que não podemos vê-lo. Por ser recém-chegado, ele precisa ser fichado e nossos nomes precisam entrar em uma lista de visitação, que deve ser aprovada pela administração — o processo demora quarenta e oito horas. Enquanto Jordan discute com o agente penitenciário, aguardo na área de espera, vendo criancinhas correndo ao redor das mães, esperando para visitar os pais. O agente dá de ombros quando Jordan diz que aquilo é ridículo.
— Talvez seja mesmo — concorda —, mas são as regras.
O edifício é quadrado, branco e funcional, e o som de portas se abrindo e sendo trancadas me fazem retesar a mandíbula. Tento imaginar Asher por trás dessas portas e não consigo. Jordan precisa me puxar de volta para o carro.
— Dois dias inteiros sem ver meu filho?
— Liv, não temos escolha.
— Você sabe o que pode acontecer com ele?
Jordan me encara.
— *Você* sabe?

Digito no celular, passando por fotos de beliches de metal com colchonetes finos, de corredores cheios de celas separadas por portas.

— Detento é encontrado enforcado em cela na Penitenciária do Condado de Coös — digo, erguendo a tela.

— O quê?

Jordan se vira para mim, chocado de verdade.

— Um ano atrás.

Ele esfrega o rosto com uma das mãos.

— Não é a melhor situação do mundo. Mas Asher é um garoto esperto, vai ficar longe de encrencas.

— E se as encrencas não ficarem longe *dele*? — pergunto.

Não preciso acrescentar que isso já aconteceu antes.

— Pare de ficar imaginando coisas. — Jordan pressiona um papel na minha mão, algo que recebeu do agente penitenciário. — Se você quiser Asher fora daqui, tome uma *atitude*.

Leio o título. *Fiadores — New Hampshire*. Seguido por uma lista de telefones.

Quando chegamos à fazenda, parte de mim espera encontrar repórteres no quintal. Mas tudo está silencioso; o vento frio vai de árvore em árvore, como um rumor. Jordan me segue para dentro de casa. Sua mala está no mesmo lugar em que ele a deixou ao chegar, algumas horas atrás.

— Vou guardar minhas coisas — diz ele, levando a mala para o segundo andar.

Sigo para a cozinha, me sirvo de um copo de água, então o abandono sobre a bancada.

Na pia, está uma tigela que Asher usou ontem à noite. Ainda há flocos de arroz grudados nas laterais. Ele gosta de comer cereal com o leite achocolatado de uma fazenda de gado leiteiro próxima, então troco mel por leite com eles.

Toco um floco de arroz.

O que vão dar para ele comer lá?

Será que ele vai conseguir comer, ou seu estômago estará embrulhado demais?

Será que ele sabe que tentamos visitá-lo? Vai pensar que Jordan mentiu sobre ir vê-lo?

Vai pensar que sua própria mãe desistiu dele?

Eu trocaria a minha liberdade pela dele em um piscar de olhos. Dormiria em um beliche de metal, passaria fome, definharia, se isso significasse que ele poderia ficar em casa no meu lugar. Mas o próximo pensamento que surge é o de Jordan: *A procuradoria não acusa ninguém de homicídio qualificado sem motivo.*

E a voz da procuradora-geral adjunta: *Os dois tinham um relacionamento tempestuoso, que saiu de controle.*

Há tantos eufemismos disponíveis para quando se machuca alguém amado.

Asher é perfeccionista — no hóquei, nos estudos, na arte.

Como ele agiria se alguém não fosse perfeito?

Penso no buraco na parede de seu quarto.

Quase desesperada, pego o telefone e ligo para o primeiro número na lista de fiadores.

— Alô — digo. — Eu, hum, tenho algumas perguntas.

Tenho certeza de que as respostas que me dão estão erradas. Jordan entra depois de eu desligar a quarta ligação.

— Estou no quarto do Asher — diz ele. — Não vou dormir na cama da mamãe e do papai, seria nojento. — E estremece. — É óbvio que vou sair de lá quando... — Sua voz desaparece quando ele vê meu rosto. — O que foi?

— Posso conseguir a fiança de um milhão de dólares — digo a ele —, se eu pagar entre cem e cento e cinquenta mil dólares. Nunca mais vou ter esse dinheiro de volta, não importa o que acontecer. Nem se o caso for arquivado, nem se Asher for inocente, nada.

Jordan se inclina para trás, enfiando as mãos nos bolsos da calça.

— Eu podia ter te explicado isso — diz baixinho.

Fico boquiaberta.

— Então por que *não* explicou?

Ele não responde. Em vez disso, pergunta:

— O que mais disseram?

— Que preciso dar uma garantia para receber o dinheiro, ou que alguém tem que ser meu fiador.

Jordan concorda com a cabeça.

— Foi por isso que não falei nada antes.

— Eu devolveria o dinheiro...

— Liv, a questão não é essa — diz ele em tom carinhoso. — Não posso ser seu fiador porque estou defendendo Asher. Seria um conflito de interesses. Se não fosse o caso, eu pagaria a fiança num piscar de olhos.

Todo o meu ar fica preso no peito.

— Você quer tirar o Asher da cadeia, eu entendo — continua Jordan. — Mas está pensando em curto prazo. Se você quiser que Asher fique livre para sempre, precisa pensar em longo prazo. Dito isso, se preferir, posso me afastar do caso. A gente arruma um defensor público e o chama para jantar aqui em casa.

— Não — digo. — Precisa ser você.

Confio em Jordan. Asher não é apenas um cliente. Ele tem o seu sangue.

Jordan me encara.

— Tem mais uma pessoa que poderia...

— De jeito nenhum — interrompo.

Conheço uma pessoa que tem dinheiro suficiente para pagar a fiança de Asher, mas, para isso, teria que contar que ele está preso.

Eu teria que falar com Braden.

— Você não acha que deve a ele...

— Não — respondo, sem hesitar. — Acho que todas as minhas dívidas já foram pagas.

Asher é meu, todo meu, há doze anos. Durante o divórcio, Jordan se certificou de que meu advogado conseguisse guarda total sem visitas. Obter uma ordem de restrição contra alguém com uma reputação a zelar é o suficiente para chegar a um acordo rápido e sem estardalhaço. Agora, Braden vive a horas de distância com a nova família. Ele não teve qualquer envolvimento na criação de Asher, em torná-lo o rapaz que é.

Mais uma vez, penso no buraco que Asher abriu na parede com um soco.

Olho as anotações que fiz durante os telefonemas. Só tenho dezessete mil, quatrocentos e oitenta e três dólares em economias. Se não conseguir pagar a taxa ridícula do fiador em dinheiro vivo, posso usar como garantia uma propriedade que tenha o mesmo valor ou mais que o total da fiança.

— Quanto será que vale esta casa? — pergunto.

— Você não pode fazer isso.

— Ela é minha.

A casa foi deixada para mim, no testamento da minha mãe. Ela a deixara cair em pedaços ao seu redor, porque não tinha dinheiro para fazer reparos. Eu também não tinha até vender mais campos e conseguir pagar pelo novo telhado e pela fossa séptica, trocar a madeira podre da varanda e refazer a fiação elétrica.

O que importa é trazer Asher para casa e não se ele tem uma casa para onde voltar. Posso dar um jeito nisso depois.

— Jordan — digo —, você vai comigo ao banco ou não?

NA MANHÃ APÓS a audiência de Asher, desço o longo caminho até a entrada da fazenda para pegar o jornal. Asher está na primeira página, na primeira metade, do *The Berlin Sun*. Ele já apareceu no jornal antes. O jornal cobre seus jogos de hóquei. Às vezes, suas fotos jogando aparecem na seção de esportes, junto com algum comentário sobre uma jogada bem-feita.

ADOLESCENTE DE ADAMS É ACUSADO DE ASSASSINAR A NAMORADA.

Não são nem oito da manhã.

Amasso o jornal e o jogo no lixo.

QUANDO SELENA CHEGA, pouco depois das dez, Jordan a pega pela cintura e lhe dá um beijo constrangedoramente demorado. Os dois têm quase a mesma altura, e Selena — como sempre — parece ter saído de uma revista e não que pegou um voo noturno e dirigiu até a fazenda. Ela é negra e magra como uma modelo, está usando uma camisa branca bem cortada e calça risca de giz de cintura alta, com bota de camurça vermelha. Seu cabelo é raspado até quase o couro cabeludo; argolas gigantes de ouro adornam suas orelhas. O batom combina com a bota. Eu poderia passar semanas planejando como me vestir e ainda assim não ficaria tão elegante quanto Selena fica sem precisar de muito esforço.

— Fiquei com saudade — diz Jordan.

— Que bom — responde Selena. — Ou todo aquele condicionamento comportamental pavloviano iria por água abaixo. — Ela se vira para mim, o sorriso dando lugar a preocupação. Ela me envolve em um abraço apertado, verdadeiro. — Como você está?

— Já estive melhor — digo, meu lábio já tremendo. — Desculpe — continuo, secando os olhos. — Não sei qual é o meu problema.

— Eu sei. Seu filho foi preso. — Ela olha para Jordan atrás de mim. — Falando nisso, minha mãe topou ficar com Sam pelo tempo que for preciso. *Ele* já renegociou o tempo que pode ficar assistindo televisão, e *ela* diz que estamos lhe devendo um favor enorme, já que vai perder a Noite do Cassino na igreja.

— Desculpe ter estragado suas férias — digo.

Selena dá de ombros.

— Eu detestei a Irlanda de toda forma. Acho que nunca fui numa porcaria de lugar com tanta gente branca, e olha que passei metade da vida morando em *New Hampshire*.

— Porque eu sou irresistível — responde Jordan.

— Porque você paga bem — corrige Selena. — E eu faço por merecer. Já consegui informações sobre a procuradora-geral adjunta. Nossa amiga Gina Jewett é a herdeira aparente do trono do procurador-geral de New Hampshire.

Jordan franze a testa.

— Ela é muito jovem para assumir um cargo desses.

— Trinta e oito. DuPlessis vai se aposentar cedo, porque a esposa está com câncer. — Selena se vira para mim. — O procurador-geral quer que ela ganhe experiência com o julgamento do Asher. Ele acha que é um caso que dá para vencer, que vai ganhar destaque na mídia, e que as pessoas vão se lembrar do nome de Jewett quando forem votar. — Ela olha para Jordan. — Foi só isso que consegui por enquanto. Então, qual é o plano?

Jordan entrelaça os dedos aos de Selena.

— Vamos lá para cima — diz ele. — Eu te conto tudo enquanto você desfaz a mala.

Percebo que estou sobrando, que eles não vão desfazer a mala.

— Eu vou... dar uma olhada nas abelhas — murmuro a primeira desculpa em que consigo pensar para sair da velha casa, onde todos escutam tudo.

Lá fora, faz menos seis graus, e as abelhas estão grudadas umas nas outras para se aquecer dentro das colmeias isoladas. Não vou dar uma olhada nelas, não *preciso* dar uma olhada nelas. Mesmo assim, me agasalho, coloco casaco, gorro e luvas, e caminho em torno dos campos de morango rumo às colônias que hibernam.

Estou feliz por Jordan ter um casamento tão inabalável. Consigo até me lembrar de quando eu compartilhava o mesmo otimismo sobre a instituição. No dia em que casei, mandei um pote de mel para Braden, que estava se arrumando com os padrinhos.

Não foi uma ideia criativa, no quesito presente. Mel sempre foi um símbolo da coexistência da pureza e da sensualidade. No Egito antigo, o noivo se comprometia com a noiva com doze potes de mel. Em antigas cerimônias de casamento hindu, a testa, as orelhas, as pálpebras, a boca e os órgãos genitais da noiva eram cobertos com mel. Na Hungria, a noiva assava um bolo de mel durante a lua cheia e o dava para o noivo, para garantir o amor dele.

Braden mandou o pote de volta com um bilhete: *Obrigado, mas nada poderia tornar o dia de hoje mais doce.*

P.S.: Guarde o pote para a lua de mel. Tenho planos.

Posso garantir que o dia do casamento foi o mais feliz da nossa relação — não por ter sido perfeito, mas porque os outros foram se tornando progressivamente piores.

Nossa, como eu fui burra. Só enxergava o que queria, até ser impossível justificar o que estava bem na minha cara. Ainda assim, coloquei a culpa em mim mesma.

— Você não está dando uma olhada nas abelhas.

Ao som da voz de Jordan, me viro com um pulo.

— Você não está...

— Transando loucamente na minha velha cama apertada? Não. Ainda não. — Ele dá um passo em minha direção. — Não quis te expulsar de sua casa.

— Você não me expulsou — respondo no automático. — Só achei que vocês quisessem um pouco de privacidade.

— A gente acabou de passar uma semana juntos numa pousada irlandesa. Ao contrário do que as pessoas pensam, não preciso viver grudado em Selena. — Ele hesita. — *Gosto* de viver grudado nela, mas isso é diferente.

— Não sei como é isso — resmungo.

Uma sombra passa pelo rosto de Jordan, e sei que ele está pensando em Braden, em como descobriu muito tarde a verdade sobre o meu casamento. Imediatamente me sinto péssima por fazê-lo se sentir mal. É difícil perder velhos hábitos.

— Não tem problema, Jordan. Sério.

— Claro que tem problema — rebate Jordan. — Eu sou seu irmão. Sou dez anos mais velho. Eu deveria cuidar de você.

— E aqui está você — digo em tom alegre. — Fazendo exatamente isso.

— Você sabe o quanto doeu descobrir depois de tudo já ter acontecido?

— Menos do que doeu *enquanto* acontecia.

Ele pisca.

— Por que você faz isso? Brinca com algo tão sério?

— Porque senão — admito —, vou chorar.

Percebo, naquele momento, que me afastei de Jordan — de propósito. No começo, eu dizia a mim mesma que ele estava ocupado, defendendo Peter Houghton no caso do ataque à escola; depois, dois anos após Sam nascer, Selena passou por uma histerectomia por causa de uma endometriose, e precisava mais dele do que eu. Eu estava criando Asher, viajando pelo estado nos fins de semana para os jogos de hóquei da liga infantil. Quando essa desculpa acabou, passei a colocar a culpa do meu estilo de vida ermitão nas abelhas. Mas não era do meu irmão que eu estava fugindo. Era da conversa que não me sentia pronta para ter — uma em que Jordan se sentiria culpado, e eu, quebrada.

Ele começa a andar a meu lado, e seguimos pela borda da floresta.

— Por que a gente nunca conversou sobre Braden antes? — pergunta, chutando a neve.

— Porque eu não gosto de falar sobre isso.

Ele me encara.

— Faz doze anos, Liv.

Paro de andar.

— O que você quer saber?

Estou tremendo, e sei que não é por causa do frio. Eu me sinto exposta, esfolada. Sou a ferida que nunca cicatrizou.

A boca do meu irmão abre e fecha. É tão raro vê-lo sem saber o que dizer.

— Como foi para você? — finalmente ele pergunta.

Hesito.

— Como se alguém tivesse me esfaqueado — digo devagar —, e então me culpado por sujar a faca de sangue. — Puxo o ar. — Quando isso parou de ser uma metáfora, fui embora.

Os olhos de Jordan escurecem.

— Por que você não me contou?

— Porque você tentaria matá-lo — respondo, secamente.

— Isso seria tão ruim assim?

— Se você quisesse continuar sendo advogado, sim — respondo.

Ele afasta o olhar e, quando vira para mim de novo, seus olhos estão marejados.

— Eu deveria ter percebido.

— Braden e eu éramos muito talentosos em não deixar ninguém perceber — digo.

— Mas é meu trabalho, *literalmente* meu trabalho, proteger gente que sofre injustiças.

— Não era sua responsabilidade...

— Não — interrompe ele. — Você é minha irmã caçula. — Ele segura meus ombros. — Eu devia ter percebido.

Eu o encaro. Quando eu era pequena, ele me buscava na escola. Todo mundo esperava pela mãe, ou pelo pai de vez em quando, mas eu era a única que tinha um irmão com idade para dirigir. Ele me deixava sentar no banco da frente da picape, apesar de ser perigoso, e sempre esperava eu colocar o cinto de segurança antes de colocar o próprio. Era como se a minha segurança estivesse diretamente conectada à sua.

Passo os braços ao redor dele e apoio o rosto em seu peito.

— Você está aqui agora — digo. — Pode se redimir.

• • •

DENTRO DO PRESÍDIO, somos levados para uma salinha, e, alguns minutos depois, Asher vem acompanhado de um agente penitenciário. Ele usa um macacão laranja com meias brancas e sapatos de plástico, e seu rosto é uma constelação de hematomas roxos. Um olho está tão inchado que nem abre. Levanto quando o agente fecha a porta.

— O que houve? — pergunto, jogando os braços ao redor de Asher com força.

Ele se retrai quando o agente bate no visor de vidro da porta e balança a cabeça. Com relutância, solto Asher, e ele desmorona sobre uma cadeira. Olha para trás, como se esperasse que alguém viesse atacá-lo de surpresa.

— Asher — repito. — O que houve?

Há certa dureza em seu olhar.

— Onde vocês *estavam*?

É como se eu tivesse levado um soco.

— Não deixaram a gente entrar. Nós tentamos, Asher.

— Quando posso ir embora?

Minha garganta contrai com a verdade — não sei. Hoje de manhã, o último banco me recusou um empréstimo. Como já hipotequei a casa para expandir a empresa de apicultura e ainda não paguei esse empréstimo, sou um risco financeiro, aparentemente.

Antes de eu conseguir admitir isso, Jordan senta em uma cadeira diante de Asher.

— Quem fez isso com você? — pergunta ele.

Estico a mão para tocar a de Asher, mas ele se afasta.

— Tenho um colega de cela. Ken.

— Seu colega de cela te bateu?

Ele balança a cabeça.

— Quando eu cheguei aqui, estava... bem assustado. Não tem onde se esconder. Até na cela, o banheiro fica bem ali, a pia, tudo. Todo mundo está sempre te vigiando. Você não tem escolha sobre nada, aonde pode ir, o que comer, ou até quando apagar a luz. Simplesmente partiram do princípio que eu devia *saber* disso tudo. Ken foi bem tranquilo. Ele me ignorou enquanto eu não conseguia parar de chorar, e, quando finalmente me acalmei, ele disse que me ajudaria. Não perguntei por que ele está aqui, porque achei que ninguém quer falar sobre essas coisas, e fiquei feliz por ter alguém para me dar apoio. Ele me explicou algumas coisas, tipo como colocar vocês na lista de visitantes, quando eu deveria ir à cantina, quem contrabandeia cigarros para o caso de eu querer trocar por algo. E também me explicou de quem devo manter distância.

Asher esfrega o polegar em uma ranhura na mesa de madeira. A cutícula está toda comida. Quando ele era pequeno, fazia isso quando estava nervoso; eu tinha que passar angustura de maçã nos seus dedos para impedi-lo. Sinto dificuldade em respirar ao olhar para isso agora.

— No jantar da primeira noite, Ken me mostrou onde pegar a bandeja e onde sentar. Nós estávamos sozinhos, o que achei ótimo, mas então apareceu um cara e perguntou se o Ken tinha encontrado outro garotinho para — agora, Asher olha de soslaio para mim — comer. Falei para ele deixar a gente em paz, e, quando dei por mim, estavam me enchendo de socos e... — Sua voz some, ele faz gestos em direção ao rosto. — Ken está preso por pornografia infantil, que é, tipo, a pior coisa que alguém pode fazer aqui. Ele só foi legal comigo porque todo mundo sabe que é melhor não se meter com ele. Porque qualquer amigo dele é um alvo fácil.

A mandíbula de Jordan está tão tensa que escuto seus dentes rangendo.

— Vou resolver isso. Prometo. — Ele pega um caderno e uma caneta, e os arruma entre as mãos sobre a mesa. — Mas, primeiro, precisamos conversar sobre o seu caso. Tudo que você me contar é confidencial. O que for dito aqui não pode ser repetido lá fora. Entendeu?

Asher concorda com a cabeça.

— Em segundo lugar, sua mãe está aqui porque ela pediu. — Jordan olha no fundo dos olhos de Asher. — Mas *você* é o meu cliente. O que significa que, no fim das contas, a decisão é sua.

Asher olha para mim, e seja lá o que vê é suficiente para amenizar a rigidez de sua expressão.

— Eu... quero que ela fique — diz.

Desta vez, quando estico a mão para segurar a sua, ele me deixa apertá-la.

— Você vai ser julgado como adulto, porque tem dezoito anos. Isso significa que vou te tratar como adulto. Não vou fazer média nem tentar amenizar o problema — continua Jordan. — Você foi acusado de homicídio doloso. Isso significa que, se for condenado, pega prisão perpétua.

Engulo em seco.

Eu não sou a cliente.

— O quê? — ofega Asher. — Perpétua?

— *Se* você for condenado — repete Jordan. — E vamos fazer de tudo para isso não acontecer.

Asher retesa a mandíbula.

— Só quero contar o que aconteceu de verdade...

— E eu não quero saber.

— Você... o quê?

— Vou explicar como o sistema judiciário funciona — diz Jordan. — Se você não me contar o que aconteceu, mas eu conseguir convencer os jurados de que você não matou Lily porque estava em Tóquio, competindo nas Olimpíadas, você é inocentado. Não importa se você estava mesmo competindo nas Olimpíadas. Não importa se você nunca foi a Tóquio. Tudo que preciso fazer é implementar uma dúvida razoável no júri, plantar a semente de que, *talvez*, você não estivesse na casa de Lily, fazendo o que a procuradora disse que fez. Contanto que você nunca me diga nada que desminta esse fato, posso falar o que eu quiser no tribunal. Só não posso apresentar como evidência qualquer coisa que contradiga a versão que você apresentou para mim... e não posso colocar você no banco de testemunhas para dizer algo que sei que é mentira. — Ele deixa Asher assimilar isso por um instante. — Então... *usando o bom senso*... me conte o que aconteceu na tarde em que você foi visitar Lily.

Os dois estão falando em código, mas um que Asher parece entender.

— Ela não foi à escola naquele dia — diz Asher. — Estava doente e ficou em casa.

— Como você conheceu Lily?

— Ela era minha namorada.

— Firme? Algum dos dois estava envolvido com outra pessoa?

— Não.

— Há quanto tempo?

— Desde setembro — murmura Asher.

Asher, naquele momento, se desliga de nós. Olha para a mesa, mas sei que está vendo Lily, sentindo sua falta.

Jordan pigarreia.

— Então você foi à casa dela...

— É. Ela não estava respondendo minhas mensagens.

— Porque estava doente?

Asher levanta um ombro.

— E porque a gente estava meio brigado.

— Por quê?

Por um instante, Asher não responde.

— Eu dei um jeito de ela encontrar o pai. Fazia muito tempo que os dois não tinham contato, e achei que estivesse fazendo um favor para ela... só que ela não entendeu desse jeito. Ficou com raiva por eu ter marcado um encontro sem avisar antes.

Asher e eu não conversamos sobre a minha vida com Braden. Nunca entramos em detalhes de por que fui embora. Certa vez, perguntei quais lembranças ele mantinha do pai — tentando entender o que havia absorvido do seu ponto de vista na cadeirinha alta de alimentação: a janela quebrando após ser acertada por um livro arremessado; o silêncio mortal da decepção; o som de um tapa. Se Asher se lembrava de qualquer uma dessas situações, mentiu e disse que não tinha recordação alguma. De qualquer maneira, era uma bênção.

Mas a admissão de que ele tentou intermediar um relacionamento entre Lily e o pai distante... havia acontecido porque ele não tinha um pai? Havia sido algum tipo de transferência de perda — Asher sentia que faltava algo em sua vida, então tentara preencher o espaço vazio na de Lily?

— O que você quer dizer com ela ficou com raiva? — pergunta Jordan.

— Ela parou de falar comigo. Por cinco dias. Maya me contou que ela estava doente; eu nem sabia.

Os olhos de Jordan focam a porta da sala, onde o agente penitenciário está espiando de novo, e trato de afastar a mão que fornecia apoio emocional da de Asher.

— Então a que horas foi você na casa de Lily?

— Três e meia? Três e quarenta e cinco? Foi depois da escola.

— Ela atendeu à porta?

Asher levanta as sobrancelhas.

— Isso é uma pegadinha? É óbvio que não. A porta estava um pouquinho entreaberta, entrei e chamei o nome dela. Virei uma curva, e ela estava... — Seus olhos se enchem de lágrimas, e ele os esfrega com uma das mãos. — Ela não se mexia.

— O que você fez?

— Acho que sacudi a Lily — diz Asher, a voz era somente um sussurro. — Tentei acordá-la. Eu a levei para o sofá, e foi então que vi o sangue embaixo de sua cabeça. — Ele desistiu de secar as lágrimas; agora, elas escorrem por seu rosto e se encontram na ponta do queixo. — Eu a amava. E, agora, ela morreu, e todo mundo acha que é culpa minha, e não estão nem tentando descobrir que porra aconteceu com ela...

Jordan toca o antebraço de Asher.

— Calma, Asher — diz. — Vou explicar isso tudo para os jurados.

Asher assente. Ele vira a cabeça na direção do ombro e seca o rosto no macacão laranja, deixando um rastro molhado ali.

— Eu vou contar para eles, está bem?

— Para quem?

— Para os jurados.

Jordan fecha o caderno.

— Nós vamos ter bastante tempo para conversar sobre estratégias enquanto trabalho no seu caso. — Ele guarda a caneta no bolso. — Você quer *me* perguntar alguma coisa?

Asher funga de novo e ergue o rosto, inchado e machucado, na direção de Jordan.

— Quero. Quando eu posso ir para casa?

Sem hesitar, Jordan responde antes de eu precisar confessar minhas limitações.

— A sua mãe está resolvendo isso — diz, e Asher empalidece um pouco, como uma foto deixada no sol. — Mas você *vai* ficar seguro aqui. Prometo.

Jordan se levanta, Asher e eu fazemos o mesmo. Desta vez, Asher vem em minha direção. Mal toco seu ombro, e ele não tem o mesmo cheiro de sempre. O sabonete é mais pungente, o xampu é desconhecido. Ele enterra o rosto no meu cabelo.

— Mãe — diz com a voz embargada. — Não vai embora.

Quando Asher começou o jardim de infância, chorava e ficava agarrado em mim na porta da escola. As professoras me prometiam que esse tipo de atitude era normal, e que a pior coisa que eu poderia fazer seria ficar ali. Mas elas não sabiam que eu me sentia tão vulnerável quanto Asher. Ele era, de certa forma, meu amuleto da sorte; apesar de não ser infalível, havia menos probabilidade de Braden se descontrolar quando nosso filho estava na sala. Mas Asher passaria quatro manhãs por semana na creche. E eu perderia meu escudo.

Agora, é *ele* quem *me* segura. Puxo Asher para perto e repito a mesma coisa que falei catorze anos atrás. *Nós dois temos que ser corajosos*, sussurro.

• • •

A ÚLTIMA VEZ que aconteceu foi em um domingo. Asher tinha seis anos e estava brincando no quarto com um conjunto de trens de segunda mão que arrematamos em uma feira. Sentado no sofá, Braden tentava encontrar o jogo de futebol americano de Michigan na televisão.

— Por que diabos a ESPN prefere passar o East Carolina?

Ele havia acabado de sair de um plantão longo e bebia uma Sam Adams, segurando o topo da garrafa entre o polegar e o indicador. Sua cirurgia de nove horas havia terminado com o paciente morrendo na mesa; ele tivera que dar a notícia à viúva. Eu era tão sensível ao seu temperamento quanto um anel de humor: tinha conseguido manter Asher quieto enquanto ele tirava uma soneca; quando acordou, encontrou panquecas recém-saídas do forno.

— Bom — disse Braden, jogando o controle da televisão para o outro lado do sofá. — Isso acabou com a minha tarde.

— A gente podia dar uma volta — sugeri. — Talvez visitar Jordan e Selena.

Eles tinham acabado de ter Sam e se mudado para uma casa nova em Portsmouth.

— Eu tiro uma folga a cada duas semanas — disse Braden. — Não quero passar o dia com o seu irmão.

— Posso levar o Asher — sugeri. — Para você descansar.

— Uau — disse ele, balançando a cabeça. — Você está mesmo louca para se livrar de mim.

Eu me inclinei sobre o encosto do sofá e lhe dei um beijo de cabeça para baixo.

— Jamais — falei, mas Braden já havia entrado no campo de batalha e pretendia permanecer lá.

— O primeiro dia livre que eu tenho para ficar com a minha esposa — resmungou —, e ela prefere o irmão.

— Você está sendo paranoico.

— Você está sendo uma vaca.

A essa altura, eu já sabia que era melhor não dar corda a ele. Respirei fundo e me virei para o outro lado, pretendendo ir atrás de Asher.

Aconteceu tão rápido. A mão de Braden se projetou e agarrou meu rabo de cavalo, puxando as raízes do meu cabelo com tanta força que meus olhos se encheram de lágrimas. Gritei enquanto ele retorcia o punho.

Você devia prender o cabelo sempre assim, me dissera Braden uma vez, quando estávamos cansados e emaranhados na cama, meu rabo de cavalo dançando sobre seu peito como um pincel sobre uma tela. *Você fica bonita pra cacete.*

Então eu sempre prendia o cabelo daquele jeito.

Eu me preparei para o que viria a seguir, tentando me encolher enquanto Braden se agigantava sobre mim. Mas, então, algo macio acertou minha perna. Olhei para baixo e vi Asher se jogando contra Braden. *Para, papai*, disse, batendo os punhos na barriga do pai, tentando me salvar ao imitar o que Braden fazia comigo.

ENQUANTO SAÍAMOS DO presídio, Jordan parou na sala do superintendente. Passou direto pelo secretário, seguindo para o santuário particular.

— Você não pode entrar aí — diz o secretário.

— Estou pouco me fodendo — rebate Jordan.

Ele abre a porta. Do ponto de onde espio, perto da mesa do secretário, vejo o superintendente erguer o olhar, surpreso.

— E quem é você, cacete? — pergunta.

— Jordan McAfee. Sou advogado de um de seus detentos. Imagino que você esteja ciente de que Asher Fields foi atacado.

O homem dá de ombros.

— Isso acontece aqui, de vez em quando, com assassinos.

— Ele é *acusado* de assassinato — corrige Jordan.

O superintendente dá a volta na mesa. É tão alto quanto Jordan, e os dois se encaram de igual para igual. Uma competição para ver quem manda mais.

— Imagino que o senhor saiba, doutor — diz —, que existe uma ordem de poder dentro do sistema correcional.

Jordan nem pisca.

— Se algo assim acontecer de novo, e estou falando em teoria, vou partir do princípio que não teve nada a ver com a ordem de poder, mas com negligência de seus agentes penitenciários. O que, como você sabe, seria um problema e tanto.

O superintendente encara Jordan por um bom tempo, o ar carregado de tensão. Então ele se vira para o secretário.

— Leve Fields para outra cela — diz ele.

Jordan concorda com a cabeça, se vira e sai da sala do superintendente. Eu o sigo para fora do presídio, me segurando até chegarmos do lado de fora, para uma tarde escura com ameaça de neve. Então começo a chorar tanto que não consigo respirar.

Quando dou por mim, sinto o braço de Jordan ao meu redor.

— Calma, Liv.

— É... o... meu *filho* que está lá dentro — arfo.

— Eu sei.

— O que fizeram com ele...

— Não vai se repetir.

Eu o encaro.

— *Você não pode garantir isso.*

Asher não é o assassino que a procuradora, a mídia e, *meu Deus*, todo mundo parece acreditar que ele é. Mas, se precisar continuar nesse presídio — se precisar se adaptar para se proteger —, a pessoa que ele se tornar ao sair será diferente da que era ao entrar lá.

Passei oito anos com Braden. Foi apenas no dia em que vi Asher bater no pai que entendi que precisava ir embora. Eu ignorava o que Braden fazia comigo, mas não podia ignorar o que ele poderia fazer com Asher. Quem Asher poderia se tornar.

— Preciso tirá-lo de lá — digo.

Um músculo se contrai na mandíbula de Jordan.

— Você sabe como.

Com exceção das transferências bancárias de pensão, Braden e eu não interagimos; ele é judicialmente proibido de entrar em contato comigo. Mas *eu* não sou proibida de entrar em contato com *ele*.

Braden agora mora ao sul de Boston com a nova família, longe a ponto de a notícia da prisão de um garoto do norte de New Hampshire por homicídio não chegar ao noticiário local. Se eu pedir o dinheiro da fiança, ele vai me dar. Mas vai insistir em se envolver no caso de Asher, na vida de Asher.

— Qualquer coisa além disso — digo para Jordan.

Ele suspira.

— Vamos para casa.

NAQUELE DOMINGO, DOZE anos atrás, Braden ficou tão surpreso com a fúria minúscula, focada, de Asher que a tensão do momento foi diluída. Braden foi doce e solícito, sugerindo que assistíssemos a um filme da Disney em família; acariciando meu cabelo e sussurrando um pedido de desculpas; fazendo amor comigo naquela noite como se eu fosse uma escultura que ele tentava moldar com suas mãos reverentes. Na manhã seguinte, quando Braden foi para o hospital, não levei Asher para a escola. Comentei que faríamos uma brincadeira: precisávamos encontrar nossas coisas favoritas — roupas, sapatos, livros, brinquedos — e ver quantas conseguíamos guardar em um saco de lixo. Então fomos para a casa de Jordan, buscando refúgio, e ele encontrou o melhor advogado de família do estado para mim.

Não sei o que teria acontecido se eu não tivesse posto um fim em meu casamento. Talvez eu não estivesse aqui hoje para me perguntar isso. Mas sei que Asher me salvou naquele momento. E que irei salvá-lo agora.

Faz só dois dias, digo a mim mesma. Vou encontrar uma solução. Não vou deixar Asher sofrer tanto a ponto de se tornar um homem calibrado pela raiva. Eu movi céus e terra para garantir que isso não acontecesse antes; posso fazer isso de novo.

Mas, do fundo da minha mente, vem um sussurro: *E se já for tarde demais?*

LILY ● 3

12 A 16 DE NOVEMBRO DE 2018
Três semanas antes

Acho que existe um motivo para as pessoas chamarem isso de *morrer de amor*. É o momento, no topo da montanha-russa, quando seu coração vai parar na garganta. É o momento entre pular do precipício e cair na água. É a percepção de que não há chão sob seus pés quando você erra um degrau da escada, quando o galho da árvore quebra, quando você se vira e não há mais colchão sob seu corpo.

Aqui vai o que ninguém fala sobre morrer de amor: não há como permanecer em segurança.

Usam um termo tão drástico porque é algo que, inevitavelmente, lhe arrebenta.

DEZ DIAS APÓS eu contar para Asher, ele continua sem falar comigo. Não manda mensagens, não liga. Ele se certifica de só passar por mim na escola quando está com outra pessoa, para não ficarmos sozinhos. Para focar a atenção em alguém, qualquer um, que não seja eu.

Dez dias que ele não olha para mim, como se as palavras que saíram da minha boca tivessem sido facas que pretendiam atacá-lo, em vez do fato de que pronunciá-las me deixou em frangalhos.

Dez dias desde que cometi o maior erro da minha vida.

Não é como se eu não soubesse o que acontece quando você puxa a cortina e deixa alguém ver todos os cantinhos sujos que tornam a pessoa que você *é*; a parte da qual você se envergonha; a parte que você queria poder apagar para sempre.

Não é como se isso nunca tivesse acontecido comigo antes.

Só pensei que, talvez, Asher fosse diferente. Achei que, na equação do nosso namoro, a pessoa que fui antes pudesse ser menos importante do que quem sou agora.

Em outras palavras, sou uma estúpida.

Sempre que o vejo na escola, existe um campo de força invisível entre nós agora. Quando ele *encontra* meu olhar, parece desconfiado, como se não pudesse confiar em mim. Por que deveria, quando não confiei nele desde o princípio?

Mas...

Até onde eu sei, ele também não contou para ninguém o que eu lhe disse. Eu *saberia*. Esse tipo de fofoca percorreria uma escola mais rápido que um vírus; eu já teria notado os olhares de esguelha, e Maya exigiria ouvir cem por cento dos detalhes. O fato de eu ter guardado segredos de Asher pode não tê-lo agradado, mas ele está guardando os meus para mim.

Nos dias em que Asher não tem treino de hóquei depois da escola (porque já treinou em algum horário ridiculamente cedo), ficamos juntos. Estou tentando respeitar seu espaço, mas existe um buraco do tamanho de um Asher no meu dia, e acho que é só questão de tempo até tudo mais desandar.

Digo a Maya que vou estudar na biblioteca depois da aula, e recebo um de seus olhares arregalados de pena. Desde a nossa conversa na torre de vigia de incêndio, ela sabe que há algo de errado entre mim e Asher.

— Você acha que ele vai terminar o namoro? — perguntou em tom ofegante, quando lhe contei que Asher aparentemente continua pensando sobre o que aconteceu.

Não, eu havia respondido, e essa era a verdade. Asher pode ter falado muitas coisas... e ter ainda mais para dizer... mas até então eu não tinha escutado *Acabou*.

E, apesar de eu saber que não deveria ter esperança, é como se uma luz continuasse acesa dentro de mim.

Maya instantaneamente se apresentou como uma especialista em Asher, pronta para dissecar cada palavra, sílaba e expressão e me explicar o que tudo significa de verdade. Mas, por algum motivo, eu preferiria guardar essas situações só para mim, mesmo que fossem lembranças horríveis. Eu não queria compartilhar nada, porque... e se fosse tudo que me restasse dele?

Em vez de ir à biblioteca como eu havia dito, passo direto pelo prédio e vou andando até a casa de Asher.

Bato à porta, mas ninguém atende, então entro.

Asher me contou que eles nunca trancam a porta. Sua mãe nem sabe se ainda tem a chave.

É uma velha casa de fazenda, o que significa que o piso estala sob meu peso, e há cantinhos estranhos que abrigam coisas como uma geladeira antiga, um relógio de pêndulo, e uma pequena porta onde costumavam entregar garrafas de leite antigamente. O interior tem cheiro de pinho, cera de abelha, e um pouco de Asher.

— Oi? — grito para a escada, me perguntando se ele consegue me ouvir.

— Aqui embaixo!

É a voz de Olivia. Encontro a porta do porão e desço a escada estreita. A primeira vez que Asher me levou ali — com a desculpa de jogar pingue-pongue, mas era para darmos uns amassos —, falei que aquele era o lugar perfeito para cometer um assassinato. *Você poderia me picar em pedacinhos e me guardar no freezer.*

Isso, respondeu ele, *seria desperdiçar recursos.*

Ouvi um martelo batendo de leve. Aqui embaixo é dez graus mais frio, o que já quer dizer bastante coisa. A mãe de Asher cobriu o espaço verde da mesa de pingue-pongue com pilhas de cera alveolada, dois potinhos cheios de pregos e o que parece um pesadelo da Ikea na forma de placas de madeira.

— Ah, Lily, oi — diz ela, sorrindo. — Se você está atrás do Asher, ele ainda não chegou.

Tento interpretar sua expressão, para descobrir o que Asher pode ter contado a ela. Pelo sorriso tranquilo e o jeito como ela naturalmente presumiu que era normal eu aparecer aqui à procura de seu filho, imagino que ele não tenha falado muito. Talvez Olivia nem saiba que não estamos nos falando.

— Entendi — respondo, tentando pensar no que fazer agora.

Não que eu tivesse um plano para o caso de Asher *estar* aqui. Conversar *com* ele... de novo? Obrigá-lo a falar comigo?

— Ele está no treino — diz Olivia. Ela está lutando para colocar quatro ripas de madeira em uma moldura retangular, prendendo os pregos nos cantos a fim de formar ângulos retos. Ela ergue o olhar para mim. — Mas você sabe disso.

— Sim — admito, porque, no fundo, eu sabia. — Vim conversar com você.

Quando digo isso, percebo que é verdade.

Eu gosto muito, muito de Olivia. Ela é engraçada, inteligente e parece tão durona quando você a vê carregando melgueiras com mais de dez quilos por aí, ou enfiando as mãos em uma colmeia agitada, sem luvas. Nunca a vi usando maquiagem, e ela sempre parece natural e tranquila, mesmo quando está suando dentro de seu macacão de apicultura. Mas acho que o que invejo nela é a forma como Asher fica despreocupado em sua companhia.

— Tudo bem — diz ela. — O que houve?

Abro a boca, e nada sai.

Olivia para de martelar e me encara.

— Você pode me ajudar — diz ela, me entregando um dos quadros retangulares e pegando outro. — Estou preparando esses para as colmeias do ano que vem.

Ela ergue uma folha de cera da pilha — finíssima, com fios verticalmente inseridos em intervalos de centímetros. Então me entrega uma.

— Encaixe a base na ranhura da madeira.

Talvez eu encontre as palavras se estiver distraída com uma tarefa. Tento prender a folha de cera na base estreita, mas ela se dobra, e é mais difícil do que parece.

— Está vendo esses dois furinhos? — pergunta Olivia, apontando para a lateral de seu quadro. Do segundo pote, ela tira algo que parece ser o menor diapasão do mundo e o põe no furo na lateral do retângulo, deixando a folha de cera entre os dentes. Então repete a operação no lado oposto. — Sua vez — incentiva ela.

Pego o pequeno prendedor e o passo pela abertura na madeira. A cera é tão macia que um dos dentes se prende nela e a fura.

— Ah, droga — digo.

— As abelhas consertam. Tecnicamente, a gente poderia dar um retângulo vazio para elas fazerem o favo sozinhas. — Olivia sorri. — Mas quero facilitar um pouco a vida delas.

Entramos em um ritmo de produção — Olivia monta os retângulos e ancora a base da cera; eu prendo os pinos para segurar a folha. Uma pilha de quadros prontos cresce na ponta da mesa de pingue-pongue.

— Você sabe que jogar pingue-pongue ativa mais o cérebro que qualquer outro esporte? — pergunto. — O Museu Americano de História Natural publicou uma pesquisa sobre isso.

Olivia não tira os olhos do trabalho.

— Você veio aqui para falar sobre pingue-pongue, Lily?

Balanço a cabeça.

— Imagino que você não tenha vindo porque estava com um desejo incontrolável de montar quadros para as colmeias — acrescenta Olivia.

— Não, isso foi um privilégio inesperado — brinco. — É sobre o Asher. — Hesito, tentando calcular o quanto contar a ela. — Nós meio que não estamos nos falando.

Encaro minhas mãos, mas posso sentir o olhar dela sobre mim.

— Vocês brigaram?

— Mais ou menos — digo. Pego outro quadro vazio para não ter que olhá-la nos olhos. — Ele disse que precisava de um tempo, e estou me esforçando para ser muito paciente. — Por fim, a encaro. — Acho que é por isso que vim até aqui.

Olivia levanta uma sobrancelha.

— Não sei se eu sou a pessoa mais indicada para dar conselhos amorosos — diz ela.

— Mas ele toma sempre essa atitude? Quer dizer, se ele quer se afastar de mim, eu entendo. Só que preciso ter certeza de que não vai ser permanente. Pelo menos não antes de tentar convencê-lo a não fazer isso.

Meu rosto cora, e os olhos de Olivia se estreitam, juntando os pontos entre o que estava disposta a contar para ela e os que não contaria nem sob tortura. Pego a ferramenta que estava usando e aperto um prego minúsculo com os dedos. Empurro-o no furo.

— Quando Asher fica chateado — diz Olivia devagar —, costuma se afastar.

— Eu sei — respondo. — Quer dizer, já vi como ele reage quando perde um jogo. Parece que se perde em pensamentos, revivendo a situação.

— Mas estou falando de coisas importantes. Não sei o que Asher te contou — diz Olivia delicadamente —, mas o pai dele e eu não tivemos um divórcio amigável.

Tenho certeza de que Asher me contou mais do que Olivia imagina. Sei que o casamento dela era abusivo.

— Quando Asher tinha quinze anos, quis entrar em contato com o pai. Até entendi por que ele queria uma figura paterna na vida, provavelmente por ter criado alguma fantasia sobre jogarem bola ou hóquei no lago congelado, com Braden dizendo que o maior arrependimento era não ter participado do dia a dia do filho. Mas eu conheço o Braden... bem mais que o Asher conheceu. Esse conto de fadas não iria acontecer. Asher só iria se machucar. — Ela parece provar e descartar as palavras antes de escolher as próximas. — Achei que... Braden já tivesse ultrapassado sua cota nesse quesito.

Naquele instante, percebo por que gosto tanto de Olivia. Ela também tem muito a esconder. Mas, por solidariedade, me faço de boba.

— Fui bem direta quando falei para o Asher que não o deixaria mais ver o pai, e que ele ainda era muito novo para que essa decisão fosse tomada por ele. — Olivia solta o ar devagar. — Ele passou duas semanas sem falar comigo. Duas semanas é bastante tempo quando vocês são as únicas pessoas dentro de uma casa.

Sei disso. Pego a ferramenta e coloco um prego nela.

— Mas aqui vai a parte importante: Asher superou essa desavença. — Olivia dá de ombros. — Um dia, ele simplesmente voltou a falar comigo, como se nada tivesse acontecido. Apesar de nunca ter retomado o contato com Braden.

Penso no dia em que Asher me levou para conhecer seu pai, na forma como seus olhos alternavam entre nós dois, me contando seu segredo. Coloco mais força na ferramenta, sem ter coragem de olhar para ela.

Olivia se estica sobre a mesa e põe a mão fria sobre o meu braço.

— Lily? — diz. — Acho que ele vai voltar atrás.

Quando ouço isso, a ferramenta escorrega, e o prego atravessa a camada dupla de madeira, furando meu dedo. Um pingo de sangue cresce na ponta dele. Por um segundo, não consigo afastar o olhar.

— Ai, meu Deus — diz Olivia, entrando em ação. — Desculpe! Não quis te dar um susto.

Ela revira as coisas ao redor, procurando algo para estancar o sangue, que agora escorre pela palma da minha mão. Ela encontra um pano de algodão limpo e o pressiona sobre meu dedo.

— Está tudo bem — digo, só que não está e, provavelmente, não ficará.

Asher não mudou de ideia sobre o pai. Não entendeu a sabedoria do ponto de vista da mãe. E encontra o maldito pai todos os meses, enquanto Olivia não desconfia de nada.

Então o que isso significa para mim?

— Desculpe. Preciso... — Eu me afasto da mesa de pingue-pongue. — Obrigada por conversar comi...

Tenho que sair daqui. Isso foi obviamente um erro.

Subo a escada em disparada com Olivia chamando meu nome e saio correndo pela casa e pela porta. Meu dedo sangra por todo o caminho de volta.

AQUI ESTÃO ALGUMAS coisas improváveis que caíram:

1. Sangue, do céu de La Sierra, na Colômbia, em 2008. O padre local disse que era um sinal de pecado.
2. Uma vaca, que esmagou um barco de pesca no Japão em 1997. Ninguém acreditou nos pescadores que relataram o caso. Então a Força Aérea da Rússia confessou que a tripulação de um de seus aviões de carga havia sequestrado uma vaca, na esperança de comer carne fresca no jantar. A vaca, no entanto, não gostou dessa ideia e se rebelou, quando foi jogada de mais de nove mil metros de altura.
3. Centenas de pássaros mortos em Somerset, na Inglaterra, cobriram o quintal de uma mulher em março de 2010. Ninguém sabe por que nem de onde eles saíram.
4. Eu. De amores, loucamente, irreversivelmente. Por ele.

HÁ MOMENTOS EM que penso que estou interpretando um papel desde sempre. Quando eu era pequena, logo aprendi o que os adultos esperavam de mim, mesmo quando parecia que eu estava usando sapatos três números menores. Se eu sofria bullying, colocava um sorriso no rosto e dizia para meus pais que adorava a escola. Se eu ficava triste, raramente deixava que minha mãe me visse chorar. Se houvesse um prêmio de melhor atriz ao longo da vida, eu venceria, sem dúvida.

Então, quando chego da casa de Asher e desabo no chão ao lado de Boris, demoro um instante para perceber que saí da personagem.

Minha mãe entra na sala, ainda de uniforme.

— Ouvi você chegar — diz ela, franzindo a testa. — Está tudo bem?

Há olheiras em seu rosto. Fico me perguntando se ela também anda dormindo mal. Fico me perguntando se é porque ela sabe que *eu* estou dormindo mal.

— Está — digo.

— Aonde você foi?

Penso no que dizer.

— Na casa do Asher — respondo por fim, contando a verdade para variar.

Minha mãe agacha ao nosso lado e faz carinho na lateral de Boris. Sua mão está a alguns centímetros da minha, como se o pelo fosse um condutor para a sinceridade. Um "detectocão" de mentiras.

— Você sabe que pode conversar comigo — diz ela. — Sobre qualquer coisa.

De repente, me ocorre que estamos vivendo um ciclo temporal, destinadas a repetir esta cena para sempre. Não é a primeira vez que ela me diz essas palavras, não é a primeira vez que tento encontrar uma forma de amenizar sua ansiedade. Ela abriu mão de tanta coisa por mim que é meu dever não voltar a ficar triste.

Quando eu tinha dezesseis anos, depois que tive alta do hospital, ela prestava atenção em tudo que eu fazia. Dava para entender; se minha filha tivesse tentado tirar a vida, eu provavelmente tomaria a mesma atitude. Ela era cuidadosa com o que dizia, oferecendo as palavras aos poucos, como moedas para pedintes, e me olhava como se eu fosse frágil e quebradiça, quando, para minha grande decepção, era obviamente o contrário.

Eu conseguia transformar meu rosto na mais imóvel das lagoas. Sorrir quando achava que ela queria ver um sorriso. Fingir que o pior havia ficado para trás.

Minha mãe fingia junto comigo, até o dia em que perdeu a cabeça. *Você não é a única que se esqueceu de como é se sentir feliz*, disse, e isso — finalmente — me despertou do estupor. Eu não podia me sacrificar; que inferno, eu *já tinha tentado* fazer isso. Não podia puxá-la para baixo junto comigo, não depois de ela ter desistido de tanta coisa. Então pedi à minha terapeuta para me ajudar a construir uma escada para sair do buraco.

A psicóloga disse que, se eu não conseguia me lembrar de como era não me sentir triste, precisava fingir até aquilo virar realidade. Ela sugeriu estabelecer um objetivo para me distrair. Se eu me ocupasse perseguindo um arco-íris, não teria tempo de ficar chafurdando no esgoto das minhas emoções. Então contei ao meu professor de violoncelo que queria aprender a sonata Arpeggione, de Schubert.

Essa é uma das composições mais difíceis para violoncelo. No nível de Yo-Yo Ma. É uma combinação clássica de vigor, graciosidade e emoção que, se você tocá-la do jeito certo, parece que o instrumento está chorando. Em termos de objetivo, é como decidir laçar o Sol.

Não sei se você está pronta para isso, disse meu professor, diplomático.

Mas sejamos sinceros, depois que você fracassa em se matar, qualquer outra frustração parece bobagem.

Para minha grande surpresa, o conselho da terapeuta deu certo. Pratiquei tanto a sonata que fiz bolhas nos dedos. É um dueto com piano, então baixei uma gravação e a toquei até as notas me seguirem no sono. Passei horas embalando o violoncelo, aperfeiçoando os trilos e os crescendos.

Não sabia que meu professor de violoncelo havia dito, escondido, para a minha mãe que estava preocupado — que as chances de uma adolescente, ainda que talentosa, dominar aquela composição eram extremamente baixas. Ele sabia, é claro, por que eu havia sido hospitalizada. E não queria ser parte do motivo para eu ter uma recaída.

Três situações extraordinárias aconteceram por causa dessa sonata. A primeira foi que, no fim das contas, consegui tocá-la perfeitamente. Meu professor trouxe um pianista do conservatório local para me acompanhar, segurei o violoncelo, e a sala desapareceu. Quando terminei, vinte e quatro minutos e dezessete segundos depois de levar o arco às cordas, minhas mãos tremiam e lágrimas escorriam pelo meu rosto.

Minha mãe parou na minha frente. Segurou meus ombros. *Lily*, disse, *você pode fazer tudo que quiser*. Desta vez, não era uma ordem. Era um entendimento atônito. Ela me fitava não como se eu fosse uma bomba-relógio, mas uma inspiração. *Talvez nós duas possamos fazer tudo que quisermos. Posso arrumar outro emprego. Vamos nos mudar para o leste.*

A segunda coisa extraordinária que aconteceu: a satisfação que minha terapeuta (e minha mãe) havia prometido que viria ao conquistar um objetivo impossível... não se cumpriu. Eu tinha tocado uma composição desafiadora para o violoncelo... ótimo. Pelo visto, eu havia despertado a coragem de minha mãe... que maravilha. Mas eu continuava sendo a mesma pessoa, e aí residia o problema.

Se nos mudarmos, vou continuar sendo eu, falei para a minha mãe. *Mas em outro lugar.*

A terceira coisa e a mais extraordinária de todas foi que, depois do concerto, quando desabei na frente da minha mãe — assim que perdi a vontade de continuar fingindo —, ela não desmoronou do jeito como eu temia. Não tentou me animar nem disse que era errado eu pensar que era algo que havia se espatifado e não tinha mais solução.

Pela primeira vez, ela não disse nada. Ela *ouviu*.

Foi a única vez que baixei a guarda e não me arrependi. Era por isso que eu achava que seria assim com Asher.

Naquela noite, quando eu tinha dezesseis anos, minha mãe e eu paramos de fingir que *estávamos bem, que tudo estava bem*. Duas semanas depois, tínhamos um novo plano. Eu sentia algo tão estranho dentro de mim que não conseguia nem explicar o que era — parecia que havia algo fermentando no meu interior, como se eu fosse explodir se balançasse um pouco. Não conseguia definir aquilo como esperança, nem mesmo quando o sentimento fluía pelo meu corpo.

Mas era algo que me dava energia, então voltei a pegar o violoncelo e tocar minhas partes favoritas da sonata. Geralmente, eu evitava olhar para o meu pulso, para as cicatrizes, mas, desta vez, me concentrei nelas e percebi que meu corpo ia além de ser algo que me prendia. Enxerguei firmeza, um coração imenso, mãos que faziam o violoncelo cantar.

Agora, quase três anos depois, minha mãe e eu *estamos* no leste. Sou uma pessoa muito diferente de quem era naquela época sombria. Ou gosto de pensar que sou. Parece bem mais fácil voltar para aquele ponto do que eu imaginava, como quando você acha que já caminhou por quilômetros, mas então descobre que foram só poucos metros.

— Lily? — diz minha mãe.

Volto a prestar atenção nela, no presente.

— Desculpe. Só estou cansada — respondo, colocando um sorriso no rosto, porque devo isso a nós duas.

MAYA DECLAROU QUE garotos são ridículos. Quer dizer, eu podia ter contado isso a ela, mas escuto sua reclamação de qualquer maneira.

— Você lembra do Cara do Trailer, né? — pergunta ela.

Maya trabalha meio expediente em um jornal local, no departamento de classificados. Três tardes por semana, atende telefonemas depois da escola e tenta convencer as pessoas que desejam pôr anúncios no jornal de que, por uma pequena taxa adicional, colocar um banner no topo da página com os dizeres PROFITEROLES ou CASA À VENDA fará sua oferta se destacar de centenas de outras. O fato de ela ganhar um bônus sempre que topam não faz diferença.

— Ontem, ele me contou que vendeu o trailer na primeira semana que fez o anúncio. — Maya me encara do outro lado de sua cama imensa. — E que continuou renovando porque gostou da minha *voz*.

— Estamos achando que isso é romântico ou esquisito pra caralho? — pergunto.

— Ele me chamou para sair.

— Maya — digo, me perguntando quando me transformei na minha mãe —, você não pode fazer isso. Você não sabe nada sobre esse cara...

— Na verdade, sei, porque tenho os dados dele e o procurei no Google. Acaba que ele tem quarenta anos. *Quarenta*, Lily. Que nojo.

— Ele sabe que você tem dezoito?

— Ainda não terminei. Quando meu chefe descobriu, me demitiu. A *mim*! Apesar de eu não ter convidado ninguém para sair. Então minhas mães me perguntaram por que não fui trabalhar ontem, e contei a verdade...

— *Por quê?*

— Porque não consegui pensar rápido o suficiente! — explode Maya. — E, agora, estou de castigo. — Ela se joga de costas no colchão. — Tudo bem. Agora terminei. Minha vida foi arruinada porque um idoso com péssimo gosto para veículos recreativos se apaixonou pela minha voz sensual.

— Eu... sinto muito — digo. Às vezes, conversar com Maya é como passear com um coelho na coleira. — Por quanto tempo você terá que cumprir o castigo?

Ela se apoia em um cotovelo.

— Eu me recuso a ficar de castigo. Vou dar uma festa, e você vai me ajudar.

— Maya, suas mães não vão deixar você dar uma festa.

— Vão, sim — rebate ela —, porque, nesta sexta, vamos dar a Primeira Festa da Lua das Banerjee.

— Que porra é essa?

— Uma festa da menstruação — diz Maya. — Vamos celebrar as mulheres, e apenas as mulheres, e não só minhas mães lésbicas vão me apoiar como provavelmente vão bancar a comida.

Não sei, não. As mães de Maya são conhecidas por se chatearem facilmente. No ano passado, quando Maya trouxe para casa um pouco do mel da mãe de Asher, Sharon teve um chilique porque havia um *produto de abelhas* em um lar vegano.

Além disso, tem a parte óbvia.

— Por que, afinal, você quer dar uma festa da menstruação? — pergunto.

— Fala sério, Lily. Está na hora de a gente ganhar alguma coisa além de cólicas.

Duas semanas depois de Asher parar de falar comigo, me pego pendurando fitas no teto para transformar a sala de estar de Maya em um útero de estar. Grudamos absorventes noturnos nas janelas; Maya preparou um ponche vermelho horroroso. Suas mães estão tão empolgadas por ela ter decidido celebrar o sistema reprodutor feminino que praticamente cancelaram o castigo e fizeram planos para sair, para Maya ficar à vontade com as amigas.

Ela chamou quinze garotas da escola — algumas conheço da orquestra, outras não sei quem são. Tomo mundo viu graça no tema. Uma das primeiras garotas a chegar batiza o ponche com uma garrafa de vodca. Uma playlist emo pulsa das caixas de som como um coração. Em meia hora, o embrulho que está há duas semanas na minha barriga começa a se desfazer; no fim das contas, uma festa sem garotos é como um suspiro bem suave. Ninguém checa o próprio visual nas janelas; ninguém dá amassos em um canto escuro. Somos apenas mulheres, jogadas em sofás e almofadas, nos sentindo seguras. Não precisamos falar sobre tudo que nos magoa, porque já passamos por essas situações antes.

Gosto disso, percebo. Gosto de fazer parte do grupo.

Bebo o ponche e começo a ficar altinha de um jeito agradável. Maya passa seu celular por todas as meninas, mostrando a foto do perfil do Cara do Trailer.

— Do Facebook — destaca —, porque ele é *velho*.

Talvez minha vida seja assim se Asher nunca mais falar comigo. Quando minha estrela cair do céu, vou aterrissar nos braços de um grupo como esse. *A gente entende*, dirão elas. *Estamos do seu lado.*

A sororidade, penso, *é subestimada*.

É isso que está passando pela minha cabeça quando, pouco depois das dez da noite, metade do time de hóquei aparece na festa. Dirk entra primeiro, trazendo suco de tomate e mais vodca.

— Bloody Marys — anuncia, sorrindo para Maya. — Entrei no clima?

— Você é nojento — diz ela, mas ri.

As outras garotas que estavam jogadas e deitadas nos sofás agora se empertigam. Encolhem as barrigas, passam a mão pelo cabelo. Ajeitam-se.

Agarro o braço de Maya.

— Achei que só vinham garotas — sussurro.

— O que eu posso fazer se eles querem saber mais sobre o corpo feminino?

Ela ri. Enquanto isso, o falatório começa: *Quem chamou os meninos? Não fui eu. Não fui eu. Foi você?*

Então Asher entra. Olha para as fitas e os absorventes internos presos ao teto, sua boca vai se contraindo. Maya joga os braços ao redor de seu pescoço.

— Você veio — diz ela, e então me dou conta de quem os chamou.

Ele me vê, e todo sinal de divertimento desaparece de seu rosto.

Dirk se enfiou no meio de um sofá entre duas garotas. Ele não cabe, e a graça é essa. Todo mundo ri, o som é como champanhe.

Asher vira de costas e segue para a porta antes de eu conseguir alcançá-lo, mas Maya agarra seu braço.

— Asher, espera.

Os olhos dele estão escuros como piche.

— Você me falou — diz para Maya — que a Lily não viria.

Maya parece hesitar.

— Você anda arrasado pra caralho. Só quero te ver feliz, Asher. — E inclina a cabeça em direção a ele. — Você sabe que é só isso que eu quero, né?

Asher se desvencilha dela, rápido e firme. E sai pela porta da frente.

Maya olha para mim.

— Não fique chateada — diz ela.

Eu não a odeio, mas isso não significa que eu queira falar com ela agora. Passo direto por Maya e entro na cozinha. A tigela do ponche está lá, junto com um prato de samosas que Deepa preparou para nós. Estico a mão para pegar um copo de plástico limpo.

— Se estiver com sede... — diz uma voz, e quando me viro vejo que é Dirk. Ele balança o cabelo para afastá-lo do rosto e agita a garrafa de vodca que continua segurando. — Não me importo de dividir.

Pego água.

— Estou bem.

— Não precisa ser modesta — responde Dirk, me cercando na pia com seus braços em cada lado do meu corpo. Suas palavras encostam no meu pescoço. — Você está *maravilhosa*.

— Cinco sílabas — digo. — Parabéns, você conseguiu falar uma palavra grande.

— Você *nem imagina* como é grande. — E sorri. — Mas se você *quiser*...

Eu me viro e o empurro com toda a força.

— Não quero.

Ele mostra as palmas das mãos, se afastando.

— Relaxe. Caramba. Era só brincadeira.

— Nem sei por que ele é seu amigo — resmungo.

Dirk inclina a cabeça.

— Sei lá, Lilz. Acho que Asher e eu somos mais próximos agora do que vocês dois.

Geralmente, Dirk só fala merda, mas isso é verdade. Deixo meu copo sobre a bancada, saio pela porta de trás e vou para o silêncio do quintal de Maya.

Está um gelo lá fora, e eu não trouxe meu casaco. Após cinco minutos tremendo, volto, torcendo para Dirk já ter saído da cozinha, mas a porta foi trancada quando saí. Ponho os braços ao redor do corpo, caminho rápido para a frente da casa.

Asher está sentado na calçada, sob a luz de um poste.

Ele não move um músculo, nem quando meus passos chegam perto o suficiente para serem ouvidos, nem quando sento na calçada a quinze centímetros dele.

Sua mão está curvada sobre o concreto, a minha também. Se eu esticasse o mindinho, conseguiria tocá-lo. Sob o brilho da luz, percebo que suas juntas estão raladas e roxas.

— O que houve com a sua mão?

Ele dá de ombros.

— Ash — sussurro. — Fale comigo. Por favor.

Ele balança a cabeça. E se recusa a olhar para mim.

— Quando você não me conta o que está pensando... isso me mata.

Um som baixo escapa do fundo de sua garganta.

— Sei como é, Lily.

Então ele se levanta. Fecho os olhos, ainda tremendo de frio, antecipando o som de ele me deixando. Em vez disso, sinto-o colocar seu casaco em mim.

— Você vai congelar — digo, erguendo o olhar para ele.

— Vou sobreviver.

Ele tira as chaves do bolso e segue para o velho jipe.

Não escute quando alguém disser que corações partidos são metáforas. Você pode sentir as rachaduras e as fissuras. É como gelo se quebrando sob seus pés, como o penhasco se desfazendo sob seu peso.

— Espera — chamo, levantando.

Asher não se vira, mas para de andar.

Minha voz está tremendo.

— Você me odeia?

Finalmente, *finalmente*, Asher me encara. Seus olhos suavizam.

— Eu não te odeio — diz ele. — Eu odeio você não ter confiado em mim o suficiente para me contar a verdade.

Abro a boca para rebater, mas não posso. Ele tem razão. Não confiei nele. E isso teve tudo a ver com o modo como fui tratada antes, mas não por ele.

Ele entra no jipe e vai embora.

Talvez dez minutos tenham passado, talvez uma hora, não sei. Mas ainda estou chorando na calçada quando Maya me encontra.

— Estava te procurando por todo canto — diz. — Lily, desculpe. Eu devia ter contado que o convidei.

Seco os olhos com a manga do casaco de Asher.

— Não faz diferença.

— Você me odeia? — pergunta Maya, e um calafrio percorre meu corpo. São as mesmas palavras que usei na rápida conversa com Asher.

— Não — solto, e ela senta-se ao meu lado, passando um braço sobre meus ombros.

— Então volta para a festa.

Balanço a cabeça.

— Acho que vou para casa — digo.

— Você *está* irritada comigo...

— Não, é só que... — Não quero contar a ela sobre Asher; não quero reviver o que ele disse. Então me agarro à primeira desculpa que surge na minha cabeça. — Fiquei menstruada.

Ela ri.

— Ai, meu Deus. Que profético.

Dou de ombros.

— Não estou muito no clima de festa.

— Cólica? — diz ela, se compadecendo. — Odeio quando sinto que estou sendo virada do avesso.

Exatamente, penso.

DUAS SEMANAS APÓS Asher parar de falar comigo, acordo com o som da chuva batendo nas janelas do quarto. Mas não é um som constante. Nem está chovendo.

Pego o celular: 1h33. Prendo a respiração, espero, e escuto de novo. Não é chuva.

Vou até a janela e espio a escuridão, vejo a lua batendo no rosto de Asher.

Abro a janela, e sinto a noite avançar sobre os meus pés descalços. Asher está agachado no declive do telhado, me encarando.

— Meu Deus — sussurro. — O que você está fazendo?

Seus lábios se contorcem.

— Tentando não cair. — Olha de soslaio para a árvore que deve ter escalado. — Posso... entrar?

Concordo com a cabeça, me esticando para pegar sua mão até ele conseguir segurar o peitoril e se jogar para dentro do quarto. Ele usa um jeans escuro e um moletom preto com gorro, que logo afasta do rosto. Engulo em seco, cruzando os braços sobre a camiseta fina e o short de algodão.

Em vez de me explicar por que está aqui, Asher ronda meu quarto feito um felino selvagem. Passa a ponta dos dedos pelo topo da cômoda e segura minha escova. Pega um anel e o coloca no mindinho antes de devolvê-lo ao pratinho de cerâmica que foi presente da minha mãe e está estampado com a frase: FILHAS SÃO ALGUÉM, E NÃO DE ALGUÉM.

Meu coração parece sofrer uma série de explosões supersônicas. Finalmente, não aguento mais.

— Você veio terminar comigo?

Asher se vira, a surpresa estampada em seu rosto.

— Você realmente acha isso?

— Sei lá — admito. — Não é como se eu soubesse no que você anda pensando ultimamente.

Ele afunda na beirada do meu colchão.

— Eu disse que precisava de um tempo. — Olha para as próprias mãos, entrelaçadas entre as pernas. — Não foi o que você disse. Foi você ter medo de me contar.

Sento ao seu lado. Fico me perguntando se é melhor acender a luz.

— Eu não te conhecia bem o suficiente.

Asher apenas levanta as sobrancelhas, e sinto meu rosto arder.

— Tem mais alguma coisa que você não me contou?

Penso no meu pai por um instante, mas deixo isso para lá. Ele morreu para mim, então não deixa de ser verdade.

— Não — juro.

— Tem certeza? — insiste Asher, a boca se curvando em um canto. — Você não tem algum bebê secreto sendo criado por uma tia em Iowa? Você não é, tipo, uma espiã russa?

— *Nyet* — respondo.

— Nada além da verdade?

— Nada além da verdade.

Ele afasta uma mecha de cabelo do meu rosto, prendendo-a atrás da minha orelha.

— Eu te amo, Lily — sussurra Asher. — Não me importo com o seu passado. Isso não faz diferença para mim.

— Mas se alguém descobrisse — digo devagar —, *faria* diferença para *mim*.

Ele sabe o que estou pedindo: uma promessa.

Ele segura minhas mãos e ergue meus pulsos, pressionando os lábios em cada um, até nas cicatrizes que escondi de todo mundo, a não ser dele.

— Se alguém descobrisse o quê? — murmura, e então me beija.

Asher já me beijou antes, é claro, mas nunca me senti assim — como se não houvesse barreiras entre nós, como se eu fosse transparente para ele. Eu me jogo para mais perto, tentando me fundir à sua pele. Suas mãos se enroscam no meu cabelo, sua respiração me abastece.

Quando nos separamos, lutando por oxigênio, Asher beija minha testa.

— E agora? — sussurro contra seu pescoço.

Seu sorriso me marca.

— Vai ser bem difícil descer daqui.

Estou sorrindo também. Sinto que sorri em um nível celular.

— Então seria muita falta de educação da minha parte pedir para você ir embora.

Asher tira os sapatos com os pés.

— Você nunca é mal-educada.

— Jamais.

Puxo seu moletom.

— A educação é a base da vida em sociedade — diz Asher, puxando minha camiseta.

— Você inventou isso? — pergunto. — Ou é uma expressão de verdade?

— Faz diferença? — pergunta Asher, e então caímos emaranhados nos lençóis.

Meu corpo nunca foi muito impressionante. Houve momentos, obviamente, em que só me trouxe sofrimento. Mas, enquanto Asher tira meu short e passa a mão pela minha barriga, enquanto sua boca desce da minha clavícula para o esterno e além, não penso em nada disso. Se na nossa última vez — minha *primeira* vez — Asher criou um mapa de mim, então agora é a viagem em que ele retorna aos melhores pontos: Lembra quando a gente...? Lembra como foi...?

Sinto sua respiração entre minhas pernas e aperto as coxas uma contra a outra. Por instinto, talvez. Vergonha. Mas, quando Asher ergue o rosto, o mundo inteiro está refletido em seu olhar.

— Não se esconda de mim — implora, e me abro como uma rosa.

Estou tão, tão cansada de me esconder.

Então Asher sobe e se posiciona sobre o meu quadril. Ele coloca uma camisinha e lentamente entra em mim. Ele não afasta o olhar dos meus nem por um segundo. Ele me enxerga, me enxerga por completo, e não há um pingo de decepção ou vergonha. Ele encara meu rosto, meu corpo, como se fossem perfeitos. Como se eu fosse uma maravilha única, feita só para ele.

Afasto o olhar. Olho para baixo e, pela primeira vez na vida, consigo ver o mesmo que Asher. *Sim*, penso, *é um milagre. É isso que eu sou.*

OLIVIA ● 4

JANEIRO A ABRIL DE 2019
Alguns meses depois

É incrível a rapidez com que o anormal se torna normal. Foi como aconteceu após a morte de meu pai: a vida se fechou ao redor da perda como uma ferida, e me acostumei a dirigir cinco horas todos os fins de semana para cuidar das colmeias. Ou quando me acostumei a fingir não ver nada enquanto o meu cavaleiro no cavalo branco tirava a armadura para revelar um monstro. E agora, eu me acostumara a organizar minha agenda em torno dos dias e dos horários que posso visitar Asher na cadeia.

Às vezes vou com Jordan, que montou um escritório improvisado na mesa da minha cozinha. Ele passa boa parte da semana comigo, trabalhando no caso de Asher. Selena costuma passar a semana em Portsmouth para cuidar do filho, mas às vezes traz Sam para passar um fim de semana, para que Jordan o veja, ou o deixa com a mãe quando precisa vir fazer algum trabalho investigativo por aqui. Nos dias em que Jordan e eu visitamos Asher juntos, posso usar uma sala particular para clientes-advogados; posso tocar sua mão e até abraçá-lo, mesmo que precise ser longe do olhar quase contínuo do agente penitenciário posicionado do outro lado da porta. Nos dias em que visito Asher sozinha, sou apenas outra mãe com uma história triste e um filho encarcerado. Ele senta em uma sala redonda com um painel de telefones; fico do lado oposto da barreira de acrílico, segurando o fone contra a orelha, tentando não escutar as conversas nem o choro das mulheres ao lado.

Nos dias em que visito o presídio com Jordan, conversamos sobre o caso de Asher. Mas nos dias em que vou sozinha, falamos sobre qualquer outra coisa além disso. Decoro a sessão esportiva do jornal: *Os Bruins venceram os Trojans, de oitenta e oito a setenta e quatro*, digo, e Asher ri. *Valeu por tentar, mãe, mas, primeiro, isso é basquete. Segundo, esses são times universitários, não profissionais. E terceiro, nenhuma pontuação do hóquei é tão alta assim.* Ele pergunta como está seu time, se venceram Berlin. Fala sobre as coisas de que sente falta: sorvete de chocolate com menta, neve, dormir na escuridão total, até (surpreendentemente) suas aulas de inglês. Ele me mostra os desenhos que faz, de lápis em resmas de papel branco, de uma corça com um cervo, de um dragão, da vista do seu quarto em casa. Também há um de Lily, que levo para casa comigo e coloco em uma moldura ao lado da cama de Asher.

Quando não consigo visitá-lo, escrevo cartas. E ele escreve de volta.

Em cada carta e cada visita, Asher me pergunta quando vai sair da cadeia, e acho que seria impossível meu coração doer mais do que já dói.

Até o dia em que ele para de perguntar.

AOS SÁBADOS, MONTO uma barraca na feira da zona norte de Adams. No verão e no outono, ela ocorre em um espaço aberto magnífico, cheio de música e crianças gritando, barracas vendendo queijo, carne de vaca e de cordeiro, hortaliças orgânicas suculentas, leite com chocolate tão espesso quanto creme de leite. Mas, no inverno, nos resumimos ao básico e nos apertamos em um salão alugado pelas Forças Armadas. Vendo o mel que engarrafei no outono, velas de cera e manteiga para o corpo. Há dias em que não vendo nada, então carrego somente uma caixa de leite com alguns produtos do estacionamento, deixando o estoque na caçamba da picape.

Hoje, estou me sentindo esperançosa. O clima de janeiro está derretendo a neve, e as pessoas que não queriam sair de casa para comprar coisas não essenciais, como vela ou chá orgânico, começam a ter vontade de passear. Sento em minha barraca, sorrio para as pessoas que passam por mim. Mas, ao contrário dos anos anteriores, ninguém se aproxima.

Digo a mim mesma que estou sendo sensível demais. Mas, quando peço à vendedora ao meu lado para ficar de olho na minha barraca enquanto dou um pulo no banheiro, ela hesita antes de concordar com a cabeça. Como se não quisesse ser vista me fazendo um favor.

Estou dentro da cabine quando duas garotas entram e escuto apenas pedaços da conversa:

— ... fiquei sabendo que ele vai ficar lá para sempre...

— ... tiraram o troféu de melhor jogador dele da vitrine da escola...

— ... é, a moça do mel...

— ... ele só pode ser culpado, ou não continuaria lá, né?

Abro a porta e as encontro diante das pias, passando rímel.

— Meninas — digo em um tom tenso. — Só para deixar claro, no nosso sistema legal, você é inocente até que se prove o contrário. E isso só acontece durante um julgamento, que ocorre meses depois de uma prisão. Talvez vocês devessem passar mais tempo na aula de deveres cívicos e menos se arrumando para parecerem prostitutas mirins. — Sinto uma pontada de culpa por ser maldosa com adolescentes. Mas estou incandescente de raiva, como se a sensação irradiasse da minha pele. Lavo as mãos trêmulas e as seco. — Em vez de *moça do mel*, prefiro ser chamada de *mãe de Asher Fields*. Tenham um ótimo dia.

Saio do banheiro.

Que vaca, diz uma delas.

Pelo restante do dia, vejo as outras barracas lotarem, enquanto a minha é ignorada. Um marido para, lembrando a esposa de que ela disse que precisava de mel.

— Não *desse* mel — murmura a mulher, e o puxa para longe, como se tragédias fossem contagiosas.

Quando a feira termina à uma da tarde, guardo a caixa de produtos não vendidos e a levo para a picape. O sol é ilusório, dando um gostinho falso de primavera. Até o cheiro parece mais doce do lado de fora, ou pelo menos é o que penso até abrir a caçamba da picape e encontrar o restante do estoque — dezenas de garrafas de vidro de mel, cada uma delas espatifada.

A CONVERSA ENTRE mim e o detetive Mike Newcomb é perceptivelmente tensa quando ele vem colher meu depoimento sobre o vandalismo. Além do mel, os pneus da picape foram cortados. Mando uma mensagem para Jordan, pedindo para vir me buscar, mas é Selena quem sai do carro.

— É a sua carona? — pergunta Mike.

— Minha cunhada.

Ele passa uma mão pelo cabelo.

— Eu teria te levado para casa.

— Isso não seria confraternizar com o inimigo?

Ele tem o bom senso de parecer envergonhado.

— Você não é minha inimiga. Nem seu filho, só para deixar claro.

— Mike balança a cabeça. — É o meu trabalho, Liv.

Olho para a bagunça na caçamba da picape.

— E aquele era o meu.

Ele concorda com a cabeça.

— Vou encontrar as garotas.

Não posso provar que foram elas, embora sejam as suspeitas mais prováveis, levando em consideração a nossa conversa.

— E então o que acontece a seguir?

Mike franze a testa.

— Você pode prestar queixa, se quiser.

Balanço a cabeça.

— Não quero. Só... que levem um susto, ou algo parecido.

Ele me encara por um longo momento, como se eu fosse um quebra-cabeça sem uma peça importante.

— Já está tudo resolvido por aqui? — interrompe Selena.

Mike concorda com a cabeça.

— Sinto muito por tudo isso, Olivia.

Ele entra no carro sem identificação policial e vai embora.

Selena olha para ele estreitando os olhos.

— Conheço esse cara, não?

— Ele estudou comigo. Agora, é detetive — digo. — Foi ele quem prendeu o Asher.

— Seiiii — responde ela. — Ele estava naquela festa quando eu estava grávida do Sam. Aquela em que os brancos demoraram duas semanas para descobrir que a Revolução havia acabado.

— Aham. O Dia de Adams.

Selena balança a cabeça.

— Vocês já ouviram falar sobre o Dia da Independência dos Negros?

Entro no carro e conto a ela o que aconteceu enquanto seguimos para a fazenda. Chegamos no mesmo instante que Jordan. Ele puxa Selena e a beija com força.

— Para que isso tudo? — pergunta Selena.

— Meu dia está uma merda — responde Jordan. — Eu precisava equilibrar a conta.

— O que houve?

— Marquei uma conversa com Maya Banerjee — diz ele, e me viro, surpresa. Fico me perguntando por que ele não me avisou antes.

— Acho que Maya queria falar comigo porque Asher é um de seus melhores amigos.

— Isso é verdade — digo.

— Bom, a *outra* melhor amiga dela morreu — conclui Jordan. — Sempre que eu fazia uma pergunta, ela começava a chorar. Uma de suas mães acabou com a conversa antes mesmo de eu começar.

— Posso tentar falar com ela — sugiro.
— Isso se chama interferir com as testemunhas — diz Selena. — Então, não, melhor não.

Jordan puxa a gravata, soltando-a e deixando-a pendurada em um dos lados da camisa.

— Está cedo demais para começar a beber? — pergunta, seguindo na direção da casa.

— Não para um sábado — diz Selena, animada.

Sigo atrás deles, pensando em Maya, em coisas que acabaram antes mesmo de começarem.

Pouco antes de entrarmos na casa, Jordan se vira para mim.

— Liv — pergunta —, o que houve com a sua picape?

ÀS VEZES, DURANTE as reuniões entre advogado e cliente, paro de escutar as perguntas intermináveis de Jordan e me concentro nas mudanças de Asher. Elas não são apenas físicas — sua pele está apática, pálida, e seu corpo exibe uma magreza fibrosa em vez de estar musculoso. Mas há também a forma que seu olhar percorre a sala, como se buscasse pela saída. Como ele senta-se sempre em um lugar de onde consiga ver a porta. É a cortina que se fecha por trás de seus olhos sempre que lhe pergunto qualquer coisa sobre a vida na cadeia.

Sei que ele foi transferido para uma nova cela, que não levou outra surra — pelo menos não em lugares que consigo ver. Penso que ele talvez tenha novas cicatrizes, mais profundas. E ao contrário dos hematomas que surgiram em seu rosto um mês atrás, não sei se essas marcas invisíveis irão desaparecer.

— Você conhece Abby Jeter e Tanya Halliwell? — pergunta Jordan.

Isso chama minha atenção.

— Jordan — alerto.

Ele me ignora, encarando Asher.

— Elas estão um ano atrás de mim na escola — diz Asher. — Sei que elas existem, mas a gente não se *conhece*. Por quê?

— Interrogaram as duas por causa de um vandalismo contra sua mãe — diz Jordan.

Asher se vira para mim, e percebo que a notícia o deixou chocado.

— *O quê?* O que houve?

— Foi bobagem — garanto.

Ao mesmo tempo, Jordan diz:

— Elas quebraram umas garrafas de mel.

— Meu Deus. Sinto muito, mãe. Você não devia estar... — Asher balança a cabeça. — Não pensei nessas coisas — diz baixinho.

— Tecnicamente, Abby e Tanya não fizeram o trabalho sujo — acrescenta Jordan. — Foi um garoto chamado... Danny Barbello?

— É, o namorado de Abby — diz Asher. — As pessoas faziam apostas sobre quanto tempo ele levaria para ser preso. — Assim que as palavras saem de sua boca, ele enrubesce. — Que irônico.

Jordan se recosta na cadeira.

— Sua amiga Maya está preocupada com você.

— Ela sempre está.

— Mas não o suficiente para falar comigo. A mãe dela cortou nossa conversa quando ela começou a chorar.

— As mães dela são superprotetoras — diz Asher. — Na oitava série, quando a gente fez um passeio da escola para Washington, elas foram para lá também e se hospedaram num hotel no mesmo quarteirão, só para garantir que a filha ficasse segura.

Jordan bate com o lápis no bloco de papel.

— Bom, se Maya não vai falar comigo, então não podemos contar com ela para depor a favor de você. Tem mais alguém da escola que falaria bem de você e te faria parecer um santo?

— Dirk?

— Hum, não — interfiro.

— Por que você não gosta dele? — pergunta Asher.

— Por que você *gosta*?

Jordan observa a interação.

— Mais alguém?

— O treinador Lacroix — diz Asher imediatamente. — Sou o capitão do time de hóquei pelo segundo ano. Nos verões, dou aula para crianças no acampamento de hóquei dele.

— Você joga desde que tem o quê, cinco anos?

— Sim, mas só passei a jogar no time no ensino médio, com exceção do inverno passado, quando fiquei no banco.

— Por quê?

— Foi por causa de um negócio que aconteceu antes das provas — diz Asher.

Penso no telefonema que recebi do diretor. No momento em que encontrei Asher do lado de fora do escritório, de cabeça baixa, com os cotovelos apoiados nos joelhos. Em como, ao me fitar, seu olhar não exibia remorso, mas uma raiva ardente.

— Um pessoal do time invadiu o departamento de matemática, roubou uma prova de trigonometria e pagou alguns nerds para montar um gabarito — explica Asher. — Então venderam as respostas.

— Você participou disso? — pergunta Jordan, chocado.

— Fui responsabilizado por associação — responde Asher, tenso. — Porque eu estava no time de hóquei.

— O que aconteceu?

— Fui suspenso por um mês.

Jordan se vira para mim.

— Você não fez nada?

Asher olha para mim, e nesse único olhar, há uma conversa inteira que ficou para trás e agora é iminente.

Preciso contar para ele, Asher.

Mas não foi justo.

A vida raramente é.

Você acha que eu não sei disso?

— Oi? — interrompe Jordan. — Que diabos está acontecendo? — Ele me encara. — Isto não é uma brincadeira, Olivia. Se Asher participou de algo assim, a acusação vai usar isso contra ele. Vocês precisam me contar *tudo*.

— Quando Asher conversou com o diretor, comentou que não participou do roubo da prova. Foi Dirk, o amigo de que ele falou mais cedo, quem fez isso. Mas alguns garotos do time acusaram Asher de ter arquitetado tudo.

— *O quê?*

— Não é o que você pensa, tio Jordan — diz Asher rápido. — Eu não estava tentando bolar um plano mirabolante nem nada. Foi uma piada. A gente estava no vestiário, falando sobre como o professor de matemática era um carrasco, como dava provas impossíveis e estava acabando com a média de todo mundo. Eu disse que seria bem mais fácil a gente conseguir entrar na faculdade se alguém resolvesse esse problema, e os caras me levaram a sério. Nunca achei que alguém fosse *fazer* algo do tipo.

— E o resultado foi que você levou uma suspensão — diz Jordan —, o que não é muito bom.

— Não entendo por que uma suspensão da escola que levei sem motivo há mais de um ano tem ligação com *isto* — diz Asher.

— As pessoas da escola acham que você mentiu. E se o seu treinador é uma dessas pessoas, ele não pode testemunhar a favor do seu caráter.

— Então eu mesmo testemunho. É só me colocar no banco — diz Asher.

— Escute, o ônus da prova desse julgamento é da procuradoria. Eles precisam provar tudo. A gente precisa contar com o fato de que não existem provas suficientes do crime para justificar a condenação pelos jurados. Quando for a nossa vez de apresentarmos provas, o que precisamos fazer é mostrar furos em tudo que *eles* apresentaram. Podemos acabar com o caso inteiro sem você testemunhar.

— Isso não faz sentido nenhum — argumenta Asher. — Quem melhor do que eu para provar que não fiz nada?

— Não precisamos provar *coisa alguma*. Colocar você no banco pode nos prejudicar. Podem perguntar qualquer coisa sobre o seu namoro com a Lily, as conversas que tiveram, as mensagens que trocaram, as brigas, e usar algo do seu passado que seja até *ligeiramente* acalorado, se não violento. Você acha que foi injustiça ter levado a culpa pelo escândalo da prova? — pergunta Jordan. — A procuradoria faria isso parecer bobagem.

— Mas eu contaria a *verdade* — insiste Asher.

Jordan encontra seu olhar.

— Lembra-se de quando eu disse que poderia convencer os jurados de que você é inocente porque estava em Tóquio, treinando para as Olimpíadas, na noite em que Lily morreu? Eu não preciso provar nada. Só tenho que mencionar a *possibilidade* disso. Mas, se você sentar no banco e cair em contradição, ou se negar qualquer coisa que a procuradoria tenha provas de que você falou em algum momento... vai parecer que é um mentiroso. E isso é um risco *enorme*. Porque os jurados tendem a achar que pessoas que mentem sobre bobagens podem mentir sobre fatos importantes, como matar alguém. — Um músculo de sua mandíbula se contrai enquanto ele olha de Asher para mim. — Alguma outra surpresa que vocês queiram me contar? Você já pichou uma propriedade federal ou foi preso por roubar um carro?

— Jordan — digo. — O negócio da prova... foi só uma injustiça.

— Todas as *injustiças* contam agora — diz meu irmão, e fico me perguntando se ele queria que eu interpretasse o duplo sentido na frase.

SELENA APARECE EM casa enquanto estou guardando os enfeites de Natal. O feriado foi, nem preciso dizer, um fracasso. Visitei Asher na cadeia. Nem montei a árvore. Mas não tirei a decoração da cornija e do corrimão, nem os pisca-piscas da varanda, me convencendo de que Asher poderia voltar para casa a tempo de vê-los.

— Jordan não me disse que você vinha hoje — comento. É quarta-feira, e ela raramente vem durante a semana. — E Sam?

Enrosco um pisca-pisca no braço. Estou ficando cada vez mais enrolada na teia que eu mesma criei.

— Está com a minha mãe e... Caramba, antes que você se estrangule, posso ajudar. — Selena coloca a bolsa no chão e estica os braços como duas traves de gol, deixando que eu enrole as luzes ao redor deles como se estivéssemos brincando de cama de gato. — Eu e Jordan vamos para a farra hoje. Jantar e drinques, baby.

— Uh-lá-lá — digo. — Qual é o motivo da comemoração?

Tiro as luzes das mãos dela.

— É o aniversário da minha cirurgia — responde Selena.

Faz nove anos desde a histerectomia. Retirar os ovários é uma operação difícil, e houve uma complicação que a fez passar mais tempo internada do que o esperado.

— Quando eu estava doente, Jordan prometeu que me trataria como uma rainha se eu melhorasse e que comemoraríamos todos os anos. A gente ia para Aspen, mas...

Ela dá de ombros.

— Nossa, desculpe — digo. — Vocês dois estão virando a vida completamente do avesso por minha causa.

— Deixe de besteira, você é minha irmã — rebate Selena. — Além do mais, Aspen é um inferno nesta época do ano. E tenho certeza de que o Dunk's Beef-n-Burg vai ser o *contrário* disso.

— Pelo menos faça ele te levar ao Mount Washington Hotel.

Eu me abaixo, prendendo os pisca-piscas sobre os outros enfeites, e, quando me levanto, Selena está olhando para mim.

Não *para* mim, mas *dentro* de mim.

— Vem com a gente — convida.

— Não, obrigada. Da última vez que fui com Jordan a um encontro, eu tinha sete anos. Minha babá tinha dado um bolo na gente, e ele me levou para ver um filme acima da minha faixa etária. Pior: ficou se agarrando com uma menina enquanto eu aprendia quatro novos palavrões.

Pego a tampa da caixa de plástico e tento colocá-la no lugar, mas ela entortou e se recusa a encaixar.

— Droga — resmungo, arrancando a tampa e a arremessando feito um disco para o outro lado da sala.

Selena toca meu braço.

— Ei — diz ela em tom gentil. — Qual é o problema? Além do óbvio, quero dizer.

Afasto as lágrimas repentinas que surgiram nos olhos.

— Quanto mais escuto o que Jordan diz, menos acredito que Asher vai receber um julgamento justo.

Selena aperta os lábios, como se estivesse prestes a dizer algo que preferiria deixar quieto.

— O quê? — insisto.

— Nada.

— Selena.

Ela suspira.

— Pelo menos seu filho *terá* um julgamento. Se Asher fosse parecido com o meu Sam, talvez as coisas nem tivessem chegado a esse ponto. Os policiais que entraram na casa e o encontraram lá poderiam ter dado um tiro nele, em vez de prendê-lo uma semana depois. — O olhar de Selena é um misto estranho de pena e inveja. — O que te pegou de surpresa não foi o fato de o sistema judiciário ser falho, Olivia. Foi você ter sido ingênua a ponto de ter passado esse tempo todo achando que *não era*.

Quando sinto como se tivesse levado um tapa, Selena passa os braços ao redor do meu corpo.

— É muita coisa para assimilar — admite ela. — Passei a vida inteira aprendendo isso, e você só teve cinco segundos. Em vez de ficar pensando em tudo que pode dar errado para o Asher, pense nas coisas que já deram *certo*. — Ela se afasta, segurando meus ombros. —

Vamos escolher um vestido para você — diz. — Nós três vamos sair, e me recuso a aceitar não como resposta.

NO FIM DAS CONTAS, não vamos ao Beef-n-Burg para comemorar o aniversário da cirurgia de Selena. Em vez disso, Jordan sugere uma viagem de quarenta e cinco minutos até Lyme, no sul, para jantarmos em um restaurante bem mais chique chamado Ariana's, que está quase vazio em uma noite de quarta-feira de janeiro. O que é bom, porque ele quer falar sobre o caso de Asher.

— A procuradoria segue uma política de consulta aberta a arquivos — me explica ele. — Isso significa que posso marcar um horário, ler o arquivo inteiro do caso, fazer anotações e tudo mais. Desse jeito, não precisamos pedir vista o tempo todo. Então, hoje foi minha primeira consulta. Um funcionário me deixou sozinho com o arquivo na sala de conferências. A causa da morte, com base no relatório do legista, foi hemorragia cerebral causada por trauma contundente na cabeça.

Prendo o fôlego.

— Quer dizer que *bateram* na Lily?

— Não necessariamente — diz Jordan.

— Ela pode ter caído da escada e batido com a cabeça nos degraus — sugere Selena.

— Isso é bom, né? — pergunto, olhando de um para o outro. — Não é desse tipo de coisa que você vive falando, que dá margem para dúvida?

— Seria — concorda Jordan —, se as digitais e o DNA de Asher não estivessem espalhados pelo quarto inteiro da Lily.

— Eu estava com ele durante o interrogatório da polícia. Asher disse que não foi ao quarto — digo.

Jordan me encara.

— Mas ele foi, Liv.

Sinto meu rosto ardendo.

— Você não deveria estar do nosso lado?

— Se existem provas físicas, existem provas físicas. Asher pode ter uma explicação para isso, mas ele *esteve* no quarto. — Ele faz uma pausa. — Os dois estavam juntos havia três meses. A pergunta real não é se ele esteve lá... mas por que mentiu sobre isso.

Selena, sempre a pacificadora, se mete entre nós, gesticulando para pedir outra garrafa de vinho.

— Mesmo que Asher e Lily tenham brigado, Lily pode ter tropeçado e caído sozinha pela escada...

— O que não configura homicídio doloso — conclui Jordan —, mas culposo.

Ele encontra o olhar de Selena, e os dois concordam com a cabeça levemente. Não entendo a lógica jurídica por trás disso, mas sei que homicídio doloso é morte acidental, sem intenção de matar. Que esse é o plano reserva deles, caso todo o resto dê errado.

— Enfim — acrescenta Jordan —, tentei conversar com o legista sobre a autópsia, mas ele faz meio expediente no necrotério, estava trabalhando no hospital e não podia falar comigo. O cara é mais ocupado que mosquito em praia nudista. — Ele sorri para Selena. — Ele sugeriu segunda à tarde, mas terei que ir a Concord.

— Segunda à tarde é o horário de visitas do Asher — lembro.

— E é por isso que eu estava torcendo para a minha linda e brilhante investigadora se encontrar com ele em meu lugar.

— A sua linda e brilhante investigadora estará na reunião de pais e mestres da escola do Sam, que você disse que não poderia ir por causa do horário de visitação do presídio — diz Selena.

— Ah, droga — diz Jordan enquanto a garçonete lhe oferece a degustação da nova garrafa de vinho. — Vou ter que procurar o cara de novo e marcar outro dia. Nossa, eu achava que estava livre de reuniões de pais e mestres depois do Thomas. Isso sem contar fraldas, catapora, acne, aulas de direção. — Ele ergue a taça. — Você foi esperta em parar depois de um filho, Liv.

Pego minha taça e bebo tudo de uma vez.
— Um brinde — digo.

EU TINHA PROGRAMADO tudo perfeitamente, mas as circunstâncias que estavam fora do meu controle arruinaram meus planos. Havia ocorrido um acidente na rodovia Mass Pike, e o médico chegara duas horas atrasado ao trabalho; consequentemente, todas as consultas se acumularam. Após horas na sala de espera, chegou a minha vez. Quando eu estava deitada na maca, encarando a luz no teto, fiquei me perguntando por que ninguém se dava ao trabalho de tirar as moscas mortas que se acumulavam dentro da luminária. Levando em consideração a quantidade de mulheres que viam aquele mesmo cenário, seria de esperar que alguém tivesse reparado nisso.

Eu sabia que Jasmine, a adolescente que morava na casa ao lado e era nossa babá, ficaria esperando mesmo se eu chegasse tarde em casa. Ela jamais deixaria Asher sozinho; era madura o suficiente para entender que algo deveria ter acontecido, porque eu sempre era *pontualíssima*. Fazer as coisas na hora certa era algo que eu tinha, literalmente, sofrido para aprender. Meu medo era que a cirurgia de ponte de safena que Braden fazia hoje acabasse mais cedo, ele chegasse antes de mim e quisesse saber onde eu estava.

Meus olhos se encheram de lágrimas, e a enfermeira que segurava a minha mão se inclinou em direção ao meu rosto.

— Está quase acabando — disse ela.

Ela parecia uma massa fermentando. Branca, com curvas e agradável. O tipo de pessoa com quem você poderia contar, que lhe receberia de braços abertos.

Ouvi a sucção da bomba minúscula de vácuo, senti o puxão na minha barriga, e a mão gentil do médico na minha coxa.

— Você — disse ele — não está mais grávida.

Agora, as lágrimas rolavam. A enfermeira apertou a minha mão com mais força. Tenho certeza de que ela já tinha visto aquela cena antes; a onda de emoções, a dor da perda junto com o alívio.

Mas eu não chorava de arrependimento nem por medo de como Braden puniria a minha ausência. Eram lágrimas de alegria.

Braden jamais saberia que eu havia ido àquela clínica.

E eu jamais levaria outro bebê para aquela casa.

— SEU CABELO estava na cama de Lily — diz Jordan, encarando Asher. Ele começou a visita listando as provas físicas do caso, enquanto eu observava Asher se retrair a cada item. — Suas digitais foram colhidas na cômoda. As declarações que você deu à polícia, dizendo que nunca esteve no quarto, pode me explicar?

— Eu não disse que *nunca* estive no quarto — esclarece Asher. — Só que não estive lá *naquele dia*.

— Vamos debater semântica agora?

— Não. *Às vezes* eu entrava escondido no quarto da Lily. Subia em uma árvore e entrava pela janela. — Seu olhar desliza em minha direção. — Eu passava a noite lá.

Pisco para Asher, certa de que escutei errado. Eu saberia se ele saísse escondido de casa. Todas as manhãs, quando batia à sua porta para acordá-lo, ele resmungava. E todos os dias, sem exceção, ele aparecia para tomar café da manhã.

Isso não significa que ele não voltasse *escondido.*

— A noite toda? — pergunta Jordan.

— Eu saía antes de amanhecer. E voltava para casa.

— Então sua mãe nem desconfiava — diz Jordan, fazendo uma afirmação.

Um rastro de cor mancha as duas bochechas de Asher.

— Não.

— Com que frequência? — insiste Jordan.

— Talvez uma meia dúzia de vezes. Mas *não* na noite antes de ela morrer.

— Quando você esteve no quarto pela última vez?

— Uma semana... antes — diz Asher.

— A mãe da Lily sabia que você estava lá?

Asher ergue uma sobrancelha.

— Eu escalava uma *árvore*.

— Você fazia sexo com a Lily enquanto estava no quarto? — pergunta Jordan, e prendo o ar ao ouvi-lo sendo tão direto. Ele se vira para mim com um olhar irônico. — Você tem certeza de que quer continuar aqui?

Encaro Asher, que desvia o olhar.

— Sim — admite ele.

— Desde quando?

— A primeira vez foi em outubro.

— Você fazia sexo sempre que dormia com ela? — pergunta Jordan.

Asher se remexe na cadeira.

— Você precisa mesmo...

— Sim, Asher, preciso — rebate Jordan, irritado.

— Então sim, eu acho.

Jordan esfrega o rosto com uma das mãos.

— Deus me proteja de garotos adolescentes.

— *Você* foi um garoto adolescente — resmungo.

— Lily alguma vez indicou que se sentia pressionada, ou que não queria fazer sexo?

O rosto de Asher fica vermelho como um tomate.

— Só na primeira vez.

— Meu Deus, Asher — diz Jordan. — O que *isso* significa?

Por favor, rezo em silêncio, *que ele não tenha forçado Lily a fazer o que não queria.*

— Lily ficou bem... esquisita depois. Ela queria, juro que queria, mas achei que ela tivesse se arrependido. Parou de responder às minhas mensagens e de me atender quando eu ligava, fugia de mim na escola. Depois de um tempo, ela admitiu que precisava pensar numas coisas.

Relembro alguns dias antes da morte de Lily, quando Asher contou que ela não respondia às suas mensagens e não queria falar com ele. Então ela havia se afastado em dois momentos diferentes. E ele tinha feito a mesma coisa com ela, disso eu sabia.

— Ela acabou me contando a verdade — diz Asher, mordendo a cutícula do polegar. — Ela estava com medo de o nosso namoro mudar depois que transamos. Eu prometi que nada seria diferente.

— Quanto tempo durou o silêncio?

— Mais ou menos uma semana. Eu estava surtando.

— Por achar que ela terminaria com você? — pergunta Jordan.

— Porque ela tentou se matar uma vez — responde Asher, direto.

O quê?

Penso em todas as vezes que vi Lily e Asher abraçados, sendo bobos, alegres e jovens... *Como eles têm sorte*, eu pensava, *por não terem que enfrentar as pressões do mundo*. Mas Lily não era uma pessoa despreocupada, ela só queria passar essa impressão. Eu não sabia que Lily tivera ideações suicidas; claramente, ela preferia manter isso em segredo.

— Você sabe quando ela tentou suicídio? — pergunta Jordan.

Asher hesita.

— Foi antes de ela se mudar para cá. Não sei os detalhes; ela não gostava de falar sobre isso. Fui a única pessoa para quem ela contou, na verdade.

— Você sabe... como?

Asher nega com a cabeça.

— Mas havia cicatrizes no pulso dela.

Penso nas roupas de Lily. Recentemente, ela havia usado blusas de manga comprida quando ia à nossa casa — mas era inverno. Tento me lembrar dela colhendo mel — o que ela vestia naquela tarde quente de setembro? Uma camiseta, acho, mas tinha pulseiras coloridas cobrindo os dois pulsos. Ela sempre deixava um elástico de cabelo ali também. Para um rabo de cavalo? Ou para esconder as cicatrizes?

— Então vocês continuaram fazendo sexo — diz Jordan. — No quarto onde disse para a polícia que não foi.

Asher olha com raiva para Jordan, tentando engolir sua frustração.

— Não foi isso que falei... disse que não estive no quarto *naquela noite*, e não estive mesmo. Por que isso tem...

— Porque *tem*, Asher — interrompe Jordan. — Porque é esse tipo de coisa que a acusação vai fazer. É por esse motivo que não posso te colocar no banco de testemunhas. Você mentiu para a polícia, e mentiu para mim.

— Eu falei a verdade! O detetive não me perguntou se eu já havia *ido* ao quarto. Ele não me perguntou se eu havia transado com ela. — Sua voz sobe uma nota na escala da frustração. — Você deveria ser a *principal* pessoa a ficar do meu lado. Por que está sendo tão babaca?

— Asher! — grito.

Jordan coloca as mãos esticadas sobre a mesa e se inclina na direção de Asher.

— Porque, se eu for babaca com você agora, você não vai parecer um quando estiver no tribunal.

— Você pode ir embora? — rebate Asher. — *Eu* iria, mas o meu advogado ainda não conseguiu me tirar daqui.

Jordan fecha o caderno com força.

— Quer saber? Você tem razão. Nós dois precisamos esfriar a cabeça. A gente conversa na semana que vem.

Jordan se levanta e bate a porta antes mesmo de eu sair da cadeira. O agente penitenciário segura a porta para mim, me espera sair.

— Asher — digo baixinho.

— Só vá embora, mãe — murmura ele, tão cansado que as palavras mal conseguem atravessar a distância entre nós.

Sei que não é uma boa ideia tentar conversar com Jordan antes de entrarmos no carro e sairmos do presídio.

— Você sabia que o Asher estava transando com a Lily? — pergunta ele.

— Eu imaginava que sim... mas não conversamos sobre o assunto.

De repente, me lembro da semana em que Asher ficou emburrado e distante, sendo ríspido comigo por qualquer coisa que eu dissesse ou fizesse. Havia sido no começo de novembro? Eu ouvi o baque e encontrei Asher no quarto, segurando o punho, o buraco na parede, parecendo tão chocado quanto eu pela violência que tinha explodido dele.

Você acha que conhece uma pessoa, disse Asher para mim (tentando se desculpar? se explicar?) quando o encontrei com gesso salpicado nos pés. *Mas a verdade é que você não sabe de nada.*

Até aquele momento, eu não tinha me lembrado das palavras de Asher. Mas, agora, me pergunto se era uma referência a Lily. Se elas tinham ligação com a tentativa de suicídio, com sexo.

De repente, minha garganta fica seca como o deserto. Penso nas juntas dos dedos de Asher, raladas. Penso na força que um soco precisaria ter para furar a parede.

— Jordan? — pergunto baixinho. — Você acha que Asher poderia ter... machucado a Lily?

Não consigo pronunciar a palavra *assassinado*.

Os olhos de Jordan encontram os meus antes de voltarem a focar, com intensidade, a estrada adiante.

— Se eu escutar você falando algo assim de novo — responde ele —, nunca mais vou te trazer para outra reunião.

UM DOS PRIMEIROS ENCONTROS que tive com Braden foi para assistir a um filme de zumbis. Ele os adorava — os bons, os ridículos, as superproduções e os que pareciam ter sido filmados por adolescentes em porões. *Extermínio*, o filme de Danny Boyle, era, em sua opinião, a porta de entrada para o mundo dos zumbis. Apesar de eu ter dito que tinha passado semanas sem conseguir dormir depois de assistir a *O iluminado*, ele tinha me prometido que aquele seria diferente, porque eu o assistiria com ele.

Sentamos no cinema lotado, abastecidos com pipoca e pacotes de amendoim com cobertura de chocolate. Enquanto assistíamos a seres humanos contaminados com o vírus atacando os outros, Braden se inclinou na minha direção.

— Eu te mataria com as minhas próprias mãos antes de deixar que eles te pegassem — sussurrou ele, e beijou o ponto no meu pescoço que sempre me fazia estremecer.

ABELHAS SOBREVIVEM AO inverno formando um enxame ao redor da rainha do tamanho de uma bola de beisebol nos meses de temperatura negativa, e de uma bola de vôlei de praia no início da primavera, gerando calor para manter a temperatura em torno de 35 graus. Quando a neve derrete na primavera, retiro o isolamento das colônias, preparando-as para começar a voar.

Janeiro se arrastou até fevereiro, que se transformou em março. Acompanhei o tempo por minhas abelhas, porque todo dia parece igual agora — preparos intermináveis para o julgamento, pontuados por visitas ao presídio.

Um dia, quando o clima começa a mudar, ajusto a máscara e começo a trabalhar na colônia de Adele, jogando um pouco de fumaça na entrada e sob a capa. Dez quadros estão aconchegados na colmeia, com abelhas espalhadas por todos eles.

Não vejo a rainha, mas tudo bem. Não é preciso vê-la para reconhecer sinais de seu trabalho. Se Adele estiver saudável e colocando ovos, eles serão parecidos com vírgulas dentro dos alvéolos. Uma rainha coloca tipos de ovos diferentes em locais diferentes do favo. Alvéolos de zangão recebem um ovo não fertilizado, que se torna um macho. Uma célula de tamanho normal recebe um óvulo fertilizado, que se torna uma operária em noventa e nove por cento das vezes.

São necessários vinte e um dias para uma abelha operária deixar de ser um ovo e se transformar em adulta. Vinte e quatro para um zangão. Uma rainha leva dezesseis dias, e então partirá para seu primeiro (e único) voo de acasalamento. Ela voa rumo ao céu, liberando feromônios para avisar aos zangões que aquele é seu dia de sorte. Aqueles que voam mais rápido e mais alto chegam ao paraíso, por assim dizer. Um zangão vira o abdômen do avesso para expor o pênis e o enfia na câmara do ferrão da rainha. É possível até mesmo ouvir quando ele ejacula.

Depois que o esperma entra na rainha, o pênis é rompido, permanecendo dentro dela. Ele cai para sua morte enquanto outro zangão toma seu lugar. No fim da orgia, quando a rainha volta para a colmeia, ela tem ovos fertilizados suficientes para durar uma vida inteira.

Faz oito anos que não saio para um encontro.

Depois de Braden, eu não conseguia imaginar estar com outro homem. Demorei quatro anos para aceitar um jantar com o filho divorciado de uma das amigas da minha mãe. Ele era inteligente e simpático, mas eu não parava de pensar que era meio baixo e não parecia entender minhas piadas; quando o segundo prato chegou, percebi que estava comparando-o com Braden.

Mas transei com ele. Não por atração, mas porque não queria que Braden fosse o último homem. Passei o tempo todo pensando em abelhas-rainhas, em como um novo zangão literalmente empurra os órgãos genitais de seu predecessor para longe e abre espaço para si mesmo.

Se eu estava pensando nisso durante o sexo, obviamente o sexo não foi *bom*.

Naquela noite, sonhei que fazia amor com Braden. Em como ele havia me perguntado, certa vez, qual era a parte favorita do meu corpo, e a resposta que eu havia dado: *A curva do meu quadril*. Ele me colocou na cama, me virou de lado e passou a mão pela curva repetidas vezes, aprendendo a forma como eu me amava.

A triste verdade é que sou mais parecida com a abelha-rainha do que gostaria de imaginar. Senti paixão uma vez, e provavelmente não terei outra oportunidade pelo restante da vida.

A verdade ainda mais triste é que, apesar de todos os momentos infernais do meu casamento, houve alguns em que eu era tratada com carinho.

A verdade mais triste de todas é que *enquanto* Braden me machucava, eu o perdoava.

Com cuidado, devolvo os quadros à colmeia de Adele, usando um espaçador para me certificar de que estão igualmente distantes, e cubro o topo. A colônia está com a aparência que deveria ter nesta época do ano.

A colônia de Beyoncé, ao lado desta, está parecida, mas desta vez tenho a sorte de ver a rainha cercada por um grupo de cortesãos.

Então abro a colmeia de Celine, a que transferi para uma caixa nova após o ataque do urso em novembro. Com um choque, percebo que foi no mesmo dia em que Lily morreu.

Quando abro o topo, não escuto nenhum zumbido. Os quadros estão frios e rígidos. Como na cena de um massacre, cada uma das abelhas está morta, formando uma pilha no fundo da caixa.

Eu esperava por isso. Sabia que a colônia que havia fugido do ataque do urso não tinha chance alguma de sobreviver ao inverno.

Mas isso não diminui a tristeza.

CONFORME A PRIMAVERA AVANÇA, o preparo de Jordan para o caso de Asher ganha velocidade. Selena descobriu quem será a juíza — Rhonda Byers, uma mãe solo negra de cinquenta e poucos anos que fez faculdade de direito enquanto trabalhava para sustentar a casa e é conhecida por ser pragmática. Jordan ficou na dúvida sobre quem chamar como testemunha de defesa. Eu vou testemunhar, é claro, mas, no fim, ele também escolhe o treinador Lacroix. O treinador não conhecia Lily e poderá apresentar Asher como um bom aluno, uma boa pessoa, um atleta simpático que dá aula para crianças durante as férias de verão — todos pontos positivos. O lado ruim é que a acusação sabe sobre o escândalo das provas e tocará no assunto durante o interrogatório, e depois que essa particularidade do caráter de Asher for revelada, eles podem apontar qualquer outro indício que mostre um lado diferente, menos favorável a ele.

Ele não precisa contar a razão pela qual chamou o treinador para depor, porque um réu que tem apenas uma testemunha — a própria mãe — está em uma situação bem ruim.

Conversamos sobre cenários alternativos — desde outros visitantes à casa (Asher não tem nenhum palpite) até álibis (Asher não tem nenhum, já que *estava* na casa de Lily e, antes disso, estava no carro indo para lá) e acidentes que podem ter ocorrido com Lily — qualquer distração que Jordan possa apresentar como teoria secundária para impactar a opinião dos jurados. Jordan também voltou à procuradoria para dar uma nova olhada nas provas, retornando com transcrições de mensagens de texto nos telefones de Asher e Lily. Nas últimas três horas, estamos na sala de conferência do presídio, analisando minuciosamente as conversas entre Asher e Lily — e acabamos de chegar ao dia da morte dela.

— Esta foi enviada às oito da manhã — diz Jordan para Asher. — *Você está bem, soube que está doente.* Você mandou isso para ela, apesar de estarem brigados?

Asher está esparramado na cadeira, com a cabeça jogada para trás. Ele parece mais magro que uma semana atrás, e há olheiras escuras debaixo de seus olhos.

— *Especialmente* por causa disso. Quis mostrar que eu continuava pensando nela.

Jordan folheia os prints das mensagens.

— A segunda mensagem foi enviada às dez e quinze... três pontos de interrogação?

Asher dá de ombros.

— Ela ainda não havia respondido.

— *Estou muito preocupado com você.* Onze e vinte e um — lê Jordan. — Uma e catorze da tarde. *Por favor, só me dê uma chance de a gente conversar.* Três e trinta e um: CHEGA DISSO, ESTOU INDO PARA A SUA CASA. — Ele assobia baixinho. — Tudo em letra maiúscula.

— Essa foi a última mensagem que mandei — diz Asher.

— Intimidante pra caralho. Pelo menos é isso que a procuradoria vai dizer.

— Não era para ser uma ameaça — rebate. — Eu só queria ver a Lily. Eu sabia que poderia explicar tudo se ela falasse comigo. Mas ela nunca respondeu.

— Respondeu, sim.

Asher balança a cabeça.

— Bom, se respondeu... não recebi nada.

Jordan franze a testa e começa a mexer nos prints.

— Estas mensagens estavam no seu celular. Aqui tem uma conversa com sua mãe... aqui está Maya. Dirk. — Ele vira uma página. — Quem é Ben Flanders?

Asher cutuca a pele do polegar.

— Um cara que joga hóquei comigo. — Ele pega outra pilha de papéis sobre a mesa. — Olha só. Aqui. Estas são as mensagens que Lily mandou para *mim*. A última foi sete dias antes de ela morrer.

Jordan puxa outra folha e a coloca ao lado daquela que Asher está segurando.

— Este é o print do celular *dela*, das respostas dela para *você*. Há uma mensagem que parece ter sido digitada embaixo da última que você mandou... mas que nunca foi enviada.

Asher se inclina para a frente, lendo — pela primeira vez — a última mensagem de Lily para ele.

— *Não precisa, acabou.* Acabou...? — repete ele, a voz vazia. Ele se vira, as lágrimas brilham em seus olhos. — Será que... ela terminou comigo?

Estico a mão até ele.

— Não, Asher... ela não mandou a mensagem. Talvez estivesse irritada, ou chateada, mas isso não importa. O que importa é que ela mudou de ideia.

Jordan começa a andar de um lado para o outro, pensando em voz alta.

— Se você tivesse recebido essa mensagem de Lily e ido até a casa dela mesmo assim, deixaria transparecer que estava com raiva. Que foi até lá furioso porque não aceitou que ela estivesse terminando o namoro. Tenho cem por cento de certeza que é isso que a procuradoria pretende que os jurados vejam: um garoto que pensou *Se eu não posso ficar com você, então ninguém pode*. Mas se você nunca *recebeu* a mensagem de Lily...

— Então a procuradoria não pode usar esse argumento — concluo.

— E não podem usar isso como motivo para assassinato. — Jordan sorri. É a primeira vez que o vejo empolgado de verdade desde que começou a trabalhar na defesa de Asher. — Vou entrar com um pedido para essa prova ser removida do caso.

— Isso é bom para nós — digo. — Não é?

— Será se a juíza aceitar o pedido.

Olho para Asher, mas ele está cutucando a cutícula do polegar, perdido em pensamentos. Quero consolá-lo, dizer que sei como é se sentir traído por alguém que você ama. Mas também sei que se alguém tivesse me dito isso enquanto eu estava casada, eu ficaria morrendo de vergonha por ser digna de pena.

— Precisamos conversar sobre mais uma coisa, Asher — diz Jordan, chamando a atenção dele. — A procuradoria fez uma proposta de acordo.

Minha cabeça vira imediatamente na direção de meu irmão. Ele não me contou que havia recebido uma proposta de acordo, não me contou nem que a procuradora havia entrado em contato. Estou prestes a dar uma bronca nele por causa disso quando lembro o que ele me disse meses atrás: não sou a cliente dele.

— Uma proposta de acordo? — repete Asher. — O que significa isso?

Jordan volta a se sentar diante dele.

— No momento, você é acusado de homicídio doloso, que pode ter uma pena de prisão perpétua. A procuradoria propôs que você se declare culpado pelo crime de homicídio culposo... e, como resultado, vai pedir à juíza uma pena de, no máximo, quinze anos. A juíza pode te condenar a *menos* tempo depois de ter acesso ao relatório pré-julgamento, que vai analisar seus antecedentes e as circunstâncias do caso, e...

— Posso ter que passar quinze anos na prisão? — interrompe Asher.

— Bem...

— Posso ter que passar quinze anos preso *só por ter encontrado a Lily*?

Jordan não desvia o olhar de Asher.

— Sei que não é isso que você queria...

— Não é possível que você esteja recomendando uma coisa dessas, Jordan — digo, finalmente encontrando minha voz.

Ele não dá nem sinal de que me escutou.

— Faz parte do meu trabalho te contar sobre a proposta da procuradoria, e ela tem um prazo. Um julgamento é um risco. Você não sabe onde vai se meter quando apresenta um caso para doze desconhecidos. A teoria da procuradoria é que você brigou com a Lily, a situação se tornou fisicamente agressiva, e ela acabou morta ao pé da escada porque você a empurrou. — Eu me retraio ao ouvir essas palavras. — Não sabemos dos antecedentes de nenhum membro do júri. Até onde temos conhecimento, todos foram vítimas de abuso. Ou podem ter outras opiniões formadas sobre você. Conseguir que cheguem a um consenso, como a sua inocência, é difícil. Pelo menos com isso podemos contar. — Jordan pigarreia. — Às vezes, quando um juiz sabe que um acordo foi oferecido e o acusado não o aceitou para seguir com o julgamento, ele pede a prisão perpétua caso o acusado seja considerado culpado.

— Mas não seria prisão perpétua sem direito a condicional de toda forma? — rebato. — O que mais um juiz poderia fazer com ele?

Jordan me ignora, olhando diretamente para Asher.

— Não posso te dizer para aceitar a oferta da procuradoria, mas *posso* sugerir que você pense no assunto. Temos dez dias para responder.

Depois disso, não resta nada a ser dito. Asher é levado de volta para a cela. Jordan e eu saímos do presídio.

Não falo com meu irmão no caminho até em casa, nem pelo restante do dia.

LEMBRO A NOITE em que Asher nasceu: Braden parou na faixa destinada aos bombeiros bem na entrada da emergência do hospital, deixando o carro com as chaves na ignição enquanto me carregava para dentro. Minha barriga estava dura como pedra e meu ombro, que doía insuportavelmente, havia se deslocado. Lembro de tentar negociar com um Deus em que eu não acreditava: *Se o meu bebê estiver bem, você pode deixá-lo me machucar para sempre.*

Braden não saiu do meu lado. Segurou minha mão livre enquanto meu ombro era recolocado no lugar; afastou o cabelo do meu rosto quando as contrações começaram. Lembro-me de ele exigir gelo, analgésicos, atenção. Enfermeiras e residentes vinham correndo a cada comando. *Sim, dr. Fields. Qualquer coisa de que o senhor precisar, dr. Fields.*

Quando os batimentos cardíacos do bebê caíram vertiginosamente e eu fui levada às pressas à sala de cirurgia para uma cesariana, achei que estavam mentindo para mim. Eu tinha certeza de que era uma hemorragia interna, de que eu estava morrendo. *Salvem meu bebê,* pensei enquanto Braden insistia que chamassem o *chefe da ginecologia* em vez de um daqueles *residentes açougueiros*, que *não fizeram nenhum treinamento real de cirurgia como eu*.

Fiquei presa em um mundo intermediário. Não era mãe, mas também não deixava de ser. Não era uma paciente, mas a esposa de um médico. Estava no hospital para ter um bebê, mas também para cuidar dos meus próprios ferimentos.

Quando Braden entrou lentamente na sala para observar a cirurgia, o clima mudou — todo mundo se tornou um pouco mais proativo, um pouco mais preciso e focado, agora que um cirurgião cardiotorácico brilhante supervisionava o que acontecia com sua esposa e filho.

Nem uma única pessoa teria imaginado que o motivo para estarmos naquela sala cirúrgica um mês antes da data prevista para o parto era porque ele havia me empurrado do topo da escada.

NENHUMA NOTÍCIA BOA chega depois de meia-noite. A última vez que eu havia sido tirada da cama no meio da madrugada fora por causa da prisão de Asher. Agora é o telefone que me retira do conforto do sono. Luto para retomar a consciência, ainda grogue quando atendo. Mas quando a voz baixa do outro lado começa a falar, fico mais alerta do que nunca.

No quarto de Asher, Jordan e Selena estão emaranhados em uma manta. Jordan dá um salto quando a porta é escancarada.

— É o Asher — digo, direta. — Ele tentou se matar.

Quando Jordan e eu chegamos ao presídio, já passa de uma da manhã. Conversamos com o delegado, e assimilo os poucos detalhes que ele nos oferece. Asher desmontou uma lâmina de barbear. Seu colega de cela salvou sua vida ao chamar um agente penitenciário quando viu o sangue pingando da cama de cima. Ele foi levado à enfermaria e atendido. Ficará em vigilância suicida em uma cela individual — sendo verificado com frequência e sem o porte de objetos cortantes.

Eu me recuso a ir embora antes de vê-lo com meus próprios olhos. Agora, enquanto esperamos que tragam Asher até nós, Jordan e eu sentamos em lados opostos à mesa da sala de conferência dos advogados. Adversários.

— Liv — diz Jordan em tom gentil.

— Para — rebato com raiva. — Nem ouse abrir a maldita boca, Jordan. A culpa é sua.

— *Minha?*

— Sim. Você ficou espezinhando meu filho como se não acreditasse em nada do que ele dizia. O próprio advogado dele! E então oferece um acordo de quinze anos na prisão...

— Tecnicamente, a procuradoria ofereceu o acordo.

— Cale a boca — grito. — Pare de agir como a merda de um advogado e comece a agir como a *família* dele, droga.

Antes de ele conseguir responder, a porta se abre, e Asher entra.

Meus olhos vão direto para o curativo apertado com gaze branca em seu pulso, e nas duas marcas mais finas, vermelhas e hesitantes acima. Um gemido involuntário escapa de mim, e me jogo no meu filho, envolvendo-o em meus braços enquanto ele me aperta. Vejo, do outro lado da janela, o agente penitenciário nos observando. *Fale algo*, penso com ferocidade, encontrando seu olhar. *Tente mandar que eu o solte.*

Ele se vira discretamente para o outro lado.

— Asher.

Eu me afasto, levando as palmas das mãos ao seu rosto. Nem sei o que dizer. Não posso perguntar por quê, eu sei por quê. Não posso lhe dizer que as coisas vão melhorar, talvez não melhorem. Não posso fazer nada além de lamentar junto a ele por tudo que já foi perdido e nunca mais será recuperado.

Acabo me decidindo pela verdade, que vibra dentro de mim como um diapasão.

— Você é a coisa mais importante para mim neste mundo — sussurro.

Seu rosto está coberto de lágrimas, seus olhos vermelhos e irritados. Apesar de ele usar um macacão limpo, marcas cor-de-rosa permanecem em seu pescoço e em seu braço, onde o sangue foi esfregado, como fantasmas que ainda assombram a cena de uma tragédia.

Por um instante, me permito sentir toda a fúria pelo horror dos últimos três meses... e por saber que eles poderiam ter sido ainda piores, caso Asher tivesse sucesso. Mesmo que cada um de meus potes de mel fosse esmigalhado, mesmo que eu tivesse que me mudar da cidade por causa das fofocas, mesmo que eu perdesse cada centavo em apelações para reconsiderarem a condenação de Asher — ainda seria melhor do que seguir como uma alma penada em um mundo sem ele.

Se o seu único filho morre, você continua sendo mãe?

Como se ela estivesse parada na minha frente, visualizo Ava Campanello no funeral da filha.

Devo ter feito algum som, porque, de repente, é Asher quem tenta *me* consolar.

— Me desculpe, mãe — diz ele, o som abafado contra o meu pescoço.

— Não, Asher, *me* desculpe.

— Nós dois podemos nos desculpar então — diz ele, e, para minha surpresa, uma risada escapa de mim, e depois dele.

Aquilo parece absurdamente errado, como um girassol crescendo em meio a terra queimada.

Ele se afasta de mim, desabando sobre uma das cadeiras. Sento ao seu lado, ainda segurando sua mão. Preciso desse contato, de nossas peles se tocando. Preciso saber que consigo sentir sua pulsação contra a minha.

Asher esfrega o rosto com a mão machucada.

— Parecia que eu estava sufocando — confessa ele. — Como se alguém estivesse apertando um travesseiro contra o meu rosto. Comecei a pensar que seria mais fácil acabar com tudo rapidamente. — Ele dá de ombros. — Se quinze anos na prisão é a melhor alternativa, então prefiro morrer. Se essa fosse a única decisão que ainda me restava, achei que faria sentido tomá-la.

Escuto alguém pigarrear. Até agora, eu havia me esquecido completamente da presença de Jordan.

— Não costumo gostar de erros — diz ele, se aproximando. — Mas, neste caso, meu filho, estou muito feliz por você ter feito algo do jeito errado.

Asher ergue o olhar, frio.

— Você não é meu pai.

— Não. Mas eu devia ter sido uma *figura* paterna melhor — admite Jordan. Ele olha de Asher para mim. — Foda-se o acordo — diz ele.

NA MANHÃ SEGUINTE, Selena está gripada.

— Sei que isto não é nem de longe o problema mais grave do dia — diz ela —, mas você tem algum remédio?

Balanço a cabeça e lhe entrego um pote de mel.

— Isto é melhor — digo.

O poder medicinal do mel é bem documentado — é antibactericida, então é usado no tratamento de feridas. Em curativos, ajuda a limpar o pus e tecidos mortos, diminui a inflamação e promove o crescimento de nova pele. Um estudo de 2007 da universidade Penn State sugere que ele é mais eficiente do que dextrometorfano para tratar a tosse. Laboratórios irlandeses demonstraram que ele combate infecções por *Staphylococcus aureus*. O mel de Manuka mata bactérias causadoras de úlceras e é usado para preservar córneas para transplantes.

Basicamente, a única coisa que o mel não consegue curar são as doenças que afetam sua mente, destroem a sua esperança e lhe fazem parar na enfermaria do presídio depois de uma tentativa de suicídio.

Jordan entra cheio de energia na cozinha enquanto Selena engole uma colher de mel. Ele está de terno, e fico surpresa até me lembrar de que hoje é a audiência de mediação. Em New Hampshire, as partes de um processo se encontram antes do julgamento na esperança de chegar a um consenso e resolver o caso. O juiz é o mediador, e nada do que é dito ali pode ser usado no tribunal.

— Vou recusar o acordo, e vamos marcar uma data para o julgamento. Quero que o juiz arquive minha moção para remover a mensagem não enviada da Lily e que a audiência seja fechada ao público. Já mandei uma mensagem avisando à procuradora. Se formos a julgamento, queremos que seja no Tribunal Superior de Lancaster, e não mais longe, e se houver qualquer menção da mensagem na mídia, isso pode afetar a predisposição de jurados potenciais. Se os vizinhos daqui da rua lerem no jornal que uma mensagem não enviada dizia algo importante, vão ficar com isso martelando na cabeça. Se o juiz rejeitar a prova, os jurados potenciais nunca saberão da existência dela. — Ele descasca uma banana e a enfia na boca, falando enquanto tenta esconder que mastiga. — Gina e a juíza têm um objetivo em comum com a gente. Queremos um julgamento justo e imparcial, sem precisarmos mudar de tribunal porque é impossível encontrar jurados justos e imparciais.

Selena engole outra colherada de mel.

— Gina vai aceitar, porque é do interesse dela manter o julgamento no condado de Coös. A carreira dela como procuradora-geral adjunta vai disparar.

Enquanto os dois falam sobre a audiência, sirvo café em um copo térmico e pego a bolsa. Dou a volta na ilha no meio da cozinha enquanto Jordan e Selena caem em silêncio. Vejo os dois analisarem minha saia lápis, a blusa de seda, o blazer e os sapatos de salto.

— Por que você está vestida de bibliotecária sexy? — pergunta meu irmão.

— Até mais tarde — digo, ignorando a pergunta enquanto me viro para sair.

QUANDO CHEGO AO estacionamento do Mass General, paro em uma vaga e passo quinze minutos sentada dentro do carro. Minhas mãos tremem, e não consigo respirar. Apesar de saber que fui eu quem marcou o encontro, apesar de saber que estarei em um lugar público, ainda me sinto como um cervo entrando no covil de um tigre.

Mas não posso me preocupar comigo, não mais.

Respiro fundo e saio do carro. As palmas das minhas mãos estão suadas, e as seco na lã da saia — uma roupa que desencavei do fundo do armário. Nem me lembro da última vez que usei algo parecido; normalmente uso jeans e moletom, e costumo estar coberta de mel e própolis. Mas preciso de uma armadura hoje, e, por mais frágil que esta camada seja, pelo menos é alguma coisa.

O consultório fica no terceiro andar. Há uma mesa em forma de meia-lua, ocupada por três secretárias, e várias fileiras de cadeiras simples na área de espera. Pigarreio e me aproximo de uma das atendentes.

— Meu nome é Olivia McAfee — digo. — Vim conversar com o dr. Fields.

A secretária analisa o computador.

— Qual é o horário da consulta?

— Vim tratar de uma questão pessoal, não médica — balbucio.

Ela me encara sem esboçar qualquer reação.

— Pode sentar.

Então me sento. Folheio uma revista tão velha que a modelo na capa usa um vestido com ombreiras. Por duas vezes, me pego empoleirada na beirada do banco, pronta para sair e fingir que nunca estive ali. E por duas vezes preciso me lembrar de que passei doze anos me tornando mais forte. Que ter medo é dar a Braden poder sobre mim.

De novo.

Poucos minutos depois, a secretária chama meu nome. Sou guiada por salas de exames e um posto de enfermagem. A secretária abre uma porta de madeira com o nome de Braden.

— Dr. Fields — diz ela, e dá um passo para trás para que eu consiga entrar.

A sala tem um carpete azul-marinho fofo e uma parede ocupada por prateleiras de mogno. Uma mesa imensa fica diante de uma janela, que exibe a lentidão do trânsito lá fora. Sobre ela há uma pilha de pastas, cheias de marcadores coloridos.

Braden está sentado atrás da escrivaninha, usando um jaleco branco. O cabelo preto tem algumas mechas brancas, mas isso apenas destaca os ângulos e os planos de seu rosto angelical. Seus olhos são de um tom frio, glacial, de azul. Ele sorri.

Estou tremendo tanto que meus joelhos batem um no outro.

A porta se fecha, e sinto as paredes me pressionarem. Enquanto meu coração vai parar na garganta, tento me lembrar de que ele não vai tocar em mim, não aqui, não quando qualquer um seria capaz de escutar ou me ver sair de sua sala em uma condição diferente da que eu estava ao entrar. Lembro a mim mesma de que, em público, Braden é infalivelmente perfeito.

Seus olhos vão do meu rosto até meus sapatos, antes de voltarem para encontrar meu olhar.

— Liv — diz ele, do mesmo jeito que antes, como que ronronando, uma sílaba cheia de *amor*, tudo o que eu sempre quis dele. — Preciso admitir... sua mensagem me pegou de surpresa.

Eu havia mandado uma mensagem para ele às três da manhã, depois que cheguei do presídio. Escrevi que precisávamos conversar. Não expliquei por quê.

— Obrigada por encontrar tempo para me ver — consigo dizer, equilibrando as palavras como copos em uma bandeja. Olho para a cadeira diante da mesa. — Posso...?

— Claro, sente-se. — Sua boca se ergue só de um lado, do mesmo jeito que a de Asher faz. — Mas não precisa ser tão formal. Quer dizer... sou só eu.

O que ele quer dizer é: *Nós dormíamos juntos. Eu tocava seu corpo como se fosse uma sinfonia.*

O que eu escuto é: *Depois que você bate numa pessoa com tanta força que tira sangue dela, por que fazer cerimônia?*

— Você está ótima. — O sorriso de Braden se alarga. — Continua trabalhando com apicultura?

Concordo com a cabeça.

— Continua curando corações?

Continua partindo-os?

Nesse meio-tempo, nós tivemos de nos comunicar. Por meio de advogados, durante e após o divórcio. Apesar de meu casamento ter sido péssimo, nunca tive críticas ao senso de responsabilidade de Braden quanto a Asher. Todos os meses, sem falta, o cheque da pensão entra na minha conta. Às vezes, eles são tudo que temos para colocarmos comida na mesa.

Se alguém pecou pela falta de transparência, fui eu.

No peitoril da janela, atrás dele, vejo a foto de uma mulher e meninos gêmeos. Sabia que Braden havia casado de novo, mas ver aquilo é como mergulhar em um lago congelado — como se eu não conseguisse respirar, como se a luz do outro lado do gelo estivesse em um mundo completamente diferente.

Eu me forço a prestar atenção em Braden de novo.

— Preciso de sua ajuda — digo.

Cada sílaba é uma facada.

Começo a contar desde o início, explicando o namoro de Asher com Lily até o dia em que ele a encontrou inconsciente, até a tentativa de suicídio na noite anterior, no presídio. Enquanto falo, aperto as mãos sobre o colo. Conto como se tudo tivesse acontecido com outra pessoa, com outra mãe, com outro garoto. Como se eu tivesse tido o privilégio de assistir a tudo de longe.

Quando finalmente minhas palavras se extinguem, ergo o olhar para ele. Seu rosto está pálido, e uma veia pulsa em sua têmpora.

— Braden? — murmuro.

— Você não acha — diz ele em um tom perigosamente tranquilo — que isso é algo que eu deveria ter ficado sabendo *quatro meses* atrás?

Eu me sinto tonta e enjoada. Eu *havia* cogitado contar para ele. Mas não queria entregar as rédeas da situação para Braden de novo.

— Que *porra*, Liv?

Quando sinto o soco gutural do palavrão, não consigo me segurar. Eu me encolho.

Braden e eu ficamos completamente imóveis.

— Olivia — sussurra ele, amolecendo.

— Desculpe — digo. — Você é o pai dele. Eu devia ter te contado. Como era fácil voltar a velhos hábitos.

— *Ele* devia ter me contado — murmura Braden, pegando o telefone sobre a mesa. — Preciso arrumar um advogado melhor para ele.

— Ele tem um bom advogado — interrompo. — Jordan.

Braden devolve o fone ao gancho e ergue uma sobrancelha.

— Não deixam cirurgiões operarem membros da própria família — diz ele.

— Mas, se deixassem — rebato —, você faria de tudo para salvá-lo, não faria?

Ele cede.

— Do que você precisa? — pergunta Braden.

Pigarreio. Preciso explicar que sou um fracasso, que — como ele costumava dizer — não consigo bancar minha casa/ meu carro/ minha vida sem ele.

— A fiança dele é de um milhão de dólares. Preciso de cem mil para tirá-lo do presídio. Tentei pedir um empréstimo, tentei até fazer uma segunda hipoteca da casa. Fui rejeitada por sete bancos. — Engulo em seco. — Não quero que Asher passe outra noite na cadeia.

Nos poucos segundos que me sento ali com a cabeça baixa, doze anos se desenrolam diante de mim. Prendo a respiração, esperando. Sei que cada pedido tem um preço. Torço para que, desta vez, Braden olhe para mim e não veja um reflexo de suas próprias frustrações. Para que, desta vez, ele apenas enxergue... eu, Liv.

Não me dou conta de que ele deu a volta na mesa até sentir o calor de sua mão em meu ombro.

— Pode deixar — diz ele.

• • •

QUANDO VOLTO A New Hampshire, a juíza concordou com uma audiência fechada ao público a fim de ouvir o pedido de Jordan para excluir a prova, e concordou em manter o pedido em segredo de justiça. Isso é bom, mas não é nada em comparação com a ligação que recebo assim que entro nos limites de Adams.

— Mãe? — diz a voz chocada de Asher. — Disseram que eu... posso ir embora.

Em silêncio, agradeço a Braden por seja lá o que ele tenha feito para pagar a fiança tão rapidamente. Chego ao presídio quinze minutos depois. Asher sai, parecendo confuso e desconfiado. Ele está usando as roupas com que chegou ali — calça de moletom quente demais para o dia de abril. Ele segura um maço de papéis. Envolvo-o em meus braços, a princípio aliviada demais para conseguir falar.

— Vamos para casa — digo, e o guio até a picape.

Assim que saímos da calçada em direção ao estacionamento, o sol bate em seu rosto. Ele para de andar, inclina o rosto para o céu e cai no choro.

No carro, ele brinca com a borda do curativo no pulso.

— Como você conseguiu? — pergunta. — Como arranjou o dinheiro?

— Não faz diferença...

— Para mim, faz.

Olho para ele.

— Com seu pai.

Seus olhos arregalam, e ele olha pela janela, observando o cenário em aquarela que passa correndo.

— Ele sabia?

— Agora ele sabe — respondo.

— O que ele disse?

Mordo o lábio, me perguntando por que Asher está tão preocupado com a reação de um homem que não participou dos últimos dois terços de sua vida.

— Ele disse que você não deveria estar preso — respondo. Para mudar de assunto, aponto com a cabeça para os papéis em seu colo.
— O que é isso tudo?
— A papelada da minha soltura — diz Asher. — E cartas de Maya.
— Ela escreveu para você? Que legal.
Ele dá de ombros. Seu rosto permanece virado para a janela. Sem o manto de neve, New Hampshire está despertando de novo.
— Está verde — murmura ele. — Não estava verde quando fui embora.
Ao entrarmos em casa, está tudo decorado. No vestíbulo, Selena pendurou uma faixa improvisada, as letras feitas com canetinha sobre folhas de papel A4: BEM-VINDO AO LAR. Jordan e ela estão esperando do outro lado da porta.
Selena abre um sorriso largo e estica os braços para Asher se aproximar.
— Os altos se entendem — diz ela, as mesmas palavras com que cumprimenta Asher desde que ele tinha quinze anos e alcançou o marco de um metro e oitenta e dois.
Asher molda a boca em um sorriso.
— Oi, tia S.
Ela o segura pelos ombros, catalogando cada centímetro, incluindo o curativo, pelo qual seu olhar passa rápido.
— Você parece bem — anuncia ela, e abre um sorriso forçado.
Jordan dá um tapinha nas costas de Asher, e ele gira imediatamente, erguendo as mãos para se proteger.
A empolgação de Jordan diminui, mas ele força um sorriso simpático.
— Que bom que você está de volta — diz. — Alguém te entregou as condições da soltura?
Asher entrega a papelada a Jordan, que a lê em voz alta.
— A juíza diz que você não pode sair dos limites de sua propriedade a menos que seja por motivos médicos ou audiências no tribunal,

sem visitantes... você pode se comunicar verbalmente com sua mãe, comigo e com qualquer um que eu aprove.

— Ufa — diz Selena. — Por um instante, achei que iam me cortar da lista.

Ela ri, Jordan ri, Asher e eu sorrimos. Mas estamos nos esforçando demais para nos comportarmos normalmente, como se lutássemos para permanecer de pé em um vendaval, fingindo que não passa de uma brisa.

Quando entramos no coração da velha casa, Selena explica que ela e Jordan se mudaram do quarto de Asher para o antigo quarto da minha mãe, e que trocaram a roupa de cama dele. Ele se vira, seu rosto tenso e retraído, como se esperasse que eu lhe dissesse o que fazer.

— Talvez você queira trocar de roupa? — sugiro.

Ele concorda com a cabeça.

— Aham. Um banho seria bom.

Observamos enquanto ele sobe a escada, e, ao ouvirmos a água começar a correr no banheiro, nós três respiramos fundo. *Por que ele não está feliz em ter voltado para casa?*, me pergunto, e é só quando Jordan responde que percebo que falei em voz alta.

— As pessoas que conheço que foram presas só querem sair de lá. Mas, quando isso acontece, ficam em choque. Do lado de fora, você se dá conta de que o mundo seguiu adiante sem você. — Jordan passa um braço ao redor dos meus ombros. — Dê um tempo para ele, Liv. Ele vai voltar para nós.

Não sei exatamente o que eu esperava. Talvez que Asher não quisesse sair de perto de mim, que tivesse um milhão de perguntas sobre os meses que perdeu, que sentássemos à mesa da cozinha, que nos divertíssemos com jogos de tabuleiro ou olhássemos fotos antigas? A verdade é que, mesmo antes de ser preso, Asher era um adolescente. Passava boa parte do tempo no quarto, no celular, no computador ou com Lily. O diagrama de Venn do nosso relacionamento só tem uma interseção na hora das refeições, limitada a conversas rápidas sobre o professor de cálculo que havia sido preso por dirigir bêbado durante o fim de semana ou se as abelhas-carnicas eram fortes o suficiente para resistir ao inverno na Nova Inglaterra. Pagar a fiança para tirar Asher do presídio não faria o tempo voltar à época em que ele era um garotinho.

Selena e Jordan fingem que têm algo importante para resolver, mas sei que estão me dando privacidade para ajudar Asher a se acomodar. Depois que a água para de correr, após uma hora inteira passar sem sinal de Asher, subo e bato à porta do quarto.

Ele está sentado na cama, o cabelo molhado e bagunçado. Usa jeans e camiseta amarela e tenta, sem sucesso, fazer um curativo novo ao redor do pulso.

— Deixa eu te ajudar — ofereço, sentando ao seu lado. Nossos ombros esbarram enquanto solto a gaze para começar o processo de novo, e a ferida de sua tentativa de suicídio fica completamente visível. Ela está irritada e vermelha, fechada com pontos. Rapidamente, a cubro com gaze limpa e prendo com esparadrapo. — Prontinho — digo a ele, mas não solto sua mão.

Percebo que ele não está olhando para o pulso, como eu. Ele encara o desenho que fez de Lily quando estava no presídio, agora emoldurado sobre a mesa de cabeceira.

— Ah — digo. — Espero que você não se importe de eu ter colocado ali.

— Ficou bom — murmura Asher. — Faz quase quatro meses, sabe, e ainda não consigo acreditar que ela nunca mais vai entrar por aquela porta.

Sinto a garganta apertar, e não quero que este dia, que deveria ser de comemoração, perca a alegria. Então aperto sua mão e digo:

— Você deve estar morrendo de fome. O que quer jantar? O céu é o limite.

Asher ergue o olhar para mim, franzindo a testa.

— Filé-mignon... frango e bolinhos... lasanha... podemos fazer churrasco... costela, hambúrgueres... ou talvez você queira legumes? Salteados? Ou as duas coisas. — Eu rio. — Ou tudo. Você escolhe.

Tarde demais, percebo que Asher parecia mais e mais confuso a cada opção que eu dava.

— Eu... hum... — Asher balança a cabeça, e o calor sobe ao seu rosto.

Percebo que, quando você passa meses sem ter o direito de escolher nada, acaba se esquecendo de como fazer isso.

— Que tal eu preparar um de seus pratos favoritos? — sugiro com carinho, e Asher concorda rapidamente com a cabeça.

No fim das contas, preparo filés na grelha, junto com uma salada e cenouras ao mel — uma comida simples, fresca, que imagino não existir na prisão. Frito bacon, pico cebolinha, e sirvo potes de sour cream e cheddar ralado, fazendo um bufê de batata assada. Quando Asher era pequeno, essa era sua refeição favorita, e talvez voltar àquela época o faça se sentir mais à vontade.

Mas Asher não desce para jantar. Quando subo para avisar que a comida está pronta, ele está dormindo, e não tenho coragem de acordá-lo. Noto que o retrato que ele desenhou de Lily não está mais na mesa de cabeceira, mas ao seu lado na cama. Apago a luz e fecho a porta do quarto devagar.

Jordan me garante que não há nada fisicamente errado com Asher.

— Faz meses que o garoto não deve conseguir dormir direito — diz ele. — Sabe, nunca fica completamente escuro na prisão, à noite.

Ele me distrai da minha preocupação com Asher ao me contar que a audiência pré-julgamento foi marcada para amanhã, no Tribunal Superior.

— Você acha que vai ganhar? — pergunto.

— Bom — diz Jordan, olhando de soslaio para Selena. — Você vai poder ver em primeira mão. Asher precisa estar lá, Liv.

— Não sei se ele está pronto para isso — digo. — Meu Deus, Jordan, ele tentou se *matar*.

— Eu sei — responde Jordan. — E quero que a juíza veja o curativo. — Ele olha para mim do outro lado da mesa. — Você vai ficar o tempo todo sentada atrás dele. Você é seu apoio emocional. Ninguém vai reclamar. — Ele suaviza o olhar. — Asher não precisa dizer nada. Só deve estar lá.

Concordo e deixo Jordan e Selena lavando a louça enquanto subo para ver como está meu filho.

Asher continua dormindo. Mas a porta do quarto está aberta agora, e a luz no corredor foi acesa.

POR SER UMA AUDIÊNCIA fechada ao público, há poucas pessoas presentes: Asher, eu e Jordan; a juíza Byers; a procuradora, Gina Jewett; um oficial de justiça; um escrivão. Asher usa o mesmo terno com que foi ao funeral de Lily. Antes de entrarmos, Jordan ajeitou os punhos de sua camisa — certificando-se de que o curativo de Asher ficasse à mostra por baixo do paletó.

A juíza Byers é uma mulher imponente, com cabelos *ombré* e unhas que terminam em pontas afiadas e pedras brilhantes. Ela foca o olhar assertivo em Jordan quando a audiência começa.

— Sr. McAfee — diz ela, falando arrastado. — Que interessante ter o senhor na frente da minha bancada. Estou um pouco surpresa por ter pedido que a audiência fosse fechada ao público em vez de ficar correndo atrás da publicidade que ganhou com o caso de Peter Houghton.

Seria impossível não perceber o sarcasmo dela, mas Jordan abre um sorriso ofuscante.

— Que bom que a senhora é minha fã, Vossa Excelência — diz ele. Ela solta uma risada irônica.

— Bom, seja bem-vindo a Lancaster, ou, como gosto de chamar, *o lugar que não é Portsmouth*. Que constem nos autos que a procuradoria é representada por Gina Jewett, e o réu, Asher Fields, está acompanhado de seu advogado, Jordan McAfee. A audiência é fechada ao público por causa do interesse desproporcional da mídia no caso. —

Enquanto o estenógrafo se esforça para acompanhar o ritmo, o olhar da juíza vai para o pulso de Asher. — O réu está acompanhado da mãe, para ter apoio. Sr. McAfee, esta é sua audiência para suprimir provas, então por favor prossiga.

Jordan levanta.

— Vossa Excelência, segundo a política de consulta aberta aos arquivos, revisamos todas as provas que constam na pasta deste caso. Como parte das provas, há mensagens trocadas entre a vítima e meu cliente, que mantinham um relacionamento. Naturalmente, muitas mensagens foram trocadas; no entanto, pedimos para que seja removida uma mensagem que não foi enviada pelo celular da vítima, e que, portanto, nunca foi recebida pelo meu cliente.

Eu me dou conta de que nunca vi meu irmão em seu habitat natural. Ele fala de forma tão fluida que é hipnotizante. É como assistir a um tigre — já impressionante, mesmo no zoológico — se transformando em um predador selvagem ao ser solto na selva.

— A teoria da procuradoria sobre o caso — continua ele — é que tratava-se de um relacionamento volátil, que houve uma briga física, e a vítima está morta. A sugestão é que meu cliente tenha causado essa morte. Parte do que tentarão provar é que meu cliente ficou furioso quando a vítima terminou a relação, como mostra a mensagem digitada no celular dela. Porém, essa mensagem nunca foi recebida pelo meu cliente e, sendo assim, não tem valor como prova de sua suposta raiva... ou de alguma outra emoção. Ninguém fica nervoso por causa de algo que nunca viu nem soube que existia. Até onde sabemos, talvez nem seja relevante para o estado de espírito da *vítima*. Ela nunca mandou a mensagem... e nem temos certeza de que foi ela mesma quem a *digitou*.

Jordan senta ao lado de Asher, e a juíza se vira para a procuradora.

— Sra. Jewett?

— Vossa Excelência, de fato esta pode ser a única ocasião em que concordo com o sr. McAfee, porque ele está completamente certo a respeito da nossa teoria sobre o caso. Declarações feitas pela vítima, seja em pessoa, por mensagem ou por telefone, influenciaram o estado de espírito do réu e suas ações, além de refletirem o medo da vítima e seu desejo de se distanciar do réu. Dessa forma, *todas* as mensagens, assim como todos os comportamentos e as comunicações em um relacionamento, precisam ser admitidos como prova. Em específico, Vossa Excelência, a última mensagem da série que ele mandou no dia da morte da Lily é crucial. O réu enviou uma mensagem, toda em letras maiúsculas, dizendo *CHEGA DISSO, ESTOU INDO PARA A SUA CASA*. A resposta digitada de Lily era *Não precisa, acabou*. A mensagem foi digitada no meio da briga com o réu; não existem provas da presença de nenhuma outra pessoa; ela está no telefone da vítima. Para avaliar a importância de certos fatos, os jurados precisam de todas as circunstâncias que embasaram a briga antes, durante e depois. Essa mensagem é o cerne das provas que ocorreram *durante* a briga. — Ela lança um olhar frio para Asher. — Obrigada, Vossa Excelência.

A juíza se levanta e começa a andar. Não vai longe — se posta atrás de sua mesa —, indo de um lado para o outro. Tenho quase certeza de que ela tirou os sapatos.

Jordan se inclina para a procuradora.

— O que ela está fazendo? — sussurra ele.

— Era advogada antes. Diz que pensa melhor enquanto anda — responde Gina Jewett baixinho. — Aceite isso.

— Sra. Jewett — diz a juíza, pausando com uma mão no encosto da poltrona preta. — A procuradoria tem provas de que a mensagem em questão foi enviada do celular da vítima?

— Sabemos que ela foi digitada no celular, Vossa Excelência. Não sabemos se foi enviada.

— A polícia e a procuradoria estão em posse do celular do sr. Fields, não é? — pergunta a juíza Byers.

— Sim, Vossa Excelência.

— Existe alguma prova no celular do sr. Fields de que a mensagem *Não precisa, acabou* foi recebida?

A procuradora pigarreia.

— Ainda não, Vossa Excelência.

— Ainda não em quatro meses? — pontua a juíza.

Jordan dá uma risada.

— O sinal de celular é ruim por aqui — diz ele —, mas nem *tanto*.

A juíza Byers lança um olhar firme em sua direção, e ele para de rir. Ela gira a cadeira, senta e olha para o documento à sua frente.

— Fiske — diz ela, e o oficial de justiça pisca.

— Vossa Excelência?

— Por que você não me trouxe um picolé de bordo hoje? — pergunta ela.

O oficial de justiça franze a testa, confuso.

— Senhora? — pergunta ele.

— Passei a manhã inteira sonhando com o picolé de bordo da Tuckerman's Dairy Barn. Acordei pensando nesse picolé; comi minhas claras de ovo no café desejando que fossem o picolé de bordo; posso até dizer que vou sonhar com picolé de bordo quando fechar os olhos para dormir esta noite. Então, Fiske, vou perguntar de novo, por que você não trouxe um picolé de bordo?

— Eu... não sabia que a senhora queria um — diz ele, hesitante. — Posso comprar agora...?

— Não é necessário — diz a juíza Byers. Ela se vira para Gina Jewett. — Eu posso morrer de vontade de tomar um picolé de bordo agora. Posso estar disposta até a trocar meu primogênito por um. Mas, contanto que essa vontade fique na minha cabeça, sem ser comunicada, não existe punição lógica que eu possa aplicar ao Fiske por não ter cumprido um desejo que não expressei, a menos que ele saiba ler mentes, e se ele soubesse, teria tido o bom senso de faltar ao trabalho hoje. Foi solicitado ao tribunal julgar a admissibilidade da última mensagem encontrada no celular da vítima. Mas não existem provas

de quem a digitou no telefone, assim como de ela ter sido enviada pelo celular da vítima... e *há* provas de que ela nunca foi recebida no telefone do réu. Sendo assim, mesmo considerando a teoria da procuradoria sobre o caso, não há motivo para acreditar que essa mensagem específica esclareça as circunstâncias do relacionamento entre as partes nem o que aconteceu com a vítima. O tribunal determina que ela seria mais prejudicial do que benéfica às questões em julgamento.
— Ela inclina a cabeça para Jordan. — A solicitação para remover a prova foi concedida.

A alegria de vencer, de alguma coisa por fim dar *certo*, toma conta de mim. Eu me pego levantando, abraçando Jordan por trás. Enquanto a audiência é encerrada, ele afasta meus braços de seu pescoço, e vejo que não está tão empolgado quanto eu.

— O que houve? — pergunto. — Essa não foi uma boa notícia?

— Liv — diz Jordan —, a gente acabou de passar pela linha de largada, mas ainda precisamos correr uma maratona. — Ele oferece um sorriso minúsculo, relutante. — Vai com calma.

QUANDO ACORDO NO meio da madrugada, saio da cama e atravesso o corredor para dar uma olhada em Asher. Não que eu espere que ele tenha pesadelos, mas não consigo acreditar na facilidade com que simplesmente posso dar uma olhada nele. Foi por isso que, quando Jordan e eu voltávamos com ele do Tribunal Superior, espiei Asher no banco de trás pelo espelho retrovisor. Foi por isso que, quando ele se isolou no quarto, encontrei vários motivos para bater à sua porta e fazer perguntas desnecessárias: *Você viu meu carregador de celular? Vou lavar roupa, precisa que eu lave alguma coisa sua? O que você está lendo?*

Sem o celular e o laptop, Asher não tem muito o que fazer — então, no geral, ele ficou na cama com um livro. Não pode nem mesmo pegar meu computador emprestado, porque isso é contra as regras de sua soltura. Na verdade, não acho que seja tão ruim assim. Prefiro que ele não leia o que dizem sobre ele na internet.

A luz do corredor está acesa de novo. Ando na ponta dos pés para não incomodar o sono de Asher e espio pelo canto da porta aberta. A cama está vazia.

Não há ninguém no banheiro, e me pego descendo rapidamente pela escada, com o coração a mil, me perguntando onde ele está. Penso no curativo em seu pulso, no lago no pomar de maçãs, na espingarda que guardamos em um cofre no porão, para o caso de precisarmos assustar ursos ou martas-pescadoras.

Abro a porta com tanta força que ela explode das dobraduras, batendo na parede exterior da casa, e então o vejo.

Uma camiseta branca que brilha sob a lua, como se ele já fosse um fantasma.

Ele está sentado na varanda, olhando para os campos de morango, de costas para mim.

— Mãe — diz ele sem se virar. — Desculpe ter te acordado.

Vou até ele, tremendo no ar frio da noite.

— Como você sabia que era eu?

— Você tem cheiro de mel — diz Asher. — Sempre teve. Uma vez, no presídio, recebemos uns saquinhos de um mel bem ruim para comer com torrada no café da manhã, e quase tomei um susto, achando que você estava lá.

Sento de pernas cruzadas ao seu lado.

— Pesadelo? — pergunto.

A boca de Asher se retorce.

— Não sonho mais — diz ele.

— Então por que você acordou?

— Por causa do silêncio — diz ele em tom melancólico. — No presídio, sempre tem alguém gritando. Instruções nos autofalantes. E sempre está calor demais ou um frio congelante, e não dá para se acostumar. — Ele dá de ombros. — Não sei por que vim para cá. Acho que porque eu *podia*.

Ergo o olhar para o céu noturno.

— Lembra de quando você achava que poderia criar estrelas? Você vinha para cá com uma lanterna e ligava e desligava a luz, me dizendo que só iria dormir quando tivesse um monte de estrelas flutuando no céu.

— Lembro — diz Asher. — Mas eu também achava que, depois que os dinossauros morreram, havia crescido grama por cima deles, e isso fez surgir as colinas. — Ele encara as colmeias que não conseguimos enxergar na escuridão. — Os campos são muito maiores do que eu me lembrava. É esquisito o que acontece com as memórias quando elas são tudo que te restam.

Prendi a respiração, torcendo para ele falar mais.

— Quando cheguei no presídio, eu costumava acordar durante a noite e achar que estava num pesadelo — confessa Asher. — Mas era realidade, e eu ficava triste pra caralho. Agora, quando acordo no meio da madrugada, estou em casa, na minha cama... mas continuo tão triste que mal consigo respirar.

Seu curativo brilha no escuro.

— Por quê, Asher? — sussurro. — Você está de volta.

Pela primeira vez desde que estou aqui fora, ele olha para mim.

— Por quanto tempo? — pergunta ele.

LILY ◆ 4

9 DE NOVEMBRO DE 2018
Quatro semanas antes

—Lily? — diz Maya. — A gente vai ou não vai fazer?
Estamos na quadra de basquete da escola, onde a equipe de esgrima treina. Todo mundo além de nós já está no vestiário, e, para ser sincera, eu ficaria mais feliz se este dia acabasse logo.

Faz uma semana desde que Asher se afastou, uma semana que não nos falamos, uma semana desde que o alçapão abriu sob mim e caí no vazio.

Mas concordei em ficar até tarde porque Maya quer aprender o golpe flecha. Então estamos aqui, eu dando dicas de esgrima quando preferia estar deitada na minha cama, comendo um pacote inteiro de Oreo e chorando.

— Claro — digo. — *En garde.*

Ela aponta o florete para mim, e aponto o meu para ela, erguendo a outra mão.

— Primeiro passo — digo. — Impulsione o braço do florete para frente. Essa é a parte fácil. Mas não deixa os ombros duros. — Ataco-a devagar, deixando meu florete bater em seu ombro. — Viu? — Dou alguns passos para trás, depois baixo o ombro esquerdo de novo. — Se você fizer assim, chega no adversário com o corpo inclinado. Então há menos áreas para ele atingir.

Não consigo enxergar o rosto de Maya por trás da máscara, mas ela concorda com a cabeça.

— Segundo passo, manter o corpo baixo. A ideia da flecha é pegar o outro de surpresa. Quer dizer, assustar o oponente. É como se você estivesse lutando contra um monte de babacas e só quisesse dar uma punhalada neles. De repente, você vira o jogo, e todo mundo que achava que podia te ignorar, agora precisa prestar atenção em seus movimentos, porque você está mostrando quem é que *manda*.

— Hum, Lily? — diz Maya, baixando lentamente a ponta do florete em direção ao chão.

— Quando faço a flecha, grito feito uma *banshee*. — Impulsiono meu ombro para trás, me apoio no joelho direito para frente, e então ataco minha amiga com o florete em punho. — *AAAAAUUUUGH-HHHH!*

Acerto Maya e ela cai para trás, eu caio por cima dela. Ainda estou gritando.

— Meu Deus — diz Maya. — Ei.

Ela tira a máscara. Tiro a minha. Cubro o rosto com as mãos. Lágrimas molham as luvas brancas. Fico sentada ali, desmoronando, enquanto Maya fica ao meu lado.

— Lily — diz ela. — Mas que porra está acontecendo?

— Nada — respondo, mas está claro que, seja lá o que for, é o oposto de nada.

SE ALGUÉM ME PERGUNTASSE, eu diria que sou essencialmente uma pessoa feliz, alguém cujo coração é capaz de saltitar pelo ar. O que seria algo estranho de dizer, levando em consideração o tempo que passei deprimida.

Não é só porque um monte de merda tenha acontecido na minha vida, mas porque, por muito tempo, eu não sabia como melhorar as coisas.

Um dia, como se eu tivesse descoberto uma porta secreta em um jardim secreto, o futuro se revelou para mim. Agora que estou aqui, ainda sinto o peso do passado. Às vezes, parece que minhas pernas foram amarradas em âncoras, e meu corpo foi jogado de um navio no oceano cruel, e só me restasse afundar.

Acho que existem tipos diferentes de depressão. Um deles acaba com você sem motivo aparente, aquele que minha mãe chama de tipo *clínico*.

Mas este é diferente. O meu caso é do tipo que surge porque as coisas que aconteceram na vida são inacreditavelmente, arrasadoramente, tristes.

AINDA ESTAMOS DEITADAS no chão da quadra.

— Desculpe — digo. Nem quero pensar na minha aparência agora. Estou aos prantos, com meleca saindo do nariz, o rosto vermelho e molhado. — O que eu vou fazer?

— Imagino que não estamos mais falando sobre esgrima. — Maya me observa com cuidado. — Você pode me contar, sabe. Se quiser.

Concordo com a cabeça. Mas não posso. Porque, francamente, vou ter que passar pela mesma coisa duas vezes?

Maya carrega uma calma estranha. Ela é o que minha mãe chamaria de *alma antiga*. Fico me perguntando se crescer como uma menina asiática, filha de duas mães, no mundo muito branco e muito hétero de Adams tenha lhe dado certa resiliência, certa sabedoria.

— Primeiro, isso é por causa do Asher?

Ela ergue o olhar para o placar na parede atrás da arquibancada.

PRESIDENTS O VISITANTES O.

Ninguém está ganhando.

— Vocês terminaram? — pergunta Maya.

— Sei lá — admito, e tudo sai de uma vez. — Faz uma semana que a gente não se fala! Ele me disse que... precisava de um tempo. As coisas ficaram muito... intensas.

— Intensas — repete Maya. — Você não...? Você disse para ele... que o *ama*?

— Faz semanas que falei isso — respondo.
— Sério? — diz Maya. — E ele não surtou?
Faço que não com a cabeça.
— Porque esse costuma ser o limite de Asher. Antes, sempre que alguém dizia que o amava, ele terminava com a pessoa, porque...
— Por quê?
Maya parece pensativa.
— Não sei. Talvez tenha alguma coisa a ver com o pai? Tipo, ele viu o que aconteceu com os pais e tem medo de que algo que parecia perfeito no começo acabe mal pra caralho...?
Seco os olhos de novo.
— A primeira vez que eu disse que o amava foi em outubro. E ele disse que me amava. Ele já me disse isso várias vezes. E parecia sincero.
Os olhos de Maya se arregalam.
— Ele... disse isso?
Assinto.
— Então... — diz Maya. — O que houve?
— Ele ficou esquisito — explico. — Depois que a gente transou.
Eu imaginava que Maya soubesse que eu tinha transado com Asher, ainda que eu não tivesse contado com todas as letras.
— Isso foi em outubro — diz ela sem me perguntar, declarando um fato. — Naquela vez que você me pediu para ir te buscar e estava toda nervosa.
— Aham. Na casa da árvore. Na floresta atrás da casa dele.
— Você disse que não queria conversar sobre aquilo — diz Maya. — Então não insisti. Mas fiquei preocupada com você. *Ainda* estou preocupada com você.
Seco os olhos de novo.
— Desculpe por não ter contado tudo. Mas tem coisas com o Asher que são tão íntimas... que não queria compartilhar. Nem com você.

— Tudo bem — diz Maya. — Eu entendo. — Ela parece pensativa. — Mas agora... as coisas mudaram?

— Sei lá — digo. — Talvez a culpa seja minha. Quer dizer, eu queria transar com ele. Na hora, foi ótimo. Mas depois... — Dou de ombros. — Fiquei me perguntando se tudo havia acontecido rápido demais. E quando falei para ele que estava tendo dúvidas... bom, o Asher não gostou muito.

— Não — concorda Maya. — Ele não gostaria de ouvir isso mesmo.

Sinto as lágrimas ardendo nos olhos, mas estou determinada a não deixá-las cair.

— Nós estávamos tão próximos — digo. — Mas, agora, parece que estamos em planetas diferentes.

Maya apenas concorda com a cabeça, como se entendesse.

— Talvez eu devesse só ficar feliz por termos tido o que tivemos — comento. — Quer dizer, não era como se fôssemos nos casar.

Mas, mesmo enquanto falo isso, por mais idiota que seja, preciso admitir que eu já havia pensado sobre passar o restante da vida com Asher. De repente, havia se tornado impossível imaginar um mundo em que não estivéssemos juntos.

Mas esse é o mundo em que vivo agora.

— Você acha possível aquilo que eu disse ser verdade? — pergunta Maya. — Pode ter alguma coisa a ver com o pai dele?

— Talvez — respondo. — É mais provável ter a ver comigo.

— O quê? — diz Maya. — Por que com você?

É loucura não ter palavras suficientes e me dar conta de que, mesmo com tudo o que sei, ainda não consigo me explicar.

Ela me encara com um ar paciente, esperando que eu continue a falar. O que eu *quero* fazer é puxar a manga do uniforme de esgrima e mostrar as cicatrizes. É tão doloroso não poder contar toda a verdade para ela, toda a longa história. Mas não vou entrar nesse assunto com Maya, não depois do que aconteceu com Asher. Então apenas digo:

— Às vezes, fico tão triste que parece até que não consigo enxergar. Como se eu estivesse sozinha no escuro.

— Lily — diz Maya, e coloca a mão sobre meu pulso. Ela não sabe, mas, sob a manga, bem no ponto em que ela toca, está a prova. — Você não é a única que fica triste. Às vezes acho que, se você não sente tristeza neste mundo, não está prestando atenção nas coisas.

Ela quer ser legal ao dizer isso, mas me irrita, porque ela não tem noção de como foi. Eu me lembro do dia. Minha mãe estava no trabalho. Não escrevi uma carta.

— Às vezes — continuo — acho que Asher é meu lado alegre, a parte que sabe o nome de todos os vice-presidentes e como fazer jambalaia. Mas há coisas em mim que o assustam.

O ginásio está ficando silencioso conforme as pessoas vão para os ônibus ou para seus carros, voltando para casa.

— Ah, fala sério — zomba Maya. — O que você tem de tão assustador?

Abro a boca, mas nada sai. Não posso perder os dois, Maya *e* Asher. E sei que é exatamente isso que vai acontecer se eu falar algo mais.

As pessoas sempre dizem te amar incondicionalmente. Então você revela seu lado mais íntimo e descobre quantas condições existem no amor incondicional.

— Eu... eu...

Mas as lágrimas jorram.

— Tá bom, chega — diz Maya. E se levanta. — Vem comigo.

— O quê? — Levanto também. — Aonde a gente vai?

— Confie em mim — diz ela. — Preciso te mostrar uma coisa.

MEIA HORA DEPOIS, estamos atravessando a reserva da cordilheira Sandwich no Range Rover surrado da mãe de Maya. Sacolejamos por uma estrada secundária ao longo de um riacho chamado Birch. Não se pode chamar de estrada propriamente dita, mas de rastros de pneus que nos guiam para a floresta escura.

— Então, sua mãe é guarda-parque? — pergunta Maya.

Não estou no clima para esse tipo de conversa.

— Guarda-florestal — respondo.

— Qual é a diferença?

O Range Rover quica com força sobre um buraco na pista. Maya diminui a marcha. Continuamos subindo.

— Guardas-parque trabalham para o Ministério do Interior, nos parques nacionais. Guardas-florestais trabalham para o Ministério da Agricultura, nas florestas nacionais.

— Mas o trabalho é o mesmo, né? Calma...

Damos outro pulo quando o carro passa por cima de uma pedra. Suspiro.

— Guardas-parque lidam com conservação. Guardas-florestais estão mais interessados na gestão de recursos.

— Gestão de recursos. Como exploração madeireira e tal.

— Exploração madeireira — repito. — Qualidade da água. Vida selvagem.

— Vida selvagem? Tipo, onças-pardas, ursos e outros animais?

— Aham — respondo.

Por que estamos falando sobre isso? Por que isso importa?

Por que *qualquer coisa* importa?

Maya para o carro. E puxa o freio de mão.

— Beleza, chegamos.

Olho ao redor. Vejo a mata: pinheiros, alguns bordos agora completamente expostos. Folhas vermelhas desbotando para marrom espalhadas pelo chão. Um caminho leva até o topo de uma pequena colina.

— O que tem aqui?

— Você vai ver — diz Maya, e pula para fora do carro. Eu a sigo, mas sem muita empolgação. Maya percebe que estou desanimada. — Anda — diz ela.

Subimos pelo caminho, que se torna íngreme. Quero dizer a Maya que não estou no clima, que não tenho energia. Mas continuo subindo.

No topo da colina há uma cerca e uma placa, que diz NÃO ENTRE: PROPRIEDADE PARTICULAR. SERVIÇO FLORESTAL DOS EUA, seguido por um emblema parecido com o que vi tantas vezes no uniforme da minha mãe, o pinheiro entre as letras EUA. Na parte inferior há uma faixa com letras maiúsculas: FISCALIZAÇÃO.

Ao lado da placa, há um buraco na cerca, pelo qual Maya passa. Ela olha para mim.

— Entra — convida.

— Maya...

Hesito. Se alguém nos pegar entrando aqui, minha mãe e eu podemos arrumar um problema imenso.

— Não tem ninguém por aqui.

Ela estica a mão para me ajudar a passar pelo buraco na cerca. Sei que estou fazendo uma coisa errada, mas entro mesmo assim.

O caminho leva até um espaço aberto, cheio de pedras, e ao nosso redor estão os picos das White Mountains, da cordilheira Sandwich. Dá para ver lagos e floresta, o sol descendo sobre os picos ao longe.

Bem à nossa frente há uma antiga torre de vigia de incêndio, parecendo algo digno de um filme de terror. A torre tem uma estrutura quadrada no topo, acessível por degraus de metal. Uma corrente pesada fecha o início da escada, e há outra placa do Serviço Florestal: FECHADO. PERIGO.

Maya passa por cima da corrente, sobe meia dúzia de degraus e se vira para ver se estou indo atrás dela. Não estou.

— Aí diz *fechado* — comento. — E *perigo*.

— Não tem problema — responde Maya. — Já vim aqui um milhão de vezes. Confie em mim. Vale a pena.

Tenho quase certeza de que nenhuma vista bonita vale a pena o risco de cair desses degraus enferrujados. Mas estou entorpecida demais para discutir. Sinto como se eu fosse um pedaço de madeira sendo levado pela correnteza.

Maya sobe a escada de metal. E se segura no corrimão. Faço a mesma coisa. Sinto meu coração batendo forte conforme subimos mais e mais alto. Mas, então, chegamos, e lá está o grande horizonte e a vasta floresta, tudo ainda mais deslumbrante do que deveria ser. As White Mountains são um oceano de tons de azul e roxo que nos cercam. A luz dourada do sol ilumina lagos e vales entre os picos. Um pássaro enorme faz círculos no céu, e, quando chego mais perto, vejo que é uma águia-de-cabeça-branca. Nunca vi uma dessas na floresta antes.

O panorama me faz perceber como sou pequena no esquema maior das coisas. Como os problemas são insignificantes quando você se distancia, se distancia, se distancia, e vê o mundo por inteiro.

— Tudo bem — digo a Maya. — Entendi.

— Não — responde ela. — Você não entendeu. Continue olhando.

Então, tento assimilar as montanhas e os lagos e a luz. É tão tranquilo aqui em cima. Vejo a água dando voltas e mais voltas. Sinto o vento.

— Tá bom, é muito lindo — digo de má vontade.

Mas que diferença faz a beleza do mundo para mim?

Nunca poderei fazer parte do que é bom e bonito na natureza. Estou cansada de ser forçada a enxergar o quanto o universo é maravilhoso. Ele nunca me ajudou em nada.

— Lily — diz Maya. — Pare de olhar ao longe. Se concentre no que está na sua cara.

De todas as coisas idiotas que Maya disse até agora, essa é, de longe, a pior. Mas olho por cima de seu ombro, para a parede da velha torre enferrujada. Em tinta prateada há um coração, com dois nomes no interior: *Asher + Jeannie*.

Mas há também um X enorme sobre o coração, feito em tinta vermelha, e uma atualização mais recente: VAI TOMAR NO CU PRA SEMPRE, ASHER FIELDS.

— Quem é *Jeannie?* — pergunto a Maya.

— Ela estava dois anos na nossa frente na escola. Ela e Asher ficaram juntos quando estávamos no segundo ano. Então ele terminou com ela, e ela achou que era o fim do mundo. Mas ela está bem agora.

De vez em quando, tenho notícias dela. Ela estuda na Columbia. Vai ser médica.

— E você está me mostrando isso... por quê?

— Para provar que a vida continua com ou sem o babaca do Asher Fields!

Será mesmo?, me pergunto.

Passo o dedo sob o conjunto de pulseiras que uso como camuflagem. Não sei se quero que isso aconteça.

— Daqui a um ano, você vai estar na Oberlin — diz Maya. — Ou em Berklee, ou em Wesleyan, ou em algum outro canto. Eu vou estar na NYU. E Asher, e Adams, e tudo isso aqui não vai passar de uma memória distante.

A águia circula sobre nossas cabeças, e o vento frio sopra em meu rosto de novo.

— Quero que isso seja verdade — digo baixinho. — Mas, agora, só consigo me sentir triste.

Enquanto estou parada ali, olhando para a cordilheira Sandwich, Maya toca minhas costas, e me animo por um único instante. Um pouco.

— Nem sempre vai ser assim — diz Maya.

Estico o braço na direção do sol poente, tentando reunir coragem.

— Tá bom. — Aponto um florete invisível para o universo. — *En garde* — digo.

OLIVIA ● 5

5 E 6 DE MAIO DE 2019
Cinco meses depois

Maio é a melhor época para abelhas e apicultores. Mas estarei no tribunal a partir de amanhã. Jordan explicou que não há como saber quanto tempo o julgamento vai durar — pode levar semanas. Então, no domingo, irei visitar todas as minhas colônias a fim de prepará-las para a minha longa ausência.

A empreitada leva o dia inteiro, porque alguns de meus contratos de polinização ficam a uma hora de distância da minha casa. As últimas colônias que visito estão estrategicamente posicionadas para coletar pólen das árvores frutíferas de um pomar orgânico. As operárias voam de um lado para o outro. Outras estão ocupadas descarregando o pólen das suas pernas e colocando-o nos espaços vazios no favo com suas cabeças. Mais abelhas expandem o favo da base de cera, para os alvéolos serem profundos o suficiente para armazenar o mel; os zangões descansam. É como a visão aérea de uma cidade, com todos os cidadãos dedicados a seus trabalhos e suas famílias e tarefas individuais, sem se dar conta de que existe todo um universo além daquilo.

Acrescento uma melgueira vazia no topo da colmeia, para terem mais espaço para o mel.

O néctar é produzido em fases. Flores silvestres primaveris, a primeira parada na cadeia de suprimento, são substituídas por madressilva e trevos, depois por macieiras, pereiras e pessegueiros, e — após a seca de julho — por arnica e áster. São necessárias dezenas de abelhas para juntar néctar suficiente a fim de produzir uma colher de chá de mel, cada uma pousando em aproximadamente duas mil e seiscentas flores e voando por mil e quatrocentos quilômetros de um lado para o outro. Operárias pesam praticamente nada — cerca de cem miligramas —, mas são capazes de carregar metade de seu peso em néctar.

Uma das abelhas faz o número oito no ar, uma dancinha agitada para sinalizar às outras onde está a fonte de alimento. Usando o sol como bússola, seus movimentos são codificados: a direção da dança é a rota rumo à comida; o comprimento da dança é a distância total. Várias outras abelhas a observam e partem em revoada, armadas pela coreografia do GPS.

Essa dança agitada é usada também quando a colônia forma um enxame. Algumas voltam e se sacodem para descrever um novo local que encontraram. As danças mais frenéticas recebem as respostas mais intensas. Se mais abelhas ficarem impressionadas, elas se juntam ao remelexo. Pode haver várias facções competindo por meio de dança, cada uma defendendo um lar diferente, mas, após um dos grupos conseguir convencer por volta de quinze abelhas, a democracia vence.

As pessoas pensam que a colmeia é uma monarquia porque tem uma rainha, mas a realidade é que a colônia tem uma mentalidade coletiva — o conhecimento é compartilhado, opiniões são oferecidas, decisões são tomadas em conjunto.

Só espero que os jurados de Asher sejam tão iluminados quanto.

NA MANHÃ DO PRIMEIRO DIA do julgamento de Asher, seu último ponto se dissolve. Enquanto tomamos café em silêncio, nervosos, noto as duas fileiras desiguais de depressões na pele exposta de seu punho. Correndo pelo centro está uma fina linha vermelha. Mas, quando Asher veste o terno e a camisa social pequenos demais, ele cobre a cicatriz com um relógio que foi do meu pai.

Isso me faz lembrar de como Lily sempre deixava elásticos de cabelo no pulso, ou uma coleção de pulseiras trançadas. Fico me perguntando se Asher também está tentando esconder a tentativa de suicídio.

Ou talvez o motivo por trás das cicatrizes cobertas não tenha nada a ver com a opinião dos outros, mas com a deles próprios. Talvez Asher não consiga suportar a ideia de passar o dia olhando para a lembrança de um momento de fraqueza.

Eu também costumava usar roupas como um escudo contra olhares interrogativos. Mangas compridas no verão, chapéus de abas largas que escondiam um hematoma na bochecha, jeans de cintura alta que cobriam a mancha roxa de um chute na lombar.

Selena está em Portsmouth com Sam, então somos só Jordan, Asher e eu no carro para o Tribunal Superior. Jordan faz alertas a Asher: *Não fale nada, a menos que te perguntem explicitamente. Isso não vale só para o tribunal, mas fora dele também. Não esqueça que o julgamento não passa de um processo adversarial. Nós devemos atacar uns aos outros, na esperança de que a verdade seja a única coisa que sobreviva ao massacre. Vou fazer o melhor possível, mas haverá momentos em que vai parecer que estamos perdendo.*

— Meu Deus, Jordan — falo, parcialmente brincando. — Ele não vai mais querer sair do carro.

O rosto de Asher está pressionado contra a janela de trás.

— Na verdade, isso parece um ótimo plano.

Olho para fora e vejo vans de noticiários de lugares tão distantes como Connecticut e Nova York. Uma fileira de jornalistas ocupa a frente do tribunal, com uma segunda fileira de cinegrafistas filmando-os, uma versão macabra de uma antiga dança britânica. Quando Asher sai da picape, alguém grita seu nome, e ele comete o erro de se virar na direção do som. Imediatamente, somos cercados por repórteres, que enfiam microfones em nosso rosto e arremessam perguntas como se fossem pedras em um trabuco.

— Asher! Aqui! Você a matou?

— Você se arrepende?

— Você tentou acabar com a sua vida porque sabe que é culpado?

Asher fica paralisado, preso na teia de palavras. Chego mais perto dele enquanto um gravador é enfiado embaixo do meu queixo.

— O seu filho sempre deu sinais de ser violento? — pergunta uma repórter.

— Sem comentários — diz Jordan, se colocando entre mim e Asher, agarrando nossos braços e nos puxando com firmeza em direção ao prédio.

A equipe do tribunal nos leva direto para a sala de audiência. Jordan acompanha Asher para dentro do cercado, até uma mesa à esquerda. Na mesa da procuradoria, Gina Jewett está organizando pastas e papéis.

Sento atrás de Jordan para conseguir ver o perfil de Asher.

— Lembre-se — murmura ele para Asher —, são eles que falam em primeiro lugar. Não se assuste, nós vamos ter a nossa vez. Vou ficar sentado aqui fazendo cara de paisagem. Isso não significa que não tenho perguntas nem que sou indiferente. Você devia fazer cara de paisagem também. Se tiver alguma dúvida ou quiser me fazer uma pergunta, escreva neste papel. Mas não passe a sessão inteira rabiscando, porque isso vai chamar atenção pra caralho.

Para minha surpresa, ele se vira e me entrega um Moleskine com folhas em branco, como os que usou para fazer anotações durante as dezenas de encontros com Asher na prisão.

— Para se *você* quiser me perguntar alguma coisa — diz Jordan.

Levanto uma sobrancelha, desconfiada, porque Jordan sabe que a minha cabeça não funciona com a mesma precisão da dele.

— Fale a verdade. Isto é só para me manter ocupada enquanto os adultos trabalham, né?

— Você vai ficar irritada sempre que fizerem algum comentário sobre Asher com o qual não concorda. Sempre que Gina abrir a boca. Em vez de deixar isso transparecer, abra o caderno e escreva alguma coisa. Qualquer coisa. A lista do mercado. A letra de "Bohemian Rhapsody". Desenhe a procuradora com uma espada enfiada no peito. Ou isso tudo. Qualquer coisa que te acalme. Porque a imprensa não vai ficar de olho apenas em Asher.

O meirinho, um homenzinho abarricado, se adianta.

— *Atenção*, o Tribunal Superior do Estado de New Hampshire no condado de Coös está em sessão, presidida pela Excelentíssima Senhora Juíza Rhonda Byers.

A juíza vem de sua sala, desta vez com o cabelo trançado e preso em uma coroa. Dou uma olhada, seus pés estão calçados. Ela senta na tribuna, bate o martelo e abre o arquivo.

— Estamos reunidos hoje para julgar o caso da procuradoria contra Asher Fields. — Virando-se para o meirinho, acrescenta: — Já temos o júri de doze pessoas e dois suplentes selecionados... pode chamá-los?

Jordan me alertou disso, mas, conforme eles entram, tento analisar seus rostos. Não parece ser um júri formado por pessoas parecidas com Asher — todos têm o dobro de sua idade, no mínimo. A senhora que parece ter setenta e poucos anos, com frizz no cabelo branco e suéter bordado vai conseguir enxergar que Asher é bom, não vai? E as três mulheres de meia-idade — será que são mães? Vão acreditar no que Jordan diz, ou enxergarão apenas o luto de Ava Campanello? O homem franzindo a testa, como se estivesse incomodado por jogar seu tempo fora cumprindo um dever cívico... votará a favor da condenação apenas para voltar mais rápido aos seus assuntos?

Eles se acomodam em duas fileiras de bancos, piscando no ninho do setor do júri como se fossem pintinhos. A juíza se volta para eles, agradecendo por seu serviço e explicando como o julgamento vai acontecer antes de se virar para a procuradora.

— Srta. Jewett, a promotoria está pronta?

— Sim, Vossa Excelência — responde Gina.

— Sr. McAfee? A defesa está preparada para darmos prosseguimento?

— Sim, Meritíssima.

Ela concorda com a cabeça.

— Srta. Jewett, pode iniciar seu discurso de abertura.

Eu conhecia mulheres como Gina Jewett. Elas eram colegas de residência de Braden, naquela época. Suas vidas eram máquinas finamente calibradas que equilibravam como ser a melhor mãe, médica *e* companheira ao mesmo tempo. Elas mantinham suas carreiras entredentes, como um pit bull tomando conta de um osso, desafiando qualquer um que se aproximasse a confrontar seu comprometimento, sua capacidade, sua ousadia. Elas estavam sempre tão ocupadas mantendo o controle de tudo que se esqueciam de ser elas mesmas.

Gina usa um terninho azul de corte impecável que parece caro, apesar de eu apostar que ela o comprou em uma loja de departamentos barata e pediu para a tia fazer ajustes. Seu cabelo parece duas lâminas afiadas emoldurando os dois lados de seu queixo. Ela se levanta apoiada em sapatos de salto com uma boa altura e caminha até os jurados.

— O réu, Asher Fields, é acusado pelo homicídio da namorada — diz ela, indo direto ao ponto. — As provas mostrarão que o réu e Lily Campanello estudavam na Escola de Ensino Médio Adams e se conheceram em setembro por intermédio de uma amiga em comum, Maya Banerjee, começando um típico romance adolescente. Lily ia aos jogos de hóquei do réu. Ele ia aos concertos de música clássica dela. Os dois saíam para jantar, assistiam a filmes, estudavam juntos. Eles tinham desentendimentos que se desenrolavam em brigas... mas, ao contrário dos romances adolescentes típicos, essas brigas foram se tornando cada vez mais violentas.

Ela olha para cada jurado.

— Os senhores escutaram depoimentos sobre como o réu segurou Lily em um momento de raiva e a puxou com força suficiente para ela gritar. Verão os hematomas nos braços de Lily, hematomas que sua melhor amiga notou e com que se preocupou.

Minhas mãos apertam com tanta força o caderno que Jordan me deu que minhas unhas deixam meias-luas em miniatura na capa macia.

Isso é mentira.

Asher não é assim.

Asher, um garotinho que sussurrou para as ondas espumantes no rio Connecticut durante um dia de ventania — *Está tudo bem. Vocês só precisam ficar calmas* —, porque eu lhe disse que a água parecia nervosa.

— Na semana anterior ao assassinato de Lily, o réu e Lily tiveram uma briga exaltada, chegando ao ponto de deixarem de se comunicar. Os dois não se falavam nem trocavam mensagens, e Lily até tentou manter distância do réu na escola. A frustração dele foi aumentando. Ele não suportava a ideia de ser cortado da vida de Lily. Então, depois de o réu enviar a ela uma mensagem que não deixa dúvida de sua raiva, ele foi à casa dela para lhe dar uma lição.

Conforme ela lista as provas que pretende apresentar, o zumbido nos meus ouvidos se torna tão alto que acho que vou desmaiar. Escuto as canetas dos repórteres rabiscando atrás de mim. Amanhã, todo mundo que for ler um jornal ou assistir a um noticiário vai achar que Asher é o vilão. Eu mesma ajo dessa forma, sempre que leio uma crítica negativa de um livro ou filme e decido que não vale o esforço de pensar por conta própria. As pessoas acreditam no que dizem a elas.

— Senhoras e senhores — conclui a procuradora —, estamos falando de um relacionamento instável que acabou com uma linda adolescente morta ao pé de uma escada. Para que o crime de homicídio em primeiro grau seja comprovado, o réu deve ter pensado em concretizar o ato por apenas um breve instante antes de cometê-lo. Nós provaremos, sem qualquer dúvida, que o réu sabia exatamente qual era seu objetivo ao entrar na casa de Lily. Que o adolescente perfeito que ele finge ser é apenas isso, uma farsa. Não deixem Asher Fields enganá-los, como ele enganou Lily Campanello. Ele é um homem abusivo e violento, um mentiroso... e um assassino. — Ela arreganha os dentes em um sorriso. — Obrigada.

Os jurados foram arrebatados por aquelas palavras, como se a procuradora fosse Moisés descendo do monte com as tábuas. Abro o caderno. Aperto a caneta com tanta força que crio uma mancha de tinta que atravessa quatro folhas.

— Obrigada, srta. Jewett — diz a juíza. — Sr. McAfee?

Jordan é magnético, todos os pares de olhos no júri se voltam para ele. Ao se levantar, ele não se apressa em preencher o silêncio, preferindo deixá-los ávidos por suas palavras. Ele sorri para os jurados como se fosse um vizinho de porta, um primo legal, um candidato com quem você quer tomar uma cerveja.

— Sabem, senhoras e senhores — diz ele, como se estivessem retomando uma conversa. — Sou casado há vinte anos. Hoje de manhã, minha esposa quase arrancou minha cabeça porque coloquei detergente demais na máquina de lavar louça.

Isso não é verdade. Selena estava a centenas de quilômetros de distância hoje cedo, com o filho.

— Quer dizer, existe um jeito errado de lavar louça... se já estou fazendo esse sacrifício? — Ele sorri, assim como todos os homens do júri. — A questão é que minha esposa e eu temos brigas feias de vez em quando... mas sabem de uma coisa? A gente supera esses momentos. Você pode ter um relacionamento longo, comprometido e maduro e ainda assim ficar com muita raiva da outra pessoa de vez em quando... mas isso não significa que agirá com violência. — Ele aterrissa uma mão no ombro de Asher. — As provas vão mostrar que Asher e Lily estavam namorando. Ele a apoiava, ela o apoiava. Os dois tinham desavenças às vezes, como acontece com todo casal, mas *ele a amava*.

Ele se aproxima da área onde estão os jurados.

— No começo da semana, após uma briga, Asher deu espaço para Lily. Mas ele foi ficando cada vez mais preocupado por ela nunca responder às suas mensagens. Ele só queria saber se ela estava bem e mostrar que estaria ao seu lado caso ela precisasse, porque, como eu disse, *ele a amava*. Quando sua amiga Maya lhe contou que Lily estava doente, ele ficou ainda mais preocupado. Porque quando alguém que *você ama* fica doente, você se preocupa. Então ele foi à casa dela depois da escola para ver o que estava acontecendo... e teve a maior surpresa de sua vida. A garota que ele amava estava morta quando ele chegou.

Ele enfia as mãos nos bolsos da calça.

— Como todas as pessoas deste país que já foram acusadas de um crime, Asher Fields tem a presunção de inocência. A procuradoria precisa provar cada elemento do crime de homicídio para condená-lo. E isso inclui a pergunta maior que a procuradoria não consegue responder: o que aconteceu na casa de Lily antes de Asher chegar lá? Não cabe a mim, como advogado do acusado, apresentar quaisquer provas que respondam a essa pergunta. Cabe à procuradoria. No fim deste julgamento, tudo que os senhores precisarão se perguntar é se estão realmente convencidos de que Asher Fields assassinou Lily Campanello. E *não* vão estar. — Ele levanta as mãos. — Então o que temos aqui? Uma garota que morreu, um namorado que sofre sua perda, e uma oportunidade para todos os senhores evitarem que uma tragédia se torne maior ainda.

A PRIMEIRA TESTEMUNHA da procuradoria é o policial Owen Tubbs, o primeiro a chegar à casa de Lily naquela tarde. Ele é corpulento e tem o rosto avermelhado, um nariz que parece um pãozinho. Está usando a farda completa, com o distintivo e os sapatos engraxados ao ponto de brilharem, a calça com as pregas bem passadas. O oficial de justiça conduz seu juramento, e, após ele declarar seu nome e emprego para os jurados, a procuradora dá início às perguntas.

— Quais são seus deveres gerais como policial na cidade de Adams?

— Atendo ocorrências, faço patrulhas rotineiras nos bairros e registro boletins de ocorrência quando estou na delegacia.

— Na tarde do dia 7 de dezembro, o senhor estava de plantão?

— Estava.

— O senhor respondeu a uma ocorrência na casa de número quarenta e cinco, na travessa Greaves? — pergunta Gina.

— Respondi.

— A que horas o senhor foi acionado?

— Às 16h22. Era um pedido de socorro médico — acrescenta Tubbs.

— O senhor pode explicar o que isso significa?

O policial olha para o júri.

— Sempre que alguém precisa de uma ambulância, um policial é enviado para o local.

— Quando o senhor chegou ao local, o que fez?

— Entrei — respondeu o policial. — A porta estava aberta. Os paramédicos tentavam reanimar uma moça na frente do sofá. Uma mulher mais velha chorava muito, e Asher Fields estava parado em um canto.

— Havia mais alguém presente?

— Só um cachorro — responde ele.

— O senhor identificou a mulher que os paramédicos atendiam?

Ele concorda com a cabeça.

— Era a vítima, Lily Campanello.

— E a mulher mais velha?

— A mãe dela, Ava Campanello.

Gina se vira para ele.

— O senhor mencionou uma terceira pessoa, Asher Fields. Ele está aqui hoje?

— Está — responde o policial.

Ele aponta diretamente para Asher.

— Que conste nos autos que o policial Tubbs identificou o réu. O senhor o reconheceu na hora?

— Reconheci. No ano passado, fiquei alocado como apoio policial na escola, e ele estudava lá.

— O senhor teve qualquer interação com o sr. Fields quando trabalhou como apoio policial na escola? — pergunta a procuradora.

— Eu soube que ele foi suspenso por ter participado de um esquema de fraude...

— Protesto — grita Jordan. — Isso é relevante?

— Aceito — diz a juíza Byers. Ela se vira para os jurados. — O júri pode ignorar a última declaração da testemunha.

Gina pergunta:

— Lily também estudava lá?

— Não na minha época.

— Entendo — diz ela. — Em que condição estava a vítima quando o senhor chegou?

— Inconsciente. Estava em uma maca, na frente do sofá. Os paramédicos tentavam reanimá-la.

— O senhor pode nos dizer o que ela vestia?

— Uma blusa e calça legging.

— Ela usava sapatos? — pergunta Gina.

— Não, estava descalça.

— O senhor notou algum sangramento?

— Notei — responde Tubbs. — Havia sangue na blusa e no cabelo.

— O senhor notou algum corte, marca ou hematoma?

— Os paramédicos estavam inclinados sobre ela, mas notei hematomas em seu rosto e pescoço.

A procuradora se aproxima dele.

— O senhor tinha alguma ideia do que havia acontecido?

— Só depois de conversar com a mãe dela.

— O que Ava Campanello contou ao senhor?

— Que ela saiu para buscar ibuprofeno para a filha, porque Lily estava com febre e havia faltado à escola por estar doente. Enquanto ela estava na farmácia, Asher Fields entrou na casa.

— O senhor teve oportunidade de falar com o réu? — pergunta Gina.

— Tive. Ele disse que encontrou a vítima no pé da escada.

— Em que estado se encontrava o réu?

Tubbs olha para Asher.

— Ele estava muito nervoso. Queria saber se Lily ficaria bem.

— O que o senhor fez a seguir?

— Como se tratava de uma lesão grave, de uma possível morte — diz o policial —, isolamos o local como de costume e esperamos o detetive chegar. Expliquei ao réu que o detetive iria falar com ele e pedi para que esperasse do lado de fora.

Gina se vira, como se tivesse terminado, e então gira para trás antes de chegar à sua mesa.

— O senhor viu mais alguém entrar e sair da casa no tempo em que estava lá?

— O detetive chegou. Os paramédicos, a vítima e a mãe dela foram para o hospital. — Ele hesita. — Mas acho que era tarde demais.

A procuradora afunda em sua cadeira.

— Sem mais.

No meu colo está o Moleskine, aberto em uma página nova. Escrevi *OWEN TUBBS* no topo, e, sem me dar conta, risquei uma linha escura sobre seu nome.

Faça alguma coisa que te acalme, penso.

Começo a pensar em coisas aleatórias, escrevendo o que me vem à cabeça: *sementes de abóbora, aveia, amoras*. Quando ergo o olhar, Jordan está parado na frente do policial Tubbs.

— Antes daquela tarde, o senhor nunca teve qualquer interação policial com Asher, correto?

— Correto.

— O senhor nunca recebeu nenhuma reclamação de perturbação do sossego porque a música na casa dele estava alta demais...?

— Não — responde o policial.

— Nunca o multou por ultrapassar a velocidade?

— Não.

— Nunca o multou por estar sem o cinto de segurança, correto?

— Não, nunca.

— Na verdade — insiste Jordan —, o senhor nunca esteve na casa dele, correto?

O policial Tubbs lança um olhar tímido em minha direção.

— Só para colher morangos com meu filho.

— Então, com exceção da tarde do dia 7 de dezembro, o senhor nunca teve motivo como policial para interagir com Asher, certo?

— Bom — responde Tubbs —, só quando o prendemos.

O rosto de Jordan se fecha, e ele senta.

Olho para o caderno. *Amêndoas. Óleo de canola*, acrescento. *E, é claro, mel.*

TECNICAMENTE, MIKE NEWCOMB me levou ao baile em nosso segundo ano do ensino médio, mas não ficamos lá. Nós nos atrasamos por causa do incidente com a calota, e, quando chegamos, todo mundo havia resolvido encher a cara na região de Seacoast — onde ficam os trinta quilômetros de praia de New Hampshire. Mike e eu não éramos moralmente contra a ideia, mas ele não queria dirigir bêbado (um funcionário público em treinamento, desde aquela época). Então, fomos a uma feira que acontecia no estacionamento de um Walmart a três cidades de distância da nossa. Mike e eu, em meu vestido de tafetá, andamos na roda-gigante, brincamos nos carrinhos bate-bate e em um brinquedo que girava no ar até os grampos do meu penteado se soltarem e meu cabelo ficar batendo em meu rosto. Quando ele me deixou em casa, deu um beijo de boa-noite, e eu pensei, *Seria fácil gostar desse garoto*. Dois dias depois, descobri que ele tinha voltado com a namorada de longa data, líder de torcida, com quem ele acabou se casando.

Quando a procuradoria o chama para testemunhar, ele usa um terno muito mais bem-ajustado ao corpo do que o smoking azul de anos atrás.

— Diga seu nome para os autos, por favor — pede Gina.

Jordan se vira na cadeira quando Mike dá suas informações.

— Newcomb? Você não foi na formatura do segundo ano com ele? — sussurra ele.

Concordo com a cabeça.

— Meu Deus. Mas *ninguém* vai embora desta cidade?

— No dia 7 de dezembro — pergunta a procuradora —, o senhor estava de plantão?

— Sim.

— O senhor foi chamado à residência de Lily Campanello?

— Fui — responde Mike —, por volta de 16h45.

— O que aconteceu quando o senhor chegou?

Seus olhos vão na direção de Asher.

— Encontrei um garoto sentado nos degraus da varanda.

— O senhor sabia quem era o garoto?

— Não sabia.

— E sabe agora?

— Sei — responde Mike. — Asher Fields.

— Ele está no tribunal hoje?

— Está. Ele é o réu.

— O que o senhor fez ao chegar à casa das Campanello? — pergunta Gina.

— Entrei e encontrei o policial Tubbs, que me explicou a situação. Dei uma olhada na escada, onde a vítima supostamente foi encontrada, e na sala, para onde ela foi levada.

Supostamente. A palavra se prende à minha garganta como uma espinha de peixe.

Abro o caderno no meu colo. *Granola*, escrevo, *feita na noite anterior*. Minhas letras são tão precisas quanto as de um arquiteto.

— A casa estava limpa, arrumada, intocada — diz Mike. — Havia um pouco de sangue no pé da escada e mais sangue na frente do sofá da sala.

— Então o que aconteceu? — continua a procuradora.

— Eu disse ao policial Tubbs para isolar o local e pedir reforços para conversar com os vizinhos e ver se alguém havia visto ou escutado algo estranho. Enquanto isso, pedi ao sr. Fields para ir comigo até a delegacia, a fim de dar um depoimento formal.

— Onde estava o carro dele?

— Parado na frente da garagem.

Gina cruza os braços.

— O senhor pode descrever o comportamento dele na ocasião?

— Sua camisa estava toda ensanguentada, e dava para perceber que ele tremia. Ele parecia extremamente nervoso. Sugeri — diz ele, encontrando meu olhar pela primeira vez desde que começou a falar — que ele ligasse para a mãe.

— Ele fez isso?

— Fez. Ela foi para a delegacia no mesmo instante, e deixei que ficasse com ele durante o interrogatório.

Observo os jurados com cuidado enquanto Mike descreve aquela primeira conversa — o que Asher disse, o que não disse.

— O sr. Fields era um suspeito naquele momento? — pergunta a procuradora.

— Não. Era uma investigação de rotina, básica.

— E então?

— Recebi a notícia do falecimento de Lily Campanello. O sr. Fields e sua mãe foram embora da delegacia, e voltei à casa da vítima.

— O que o senhor encontrou? — pergunta Gina.

— A casa é pequena, em estilo Cape Cod, com dois andares e uma escada central. Como eu disse, havia um pouco de sangue ao pé da escada e mais na frente do sofá.

— Com base em sua experiência, detetive, pouco sangue no chão indicaria que Lily não passou muito tempo caída lá?

— Protesto — grita Jordan. — Ela está guiando a testemunha.

— Vou reformular a pergunta — diz a procuradora. — Com base em sua experiência, o que indica a pequena quantidade de sangue no pé da escada em comparação com o volume maior perto do sofá?

— Que o corpo de Lily não passou muito tempo no pé da escada e o período em que ficou perto do sofá foi maior.

— Sendo assim — pergunta Gina —, o senhor diria que o réu, que admitiu ter movido Lily, estaria dentro da casa ou próximo a ela no momento da morte?

— Protesto! Especulação! — diz Jordan.

A juíza Byers olha para a procuradora.

— Aceito.

Olho para os jurados. Fico me perguntando se eles entenderam a insinuação.

— O que o senhor fez então? — pergunta a procuradora.

— Andei pelo primeiro andar — continua Mike —, e então subi para o segundo. Havia uma suíte muito arrumada, e o quarto de uma adolescente... que não estava tão organizado assim.

— O senhor quer dizer que estava bagunçado?

— Não, era diferente. Uma luminária havia sido derrubada e a lâmpada estava quebrada, havia vidro por todo o chão. Uma mesa de cabeceira ao lado da cama também estava virada.

— Havia sangue no quarto? — pergunta a procuradora.

— Não.

— Com base em seu treinamento e sua experiência, o que o senhor concluiu?

— Que aqueles eram sinais de luta — diz Mike. — Chamei o perito para tirar fotos do local e coletar evidências.

Gina ergue uma foto oito por dez.

— Esta fotografia foi apresentada pelo perito da delegacia de Adams. É uma imagem exata do quarto? — Ela exibe várias imagens parecidas, que são apresentadas como provas. — Em algum momento, o senhor chamou o réu de volta à delegacia para tomar um novo depoimento?

— Sim, depois que recebi os resultados da perícia analisando as provas na casa.

— Isso é normal?

Ele concordou com a cabeça.

— Acontece o tempo todo.

— Que tipo de provas precisavam ser esclarecidas pelo réu?

— Havia impressões digitais incompatíveis com as de Lily Campanello e de sua mãe. Mas elas batiam com as do sr. Fields. O departamento de polícia as tinha no sistema porque ele trabalhou em um acampamento de hóquei, e todos os conselheiros precisavam registrar suas impressões digitais por uma questão de segurança das crianças.

— Alguma outra prova era prejudicial ao sr. Fields?

— Sim — responde Mike. — Encontramos cabelos no quarto de Lily que batiam com o DNA obtido por mandado após ele ser detido. Perguntei se ele havia ido a algum outro lugar na casa além da sala, e ele disse que não.

— Nem mesmo no segundo andar? — pergunta Gina.

Mike olha para Asher.

— Ele foi bem específico ao dizer que não havia subido.

Meu rosto arde. Jordan havia dito que isso seria um problema, e ele tinha razão. Respiro fundo e olho para o caderno. Escrevo: *Bourbon*.

Eu gostaria de uma dose agora.

— Houve alguma prova subsequente que levasse à prisão do sr. Fields?

— Sim — responde Mike. — Recebemos os registros telefônicos dele e de Lily. Ele enviou vinte e três mensagens para ela no dia de sua morte.

— Detetive — diz Gina —, alguma dessas mensagens despertou suspeitas?

— A última, enviada pelo réu às 15h40.

A procuradora se vira e encara Asher.

— O que ela dizia?

— Estava toda em letras maiúsculas — responde Mike. — *CHEGA DISSO, ESTOU INDO PARA A SUA CASA.*

Ela sorri.

— Sem mais.

Olho para a lista de coisas que rabisquei no caderno. Percebo que não são aleatórias; são os ingredientes de *cranachan*, uma sobremesa escocesa antiga que minha mãe fazia para comermos na noite de Ano-Novo. Quando eu era pequena, sempre me sentia muito adulta ao receber permissão para comer um prato cheio de bebida alcoólica. Ela o adaptava e usava granola em vez de aveia, e bourbon em vez de uísque. Enquanto meu pai levava Jordan para arrumar os fogos de artifício que acenderíamos à meia-noite, eu ficava com minha mãe e montava os copos de sobremesa. Aquilo era, e ainda é, uma tradição para mim e Asher. Algo reconfortante.

De repente, entendo por que escolhi escrever *isto*.

Quando Jordan se levanta e se afasta de Asher, parece que um espaço vazio se abriu, um buraco negro que pode sugar Asher. Eu me inclino um pouco mais para frente, como se isso pudesse mantê-lo a salvo.

— No depoimento, Asher disse que a porta estava entreaberta, não disse? — começa Jordan.

O detetive concorda com a cabeça.

— Sim.

— A perícia se deu ao trabalho de procurar impressões digitais ou DNA na maçaneta?

— Não, não deu.

— E isso corrobora o depoimento que Asher deu ao senhor, não é?

— Não necessariamente — diz Mike. — Maçanetas são superfícies difíceis de analisar em busca de digitais. Tanta gente as utiliza ao longo de um dia que é complicado conseguir resultados válidos.

— Então, por ser difícil de conseguir resultados, os senhores nem tentaram? É isso?

Mike estreita os olhos.

— Pela nossa experiência, determinamos que não é um local prático para a coleta de digitais em comparação com outros pontos da cena de um crime, então direcionamos nossos recursos para outros lugares.

— Mas isso não anula o fato de que a maçaneta não foi analisada em busca de digitais... então alguém poderia ter entrado na casa antes da chegada de Asher?

— É possível.

— O senhor verificou quem poderia ser esse alguém? — pergunta Jordan.

— O policial Tubbs conversou com os vizinhos, e ninguém escutou nem viu nada de estranho. Não havia mais nenhum suspeito. Além disso — acrescenta Mike —, não havia DNA nem impressões digitais de outra pessoa no quarto.

— Não é verdade que é impossível dizer exatamente quando uma impressão digital ou um fragmento de DNA foi deixado para trás?

— Não temos tecnologia para determinar isso, não — responde Mike.

— Então Asher poderia ter ido ao quarto da namorada como qualquer outro adolescente para ficar com ela nos dias ou até nas semanas que antecederam aquela tarde... e talvez ter deixado um fio de cabelo ou uma impressão digital para trás nesse momento?

O detetive se ajeita na cadeira.

— Poderia.

— E ele disse ao senhor que estava namorando Lily desde setembro?

— Disse.

— Então as impressões digitais e o DNA que são o argumento neste caso podem, na verdade, ter sido deixados pra trás em qualquer momento entre setembro e o dia 7 de dezembro... não como resultado de uma briga, mas de uma relação sexual consensual?

— É possível — responde Mike.

Jordan deixa a informação pairar no ar por um instante.

— Quando o senhor chegou ao local do crime, Lily estava lá?

— Não. Ela já tinha sido levada para o hospital.

— Em algum momento o senhor teve a oportunidade de analisar as roupas dela?

— Tive — diz Mike.

— Havia algum rasgo ou corte?

— Havia *sangue* — responde Mike, incisivo.

— Mais uma vez, eu pergunto, detetive... em outros casos de luta e brigas físicas, o senhor costuma encontrar peças de roupa rasgadas ou despedaçadas?

— Sim.

— Porém, de novo, esse *não* foi o caso aqui, correto?

— Correto.

— Excelente — diz Jordan. — Vamos falar sobre as roupas de Asher. Quando o senhor o levou para a delegacia, para o primeiro interrogatório, viu sinais de rasgos e cortes nas roupas dele?

— Não — responde Mike, secamente. — Só o sangue da namorada dele.

— Como detetive, o senhor já investigou outras brigas e tumultos, imagino.

— Investiguei.

— Não é verdade que pessoas envolvidas em brigas e tumultos costumam apresentar arranhões ou ferimentos coerentes com os de uma luta?

— É.

— O senhor notou arranhões ou ferimentos em Asher? — pergunta Jordan.

— Não.

— Asher apresentava *qualquer* sinal físico de ter se envolvido em uma briga?

— Não.

— O senhor não se deu nem ao trabalho de fotografar as mãos dele naquele dia, não é?

— Não — responde Mike. — Naquele momento, o sr. Fields não era suspeito.

— Ah, sim! — Um sorriso surge no rosto de Jordan. — Ele *só* se tornou suspeito depois que o senhor não conseguiu encontrar outra solução.

A procuradora levanta.

— Protesto!

— Aceito — ordena a juíza.

Jordan se vira e me encontra, erguendo de leve a sobrancelha.

— Sem mais — diz ele.

UM ANO APÓS a morte do meu pai, enquanto eu ainda tomava conta de suas abelhas — uma apicultora a distância —, eu dirigia por mais de cinco horas em um único dia só para estar em casa quando Braden chegasse do hospital. Porém, um sábado por mês, com a permissão de Braden, eu ia à feira de Adams para vender mel e produtos de cera de abelha.

Era outubro, o melhor mês para feiras. Crianças corriam em círculos atordoantes ao redor dos músicos que tocavam country no pequeno coreto, barracas estavam cheias de cestas com couve, alface e abóbora, havia amostras de iogurte e café de fabricação local, e queijo de cabra com lavanda. Eu estava atrás da minha própria barraca com um toldo portátil, fazendo negócios freneticamente.

Parecia que eu havia feito vendas sem parar, quando me dei conta de que só restava um cliente na fila. Suspirei de alívio. O sol batia em meus olhos, e não percebi que conhecia o homem fardado até ele começar a falar.

— Olivia — disse Mike, sorrindo. — Nossa, há quanto tempo. Não sabia que você tinha voltado para casa.

Ele se inclinou para frente, como se esperasse que eu fosse me curvar por cima da barraca para abraçá-lo, mas não fiz isso, então ele disfarçou a gafe pegando um pote de manteiga de mel para o corpo.

— Não voltei. Estou morando em Boston. Só vim ajudar minha mãe com as colmeias.

Ele virou o pote em sua mão.

— Fiquei sabendo da morte de seu pai. Sinto muito.

— Eu também. — Eu me sentia ofegante, nervosa. Exceto pela minha mãe, que ainda lutava contra os próprios demônios do luto, eu tendia a ficar longe de pessoas que me conheciam antes de Braden. — Você está procurando alguma coisa específica?

Mike olhou para baixo como se estivesse surpreso ao se ver segurando um pote.

— Sei lá — disse ele, rindo. — Não sou muito de beber chá.

— Acho que não seria uma boa ideia beber isso aí de qualquer jeito — sugeri. — É manteiga corporal.

— Com mel?

— Sim, é uma receita antiga. *Bem* antiga. Um papiro egípcio, de 1500 a.C. dizia que mel, alabastro, natrão e sal embelezam o corpo. — Dei de ombros. — Essa é uma versão modificada, mas talvez Nadya goste.

Eu me lembrava da esposa dele, líder de torcida, se inclinando na direção do espelho no banheiro feminino com um tubinho de brilho labial.

— Ah — disse Mike, ficando muito vermelho. — Nadya. Pois é, ela me trocou pelo personal trainer.

Sem pestanejar, peguei um pote diferente.

— Os egípcios antigos também misturavam merda de crocodilo com mel para fazer uma pasta contraceptiva — falei. — Você pode mandar um pote para ela com um bilhetinho de despedida.

Os olhos dele arregalaram.

— É sério?

— Sobre a pasta contraceptiva, é — respondi. — Mas isto é só um protetor labial.

Ele soltou uma gargalhada.

— E você? Casou com um médico, né?

— Aham — falei, instintivamente apertando o curativo ao redor das costas da outra mão. — Braden. Está tudo ótimo. *Ele* é ótimo. Moramos em Boston.

— Você disse isso segundos atrás — murmurou Mike, fitando a gaze. — O que houve aí?

— Eu me queimei derretendo cera de abelha. Era de esperar que eu já estivesse melhor nesse processo, depois de tanto tempo.

Era *mesmo* uma queimadura de segundo grau. Mas ela havia sido causada depois de eu esquecer de colocar açúcar no café de Braden, e ele jogar a caneca em mim.

De repente, minhas mãos estavam trêmulas.

— Enfim — falei —, foi bom te encontrar.

Aquilo era, é lógico, um convite para ele se retirar. Rapidamente.

Eu sabia que as pessoas costumavam enxergar o que queriam ver, e, no meu caso, era a esposa de um cirurgião. Mike, por outro lado, esperava que eu fosse a Olivia que ele havia conhecido, e eu desconfiava que nem me lembrava mais de como ela era.

Mike pegou o pote de manteiga para o corpo.

— Não custa experimentar. O tempo não está sendo bom comigo. — Pegou a carteira e tirou uma nota de vinte. — Fique com o troco. — Seus dedos roçaram nos meus quando peguei o dinheiro. — Sabe — disse ele em tom gentil —, você sempre tem opções.

Ele desapareceu na agitação da feira. Abri a caixa de dinheiro e desdobrei a nota. No meio dela, estava o cartão de um abrigo para vítimas de violência doméstica.

DURANTE UM RECESSO de quinze minutos, Jordan nos leva para uma sala de reunião. Asher desaba sobre uma cadeira e afrouxa a gravata.

— Você está bem? — pergunto.

Resisto à vontade de levar uma mão à testa dele, do jeito como eu costumava fazer para verificar se ele estava com febre. Ele não é mais um garotinho, e não estamos lidando com um resfriado.

— Parece que estou num zoológico — diz ele, e olha para Jordan.

— Você não me contou essa parte.

— Só vai piorar — responde Jordan, direto. — Você está indo bem, Asher. Ninguém diria que você está nervoso.

Asher solta uma risada irônica, levanta a lateral do paletó.

— Estou suando de nervoso.

— Mas *ninguém* sabe disso. — Jordan bate no bolso, procurando pela carteira. — Vou pegar alguma coisa para beber. Querem algo?

— Pode ser — respondo.

A porta se abre para uma faixa de barulho e agitação, e então Jordan desaparece.

Sento na cadeira ao lado do meu filho.

— Ei — digo baixinho.

Seus olhos se viram para mim.

— Oi.

— Você quer conversar — pergunto —, ou prefere ficar quieto?

Sei que deve ser difícil para ele permanecer inexpressivo diante do júri enquanto está morrendo por dentro. Sei disso porque estou fazendo a mesma coisa.

— Eu tinha tentado imaginar o pior — murmura Asher. — Mas não cheguei nem perto.

— Eu sei...

— O jeito como ficam chamando Lily de *vítima* — irrompe ele, com o rosto se retorcendo.

Minha respiração fica presa na garganta. Asher não está escutando o que dizem sobre ele. Continua pensando em Lily.

Eu me estico para segurar sua mão e apertá-la.

— Você se lembra da primeira vez que pulou de um trampolim?

Ele se vira para mim com a cabeça inclinada.

— A gente estava no clube em Framingham, na piscina externa. Você estava com quatro anos. Seu amiguinho da escola saiu correndo pela plataforma, sem medo algum, e você queria imitá-lo. Mas empacou na beirada, com medo demais para pular ou voltar. As outras crianças não paravam de gritar porque queriam pular também, e você começou a chorar.

— Entendi a metáfora, mas acho que ser julgado por homicídio pode ser...

— Eu nadei até o fundo — interrompo.

Ele revira os olhos.

— Você disse que ia me pegar?

— Não. Eu falei a *verdade*. Não era possível eu te pegar, porque não dava pé no fundo. Se você pulasse, tudo ia ficar esquisito e confuso por um segundo, e talvez entrasse água em seu nariz e você perdesse o senso de direção. Mas eu te pegaria se isso acontecesse.

— Eu pulei?

— Não. — Eu rio. — Você ficou com medo demais. Mas na *próxima* vez que fomos à piscina, você pulou.

Ele abre um sorriso irônico.

— É agora que eu deveria dizer que tudo no tribunal é esquisito e confuso?

— Não sei, Asher, mas vou falar a verdade. Você é corajoso, você é forte, e, se não acreditar nisso hoje, talvez acredite amanhã.

Asher fecha os olhos, mas não antes de eu ver lágrimas se formando nos cantos.

— Valeu, mãe — diz baixinho.

Jordan abre a porta.

— Coca ou ginger ale?

• • •

SEI QUE JORDAN e Selena tentaram várias vezes entrar em contato com Rooney McBride, o legista, e não conseguiram. Horários foram marcados e cancelados conforme uma ou outra emergência surgia. Selena até chegou a ir ao laboratório dele em Manchester, apenas para descobrir que sua esposa havia entrado em trabalho de parto e ele já havia ido embora. Ele se mostrou tão evasivo que ganhou uma aura quase super-heroica em minha imaginação; e quando ele senta no banco de testemunhas e se revela um homem de meia-idade calvo, sinto que fui enganada.

— Sou patologista hospitalar no Manchester Medical Center — diz ele, em voz aguda. — Atuo em New Hampshire há onze anos, e tenho licença para trabalhar em New Hampshire, Massachusetts, e Vermont. Tenho formação em patologia anatômica e clínica, e em citopatologia, e trabalhei no gabinete do legista-chefe em Concord para me especializar em patologia forense.

— O que faz um patologista forense, dr. McBride? — pergunta a procuradora.

— Conduzimos autópsias em situações em que a morte é causada por acidente, suicídio, homicídio, ou não é um resultado óbvio de causas naturais — declara ele.

— O senhor conduziu uma autópsia forense em Lily Campanello?

— Conduzi.

— Dr. McBride — diz Gina, se aproximando dele com um maço de papéis —, estou lhe mostrando um relatório de autópsia datado de 11 de dezembro, com a sua assinatura. A autópsia que o senhor conduziu em Lily Campanello. Isso também já foi estipulado pela defesa. Este é o relatório de autópsia que o senhor apresentou com suas observações sobre Lily Campanello?

— É, sim.

A juíza aceita o relatório como prova enquanto Gina entrega uma cópia para o patologista.

— Doutor, pode explicar o que acontece durante uma autópsia?

— O primeiro passo é analisar as circunstâncias da morte, incluindo o relatório policial e o histórico médico, se estiverem disponíveis. Examinamos o corpo para tentar descobrir a causa do óbito, não apenas fatores externos, mas internos, observando coisas como o sistema nervoso central e todos os órgãos no peito e nas cavidades abdominais. Amostras de órgãos e tecidos são levadas para análises microscópicas. As extremidades podem ser dissecadas e separadas em amostras também. Tecidos, sangue e outros fluidos podem ser levados para análise clínica ou culturas microbiológicas. E fazemos ressonâncias magnéticas, tomografias e raios-X, se necessário.

— E exames toxicológicos? — pergunta Gina. — Esses são feitos como parte da rotina?

— Sim, para identificar se o uso de drogas e álcool pode ter influenciado a morte.

— Foi feito um exame toxicológico em Lily Campanello?

— Foi — responde o dr. McBride. — O resultado foi negativo para álcool e drogas.

— Doutor, preciso que o senhor descreva os ferimentos no corpo de Lily, começando pelo topo da cabeça. O que o senhor encontrou?

— No escalpo, havia uma laceração de dois centímetros e meio...

— Preciso interromper — diz a procuradora. — O que é uma laceração, para aqueles de nós que não são profissionais de medicina?

— Um corte ou rasgo na pele. O cabelo dela estava sujo de sangue. Sob a pele do escalpo havia uma massa palpável de aproximadamente nove por quatro por dois centímetros. Em termos leigos, é um hematoma grande. Na têmpora.

Um gemido baixo ecoa pela sala; não preciso olhar para saber que vem de Ava Campanello. Em vez disso, olho para Asher. Sua mandíbula está travada, seus olhos não piscam.

— Havia uma hemorragia subaracnóidea no lobo frontotemporal direito — diz o dr. McBride. — Ela teve um sangramento no cérebro.

Gina pergunta:

— E mais abaixo no corpo de Lily?

— Ela apresentava hematomas extensivos no rosto e no pescoço e equimoses nos braços e na parte inferior das pernas.

— Que seriam...?

— Hematomas que são visíveis em áreas que sofreram traumas menores.

— Dr. McBride, o senhor foi capaz de determinar quais ferimentos de Lily a levaram à morte? — pressiona a procuradora.

— Fui. A causa do óbito foi hemorragia intracerebral. Isso significa que sua cabeça sofreu um trauma forte o suficiente para causar um sangramento no cérebro e herniação transtentorial. Em termos simples: sangue em lugares que não deveriam ter sangue. Como o sangue ocupa espaço, as partes inferiores do cérebro são sustentadas por uma camada de meninges, o tentório, e pressionam o tronco encefálico. O tronco encefálico controla a respiração e a frequência cardíaca. Se isso não for tratado imediatamente, pode resultar em morte cerebral e/ou na interrupção do fluxo respiratório e dos batimentos cardíacos.

Os olhos de Asher estão fechados agora, seu peito sobe e desce em pulsações rápidas. Vejo Jordan lhe dar uma cotovelada, e ele pisca.

— Pelo que o senhor encontrou na autópsia, doutor, pode nos dizer o que causou o trauma na cabeça da vítima?

— Foi um choque traumático — responde ele.

A procuradora se vira para o júri.

— Esse choque traumático seria coerente com receber um soco de alguém ou ser empurrada contra uma parede?

— Seria.

— Seria coerente com ser empurrado do topo de uma escada de madeira?

— Seria — responde ele.

— Em sua opinião como especialista — pergunta Gina —, o senhor determinou uma causa do óbito?

— Homicídio — diz o dr. McBride.
— Sem mais — responde a procuradora, e senta-se.

— DR. MCBRIDE — diz Jordan, ao começar seu interrogatório —, o senhor disse que a lesão que levou Lily à morte foi uma hemorragia intracerebral, um sangramento no cérebro. Correto?
— Sim.
— O senhor disse que leva em consideração as informações transmitidas pela polícia sobre como o corpo foi encontrado, correto?
— Sim — responde o médico.
— Não é verdade que o relatório da polícia afirmava que havia sinais de luta na casa, e que Lily estava sozinha nessa mesma casa com o namorado?
— Sim.
Jordan estreita o olhar.
— Então o senhor já tinha predisposição para pensar no caso como homicídio?
— Talvez, mas os fatos da autópsia sustentavam essa conclusão. O hematoma subcutâneo na têmpora da vítima e a laceração em seu escalpo são condizentes com uma contusão causada por um soco ou por ser jogada da escada.
Asher tenta esconder um calafrio, que se torna um minúsculo terremoto em suas costas.
— Se Lily tivesse tropeçado e caído de cabeça em uma escada de madeira, isso também seria condizente com um trauma contuso?
— Seria.
Jordan hesita, planejando sua rota.
— O senhor não é patologista forense em tempo integral, é?
— Não, sou um patologista terceirizado. Duas vezes por mês, trabalho no gabinete do médico legista-chefe em Concord.
— Então a sua especialidade *não é* patologia forense?

— Tenho treinamento em ciência forense — responde McBride —, mas o meu trabalho regular é em patologia hospitalar.

— Seu emprego de verdade é bem diferente de seu trabalho ocasional, não é?

— De certa forma — diz o patologista. — Mas tenho muita experiência nas duas áreas.

— Então o senhor conduz autópsias forenses fora de seu trabalho normal?

— Isso.

Jordan concorda com a cabeça, impressionado.

— O senhor é bem ocupado.

— Sou.

— A autópsia de Lily não foi a única a ser conduzida naquele dia, foi?

O legista balança a cabeça.

— Conduzi quatro.

— O senhor devia estar exausto!

Ele dá de ombros.

— Faz parte do trabalho.

Jordan olha para o relatório.

— Aqui diz que o senhor começou a autópsia de Lily às quatro da tarde?

— Correto.

— Não é possível que o senhor não tenha acabado na infelicidade de ter que fazer a autópsia de Lily Campanello correndo?

— Não — responde o médico, indignado. — Eu *jamais* faria isso.

— Mesmo assim, parece que algumas informações estão faltando aqui.

McBride fica vermelho como um tomate.

— O quê? — diz ele, folheando os papéis. — Não tem nada faltando.

— Na página dois, por exemplo — diz Jordan em tom tranquilo.

— Há um espaço em branco. Ao lado de *Sistema genital feminino*.

— Ah, não. — O médico ergue o olhar, se recuperando. — Isso não está faltando. Quer dizer, está, mas não é o que parece.

— Negligência é negligência, dr. Mc...

— Eu procurei pelo útero e pelos ovários, naturalmente — diz o legista, interrompendo Jordan. — A possibilidade de gravidez como motivo para homicídio sempre é levada em consideração em mulheres na idade reprodutiva. Não há registro dos órgãos porque o útero e o ovário não estavam lá.

Pela primeira vez desde que entramos no tribunal, Jordan parece completamente confuso.

— O senhor quer dizer... como uma histerectomia?

— A remoção cirúrgica seria uma hipótese... mas não neste caso. — O legista olha de Jordan para a procuradora. — Eu achei que todo mundo soubesse — diz ele. — A falecida era transgênero.

LILY ⬢ 5

2 DE NOVEMBRO DE 2018
Cinco semanas antes

Apenas seja você mesma, dizem. Preocupada com a impressão que vai passar durante uma entrevista para um trabalho? *Apenas seja você mesma*. Está se perguntando o que dizer ou como se comportar em um primeiro encontro? *Apenas seja você mesma*. Buscando pelas palavras para descrever o impossível? *Apenas seja você mesma*, dizem, para lhe acalmar. Como se *apenas ser você mesma* fosse fácil. Como se, para tantas pessoas, essa não fosse a coisa que mais lhe colocassem em risco neste mundo cruel e desalmado.

Eu me lembro de estar me arrumando para um jogo de beisebol em uma manhã de sábado, em Seattle. Talvez eu tivesse oito anos de idade? Lembro de usar o uniforme que nos deram. De ir ao banheiro antes de meu pai e eu sairmos e de ver um dos batons da minha mãe na pia, e de simplesmente abri-lo, pintar meus lábios e ficar maravilhada, me encarando no espelho alto demais para alcançá-lo. Do corredor, meu pai berrou:

— Liam, você está pronto?

Tentei tirar o batom com papel higiênico, mas não saía. Meu pai, ouvindo a torneira aberta, disse:

— O que está acontecendo aí?

Gritei:

— Nada!

É claro que não era *nada*, mas *tudo*. Por que eu não podia ter saído usando o batom, olhado meu pai nos olhos e dito: *Estou pronta, esta é quem eu sou?* Quer dizer, já ouvi falar de muitas pessoas que fizeram isso, foram destemidas o suficiente para se assumir aos seis anos de idade, ou até mais novas. Então por que eu não tinha coragem de mostrar quem eu era? Eu sabia a verdade.

Não conseguia encontrar as palavras certas para aquilo que sentia, ou até mesmo ver o rosto de outra pessoa igual a mim. Eu só sabia que refletido no espelho estava um menino usando um uniforme de beisebol, e que aquele, fosse lá quem fosse, não era eu.

Finalmente saí do banheiro, e meu pai me olhou com raiva antes de perguntar:

— Qual é o seu problema?

Eu queria ter sabido o que responder na época. Eu queria ter tido a audácia de responder *Absolutamente nenhum.*

Conforme os anos foram passando e eu comecei a entender melhor a profundidade e dificuldade da minha situação, criei uma estratégia. Se eu não pudesse mostrar a verdade, a segunda melhor opção seria fazer o oposto: viver como se eu fosse invisível.

Há pessoas que acham que a invisibilidade é um superpoder. Que nada seria mais legal do que ser a Garota Invisível, como a do Quarteto Fantástico. Mas elas estão erradas. A invisibilidade não é um superpoder. É uma maldição.

— O que está *acontecendo* nessa sua cabecinha, Lily Campanello? — pergunta minha mãe do outro lado da sala.

Ela está bebendo uma taça de Chardonnay, ainda de uniforme. Ergo o olhar para ela.

Eu estava tocando a sonata *Apeggione*, de Schubert, perto da lareira, a composição que aprendi um ano atrás, depois que tentei e não consegui me matar (no fim das contas, nem *isso* sei fazer direito), a peça que todo mundo dizia que era difícil demais para mim. Acho que terminei faz um tempo de tocar e fiquei olhando para o nada, perdida em pensamentos.

— Mãe, posso te fazer uma pergunta? — digo. — O que você iria preferir, ser invisível ou conseguir voar?

Minha mãe ri. Adoro o som de sua risada. É como a bolha que sobe de um garrafão de água. De um *bebedouro*, como dizem na Costa Leste. Não escutei muito esse som desde que nos mudamos.

— Lily, eu sou uma mulher de meia-idade. Já *sou* invisível.

De muitas formas, minha mãe se comporta como se sua vida tivesse acabado, e isso me irrita. Também faz com que eu me sinta culpada — porque ela dedicou boa parte do tempo tentando me salvar. Ela nos tirou de Seattle quando meu pai tentou acabar comigo, e nos acomodou em Point Reyes para eu passar pela transição social, e depois me ajudou a estudar em casa quando tudo deu errado em Pointcrest. Ela me manteve viva depois da minha tentativa de suicídio. Ela me levou à dra. Powers para a cirurgia. Ela fez a mudança para cá e conseguiu um emprego em um escritório depois disso. Há momentos em que a vida dela se resumiu em resolver a minha, uma vez após a outra.

Volto a tocar Schubert, e vou bem até chegar ao trecho maluco no fim do primeiro movimento. Parece que estou dando estrelinhas em uma corda bamba no alto.

Sinto o olhar da minha mãe. Ela leva a taça aos lábios.

Aos vinte e cinco anos, ela se tornou guarda-florestal para poder passar o restante da vida *no mato*. O salário não era bom, mas ela sempre dizia: *Meu salário é o pôr do sol.*

Estou tocando com tanta fúria, e com tanta intensidade, enquanto penso nela, e em Asher, e em Jonah, e no meu pai, que de repente a primeira corda do violoncelo arrebenta. O som é alto, agudo, e dou um pulo de quase um metro. O barulho repentino do estalo ressoa e ecoa no corpo do violoncelo. Ainda bem que não me machuquei — uma vez, quando arrebentei uma corda, ela fez um corte feio no meu indicador.

Boris, que estava dormindo no chão, levanta a cabeça, apesar de isso ter acontecido mais porque pulei do que por ele ter escutado algum som de fato.

— Lily — diz minha mãe, baixando a taça de vinho.

Vou até o sofá, sento ao lado dela e apoio minha cabeça em seu ombro. As lágrimas vêm depressa e com força.

— Mãe — digo. — Você me odeia?

— De onde saiu essa ideia? — pergunta minha mãe. — Querida. Como eu poderia te odiar?

— Eu destruí a sua vida — digo.

Minha mãe acaricia meu cabelo.

— Isso tem a ver com Asher?

— Não — respondo. — Tem.

Minha mãe pensa no que dizer.

— Ele não apareceu aqui esta semana — diz em tom cuidadoso, passando o indicador ao redor da borda da taça.

Eu estava torcendo para ela não ter reparado nisso.

Boris suspira. Às vezes, é difícil não achar que cachorros sentem suas emoções, do mesmo jeito que pessoas surdas conseguem ouvir música pelo plexo solar. Já houve momentos em que Boris parecia saber o que estava acontecendo dentro do meu coração melhor que qualquer humano, apesar de isso ter acontecido quando meu velho cachorro ainda era jovem.

Sinto falta dessa época às vezes.

Poucas vezes.

— Sempre achei que eu escolheria voar — digo baixinho. — Mas, agora, não sei.

Minha mãe continua acariciando meu cabelo. Ela sabe muito bem que não estou falando sobre *voar*. Mas, se vamos falar sobre sexo, nossa única opção é ter esta conversa em códigos.

— Acho que muita gente encara voar do jeito errado — diz, já falando o idioma.

Boris volta a baixar a cabeça.

Minha mãe se afasta do nosso abraço e me olha nos olhos, seca as lágrimas do meu rosto com o polegar.

— Voar é superestimado — diz. Meu coração se quebra ao ouvi-la falando assim. — Eu te contei? Tive que resgatar um pessoal na floresta hoje.

Fico me perguntando por que estamos falando sobre isso. Agora.

— Achei que você estivesse resolvendo a papelada sobre... o negócio do... habitat dos linces?

— A Unidade de Análise de Felinos Selvagens — diz ela. — Pois é. Mas esse pessoal se perdeu, e o chefe me mandou para lá. Quer dizer, havia guardas mais perto do local do que eu, mas você sabe como ele adora me dar os piores trabalhos. Só para me mostrar como ele se ressente de ser obrigado a me aturar.

Eu sei disso. O chefe acha que minha mãe é marrenta porque ela trabalha para o Serviço Florestal. A única pessoa que se importa com isso é o chefe. Porque ele queria trabalhar para o Serviço Florestal, mas não passou na prova.

— Você devia ter visto aqueles dois. Aventureiros de Boston, fazendo trilha pelos Apalaches de short e camiseta. No meio de novembro. Sem nenhum equipamento para chuva, sem botas de trilha, celulares sem bateria. Eles ficaram ensopados, começaram a tremer de frio, e teriam hipotermia se uma pessoa mais sensata não tivesse encontrado os dois e ligado para a central. Enrolei os dois em cobertores térmicos, levei uma sopa na garrafa térmica para eles, e ficou tudo bem, mas caramba. Não dá para acreditar nas situações em que as pessoas se metem só porque não pensam nas consequências. Só porque não se preparam.

Ela me olha nos olhos, intensamente.

— Ou talvez dê.

De repente, entendo por que estamos falando sobre isso e o que ela está tentando me dizer. Que, quando eu tomar uma decisão, preciso entender quais são as consequências.

A questão é que existem consequências independentemente do que eu decidir fazer agora, mas não sei quais são mais arriscadas. Vamos supor que eu diga para Asher, *Escuta, eu sou trans, sei que devia ter contado antes de a gente transar, mas não contei, então estou falando agora porque só quero ser sincera.* A consequência pode ser ele ficar com raiva, pode ser ele surtar, pode ser... bom, quem sabe o que ele vai dizer? Ele é um cara muito, muito sensível — mas já o vi com raiva, e fiquei com hematomas de lembrança.

Pessoas trans são assassinadas o tempo todo neste país. Não são mortas por manterem a identidade em segredo. São mortas porque alguém descobre a verdade. Incrivelmente, alguns tribunais ainda permitem a defesa do pânico de gays — ou a defesa do pânico de trans — para justificar os assassinatos. Como se matar outra pessoa porque ela é trans fosse de alguma forma compreensível. *Veja bem, não somos a favor de assassinatos, mas levando em consideração as circunstâncias...*

Digamos que eu *não* conte a ele, que eu decida que não existe motivo para ele saber, porque o passado é passado, pronto, ponto-final. Nunca fui um garoto de toda maneira, não no meu coração, não das formas que mais importam. Não contar *tudo* a ele significa que estou mentindo? Seria mesmo mentira ficar de boca fechada sobre algo que não é da conta de ninguém?

Não gosto de nenhuma dessas alternativas.

Existe outra, é claro, na qual Asher diria: *Não faz diferença alguma para mim, eu te amo.* É essa que eu quero ouvir.

Eu gostaria de dizer que o Asher que conheço vai reagir assim. Mas eu o conheço de verdade? E se ele também tiver uma versão que ninguém mais conhece? Parando para pensar, como ele poderia *não* ter uma versão que ninguém mais conhece?

Todas as pessoas interessantes não guardam alguma informação sobre si mesmas apenas para elas?

Minha mãe está me encarando com intensidade.

— Tem alguma coisa que você queira me contar?

Há tanta coisa que eu quero contar. Mas não suporto a ideia de ela se preocupar ainda mais comigo. Seus sacrifícios e sua ajuda já fizeram tudo que poderiam por mim. Sou eu quem precisa entender o que fazer agora. Sou eu quem precisa conviver com as consequências das minhas decisões.

Estou imaginando a conversa. *Asher. Preciso contar uma coisa.*

Você está bem, Lily?

Quero responder *Bem pra caralho*. Na verdade, estou maravilhosa. Não sou um erro. Sou um milagre. Você não enxerga isso?

Mas as pessoas nunca veem quem você é; tudo que elas conseguem ver é quem você *foi*.

Levanto.

— Vou no Edgar — digo para minha mãe.

Ela parece surpresa.

— Não tenho a menor ideia de quem seja essa pessoa.

— Na loja Edgar's. De música. Já passamos lá na frente um trilhão de vezes. Preciso de uma corda nova.

Ela termina a taça de vinho, brinca com a trança comprida com uma das mãos. Naquele breve instante, tenho um vislumbre da jovem que ela foi, da garota que se formou em administração florestal em Syracuse e foi trabalhar no Parque Nacional Olympic em Washington, aos vinte e cinco anos, achando que a vida estava prestes a começar.

— Quando você voltar — diz minha mãe —, estarei aqui.

PARO EM UMA VAGA na rua Pierce. Quando o sol bate em meu rosto, os sinos da igreja de São Clemente estão tocando. Quando passo por ela, vejo na placa que hoje é Dia de Todos os Santos.

O Dia de Todos os Santos é quando um portal místico deveria se abrir entre o mundo dos vivos e dos mortos. Tudo começou porque, no século XI, um viajante naufragou em uma ilha onde havia um abismo. Ele ouvia sons vindo lá de baixo, e acreditou que fossem os lamentos das almas perdidas no purgatório. Ao escutar a lamúria, ele decidiu que precisávamos rezar por todos que estão presos. Quando ele foi resgatado da ilha, espalhou a ideia.

Sempre gostei do nome. É como se fosse um dia para *todo mundo*. O dia é só de *alguns* santos? Não, estúpida, é de *todos* os santos.

Não sou muito religiosa, mas sei que existe algo maior do que eu, maior do que isto tudo. O que *é* esse algo? Não tenho a menor ideia.

CINCO COISAS SOBRE A BÍBLIA

5. A única parte do Novo Testamento que consigo citar de cor é Lucas 2:8-14, e só porque é a parte que Linus recita em *Feliz Natal, Charlie Brown*.
4. Às vezes acho que Charlie Brown tem uma coisa muito Jesus — sua paciência de cortar o coração, seu sofrimento incessante. É preciso admitir que a história teria um final diferente se, depois de Linus e ele comprarem a pequena e triste árvore de Natal, as outras crianças da tirinha Peanuts chegassem com martelo e pregos.
3. O negócio onde fica o incenso na igreja católica se chama *turíbulo*. A fumaça deveria simbolizar as preces dos fiéis subindo aos céus. A palavra *incenso* vem do grego. Originalmente, ela significava *sacrifício*. Não é de admirar que os reis magos o tenham levado como presente. Ouro e mirra são presentes poderosos, sem dúvida. Mas o rei que levou olíbano para aquela criança sabia muito bem que o mundo cobraria seu preço.
2. O versículo da Bíblia que menos gosto é o que fala de Balaão e sua jumenta falante. Porque, sinceramente, quem leva uma coisa dessas a sério? Se o seu jumento começasse a falar, garanto que você não iria ameaçar bater nele e reclamar de seu comportamento, como Balaão faz. Em vez disso, é bem provável que você exclamasse: *Nossa, eu tenho um jumento falante; vou ficar rico!*
1. Eu tento ser ateia, mas não dá certo. Apesar de todas as besteiras que existem na Bíblia — todas as instruções sobre como tratar seus escravos, e como as mulheres deveriam basicamente aceitar que fomos destinadas a ser propriedade dos homens —, ainda não consigo me desapegar da

fé por algum motivo. Não sei o que é este mundo, mas sei que ele tem milagres que não sou capaz de explicar, e o amor que as pessoas sentem umas pelas outras é o maior mistério de todos.

QUANDO SAIO DO CARRO, sinto outra memória tentando vir à tona, algo engatilhado pelo som dos sinos. Algo enterrado tão fundo que leva um instante para ganhar forma.

Estou me lembrando de uma cantiga de ninar sobre igrejas. Ela cresce no meu coração de repente, a canção inteira, e meus braços se arrepiam. Porque a pessoa que costumava cantar isso era o meu pai. Eu não devia ter mais de seis anos. Mas me lembro de estar em seus braços. Quando ele ainda me amava.

Ousado e valente,
dizem os sinos de São Clemente.
Você me deve um dinheirinho,
dizem os sinos de São Martinho.

Abro a porta da Edgar's Music. Ela parece com outras lojas de música em que já estive, mas é mais aconchegante e bagunçada — é como entrar em uma sala de estar sem muita organização. Há cadeiras e um aquecedor antigo de ferro. Um cara de barba está sentado em um banco, tocando "Wagon Wheel" em um violão Martin. Na parede direita, há guitarras Stratocaster e Telecaster da Fender, com etiquetinhas brancas que mostram o preço penduradas em barbantes presos às tarraxas. Há amplificadores na frente da loja — da Peavey e Roland. Nos fundos, vejo baterias — pratos de ataque, bumbos, pratos chimbal.

No balcão, uma mulher grande com um permanente feio fala com um cliente, e os dois riem como velhos amigos. O cliente pega sua sacola e diz:

— Até mais, Lizzy!

E a mulher responde:

— Se cuida, Len.

Seu olhar feliz o acompanha enquanto ele segue em direção à porta.

Então ela olha para mim, e fico paralisada.

Porque Lizzy é uma mulher trans.

Obviamente, tenho um radar trans bem afinado, em comparação com a maioria das pessoas, mas ninguém precisa ser muito versado no assunto para entender o passado dessa mulher apenas com um olhar. Lizzy tem mãos grandes, um pomo de adão, um corpo largo, a sombra de uma barba, o pacote completo. Ela me encara com um sorriso largo, o rosto receptivo e alegre.

— E como posso ajudar você, mocinha? — diz, com uma voz baixa que não demonstra qualquer vergonha.

É como se tivesse muita experiência sendo ela mesma. E em não aceitar nenhuma babaquice dos outros.

Meu coração martela no peito.

— Preciso de... uma corda de violoncelo.

— Uma violoncelista — diz, impressionada. — Uma corda especial, ou pode ser qualquer uma?

— A corda do lá — murmuro.

— Uma corda do lá, saindo num instante — diz com uma risada, e se vira para começar a revirar um conjunto de gavetas atrás do balcão.

Lá fora, ainda consigo ouvir os sinos da igreja soando.

Quando você vai me pagar?,
dizem os sinos de Nossa Senhora do Pilar.
Quando eu ficar rico,
dizem os sinos de Santo Ulrico.

Escuto um grunhido de trás do balcão, um som que eu esperaria escutar mais de Boris que de uma mulher da idade da minha mãe — ou mais velha —, e então ela se vira de novo para mim, parecendo um pouco pesarosa.

— Não tenho mais cordas individuais. Achei que tivesse, mas só restaram os conjuntos. — Ela coloca dois pacotes diferentes sobre o vidro do balcão. — Tenho as supersensíveis da Red Label, por 45,99 dólares, e a D'Addario Helicore por 134,11 dólares. Mais os impostos. Você pode escolher.

Ainda estou tentando encontrar a minha voz.

— Não sei — digo, hesitante. — Quer dizer...

— Realmente, é uma escolha e tanto — diz ela. — Você precisa fazer aquela pergunta que todo mundo faz a si mesmo.

Ela me lança um olhar intenso.

— Qual...?

— Você é supersensível? — diz com um sorriso. — Ou é hardcore?

Agora ela solta uma gargalhada, como se tivesse acabado de fazer uma piada hilária.

O cara no violão continua cantando. *Hey, hey, Momma rock me.**

Um sininho toca quando a porta da loja se abre, e um cara de rabo de cavalo com um chapéu de caubói entra devagar. Ele caminha de um jeito meio frouxo, como se estivesse drogado.

— E aí, Lizzy, tudo em *cima*? — cantarola ele.

— Oi, Johnny — diz Lizzy. — Que bom te ver!

O cara tocando "Wagon Wheel" para a música.

— Oi, John — diz ele.

Johnny olha para mim e levanta uma sobrancelha.

— E quem nós temos aqui? — diz ele. — Uma nova vizinha? — Ele olha para o balcão. — Cordas de violoncelo. Você toca violoncelo, querida?

---

* "Ei, ei, mamãe, me embale", em tradução livre. (N. da T.)

— Toco — digo. Aponto para o conjunto mais barato. — Vou levar este.

— Você é supersensível — diz Lizzy em tom satisfeito. — Eu sabia.

— Ela está te dando tudo do que você precisa, querida? — diz Johnny. Concordo com a cabeça, e entrego uma nota de cinquenta para Lizzy. — Porque, se não estiver, eu posso te dar tudo do que você precisa. — Ele empurra o chapéu de caubói para trás. — O que você quer?

— Chega desse papo, Johnny — diz Lizzy, séria. — Entendido?

— Ah, só estou...

— Eu falei que já chega.

Ela o encara com firmeza, e Johnny para. Dá para perceber que ninguém se mete com Lizzy na loja dela. O mundo lá fora pode ter regras diferentes, mas, ali, a palavra de Lizzy é a lei. É meio incrível como ela parece destemida. Porque muitas pessoas trans que já conheci parecem viver como se estivessem pedindo desculpas o tempo todo, como se implorassem ao mundo permissão para serem elas mesmas. Tenho medo de agir assim de vez em quando, porque não quero perder minha invisibilidade.

— Nossa, alguém esqueceu de tomar o remédio hoje — diz Johnny, seguindo para os fundos da loja.

O cara de "Wagon Wheel" volta a tocar — agora, é "Dear Someone", de Gillian Welch. Ele canta baixinho, e fico parada ali diante do balcão, com a cabeça ainda girando. *I wanna go all over the world, and start living free...**

— Desculpe por ele — diz Lizzy, me entregando o troco e as cordas em um saquinho marrom. — Bateristas, sabe. Eles ficam frustrados porque não sabem tocar um instrumento de verdade.

A maquiagem de Lizzy é horrível. O delineador ondula pelos cílios, e ela usa rímel demais. Gostaria de dizer isso, de tentar ajudá-la. Mas não é ela quem precisa de ajuda.

---

* "Quero viajar pelo mundo inteiro, e começar a viver livre", em tradução livre. (N. da T.)

— O que... você toca? — pergunto.

— O que você acha? — rebate Lizzy. — Violoncelo, é claro.

— Sério?

— Bom — diz Lizzy, modesta. — Pouco, hoje em dia. Temos um trio que toca em casamentos, bar mitsvás.

— Obrigada — digo. — Há quanto tempo você... Esta loja existe há muito tempo?

— Vinte e três anos — diz Lizzy, parando para pensar. Ela gesticula para o estoque. — Meu império!

— A loja é sua? — pergunto. — Você é... a sra. Edgar?

O rosto dela se ilumina com um sorriso enorme.

— Você é *mesmo* nova por aqui, né?

— Sou — respondo. — Me mudei para cá em agosto.

— Porque você saberia, caso contrário. Todo mundo sabe. Eu era Edgar, agora sou Elizabeth. Sabe como é.

— Sei — digo, e ainda consigo sentir meu coração disparado.

— O que houve, querida? — diz Lizzy. — Você nunca viu uma mulher trans antes?

Lá fora, os sinos tocam de novo.

E quando será isso?,
dizem os sinos de São Narciso.
Não sei,
dizem os sinos dos Santos Reis.

— Já conheci... algumas — digo.

— Mas que coisa — responde Lizzy. — Antigamente, eu era a única por aqui. Agora, estamos por tudo quanto é canto. O mundo está se tornando um lugar melhor, pouco a pouco.

— As pessoas foram... legais com você?

Ela ri, como se essa fosse uma pergunta engraçada.

— Legais o suficiente. Então. Qual é o seu nome?
— Lily.

Quer dizer: *Eu também sou trans. Nós duas somos irmãs!* Mas isso é verdade mesmo? Nós somos irmãs?

— Ei — diz Lizzy. — Você está bem?
— Estou ótima.

Vou na direção da porta com o coração disparado.

— Volte sempre que precisar. Pessoas como nós precisam se manter unidas! — grita ela, e sou dominada pelo medo de Lizzy ter notado o que acho que estou escondendo.

Afinal de contas, não sou a única no planeta a ter um radar trans.

— Violoncelistas, quero dizer — diz ela enquanto saio.

Tudo que eu queria era ser igual a todo mundo e ter uma vida normal. Ser trans não é um segredo terrível: é algo maravilhoso, de verdade — às vezes, penso que é um presente. Não ser abertamente trans — seja lá o que isso significa — não foi um plano mirabolante que criei para enganar as pessoas; mas apenas como vivo todos os dias. Porque eu tive sorte o bastante de tomar hormônios bloqueadores de puberdade e passar cedo pela transição. As pessoas acham que sou cis, que sou igual a elas. É minha responsabilidade ficar saindo do armário o tempo todo, pelo restante da vida? O que, no fim das contas, me torna diferente de pessoas cis neste momento — além do meu *passado*?

Mesmo assim, é diferente quando você ama alguém. Talvez o amor signifique contar tudo um para o outro. Mesmo sem saber quais serão as consequências.

Sento atrás do volante do carro. Os sinos de São Clemente pararam de bater.

Asher, escrevo em uma mensagem. *Você pode ir lá em casa hoje? Preciso te ver.*

· · ·

SÃO QUINZE PARA MEIA-NOITE, e estou deitada segurando um livro que não estou lendo. Deixei uma luz acesa, a do abajur da Hello Kitty que tenho desde os seis anos de idade. O livro que não estou lendo é *A princesa prometida*. Lembro que minha mãe o leu para mim enquanto eu me recuperava da cirurgia, há um ano e meio.

Há tantas coisas que amo neste livro, mas minhas preferidas são mesmo as lutas de espada. Foi por causa do filme que quis aprender esgrima. Adoro quando o homem de preto e Inigo Montoya lutam pelo terreno cheio de pedras, e Inigo fica impressionado com a habilidade de Westley. *Quem é você? Preciso saber!*, diz.

Nem sempre a gente consegue tudo que deseja, responde Westley.

Há também o fato de Westley fingir ser o temido pirata Roberts. Isso me faz pensar em como as pessoas assumem identidades, nas máscaras que todos nós usamos, e na frequência com que os outros acreditam que você é exatamente o que aparenta ser.

Existe o termo *passabilidade*, que não se refere apenas a pessoas transgênero, mas a todo mundo. Ele tem a ver com a forma como os preconceitos e a maldade do mundo são divididos, com base em sua aparência e seu comportamento. É como um tipo específico de antissemitismo enfrentado por pessoas que "parecem judias", seja lá o que isso signifique. Negros de pele mais escura às vezes sofrem mais preconceito do que aqueles de pele mais clara. Homens gays que "têm comportamento gay" são tratados de um jeito, enquanto aqueles que são *passáveis* como héteros recebem outro tratamento. Existe toda uma pirâmide de intolerância, com as pessoas que mais se adequam à cultura dominante no topo, e as que acabam se destacando por suas diferenças na base. É inconcebível, se pararmos para pensar, as formas complexas que as pessoas inventam para serem horríveis umas com as outras.

Inconcebível. *Você usa essa palavra sempre. Acho que ela não significa o que você pensa.*

Como uma garota trans, sou passável sem ter que me esforçar, em parte graças à sorte aleatória da genética, e graças ao fato de minha mãe ter começado a me dar hormônios bloqueadores de puberdade quando eu tinha doze anos. Meu corpo adorou o estrogênio, e é por isso, principalmente, que tenho um corpo parecido com o da minha mãe, maior na parte de cima e mais fino na parte de baixo, com uma cintura fina. Depois da cirurgia, o que me tornou diferente de outras garotas da minha idade? A promessa que a dra. Powers me fez — que "nem mesmo seu médico vai perceber" — se mostrou verdade.

Como meu cirurgião conseguiu fazer magicamente uma vagina, um clitóris e lábios com nada além de açúcar de confeiteiro e marzipã é algo que não sei explicar. Mas sei que tudo tem a aparência e a sensação que deveria ter. Uma vez, uma pessoa no meu grupo de apoio disse algo que faz sentido — *O encanamento funciona, a eletricidade também.*

Então o que me torna diferente nesta altura do campeonato? Um cromossomo Y que ninguém consegue ver? Isso é mesmo algo que determina a verdade do mundo? Quer dizer, não posso engravidar, então existe essa questão.

Mas muitas mulheres não podem engravidar. Existem até aquelas que têm a síndrome de insensibilidade androgênica, o que significa que elas têm um cromossomo Y e nunca souberam disso.

Não acho que seja um cromossomo invisível, ou a incapacidade de engravidar, ou qualquer outra coisa, que torne as pessoas tão cruéis com a comunidade trans. Acho que elas odeiam, sim, a diferença. Odeiam o fato de que o mundo é tão complexo que está além de sua compreensão.

As pessoas querem que o mundo seja simples.

Mas gênero não é algo simples, por mais que alguns teimem que sim. O fato de ser intrincado — de existir todo um espectro de formas de existir — é o que torna o mundo uma bênção. A natureza — ou deus, ou o universo — está cheia de milagres e invenções que estão além de nossa compreensão, por mais que tentemos entendê-las. Não estamos neste planeta para aceitarmos tudo e nos parecermos com todos os outros. Estamos aqui para sermos nós mesmos, em todo nosso esplendor.

É por isso que sinto tanta vergonha de me esconder. Eu deveria estar sob os holofotes em um palco, gritando *Eu sou trans e tenho orgulho disso, quero ouvir todo mundo gritar meu nome!* Quer dizer, não é como se não houvesse alunos trans e não binários na escola. Lembro como fiquei maravilhada na primeira semana de aula, quando vi Caeden Wentworth se levantar no meio do auditório e anunciar a Aliança Arco-íris para todo mundo. Eu sabia que muitos no salão não entenderiam aquilo, ou que não saberiam explicar a diferença entre um transexual e a ferrovia Transiberiana, porém a maioria dos alunos pareceu feliz de estar em um lugar em que uma pessoa não binária como Caeden poderia ser quem quisesse. Há muitos outros alunos LGBTQIA+ em Adams. Às vezes, parece que, durante a minha própria transição, o mundo deixou de ser um lugar em que pessoas trans eram exóticas e incompreendidas, e se tornaram apenas mais uma forma de ser humanas.

Então por que, em vez de entrar para a Aliança na escola, me comportei como se aquilo não tivesse nada a ver comigo? Por que — em vez de fazer amizade com Caeden, Gray e Ezra, e todos os outros alunos queer, trans e não binários — acabei saindo com Asher Fields, cocapitão do time de hóquei, um garoto-propaganda de todos os homens cis héteros? Será uma transfobia inconsciente? Será que meu amor por ele é um jeito estranho de odiar a mim mesma?

Inconcebível!

A questão é que já sei como é ser tirada do armário, como é viver em um mundo em que as pessoas sabem suas mais secretas intimidades. Ninguém nunca organizou uma Parada do Orgulho para mim.

Repetidas vezes, fui exposta contra minha vontade, e as consequências foram terríveis. Aconteceu na escola Pacific Day, em Seattle. Aconteceu em Marin-Muir. Aconteceu em Pointcrest. A cada vez que acontecia, o cenário piorava. Até em Pointcrest, onde — graças ao meu pai — todo mundo descobriu sobre mim e tentaram me transformar em garota-propaganda da diversidade — mesmo lá, acabei sendo humilhada e torturada. A última vez, no baile do Dia dos Namorados do meu segundo ano, foi a gota d'água.

No dia seguinte ao baile, enquanto minha mãe estava no trabalho, enchi a banheira, peguei uma faca na cozinha e liguei o amolador. Ainda consigo escutar o som da lâmina enquanto eu a empurrava contra a pedra que girava. Ainda consigo ver a luz refletida no aço. Ainda consigo sentir o silêncio da casa.

Fiz carinho na cabeça de Boris antes de subir a escada.

— Adeus — falei para ele. — Você foi um bom menino.

Pena que eu não podia dizer o mesmo sobre algumas pessoas.

Não vamos contar para ninguém, disse minha mãe, quando estávamos nos preparando para nos mudar para o leste. *O passado é passado. De agora em diante, somos só nós duas.*

Era um ótimo plano, mas não contávamos com um fato. Nunca pensamos no que aconteceria se eu me apaixonasse.

Escuto uma batida leve à janela. Ergo o olhar.

Ele chegou.

DÁ PARA PERCEBER, pelo modo como ele para sem jeito ao pé da minha cama, que não sabe o que fazer. Asher Fields, que faz tudo com tanta certeza e graciosidade, está completamente perdido. Ele olha para mim com uma expressão que só pode ser descrita como faminta e esperançosa, tudo junto, mas não se aproxima até eu demonstrar que é isso que quero.

Meu Deus, como eu amo esse garoto.

Dou um passo para frente e me pressiono tanto no corpo dele que é como se tivéssemos sido entalhados no mesmo pedaço de madeira. Eu me sinto como cera, me moldando a ele em todo lugar que exala calor.

Ele deixa o casaco cair no chão, e nos envolvemos nos braços um do outro, nos beijando como se estivéssemos no convés do *Titanic*.

— Graças a Deus — diz ele. — Senti a sua falta. Senti tanto a sua falta.

— Senti saudade também — digo, e nos beijamos de novo, e gostaria de entrar embaixo de sua pele, mas ele me afasta até conseguir olhar nos meus olhos.

— Você está bem? — pergunta, do jeito como imaginei.

— Estou — digo, e é verdade.

De certa forma, quando estou com ele me sinto mais eu mesma do que quando estou sozinha. Talvez, no fundo, eu sempre tenha achado que não merecia ser amada por alguém como Asher. Mas o que eu sinto não tem a ver só com ele. Trata-se também de fazer parte do mundo. Há tanta coisa me esperando adiante, e quero abraçar tudo que for possível.

— Eu estava com medo de você ter... repensado as coisas — diz ele. — Depois de a gente...

— Não — digo. — Quer dizer, sim.

Ele presta muita atenção em mim.

— Você repensou as coisas? — pergunta ele. — Sobre mim?

— Sim, e repensei as coisas sobre mim também — respondo.

— Lily — diz ele, sentando-se na cama. — Fala comigo.

— Eu... — Sinto minha garganta se fechar. — Não sei como.

Ele se estica e segura a minha mão.

— Então vou esperar até você encontrar um jeito — diz ele.

Aperto sua mão de volta, e sinto as lágrimas se acumulando, mas não vou chorar, droga. Penso em Lizzy na loja de música, em como ela foi ela mesma e em como, maravilhosamente, aquilo foi suficiente. Foi perfeito.

— Se você quiser — diz Asher — que a gente volte a ser como antes, não tem problema. Desculpe se nós... se fui rápido demais. Eu te amo. Não quero que você se sinta...

— Para — digo. — Asher, estar com você... *estar* com você — enfatizo — fez eu me sentir melhor do que nunca.

Ele assimila essa informação e abre um sorriso enorme. Covinhas se formam. Por um instante, penso: *Foda-se, vou ficar de boca fechada, e tudo vai continuar do jeito que está.*

— Então... por quê? — pergunta ele. — Estou ficando doido. Achei... — Ele olha para baixo, como se estivesse com medo de falar a próxima frase em voz alta. — Achei que você tivesse mudado de ideia. Sobre a gente. Sobre *mim*.

Isso quase acaba comigo. Porque meu corpo pode ser diferente, mas a única parte de mim que nunca mudou é a minha mente.

— Asher, eu te amo — faço questão de dizer rápido. — Eu te amo tanto que falar isso é como dizer "o mar é só água". — Engulo em seco. — Mas preciso te contar uma coisa.

Ele senta. Espera.

— Lily? — pergunta em um tom gentil.

— Estou com medo — sussurro. — Estou com medo de te contar e você nunca mais olhar para mim do mesmo jeito.

Asher balança a cabeça.

— Nada vai mudar o que sinto por você. Entendeu? O que nós somos, você e eu... sei lá. É...

— Sagrado — digo.

Asher pensa por um instante.

— Beleza — diz. — Eu não estava pensando em *sagrado*, mas serve.

— Sinto como se ninguém tivesse me conhecido da maneira como você me conhece — digo.

— Também me sinto assim — responde Asher.

— A gente falou a verdade um para o outro — digo, e ele concorda com a cabeça. — Mas tem uma coisa sobre mim que você não sabe.

— Você está me deixando assustado pra caralho — sussurra Asher. — Fala logo.

O quarto está tão silencioso.

— Só fala — repete ele, baixinho.

Ele faz pequenos círculos com o polegar nas costas da minha mão.

O silêncio é igual ao momento em que um maestro para na frente da orquestra, com a batuta erguida, e aguarda a música começar.

— Eu sou trans.

Ele assimila a informação, mais ou menos. Então Asher sorri de novo.

— Muito engraçado — diz ele.

— Não estou brincando — digo, um pouco alto demais, e lembro que minha mãe está dormindo no fim do corredor.

O que ela diria se soubesse que Asher está aqui? O que ela pensaria se soubesse que estou contando tudo para ele?

— Você é... o quê?

— Sou trans — digo. — Eu deveria ter te contado antes de a gente começar a sair, antes de a gente...

— Você é trans — diz ele. — Quer dizer... você quer ser um *homem*? Sério?

Ah, Asher.

— Não — respondo. — Quando nasci, as pessoas achavam que eu era um menino. Eu parecia um menino, eu tinha o corpo de um...

Ele olha para mim como um cão de caça que escuta seu nome ser chamado ao longe. Um pouco curioso, mas principalmente confuso.

Agora, ele solta minha mão.

— Você está dizendo...

— Sou trans — digo. — Ou... era. Antes da cirurgia...

— Você fez uma *cirurgia*? — pergunta ele. Seu rosto está pálido, e nenhuma parte dele toca mais em mim. — Então, quando a gente transou, você era...

— Eu — interrompo. — Eu era eu. Sou exatamente a pessoa que você sempre conheceu. A pessoa que te ama.

— Mas eu... eu... — Sua voz falha.

Ele está pensando demais. Parece que está destrinchando algo, como se estivesse tentando encontrar o xis de uma questão, mas a resposta fica escapulindo. Então, de repente, sinto uma onda de decepção inundá-lo.

— Meu Deus, Lily. — Ele olha para mim e repete meu nome. — Lily — repete ele devagar, como se estivesse vestindo um suéter que não cabe mais.

Asher se levanta. Vai até a janela, a mesma pela qual entrou há menos de dez minutos, volta-se para mim, me encara com um ar bem sério, como se estivesse buscando por algo que não conseguia enxergar antes.

— Asher? — digo.

Ele balança a cabeça. Não sei se não consegue pensar no que dizer, ou se tenta evitar falar algo de que vai se arrepender. Ele fecha as mãos com força, depois as deixa soltas.

— Preciso pensar — diz.

Tudo dentro de mim congela.

— Por favor — imploro.

Há lágrimas em meus olhos, mas isso não me impede de enxergar o que está acontecendo. O que sabia que *iria* acontecer.

Ele abre a janela.

— Asher... — chamo, indo em sua direção. — Se você precisa pensar, pense *aqui*. Fique *aqui*.

Estico a mão para impedi-lo de ir embora, e é então que acontece.

Ele se encolhe.

Como se meu toque fosse venenoso.

Parece que ele me esfolou até os ossos, e isso fica nítido em meu rosto.

— Você sabe disso sua vida toda — diz ele. — Eu sei há dez segundos. Preciso... tenho que pensar.

Ele sai para o telhado e inclina o queixo, o tipo de despedida que você oferece para alguém que mal conhece, para um estranho.

Não para alguém com que você transou; não para alguém que ama você, para alguém que você ama.

Amava.

Um segundo depois, Asher está subindo no galho da árvore diante do meu quarto.

Ele nem fechou a janela depois de sair.

Do centro da cidade, escuto um sino tocar. É o campanário de São Clemente. É meia-noite. O vento frio congela meu rosto, e escuto o som ao longe — *dez, onze, doze badaladas.*

E, simples assim, o dia de Todos os Santos acaba.

OLIVIA ◆ 6

6 DE MAIO DE 2019
Cinco meses depois

O tribunal está tão silencioso que, por um instante, consigo ouvir o sangue correndo em minhas veias. E então, no instante seguinte, tudo explode. A galeria entra em erupção com o frenesi de sons e choque, os advogados tentam falar um por cima do outro, a juíza Byers bate o martelo.

Ignoro tudo isso. Olho para Asher, cujo rosto está franzido e pálido. Seus olhos estão fechados, e suas mãos, apertadas sobre a mesa. Parece que ele está rezando.

Ou pedindo perdão.

— Calma... *calma!* — grita a juíza. — Quero lembrar que estamos no *meio* de um julgamento e que quem não conseguir agir com decoro será retirado do tribunal. — Ela se vira para Jordan e para a procuradora. — Sr. McAfee, continue.

A boca de Jordan abre e fecha no vazio. Finalmente, ele diz:

— Não tenho mais perguntas neste momento, Vossa Excelência. Mas... nos reservamos o direito de convocar novamente a testemunha.

Gina pigarreia. Ela parece ter batido de cara em uma parede — está um pouco atordoada.

— Vossa Excelência — diz ela. — Não fazemos qualquer objeção à defesa convocar novamente a testemunha.

— Perguntei alguma coisa a você? — rebate a juíza. — Este é um bom momento para encerrarmos. Nem se Idris Elba entrasse agora em meu tribunal me convenceria a ficar até o fim da tarde. — Ela se vira para os jurados. — Faremos um recesso até amanhã. Repito meu alerta aos senhores: não leiam nada publicado pela imprensa, não conversem sobre o caso com ninguém, nem mesmo com as pessoas com quem dividem a cama, e voltem amanhã às nove. A sessão está encerrada.

O meirinho guia o júri para fora, a juíza vai para a sua sala. Asher encara o nada à sua frente, como uma estátua de um velho filósofo com olhar vazio.

Não estou com pressa para me levantar ou de ir a lugar algum. Nem imagino o circo midiático que vamos encontrar depois que sairmos por aquelas portas.

Gina enfia os papéis na pasta de couro. Jordan agarra seu braço e se vira para encará-la.

— Por que você não contou para nós? — exige ele, baixinho.

Ela puxa o braço para se soltar.

— Você está partindo do princípio que eu *sabia*.

A procuradora sai pelas portas duplas do tribunal, e eu imediatamente escuto o rugido de perguntas que a cobrem como uma maré. Jordan se vira para nós, acenando para que eu passe pelo pequeno portão de madeira que separa a galeria da mesa a que ele e Asher estão sentados.

— Não digam nada — orienta ele, e nos guia por uma porta lateral em direção ao corredor.

Do final dele, vem a voz de Gina falando algo para a imprensa, e, com ela sob os holofotes, conseguimos escapar na direção oposta.

Jordan nos puxa para dentro da sala de reunião que usamos antes. Ele bate a porta com força, senta à mesa e abre a pasta.

— Vamos ficar aqui até os jornalistas cansarem de esperar e irem embora — diz ele enquanto pega o relatório da autópsia, analisando-o como se esperasse que o papel pegasse fogo em suas mãos. — Como deixamos isso passar?

Eu sei a resposta.

Porque ninguém estava procurando por algo assim. As pessoas só enxergam aquilo que querem ver.

Asher cutuca a cutícula do polegar. Seu rosto recuperou a cor. Ele abre a boca e então a fecha, como se houvesse tanto a ser dito que estivesse tudo entalado em sua garganta. Ele parece inquieto.

Mas não surpreso.

Deixo esse pensamento de lado tão rápido que me sinto tonta.

Jordan passa as mãos pelo cabelo, deixando os fios arrepiados.

— Tudo bem — diz, tentando se animar. — Tudo bem. A gente vai dar um jeito.

Eu pigarreio.

— Isso faz... tanta diferença assim?

Meu irmão me lança um olhar.

— Faz. E digo isso porque o caso de Asher se tornou bem mais grave: é mais fácil encontrar furos em um caso que é basicamente a versão enfeitada de *menino conhece menina, menino e menina brigam*. Muitos casais brigam sem que um mate o outro. O que Gina Jewett não conseguia oferecer aos jurados até dez minutos atrás era *por que* Asher ficou tão irritado a ponto de cometer assassinato. Mas, agora, a procuradoria tem um motivo. Vai dizer que Asher descobriu que Lily era transgênero, se sentiu enganado e a matou em um surto de raiva. Pânico de trans. Esse tipo de notícia aparece todo santo dia no jornal.

Asher ergue o olhar.

— Mas eu...

— Não — interrompe Jordan. — Pare. *Não* me conte se você sabia que Lily era trans. Contanto que você não me conte nada, posso construir sua defesa em cima da tese de que você nunca soube. E, se você não sabia, não tinha motivo para matá-la.

Asher se aproxima lentamente da mesa, pressionando o rosto contra o tampo, como se a força de vontade de lutar tivesse se esvaído de seu corpo.

• • •

ESPERAMOS TEMPO SUFICIENTE para a imprensa dispersar, e então, antes de irmos para o carro, digo a Jordan e Asher que preciso usar o banheiro. O toalete feminino do tribunal fica do lado oposto do prédio, mas não passo por uma única pessoa no corredor a caminho de lá. Uso a cabine, dou a descarga e saio para lavar as mãos.

Parada na pia a alguns metros de mim está Ava Campanello.

Eu não a vi nos meses que se seguiram ao funeral de Lily. Ela está magra como um graveto, o vestido pendendo dos ombros e engolindo seu corpo. Ela ergue o olhar.

— Ava — digo, rouca.

Ela afasta os olhos dos meus, esfregando as mãos com o ímpeto de Lady Macbeth. Então se vira, pegando o papel-toalha para enxugá-las.

Estou paralisada pela perda de Lily e pela potencial perda de Asher. Se a situação fosse ao contrário — se Asher tivesse morrido —, será que eu iria querer tanto encontrar um bode expiatório, uma forma de destruir o mundo, que chegaria a pensar o pior de Lily? Não consigo imaginar o tamanho do sofrimento de Ava, como ela consegue permanecer em pé. Eu não tenho a presunção de conhecer Lily tão bem quanto Ava, mas, ainda assim, não consigo me imaginar acreditando que ela seria capaz do pior.

Eu jamais conheceria Lily tão bem quanto Ava.

Jordan podia não saber que Lily era trans. Gina Jewett podia não saber que Lily era trans. Mas Ava *sabia*, e ela escolheu não dizer nada. Nem mesmo para a procuradora, que deve tê-la interrogado extensivamente antes de decidir iniciar o julgamento.

A pergunta é... por quê?

Não foi para proteger Asher, sem dúvida. Foi para proteger Lily? Ou o segredo não era seu para contar?

— Asher não é um assassino, Ava — me obrigo a falar. Minha voz soa tão trêmula que é irreconhecível. — Você deve saber disso.

Às vezes, em uma colmeia, você encontra alvéolos com o formato de um amendoim com casca, onde novas rainhas em potencial são criadas para substituir uma antiga ou uma fraca. A maioria dos apicultores diz que a primeira rainha a nascer dá picadas nas outras ainda em seus alvéolos para matar as rivais, mas prefiro pensar que ela faz campanha: circulando pela colmeia, trocando apertos de mão, beijando bebês, espalhando feromônios por todo canto. Quando as outras rainhas nascem, não há mais como desafiar a candidatura dela. Trata-se de persuasão, de consenso. Nem tudo se resolve com violência.

Ava não se vira, mas seus ombros enrijecem.

— Nem sempre as coisas são o que parecem — diz ela, e então vai embora.

Abro a torneira e lavo as mãos. Depois jogo um pouco de água no rosto. Por fim, volto à sala de reunião onde Jordan e Asher me esperam.

— Até que enfim — diz Jordan. — Por que raios você demorou tanto?

Forço um sorriso.

— A barra está limpa — anuncio.

Ele nos dá instruções de como andar, para o caso de sermos pegos de surpresa no caminho até a picape, mas é desnecessário — os jornalistas já voltaram para o buraco de onde saíram. Nosso carro está do outro lado do estacionamento, cozinhando sob o sol da tarde. Um carvalho estica seus galhos por cima da picape, lançando sombras compridas sobre a caçamba. Asher entra no banco de trás, mas, antes de Jordan abrir a porta do passageiro, seguro seu braço.

— Jordan? — pergunto baixinho. — Você acha que Asher sabia?

O sol reflete em seus olhos, iluminando um lampejo de compaixão.

— Se eu fosse você, torceria muito — diz Jordan — para que ele não soubesse.

BRADEN E EU nos conhecemos em um encontro às cegas que não incluía nem eu, nem ele. Uma colega de trabalho havia bancado a cupido. O antigo colega de quarto do noivo dela na faculdade trabalhava na Casa Branca de Bill Clinton e sugeriu que a gente se encontrasse no The Tombs, em Georgetown. Eu detestava ir a Georgetown; era lotado e cheio de caras babacas, e ainda por cima fora de mão do metrô — mas resolvi fazer um esforço, porque quem quer ser a mulher que implica com o lugar do encontro? Quando cheguei ao bar, estava dez minutos atrasada por causa do trânsito, mas achei que ele pudesse ter se atrasado pelo mesmo motivo. Eu não queria abrir uma conta, então pedi um copo de água e sentei ao lado de um homem que bebia algo que parecia uísque, puro. Observei-o como mulheres solteiras observam homens — buscando por um ar geral de canalhice — e notei seu corpo atlético, seu suéter de cashmere, sua mão esquerda sem anel.

— Por acaso você é o Henry? — perguntei.

— Hum, desculpe, não.

Ele abriu um sorriso educado e se virou de volta para a bebida. Quando ele parecia distraído, dei uma olhada em sua direção de novo, desta vez assimilando com calma o brilho preto de seu cabelo, o azul eletrizante de seus olhos. A barba por fazer no queixo, que de algum modo parecia não proposital.

Ele não parava de checar o BlackBerry. Eu checava meu relógio. Terminei o copo de água e pedi outro, agora com uma fatia de limão.

Quando o barman o trouxe, o homem ao meu lado ergueu o copo vazio, indicando que queria outro uísque. Comecei a me perguntar se havia me enganado — entendido errado o dia ou o horário. O tal Henry tinha mais cinco minutos, e então eu iria para casa.

Ao meu lado, o homem ergueu o outro copo e tomou mais um gole.

— Por favor, não entre em combustão espontânea — disse ele, olhando para frente.

Deixei uma risada escapar.

— Por que você acha que estou irritada?

— Dá para sentir sua temperatura aumentando — disse ele, puxando a gola do suéter, e então se virou.

Se antes eu havia achado que ele era bonito, agora estava *maravilhada*.

— Eu me chamo Braden — disse ele. — E você é?

— A mulher que veio para um encontro às cegas e está esperando pelo cara.

— Imaginei. — Ele ergueu uma sobrancelha. — Ele está muito atrasado?

Olhei para o relógio.

— Trinta e cinco minutos — falei.

Braden soltou uma gargalhada.

— Ganhei por quinze minutos.

Quase caí do banco.

— Você também levou um bolo?

Ele ergueu o copo, bateu-o contra o meu.

— Tenho uma ideia — disse ele, chegando mais perto. — Vamos jogar ovos na casa deles. Vou ficar de vigia, e depois você pode retribuir o favor.

Sorri.

— Não tenho a menor ideia de onde ele mora.

— Certo. A parte cega do encontro.

— Só podem ser encontros às cegas mesmo — falei —, para alguém resolver não vir te encontrar.

Minha mão voou até a boca. Eu tinha mesmo acabado de dizer aquilo?

Ele sorria para mim com os olhos brilhando.

— Obrigado — disse Braden. — Eu acho.

— Parece que já bebi o suficiente.

— Pois é, dois copos de água costumam me derrubar também.

De repente, uma mão apertou meu ombro. Fiquei paralisada, achando que devia ser o cara e que seu cumprimento era um pouco agressivo. Braden também enrijeceu. Uma mulher muito bêbada usando um colar cheio de pênis de plástico e uma faixa que dizia EU sou a noiva se enfiou entre nós, passando os braços por cima de nossos ombros.

— Foi mal, foi mal — disse ela, falando arrastado. — O barman está me ignorando.

— Por que será? — respondeu Braden.

O barman se aproximou.

— Seis CoronaRitas — pediu ela. Braden olhou para mim por cima da cabeça dela, encontrei seu olhar, e escondemos um sorriso. Mas ela notou e só então percebeu que estava aconchegada entre nós.

— Ai, meu Deus — cantarolou a noiva. — Vocês dois formam um casal fofíssimo. Vou pagar um drinque para vocês também.

— Não é preciso — garantiu Braden.

— Não estou bebendo — falei ao mesmo tempo.

Os olhos dela arregalaram.

— Você está grávida! — anunciou, como se tivesse acabado de deduzir a teoria da relatividade. Olhou para a minha barriga. — De quantos meses?

Antes de eu esclarecer que ela estava completamente enganada, Braden disse:

— Três meses. Mas não queremos saber o sexo.

Ele se esticou para segurar a minha mão sobre o balcão e entrelaçou os dedos nos meus. Sua pele era quente e seca, e, entre as palmas de nossas mãos, parecia que segurávamos um segredo.

— Batize o bebê em homenagem a mim, independente de qualquer coisa — disse a noiva. — Brenda.

Então ela desapareceu, levando uma bandeja cheia de frozens gigantes com garrafas de cerveja por cima deles.

— As coisas saíram de proporção um tanto rápido demais — comentei.

— Levando em consideração que vamos ter um bebê, talvez fosse melhor eu saber o seu nome.

— Olivia — contei.

Apertei sua mão, duas vezes, e comecei a soltá-la, mas ele não deixou.

— Quer jantar em algum lugar? — perguntou ele. — Talvez pensar em alguns nomes para a criança? É *óbvio* que não vai ser Brenda.

Ele me levou ao restaurante que ficava ali do lado, o 1789, elegante demais para o meu bolso. Durante o jantar, descobri que Braden fazia residência em cirurgia cardiotorácica; contei a ele que eu trabalhava no setor dos pandas no zoológico do Instituto Smithsonian. Ele ficou fascinado — nunca havia conhecido uma zoóloga antes. Inclinando-se para frente, com os cotovelos apoiados na mesa, ele me pediu para lhe ensinar alguma coisa nova sobre os pandas.

— Bom — falei —, o que você sabe sobre eles?

— Que comem bambu.

— Muito bambu — confirmei. — O custo de manutenção deles é cinco vezes maior que qualquer outro animal em um zoológico. E os machos plantam bananeira para fazer xixi e marcar seu território.

— E as fêmeas?

— Ovulam apenas duas vezes por ano, e a mãe costuma pesar novecentas vezes mais que o panda bebê.

Nós estávamos comendo filé e tomando vinho que eu não conseguiria bancar com meu salário, e Braden era lindo e charmoso e tão atencioso que levei uma hora para perceber que eu raramente havia saído com um cara que parecia se importar mais com as minhas respostas para as suas perguntas do que com falar sobre si mesmo. Após uma hora, eu ainda não sabia quase nada sobre ele.

— Sua vez — falei enquanto ele pedia a segunda garrafa de Cabernet. Ele havia crescido na Virgínia e estudado na Universidade da Virgínia, depois feito medicina na Vanderbilt. Seu avô tinha morrido de ataque cardíaco, e era por isso que ele havia se tornado cirurgião cardiotorácico. — Me ensine alguma coisa que não sei sobre corações — eu disse, virando o jogo.

— O que você quer saber? — disse ele, repetindo a minha pergunta.

— Eles podem partir mesmo?
— Na verdade, podem — disse Braden. — A síndrome do coração partido tem sintomas bem parecidos com os de um infarto, mas é causado por trauma emocional em vez de doença cardíaca.

Durante o jantar, percebi que ele não havia tirado os olhos de mim; não havia nem mesmo olhado para o celular para ver o que tinha acontecido com a garota com quem pretendia sair antes. Era como se cada palavra que saísse da minha boca fosse uma gota de água, e ele fosse um deserto.

Aquilo estava me deixando mais embriagada que todo o Cabernet no mundo seria capaz.

Quatro horas depois, ainda estávamos conversando quando o restaurante fechou e nos expulsou. O mundo estava caindo do lado de fora, e não havia nenhum táxi à vista.

— Caramba — falei. — Que droga.
— É mesmo? — Os cantos da boca dele se ergueram. — Eu achava que toda mulher queria ser beijada na chuva.

Olhei para ele, despenteado e ensopado, o homem mais lindo que já tinha visto. O homem mais lindo que já me fizera sentir como se eu fosse o único planeta em seu universo.

— Esta aqui quer — falei, e então estava em seus braços.

Quando ele finalmente conseguiu chamar um táxi e me deixou na porta do prédio, perguntei se queria entrar, mas ele balançou a cabeça e me deu um beijo na testa. Eu estava alegrinha o suficiente para só perceber depois de ele ir embora que, apesar de ele saber onde eu morava, eu não tinha a menor ideia do número de seu telefone nem do seu endereço. Achei que seria só aquilo mesmo; o melhor encontro que eu já havia tido na vida.

Na manhã seguinte, quando cheguei ao trabalho às seis da manhã, havia um balão cheio de gás hélio preso ao meu armário — PARABÉNS PELO BEBÊ!

Havia um bilhete amarrado à fita. *Vamos ter um menino ou uma menina?* Havia instruções para que eu estivesse pronta às sete, na minha casa, com a resposta e o que quer que eu quisesse usar em um piquenique no parque Rock Creek.

Na época, achei que as orientações de Braden fossem românticas, não controladoras.

Na época, achei fofo ele ter me chamado para sair usando aquela pergunta.

Menino ou menina?

Na época, eu achava que a resposta era simples.

FOI ARISTÓTELES QUEM disse que a maior abelha da colmeia era a líder da colônia, mas, por causa da época em que vivia, ele presumiu que fosse um rei. Apesar de os cientistas testemunharem depois esse mesmo monarca colocando ovos, a dissonância cognitiva permitiu que continuassem acreditando que era um macho, porque soberanas do sexo feminino... *não existiam*. No século XVII, quando um naturalista holandês, Jan Swammerdam, dissecou uma abelha-rainha e encontrou ovários, foi, finalmente, a grande prova de que o "rei" era, na verdade, uma fêmea.

Nas aulas de zoologia na faculdade, aprendi que muitas espécies de animais mudam de sexo. Isso se chama hermafroditismo sequencial. Todo peixe-palhaço nasce com o sexo masculino, porém os mais dominantes se tornam fêmeas. O bodião funciona ao contrário, com a fêmea sendo capaz de transformar os próprios ovários em testículos em cerca de uma semana. Existe um tipo de molusco da espécie lapa que, ao ser tocado por machos, pode se tornar fêmea. Os dragões-barbudos podem trocar de sexo dentro dos ovos, se expostos a temperaturas mais quentes. Hienas-malhadas têm um membro parecido com um pênis, que se retrai para dentro do corpo durante o acasalamento. Corais podem alternar entre machos e fêmeas. Há uma espécie de sapos africanos que mudam espontaneamente de sexo na mata.

Em outras palavras, é algo completamente natural.

Apesar de eu ter estudado esse fenômeno nos animais, nunca parei para pensar em como seria nos seres humanos.

No mundo animal, uma mudança de sexo ocorre quando ela é benéfica à perpetuação da espécie.

Penso em Lily e em sua tentativa de suicídio, e reflito que o mesmo argumento poderia servir nesse caso.

Quero perguntar a Asher se ele sabia. Se conversou com Lily sobre isso. Mas estou com medo de ouvir a resposta.

O que sei sobre mulheres transgênero vem da imprensa — de ver e escutar Caitlyn Jenner, e Laverne Cox, e Chelsea Manning, e Janet Mock. Nunca pensei no que significa ser trans... porque tive o privilégio de *não precisar* pensar nisso.

Mas acho que estou pensando agora.

QUANDO VOLTAMOS PARA casa, Asher e Jordan vão para seus quartos. Eu me pego zanzando pela casa. Coloco uma chaleira no fogão para fazer chá, depois encaro os campos pela janela, tão verdes e vivos que quase dói olhar para eles. As janelas estão abertas, preenchendo a casa com os aromas de grama e terra quente.

No vestíbulo, meu macacão de apicultura está pendurado em um gancho. Eu o fito por um instante, pensando no dia de outono em que Lily me ajudou a montar as molduras para as colmeias deste ano. Lembro de ter pensado naquele momento que, se eu tivesse tido uma filha, queria que ela fosse como Lily.

Mas Lily também havia nascido um filho.

A chaleira na cozinha começa a assobiar, o que é bom, porque interrompe meu transe. Encontro um saquinho de chá, sirvo água na xícara e observo o vapor subir. Adoço a bebida com mel.

Para ser dolorosamente sincera — será que é mesmo horrível dizer algo assim? —, nunca tentei entender de verdade o que significa ser transgênero. Não conheço pessoas transgênero. (Ou é *trans*? *Trans* é igual a *transgênero*? *Transexual* é a mesma coisa, ou algo diferente?) Sei sobre peixes-palhaço e moluscos, mas, por algum motivo, não entendo muito sobre humanos.

Existe uma pessoa transgênero na cidade — Edgar, que agora é Elizabeth. O homem — não, a mulher — que comanda a loja de música. Eu a vejo de vez em quando — Adams é uma cidade tão pequena que você esbarra em todo mundo, mais cedo ou mais tarde. As pessoas parecem aceitá-la, mas não posso dizer que, quando olho para Elizabeth, penso nela como uma mulher igual a mim. Ela ainda — meu Deus, odeio como isto soa — está evoluindo? Como uma subcategoria de *mulher*? Ao dizer isso é como se eu a estivesse julgando, quando não é essa a minha intenção.

Ainda assim, quando escutei pela primeira vez a fofoca de que Edgar havia se tornado Elizabeth, pensei: por que passar por essa experiência? Por que não aceitar o corpo que tem?

Levanto o saquinho de chá da xícara, enrolo o barbante na colher e o aperto. Então jogo o saquinho no lixo. Fico pensando no dia em que Asher me ligou da delegacia. *Mãe, acho que Lily morreu.*

Há muitas vezes em que não gosto tanto assim de ser mulher. Por exemplo, no primeiro dia da menstruação, todos os meses do ano, desde que eu tinha onze anos. A forma como homens olham para meus seios em vez de para o meu rosto. As vezes em que fico levemente psicótica com minha aparência, com meu corpo. A presunção de que sou o "sexo frágil" em vez de uma apicultora capaz de carregar uma caixa de vinte quilos por vários hectares sem ao menos suar. As vezes que tive que me adequar aos padrões masculinos — e precisei lembrar a mim mesma de que esses padrões não passam de babaquice.

Odeio o fato de que ser mulher seja equiparado a sexo frágil, e, mesmo assim, sou a prova disso. Eu me permiti me tornar vítima de Braden por causa da mensagem que passei a vida inteira escutando: era meu dever cuidar do meu marido; se algo desse errado, a culpa era minha por fracassar no meu trabalho. Tenho vergonha de admitir isso, mas houve momentos — mesmo sendo feminista — em que acreditei que esse era o meu papel.

Por todos esses motivos, e por outros que não consigo nem conceber, a vida como mulher não é a coisa mais divertida do mundo. Não posso imaginar por que um homem escolheria abrir mão dessa vantagem.

Então... o que fez Lily decidir que queria ser menina?

Talvez essa seja a palavra errada, *decidir*. Não é o tipo de coisa que você faz por um capricho, como mudar a cor do cabelo, ou aprender italiano. É impossível, para mim, imaginar me sentir tão desalinhada comigo mesma a ponto de querer uma mudança radical como essa.

Por outro lado, me lembro de quando eu era casada, de como eu saía do banho, limpava o vapor do espelho e pensava: *Hoje é o dia em que vejo uma pessoa corajosa*. Mas sempre era a mesma versão de mim, destruída e fraca.

Eu queria que a xícara de chá me acalmasse, mas, quanto mais eu penso em tudo, mais inquieta fico. Subo a escada com a xícara na mão e bato à porta de Asher. Quando ele não responde, abro. Ele está deitado de olhos fechados e com o fone de ouvido. Pelo som de sua respiração, percebo que está dormindo.

Na parede próxima à cama, vejo o buraco que ele fez naquele dia, durante o outono passado, e acabou não consertando. Ele havia dito que faria isso durante as férias de Natal. Mas, naquela altura, meu filho estava na prisão.

Bom, tinha dito, *espero que o motivo para você estar tão irritado valha a pena o dinheiro que vai gastar para consertar isso aí*.

Agora estou parada na porta com a xícara de chá, examinando seu quarto da mesma forma que olhava antes para os dioramas no museu Smithsonian. Aqui, o quarto do *Homo sapiens* adolescente, com a espécime em estado de repouso.

Quero acordá-lo e dizer *Asher, vai ficar tudo bem, juro por Deus*, e *Eu entendo*. Mas e se não ficar tudo bem? E se eu *não* entender?

Momentos depois, estou de volta ao vestíbulo, colocando uma jaqueta. Entro na picape e começo a dirigir rumo ao centro da cidade antes mesmo de entender para onde estou indo.

Para compreender alguma coisa, primeiro você precisa aceitar a própria ignorância. E então conversar com pessoas que sabem mais sobre o assunto do que você, que não apenas pensaram sobre as circunstâncias, mas que as viveram.

Não posso nem dizer que Elizabeth é uma conhecida. Sei que ela tem um emprego e uma loja para administrar, e uma vida que não gira em torno de me educar; que, para ela, sou um incômodo e, na pior das hipóteses, uma imposição audaciosa de uma pessoa privilegiada. Ela não tem qualquer obrigação de me ceder seu tempo nem de me dar respostas.

Mas, dez minutos depois, paro em uma vaga na frente da Edgar's Music.

DE LONGE, PARECERÍAMOS duas mulheres fazendo uma pausa para ver o sol se pôr. O sol se dissolve sob uma faixa do riacho Slade enquanto Elizabeth e eu ficamos paradas com as mãos na grade. Na margem oposta estão as ruínas da velha fábrica de papel, fechada há vinte anos. Uma chaminé fria aponta para o céu.

Elizabeth fuma um cigarro.

— Que feiura, né? — diz ela. Depois de dar uma tragada profunda, ela solta a fumaça em uma nuvem azul fina. — Meu pai trabalhava no transporte de madeira, nos anos 1950 e 1960. — Ela balança a cabeça. — O Slade vivia lotado de troncos. Meu velho passou muitos dias difíceis com croques e fateixas.

Faz uns cinco minutos que estamos aqui. Quando a abordei na loja de música, ela deixou claro que não estava muito empolgada em falar comigo. Eu me apresentei, mas ela me interrompeu. *Sei quem é a senhora*, disse com frieza.

A loja — antes preenchida pelo som de pessoas tocando violões e dedilhando baixos — caiu em silêncio. *Por favor*, falei para ela.

Sra. McAfee, disse ela, pensativa. *Não preciso fazer favor algum à senhora.*

Ela me deu as costas. Eu me afastei do balcão, sem saber o que fazer. Mas então, na metade do caminho até a porta, parei. *Meu filho não é uma pessoa ruim*, eu disse.

Elizabeth colocou as mãos sobre o tampo de vidro do balcão à sua frente, uma vitrine que abrigava gaitas, chocalhos e pandeiros. *Eu conheço bem o seu filho*, disse ela.

Não, falei. *Não conhece.*

Ficamos paradas ali por um longo momento, como caubóis em um duelo, apenas nos encarando. Então saí pela porta. Um sino tocou baixinho.

Fiquei ali no centro de Adams, me perguntando o que fazer, me perguntando por que tinha ido ali, o que eu esperava.

Sra. McAfee, disse uma voz às minhas costas.

Ela estava atrás de mim, usando uma jaqueta amarela e saia cor-de-rosa. O olhar desconfiado havia desaparecido de seus olhos, sendo substituído por algo mais parecido com curiosidade, ou pena — um olhar que eu tinha recebido antes, anos atrás. Um olhar que fazia eu me sentir ainda menor, ainda mais tola. *É verdade*, ela disse. *Eu não conheço o seu filho.*

— O que é uma fateixa? — pergunto, enquanto encaramos o rio, e ela pisa na guimba de cigarro com o salto.

— É como um arpão — diz. — Um gancho para girar os troncos. — Ela sorri. — A casa do meu pai era cheia de antiguidades. Todas as coisas de que ele precisava para desfazer congestionamentos no rio.

— Talvez eu devesse comprar uma — digo. — Estou numa situação meio congestionada.

Ela pensa nisso. O sol está prestes a desaparecer por trás da silhueta imensa da velha fábrica.

— Sei como é ser alvo das suposições das pessoas, sem que ninguém se dê ao trabalho de entender os fatos de verdade. É por isso que estou aqui, para ver o que a senhora tem a dizer, apesar de os jornais sugerirem que o seu filho matou uma mulher trans — diz Elizabeth.

— Obrigada por falar comigo — digo.

— Eu a conheci — diz ela. — Aquela menina, a Lily. Ela foi na minha loja uma vez, para comprar cordas de violoncelo.

Não sei por quê, mas isso me surpreende.

— Vocês conversaram sobre — por algum motivo, não consigo dizer a palavra em voz alta — o que têm em comum?

— Ah — diz Elizabeth. — A senhora está falando sobre nós duas sermos — ela se inclina para perto, baixando a voz — capricornianas?

Meu rosto é tomado pelo calor.

— Pensei no fato de vocês duas... terem nascido meninos.

— Eu *não* nasci menino — diz Elizabeth. — Eu nasci *bebê*. Passei a vida inteira lutando para chegar à verdade. — Ela me encara. — Lição número um: designada mulher ao nascer e designado homem ao nascer. Ou melhor ainda, homem trans. Mulher trans.

— Então vocês duas nasceram — corrijo, falando mais baixo — transgênero.

— Segunda lição. Não é um palavrão, a senhora pode falar alto. E terceira lição, sabe o que dizem por aí: conhecer uma pessoa trans é a mesma coisa que... — Ela sorri. — Conhecer uma pessoa trans. O que é verdade para Lily pode não ser verdade para outra pessoa.

Concordo com a cabeça, guardando essa informação.

— A senhora fez... — pergunto. — Lily fez...

— A *operação*? — completa Elizabeth.

Percebo pela expressão no rosto dela que fiz a pergunta errada.

— Veja bem — continua ela —, isso seria um ótimo exemplo de algo que não é da porra da sua conta.

— Desculpe... — digo. — Eu não queria...

— Que diferença faria na sua vida se eu te dissesse que fiz, ou que não fiz? Tem gente que não quer passar pela cirurgia. Tem gente que não tem dinheiro para isso.

— Quarta lição — digo, e concordo com a cabeça.

— Meu Deus, não acredito que estamos em 2019 e continuo explicando essa merda — resmunga ela. — Todos nós somos diferentes, e todos temos uma percepção de gênero diferente, mesmo nos encaixando na classificação geral de sermos trans. Ao contrário de *cis*, que é como se chama alguém que *não* é transgênero. Então *trans* está para *cis* o que *gay* está para *hétero*. Está entendendo até aqui?

Quinta lição, penso.

— Então alguém pode ser trans... e hétero também?

— Ser gay ou hétero — diz Elizabeth — diz respeito a quem você quer levar para cama. Ser trans ou cis diz respeito a *como* você quer ir para cama. — Ela acende outro cigarro. — Se juntarmos muitas pessoas transgênero, talvez elas comecem a debater o que tudo significa, ou qual é a parte mais importante de tudo isso. Existem crossdressers, que costumam ser homens héteros que se vestem como mulheres como parte de uma fantasia, ou por escapismo. Existem drag queens e drag kings, que encaram o gênero como uma performance, uma forma de arte. Existem pessoas não binárias, que veem o gênero como um espectro, o que é mesmo, e se expressam em pontos diferentes dele, como forma de se libertar. Às vezes, chamam isso de transgressão de gênero, ou genderqueer. Se a senhora ouvir alguém dizer "Acabem com o gênero binário!", provavelmente ouviu uma pessoa genderqueer. Alguns de nós *gostam* de Caitlyn Jenner — ela abre um sorriso irônico —, e outros a detestam. Algumas pessoas são como eu, e sabem exatamente quem são, querem fazer uma transição médica. Algumas não. Há pessoas que sabem desde a infância, como Lily. Em alguns casos, a luz só acende um pouco depois. Conheço transexuais que passaram pela transição com setenta e poucos anos.

— Transexuais? — repito.

Ela faz uma careta.

— Bom, gente da minha idade usa essa palavra. Mas ela está meio que saindo de moda, para falar a verdade. Porque fica parecendo que se trata de sexo, e não é isso. É se encaixar no corpo que você habita.

Fico me perguntando se a sensação é parecida com ser obrigada a usar uma roupa dois tamanhos menores que o seu. Não daria para se mexer de um jeito confortável. Você sempre estaria ciente de algo sendo apertado. Suas roupas causariam situações constrangedoras o tempo todo, além da vergonha de ficar achando que as pessoas vivem olhando para você de um modo estranho. Você estaria eternamente pensando em tirar a roupa só para conseguir *respirar*.

Mas, quando se é trans, a roupa apertada nunca sai.

— Quando a senhora soube? — pergunto.

— Eu tinha dez anos. Mas só me assumi aos quarenta e cinco. Agora, tenho sessenta e sete. Teria sido melhor, talvez, me assumir mais nova. Como Lily. — Ela termina o cigarro e amassa o filtro embaixo do sapato. — Eu provavelmente teria sido bem mais feliz. Mas vai saber? — Ela me lança um olhar penetrante. — Talvez eu tivesse sido assassinada. Como ela foi.

— Meu filho *não* a matou — digo, por reflexo.

— E a senhora sabe disso porque...?

— Porque eu conheço Asher.

Ela me fita.

— Do mesmo jeito como conhecia Lily?

Há uma verdade nessas palavras que me paralisa. As pessoas tendem a ver o padrão do que é apresentado em vez da complexidade da verdade: a adolescente esbelta, o cirurgião cardiotorácico charmoso.

O filho inocente.

Elizabeth dá de ombros.

— *Alguém* a matou — diz, e seu tom de voz me causa calafrios. Porque, se não foi Asher, quem poderia ter sido? — Dezenas de mulheres trans são assassinadas todos os anos. Especialmente mulheres trans não brancas. E essas são só as que temos notícias. Tantas outras são mortas e desovadas, como se suas vidas não significassem nada, como se elas não fossem filhas de alguém, amigas de alguém, parceiras de alguém. — Ela me lança um olhar analítico, na dúvida se deveria continuar. — Muitas vezes, as pessoas que se tornam violentas são aquelas que deveriam amar essas mulheres.

No dia em que casei com Braden, se alguém tivesse dito que meu príncipe se transformaria em um monstro, eu jamais teria acreditado. Eu teria dito que não, o meu conto de fadas não seguiria por aquele caminho. Mas existe um cânion imenso entre quem desejamos que as pessoas sejam e quem elas realmente são.

Caímos em silêncio enquanto o sol desaparece por trás da fábrica de papéis arruinada. Por um instante, fica bem mais escuro, o parque sendo tomado pelas sombras. Então o sol atravessa as janelas da fábrica, voltando a iluminar tudo com tons de dourado e ferrugem.

Elizabeth olha para o relógio.

— Preciso voltar para a loja — diz.

O que significa: *Já acabamos aqui.*

— Posso fazer mais uma pergunta? — digo. — A senhora sabia que Lily era trans?

— Essa não é a pergunta certa — responde ela. — A pergunta certa é: por que alguém se importaria?

— Meu *filho* se importaria — digo. — Isto é, se ele soubesse. A senhora acha mesmo que seria bobagem? Manter algo tão importante assim em segredo para ele?

— Talvez — diz Elizabeth — a senhora precise pensar na diferença entre o que é *segredo* e o que é *particular*.

Quero dizer que é tudo a mesma coisa, mas talvez não seja.

Penso no meu passado com Braden. O que aconteceu entre nós é um segredo, da mesma forma que os códigos nucleares são um segredo? Ou é algo particular, no sentido de que — por mais dolorosos que sejam os fatos — essa é uma história que pertence a mim, e eu decido se quero ou não revelar?

Elizabeth se inclina sobre a grade, equilibrada nos cotovelos.

— Sabe por que estou aqui conversando com a senhora?

— Para... me ajudar a entender?

— Não — responde ela. — Porque também tenho um filho.

Pisco, surpresa.

— Ele estuda aqui, em Adams?

— Ele tem quase trinta anos agora — diz Elizabeth, olhando para a margem distante. — Mas fui proibida de falar com ele há mais de quinze anos. A mãe dele disse que eu morri.

— Mas... — Hesito. — A senhora não morreu.

— Depende de para quem a senhora perguntar. — O olhar dela acompanha o rio vagaroso. — Ser trans neste mundo significa viver em perigo — diz. — Sendo uma pessoa assumida ou não, a verdade é essa. Todo mundo nesta cidade conhece a minha história, e as pessoas costumam ser legais. Nem todas, mas a maioria. Porque elas me conhecem. Mas, quando saio da cidade, quando meu trio vai tocar num casamento ou coisa assim, as pessoas olham para mim e sabem. Quer dizer, tenho um metro e noventa, peso quase cento e quarenta quilos, minha voz... — Ela parece um pouco triste. — Bom, não tenho voz de soprano. A senhora devia ver como as pessoas olham para mim quando entro num restaurante. Não demora mais de cinco, dez minutos antes de todo mundo começar a sussurrar e se cutucar. *Olha lá a esquisita.*

Se eu estivesse em um bar e Elizabeth entrasse, provavelmente olharia para ela. E chegaria a muitas conclusões que não estariam perto da verdade.

— Então por que Lily *não* calaria essas coisas? — pergunta Elizabeth. — Ela era exatamente quem sempre quis ser: uma garota bonita. Não passou pelo processo todo de transição para ter um asterisco ao lado de seu nome, uma nota de rodapé: garota bonita, *mas...* Ela queria ser ela mesma. É tão difícil entender isso?

Esposa, penso. **Vítima de violência doméstica.*

— Se você escolhe carregar o asterisco — diz Elizabeth —, apanha de todos os lados. Tem as merdas que precisa aturar por ser trans. E tem as merdas que precisa aturar por ser mulher. Às vezes, quando estou voltando para casa sozinha à noite e escuto passos na calçada ao meu lado... quando estou sozinha no meu carro e algum babaca gruda na minha traseira... não consigo me lembrar de como é não me sentir vulnerável no mundo.

De repente, tenho um lampejo do meu macacão de apicultura pendurado no gancho do vestíbulo. Gosto dele porque faz parte do trabalho de cuidar das colmeias, porque ele diz *apicultora* do mesmo jeito que uma gola branca diz *padre*. Mas também gosto dele porque, quando o uso, me sinto invencível, como se nenhum mal fosse capaz de me atingir.

Não é uma sensação que mulheres têm com frequência, sendo trans ou cis, ou qualquer outra coisa.

Vindo pela calçada, escutamos duas vozes se aproximando. Pelo som, são duas adolescentes — mas então penso: *O que significa soar como uma garota? É o tom? É a ressonância? São as palavras em si? Será que o conceito de soar de um jeito ou de outro não passa de algo que determinamos aleatoriamente, para separar as pessoas em categorias?*

As garotas passam por nós, conversando, sussurrando. Têm mais ou menos a idade de Lily. Ou a idade que Lily tinha. Antes de morrer.

— Desculpe — digo.

— Por quê?

— Por pegar você desprevenida? — sugiro. — Por não ter me dado ao trabalho de saber de nada disso antes? Pode escolher. — Balanço a cabeça. — Eu só queria entender melhor a Lily.

— A senhora só precisa abrir seu coração — diz Elizabeth.

— Acho que o meu coração está bastante aberto — respondo na defensiva, mas, no instante em que as palavras saem da minha boca, penso: *Está mesmo?*

— Sra. McAfee — diz Elizabeth. — Talvez seja possível... abri-lo um pouco *mais*?

Nesse momento, as garotas, agora se afastando pelo caminho ao longo do rio, caem na gargalhada.

— Você *viu* aquilo? — diz uma.

— Ai, meu *Deus* — responde a outra.

O quanto uma pessoa precisa ser parecida com você antes que se lembre de encará-la, em primeiro lugar, como um ser humano?

Não falamos nada enquanto subimos o caminho de volta para a rua Temple. Alguns pedestres passam por nós. Agora, percebo os olhares que Elizabeth recebe de desconhecidos. Há quem olhe para mim também, para ver se sou como ela.

Algo dentro de mim quer dizer para essa gente: eu *sou* como Elizabeth. Eu *sou* como Lily. Eu sou como muitas mulheres neste mundo que optaram por esconder algo, que vivem com medo do que pode acontecer se a pessoa errada descobrir nosso segredo.

LILY ⬢ 6

20 A 27 DE OUTUBRO DE 2018
Seis semanas antes

Estou me olhando no espelho quando escuto os gritos. Todos os pelos dos meus braços se arrepiam, porque, seja lá o que estiver acontecendo, é *ruim para caralho*.

— Mãe?

Saio em disparada do banheiro e voo pela escada. Em um instante assustador, fico com medo de cair e morrer.

— Mãe? — grito. Sei que ela está com algum problema. — *Mãe!!!*

E lá está ela, sentada à escrivaninha: segurando uma caneca de café, exibindo um sorriso imenso. Os gritos se tornam mais intensos.

— Vem cá — diz ela, toda alegre. — Você precisa ver isso!

Na tela do computador passa um vídeo de dois felinos selvagens parados na clareira de uma floresta, cara a cara, berrando.

— Fica olhando — diz minha mãe.

Um dos linces sobe no outro, suas garras afundando no pelo louro-escuro. *Rrraaaaroooou! Rrraaaroooou! Rrraaaroooou!*

É o equivalente dos linces de *Pare! Não pare!*

Minha mãe pausa o vídeo, empurra a cadeira para longe da mesa, satisfeita.

— Filmei isso ontem em Bald Mountain — diz, orgulhosa. — Não é *maravilhoso*? Ninguém nunca vê esse tipo de coisa, *nunca*!

— Por que fazem aquele... som? — pergunto. — Achei que alguém estivesse morrendo.

— É uma *energia de gatinho* acumulada — diz minha mãe, feliz. — Eles estavam disputando. E, você sabe... *chegaram a um acordo.* — Ela olha para mim. — Você está bonita — diz.

— Asher vem me buscar — digo, e, quando falo, escuto o jipe dele parando na frente da garagem.

— De novo? — pergunta minha mãe, enfática.

Sim, penso. *Não é fantástico?* Mas sigo para a porta sem responder. Ela já voltou a assistir ao vídeo. O som dos felinos selvagens berrando vem da sala de estar.

Asher sai do carro para abrir a porta do jipe para mim. *Ele é educadinho*, diria minha mãe.

Faz duas semanas que ele está assim — tão atencioso que parece saber quando estou com frio, com fome, ou cansada antes até de eu perceber isso. Ele é charmoso, engraçado e não se leva a sério — o namorado perfeito. E toca em mim como se eu fosse algo delicado. Sei que ele continua querendo provar que seu ataque no torneio de esgrima foi uma anomalia, mas já tenho certeza disso. Seja lá o que fez Asher se tornar tão possessivo não voltou a dar as caras. Se ele está tentando convencer alguém agora, é ele mesmo.

Nós tínhamos combinado de sair para um *brunch*, mas me dou conta, quando ele começa a dirigir, que algo esquisito está acontecendo. Ele batuca a marcha com a mão livre e parece perdido nos próprios pensamentos.

— Pensei que a gente podia ir a um lugar... diferente.

— Beleza — falo.

Para mim, tanto faz para onde vamos, contanto que eu esteja com ele. Mas minha resposta não parece acalmá-lo.

— Está tudo... bem?

— Tem uma coisa sobre mim que você não sabe — responde Asher.

— Ok. — digo devagar.

Não consigo imaginar como o motivo para o nervosismo dele afetaria o modo que me sinto. Porque, é claro, há coisas sobre mim que também não revelei.

Quero que ele me conte, porque pretendo saber tudo sobre ele. Saber como ele funciona. Mas seja lá a qual patamar de honestidade que isso eleve nosso relacionamento, não vai ser o nível *se você me contar o seu segredo, eu conto o meu.*

Porque eu amo Asher, mas não o suficiente para arriscar tudo.

Só estou mergulhando mais e mais no mar de Asher, e quero ver tudo, até o fundo. Mas isso não será uma via de mão dupla.

— Você precisa prometer que não vai contar para ninguém.

— Prometo. — Fico esperando pela confissão, mas ele continua quieto. Então passa direto pela fronteira da cidade. — Aonde nós vamos?

— Para Massachusetts — diz ele. — Vamos encontrar meu pai.

— Seu pai?

Sei que Olivia é mãe solo, como a minha. Sei que os pais dele são divorciados. Durante todo o tempo que Asher e eu estamos juntos, ele nunca falou sobre o pai.

— Esse é o segredo — diz ele. — A gente se encontra uma vez por mês. No Chili's de Leominster. — Ele me deixa assimilar a informação. — Minha mãe não sabe.

— Por que não?

Seguimos em silêncio por alguns minutos.

— Podemos dizer que foi uma separação... complicada. Foi bem feio.

— Sei — digo.

— Passei um bom tempo sem falar com ele — continua Asher. — Mas, há um ano, fui atrás dele no Facebook. Mandei uma mensagem, e ele respondeu. A gente conversou e acabamos decidindo nos encontrar. Eu tinha seis anos desde a última vez que nos vimos. Acho que... bom, não é que eu tenha perdoado ele por tudo. Mas estava curioso. Era como se sempre houvesse um buraco dentro de mim, e eu queria saber como seria preenchê-lo.

— Como ele é?

— Você vai ver — diz Asher.

— Isso parece meio desanimador.

— Não, não — diz Asher. — Ele está empolgado para te conhecer.

— Ele sabe que eu vou?

— Ah, sabe — responde Asher. — Já falei muito sobre você.

Isso me deixa radiante por dentro.

— O que você disse?

— Você está querendo ser elogiada? — brinca Asher. — Falei que você toca violoncelo. Que sabe o nome das capitais de todos os estados. Que consegue citar *A princesa prometida* de cor.

— É? — digo, sorrindo. — O que mais?

— Falei que eu te amo — responde ele. — E que você é a pessoa mais importante no mundo para mim agora.

E isso basta para acabar comigo. Quero beijá-lo até nós dois perdermos o ar e morrermos assim, asfixiados pela alegria. Mas minha garganta se fecha e perco a capacidade de falar. Então, solto o cinto de segurança e apoio a cabeça no ombro dele, passando um braço ao redor de seu peito.

Lá fora, as árvores estão laranja, amarelas e vermelhas, e tudo parece pegar fogo, como se fôssemos as únicas pessoas vivas e o universo inteiro estivesse em chamas ao nosso redor.

— Estou feliz por você ter encontrado seu pai — falo, por fim.

— Você disse — pergunta Asher em tom cuidadoso — que seu pai morreu quando você era pequena?

Eu me afasto de Asher e coloco o cinto de novo. Ele faz um clique alto.

— Não quero falar sobre isso — respondo.

O PAI DE ASHER é bonito, charmoso e engraçado, tem modos exuberantes, mas há algo meio artificial nele, que faz eu sentir como se tudo fosse um show. Ele deixa uma gorjeta de dez dólares para nosso café da manhã que custou trinta. E dá para perceber pelo jeito como coloca a nota sobre a mesa que ele quer que a gente veja, mas também que a gente ache que ele não *queria* que percebêssemos.

— Pai, isso dá trinta por cento da conta — diz Asher.

A garçonete, uma moça curvilínea chamada Tiffany, vem buscar o dinheiro.

— Ela mereceu — diz o sr. Fields, ou Braden, como insiste que eu o chame.

Ele pisca para ela, ela ruboriza.

— Obrigada, *doutor* — diz Tiffany, e eu posso assegurar que a tal Tiffany já serviu Braden antes.

Braden a observa se afastar, depois se vira para Asher com os olhos brilhando.

— Obrigado *você*, Tiffany.

É o tipo de código trocado entre homens — um sinal que diz *Ela é gostosa, né?* Lembro, há muito tempo, quando garotos costumavam falar esse tipo de coisa na minha frente, na época em que achavam que eu também falava sua linguagem secreta.

Ele volta a olhar para Tiffany se afastando da mesa, e, por um instante, seus olhos se estreitam, como se ele fosse um leão mirando um antílope. Então sorri.

— No verão entre o ensino médio e a faculdade — diz —, trabalhei como garçom. Nunca me esqueci de como fazia diferença para mim quando alguém me dava uma boa gorjeta.

— Você foi garçom? — pergunta Asher. — Nunca ouvi essa história antes.

Meu coração se parte um pouco por Asher. Ele é tão, tão sedento por histórias do pai, especialmente as que aconteceram quando Braden tinha a mesma idade que ele.

— No Lenny's Clam Shack, em Newport News, Virgínia. O único lugar na cidade que continuava aberto depois das onze da noite. O restaurante não tinha movimento algum, e, de repente, ficava lotado. Depois que fechávamos, íamos para a praia ver o sol nascer.

— Você levou minha mãe lá? — pergunta Asher.

Há uma pausa brevíssima quando a mãe de Asher é mencionada.

— Não — responde Braden. — A gente se conheceu quando eu já fazia residência. — Braden olha para mim, mudando de assunto com um tom tranquilo. — Asher me contou que você é música. Está pensando em estudar em algum conservatório?

— É, talvez — respondo. — Mas não sei. Às vezes, acho que seria melhor estudar em uma faculdade normal e me formar em música. Se eu for para Oberlin, ou para Peabody, ou para Berklee, acho que vou acabar só ensaiando, sem ter tempo para mais nada.

— Entendo, Lily — diz ele, parecendo pensativo. — Eu estava tão focado em me especializar em medicina que nunca passei um semestre estudando fora, nem participei de esportes, nem atuei numa peça de teatro. Eu queria ter tido essa experiência, às vezes. Fui o protagonista do musical da minha escola no ensino médio.

— É sério? — pergunta Asher, surpreso de novo. — Qual era a peça?

— *Oliver!* — diz Braden. — Eu fui Fagin.

— *I'm reviewing* — canto para ele — *the situation...*

— *Can a fellow be a villain all his life?* — canta de volta, e ri.*

— Já entendi, pessoal — diz Asher. — Podem parar.

— É uma peça tão legal — digo. — Mas é estranho que Lionel Bart tenha escrito um musical perfeito e só.

Braden dá de ombros.

— Mas muita gente por aí só tem um trabalho muito bom, né? O cara que escreveu *Vendedor de ilusões...*

— Meredith Wilson — digo.

Braden estreita os olhos. É um sinal de irritação por eu saber mais do que ele?

— Parece que você sabe muita coisa sobre musicais, Lily.

---

* "Estou analisando a situação/ Será que um camarada pode passar a vida toda sendo o vilão?", em tradução livre. [N. da T.]

— Ela sabe muita coisa sobre *tudo* — diz Asher, apertando minha mão.

Braden pega seu pager, o encara por um segundo como se estivesse preocupado, depois pega o celular e o encara *de novo*. Após uns dez segundos, guarda os dois.

— Bom — diz, e é assim que sabemos que chegou a hora de ir embora. — Preciso usar o banheiro antes de ir.

Asher e eu esperamos Braden voltar. Das caixas de som no teto, escuto Miles David tocando "Straight, No Chaser". É o sexteto clássico, com John Coltrane, Cannonball Adderley, Red Garland, Paul Chambers, Philly Joe Jones.

Asher me lança um olhar irônico.

— O que você achou dele?

— Charmoso — digo. — *Bem* charmoso.

— Surpresa? — pergunta Asher, e detecto um tom parecido com orgulho em sua voz, apesar de eu não ter dito aquilo como um elogio.

Olho para minhas mãos, que cercam uma caneca de café. Estou usando uma blusa com mangas três-quartos e um bracelete cinza para esconder as cicatrizes no pulso direito. Notei Braden olhando para ela mais cedo, e me pergunto se ele suspeita de algo. Afinal de contas, ele é médico.

Do meu lugar, consigo ver Braden saindo do banheiro. Mas, em vez de voltar para a mesa, ele vai até o caixa e conversa com a garçonete. Há uma intimidade estranha entre os dois que consigo detectar do outro lado do salão. Ele pega uma das mãos dela e a aperta. Seus olhos estão fixados nela, como um farol que ilumina um navio ao mar. Então entrega um cartão a ela. Olha para nós e me vê; por um instante, sua expressão fica esquisita de novo, como se eu tivesse testemunhado algo que ele não queria que ninguém visse.

Braden vem em nossa direção.

— Prontos para ir embora?

Levantamos da mesa e o seguimos para a luz forte de outubro. O Chili's fica na frente de um parque pequeno, e, enquanto estamos parados ali, uma noz bate no para-brisa do jipe de Asher e sai rolando na direção dos pés de Braden. Ele a pega e a coloca na minha mão, como se os céus tivessem lhe oferecido um presente, e, em sua generosidade, ele tivesse resolvido entregá-lo para mim.

— Lily — diz ele —, plante isso na sua casa. Um dia, você vai ter um carvalho.

— Obrigada — respondo.

— Você já ouviu a história sobre o homem que pediu para o jardineiro plantar uma árvore? O jardineiro reclamou que árvores crescem devagar e que levaria cem anos para uma amadurecer. E o homem respondeu...

— *Então não há tempo a perder, plante a árvore hoje mesmo* — digo.

Por um instante, Braden me encara com aquele olhar de novo, como se estivesse irritado comigo. Então ele sorri.

— Isso mesmo — diz.

Braden segura o ombro do filho e o aperta.

— Vejo você no mês que vem — diz para Asher.

Ele se inclina e me dá um beijo na bochecha esquerda, depois na direita, ao estilo europeu.

Alguns momentos depois, Asher e eu estamos na estrada seguindo para o norte, passando pelas cores gritantes da primavera. Por algum tempo ficamos em silêncio. Acho que estou esperando que ele puxe o assunto, e ele está esperando por mim. Por fim, Asher pergunta:

— Então?

Respondo:

— Então.

— O que você achou dele?

Eu me viro para ele e solto:

— Ele traiu a sua mãe?

— O quê? — pergunta Asher, surpreso. — Por quê?

Não quero contar o que vi, mas também não quero *não* contar. Dou de ombros.

— Ele não me passou uma impressão muito boa.

Para minha surpresa, Asher não responde logo de cara. É por ele não achar que o pai é esquisito? Ou porque ele acha, e estava torcendo para eu perceber também?

— Quando eu falei que a situação entre os meus pais era ruim antes do divórcio — diz Asher devagar —, não contei... por quê.

— Como assim?

— Tenho quase certeza de que ele a machucava — fala Asher baixinho. — Não que ela falasse sobre isso. Quer dizer, ela faz questão de *não* falar. Mas a gente fugiu no meio da madrugada, quando eu era pequeno. E lembro que ela usava gola rulê e mangas compridas mesmo quando estava calor. Às vezes, quando me aproximo por trás e ela é pega de surpresa, ela se encolhe. São detalhes pequenos, mas que vão se acumulando.

Enquanto Asher me conta esses detalhes, penso no hematoma que ficou no meu braço quando ele me segurou com força no torneio de esgrima.

— Se ele machucava a sua mãe — pergunto —, por que você quer fazer parte da vida dele?

— Ele continua sendo meu *pai* — diz Asher, na defensiva. — Quer dizer, eu entendo por que minha mãe iria querer distância dele... mas ele faz parte de mim também.

Imagino Asher como um garotinho, no meio das brigas dos pais. Por um instante terrível, lembro da criança que *eu* fui, enquanto meus pais brigavam. Por minha causa.

— Como é a nova família dele? — pergunto. — Ele falava o tempo todo da esposa e de... uns meninos?

— Shane e Shawn — diz ele. — São gêmeos, têm oito anos. E a esposa dele se chama Margot. Ela é enfermeira.

Quero dizer, *Bom, isso deve ser útil*. Nós ficamos em silêncio por um momento. Noto que Asher começou a dirigir mais rápido.

— Eles são parecidos com você? — pergunto, finalmente. — Os gêmeos?

— Não sei — responde ele. — Sempre que a gente combina de eu ir lá, alguma coisa acontece. Uma vez, o cachorro deles teve... como é aquele problema que o estômago revira?

— Dilatação vólvulo-gástrica — digo, me lembrando de quando Boris teve isso depois de passar a tarde inteira nadando no Pacífico.

— É esse o nome... — responde Asher. — Da outra vez, um dos garotos ficou doente.

— Então você não conhece eles — digo.

Ele está dirigindo muito rápido agora. Estamos a mais de cento e dez por hora em uma estradinha de mão dupla. Uma placa diz SEJA BEM-VINDO A NEW HAMPSHIRE: VIVA LIVRE OU MORRA.

— Não — diz Asher, com o rosto corando. — Anda, pode falar.

Mas nós dois sabemos que não preciso dizer nada.

— Você acha que ele tem pena de mim.

Na curva, do outro lado da pista, uma minivan pisca o farol para a gente e buzina.

— Não acho que ele tenha pena de você — digo. — Acho que ele está te enganando.

— Até parece que você sabe alguma coisa sobre ele.

— Sei o suficiente, Asher. — Consigo enxergar.

Asher buzina de volta para a minivan.

— Babaca — diz. — Dá para acreditar nesses escrotos?

— Não dá para ir mais devagar? — peço. — Você está me assustando.

— E você está me irritando! — berra ele.

Asher dirige cada vez mais rápido: cento e trinta, centro e trinta e cinco por hora. Há outra curva à frente.

— Eu disse que você está me assustando! — grito.

— Você vai me ensinar a dirigir agora? — questiona ele. — É isso mesmo? Porque sei que você é especialista em tudo quanto é merda.

— Tá bom, para o carro! — grito. — Cacete, Asher, para a porra do carro! Você vai matar a gente!

Asher está a mais de cento e quarenta agora. Ele me encara com um sorriso selvagem, como se estivesse gostando do fato de me deixar com medo. E estou mesmo. O jeito como ele dirige não é o que mais me assusta. O pior é o fato de Asher ter, de repente, se transformado em um desconhecido.

— Para, por favor! — grito. Não acredito que ele está me fazendo implorar. — Por favor, Asher!

Estou agarrada ao apoio no teto do jipe.

— Você não sabe de tudo, tá, Lily? Tem coisas que são tão sombrias que você nem imagina! Você não conseguiria nem se tentasse.

— Para o carro! — berro. — Asher, *para* esta merda!

Mas ele não me obedece. Devemos estar a quase cento e sessenta por hora. Em pânico, me estico e agarro o volante, mas Asher me arremessa de volta para o lugar com o braço direito, e bato na janela do meu lado. Grito de dor quando acerto o vidro, mas não é a dor que me faz gritar. O pensamento surge de repente: *Vou ficar com o ombro roxo, um hematoma causado pelo garoto que achei que eu amava.* Asher enfia o pé no freio, e agora — *finalmente* — paramos com o pneu cantando, pulando e sacolejando pela estrada. Um carro surge na curva à nossa frente, e o motorista enfia a mão na buzina. Ficamos parados ali no acostamento, em um silêncio ardente, raivoso.

— Vai se foder! — grito para ele. — Qual é o seu *problema*?

— O meu? — diz ele. — Você acha que sou *eu* quem tem um problema?

— Não consigo nem te reconhecer — respondo.

Asher não olha para mim. Seu maxilar está tão tenso que acho que vai acabar quebrando um dente. Ele sai do acostamento, dirigindo dentro do limite de velocidade.

— Então somos dois — argumenta.

. . .

QUANDO EU TINHA seis anos, meu pai me tirou mais cedo da aula do jardim de infância e me levou para o circo — o Ringling Bros. and Barnum & Bailey. Eu me lembro do cheiro de pipoca e do collant brilhante da equilibrista e de como os elefantes eram grandes. Fomos só nós dois; minha mãe devia estar no parque costeiro Olympic naquela semana. Lembro de ter ficado com medo da quantidade de pessoas sob a lona. Lembro dos braços dele ao redor das minhas costas.

Mas, principalmente, lembro do homem que foi disparado do canhão. Ele tinha um bigode enorme com as pontas curvadas, usava um short listrado e uma regata branca com uma estrela vermelha. Sua cabeça era careca e refletia o brilho do holofote que o iluminava. Os tambores rufaram enquanto ele era erguido pelos acrobatas até a boca do canhão. Ele acenou para a multidão, como se estivesse se despedindo, e então desapareceu dentro do cano; um instante depois, veio uma explosão e uma nuvem de fumaça branca, e o homem com a estrela no peito disparou pelo ar. Então ele aterrissou em uma rede do outro lado do picadeiro, e todo mundo bateu palmas. Olhei para o meu pai e perguntei *Ele vai fazer isso de novo?*, e meu pai explicou que não, que aquilo era um evento único. Um instante depois, uma mulher entrou em pé sobre dois cavalos brancos, com um pé em cada um, e me esqueci da bola de canhão humana pelo restante da noite, pelo menos até o momento em que, cheia de pipoca e cones de raspadinha e cachorros-quentes e pretzels macios, deitei minha cabeça no travesseiro, e meu pai me deu um beijo na testa antes de dizer: *Lembre-se de hoje, Liam. A vida foi boa hoje.*

Eu caí no sono pensando em como seria a sensação de ser jogada de um canhão. De voar pelo ar. Por dias, fiquei me perguntando sobre o momento no topo do arco, o momento em que a bola de canhão humana estava suspensa entre a explosão que a propelia para o teto e a longa queda rumo ao chão. Imaginei ser imune à gravidade. Ser tão livre.

Lembro que perguntei ao meu pai em uma manhã, enquanto comia o cereal, se eu podia ser uma bola de canhão humana quando crescesse. Ele riu e disse: *Você pode ser tudo que quiser, Liam.*

Anos depois, após tentar me matar — e fracassar —, me lembrei do homem com a estrela no peito. Foi no hospital, logo quando eu começava a despertar. Eu não tinha visto um túnel de luz branca nem escutado vozes angelicais me chamando, nada desse tipo. Havia um espaço preto, depois o quarto, e minha mãe sentada em uma cadeira ao lado da cama. Fechei os olhos e desapareci. Fiquei assim por um bom tempo, como se estivesse no topo do meu arco, no meio do caminho entre a explosão que me lançou para o céu e a longa queda de volta ao chão, e tudo que estava por vir.

Com o tempo, meus olhos ficaram abertos por tempo suficiente para minha mãe dizer coisas que eu entendia. *Você está bem, Lily*, disse ela. *Você está segura, e eu te amo*. Meu braço direito estava enfaixado. Eu havia perdido muito sangue.

A primeira coisa que eu disse, quando consegui falar, foi: *Onde está o meu pai?* Minha mãe pareceu muito confusa, e muito magoada, e lágrimas surgiram em seus olhos. Porque, era óbvio, nós tínhamos saído de Seattle anos atrás. Depois, eu descobriria que meu pai nem sabia o que eu havia feito.

Só que, na minha cabeça, eu tinha certeza de que havia ido ao circo dias antes. Ele tinha me dado um beijo na testa e me dito para nunca esquecer do dia em que tudo fora bom.

Alguns dias depois, quando recebi alta do hospital e voltamos para o chalé em Point Reyes, tentei entender o que havia acontecido comigo. Não a parte de eu ter cortado o pulso, lógico — isso permanecia bem óbvio. Assim como ter me despedido de Boris, subir a escada e encher a banheira. Eu sabia que tinha escutado a água correndo da torneira, tinha pensado em deixar um bilhete, mas não conseguia pensar em nada que fosse tornar aquela situação menos horrível para a minha mãe. Lembro que coloquei para tocar Adagio for Strings, de Barber, e depois que a banheira estava cheia, tirei as roupas e entrei na água.

Essa parte eu compreendia bem. O que não fazia sentido era o baile do Dia dos Namorados na noite anterior: meu amigo Jonah ter me buscado no Prius de sua mãe, para o encontro que havia surgido do nada.

Até ele me convidar para o baile, eu achava que Jonah nunca mais falaria comigo. Ele havia me tratado tão mal. Mas, de repente, ele me chamou para ir ao baile e me pediu desculpas, envergonhado. *Você tem que dar um tempo para as pessoas*, tinha dito ele, e me lançado um olhar. Eu devia ter imaginado que era um olhar malicioso.

Mas eu queria tanto, tanto, acreditar na bondade das pessoas.

Havia um globo de espelho no ginásio. Músicas como: "Can't Stop the Feeling!" de Justin Timberlake, "Cold Water", de Major Lazer, "One Dance", de Drake. A expressão no rosto de Jonah, a noite toda, era como se ele soubesse de algo que eu não sabia. *Tome*, havia dito ele em certo momento, me entregando uma lata de Coca. *Beba alguma coisa*.

Era estranho ver todo mundo arrumado. Os alunos se comportavam feito hippies veganos, mas, no baile, era nítido quanto dinheiro todo mundo tinha. Em seus smokings e vestidos longos, dava para ver as pessoas que eles eram por trás das máscaras e quem se tornariam quando crescessem, pequenas cópias idênticas aos pais.

Minha amiga Sorel veio falar comigo em certo momento e disse *Lily, você precisa ir embora. Não estou brincando. Você acha que essas pessoas são suas amigas, mas não são.*

Tudo que eu conseguia pensar era: *Na verdade, quem não é minha amiga é você.*

Eu havia me assumido para Sorel alguns meses antes. Ela havia dito que eu era *a pessoa mais corajosa que já tinha conhecido*.

Então havia me traído, contando para todo mundo que eu era trans.

Ela abriu a boca no semestre anterior, no outono de 2016. A escola, que supostamente era supermoderninha, me transformara na garota-propaganda da diversidade. Eu não queria nada disso; meu único desejo era me encaixar, ser deixada em paz.

Jonah e eu dançamos algumas das primeiras músicas, mas depois ele sumiu, me deixando sozinha e desconfortável. Eu estava me sentindo esquisita, como se o tempo acelerasse e desacelerasse ao mesmo tempo.

Pensei na Coca que ele havia me dado, me perguntando se haveria alguma coisa dentro dela. O cocapitão da minha equipe de esgrima estava lá. Boyd parecia ter sido inflado com hélio, de tão grande que estava. Sua voz ecoava de um jeito estranho pelo espaço escuro, e era difícil entendê-lo. Quando eu caminhava, sentia como se estivesse atravessando piche quente.

Então Jonah reapareceu do nada. Pude ver pelos seus olhos que ele estava bêbado. *Eu te procurei por todo canto.*

Seguimos para a pista de dança. O DJ colocou uma música do Aerosmith. Jonah me girava, e eu via todos os rostos de quem estudava comigo, todos os meus amigos, nos observando, sorrindo.

She had the body of a Venus, Lord, imagine my surprise.*

Os brilhinhos do globo de espelho davam voltas pela pista de dança. *Dude looks a lady.***

Então, veio o rufar de tambores, e alguém anunciou: *Agora! O momento pelo qual todos estão esperando. A coroação do rei e da rainha do Dia dos Namorados!*

Um holofote foi aceso, e Jonah e eu estávamos sob ele, e todo mundo aplaudia. *Lily O'Meara, suba aqui!*

Eu me sentia alegre, nas nuvens. Não conseguia acreditar que Jonah e eu seríamos coroados. Sorel estava errada sobre aquelas pessoas. Elas sabiam a verdade e não se importavam! Tinha sido uma longa e difícil jornada, mas eu finalmente estava bem.

Vamos, Jonah, chamei. *Estão chamando a gente!*

A gente, não, Lily, respondeu ele. *Só você.*

Não sei como cheguei à frente do salão. Mas me lembro de colocarem uma coroa na minha cabeça. E então a faixa: REI E RAINHA DO DIA DOS NAMORADOS.

---

* "Ela tinha o corpo de uma deusa, Senhor, imagine minha surpresa", em tradução livre. [N. da T.]
** "O sujeito parece uma moça", em tradução livre. [N. da T.]

Mesmo agora, não sei se estavam tentando me humilhar de propósito, porque eram todos uns merdinhas cruéis — ou se, em algum universo às avessas, acharam que me coroar rei *e* rainha seria uma piada em que eu também veria graça. *Não estamos rindo* de *você, estamos rindo* com *você!*

Mas não parecia que ninguém estava rindo comigo quando voltaram a aumentar o volume de "Dude (Looks Like a Lady)"* nas caixas de som.

Não parecia que ninguém estava rindo comigo quando as lágrimas começaram a escorrer pelo meu rosto e saí correndo do palco, seguindo para o estacionamento por uma saída lateral.

Ninguém estava rindo comigo quando dei de cara com um grupo que arrancou minha coroa e rasgou minha faixa. Tentei me afastar, mas alguém — *foi Boyd, da equipe de esgrima, mas como podia ser Boyd?* — me prendeu em um mata-leão. Ouvi o som de tecido rasgando. Tiraram meus sapatos. Arrebentaram meu vestido. Depois arrancaram minha calcinha e deram gritos de alegria, como se estivessem brincando de pique-bandeira. Fiquei deitada no chão, nua da cintura para baixo, enquanto todo mundo me olhava e ria, como se meu corpo fosse a piada mais engraçada que já tivessem escutado.

Não sei por quanto tempo continuei no asfalto depois que foram embora. Fiquei deitada de costas, olhando para as estrelas. Não havia estrelas.

Então Sorel apareceu. *Desculpe,* disse ela. *Tentei impedi-los. Tentei de verdade.* Em câmera lenta, ela me levantou e me levou até seu carro. Não falei nada.

Pela manhã, acordei em uma casa vazia. Minha mãe ainda não tinha recebido a notícia e, incrivelmente, tinha saído para trabalhar no parque nacional, como se aquele fosse um dia comum. Havia um bilhete na bancada da cozinha: *Coma um muffin! Chego antes do jantar!* Um coraçãozinho estava desenhado no fim do papel.

---

* "O sujeito (parece uma moça)", em tradução livre. [N. da T.]

Ah, mãe, pensei. *Você tentou por tanto tempo.*

Peguei uma faca que estava sobre a pia. Boris ergueu a cabeça e inclinou as orelhas. *Você está bem?*

Não, Boris. Na verdade, não estou.

Enquanto eu subia a escada, me veio a lembrança rápida da bola de canhão humana do circo. Da mão do meu pai nas minhas costas. *Você pode ser tudo que quiser, Liam.*

Eu jamais saberia como era voar. Mas sabia muito bem como era me esborrachar no chão.

DIAS DEPOIS QUE saí do hospital, tive sonhos sombrios. Eu vagava por cavernas subterrâneas, escutando água pingando, me deparando de vez em quando com um raio de luz que entrava por uma fresta distante no alto. Eu andava pelas cavernas, buscando uma saída, e ficava mais e mais perdida. Às vezes, escutava passos atrás de mim, e era aí que eu descobria que não estava sozinha na minha tumba.

Durante a recuperação, conversei com uma assistente social, uma mulher boazinha chamada Deirdre, que, como logo descobri, tinha uma estratégia para me manter viva: não que ela pretendesse me incentivar a enxergar o mundo com novos olhos, mas queria me convencer a concordar em não fazer outra tentativa antes da próxima consulta. Minha mãe queria resolver todos os meus problemas, mas Deirdre parecia entender que a única pessoa capaz de fazer isso seria eu. Combinamos que eu não precisaria voltar para Pointcrest e que eu terminaria o ano escolar estudando em casa. Minha mãe tirou uma licença do trabalho sem prazo para voltar e passava o dia inteiro comigo. O que ela poderia fazer além de preparar canja e parecer preocupada? Eu assistia às aulas em vídeo da Akela Homeschooling, mas não prestava atenção. O professor animado tagarelava sem parar sobre cossenos, o Compromisso de Missouri e *As I Lay Dying*. Eu só conseguia pensar no baile, em Jonah, em Boyd, em todas aquelas pessoas que eu achava que eram minhas amigas.

Eu pensava na coroa que haviam colocado na minha cabeça.

Por fim, parei com os vídeos da Akela e passei um bom tempo folheando uma enciclopédia antiga que tínhamos. Ela havia sido publicada em 1953. Li sobre o vice-presidente Richard Nixon. Li sobre o Canal de Suez. Li sobre um novo planeta, Plutão, que fora descoberto apenas vinte e três anos antes. Não acompanhei as outras matérias que deveria aprender — química e matemática. Era esquisito, porque eu adorava a escola: era a única coisa em que eu era boa. Mas, agora, só conseguia pensar: *Que diferença faz? Tudo acaba dando em nada no fim das contas.*

O pior foi o dia em que fiz uma última tentativa de ler a matéria do curso de psicologia avançada. Não havia qualquer menção a pessoas trans ou não binárias até eu chegar a um capítulo chamado "Psicologia anormal". Dei uma olhada na folha de rosto, pensando, bom, talvez aquele livro não fosse atualizado desde 1953. Mas ele havia sido publicado em 2005, doze anos antes.

Anormal?, pensei. *Estou fazendo das tripas coração, tentando encontrar um caminho. E a única coisa que você tem a me oferecer é anormal?*

Com o tempo, meu pulso cicatrizou; voltei a tocar violoncelo. Minha mãe tentou agir como se eu estivesse melhorando. Apesar de todas as facas e lâminas na casa estarem escondidas, junto com todos os remédios controlados.

Os sonhos foram se tornando mais sombrios, um pouco mais a cada noite. Eu estava perdida no escuro, perseguindo feixes bruxuleantes de luz. Escutava passos atrás de mim. Então me virava. Via a silhueta de um homem, curvado, chegando mais perto. *Lily*, dizia ele. *Estou esperando por você.*

ALGUÉM BATE à minha janela, e sento na cama, apavorada. Um raio brilha, a chuva martela o vidro. Na luz, vejo aquela sombra, vejo que ele finalmente está aqui, que veio me pegar.

Ele bate de novo. *Lily. Sou eu.*

O raio brilha mais uma vez, e, no clarão, vejo que é Asher.

Levanto da cama e abro a janela, ele entra no quarto, ensopado.

— Mas que porra é essa, Asher?

— Desculpe — diz ele, sussurrando. Ele está de mochila. — Não queria te assustar.

Olho para o relógio.

— São quase uma da manhã.

— Eu precisava te ver — diz ele.

Fecho a janela. Lá fora, a chuva corre pelas calhas.

— O que você fez, trouxe uma escada? — pergunto.

— Subi pela árvore até o telhado — responde ele.

— Nem sei se quero ter uma porra de uma conversa com você agora — sussurro, apesar de querer gritar.

— Entendo — diz Asher. Então, de novo, mais baixo: — Entendo. — Ele tira a mochila e abre o zíper. Há um buquê de flores lá dentro, crisântemos e margaridas da fazenda da mãe dele. — Colhi para você — diz, um pouco envergonhado, e é em sua timidez que reconheço o garoto que amo.

E não o babaca esquentadinho que quase me matou de medo no carro.

— O que aconteceu hoje? — pergunto. — Parecia que eu estava no carro de um desconhecido.

Asher olha para a cama.

— Posso sentar?

Penso um pouco.

— Não.

— Por favor?

Suspiro.

— Você está molhado.

Ele concorda com a cabeça.

— Eu sei.

— Espera — digo, e saio pelo corredor e entro no banheiro, onde pego uma toalha.

Enquanto estou lá, aproveito para olhar no espelho. Uma garota assustada retribui o olhar.

Volto para o quarto, Asher está sentado na cama, depois de eu ter dito para não fazer isso. As flores que ele me deu estão sobre o travesseiro.

Ele se seca com a toalha, então olha para o chão.

— Fiquei irritado — diz. — Porque você estava falando a verdade.

Ouvir Asher dizer isso é como ser perfurada por uma espada — porque, é claro, a questão de se e quando vou contar a ele sobre a minha verdade íntima é uma coisa que está começando a me deixar bem nervosa.

— Estava? — pergunto baixinho.

Sento ao lado dele.

— Quando você disse que não me reconhecia... e me olhou daquele jeito... — Sua voz falha. — Só vi aquele olhar uma vez até agora. No rosto da minha mãe. — Ele faz uma pausa. — Não tenho muitas lembranças dos meus pais juntos. Lembro dos dois brigando, do som das vozes deles. Mas o que mais me lembro é daquele olhar. Do olhar de alguém que entende que a pessoa que deveria cuidar dela é, na verdade, a pessoa que a coloca em perigo.

A chuva continua martelando a vidraça. Raios brilham ao longe. Quinze segundos depois, vem o som do trovão. O que significa que a tempestade está a cinco quilômetros de distância: você conta os segundos e divide por três.

— Quando a gente saiu hoje de manhã — diz Asher —, eu te disse que havia uma coisa sobre mim que você não sabia.

Concordo com a cabeça. Um raio brilha lá fora de novo.

— Não era o que eu pensava — diz ele.

— Como assim?

— Não era sobre o encontro com meu pai uma vez por mês no Chili's. O segredo é que... tenho medo de ser mais parecido com ele do que gostaria de ser.

— Asher — digo, passando meus braços ao redor dele.

O trovão ressoa ao longe. Eu passo minutos, talvez horas, abraçada a ele. Sei que deveria manter mais distância agora, que não deveria perdoá-lo tão rápido pelo que aconteceu no carro a caminho de casa. Porque aquilo foi assustador. Nunca vou me esquecer do que vi nele hoje, do que compreendi que ele é capaz.

Mas cabe a mim decidir se acredito quando ele diz que se arrepende. E acredito. Porque sei melhor do que ninguém do poder das segundas chances. Se isso me torna uma idealista, tudo bem. Não é que a minha irritação com ele tenha passado. Só que, além da irritação, há o desejo de fazer o que for possível para acabar com o sofrimento dele.

Esfrego suas costas e beijo seu cabelo. Ele cheira a chuva. Após um tempo, ele se afasta, e olhamos nos olhos um do outro. Nossos rostos estão molhados.

— Desculpe — sussurra ele. — Nunca mais vou te machucar. Prometo.

— Eu amo você — digo. — Você por inteiro. Até as partes sombrias.

— Eu também amo você — diz ele, e nossos rostos se aproximam, e nos beijamos, nos beijamos, nos beijamos.

Ele é tão carinhoso, tão gentil. Penso: *Asher Fields é completamente diferente do pai.*

Um raio brilha, mas não escuto o trovão. A tempestade está se afastando. A chuva continua caindo, mas perdeu a fúria.

— Qual é o seu maior segredo? — pergunta Asher.

Abro a boca, mas nada sai.

— Lily? — Ele percebe que estou hesitando.

— Se eu te contar — digo —, você tem que prometer que nunca vai contar para ninguém, jamais.

Escuto as palavras dele ecoando as minhas.

— Prometo — diz Asher.

Sinto a verdade crescendo dentro de mim. Quase consigo escutá-la sendo falada neste quarto silencioso. Quero tanto contar para ele. Mas então me lembro de Jonah, de Point Reyes. Estou tremendo agora, porque é impossível me imaginar contando para ele, é impossível me imaginar não contando para ele, não sei como vou sobreviver assim. Mesmo depois de tudo que passei, *ainda* estou dividida.

E então Asher toca meu pulso.

— Acho que eu sei — diz ele, e puxa de leve meu bracelete cinza.

Mesmo na luz fraca do quarto, as cicatrizes continuam visíveis.

— Eu te disse que elas são de um acidente de carro — digo. — Mas não são.

— Ah, Lily — murmura ele, e, pela forma como fala, dá para perceber que está bem chocado.

— Foi um ano e meio atrás. No Dia dos Namorados.

Sinto as lágrimas vindo à tona enquanto me lembro. Mas sinto certo medo, porque, ainda que eu conte parte da verdade, não será tudo, e ele merece saber *por que* tentei me matar. E é isso que não posso revelar.

Ele passa um dedo pela cicatriz que atravessa horizontalmente meu pulso: uma, duas, três vezes. E espera.

— Houve um baile — murmuro, ciente de que minha mãe está no fim do corredor, de que dizer aquilo em voz alta faz tudo ganhar vida de novo: aqueles rostos cruéis, as gargalhadas. Aerosmith. Sorel, sussurrando *Você acha que essas pessoas são suas amigas, mas não são.*

Como posso explicar isso tudo para Asher? Se ele estivesse lá, faria parte do grupo que me prendeu em um mata-leão e arrancou minhas roupas?

Não, é impossível. Ele teria me defendido. Ainda assim, se isso for verdade: como posso *não* explicar tudo para ele?

— Não sei falar muito bem sobre isso — confesso. — Passei um tempo no hospital. — Se eu puder contar a ele apenas algumas coisas verdadeiras, talvez não seja o mesmo que mentir. — Depois do baile... não, *durante* o baile, umas pessoas...

— Você não precisa me contar nada que não quiser — diz Asher, e me abraça.

Então, estremeço e começo a chorar. Em um ano e meio, nunca chorei por causa daquilo, não deste jeito. Esse tempo todo, tive que me controlar, que provar para minha mãe que eu era forte o suficiente para encarar a cirurgia, aguentar a mudança, passar por tudo isso. Provar para todo mundo, inclusive para mim mesma.

Mas não sou forte. Estou exausta de viver essa vida.

Enquanto choro, me ocorre que ninguém nunca passou os braços ao meu redor e me protegeu assim antes. Pela primeira vez, quase me sinto segura.

— Houve uma briga — volto a falar. — Depois do baile. Eu me machuquei. — Respiro fundo. — Fui machucada por pessoas que achei que fossem minhas amigas. Em vez disso, elas... — Engulo em seco. — Elas arrancaram meu vestido no estacionamento e riram. Todo mundo estava lá. Até o garoto que era meu...

Asher assimila isso tudo. E olha no fundo dos meus olhos.

— Não sou ele — diz. Então repete. — Preste atenção. *Não sou ele*.

A chuva quase parou. Gotas pingam do telhado do lado de fora da minha janela.

— Nunca mais voltei à escola — expliquei. — E não voltei no ano passado também. Terminei o segundo ano em casa. É por isso que sou um ano mais velha do que todo mundo. Tive que repetir.

Não vou contar a ele o que mais aconteceu nesse ano.

— Estou muito feliz — diz Asher — por você não ter conseguido.

— Eu também — respondo. — Eu também.

Um beijo leva a outro, e tenho duas sensações ao mesmo tempo. A primeira é de finalmente ocupar meu corpo da forma como sempre sonhei: qual é o sentido de ter um corpo se você não puder escolher entregá-lo a quem ama?

E a segunda sensação é gêmea da primeira e também sua oposta: não sou um corpo em absoluto, estou flutuando acima de mim mesma, como a bola de canhão humana, e, depois de uma vida inteira acorrentada ao chão pela minha própria pele, estou livre.

— Quero te contar outra coisa — digo.

Um carro passa na frente da casa e os pneus molhados emitem um chiado. Há um longo, longo silêncio enquanto tento reunir coragem. Então digo:

— Mudei meu nome.

— Sério? — pergunta Asher.

— O nome de solteira da minha mãe era Campanello — digo. — Mas o do meu pai era O'Meara.

— O'Meara! — diz ele, parecendo encantado. — Esse tempo todo, eu estava saindo com uma garota irlandesa? E não sabia?

— Metade irlandesa — insisto.

— Uau. Você foi de O'Meara para Campanello! Tem muito mais letras. Deve ter sido doloroso!

Ele sorri, como se tivesse feito uma piada hilária. Mas quero dizer: *Você nem imagina o quanto.*

Asher percebe que estou pensando em alguma coisa, porque me encara com um olhar sério. Talvez esteja se lembrando do jeito como cortei a conversa quando ele me perguntou sobre meu pai. Sussurro:

— Na verdade, *foi* doloroso.

— Bom — diz Asher, me abraçando apertado. — Eu te amo com qualquer nome.

— Por quê? — pergunto, já que ninguém, com exceção da minha mãe, me amou de verdade antes, e estou bem acostumada a acreditar que sou impossível de amar.

O que Asher consegue enxergar que ninguém mais vê?

— Porque você é a única que me entende — diz ele.

— É assim que eu me sinto também — respondo.

Ele apoia a testa na minha.

— Eu queria — sussurra Asher — que o mundo se resumisse a você e eu.

— Talvez ele possa ser assim — digo.

Minha mão vai lentamente descendo na direção da calça dele. E então a coisa mais incrível do mundo acontece.

— Espera — diz ele, e fico me perguntando se Asher, se qualquer garoto, já disse essa palavra antes.

— Espera? — repito.

— Vamos fazer isso do jeito certo — diz ele.

— Este não é o jeito certo? — pergunto.

Penso nos felinos selvagens no vídeo da minha mãe e nos sons que faziam.

— Nossa primeira vez devia ser em algum lugar... em que a gente não precisasse sussurrar.

Sinto que estou surfando em um oceano de sentimentos: decepção, mas também alívio. Além de empolgada, estou com bastante medo.

— Amanhã — diz ele. — Vou encontrar um lugar. A gente vai se lembrar dessa noite para sempre.

Quero dizer a ele que vou me lembrar de *hoje*, na verdade.

Nós nos beijamos por um bom tempo, e então ele pega a mochila agora vazia, vai até a janela e sai para o telhado.

— Boa noite, Julieta — diz ele.

— Boa noite, meu doce príncipe.

Ele sobe na árvore e desaparece na noite. Vou para a cama e pego as flores que ele me deu. Enfio o rosto entre as pétalas.

FOI POUCO MAIS de três meses depois de eu ter começado a chamar de Massacre do Dia dos Namorados, duas semanas depois de eu ter tocado a sonata impossível de Schubert, duas semanas depois de eu ter conseguido me levantar dos mortos.

Duas semanas depois de eu perceber que, apesar de ter feito aquilo tudo, eu continuava presa.

Minha mãe e eu descemos a escada comprida que levava ao farol de Point Reyes — mais de trezentos degraus pela encosta do penhasco rochoso. Minha mãe seguia na frente, levando uma cesta de piquenique. Ela usava seu uniforme de guarda-florestal, junto com o chapéu de feltro. Eu usava uma saia preta comprida e uma regata preta.

A escada era ladeada por uma grade curta de metal. Estava ali para proteger a paisagem frágil, árida, e protegia também pessoas como eu, que, sem a sua presença, se sentiriam tremendamente tentadas a pular do penhasco e mergulhar nas águas cruéis e efervescentes lá embaixo.

Eu não queria ter saído de casa. Minha mãe havia dito que tinha uma surpresa. Eu havia falado que não queria mais surpresas. Ela dissera: *Preciso te mostrar uma coisa.* Então acrescentara: *Por favor?*

Nós tínhamos levado quarenta e cinco minutos para chegar ali. No caminho, paramos para ver os leões-marinhos, centenas deles esparramados na praia lá embaixo, como bolhas gigantes de gelatina. Eu havia ficado surpresa com o cheiro deles, o quanto era forte, um fedor intenso de salmoura e peixe e areia. Algumas pessoas não sabem a diferença entre leões-marinhos e elefantes-marinhos. Ambos são pinípedes, embora os leões-marinhos sejam muito, muito, muito grandes. Eles caminham sobre as nadadeiras, ao contrário dos elefantes-marinhos, que se arrastam de barriga.

Oito meses antes, eu tinha observado aquela vista com Jonah, e ele me beijara pela primeira vez. Foi antes de Sorel contar a todo mundo.

Chegamos ao centro de visitação às quatro da tarde. Lá, um guarda chamado Rudy acenou para minha mãe.

— Essa deve ser a sua filha — disse.

— Rudy, esta é Lily — disse minha mãe, e Rudy piscou para ela.

Foi então que notei a placa no topo da escada, que dizia: O FAROL FECHA ÀS 16 HORAS.

— A placa diz que está fechado.

— Eu sei o que a placa diz — respondeu minha mãe.

O farol é uma pequena torre com telhado vermelho e teto de vidro. Ao lado dele, ficava um casebre com equipamentos — um celeirinho branco, que também tinha um telhado vermelho. Entramos no farol e passamos pelo primeiro patamar, cheio de informações sobre o passado do local. Subimos a escada para o segundo andar, onde guardam o mecanismo giratório original da luz e uma lente de Fresnel.

— Já estamos chegando — diz minha mãe, e subimos por degraus metálicos minúsculos de uma escada em caracol até o topo da torre, apesar de a placa alertar ESCADA FECHADA.

O topo da torre do farol tinha paredes arredondadas de vidro e uma vista espetacular do oceano Pacífico. No chão, havia uma toalha quadriculada e uma vela. Entendi que, seja lá o que fosse aquilo, era algo que minha mãe planejava havia um bom tempo.

— Senta — disse ela.

O espaço era pequeno, pouco maior que a toalha em si. Estávamos banhadas em luz, cercadas pelo som das ondas quebrando e dos gritos das gaivotas. Minha mãe acendeu a vela, depois abriu a cesta de piquenique e tirou duas taças de plástico.

— Quando eu era pequena, minha mãe tinha um ritual — conta ela. — Todos os anos, no meu aniversário, ela me levava para Nova York, e nós almoçávamos no Waldorf. Usávamos vestidos iguais. Fazíamos o cabelo. Fazíamos pé e mão.

Era um tanto difícil imaginar minha mãe fazendo pé e mão, mas concordei com a cabeça.

— Parece divertido — falei.

— Mas havia um problema — respondeu minha mãe. — Eu *odiava* aquilo. Mesmo com sete anos, eu odiava. Detestava os vestidos.

Detestava as pessoas mexendo no meu cabelo. Detestava o Waldorf. E mais do que tudo, detestava o fato de que aquilo era o que a minha mãe achava que eu queria, de ela não ter a menor noção de nada. Era como um lembrete, ano após ano, de que ela não tinha a menor ideia de quem eu era.

Ela havia conquistado minha atenção.

— Quando completei dezesseis anos, falei a ela que não iríamos mais. Minha mãe ficou arrasada. Ela disse algo como *Mas você adora ir ao Waldorf!* Eu tive que dizer a ela: *Não, o que eu adoro é acampar em temperaturas negativas e rastrear pegadas de ursos. O que eu adoro é pescar truta na primavera, assim que o gelo começa a derreter no rio. O que eu adoro é entrar num pântano com a água batendo na minha bunda para ver uma tartaruga colocar ovos.* Ela ficou estarrecida. Eu devia ter contado a ela anos antes, mas acho que não tinha entendido que, durante todo o tempo, eu só aceitava ir porque sabia que era importante para ela.

Minha mãe serviu um pouco de vinho branco nas taças e então ergueu a sua.

— Estamos aqui porque quero fazer um brinde.

— Tudo bem — falei, apesar de ser muito estranho ela me dar vinho. — Um brinde a quê?

— Um brinde à minha filha — disse ela. — Que finalmente consegui entender.

Batemos as taças de plástico, eu beberiquei o vinho. Era doce.

— O que você entendeu? — perguntei.

— Estou conversando com a dra. Powers — respondeu ela. — Você sabe quem é?

Claro que eu sabia quem era Monica Powers. Ela estava à frente de uma das melhores clínicas médicas, em San Francisco, para pessoas transgênero no país.

Fiquei imóvel, com medo de ter esperança.

— Sobre o que você está conversando com a dra. Powers?

— Sobre você — disse ela. — Sobre a cirurgia.

Minha boca se escancarou.

— Há um critério de idade. É preciso ter dezoito anos.

— Dra. Powers aceita pacientes com até dezessete anos, se estiverem usando bloqueadores de hormônios e sendo bem-sucedidos em viver no mundo como eles mesmos. E você faz tudo isso.

Pensei na tentativa de suicídio e em qual universo isso poderia ser considerado *bem-sucedida em viver no mundo*.

— Você disse... que a cirurgia era o seu limite. Que me ajudaria a conseguir os bloqueadores de hormônios e o estrogênio... mas que a cirurgia era muito...

— Acho que a palavra que usei foi *antinatural*. — Ela baixa a taça de vinho. — Eu errei. — Ela olhou pelas janelas do farol, para o oceano azul. — Passei a vida estudando a natureza, educando as pessoas sobre ela e sobre como protegê-la. Acho que foi isso que achei que estivesse fazendo, te protegendo de cometer um erro, te educando sobre o mundo. Mas, esse tempo todo, vi tudo ao contrário. A pessoa que eu estava tentando proteger não era você, era eu mesma.

— Mãe — falei. — Você fez tudo por mim...

— Tudo menos te enxergar de verdade — respondeu minha mãe, e havia lágrimas em seus olhos, e o fato de que ela iria chorar *usando seu uniforme de guarda-florestal* tornava tudo pior. — Era como a minha mãe me levando ao Waldorf.

— O que você está dizendo?

— Se você quiser fazer a cirurgia, devia fazer, e *agora*. Se entrarmos na lista de espera da dra. Powers, você pode conseguir um horário no outono. Pode tirar um ano de folga da escola, se recuperar da operação, terminar o segundo ano do ensino médio em casa. Eu estava conversando com um amigo que trabalha para o Serviço Florestal nas White Mountains. Eles terão três aposentadorias por lá. Se eu conseguir passar na prova, posso ganhar uma dessas vagas. E você vai poder começar a viver de verdade.

O quebrar das ondas e os gritos das gaivotas vinham do lado de fora, mas eu conseguia sentir o tremor sob minhas costelas. Da cesta de piquenique, minha mãe tirou um bolo da esperança, uma receita que preparava para mim às vezes, quando queria me animar. No topo estava escrito PARABÉNS com glacê.

E embaixo: É UMA MENINA.

Engoli em seco.

— Mãe — falei. — Tenho uma pergunta.

— O que é?

— Onde ficam as White Mountains?

NOS FILMES, O SEXO simplesmente acontece. Com um braço, tudo é jogado da mesa da cozinha com impetuosidade; ou o homem ergue a mulher dentro de um elevador de serviço em movimento; ou eles caem em uma cama gigante, em um quarto cheio de velas. Mas, sendo Asher e eu, não pode só *acontecer*. É necessário planejamento, estratégia e artimanhas. Asher quer que aconteça em um lugar onde não vamos precisar ter medo de sermos descobertos, nem por nossas mães, nem por desconhecidos. E quer que seja um lugar especial. Nossa primeira vez não deveria acontecer no banco traseiro do jipe, ou sobre um cobertor na floresta, ou — Deus me livre — perto daquelas colmeias cheias de zumbidos de sua mãe. Não pode ser nos nossos quartos, porque Ava ou Olivia poderiam entrar; não pode ser do lado de fora, porque qualquer um poderia nos ver; não pode ser na escola, porque a única coisa pior do que sermos pegos no flagra por nossas mães seria sermos pegos por um professor. Ou por Maya. Ou por Dirk.

E agora não é apenas uma questão de *onde* e *quando*, mas de *como*. Asher me perguntou sobre métodos contraceptivos, e falei a verdade — que não tomo pílula, apesar de não explicar por quê. Ele disse que compraria camisinhas, eu quase disse que não posso engravidar e que ele não precisava se dar ao trabalho — mas então pensei em DSTs e me dei conta de que, por mais especial que seja o nosso relacionamento, esta não é a primeira ida de Asher Fields a uma lojinha de doces.

Não contei que é a minha primeira vez. E me pergunto se ele sabe.

Eu me pergunto se faria diferença para ele saber que é a minha primeira vez.

Eu me pergunto como vai ser, se ele vai perceber.

Dra. Powers me disse que, depois que tudo estivesse resolvido, "nem seu médico vai notar a diferença, a menos que olhe com muita, muita atenção". As poucas vezes que peguei um espelho e dei uma olhada *na instalação*, isso parecia ser verdade. E tenho certeza de que Asher não vai fazer uma *inspeção*. Até onde eu sei, tudo vai acontecer embaixo das cobertas, e talvez a gente apague a luz? Eu gostaria que apagássemos, admito, só para não precisar me preocupar com esse detalhe. Mas outra parte de mim pensa *Droga, quando vou poder parar de me esconder?* Eu *quero* ver o rosto de Asher. Eu *quero* ver o corpo dele. Eu quero ver *tudo*.

As pessoas acham que ser trans tem a ver com sexo. Imagino que seja verdade em alguns casos. Mas, para mim, sexo é a última coisa em que penso. Quero viver, quero ser feliz, quero pegar fogo, quero ser tão humana que isso faça o gelo no meu copo de água derreter. Então, claro: adoro sexo — pelo menos na teoria — e quero experimentar cada sensação que estiver ao meu alcance. Mas nada disso foi a motivação para que eu me tornasse eu mesma. Para mim, ser trans se tratava mais do meu coração do que qualquer outro órgão. Se eu fosse um espírito desencarnado, um fantasma levado pelo vento, ainda seria uma mulher. Se eu fosse uma partitura esquecida de música tocada à noite em uma viola da gamba, ainda seria uma mulher. O tempo todo, a única coisa que eu queria era que o sentimento no meu coração encontrasse um lar no meu corpo, no qual devia estar aconchegado desde o começo.

É irônico porque, agora que finalmente tenho tudo isso, transar com o garoto que eu amo é muito complicado. Talvez sexo seja complicado *sempre*. Mas a possibilidade de me entregar completamente a alguém ameaça ressuscitar a pessoa que fui um dia.

Para falar a verdade, meu medo não é que Asher perceba só de olhar para o meu corpo. Não, meu medo é que ele perceba por causa do modo como me comporto.

Não sei *como* estar com um homem.

A única coisa que me deixa menos nervosa é que toda mulher, na primeira vez que dorme com um homem, também não sabe.

Talvez, contra todas as expectativas, meu maior problema seja que... sou normal?

Todo mundo está sempre tentando aprender, dia após outro — doloroso — dia, como ser fiel a si mesmo.

Mal posso esperar.

ASHER HAVIA DITO que iríamos transar no dia seguinte ao que ele entrou no meu quarto, mas, no domingo, mandou uma mensagem dizendo que precisava de mais tempo para bolar um plano. Então, quando finalmente recebo a mensagem *POSSO TE BUSCAR AGORA*, já se passou uma semana, já estamos na tarde de sábado, e entre medo e empolgação que ando sentindo, esses dias levaram quase nove mil anos para passar.

Escuto uma buzina na rua, desço flutuando pela escada, como se tivesse asas. Minha mãe está em Bald Mountain, rastreando felinos selvagens de novo, então sou poupada de ter que explicar aonde vou.

Vamos para a casa de Asher, e, depois de estacionar no celeiro, ele me leva para os campos atrás da casa, onde se dá o encontro com a mata fechada cheia de bordos com galhos desnudos e bétulas com cascas brancas como papel. Caminhamos de mãos dadas até a base de uma velha árvore. Há uma escada de corda pendendo dela, e, lá em cima, está uma casa elaborada, ainda que um pouco velha. A escada leva a um alçapão no meio da estrutura.

— Vou subir primeiro — diz Asher. — Te aviso quando for a sua vez.

Ele me beija, depois sobe pela escada. No topo, empurra o alçapão com uma mão e o abre. Um instante depois, desaparece na escuridão lá em cima.

Ao longe, consigo ver as colmeias de Olivia, arrumadas em um semicírculo. Penso em todas aquelas asinhas batendo.

— Pode subir — chama Asher.

É mais difícil subir pela escada de corda do que eu esperava, mas, juntando meus músculos adquiridos na esgrima e minha empolgação para alcançá-lo, avanço pelos degraus em questão de segundos. Minha cabeça surge na velha câmara de madeira, com uma janela em cada parede. A luz entra pela janela que tem vista para os campos. Asher estica uma mão para me ajudar a subir. Então ele puxa a escada e fecha o alçapão.

A casa da árvore está cheia de toques românticos — uma manta tricotada macia sobre o chão, meia dúzia de velas bruxuleantes ao redor, uma luminária amarela pendurada em uma viga do teto. Há um pratinho com chocolates. Há um cooler e duas taças de vinho. Há um travesseiro com fronha de seda amarela. A música sai baixinho de uma caixa de som no canto — é o álbum de Yo-Yo Ma e Kathryn Stott, *Songs from the Arc of Life*.

A música é o que mais me emociona, porque mostra mais uma vez como Asher me *conhece*.

— Uau — digo, sem saber o que falar. — Olha só o que você fez.

Asher passa os braços ao meu redor, e então começamos tão devagar que nem percebo a mudança entre o momento antes do sexo para o momento em que ele acontece. É como o trecho silencioso de Appalachian Spring, de Aaron Copland, com todos os instrumentos de corda pairando tão suave e docemente que é quase impossível entender quando a música para, quando se torna apenas uma memória de si mesma. Passamos um bom tempo apenas nos abraçando sob a luz amarela, beijando o pescoço um do outro, beijando os lábios um do outro, beijando as orelhas um do outro. As mãos dele seguram meus seios, e ele olha para mim com fascínio, como se eu fosse uma deusa saída do mar, e o amor em seus olhos me faz pensar *Bom, é verdade mesmo, é exatamente isso que eu sou*. Desaboto sua camisa de flanela, com cuidado, com cautela, assimilando cada novo centímetro dele revelado — o peito de atleta, os músculos rijos em sua barriga. Ele baixa os braços, e a camisa cai no chão, e levanto os meus, e ele puxa minha blusa por cima da minha cabeça e passa os braços por minhas costas, abre meu sutiã, e então levo uma mão até sua calça. Eu o toco, e a sensação dele na palma da minha mão é maravilhosa, como algo selvagem e vivo que acabou de colocar sua jovem cabeça para fora da terra úmida.

Então ele dá um passo para trás e diz:

— Cuidado.

E sei que ele está me dizendo que quer que aquilo demore. Deitamos sobre a manta no chão, e apoio minha cabeça no travesseiro, e Asher estica uma mão para pegar o pratinho de chocolate meio amargo. São quadrados da Ghirardelli, feitos em San Francisco, e sorrio porque me lembro de ter passado pela fábrica a caminho do consultório da dra. Powers no ano passado. Por um instante, me pergunto se a memória da Califórnia vai me distrair daquele momento, mas, em vez disso, ela apenas vai subindo até o teto e se dissipa, e como o quadrado de chocolate, tão incrivelmente bom, e amargo, e doce.

Asher também come um, e, agora, está com um pouco de chocolate derretido no canto da boca. Eu o limpo com um beijo.

— Você derreteu um pouco — digo.

— Você também — diz Asher, me devorando com o olhar. — Tem um pouquinho aqui. — Ele leva as mãos aos meus mamilos e baixa o rosto até meus seios, me lambendo de leve, e sinto sua barba por fazer no queixo roçando em mim. — Olha só — diz ele. — Tem mais um pouco aqui.

Seus lábios se movem devagar e suavemente pelas minhas costelas, me beijando pelo caminho. Depois do que parecem séculos, ele chega ao meio das minhas pernas, onde me separa como as pétalas de uma orquídea, e consigo sentir cada exalação quente dele sobre mim.

— Sou a pessoa mais sortuda do mundo — diz ele, olhando para mim — por estar com você.

Ele não fala muito mais, mas continua me beijando e eu continuo sentindo sua respiração, estou tão próxima dele, sou tão parte dele, que não consigo muito bem determinar onde ele termina e eu começo. Estava com medo de assistir à cena, enquanto fazíamos amor, como se fosse uma espectadora, com medo de pairar acima de mim mesma e observar a experiência inteira como se acontecesse com outra pessoa. Mas sinto o oposto, como se eu agora fosse algo mais do que eu mesma, como se Asher e eu tivéssemos nos tornado um único ser cujo único propósito é sentir o amor que sentimos. Estou tão molhada quanto uma foca, e a promessa distante da dra. Powers ecoa no fundo da minha memória: você será *sensível, mucosa, orgástica*.

— Lily — murmura Asher. — Você está pronta?

Concordo com a cabeça. Ele se estica para pegar uma camisinha em algum lugar. Asher se posiciona sobre mim e, devagar, aos poucos, me penetra, e isso basta para ele soar como algo que sempre fez parte de mim. Ele olha nos meus olhos, eu olho nos dele, e penso, distante, *Eu não sou só eu, agora. Também sou Asher. É por isso que consigo sentir toda confiança dele em mim.*

Quando chego ao orgasmo, é como se tivesse sido derrubada por uma onda gigante, e grito com uma voz que mal reconheço. Asher, ao me escutar, finalmente se solta. Um ou dois minutos depois, ele desaba sobre mim com o rosto apoiado no meu peito, e sei que ele está ouvindo o som do meu coração martelando como os tímpanos no movimento *molto vivace* da *Nona sinfonia*, de Beethoven.

Molto vivace significa *muito vivaz*.

Então ele ergue a cabeça, se aconchega ao meu lado, me segura em seus braços.

— Você está bem? — pergunta Asher baixinho.

Quero dizer *Porra, estou bem demais*, mas ainda não consigo falar, e me dou conta de que lágrimas escorrem pelo meu rosto. Apenas concordo com a cabeça.

A mão dele percorre meu ombro, minhas costas.

— Eu te amo — diz ele.

Olhando pela janela, noto que a luz que batia em um ângulo tão inclinado quando chegamos agora está mais reto. Isso faz eu me perguntar há quanto tempo estamos aqui em cima, e o que aconteceu no mundo enquanto nos distraíamos na casa da árvore. Não me surpreenderia se voltasse pela escada de corda e descobrisse que vinte anos se passaram.

— Essa foi — sussurro — minha primeira vez.

Os braços de Asher se apertam ao meu redor.

— Achei que pudesse ser. Você está... bem?

Sorrio contra seu pescoço.

— Parece que acabei de cair de um avião.

Ele pensa um pouco nisso.

— Você quer dizer... de um jeito bom?

— Quero dizer de um jeito bom — respondo. — Eu fui... — Sei que não deveria perguntar, mas preciso saber. Será que ele notou alguma coisa? Ele não conseguiu perceber, né? — Eu também fui bem?

— Ai, meu Deus — diz ele. — Você foi perfeita.

Asher levanta e tira a garrafa de vinho do cooler. Ele fica parado de costas para mim, e a visão de sua bunda linda e dos músculos em suas costas é de tirar o fôlego. Escuto um estalo quando ele abre a garrafa de vinho. Então há um *glug glug glug* baixinho enquanto ele serve a bebida nas taças de plástico.

Quando ele se vira para me encarar, quase desmaio diante da visão. Ele é tudo.

— Esta — digo — é *uma casa da árvore do caralho*. — Olho ao redor. — Gostei do leme de navio. Consigo te imaginar aqui quando era pequeno. Navegando seu navio pelo mar.

Ele bebe o vinho.

— Você pode navegar também. A gente pode ir a qualquer lugar e nunca mais voltar.

— Bem que eu queria — digo, baixinho.

— Eu também. — Ele beija o topo da minha cabeça. — Em vez de precisar voltar para o mundo com todas as merdas dele. Nunca preciso fingir ser quem não sou com você.

Engasgo um pouco com o vinho, e Asher olha para mim, preocupado.

— Tudo bem?

Aquela frase, *Nunca preciso fingir ser quem não sou com você*, é um tapa na cara. Porque ela me lembra de tudo que *não* compartilhei com Asher. Estou nua em todos os sentidos, menos no mais importante.

— Ei — diz ele. — O que houve?

— Nada — respondo.

Quero contar tudo para ele, porque não devia fazer diferença. Não *faz* diferença. Que diferença poderia fazer?

Mas por que estou com tanto medo de contar para ele?

A triste verdade é que já vi o que as pessoas fazem quando descobrem. Jonah também disse que me amava, nem faz tanto tempo assim. Jonah, que segurou minha mão e me beijou na frente do mar, enquanto olhávamos os leões-marinhos. Jonah, que, pouco depois, rasgou meu vestido e me deixou caída em um estacionamento.

É nesse momento que me lembro de um detalhe do baile que havia enterrado no fundo da minha mente. Depois do ataque, enquanto todo mundo voltava para o ginásio, Jonah foi o último a ir embora.

Você achou que fosse verdade?, perguntou ele. Ele olhou para mim, sangrando no chão, e riu. Ele disse: *É isso que você merece.*

É isso que você merece. É isso que você merece. É isso que você...

— Preciso ir — digo de repente, levantando.

— Espera, o que...?

— Eu só... preciso ir.

Asher franze a testa.

— Eu disse alguma coisa errada?

— Isto foi um erro — digo, e Asher vai para trás como se tivesse levado um soco.

Visto minhas roupas o mais rápido possível, abro o alçapão e jogo a escada para baixo.

— Lily, por favor — diz ele, descendo atrás de mim. Ele nem vestiu a camisa. — Fala comigo.

Chego ao chão e começo a correr pela floresta. Não sei exatamente aonde estou indo, porque não posso voltar a pé para minha casa. Mas não me importo. Não acredito no quanto fui idiota. Não acredito no quanto sou idiota.

Asher corre atrás de mim. Ele é mais rápido do que eu. Sinto-o se aproximando, se aproximando, e então ele agarra meu pulso direito, o que tem as cicatrizes. Não coloquei o bracelete hoje. Não achei que precisasse.

— Meu Deus... o que está acontecendo?

— Me solta — grito.

— Seja lá o que for, a gente pode resolver — diz ele. — Se você acha que fomos rápido demais, vamos mais devagar. Eu faço o que você quiser.

— Eu quero ir pra *casa* — digo, mas ele não me solta.

— Não consigo ler a sua mente — insiste Asher. — Fala comigo, ou eu vou...

— Você vai o quê? — berro. — Vai me deixar roxa de novo? Vai me bater do jeito que seu pai fazia?

Isso faz com que ele, boquiaberto, solte meu braço, e viro de costas para ele e saio correndo pela floresta. Ele não me segue. Continuo correndo até chegar a uma pequena clareira. Ao meu redor, só vejo galhos de árvores distorcidos, ossudos, acusatórios.

Pego o celular. Maya atende ao primeiro toque.

— Sou eu.

Minha voz falha, e começo a chorar. Acabo de me dar conta de que não sei onde estou. Estou perdida, muito perdida. É incrível eu ter sonhado, mesmo que por um segundo, que tinha me encontrado.

— Fique aí — diz Maya. — Estou indo.

NA MANHÃ EM que minha mãe me levou até a dra. Powers para finalmente fazer a cirurgia, eu sabia que aquele não era o momento que definiria minha vida — eu já tinha passado por muitos outros momentos que me definiram. Mas eu acreditava que logo conseguiria ver no espelho a pessoa que sempre, *sempre* soube que eu era.

A cirurgia era cedo; tínhamos saído de Point Reyes antes do amanhecer para chegarmos ao hospital a tempo, e, quando entramos em San Francisco, a cidade estava ganhando vida. Vi os turistas em Fisherman's Wharf. Vi os leões-marinhos reunidos no Píer 39. Vi a Treasure Island ao longe, sob a Bay Bridge, e pensei em como tínhamos passado anos morando em Point Reyes sem que eu nunca tivesse ido ali.

Mais tarde naquela manhã, fui levada para a sala de cirurgia. As paredes eram de azulejo verde. Vi a dra. Powers por trás da máscara e dos óculos cirúrgicos, seus olhos sorridentes me garantindo que tudo ficaria bem. Seus enfermeiros e residentes e alunos a cercavam, e havia também um anestesista.

— Como você está se sentindo hoje? — perguntou a dra. Powers.

— Eu me sinto *viva* — falei. — Eu me sinto feliz.

Ela concordou com a cabeça.

— Vamos cuidar bem de você — disse, e então olhou para o anestesista, que estava colocando um acesso intravenoso nas costas da minha mão direita.

— Oi, Lily — disse ele. Ele era um homem de cabelo escuro, com braços fortes. Usava uma roupa de cirurgia azul. — Sou o dr. Strauss.

— O rei das valsas! — exclamei, pensando, é claro, em Johann Strauss, que compôs O Danúbio azul e Contos dos bosques de Viena, e todas aquelas músicas piegas em três por quatro.

Mas, se ele me entendeu, não deixou transparecer.

— Vou te dar o anestésico agora — disse. — Você pode contar de trás para frente, começando por cem?

— Tudo bem — falei. Respirei fundo. — *Einhundert, neunundneunzig, achtundneunzig...*

— Em alemão? — disse a dra. Powers.

Seus olhos brilhavam.

— Pensei em contar... — falei, mas conseguia sentir o medicamento tomando conta de mim, deixando tudo nebuloso. — Como faziam na antiga Viena...

— Pode ser em inglês mesmo — disse o dr. Strauss. — Relaxe. Pode confiar em mim.

No canto, uma máquina apitou, e me ocorreu que ela media, e que eu escutava, o som do meu próprio coração. *Como foi maravilhoso estar viva*, pensei. *Como foi maravilhoso, e como foi triste.*

Quando eu acordar, pensei, *o mundo será diferente*. Naquele novo mundo, eu nunca mais ficaria triste.

— Cem — falei.

Tudo estava tão devagar, tão suave, tão delicado.

— Noventa e nove.

Pensei em Jonah e tentei perdoá-lo. Um pouco.

— Noventa e oito.

Pensei na minha mãe, no quanto eu a amava, no quanto eu tinha sorte de ser amada por ela. Pensei no dia em que havíamos descido juntas pela escada comprida até o farol.

— Noventa e sete.

Pensei no meu pai me levando ao circo. Em como o homem com a estrela no peito tinha atravessado o ar em uma nuvem de fumaça branca. Em como ele tinha seguido, livre, rumo ao céu.

— Noventa e seis.

OLIVIA ● 7

7 E 8 DE MAIO DE 2019
Cinco meses depois

Meu sonho é tão real. Quando Asher senta na beirada da minha cama, giro para o lado, e o colchão afunda. Ele usa um terno que pertencia ao meu pai e está descalço. Sua boca foi costurada com linha vermelha.

Ele quer me contar algo, mas não consegue e vai ficando cada vez mais frustrado. Então um brilho aparece em seus olhos, ele pensou em alguma coisa. Ele tira um pedaço de papel do bolso do paletó. É um cartão de fichamento amarelo, do tipo que minha mãe costumava anotar suas receitas. Há uma lista com três nomes: meu pai, Lily, Asher. Os dois primeiros estão riscados.

Acordo banhada em suor, lutando para respirar. Pela janela, o horizonte é uma faixa de sangue. Nesta época do ano, a barulheira dos gaios-azuis e dos chapins costuma me acordar ao amanhecer, mas ainda é cedo, o intervalo silencioso entre a noite e a manhã. Jogo meu cabelo para trás e vou cambaleando até o banheiro, lavo o rosto e visto um robe antes de descer.

Coloco a água para esquentar para preparar o café, enfio a frente dos pés nos meus tênis para ir até a entrada do terreno a fim de buscar o jornal. Estou com medo de ver o que ele diz, depois da bomba de ontem no tribunal. A notícia já não é novidade — o noticiário local das onze da noite cobriu o assunto —, mas isso não significa que será menos doloroso lê-la.

Mas não chego até o jornal.

No instante em que piso do lado de fora, olho para a larga parede do celeiro onde processo o mel. Sobre as tábuas desgastadas, alguém escreveu em vermelho-vivo uma única palavra: ASSASSINO.

Dentro de casa, a chaleira assobia. Soa como um grito.

MEIA HORA DEPOIS, quando o sol ainda está amuado e de olhos turvos, estou postada diante do celeiro ao lado de Mike Newcomb. Coloquei um jeans, uma camiseta e um cardigã comprido, mas o detetive traja seu terno de trabalho. A calça está bem passada, e o distintivo, preso ao cinto. A camisa está engomada, o bolso ainda grudado no tecido. Quando Braden se arrumava, eu deslizava minha mão para dentro do bolso de sua camisa lavada a seco só pela satisfação de senti-la se soltar.

Apesar de nossos ombros estarem quase se encostando, há uma distância entre nós.

Mike passa a mão pelo cabelo, ainda molhado do banho. Fico me perguntando se ele costuma chegar à delegacia tão cedo ou se — como o único detetive da cidade — está sujeito a atender chamados a qualquer momento do dia ou da noite. Os dois policiais que vieram à casa já tinham ido embora, levando fotografias. Não encontraram a arma do crime — neste caso, uma lata de tinta spray. A pessoa que havia feito aquilo já estava bem longe.

— Não sei, Olivia — diz ele. — *Pode* ter sido a mesma garotada que vandalizou o mel. Mas...

Ele não termina a frase, porque sei o restante: tenho muito mais inimigos agora que Asher está sendo oficialmente julgado.

— Vamos fazer o possível — diz Mike. — Vou dar uma olhada nas lojas de ferragem para ver se alguém comprou tinta spray vermelha recentemente. Talvez a gente dê sorte. Mas não espere muita coisa. Na maioria dos casos de propriedades pichadas, os culpados já estão bem longe.

Concordo com a cabeça e cruzo os braços.

— É melhor eu ir. O julgamento começa...

— Às nove. Eu sei — conclui Mike.

Ele assente com um gesto tenso e segue na direção do carro. Eu me viro e subo os degraus da varanda.

Estou prestes a abrir a porta da frente quando ele chama meu nome.

Está parado na frente do carro, as mãos fechadas em punhos ao seu lado. Depois de hesitar um pouco, seus olhos encontram os meus.

— Sinto muito — diz. — Sobre isso. Sobre... isso tudo. — Ele arrasta a bota no cascalho do caminho. — Você não merece.

Eu o observo ir embora. Se ele sentisse mesmo tanto assim, penso em tom maldoso, não devia ter testemunhado contra o meu filho. Mas ao mesmo tempo, sei que ele está apenas fazendo seu trabalho. Assim como eu estou fazendo o meu — protegendo Asher.

Penso na minha conversa com Elizabeth ontem, no rio. Estou *mesmo* protegendo meu filho? Ou tentando me convencer de que Asher precisa de proteção?

Quando volto para dentro de casa, Jordan está na cozinha, fritando um ovo. Ele me olha de soslaio, retesa o maxilar e vira o ovo com a gema mole.

— Ainda está irritado comigo?

Ele havia escutado o barulho da viatura chegando e saído de robe para me encontrar conversando com os policiais. Entendeu rapidamente o que havia acontecido e me puxara para um canto.

— Por que você ligou para eles em vez de me acordar? — perguntara.

— Desculpe, você esqueceu de me contar que fez treinamento policial?

Irritado, ele voltou para dentro de casa batendo os pés. Agora, me apoio na bancada, observando-o cozinhar.

— Eu devia ter deixado pra lá? — pergunto. — Talvez da próxima vez eu dê sorte, e alguém *ponha fogo* no celeiro no meio da madrugada.

— Se você tivesse se dado ao trabalho de falar comigo, eu teria dito para não envolver a polícia. O seu detetive não vai descobrir quem fez isso.

— Ele não é meu detetive — respondo. — E até onde eu sei, Jordan, esta casa ainda é minha. Se alguém a vandaliza, não vou ficar fingindo que nada aconteceu.

Ele bate com a espátula no fogão.

— Bom, mas deveria — rebate ele, bravo. — Não tem nada que você possa fazer, Olivia. E não tem nada que a polícia possa fazer. Isso faz parte do processo.

— *Faz* parte? O quê, exatamente?

— Ser julgada no tribunal da opinião pública. — Ele me encara. — Mesmo que Asher seja absolvido, não significa que as pessoas vão parar de sussurrar pelas costas dele em algum momento. Nem por trás das *suas*.

De repente, eu entendo. Jordan não está irritado porque chamei a polícia. Está irritado porque não pode nos proteger.

— Você não precisa cuidar de mim — digo baixinho. — Já estou bem grandinha, Jordan.

Ele solta uma risada irônica, e sei o que está pensando: *E isso fez diferença antes?*

Jordan se vira para o fogão.

— Você devia comer alguma coisa. O dia pode ser longo.

— Vou comer. Só quero ver se o Asher já acordou. — Paro na porta da cozinha. — Jordan? — digo, esperando até ele se virar. — Obrigada.

Enquanto sigo para a escada, algo chama minha atenção pela vidraça da janela. Do outro lado do campo de morangos, Asher está em cima de uma escada, com um balde pendurado no topo, uma esponja de limpar carro na mão. Eu o observo esfregando a tinta vermelha, esfregando as letras devagar e metodicamente. Ele as transforma em uma grande mancha escura, até deixar de ser uma acusação e se tornar apenas uma sombra marcada na lateral do celeiro, como um enxame de abelhas que não consegue encontrar um lugar seguro para aterrissar.

QUANDO CHEGAMOS AO tribunal, parece que já vivemos um dia inteiro. Hoje, Ava Campanello será a primeira testemunha, e Jordan já me explicou que ela precisa ser tratada com delicadeza tanto pela procuradora quanto por ele, porque ninguém naquele júri quer ver uma mãe enlutada sofrer ainda mais.

Tento me lembrar de tudo que Asher me contou sobre Ava enquanto a observo fazendo o juramento. Ela é guarda-florestal, cargo que acaba sendo menos bonitinho e mais científico, e envolve rastrear alguma coisa... felinos selvagens, talvez? Eu me lembro de Asher contar todo orgulhoso sobre o fato de Lily saber acender uma fogueira usando apenas uma pedra e pinhas, e como era bom saber que, se algum dia ele se perdesse no mato com ela, sobreviveria.

Consigo enxergar Lily em sua mãe. As maçãs do rosto altas, o formato dos ombros, as piscinas escuras que são seus olhos. Enquanto Ava se acomoda, ela foca o olhar em mim, o que é inquietante. É como se Lily estivesse espreitando, como se eu estivesse presa no olhar de um fantasma.

Os repórteres estão em silêncio, cachorrinhos cientes de que, diante da menor desobediência, serão banidos da mesa antes de receber um petisco. A juíza Byers deixou claro que não está no clima para aturar palhaçadas, o que só aumentou o ar já pesado no tribunal. Ontem, havia assentos vazios dos meus dois lados; hoje, ambos estão ocupados. Não tenho a menor ideia de quem são essas pessoas. Podem ser membros da imprensa, podem ser colegas de trabalho de Ava Campanello, podem até ser primos de Lily. Sinto os olhares sobre mim quando pensam que não estou vendo, mas a curiosidade é tangível. Por reflexo, minhas mãos se fecham sobre o Moleskine no meu colo, e concentro minha atenção em Ava.

— Pode declarar seu nome para os autos? — começa a procuradora.

— Ava — diz ela, mas a palavra sai rouca. Ela pigarreia, como uma água passando por um cano. — Ava Campanello.

— A senhora é mãe de Lily Campanello, a vítima de homicídio deste caso?

— Sou. — Ela já está lutando contra as lágrimas.

Gina lhe entrega uma caixa de lenços.

— Sra. Campanello, sabemos como isto é difícil e agradecemos sua disposição em estar aqui e responder a algumas perguntas sobre sua filha. Se precisar fazer uma pausa em qualquer momento, é só me avisar, por favor. — Sua voz é suave, e ela muda a direção das perguntas. — Quando a senhora e Lily se mudaram para cá?

— No verão passado.

— Então Lily começou na escola em setembro?

— Sim. Na escola de Adams — responde Ava.

— Lily estava envolvida em atividades extracurriculares?

— Ela toca na orquestra. — Uma sombra passa por seu rosto. — *Tocava*. Ela *tocava* na orquestra. E ela... era esgrimista.

— Esgrimista. — As sobrancelhas de Gina se erguem. — Para aqueles de nós que nunca praticaram o esporte, como eu, a senhora está falando de disputas com um florete. O que isso exigia de Lily em termos de condicionamento físico e atletismo?

— Você precisa ser ágil, ter boa forma e bastante equilíbrio.

— Então Lily era uma adolescente forte, com muita coordenação motora... ou a senhora a definiria como desastrada?

— A esgrima exige *muita* coordenação motora. E atenção. Você precisa estar sempre planejando o próximo passo. Lily... era uma das melhores da equipe.

— E quanto à escada na sua casa... faria sentido dizer que Lily havia subido e descido por ela centenas de vezes desde a mudança?

— Faria.

— Faria sentido dizer que ela circulou por aquela escada centenas de vezes sem apresentar problema algum?

— Sem dúvida — diz Ava.

A procuradora faz uma pausa, e percebo que todas essas perguntas foram fáceis, as migalhas que retirariam Ava da trilha principal e a levariam para um caminho mais sombrio, mais espinhoso.

— Sra. Campanello — diz Gina —, nós ouvimos o legista, o dr. McBride, testemunhar que Lily era transgênero. Pode nos contar um pouco sobre a transição dela?

O rosto de Ava cora. Sinto os dois desconhecidos que me ladeiam me encararem descaradamente, e acho que talvez eu esteja tão vermelha quanto Ava.

— Biologicamente, Lily nasceu do sexo masculino — diz Ava. — Não consigo me lembrar de alguma época em que ela tenha se sentido confortável sendo chamada de menino. Com três ou quatro anos, ela já se identificava com meninas.

— Espere, o que a senhora quer dizer com *se identificava*?

— Bom, por exemplo, na primeira vez que a levamos para ver o mar, sua roupa de banho era uma sunga, e ela não queria sair do carro. Dizia que estava nua e precisava da parte de cima do biquíni, como as outras meninas.

Na primeira vez que levei Asher ao mar, ele tinha oito anos. Em New Hampshire, temos apenas uma praia minúscula, então ele havia aprendido a nadar em lagos. Ele parou na beirada da água, com as mãos no quadril, e me perguntou onde estavam as letras. OCEANO ATLÂNTICO, me explicou. Como no mapa.

— Conte um pouco sobre a experiência de Lily no ensino fundamental — diz Gina.

— Lily expressava sua identidade feminina cada vez mais... e o pai dela se incomodava muito com isso. Então, ele insistiu em matriculá-la numa escola particular só para meninos, onde ela precisava usar paletó e gravata todos os dias.

Minha mente volta ao passado, me lembrando de como Asher havia contado ao detetive que Lily e ele haviam brigado por causa do pai dela. Era por esse motivo que ela não tinha contato com ele?

— E o que aconteceu?

Ava abre um sorrisinho.

— Ela encontrava formas de se rebelar. Deixou o cabelo crescer e começou a pintar as unhas. Sofria bullying por causa disso. Um dia, depois de um incidente especialmente ruim, o pai da Lily disse que ia tornar a vida dela mais fácil. — Ela hesita. — Ele raspou o cabelo dela num corte militar. Quando cheguei em casa do trabalho, Lily estava catatônica.

Dou uma olhada em Asher. Quero saber se isso é novidade para ele, mas seu rosto permanece sério e impassível. Um punho está fechado sob a mesa, minha única pista.

— O que a senhora fez? — pergunta Gina.

— Fomos embora no meio da noite, com uma mala cheia de roupas. Fomos para um chalé da minha família, perto de San Francisco. Meses depois, quando o cabelo já havia crescido um pouco, e Lily não estava tão frágil, a matriculei numa escola particular chamada Marin-Muir. Depois da oitava série, ela foi para outra escola chamada Pointcrest. Ela vivia como uma menina. Se vestia como uma menina. Se identificava como uma menina. Para todos, exceto para a administração da escola, ela *era* uma menina.

— Lily já havia feito a cirurgia a essa altura?

— Não — responde Ava. — Ela me pediu, mas achei que ela era nova demais para termos esse tipo de conversa.

— Aconteceu alguma coisa que fez a senhora mudar de ideia?

— Sim. O pai dela apareceu de surpresa e contou sobre ela para todos seus amigos. No início, parecia que todo mundo estava aceitando bem a "novidade". Mas então ela foi atacada e humilhada por eles publicamente. — Seus lábios se apertam em uma linha tensa. — Lily passou a ter ideações suicidas — diz Ava baixinho. — E me dei conta de que eu preferiria ter uma filha viva do que uma filha morta.

Ela passa um dedo sob os olhos para secá-los.

Lembro de quando Asher revelou a tentativa de suicídio de Lily para mim e para Jordan. Na época, ele se sentira especial por ter sido digno da confiança dela.

— O que aconteceu depois? — pergunta a procuradora.

— Passei a procurar opções de cirurgia para Lily.

— Seu marido sabia?

— Sim.

— Qual foi a reação dele?

— Ele estava furioso. Parecia que aquilo era algo que estava sendo feito *contra* ele. Com o tempo, tive que conseguir autorização para Lily fazer a cirurgia por meios legais, sem a assinatura dele.

— Lily estava ciente disso? Como ela se sentia?

— Ela se sentia rejeitada. Achava que ele a odiava.

Encaro o perfil de Asher de novo. Iguaizinhos, Lily e ele. Os dois com mães que os protegeram dos pais, lhes dando amor suficiente para abafar o ódio.

— Sra. Campanello, existe um motivo para não ter revelado à procuradoria que Lily era transgênero?

Ela se remexe, se empertigando quase imperceptivelmente.

— Existe um motivo para eu ser *obrigada* a fazer isso? — pergunta Ava. — Lily era uma garota. Uma garota que se apaixonou — acrescenta ela — pelo garoto errado.

FOI ASSIM QUE contei a Braden que eu estava grávida: eu tinha caído no sono no meio da tarde e não respondi à mensagem que ele me mandava todos os dias do hospital, só para saber como estava o meu dia. Ele havia voltado para casa no meio do turno, com os olhos desvairados, batendo com força a porta da frente contra a parede ao entrar, berrando meu nome. Dei um pulo do sofá, surpresa demais para fazer qualquer coisa além de ficar parada feito um salgueiro diante da tempestade dele. *Você tem noção do quanto eu fiquei preocupado? Achei que você tivesse sofrido um acidente. Por que não respondeu à minha mensagem?*

Quando falei a Braden que eu tinha dormido, ele agarrou meus pulsos. *Você está mentindo para mim*, acusou ele.

Estou grávida, falei sem querer. Eu havia feito um teste de farmácia no dia anterior e estava esperando o resultado do exame de sangue para ter certeza.

O humor de Braden mudou feito o vento. Ele soltou meus braços, suas mãos subiram em direção aos meus ombros com um toque delicado. *Um bebê?*, disse ele. *Seu, meu?* Um sorriso se abriu em seu rosto, e ele me beijou como se eu fosse feita de ar e luz.

Ele ligou para o hospital e avisou que não voltaria à tarde. Conversamos sobre nomes — ele gostava de Violet e Daisy, e brinquei que ele queria ter um buquê inteiro de bebês. Ele fez amor comigo como se estivesse conquistando um território desconhecido. Mais tarde, fiquei deitada sobre Braden com o ouvido no seu peito para ouvir as batidas de seu coração. *Você sabe o que isso significa*, disse ele. *Enquanto esse bebê existir, nós dois somos inseparáveis. Nós estamos literalmente fundidos no código genético dele.*

Acordei com Braden ajeitando o edredom ao meu redor e me beijando na testa ao sair da cama para se arrumar para o trabalho. Fingi que ainda estava dormindo, para não quebrar o feitiço.

É VERDADE QUE passei anos escondendo o fato de que Braden abusava de mim. Em parte por causa do gaslighting, do bombardeio constante de abuso. Em parte porque eu ficava confusa e envergonhada por ter chegado àquele ponto — como se eu não pudesse mais determinar o momento em que havia parado de ser uma mulher inteligente, confiante. E em parte porque, apesar de tudo, eu o amava mais do que já tinha amado qualquer pessoa — e achava que isso significava que eu poderia mudá-lo.

O que me deu forças para revelar o segredo violento sobre o meu casamento foi o medo — não por mim, mas por Asher. Eu teria me matado para mantê-lo seguro, mas sabia que, se estivesse morta, não poderia protegê-lo. Então fui embora, contei a verdade à minha mãe e a Jordan. Consegui a ordem de restrição, fiz terapia, me divorciei. Recomecei.

Mas, se eu nunca tivesse tido Asher, talvez continuasse casada com Braden.

Há segredos que estamos dispostos a levar para o túmulo pelas pessoas que amamos. É por isso, acredito, que Ava Campanello não contou a ninguém em Adams que Lily era trans.

A procuradora mudou o tema das perguntas.

— Quando a senhora conheceu o réu? — questiona.

— Lily o convidou para jantar quando os dois começaram a sair. Foi em setembro — responde Ava.

— Quais foram suas primeiras impressões sobre ele?

Ela se vira para olhar diretamente para Asher.

— Gostei dele — responde Ava em um tom inexpressivo, suas palavras incondizentes com a expressão de seu rosto. — Ele foi educado comigo e olhava para Lily como se ela fosse a Oitava Maravilha do Universo.

— A senhora sabe se Lily e Asher tinham relações íntimas? — pergunta Gina.

Um rubor toma o rosto de Asher.

— Não sei — admite Ava, seus olhos se enchendo de lágrimas mais uma vez. — Imagino que sim.

— Por que a senhora imagina isso? — insiste Gina em tom gentil.

— Porque ela estava tão feliz. — Ava começa a chorar. — Eu nunca a vi tão feliz.

Abro meu Moleskine. Sinto os olhos dos desconhecidos dos meus dois lados sobre mim e com a mão tento esconder o que escrevo.

Gim. Suco de limão. Mel.

Fecho os olhos. Imagino todos os drinques que podem ser preparados com mel, chegando até a um xarope simples. Eu me vejo sentada na varanda em uma tarde quente de domingo, com nada melhor para fazer do que beber um drinque e escutar o zumbido das abelhas colhendo néctar. Imagino Asher subindo os degraus da escada, suado depois de uma corrida, sorrindo para mim.

Tem mais?

Vai ter depois que você tiver idade para beber.

Lily Campanello nunca vai ter idade para beber.

Fecho o caderno.

— Sra. Campanello, quero falar sobre os acontecimentos no dia do assassinato de Lily. Sabemos que ela estava doente. Quais eram os sintomas?

— Ela estava com febre, se sentia fraca. Não foi à aula.

— A senhora ficou em casa com ela?

— Sim, liguei para o trabalho e avisei que precisava tirar o dia de folga. A febre dela aumentou, e não tínhamos Advil em casa, então fui até a farmácia para comprar.

Gina concorda com a cabeça.

— A que horas foi isso?

— Pouco depois das três da tarde.

— Quando a senhora saiu, quem estava na casa? — pergunta a procuradora.

— Só Lily. E Boris, nosso cachorro.

— Quanto tempo a senhora passou fora?

— Cerca de uma hora.

— Quando a senhora voltou — pergunta Gina —, qual foi a primeira coisa que notou?

— O carro de Asher estava do lado de fora. E a porta da frente estava aberta — responde Ava.

— O que aconteceu depois?

— Entrei em casa — diz Ava. — Asher estava no sofá da sala, segurando Lily. Ela estava sangrando. E... ela... ela não se mexia.

Sua voz vai sumindo até apenas o silêncio pairar pela sala do tribunal, como o ar depois de uma tempestade.

— Tenho mais uma pergunta apenas, sra. Campanello — diz Gina. — A senhora e Lily conversaram sobre se ela deveria contar a Asher que era transgênero?

— Conversamos — admite Ava. — Eu a incentivei a contar para ele... mas ela não queria.

— Por que não?

— Ela tinha medo de que ele a odiasse, como seu pai a odiava. — Ava engole em seco. — Ela disse que, se isso acontecesse... — E olha diretamente para Asher. — Se isso acontecesse, a vida dela seria destruída.

A procuradora deixa essa informação se assentar.

— Sem mais — diz ela.

DURANTE O RECESSO de cinquenta minutos que a juíza determina, Jordan nos leva para a sala de reunião que usamos ontem. Ele não se senta, anda de um lado para o outro e nos observa feito um treinador no intervalo do jogo.

— Beleza — diz ele, como se precisasse se convencer. — Ela leva vantagem porque ficamos com pena, ponto-final. Vamos aceitar isso e depois desfazer essa situação da melhor forma possível quando for a hora de apresentarmos a defesa.

Asher está ainda mais quieto do que o habitual.

— Eu gostava da mãe de Lily — diz ele. — Quando a gente se conheceu, conversamos sobre as placas nas montanhas de New Hampshire que indicam que os picos têm o pior clima do país. Fizemos piada sobre quem era responsável por verificar isso e o que essa pessoa teria feito para receber esse castigo. — Ele esfrega o rosto com uma das mãos. — Uma vez, ela me contou que Lily se colocou de castigo porque não queria limpar o quarto e achou que seria isso que aconteceria de qualquer maneira. E que, quando Lily era muito pequena, tinha um amigo imaginário, uma aranha listrada chamada David. —

Asher balança a cabeça. — Quem inventa uma aranha imaginária e a chama de David?

Estar no tribunal já me ensinou que Ava Campanello é uma mãe melhor do que eu. Teve uma filha que foi alguém que ela não esperava, e não apenas a apoiara em todos os sentidos como a defendera contra os julgamentos do restante do mundo.

Por outro lado, eu tenho um filho que pode ser alguém que eu não esperava, e tudo que quero é voltar o relógio para o momento antes de eu começar a duvidar dele.

JORDAN TEM UM FILHO mais velho, Thomas, de seu primeiro casamento, mas eu era muito jovem quando ele nasceu, então foi só com a chegada de Sam que testemunhei meu irmão no papel de pai. Lembro de me embasbacar enquanto ele falava de um jeito fofo com o bebê, que sofria de cólica, depois de Selena ter desistido, por puro cansaço, de achar uma solução para o que acontecia. Eu tinha visto Jordan brigar e implicar e discutir e ficar emburrado e até se apaixonar, mas nunca o vira amenizar seu lado bruto. Sam costumava dormir em menos de cinco minutos quando Jordan o ninava; ele não conseguia resistir à voz suave e ao toque delicado de meu irmão.

Agora, ele se aproxima de Ava no banco de testemunhas do mesmo modo.

— Sra. Campanello — diz ele em tom gentil. — Lamento muito que a senhora precise estar aqui hoje. Tenho poucas perguntas. — Ela concorda com a cabeça, mexendo rápido o queixo. — Em setembro, a senhora sabia que Lily e Asher estavam juntos?

— Sabia.

— E sabia que os dois estavam cada vez mais próximos?

— Sabia.

— Na época, a senhora achava que Asher fazia bem para Lily, não achava?

Ava o fita com um olhar desconfiado.
— Achava.
— Na verdade, há poucos meses atrás, a senhora não achou que Asher demonstrou muita preocupação e consideração pela sua filha?
— Achei, sim.
— Não foi por isso — diz Jordan — que a senhora sugeriu que Lily contasse para Asher que era transgênero?
— Foi.
— E a senhora declarou que Lily resistiu à ideia, certo?
— Correto.
Jordan enfia as mãos nos bolsos da calça.
— A maioria dos pais não está presente na maior parte das conversas entre dois adolescentes que namoram. Partindo do princípio de que a senhora não estava presente em todas as conversas entre Asher e Lily, a senhora não poderia afirmar se a sua filha *confessou* ou não para Asher que era transgênero... poderia?
— Não — diz ela.
— Obrigado, sra. Cam...
— Mas minha filha está morta — interrompe Ava. — Então posso fazer uma bela suposição.
Jordan dá um passo para trás.
— Sem mais — murmura.

NA MANHÃ SEGUINTE, quando passo pelo quarto de Asher e bato à porta para garantir que ele acorde e se arrume a tempo de sair para a sessão das nove no tribunal, ele não responde. Bato de novo, e como ouço somente o silêncio, abro a porta. Os lençóis estão embolados, como se ele tivesse estado ali recentemente, mas não há ninguém no quarto.
Ele não está na cozinha, na sala, nem na varanda com uma xícara de café. Ele não está no porão, nem no celeiro. Quando volto para dentro de casa, quase esbarro em Jordan no corredor.

— Uau — diz ele, agarrando meus ombros. — Para que tanta pressa?

— Asher sumiu — digo, sem rodeios, e Jordan hesita no ato de apertar a gravata.

— Sumiu — repete ele. — Do que você está falando?

— Do que você acha que estou falando? — pergunto, com a voz mais aguda e alta.

— Ele não pode sair do terreno — diz Jordan. — Isso seria uma violação da soltura. O carro dele está aqui?

— Está, mas não sei quando ele saiu. A essa altura, pode ter chegado ao centro da cidade a pé.

— Bom, temos que encontrá-lo antes da polícia, ou ele vai acabar na prisão até o fim do julgamento. Para onde ele iria?

Para a casa da Lily, penso imediatamente e, ao mesmo tempo, sei que é o único lugar onde ele *não* está.

— Talvez tenha saído para dar uma volta e organizar os pensamentos — diz Jordan em tom otimista, mas pega as chaves da picape da tigela perto da porta da frente. — Vou procurar aqui por perto. Fique aqui. Quem encontrá-lo primeiro manda uma mensagem.

Não sou capaz de dizer em voz alta o que estou pensando, então espero Jordan sair com o carro antes de correr para o porão e, com as mãos trêmulas, abrir o cofre que guarda a velha pistola.

A arma continua lá, na mesma posição desde a última vez que foi usada, cinco ou seis anos atrás.

Sinto um alívio tão grande que meus joelhos cedem, e acabo sentada na frente do cofre aberto, com o coração disparado. Faz só algumas semanas que Asher tentou se matar e fracassou.

A arma está aqui, sim, mas isso não significa que ele não esteja pensando em suicídio.

Fecho o cofre, misturo os números da senha e subo correndo para o andar de cima. A casa está quieta, silenciosa. Lá fora, começa a chuviscar.

Enumero a lista de possibilidades terríveis na minha cabeça enquanto me pergunto aonde ele poderia ter ido. O pomar de macieiras, com os galhos grossos? Pego o celular para o caso de Jordan ligar e saio correndo pelos campos, gritando o nome de Asher enquanto sigo para a floresta que separa meu terreno das macieiras. Piso no chão macio e esponjoso cheio de pinhas, procurando por galhos quebrados, pegadas ou qualquer sinal de que Asher esteve aqui.

De repente, um pássaro sai voando do mato, uma perdiz se assusta com a minha chegada. Para ser justa, sinto tanto medo quanto ela, e me encolho enquanto ela se afasta em um borrão de penas. Quando me agacho, viro o rosto para cima e é assim que noto a casa da árvore.

Meu pai a construiu para Jordan quando ele era pequeno, eu a herdei quando meu irmão ficou velho demais para brincar ali. Com o tempo, foi passada para Asher assim que voltamos para Adams. Ele brincava lá em cima com Maya durante o ensino fundamental. Agora, ela está camuflada, a madeira tem as mesmas manchas cinzas que os troncos que a cercam.

— Asher? — chamo, segurando a escada de corda.

É um som baixo, mas audível.

— Aqui em cima.

Com um alívio que me inunda do coração às pontas dos dedos, subo rápido e enfio a cabeça dentro da casa da árvore. Sou assolada por uma onda de nostalgia — minhas iniciais e as de Jordan nas vigas, as de Braden (que ele fez quando lhe mostrei o esconderijo, o que me deixou muito irritada, porque aquele era *meu* lugar, não *nosso*), o leme que acrescentei para Asher, o nó liso na viga de madeira que eu costumava fingir que era um botão capaz de me transportar para Bangladesh, para a Lua, para o futuro — para qualquer lugar que não fosse Adams, New Hampshire.

Asher está deitado de lado no chão, enroscado em uma manta escura que minha mãe fez em crochê na década de 1970. Seu cabelo claro sobressai na parte superior, como a ponta de um pincel.

— Asher? — digo baixinho.

Coloco uma mão em seu ombro.

Ele não se vira.

— Está na hora de se arrumar para o tribunal.

Devagar, como um homem quatro vezes mais velho, Asher senta-se. A manta fica pendurada em seus ombros. Eu me estico para puxá-la, querendo dobrar e guardar, mas ele se vira com ferocidade, agarrando a lã.

— Para — rosna ele, e fico tão surpresa que a manta cai no meio de nós dois.

De joelhos agora, ele pega a manta como se fosse um buquê de flores. Enterra o rosto no tecido.

— Ainda tem o cheiro dela — diz Asher.

Com a garoa lá fora molhando o telhado de metal ondulado e as folhas das árvores, parece que o mundo inteiro está chorando.

— Você devia deixá-la aqui — digo. — Está chovendo.

O que quero dizer é: se isso é tudo que você ainda tem de Lily, não a exponha ao clima. Guarde-a em segurança, esconda.

— Vou esperar lá embaixo — acrescento.

Enquanto desço, Asher dobra a manta com carinho, como um capitão dobrando uma bandeira para a família de um soldado abatido na guerra.

NÃO VEJO MAYA Banerjee desde o funeral de Lily, mas percebo, assim que ela se senta no banco de testemunhas, que está muito nervosa. Por um lado, Lily era sua melhor amiga, e ela quer honrar sua memória ajudando a procuradoria. Por outro, fazer isso significa destruir seu amigo *de infância*.

Assim que ela se acomoda, seu olhar encontra o de Asher. *Oi*, ela articula com a boca.

Sinto a esperança vibrar no peito. Talvez isto não seja a tacada certeira que a procuradoria pensa que é.

Em algum lugar atrás de mim estão as mães de Maya, que vieram lhe oferecer apoio emocional durante o interrogatório. Nenhuma das duas falou comigo antes de a sessão começar. Deepa olhou para mim, sussurrou algo para a esposa, e, quando devolvi os olhares, as duas encontraram algo no chão que deve ter sido extremamente fascinante.

Maya usa uma blusa azul e uma saia de pregas. Ela parece jovem e conservadora, uma colegial provinciana. Fico me perguntando o que o júri pensaria se a tivesse conhecido na sexta série, quando ela cobriu uma mesa de laboratório com spray de cabelo e tentou pôr fogo em tudo com um Zippo.

— Você era amiga de Lily Campanello? — pergunta Gina.

Maya concorda com a cabeça.

— Você precisa falar — ensina a procuradora.

— Ah — diz Maya. — Sim.

— E também é amiga do réu, certo?

Maya puxa fundo o ar, trêmula.

— Sim — diz.

— Imagino que isto seja assustador para você, Maya — diz a procuradora —, mas é muito importante.

Assustador para Maya?, penso.

— Eu sei — diz Maya. — Só quero ajudar.

— Que bom — diz Gina. — Pode nos contar como conheceu o réu?

— Asher e eu estudamos juntos. Do segundo ano em diante. Somos amigos desde então.

— O relacionamento já foi romântico?

Maya balança a cabeça.

— Asher diz que sou a irmã que ele nunca teve.

— Como e quando você conheceu Lily?

— Ela começou a estudar este ano na escola — diz Maya. — A gente se conheceu no ensaio da orquestra. Ela era inteligente e engraçada, gostava das mesmas coisas que eu; nós nos demos bem logo de cara.

— Como Lily conheceu Asher?

A boca de Maya se retorce.

— Foi na primeira semana de aula, depois da orquestra. Eu estava esperando Asher, porque ele iria me dar uma carona para casa. Dirk, que joga hóquei, como Asher, começou a dar em cima da Lily. Ela não estava curtindo, mas Dirk não se tocava, e então Asher apareceu. Ele viu o que estava acontecendo e falou que já tinha chamado Lily para sair, assim Dirk poderia parar de encher o saco. Era mentira, Asher nem conhecia Lily ainda, mas então os dois saíram de verdade e começaram a namorar depois disso.

— O relacionamento deles entre setembro e dezembro... era incontroverso?

Maya pisca para a procuradora.

— Não tinha problemas? — corrige Gina.

— Ah — diz Maya. — No geral. Quer dizer, eles brigavam às vezes. E tiveram algumas vezes que um não queria falar com o outro.

— Houve algum momento específico em que você achou que o relacionamento talvez não fosse saudável?

Maya olha para Asher e morde o lábio.

— Teve uma vez que fui dormir na casa da Lily. Ela estava vestindo uma camiseta para dormir, e vi que tinha hematomas no braço.

Minha garganta seca.

A procuradora ergue uma foto ampliada de sua mesa.

— Estou mostrando a Prova Sete da acusação. Pode me dizer o que é isto, Maya?

— A selfie que tiramos naquela noite. Lily e eu. Dá para ver o que eu quis dizer sobre o braço.

Os hematomas estão salpicados pelo braço esquerdo de Lily, quatro de um lado, um do outro. O tipo exato de marca que fica quando alguém segura você com força e o sacode.

Eu sei bem.

— Maya, você chegou a testemunhar o réu sendo fisicamente agressivo com Lily?

Jordan se lança para fora da cadeira como um foguete.

— Vossa Excelência, não há qualquer prova de que o réu seja responsável por esses hematomas, e a procuradora faz essa pergunta como se tentasse estabelecer uma conexão.

A juíza Byers mira os olhos nele.

— Negado.

Como minha vida seria diferente se alguém — minha mãe, Jordan, Selena — tivesse visto as marcas que Braden deixou em *meus* ombros, na *minha* garganta. Se, em vez de acreditarem no que ele queria que vissem, tivessem prestado um pouco mais de atenção.

Lily usava blusas de manga comprida para esconder as cicatrizes de sua tentativa de suicídio ou para esconder os sinais de violência? Ela estava protegendo Asher da mesma forma que eu costumava proteger Braden?

Da mesma forma que estou tentando proteger Asher agora?

— Vi Asher agarrar o braço da Lily com força um dia. Os dois brigaram porque ela estava falando com outro cara numa partida de esgrima. Ela tentou sair de perto do Asher, mas ele não deixou. E ela pediu pra ele parar, porque estava machucando.

De repente, Asher dá um salto de onde está sentado.

— Não foi isso — irrompe ele — que aconteceu.

O júri se vira na direção dele em uníssono. Jordan agarra seu paletó e o puxa de volta para a cadeira.

— Maya — grita Asher. — Mas que caralho você está *fazendo*?

Jordan rosna:

— Quieto.

Ao mesmo tempo, Maya encara Asher, seus olhos se enchendo de lágrimas.

Mas Asher é como um vulcão que estava fervilhando no centro, e, agora, a explosão é inevitável. Ele se solta de Jordan, suas palavras saem indignadas e irritadas.

— Não foi isso que aconteceu. Ela está mentindo...

— *Cala. A. Boca* — se apressa em dizer Jordan, apertando seu braço.

— Controle seu cliente, por favor, sr. McAfee — diz a juíza —, ou o meirinho terá que fazer isso pelo senhor.

Uma vez, Braden me chamou na cozinha, fumegando. A máquina de lavar louça estava aberta no meio do ciclo, a água pingava em uma poça no chão. *Eu já te disse que não é assim que se coloca a louça na máquina*, disse ele, gesticulando para os pratos brancos no aparador, que estavam arrumados em ângulos diferentes. *Mas você nunca me escuta.* Na verdade, nós nunca havíamos falado sobre como usar a máquina de lavar louça. Antes de eu conseguir dizer alguma coisa, ele pegou um prato e — olhando nos meus olhos — o arremessou no chão. Pulei para longe, mas Braden pegou outro, e outro, até eu parar de me retrair quando eles quebravam e todo o aparelho de jantar estar em cacos aos meus pés. *Que bagunça*, disse ele, como se aquilo não tivesse sido sua obra.

Um sorriso lento, satisfeito, se abre na boca de Gina.

— Sr. McAfee — pergunta ela —, precisa de alguns minutos para acalmar o seu cliente?

— Estamos bem — responde Jordan com firmeza, e é assim que me dou conta de que o testemunho de Maya não se tratava de Lily, nem de amizades, nem de hematomas. O objetivo era fazer Asher explodir na frente dos jurados.

QUANDO ASHER E Maya estavam no segundo ano, estudavam na mesma sala, faziam parte do time infantil de beisebol e eram melhores amigos. Eu me lembro de a professora contar durante uma reunião que Asher e Maya eram inseparáveis. No recreio, precisavam pedir para os dois deixarem as outras crianças brincarem com eles. Parecia que Asher vivia na casa de Maya, e vice-versa. Sharon, Deepa e eu costumávamos brincar sobre planejar o casamento deles. Sobre finais dignos de Romeu e Julieta, sem o suicídio duplo.

Aposto que Shakespeare ficaria surpreso.

Depois que Gina Jewett volta a se sentar, a juíza se vira para Jordan e permite que ele comece o interrogatório. Ele permanece sentado ao lado de Asher por um instante, tamborilando os dedos na mesa, como se tentasse determinar o melhor rumo a seguir com as perguntas.

— Oi, Maya — diz ele, finalmente, oferecendo um sorriso. — Você está indo muito bem.

Ela retribui o sorriso.

— Obrigada? — responde, nervosa.

— Você conhece Asher praticamente sua vida inteira, não é?

— Desde que ele se mudou para cá, quando tínhamos seis anos.

— Quando foi a última vez que você o viu? — pergunta Jordan.

— No funeral da Lily.

— Aposto que foi um momento muito difícil para vocês dois.

— Foi — responde Maya.

— Asher pareceu chateado naquele dia, na sua opinião?

— Ele parecia... anestesiado — relembra Maya, e então empertiga os ombros, como se estivesse defendendo a própria conclusão. — Mas ele fica assim às vezes.

— Assim como?

— Quando ele está muito abalado... meio que se volta para dentro, em vez de deixar transparecer o que sente.

— Isto tudo deve ser bem surreal para você — diz Jordan. — O fato de estarmos neste tribunal. O fato de Asher estar sendo julgado. Quer dizer, você é uma das melhores amigas do Asher, não é?

Maya se enrijece.

— Eu era a melhor amiga da Lily também.

— Hum. E como melhor amiga da Lily, ela te contava coisas que não contaria para mais ninguém, certo?

— Certo.

— Então você sabia que ela tentou cometer suicídio antes de se mudar para cá, imagino?

— Espera — diz Maya. — O quê?

As sobrancelhas de Jordan se erguem.

— Ah, ela não te contou?

— Não.

O rosto de Maya é tomado por emoções: surpresa, mágoa, traição.

— Ela também não te contou que era transgênero, contou?

— Não.

— Porque ela realmente não queria que ninguém soubesse, não é?

— Protesto! — diz Gina.

— Retiro o que disse — responde Jordan. — Sem mais.

Maya parece chocada ao sair do banco de testemunhas. Ela se vira para Asher no último momento, a culpa estampada no rosto. Atrás de mim, escuto o farfalhar de Sharon e Deepa saindo da galeria para buscar a filha.

Gina levanta parcialmente da cadeira.

— Vossa Excelência — diz ela —, a procuradoria pede uma pausa.

O MEIRINHO LEVA os jurados para fora, e vejo as mãos de Asher se fecharem em punhos sob a mesa. Será que ele pensou, assim como eu, que as provas da acusação seriam apresentadas por dias, semanas? Será que ele está nervoso, imaginando, agora, o que Jordan fará a seguir?

— Meritíssima — diz Jordan —, solicito que as provas sejam consideradas insuficientes para um veredito.

— Obrigado, sr. McAfee — diz a juíza Byers. — Srta. Jewett?

— Vossa Excelência, o caso da procuradoria provou de forma extensiva cada elemento do crime de homicídio. E, na verdade, agora, até acrescentamos um motivo.

— Obrigada por esse... argumento sofisticado — responde a juíza em um tom seco. — O pedido da defesa é negado. Há provas suficientes para prosseguir com o julgamento. Voltaremos amanhã às nove com as provas da defesa, se quiserem apresentar alguma.

Ela bate o martelo, os murmúrios se tornam mais altos na galeria conforme os jornalistas se aglomeram na porta para enviar suas histórias à redação e se posicionar para armar uma emboscada para nós na saída do tribunal.

No entanto, assim como ontem, Jordan nos leva de volta para a sala de reunião.

— O que foi aquilo? — pergunto. — Ela não tinha mesmo provas suficientes para apresentar o caso?

Jordan dá de ombros.

— Ah, não. Ela tem muitas provas. Mas a defesa *sempre* faz isso nesse momento, sempre tenta desacreditar as provas da acusação. Quer dizer, há sempre uma chance de a juíza cair nessa armadilha. — Ele se senta à mesa na frente de Asher. — Gina conectou todos os pontos para os jurados: Asher matou Lily em um surto de pânico trans depois de ela contar a verdade para ele. Maya ofereceu provas de agressividade posterior...

— Eu nunca machuquei a Lily... — interrompe Asher, mas Jordan fala por cima dele.

— E, por fim, graças ao ataquezinho do Asher no tribunal, os jurados puderam testemunhar o que acontece quando ele está com raiva por ter sido humilhado.

Uma vez, quando Asher era pequeno, tivemos galinhas. Um dia, saí do galinheiro e o encontrei segurando um pintinho com a cabeça dentro da tigela de água. *Ele está com sede*, disse. Eu tirei o pintinho de suas mãos, aquele ser minúsculo, sem vida. *Por que ele não está se mexendo, mamãe?*, perguntou Asher.

Ele bebeu demais, expliquei. *Precisa tirar uma soneca.*

Não sei qual de nós eu queria proteger — ele, por cometer um erro; ou eu, por imaginá-lo sentindo aqueles ossinhos se debatendo, o bico arfando por ar, e não soltá-lo.

— Obviamente — está dizendo Jordan quando volto a prestar atenção nele —, não podemos colocar Asher para testemunhar... ainda mais agora.

Asher levanta a cabeça.

— Espera. Não vou poder contar a verdade?

— Não — responde Jordan. — Você não vai dizer nada. Quem vai falar sou eu.

O rosto de Asher fica vermelho.

— Mas tudo o que fiz foi *encontrá-la*. Quando cheguei, ela já estava morta. Por que não posso *contar* isso?

— Porque a procuradoria vai distorcer as suas palavras. Do mesmo jeito que te manipulou hoje, quando você *nem* estava no banco, para agraciar os jurados com uma performance digna de um Oscar de fúria frustrada. Se você for testemunhar, a situação vai se agravar ainda mais. Se você estiver naquele banco, não posso impedir que a procuradoria faça todo tipo de perguntas que você não quer responder.

As farpas entre os dois são quase palpáveis, então interfiro.

— Se Asher não puder se defender, quem vai fazer isso?

— Selena está no aeroporto agora, buscando a médica que fez a cirurgia de confirmação de gênero da Lily — diz Jordan.

— Como isso vai ajudar?

— Ainda não sei — admite ele. — Mas acho que, quanto mais instruído for o júri, mais chances temos de que acreditem que Asher é inocente. Vamos colocar o treinador Lacroix para testemunhar. E você. — Ele encontra o meu olhar. — Quem mais poderia defender o caráter dele melhor que a própria mãe?

Tenho um vislumbre da mãozinha gorda de Asher fechada ao redor do filhote já morto, exibindo-o para mim como um presente.

— Quem mais? — repito, e fico na dúvida se a pergunta é mesmo retórica.

QUANDO CHEGAMOS EM casa, Selena já está lá. Jordan e ela desaparecem imediatamente, vão para o escritório improvisado na sala de jantar a fim de repassar o interrogatório da testemunha especialista de última hora, a dra. Powers. Há uma mensagem de Dirk no telefone para Asher (que ele não pode responder, segundo os termos da soltura) e uma do correio para mim, avisando que as abelhas chegaram.

Estou empolgada por ter uma tarefa, uma responsabilidade para me distrair. Não quero acreditar que Asher poderia ser o vilão que a procuradoria apresenta. Mas, quando baixo a guarda, preciso admitir que a parte mais exaustiva não é a imagem que estão pintando de Asher. É a batalha para manter a *minha* versão dele intacta.

O correio está a minutos de fechar quando paro a picape na frente. A caixa que o funcionário da agência me entrega (nunca o vi se mexer tão rápido antes) tem cerca de quatro mil abelhas, enviadas de um apiário em Nova York, e é feita de madeira e tela. A caixa é mais pesada do que poderia imaginar e mais quente. Eu a levo de volta para casa, para realocar as abelhas na velha colmeia de Celine.

Estou prestes a ir pegar o equipamento de apicultura no vestíbulo, mas hesito. Consigo escutar Jordan e Selena na sala de jantar, Asher provavelmente está lá em cima. Subo e bato à porta.

Asher está sentado na cama com um bloco de desenho. Ele o fecha rapidamente quando entro, mas não antes de eu ver a curva de um queixo e uma cortina de cabelo escuro.

— Oi — digo, e ele inclina a cabeça em um cumprimento. — Tudo bem com você?

Ele dá de ombros.

— Estou ótimo, exceto pela acusação de assassinato e pelo fato de que nunca vou poder contar a minha versão da história.

Eu me apoio no batente da porta.

— Preciso ver as colmeias. Quer vir comigo?

— Você precisa de ajuda?

— Na verdade, não — respondo, e fico esperando, mantendo o olhar fixo nele.

Asher coloca o bloco de desenho de lado.

— Beleza — concorda.

Eu levo o fumigador e a máscara, enquanto Asher carrega a caixa com as abelhas novas. Caminhamos pela borda dos campos de morango.

— O que vai acontecer com as frutas?

Morangos são perenes, e abrimos a fazenda para clientes virem coletar as frutas em junho, graças à polinização das abelhas. Sinto que uma vida inteira já se passou desde que cobri as plantas em novembro, antes de... tudo. A essa altura, eu já deveria ter removido o feno e as lonas de inverno com que cubro as fileiras assim que as plantas começam a florescer. Mas a safra era a menor de minhas prioridades.

— No ano que vem — digo —, podemos plantar o dobro.

É um modo otimista de dizer que, este ano, é bem provável que as frutas apodreçam nos galhos.

Asher não trouxe uma máscara, então ele acende o fumigador enquanto eu abro a colmeia que costumava pertencer a Celine e suas abelhas. Ela está vazia e parada, um contraste gritante com as outras colônias agitadas. Ele se senta na grama alta, me assistindo colocar o macacão e me agachar ao lado da caixa de abelhas.

Abelhas transportadas são colhidas e vêm com uma rainha de uma colônia diferente que é específica para gerar rainhas. No meio da caixa há uma lata com xarope de açúcar, para acalmar as abelhas durante o envio até que consigam colher néctar por conta própria. A rainha está presa no topo, perto do xarope, em uma jaulinha, com duas acompanhantes para cuidar dela; consigo escutá-la sibilando, como um trompete de brinquedo. Algumas das novas abelhas não sobreviveram à viagem, mas foram poucas.

— Por que você não me perguntou? — diz Asher.

Minhas mãos ficam imóveis, e então jogo fumaça nas laterais e no topo da caixa.

— Não perguntei o quê...?

— Se sou culpado.

Eu o encaro através da máscara. Meu coração bate tão forte que tenho certeza de que ele consegue escutá-lo.

— Eu *preciso* perguntar?

Asher movimenta os ombros.

— Sei por que tio Jordan não quer falar disso — diz. — Mas achei que você fosse querer.

Você achou errado, quero dizer. *Porque isso significaria que duvido de você, e não duvido.*

Mas as palavras não saem.

Solto a gaiola da rainha para deixá-la de lado. Viro a caixa e jogo as abelhas dentro da colmeia vazia. Elas explodem ao redor do meu rosto em uma nuvem de agitação.

— Nada do que você me dissesse — começo, escolhendo as palavras com cuidado — me faria te amar menos.

Asher fica imóvel.

— Foi isso que eu disse para ela.

Isso é uma confissão velada? Ela contou para ele?

Asher manteve a promessa? Ou ele decepcionou Lily — e a si mesmo — com sua reação?

Isso importa?

Se Asher confessasse para mim que estava brigando com Lily e que as coisas saíram de controle e ela acabou morrendo, eu o defenderia da mesma forma.

Seria diferente, sussurra uma voz na minha cabeça. *Seria um acidente.*

Não consigo acreditar que Asher tenha conseguido esconder uma fúria avassaladora por dezoito anos sem jamais perder o controle.

Mas as coisas sempre foram fáceis para o meu menino perfeito. A escola, os esportes, os amigos. Garotas. Talvez ele nunca tenha se sentido tão envergonhado a ponto de querer atacar, até agora.

— Acho que nunca me dei conta do quanto... eu tenho sorte — reflete Asher.

Eu poderia rebater esse argumento, com base em seu início de vida problemático com o pai, um divórcio complicado, uma vida sem muita fartura em uma fazenda instável.

— Ninguém nunca pensou o pior de mim — diz ele, e pega a gaiola da abelha na lateral da caixa de transporte, onde a equilibrei. — Agora, me sinto assim. Encurralado. Como se eu não tivesse ninguém.

Tiro a pequena gaiola de madeira da palma de sua mão e a posiciono entre os dois quadros da colmeia.

— Você tem a mim — digo. Enquanto a encaixo no lugar, pergunto: — Você sabia...

Eu me viro e vejo o sol coroando Asher, um príncipe da tarde. Seus olhos encontram os meus por um instante, hesitando o suficiente para eu me acovardar.

— ... que esta aqui vem com um tampo doce? — digo, ajustando a gaiola da rainha.

— Aham — responde Asher, me deixando mudar de assunto. — Quando eu era pequeno, você me falou isso e tentei lamber uma.

— Não é esse tipo de doce — digo.

— Eu descobri.

Como a rainha não foi criada na mesma colônia que as abelhas que vieram na caixa, não é familiar para elas. Conforme as operárias mastigam a pasta grossa no fim da gaiola, vão se acostumando com ela. O tampo não é uma barreira para restringir a abelha, é uma barreira para protegê-la de ataques, enquanto a colônia decide se vai ou não aceitá-la.

Eu me pego pensando em Lily. Ela havia criado barreiras para manter os outros do lado de fora ou para se manter lá dentro?

Não existem regras que ditem o que você deve às pessoas que ama. Quais partes do seu passado devem ser compartilhadas? Você precisa confessar que é trans? Que é alcoólatra? Que teve um relacionamento com uma pessoa do mesmo sexo? Que fez um aborto? Que sofreu abusos da pessoa que mais confiava no mundo?

Quando é o momento certo para ter essa conversa: antes do primeiro encontro, antes do primeiro beijo, antes de dormirem juntos?

Qual é o limite entre guardar sua intimidade e ser desonesto?

E se o pior acontecer? E se a honestidade for aquilo que vai separar vocês?

— Qual é o nome dela? — pergunta Asher, interrompendo meu devaneio.

Cubro a nova colmeia. Eu estava pensando em Billie Eilish, mas talvez nem toda rainha precise ser uma rainha do pop.

— Lily? — sugiro.

Sento ao lado dele no campo enquanto abelhas errantes da caixa voam até a entrada da colmeia. Vemos o sol descendo pelo céu, até o horizonte ficar em brasa como a boca de um fogão.

— Ela teria gostado disso — diz Asher.

LILY ● 7

22 DE SETEMBRO A 13 DE OUTUBRO DE 2018
Dois meses antes

Enquanto como uma torta de maçã com queijo cheddar derretido por cima descubro ser verdade algo que imaginava só existir na minha cabeça. E estou empolgadíssima. E assustadíssima.

    Hoje, Maya e eu fomos assistir à partida de hóquei — em Adams, New Hampshire, o hóquei é como futebol americano no restante do país. O mascote da nossa escola se chama Presidente, o que é irônico se pararmos para pensar que o único presidente nascido em New Hampshire foi Franklin Pierce, e que os três fatores que o destacavam dos outros eram ser um beberrão, concluir as negociações da Compra Gadsden e atropelar uma senhora com seu cavalo e ser preso enquanto ainda ocupava o cargo. Jogamos contra os Jefferson Patriots, e as arquibancadas do rinque de hóquei da escola estavam lotadas. Maya gritou feito uma doida depois de cada gol (Asher marcou três dos cinco). É incrível ver os jogadores patinando tão rápido, quase como bailarinos, porque todos eles são imensos. Mas é uma beleza violenta. Dirk, o goleiro, foi retirado duas vezes da partida por brigar. No último tempo, Asher também foi retirado por bater em um dos adversários com o taco.

    Depois, fomos a uma festa, que aconteceu, é claro, na casa de Dirk. Foi a farra que seria de esperar (Dirk bebeu uma lata inteira de cerveja por um funil gigante enquanto os outros jogadores berravam *DIRK, DIRK, DIRK*). Em vez de ficar com o pessoal do time, Asher passou boa parte da noite sentado na varanda da frente, conversando comigo e com Maya. Lá estávamos nós três na noite quente, com grilos cantando, a lua brilhando. Notei que outras garotas nos olhavam com inveja. Muitas faziam parte do time de futebol feminino, que se chama — ambiciosamente — As Presidentas. Algumas até se meteram na nossa conversa para dar em cima dele, como se Maya e eu não estivéssemos ali. Mas Asher sempre as dispensava com educação e voltava à nossa conversa. Era difícil associar o atleta intenso que eu tinha visto rasgando o gelo uma ou duas horas antes com aquele garoto atencioso, calmo, que parecia me escutar da mesma forma como escuto às minhas composições favoritas de violoncelo.

Enquanto eu contava uma história sobre Point Reyes, ele me perguntou sobre o oceano Pacífico — *Ele é diferente do Atlântico? Não é estranho colocar os tornozelos na água que você sabe que também toca a Austrália, a China e o Vietnã?* Expliquei a ele sobre as lontras e como elas se amarram a algas quando dormem, para não saírem boiando pelo mar. Asher já tinha ouvido falar que elas flutuam juntas, feito um quebra-cabeça gigante, e quis saber se eu também sabia disso. Mais tarde, ele e Maya falaram sobre crescer em Adams e elogiaram o prato especial da lanchonete A-1, uma torta de maçã que leva queijo derretido no vapor.

Eu disse:

— Queijo derretido no vapor?

Não sabia o que era isso, mas parecia meio nojento. Os dois juraram que eu precisava provar aquilo *agora*, e, quando dei por mim, estávamos no jipe Rubicon vermelho de Asher — Maya na frente, eu no banco de trás —, indo comer uma fatia.

Eles tagarelavam sobre pessoas que eu ainda não conhecia e momentos que eu não tinha testemunhado. Sei que faz pouco tempo que estou em Adams, mas ver Maya e Asher no banco da frente era como ver dois círculos de um diagrama de Venn se juntando, sabendo que eu ficava do lado de fora.

Na lanchonete, sento ao lado de Maya, com Asher à nossa frente. Eles me observam levando uma garfada da torta à boca. O queijo foi derretido em uma panelinha de cobre e espalhado sobre a massa com uma espátula. Ele está um pouco molhado, e muito pegajoso, e, para falar a verdade, é um tanto nojento.

Mas, para minha surpresa, é absurdamente gostoso. É quente e ácido e pungente.

— Beleza — digo para os dois. — Vocês tinham razão. É ótimo.

— Mais uma convertida — anuncia Asher.

— Que bom que você gostou — diz Maya. — Porque meio que é só isso que temos em Adams. Temos pesca no gelo, hóquei e queijo derretido no vapor.

Asher pediu uma xícara de café, e a garçonete a coloca sobre a mesa. Ele acrescenta dois cubos de açúcar e um pouco de leite de um jarro. Isso me surpreende — ele não parece alguém que tomaria café doce. Nem alguém que tomaria café. Fico me perguntando por que essa foi minha impressão inicial. Imagino o que fazer com essa onda de curiosidade que quase me derruba, de saber não apenas como ele gosta de tomar café, mas quais animais de estimação teve quando era pequeno, qual gosto tem o coentro para ele (para mim, parece sabão), e quais programas de televisão ele consegue citar de memória.

Asher toma um gole de café e me lança um olhar pensativo.

— Você sente falta da Califórnia?

Penso no vilarejo de Point Reyes Station, na Bovine Bakery, e na pequena livraria. Penso no mar, na descida até o farol. Mas também penso em Jonah, e em Sorel, e em tudo que aconteceu na escola.

— Não precisa falar — diz Asher, intuitivamente. — Eu não estava tentando ser fofoqueiro. Só fico curioso sobre qualquer lugar que não seja aqui, sabe? — Ele leva a xícara de café aos lábios. — É difícil não pensar na Califórnia às vezes, quando o inverno aqui dura cinco meses.

— Errado, são seis meses — corrige Maya.

— Estou empolgada para ver a neve — digo. — Nunca vi antes.

Maya ri.

— A gente pode te apresentar à neve. — Ela se vira para Asher. — Lembra daquela vez, quando tínhamos nove anos, que fizemos um forte de neve que parecia um castelo?

Sinto uma pontada de inveja. Nunca tive amigos assim. Maya e Asher têm um passado ininterrupto.

Asher coloca a xícara sobre o pires e olha pela janela. Não responde a Maya, como se estivesse perdido em pensamentos.

— O inverno é tranquilo — diz ele, voltando a olhar para nós. — A parte mais difícil é a primavera, entre março e abril, quando você fica louco para o clima melhorar, e a neve não passa.

— Dirigir na época da lama é quase um esporte com muita competição — acrescenta Maya.

Nós rimos, comemos a torta, olhamos para a rua principal silenciosa até Asher terminar o café. Fico me imaginando dirigindo por ali na época da lama com Asher e Maya, daqui a seis ou sete meses, observando a neve finalmente derreter.

Tenho um vislumbre rápido do próximo verão, de nos encontrarmos aqui para comermos torta de maçã com queijo pela última vez antes de seguirmos para faculdades diferentes: eu para Oberlin ou Peabody — Asher e Maya para onde quer que eles queiram ir.

Mais uma coisa que não sei sobre ele.

— Já volto — diz Maya, e atravessa a lanchonete antes de desaparecer no banheiro minúsculo.

— Lily — diz Asher —, quero te perguntar uma coisa. — Sua voz é tão intensa, que sinto medo de ele estar prestes a me contar algo terrível. Asher coloca uma das mãos sobre a minha. — Eu queria perguntar se você toparia sair um dia. Comigo.

Estou torcendo para não parecer chocada demais. Mas o mundo me ensinou a pensar que sou indesejável, que qualquer pessoa que esboce o menor sinal de afeto comigo está mentindo para me provocar e me magoar; ou pior ainda, que alguém goste *mesmo* de mim, mas só porque não sabe de tudo. E no instante em que *souber* de tudo, seu amor se transformará em cinzas.

Então a primeira coisa que sai da minha boca é:

— Tem certeza?

O rosto dele se abre em um sorriso largo, enorme, e preciso me esforçar muito para não desmaiar e cair de cara no meu prato vazio.

— Tenho *certeza* — diz ele.

— Mas e... e a Maya?

As sobrancelhas dele se erguem, como se a ideia de Maya como uma opção romântica jamais tivesse lhe ocorrido de verdade.

— Não é a ela que estou perguntando — responde ele.

— Aceito — digo a Asher.

Nunca falei tão baixo na vida. Mas Asher aperta minha mão. Ele me escutou.

— Ora, ora — diz Maya, agora parada ao lado da mesa. — O que temos aqui?

Asher não solta minha mão.

— Pedi à Lily para sair comigo — responde Asher.

A boca de Maya se abre, e em seguida se fecha. Ela olha de mim para Asher e então sorri como se tivesse orquestrado aquela situação toda.

— Eu estava me perguntando quanto tempo vocês dois levariam para perceber o óbvio.

— Fui tão descarado assim? — pergunta Asher.

Maya revira os olhos.

— Asher, você acabou de passar uma noite inteira sentado em uma varanda, falando sobre lontras, quando poderia estar bebendo com Dirk. Você acha mesmo que eu pensei que fosse por *minha* causa?

— O quanto você sabe sobre lontras, Maya? — pergunta Asher.

— Muita coisa?

Maya ri.

— Não sei merda nenhuma sobre lontras. Mas sei sobre *você*. — Ela olha para o relógio. — Agora, podemos sair daqui?

— Tudo bem — diz Asher.

Seguimos para o jipe dele, com seus dedos nas minhas costas, e Maya senta no banco de trás.

— Pode ir na frente — diz ela para mim.

Cogito recusar, mas Asher meio que concorda com a cabeça e abre a porta do passageiro, me ajudando a entrar. Ele é surpreendentemente educado, levando em consideração que, mais cedo, o vi passar dois minutos fora do jogo por ter batido em alguém com o taco.

EU TIVE UM NAMORADO.

Foi no outono do segundo ano, antes de tudo dar errado. Jonah Cooper e eu nos tornamos amigos no ano anterior e passamos as férias de verão fazendo trilhas pelo parque nacional costeiro, ou de preguiça em casa jogando Xbox. Ele tinha cabelo preto, sardas. Era magricela, um pouco tímido. No outono e no inverno, fez esgrima comigo, mas, no verão, passou a ser o lançador do time de beisebol de Pointcrest. Ele arremessava como ninguém.

Em agosto, depois que ele passou na prova de direção, a gente andava para cima e para baixo pela costa. Era legal, depois de tanto tempo, ter um amigo além de Sorel. Fomos à queijaria artesanal Cowgirl Creamery e passamos parte da tarde deitados no gramado, provando todos os queijos: Red Hawk, Wagon Wheel, Devil's Gulch. Fomos até a estrada Cypress Tunnel, com suas árvores arqueadas entrelaçadas lá em cima. Parecia um portal para outro mundo.

E, olhando para trás, era mesmo — mas não para o mundo que eu esperava.

Em um dia de setembro, pegamos o Miata do pai dele e descemos pela costa. Estacionamos o carro e descemos para a praia Wildcat, pretendendo fazer a trilha até a cachoeira Alamere. A praia estava quase deserta e tinha um aspecto muito dramático — a extensão de areia apertada entre o mar quebrando à nossa direita e os penhascos altos à esquerda. Eu havia contado sobre o passeio para minha mãe, e ela havia insistido que a gente só fizesse a trilha na maré baixa. Na verdade, uma vez ela precisou resgatar algumas pessoas que ficaram presas contra o paredão do penhasco, um casal que tinha vindo exatamente no dia errado, na manhã errada.

Mas Jonah e eu tivemos um dia perfeito. Encontramos conchas e vidros marinhos, uma boneca assustadora sem cabeça e roupas molhadas, e inventamos toda uma história sobre o que havia acontecido com a boneca e sobre uma garotinha amaldiçoada que a jogara de um navio depois que ela começara a sussurrar ao seu ouvido no meio da noite.

Quando finalmente chegamos à cachoeira, o riacho jorrava com tanta força pelo penhasco que caía doze metros lá para baixo. As corredeiras faziam um caminho serpenteante entre a areia enquanto a água se apressava rumo ao mar. Uma névoa pairava no ar e acertava nosso rosto.

Foi então que Jonah segurou a minha mão.

Sentia meu coração martelar no peito. Era uma sensação tão boa, a mão dele na minha. Fiquei com medo de me mexer, porque aquilo podia ser um sonho. E também porque aquilo podia ser real.

O que aconteceu depois foi que ele me beijou. Então me beijou de novo.

Foi ao pôr do sol daquele mesmo dia — depois de voltarmos para o carro, depois de seguirmos no Miata até o outro lado da península, depois de ficarmos parando a cada cinco minutos para nos agarrarmos mais um pouco — que fizemos uma pausa no Elephant Seal Overlook, em Inverness. Lá embaixo estavam os leões-marinhos. Só os mais novos ficavam na praia naquela época do ano, um grupo de adolescentes escorregadios.

— Lily — disse Jonah. — Quero ficar com você, de verdade. Mas também quero garantir que, seja lá o que acontecer... vamos manter nossa amizade. Me promete que não vamos perder isso.

Também não quero perder nossa amizade, falei. Mas me perguntei, mesmo naquele momento, se estávamos fazendo uma promessa impossível de cumprir.

MEU PRIMEIRO ENCONTRO oficial com Asher Fields aconteceu uma semana depois: na manhã do dia 29 de setembro, um sábado. O evento em si será uma surpresa, apesar de ele ter me perguntado o quanto calço. Estou um pouco nervosa com isso, porque, é claro, sou paranoica com meus pés grandes. Mas Asher apenas disse *Beleza, ótimo*. O que me faz desconfiar de que vamos jogar boliche. Ou, sei lá, fazer sapateado?

Mas, quando Asher para em um estacionamento, não estamos em um boliche. Estamos no rinque de hóquei da escola Adams, e não há ninguém ali além de nós. Fico me perguntando quem Asher precisou subornar para conseguir entrar. Então me dou conta de que ele provavelmente só precisou sorrir e pedir com educação. Não consigo imaginar alguém negando qualquer coisa a ele.

Quando ele me entrega os patins que estavam na mala do jipe, diz que o tamanho quarenta feminino equivale ao trinta e nove masculino.

— Seus patins precisam ser de um tamanho menor daquele que você calça — explica ele. — Para sua sorte, eu guardo todos que já tive, desde o terceiro ano.

É fofo ele ter trazido um par de patins que cabe em mim, mas minhas mãos os seguram como se fossem venenosos. Porque são pretos.

Asher lê minha mente.

— O quê, você não quer usar patins masculinos?

A verdade é que não quero. Sei que é bobagem, mas todos aqueles anos de infância em que precisei usar as roupas erradas — me incomoda um pouco. Então olho para o rosto sorridente de Asher e decido que posso fazer esse sacrifício pelo menos desta vez.

E amarro os cadarços.

— A primeira coisa que você precisa aprender — explica Asher enquanto me ajuda a entrar no gelo — é como cair.

— Tenho certeza de que essa é a única coisa que já sei como fazer — respondo.

— Correção: você precisa aprender a cair *de um jeito seguro* — diz Asher. — Se você vai patinar, vai cair. Então é assim que se faz. — Ele solta minha cintura por um segundo, faz algo quase parecido com uma pirueta para se virar para mim. Seus patins fazem *ksshhh* no gelo. — Quando você sentir que está perdendo o equilíbrio, dobre os joelhos, deixe os dois braços ao lado do corpo e dê um impulso para trás, para cair de bunda. Quer tentar?

— Tenho medo de cair — digo, pensando ao mesmo tempo: *De outras formas.*

— Olha como eu faço — diz Asher, e faz exatamente o que acabou de descrever, caindo com tanta delicadeza que parece ter acabado de deitar em uma cama branca congelada.

— Beleza — digo, e, no instante seguinte, estou ao seu lado.

— Você — comenta ele — é uma ótima aluna. Agora, segunda lição. Como levantar. Gire para ficar de joelhos. Então coloque as duas mãos sobre o joelho direito e empurre com toda a força até ficar em pé. Estique os braços para o lado para recuperar o equilíbrio. Pronta? — Ele faz o que explicou e se agiganta sobre mim, olhando para baixo. Sem hesitar, levanto também, e ele sorri, como se estivesse impressionado. — Muito bem. Pronta para dar uns passinhos?

Estou completamente pronta para dar uns passinhos, Asher Fields. Você nem imagina o quanto. Ou talvez imagine. Talvez você esteja tão pronto quanto eu.

Asher me conta que ensina crianças a patinar no gelo durante o verão e que nunca perdeu um aluno. Ele está falando para me distrair, para eu não olhar para os meus pés. Meia hora depois, estou conseguindo — deslizando pelo rinque, não do jeito mais gracioso do mundo, mas sem cair o tempo todo. Só não sei como parar direito. Asher também me ensina a fazer isso.

— Para parar, estique o pé direito para frente, inclinado. O ideal é fazer um pouquinho de neve quando estiver praticando. É assim que você sabe que pôs pressão suficiente.

E é isso que estou tentando fazer quando me espatifo no gelo — não devagar, como Asher me ensinou antes, mas com um baque completo, meu corpo esticando em todas as direções que não deveria esticar, perdendo o ar com o impacto contra o gelo. Estou pensando *Não chore, não deixe ele pensar que você não é forte*, e quase consigo, mas então Asher vem patinando rapidamente em minha direção e se ajoelha para ver se estou bem. O bracelete que uso para cobrir as cicatrizes se soltou durante a queda, e, quando o puxo de volta ao lugar, percebo que Asher está olhando para as marcas, e, merda, as lágrimas começam a rolar. Sinto como se eu as estivesse segurando há anos.

Ele me ajuda a sentar. O gelo está frio sob meu jeans. Depois que me acalmo, Asher leva dois dedos ao bracelete com hesitação.

— Isto parece ter doído.

— Foi um... acidente de carro — minto. — Há dois anos, no Dia dos Namorados.

Eu me sinto péssima por mentir para ele, mas de jeito nenhum vou falar disso em nosso primeiro encontro, porque é bem provável que seja o último. Não quero me lembrar de Jonah agora, nem do Dia dos Namorados, nem de nada que aconteceu antes. Quero deixar isso tudo para trás e apenas patinar no gelo com Asher.

Asher me ajuda a levantar. Desta vez, ele não me solta, e apesar de eu estar em pé, sei que estou começando a cair de amores por este garoto lindo, que patina para trás enquanto segura minhas mãos e olha nos meus olhos.

Então Asher me guia para o centro do rinque, levanta uma mão e diz:

— Vou te girar. Fique só com um pé no chão, tá?

— Espera, o quê?

— Só me acompanha! — diz ele.

Mas estou pensando demais em tudo — nos patins, neste encontro, na minha vida, e, de repente, caio de novo, agora levando Asher comigo. Nós rolamos e ficamos um por cima do outro. Estamos bem no meio do gelo, no lugar onde, no jogo, o juiz coloca o disco para iniciar a partida.

— Acho que estamos prontos para as Olimpíadas — digo.

Ele ri.

— É verdade.

— Estou te esmagando — digo, me contorcendo para sair de cima dele, mas ele aperta os braços ao redor do meu corpo.

— Não tem problema — murmura. Suas palavras saem em pequenas nuvens. — Na verdade, meio que estou gostando mais disto do que de patinar.

— Estou gostando também — sussurro. — Asher.

E então me inclino, ofegante e com frio, e pressiono os lábios contra os dele. E lá está: nosso primeiro beijo.

Após uns oitocentos anos, ele se senta, e eu me afasto para o lado.

— Estou virando um picolé — diz ele.

— Deixe eu te ajudar — digo, esticando um braço e caindo em cima dele de novo.

Ele me beija mais uma vez. Contra os meus lábios, avisa:

— Você pode levar uma falta por causa disso.

— O que eu fiz?

— Atraso da partida — diz ele, rindo. — E por me segurar.

— Por te segurar! — repito. — Qual é a punição para isso?

— Dois minutos no banco — responde ele.

Ele levanta e me puxa junto, nos levando para o outro lado do rinque, onde uma portinha se abre para o banco dos jogadores que cometem faltas. Asher e eu nos sentamos e voltamos a mergulhar um no outro.

— Eu *gosto* do banco — digo, parando para tomar fôlego.

— Às vezes, sua falta é mais grave — diz Asher. — E então você precisa ficar aqui por mais tempo.

— Qual falta eu preciso cometer para isso?

A mão de Asher aterrissa sobre meu seio. Estamos completamente sozinhos no rinque gigante, e o mundo ao redor está congelado. Ele se inclina para outro beijo.

— Comportamento inapropriado — sussurra ele.

SEIS MELHORES MOMENTOS DA PRIMEIRA SEMANA COM ASHER FIELDS

6. Estamos sentados no topo de uma torre de salva-vidas abandonada na praia de Adams, no lago Pierce. No verão, diz Asher, este lugar fica lotado, mas está vazio agora. Uma jangada de madeira foi puxada até a areia para o inverno. As folhas estão ganhando um tom de laranja. Uma dupla de mobelhas-grandes flutua pelo lago, e fazem sons como os de um fantasma: *buuuu*.

Asher me conta que elas têm o mesmo parceiro durante a vida toda.

5. Estou andando pelo corredor para ir almoçar com Maya, e Asher está vindo do lado oposto, com Dirk e os caras do hóquei, e ele para e diz:

— Ei, calma aí.

E me puxa para seus braços e me beija, bem no meio do corredor, na frente de todo mundo. Dirk fica olhando, embasbacado. *Cara*, diz ele.

4. Faço um bolo esperança para Asher na noite de quarta. Na quinta, eu os levo à escola, e sentamos juntos no refeitório, só nós dois. Ele precisava fazer o dever de casa de cálculo, mas, em vez disso, ficamos de mãos dadas embaixo da mesa. Algumas pessoas nos olham. Somos oficialmente um casal agora. Estamos comendo bolo esperança. É simples assim.

— Uau — diz ele —, que delícia. O que *tem* aqui?

Pego seu caderno de cálculo e anoto a receita em uma página em branco. Então a devolvo para ele. Na última linha, escrevo: *Asse no for-*

no por quarenta minutos, ou até algo impossível se realizar. O que quer que aconteça primeiro.

3. Temos o primeiro torneio de esgrima do outono, é no fim de semana que vem, no dia 13 de outubro, e a equipe está treinando bastante. Impulsiono meu florete para frente e apoio o peso na perna direita, atacando meu oponente e soltando meu clássico grito do movimento flecha: *Aieeee!* E todo mundo se vira para me olhar, tipo: *Quem é essa garota?* Olho para a arquibancada, e lá está Asher, olhando para mim com uma expressão que diz *Eu sei quem é ela.*

2. Estamos, Asher e eu, nos campos atrás de sua casa, bem perto do lugar em que a grama alta se encontra com as árvores. É um sábado quente demais. Estamos deitados em uma toalha, bebendo chá gelado adoçado com o mel da mãe dele. Estou lendo *Homem invisível*, de Ralph Ellison, e Asher está desenhando. Ele pergunta se quero ser sua modelo, e digo *Claro*. Eu me apoio em um cotovelo. *Me desenha como uma de suas garotas francesas*, digo, como Kate Winslet em *Titanic*.

    Ele sorri e diz *Não faça promessas que você não vai cumprir*, e me escuto responder *Mas eu vou*.

    Um instante depois, minha camisa está no chão, junto com meu sutiã, e estou olhando nos olhos dele, e penso *Ele vai ter esse desenho de mim para sempre, e isso não me assusta*.

1. Estamos na minha casa depois da escola, mas minha mãe ainda não voltou do trabalho. Boris está deitado no chão. Asher se acomoda em uma poltrona perto da lareira enquanto toco violoncelo para ele. A música é "O cisne", de Saint-Saëns. Penso na lenda do cisne, que diz que o pássaro passa a vida inteira mudo, até o momento em que está prestes a morrer, e então ele canta a melodia mais linda do universo, tão bela que ouvi-la faz as pessoas se partirem ao meio.

    É o canto do cisne.

    Quando finalmente baixo o arco das cordas, os olhos de Asher estão brilhando. A expressão dele é um espelho de como me sinto.

— Você não fica triste — pergunta ele — quando toca uma música assim?

— Só é uma música triste — explico — se não houver ninguém para escutá-la.

Ele me beija, e parece que meu coração vai escapulir do peito. Como se eu fosse passar a vida inteira tendo que carregá-lo do lado de fora.

— Eu ouvi — diz ele.

ASHER E EU revelamos pedacinhos de informações um para o outro como se trocássemos cartas de Pokémon. Descubro que ele é alérgico a melão; ele descobre que tenho hipermobilidade. Ele me conta que já teve um peixe-dourado que viveu por seis anos. Digo a ele que assisti a todos os episódios de *The Office* pelo menos oito vezes. Ele diz que viu Adam Sandler em uma lanchonete Subway em Nashua. Admito que, até um mês atrás, eu não sabia que o sinal de divisão é apenas uma fração com os pontos ocupando o espaço do numerador e do denominador. Contamos um ao outro coisas que devem ser sussurradas: me mudei tanto que lugar algum me traz a sensação de lar. Ele tem medo de contar à mãe que quer estudar artes na faculdade. Eu me preocupo que minha mãe passe tanto tempo se preocupando comigo que não se lembre mais de quem ela é depois que eu for para a faculdade.

Mas a diferença entre mim e Asher é que, aparentemente, ele está me contando a verdade, e eu estou beirando a mentira.

Quando ele me pergunta por que nos mudamos tanto, coloco a culpa no emprego da minha mãe.

Quando ele me pergunta por que minha mãe se preocupa, coloco a culpa no fato de eu ser filha única.

Quando ele me pergunta se meus pais são divorciados, digo que meu pai morreu.

É especialmente gratificante matá-lo, mesmo que seja ficção.

Minha vida passa a orbitar ao redor de Asher — quando estou com ele, me sinto hipnotizada. Quando não estou com ele, quero estar. Mesmo quando passo tempo com Maya, ela quer saber tudo que acontece com Asher. Não consigo entender se ela está tentando ser uma boa amiga ou se essa é a única forma de ela participar de um relacionamento que agora só tem espaço para duas pessoas. Apesar disso, sou muito cautelosa com o que escolho compartilhar. Dizer as palavras em voz alta as torna menos especiais, de alguma forma. Não quero dividir Asher com ninguém, nem com a garota que me apresentou a ele.

Mas ele quer me compartilhar, pelo menos com sua mãe. Sei que, assim como o meu, o pai dele não é uma figura presente. E sei que sua mãe é apicultora, o que é esquisito e também meio impressionante. No dia em que a conheço, ela me mostra as colmeias, e assistimos às abelhas cumprindo pequenas missões secretas. Não mencionei que eu já tinha vindo à fazenda antes, quando ela não estava em casa, e tirado minha blusa sob o sol de outono para Asher me desenhar em seu caderno.

Enquanto ela me dava lições de apicultura, Asher enfiou a mão no bolso de trás do meu jeans, e tudo em que eu conseguia pensar era que ele não tinha vergonha de mim na frente da mãe. Eu a peguei me observando quando ela achou que eu não estava prestando atenção.

— Gostei dela — disse ela para Asher antes de eu ir embora.

Mas percebi que ela pensava: *Esse garoto é a coisa mais preciosa que tenho no mundo. Tome cuidado.*

ESTAMOS CERCADOS POR uma névoa amarela, como a fumaça que escapa de shows de fogos de artifício. Asher e eu estamos fazendo amor, e sinto o cheiro de pólvora. Seus olhos são carinhosos, e verdes, e *compreensivos*. É isso que me faz chegar ao clímax, não a eletricidade ondulante que cresce dentro de mim, mas seus olhos, aqueles olhos, que me dizem *Lily, você é vista e amada*. E então e então e então...

Pois é, então o sol da manhã entra pela janela, bate no meu travesseiro, e abro os olhos ao acordar. E me lembro imediatamente do grande copo de água que tomei ontem à noite, pouco antes de apagar a luz.

Este é um dos prazeres mais ocultos de ser trans, os orgasmos-surpresa que surgem do nada às vezes, quando minha bexiga está cheia. A dra. Powers me explicou que, por causa da maneira como minhas partes íntimas foram viradas do avesso, boa parte dos tecidos mais sensíveis agora ficam próximos à bexiga. O que significa que, se eu beber muito líquido antes de dormir, conforme a bexiga for enchendo durante a noite, posso acabar ficando animadinha — *enquanto estou inconsciente*. O resultado são esses orgasmos que chegam de repente no começo da manhã. Eu os chamo de *visitantes noturnos*.

Minha conclusão é que a biologia é uma coisa engraçada.

Quando sento na cama, muitos dos detalhes do sonho já desapareceram, como o orvalho sobre a grama de verão. Mas o olhar de Asher — *disso* eu me lembro, porque não foi sonho.

Ele já me olhou assim antes, e sorriu. E não desapareceu.

ALGUNS DIAS DEPOIS, Asher conhece minha mãe. Ela nos pega e nos leva à cachoeira Ripley, perto de Bartlett. Minha mãe está no modo guarda-florestal completo — nos mostrando a fauna e a flora —, e também está com a guarda alta, sabendo do que aconteceu antes. Mas ela faz o papel de *mãe* para cima dele — insistindo para que passe protetor solar, certificando-se de que a garrafa de água dele esteja cheia, e assim por diante. E lá vamos nós — ela já percorreu esta trilha várias vezes, porque faz parte do habitat dos linces que ela pesquisa —, mas eu nunca vim aqui. Asher é diplomático, pergunta à minha mãe sobre o trabalho dela, e então nos quase dois quilômetros que andamos ouvimos tudo sobre os linces. *Os pelos nas orelhas deles amplificam a audição. Eles conseguem escutar um rato a setenta e seis metros de distância. Seus pés grandes, redondos, funcionam como botas de neve.*

— A senhora já viu um? — pergunta Asher. — Desde que chegou aqui?

Minha mãe suspira.

— Ainda não. Mas estou torcendo para que isso aconteça logo.

De repente, ouvimos o farfalhar das asas de um pássaro, assustado com a nossa presença. Ele dispara pelo ar e voa por cima de nossas cabeça, aterrissando no galho branco de uma bétula.

— Ai, meu Deus! — exclama minha mãe, com sua longa trança girando enquanto ela aponta para o pássaro. — Olha só! É um sanhaçu-escarlate!

É uma criatura maravilhosa, com asas vermelhas e azul-escuras brilhantes, e encontrá-la de forma tão repentina é como esbarrar em uma celebridade saindo rapidamente pela porta de um teatro e entrando em uma limusine. O pássaro, empoleirado em um galho, nos encara com um olhar nervoso por um instante. Então sai voando, desaparecendo pela floresta.

Minha mãe está boquiaberta.

— Vocês *viram*? Ele está na lista vermelha da UICN!

— UICN? — pergunta Asher.

— União Internacional para a Conservação da Natureza. — Minha mãe ainda está parada no mesmo lugar, chocada, como se tivesse acabado de ver Elvis. — Eles são tão lindos, e estão ameaçados de extinção.

Os olhos dela me encontram.

E então ela se vira e nos leva ainda mais para dentro da floresta.

Mais tarde, quando voltamos para casa, minha mãe prepara o jantar enquanto Asher espia os detalhes ao seu redor. Ele vai até as estantes e lê alguns dos títulos — *Primavera silenciosa*, *O sol também se levanta*, *A dança da morte*, edições baratas de peças de Shakespeare, todos os escritos de Toni Morrison. Vou até a cozinha para ver se minha mãe precisa de ajuda. Ela me fita com os olhos arregalados e brilhantes, como se estivesse prestes a chorar.

— Você está bem, mãe? — pergunto.

Acho que ela também está se apaixonando um pouquinho por Asher.

— Não foi maravilhoso hoje? — pergunta ela. — Ver o sanhaçu--escarlate?

Então me dou conta de que não foi Asher que a deixou emocionada. Foi ver um pássaro raro na floresta.

Estou prestes a dizer para ela parar de exagerar quando escuto a voz de Asher na sala.

— Uau — diz ele.

Volto para a sala a tempo de vê-lo segurando — para meu horror — um velho álbum de fotos, que tem fotografias minhas como menino.

— *Uau* o quê? — pergunto, tentando soar despreocupada.

— Quem é este menino? — pergunta Asher. — Ele parece seu irmão gêmeo!

Sinto o sangue subindo em direção ao meu rosto. Lembro imediatamente de uma briga que tive com minha mãe, quando estávamos desempacotando a mudança, por deixar o álbum na sala. *Às vezes, eu me sinto como se não tivesse um passado*, havia dito ela.

— É o meu primo — digo, rápido. — Meu primo Liam.

— Nossa — responde Asher. — Ele é a sua cara. Onde ele vive? Na Califórnia?

Percebo, pelo completo silêncio na cozinha, que minha mãe está ouvindo a conversa com muita, muita atenção. É uma boa pergunta. *Onde* vive Liam agora?

— Não — digo baixinho para Asher. — Ele morreu. Leucemia.

— Meu Deus — responde Asher, envergonhado. — Eu não queria...

— Não tem problema, Asher — diz minha mãe, saindo da cozinha. Ela pega o álbum das mãos dele e o devolve para a estante. — Sempre amaremos o Liam. Ele era um ótimo menino.

...

O TORNEIO DE ESGRIMA é em Dartmouth, a faculdade onde minha mãe quer tanto que eu estude que só falta preencher a inscrição em meu nome. Ela é partidária da ideia de que eu deveria estudar em uma universidade, fazer o curso de artes, em vez de ir para um conservatório — porque isso me tornará mais "culta".

Isso é o que ela diz, mas o motivo verdadeiro de ela adorar Dartmouth é porque a faculdade fica a menos de duas horas de Adams.

— A gente continuaria perto uma da outra — diz ela, apesar de eu ter quase certeza de que passar os fins de semana com a minha mãe não será uma das minhas maiores prioridades no ano que vem.

Tenho certeza de que minha mãe ainda não sabe ao certo o que vai fazer com a própria vida depois que eu for para a faculdade. Talvez ela continue no Serviço Florestal em Campton, mas acho improvável.

Eu gostaria que ela fizesse a Trilha dos Apalaches completa, algo que sempre foi seu sonho. Seria uma aventura que duraria entre cinco e seis meses, indo do monte Katahdin, no Parque Estadual Baxter, no Maine, até a montanha Springer, na Georgia. As pessoas dizem que é uma experiência transformadora, em que entendem o que está faltando na vida, ou quem elas deveriam ser. Talvez ela conheça um aventureiro dedicado e se apaixone.

Eu ia gostar de saber que ela não está sozinha.

No caminho para a faculdade, minha mãe sugeriu que a gente fizesse uma parte da trilha depois do torneio — "só um pedacinho", disse ela. Por coincidência, a trilha passa por Hanover e pelo campus da Dartmouth. Mas tenho quase certeza de que Asher e eu vamos tentar ir a um minigolfe/ uma sorveteria em West Lebanon. Isso se a gente conseguir se livrar não só da minha mãe como de Maya, que está vindo com Asher para torcer por mim.

Meu treinador, o sr. Jameson, é professor da minha turma avançada de inglês e mais conhecido como Chopper. Ele é um sujeito intimidante, levando em consideração que tem pelo menos uns setenta anos. Anda de um lado para o outro da pista, observando cada movimento dos esgrimistas. Mesmo sendo um velho tão rabugento, quando pega um florete durante os treinos para nos mostrar como executar um golpe específico, seus movimentos são extremante graciosos e firmes.

Venço minhas três primeiras disputas: 15-4, 15-8, 15-1. Quando chegamos à última do dia, pouco depois do almoço, as pessoas já estão cansadas. A multidão na plateia diminui, mas ainda há bastante gente assistindo, incluindo um grupo que parece fazer parte da equipe de esgrima de Dartmouth, que consigo identificar por suas jaquetas iguais decoradas com um D verde gigante, uma árvore no meio e duas espadas cruzadas por cima.

Minha oponente é uma garota chamada Nancy Seidlarz, que tem pelo menos sete centímetros e vinte quilos a mais do que eu, e desde o começo dá para perceber que ela vai dar trabalho. Eu a vi arrasar com sua última oponente da manhã por quinze a dois, e nem precisou dos três tempos completos para isso. Ela consegue me tocar uma vez no primeiro tempo, depois duas vezes, e então mais três.

O placar está cinco a zero quando fazemos a primeira pausa, e Chopper vem sussurrar ao meu ouvido.

— Qual é o seu problema? — rosna.

Quero explicar que Nancy Seidlarz é maior e mais forte do que eu, mas ele não quer saber disso.

— Use a cabeça — diz ele. — Ela é mais forte, mas é lenta. Você consegue ser mais esperta que ela. Sei que consegue.

O juiz anuncia:

— Em guarda. Prontas? Combate!

Nancy Seidlarz vem para cima de mim e me toca antes mesmo de eu erguer o florete.

— Concentre-se, Campanello! — berra Chopper. — Concentre-se!

Respiro fundo, o juiz repete *"Prêtes? Allez!"*, e isso basta para eu apontar minha espada para Nancy Seidlarz e gritar *"Aiieeee!"* e atacá-la com um flecha. Ela é pega completamente de surpresa, e, a menos que meus olhos tenham me enganado, dá meio passo para trás antes de eu receber o ponto.

— Pausa — anuncia o juiz, e o lugar explode em gritos de torcida.

O placar está 6-1.

Esse ponto é suficiente para me colocar de volta na competição. Nos cinco minutos seguintes, eu alcanço a pontuação dela, empato, e então ficamos alternando a dianteira. No fim dos tempos normais, o placar está 10-10. Agora, é morte súbita.

O juiz conduz o "desempate" antes de começarmos, jogando uma moeda, e Nancy ganha; isso significa que, se nenhuma de nós pontuar na prorrogação de um minuto, Nancy vence. Não é uma boa situação para mim, mas não é a primeira vez que sou encurralada.

Estou totalmente focada em prever e antecipar os movimentos de Nancy Seidlarz. Faltando quinze segundos, surge minha chance. Nancy para um ataque, mas joga o braço muito para a direita, deixando-a suscetível demais e tirando um pouco de seu equilíbrio. É então que impulsiono o florete para frente, passo o peso para o joelho direito e a ataco.

Levo o ponto e o embate. O ginásio é tomado por uma explosão de palmas.

Nós tiramos as máscaras, e Nancy e eu nos aproximamos para trocar um aperto de mão. Para minha surpresa, ela me fita com um olhar generoso e cheio de admiração.

— Você é maravilhosa! — exclama ela.

— Não é? — responde uma voz estranhamente familiar, e me viro, e é então que todos os sons do salão desaparecem.

— Jonah? — digo.

O MASSACRE DO DIA dos Namorados foi o ato final entre mim e Jonah. Mas as coisas já não andavam nada bem antes disso.

Eu estava no meio de uma disputa de esgrima contra Hartshorn, e não estava no meu melhor momento, apesar de esse não ser o problema. A questão era que — no meio do terceiro duelo — houve uma agitação na plateia. Um homem berrava e gritava palavrões de uma das arquibancadas, mais abalado com meu desempenho ruim do que *eu mesma*. Sua voz era inconfundível.

Você pode ser tudo que quiser, Liam.

Lá nas arquibancadas, estava meu pai, usando uma capa de chuva esfarrapada. Ele exibia uma barba de pelo menos dois dias. Pela sua voz, parecia estar bêbado.

Era inimaginável. Como ele poderia estar ali?

Cada vez mais nervosa, perdi aquela disputa, e então a próxima. Queria subir a arquibancada e perguntar *Por que você está aqui, porra? Por que não consegue deixar a gente em paz?* Queria que minha mãe o levasse para o estacionamento e o mandasse embora.

Mas minha mãe não estava lá naquele dia. Estava no parque costeiro, pesquisando poças de marés.

Ele tinha vindo de Seattle para assistir à minha competição de esgrima? Como conseguia estar tão bêbado em uma manhã de sábado? Aquela foi a primeira vez que entendi que você pode cortar uma pessoa da sua vida, mas isso não significa que vai sair da vida *dela*.

Vai se foder, pai, pensei. Estranhamente, a raiva me ajudou a me concentrar. Comecei o último duelo e logo venci meu oponente. Mas a verdade era que eu não estava lutando contra um esgrimista de Hartshorn.

Arranquei a máscara enquanto a multidão batia palmas.

— Esse é o meu orgulho! — berrou meu pai, apontando para mim. — Esse é o meu *garoto*!

Todo mundo da equipe — incluindo Jonah e Sorel — olhou para meu pai bêbado lá em cima e depois para mim.

— Lily — perguntou Sorel. — Quem *é* aquele?

Um segurança estava conversando com meu pai agora. E ele continuava berrando.

— O nome dele não é Lily! — gritou ele. — É Liam! Eu sei bem. Fui eu que escolhi essa porra de *nome*!

— Não faço a menor ideia — falei, e me virei para sair do ginásio.

• • •

NAQUELE FIM DE semana, Sorel me puxou para um canto.

— Todo mundo está falando sobre aquele cara no torneio de esgrima que disse que era seu pai — explicou ela, e ficou esperando, como se soubesse que, se deixasse o tempo e o silêncio se alongarem entre nós, eu os preencheria com as respostas que desejava.

— Não sei o que dizer — respondi.

— Eu sou sua amiga — falou ela —, e estou do seu lado. Você pode me contar *qualquer coisa*.

Cometi o erro de confiar nela e contei que eu era trans. Contei sobre Seattle, como minha mãe e eu saímos de casa no meio da madrugada.

— Você fez a cirurgia? — perguntou ela, e expliquei que não, que não tinha idade suficiente.

— Mas talvez um dia. — Comecei a chorar enquanto explicava tudo para ela. — Você precisa me prometer que não vai contar para ninguém.

Sorel apenas me encarou.

— Depois de ontem, todo mundo já sabe.

No fim das contas, o conceito de amizade de Sorel não condizia com o meu. Por mensagens e sussurros, ela tornou os aspectos mais íntimos da minha vida tão públicos quanto possível. Sei que Sorel achava que estava fazendo a coisa certa. *Todos nós precisamos cuidar da Lily agora! Respeitá-la!*

Mas *cuidar da Lily* não era o que as pessoas queriam fazer.

Em vez disso, quando cheguei à escola na segunda-feira, um pessoal me encarou com um misto de pena, horror e nojo. Claro, houve gente que tentou ser legal. *Você é tão corajosa!*, diziam. Mas a maioria simplesmente me ignorou, como se eu as deixasse desconfortáveis, como se eu tivesse me tornado invisível do dia para a noite.

Finalmente, encontrei Jonah na frente do armário dele naquela manhã.

— Você — disse ele, como se não suportasse nem dizer o meu nome.

Eu queria dizer: *Lembra que a gente estava olhando o mar e você falou "Seja lá o que acontecer... vamos manter nossa amizade"?*

— Podemos só...

— Não — disse Jonah. — Sabe, ontem, se você perguntasse a qualquer um nesta escola quem eu sou, todo mundo diria *Ah, ele é o cara que sabe arremessar as melhores bolas*. Mas, agora, sabe quem eu sou? O cara idiota por não perceber o que você tem no meio das pernas.

— Não é isso que importa — respondi. — O que importa é como nos sentimos. Como nos...

— Você quer saber como eu me sinto? — Os olhos de Jonah desviaram de mim. — Sinto que você devia *se foder*.

E saiu pisando firme pelo corredor, me deixando parada ali.

Adeus, Jonah.

— OI, LILY — diz Jonah.

Ele está usando uma daquelas jaquetas com o D e as espadas cruzadas. Não parece chateado em me ver, mas envergonhado. Por outro lado, na última vez que nos falamos, ele estava em cima de mim em um estacionamento, e meu vestido estava todo rasgado.

— O que você está fazendo aqui? — pergunto.

— Estudo em Dartmouth — diz Jonah. — Estou no primeiro ano.

É claro que está. Eu também estaria, se não tivesse perdido um ano. Graças, em parte, a Jonah.

— Eu moro aqui agora — explico. — A duas horas para o norte.

— Fiquei na dúvida se era você até ver seu flecha. Seria impossível não reconhecer aquele grito.

O pessoal da minha equipe está rodopiando ao meu redor, em sinal de comemoração. As arquibancadas esvaziam. Maya acena para mim, radiante. Mas me distancio dela, de todo mundo. Não quero que a mancha da minha vida antiga se espalhe sobre a nova.

— Escuta — diz Jonah. — Eu só queria pedir... perdão. Pelo que aconteceu. Penso *muito* naquilo.

Quero dizer a ele: *Eu também penso muito naquilo, seu desgraçado.* Mas há algo diferente em seu rosto. Ele parece mais maduro, talvez um pouco mais vivido. Talvez um pouco mais triste?

Ótimo, penso. *Eu quero que ele fique triste.*

— O que fiz foi terrível — diz Jonah.

Ele realmente parece angustiado.

Eu me lembro do momento pouco antes de eu apagar da anestesia: *noventa e oito, noventa e sete*. Um dos pensamentos que surgiu na minha cabeça foi a esperança de conseguir perdoar Jonah. Não era algo fácil.

— Pois é — reconheço. — Foi mesmo.

— Se eu pudesse voltar atrás...

— Mas *não* pode — digo.

— Só preciso saber... — diz ele. — Se você está bem. Se está feliz?

É uma pergunta simples, mas que, para mim, nunca foi fácil. Quero responder: *Estou, desde que me livrei de você.*

Concordo com a cabeça, e Jonah sorri.

— Que bom — diz ele. — Você merece.

— Bem — digo, e fico inesperadamente emocionada com isso —, obrigada, Jonah.

Alguém chama o nome de Jonah, e ele se vira, levanta um dedo pedindo para que esperem.

— Se cuida — diz ele.

Ele dá um passo para frente, abrindo os braços, e, por incrível que pareça, acabo indo ao seu encontro. Ainda mais incrível é o fato de que isso me traz uma sensação boa, como se eu estivesse começando a me desapegar da raiva que me assombrou esse tempo todo. Ainda estou segurando o florete na mão direita, mas, quando meus braços envolvem suas costas, ele cai da minha mão, e apoio o rosto em seu ombro.

— Seu amigo? — pergunta Asher em tom frio.

— Asher — digo, me afastando rápido.

Meu coração bate disparado, porque bastariam poucas palavras para Jonah estragar minha vida pela segunda vez.

— Ex-namorado, na verdade — corrige Jonah, e ele sorri para mim, como se tivesse colocado tudo no devido lugar.

Fico boquiaberta. *Agora?* Agora é o momento que Jonah resolve admitir o que deveria ter feito naquela época?

— Este é Jonah. De Point Reyes. Ele estuda em Dartmouth agora — explico. — Eu não sabia que ele estudava aqui.

Asher olha para mim e então para Jonah de novo.

— Foi ótimo te ver — diz Jonah. — Estou arrependido mesmo. De verdade. Se algum dia você quiser conversar... talvez você ainda tenha meu celular.

Asher segura meu ombro.

— Ela não quer conversar com você — diz ele.

Jonah parece ter levado um tapa. Ele vira de costas, e, por instinto, me estico para dizer que Asher só falou por falar, que ele nunca me viu com outra pessoa e está com ciúme — mas, antes de eu alcançá-lo, Asher puxa meu braço com força, como se estalasse um chicote.

— Aiii, isso doeu — digo. — O que você está fazendo?

— Porra, o que *você* está fazendo? — rebate Asher. — Quando eu vejo, tem um cara te abraçando?

Eu teria rido se a situação não fosse tão triste. Nunca o vi assim antes — vingativo, ciumento, *alfa*.

— Asher, para com isso — diz Maya, que abriu caminho pela multidão, com minha mãe ao seu lado.

As duas viram tudo. A voz de Maya parece quebrar um feitiço, e ele olha primeiro para ela, depois para mim.

Ele larga meu braço como se minha pele estivesse pegando fogo.

— Lily... eu...

Minha mãe dá um passo para frente e segura meu ombro.

— Vou levar minha filha para casa agora — diz com firmeza.

Pego o florete do chão, e minha mãe me guia para fora do ginásio de Dartmouth.

Asher nos segue até metade do caminho, atordoado, como a fera de um conto de fadas que desperta de uma maldição.

— Não era a minha intenção! — diz ele.

Eu sei, penso, enquanto lágrimas escorrem pelo meu rosto. *Então por que você fez?*

NA NOITE SEGUINTE, Maya vem dormir na minha casa. Ela trouxe rum em uma garrafa térmica de água, então nem suas mães nem a minha perceberam. Comemos o bolo que sobrou de uma festa de aniversário do trabalho da minha mãe e assistimos a *Largados e pelados*. Debatemos sobre qual seria a única coisa que levaríamos para o programa. Eu digo que a minha seria uma faca, porque é a escolha mais óbvia, mas Maya diz que levaria seu oboé, porque, às vezes, as pessoas naquele *reality* só precisam de alguma coisa que as acalme.

Faço de tudo para não pensar em Asher, que já mandou sete mensagens com pedidos de desculpa.

A verdade é que meu coração dói, não por eu não conseguir perdoar Asher, apesar de ele ter se comportado de um jeito bem esquisito no torneio. É mais como se, até agora, tudo tivesse sido um sonho, e é a primeira vez que preciso encarar o óbvio: não é um sonho, ele é aquele tipo de homem que ao sentir ciúme se torna desagradável, e namorá-lo não vai ser apenas dar uns amassos na torre do salva-vidas e tocar "O cisne".

Penso em Jonah, em como ele parecia diferente. Acho que eu também devia parecer diferente do seu ponto de vista. Foi o meu grito que mostrou a ele que ainda sou eu, que continuo lutando.

Quando chega a hora de irmos para a cama, Maya e eu colocamos nossos pijamas. Ainda acho estranho trocar de roupa na frente de outras garotas, acho que vou me sentir assim para sempre. É um instinto que nasceu da necessidade de me tornar invisível em vestiários e banheiros antes. Maya arranca a camisa e fica andando de um lado para o outro de calcinha, para depois colocar o short de cetim. Eu tiro rápido a calça e viro de costas, puxo a blusa de gola rulê por cima da cabeça, tomando cuidado para não tirar meus braceletes do lugar, para Maya não ver minhas cicatrizes. Abro o sutiã, me curvo sobre mim mesma como um pássaro que encolhe as asas, os braços cruzados sobre os seios até eu conseguir vestir uma camiseta. CRANKY FRANKIE'S BBQ, diz a camiseta. FOGO NA GRELHA.

De repente, Maya joga um braço ao meu redor e ergue o celular.

— Sorria! — diz, e tira uma selfie.

— Estou me vestindo! — reclamo, olhando para minhas pernas expostas.

Maya dá de ombros.

— Se a gente não postar uma foto da noite das garotas no Insta, será mesmo que aconteceu?

Ela digita no celular, amplia a foto, aperta os olhos, e se estica para pegar meu braço. Ela o gira de leve, até olhar diretamente para o grande hematoma que ficou no lugar em que Asher me segurou. Dá para ver as marcas de cada um de seus dedos, e a mancha que se formou onde ele pressionou o polegar.

— Ai, meu Deus — diz ela. — Você está bem?

— Estou ótima — digo. — Foi só uma bobagem.

OLIVIA ● 8

9 DE MAIO DE 2019
Cinco meses depois

Dra. Monica Powers faz jus ao nome. Ela é alta e confiante, e tem uma beleza de parar o trânsito. Seu cabelo castanho está preso em um coque baixo, e ela domina o banco de testemunhas em vez de ser intimidada por ele. Se não fosse pelo terninho e pela ausência do laço da verdade, ela poderia ser a reencarnação da Mulher Maravilha — mais inteligente e mais forte do que a maioria das pessoas e cansada de ser subestimada.

— Dra. Powers — diz Jordan —, pode nos contar qual é a sua profissão?

— Sou cirurgiã de confirmação de gênero no Mills-Peninsula Medical Center em Burlingame, na Califórnia. Faço parte do subcomitê cirúrgico da Associação Profissional Mundial para a Saúde Transgênero. Conduzo cirurgias pro bono de reversão de circuncisões clitorianas e mutilação genital na África e em alguns países. — Seus lábios se curvam. — E, por um acaso, também sou uma mulher trans.

Sei que Jordan a trouxe aqui como uma especialista, para educar os jurados. Observo-os analisando-a com uma curiosidade descarada. Alguns parecem nitidamente surpresos, como se ver uma mulher lindíssima e ouvi-la dizer que é transgênero os forçasse a reavaliar suas opiniões.

— O que significa — pergunta Jordan — ser transgênero?

— Pessoas trans são aquelas cuja identidade de gênero não é compatível com o gênero que acreditava-se que tinham no momento do nascimento — explica a dra. Powers. — No parto, o médico anuncia *É um menino!* ou *É uma menina!*, com base nos órgãos reprodutores com que o bebê chega ao mundo. A maioria das crianças considerada um menino no nascimento se torna um menino ao crescer. A maioria das crianças considerada uma menina no nascimento se torna uma menina ao crescer. Mas, para algumas pessoas, o exterior não bate com o interior. Elas sabem quem são, e é uma sensação diferente daquela que foi presumida no instante em que nasceram. Uma mulher trans é alguém que vive como mulher agora, mas foi considerada um homem ao nascer. Um homem trans é alguém que vive como homem agora, mas foi considerado uma mulher ao nascer. — Ela abre um sorriso gentil para os jurados. — Para complicar um pouquinho mais, a identidade de gênero nem sempre se resume a A ou B. Algumas pessoas trans não se identificam *nem* como homens *nem* como mulheres, mas em algum ponto entre os dois, ou uma mistura dos dois. Às vezes, elas são chamadas de não binárias, ou genderqueer.

Lembro da minha conversa com Elizabeth. Nem imagino como deve ser ter que ensinar a todo mundo sobre seu direito de existir. Penso nos ombros dela, curvados ao se apoiarem sobre a grade, enquanto duas garotas que tiveram sorte suficiente de nascer no corpo certo sussurravam sobre ela.

Cansada, penso. É isso que significa ser transgênero. Elizabeth devia viver exausta.

— Então — responde Jordan, franzindo a testa —, a senhora está dizendo que ter cromossomos xy não basta para dizer que uma pessoa é um homem?

— Protesto, Vossa Excelência — diz Gina. — Qual é a relevância? O sr. McAfee pode acenar a Bandeira do Orgulho quando quiser, mas este é um caso de homicídio.

A juíza Byers balança a cabeça.

— Acho que ouvir isto beneficia a todos nós, srta. Jewett. Sr. McAfee, continue.

— Estávamos falando sobre cromossomos... — diz Jordan.

Dra. Powers concorda com a cabeça.

— Existe uma diferença entre sexo e gênero. O sexo de uma pessoa se trata de uma questão biológica do corpo, do que existe entre suas pernas e em seu DNA. O gênero se refere ao que está entre suas orelhas. A forma como você se identifica psicologicamente, quem você *sabe* que é, se chama *identidade de gênero*. Quando a sua identidade de gênero não se encaixa com o seu sexo biológico, você é transgênero.

— Como alguém sabe que é transgênero?

— Gosto de pensar nisso como ser destro ou canhoto — explica a dra. Powers. — Se eu pedisse ao senhor para assinar seu nome com a mão não dominante, provavelmente seria esquisito. Se eu pedisse que descrevesse a situação, o senhor provavelmente diria coisas como *a caneta não fica confortável na minha mão*; ou *é esquisito*; ou *preciso me esforçar muito para tornar legível algo que consigo fazer com facilidade com a outra mão*. Parece forçado. Até uma criança no jardim de infância sabe determinar se é destra ou canhota, mesmo que ainda não tenham aprendido essas palavras. É verdade também que, apesar de a maioria das pessoas ser destra, e uma porcentagem menor da população ser canhota, há quem consiga escrever com as duas mãos com a mesma facilidade. Anos atrás, se você fosse canhoto, os professores tentavam te forçar a ser destro. Com o tempo, alguém entendeu que não havia problema algum em ser canhoto. Pessoas destras que não escrevem com a mão esquerda conseguem entender que existe gente capaz de fazer isso... mesmo que elas sejam incapazes.

Ela olha para o júri.

— Esse é um ótimo exemplo para mostrar o que significa ser transgênero. Todo mundo tem uma identidade de gênero dominante. Não é uma preferência, não é algo que você consegue mudar só porque está com vontade. É simplesmente como você funciona. A maioria das pessoas que é designada mulher ou homem no nascimento sente que sua identidade de gênero bate com essa classificação, são chamadas de *cisgênero*. Mas pessoas transgênero sabem que há alguma coisa estranha com o corpo em que estão. Algumas percebem isso desde muito jovens. Algumas passam anos se sentindo desconfortáveis sem entender direito por quê. Algumas evitam falar sobre identidade de gênero porque sentem vergonha, ou medo.

— Por que elas sentem medo? — pergunta Jordan.

— Quando pessoas trans contam a verdade sobre quem são, enfrentam estigmas, discriminação, assédio, e, em alguns casos, violência — explica a dra. Powers, de forma direta. — Pessoas trans são demitidas por expressar sua identidade de gênero. São espancadas ou expulsas de casa. No ano passado, quase trinta pessoas trans foram assassinadas. Este ano, até agora, foram outras quatro.

Olho para Asher, que está encarando Jordan com uma confusão óbvia. Parece, pelo testemunho da médica, que ela apoia a teoria da procuradoria.

— Os adultos não são os únicos perseguidos — continua ela. — Imagine ser uma menina de doze anos no corpo de um menino, que começou a usar roupas de menina para a escola, e o diretor diz que você precisa usar o banheiro masculino. É fácil pressupor que pode haver meninos lá dentro que... não te respeitam tanto assim. E você só quer fazer xixi.

— O que significa passar pela transição? — pergunta Jordan.

— A transição é o período em que a pessoa trans começa a viver de acordo com sua identidade de gênero, em vez de o gênero que foi incorretamente atribuído a ela no nascimento. É importante deixar claro que as pessoas podem ser transgênero e nunca passar pela transição. Nem todo mundo é igual, e a expressão de gênero varia para cada um. Para uma pessoa, ela pode significar usar roupas específicas, deixar o cabelo crescer, ou usar maquiagem. Para outra, pode ser mudar o nome e os pronomes com os quais se identifica. Há quem mude a carteira de identidade ou o passaporte para que seus documentos reflitam seu gênero correto. Outras passam por terapia hormonal, ou procedimentos cirúrgicos, para seus corpos refletirem o gênero certo.

Jordan se aproxima do banco da testemunha.

— Dra. Powers, a senhora conhecia Lily Campanello?

— Conhecia — diz ela. — Realizei sua cirurgia de confirmação de gênero.

— Como sua médica, a senhora está ciente do processo pelo qual ela passou para fazer a transição de um corpo masculino para feminino?

— Estou. Lily seguiu um processo de transição bem típico. Por volta dos treze anos, uma mulher trans pode começar a tomar estrogênio e espironolactona, que age como bloqueador da puberdade. Como costumamos entrar na puberdade por volta dessa faixa etária, isso garante que uma menina transgênero não desenvolva pelos faciais, nem mudanças na voz, nem pomo de adão, qualquer coisa que associaríamos com características sexuais secundárias. Depois disso, algumas pessoas, como Lily, optam pela cirurgia de confirmação de gênero.

— O que é isso?

— Lily passou pelo que chamamos de *cirurgia de redesignação*. Em termos científicos, é uma genitoplastia feminilizante, na qual os testículos são removidos, a pele do prepúcio e do pênis são invertidas, preservando o sangue e os nervos, para formar uma vagina completamente funcional e sensível. A glande do pênis forma o clitóris, com todas as terminações nervosas. Não há cérvix, não há útero, não há ovários. Mulheres trans não menstruam nem engravidam.

Penso em como, quando Braden e eu fomos fazer a ultrassonografia, a técnica nos perguntou se queríamos saber o sexo. Ela apontou para o risquinho de um pênis na imagem granulada na tela. Será que Ava Campanello teve uma experiência parecida? Se teve, como reescreveu essa história em sua cabeça, no seu coração?

Já vi vídeos e fotos em redes sociais de pais de meia-idade anunciando o nascimento do "bebê" — um estudante do ensino fundamental de aparelho e com um sorriso largo, que agora se identifica com o gênero oposto. Eles sempre me fazem sorrir, porque essas crianças são amadas de forma pura e incondicional, o que é muito melhor do que a alternativa... adolescentes trans que não recebem apoio dos pais, cujos obituários às vezes surgem no meu feed.

Mas, agora, sei que há mais por trás de sorrisos felizes e anúncios brincalhões de renascimento nesses vídeos. A alegria de apresentar a nova filha é acompanhada da perda de perder o filho anterior?

Será que Ava Campanello sofreu a perda da filha *duas vezes*?

— Mulheres trans podem ter um relacionamento sexual saudável — pergunta Jordan —, que inclua penetração vaginal com um parceiro do sexo masculino?

— Com certeza — responde a dra. Powers.

Meu rosto esquenta; esta não é uma conversa que já imaginei escutar meu irmão ter. Meu olhar passa para Asher, e me dou conta de que, para ele, o assunto não é apenas científico. É pessoal.

Isto é uma validação.

Sua mandíbula está tão retesada que os músculos em seu pescoço estão esticados.

Jordan inclina a cabeça.

— Um parceiro do sexo masculino conseguiria perceber, apenas por meio de relações sexuais, se a vagina de uma mulher trans foi criada cirurgicamente?

Encaro Asher, que permanece imóvel, impassível. Um mistério.

— Só se ela contasse para ele — responde a dra. Powers. — Em outras palavras, doutor: sou boa demais no meu trabalho.

Os olhos de Asher se fecham, como se ele estivesse rezando. Ou como se uma oração tivesse sido atendida.

— Sem mais — diz Jordan.

• • •

HÁ PROVAS DE que os egípcios antigos preparavam bolinhos de mel para crianças, da mesma forma como fazemos biscoitos de gengibre em formato de bonecos. Tenho a minha própria versão — é um pão, não um biscoito, que também leva noz-moscada, cravo e café. Eu o preparava não apenas como uma guloseima para Asher, mas como um consolo para as coisas que ele perdia: depois de levar uma coça em uma partida do campeonato de hóquei, quando um amigo mudava de cidade, quando o tirei de casa e ele perdeu o pai de repente.

Quando Jordan senta e a procuradora levanta, me distraio escrevendo os ingredientes no Moleskine. *Canela, açúcar, ovos. Gengibre e nozes.* É mais fácil fazer isso do que notar que Asher está com a cabeça baixa na direção da mesa agora, como a flor *snowdrop*.

Há quatro xícaras de mel no pão — mel escuro, da segunda colheita. Ele é preparado no fim da temporada, depois da seca de néctar em julho, quando as abelhas passam a recorrer a arnica e girassóis. Ele é mais intenso e forte. Tem gosto de segredos.

Eu deveria fazer um pão de mel para Asher, penso, *por causa de sua perda. De Lily?*, me pergunto. *Ou do julgamento?*

A procuradora para perto do banco das testemunhas, com os braços cruzados.

— Começar a terapia hormonal no ensino fundamental não é um pouco cedo? — pergunta Gina.

— Acreditamos que não — responde a dra. Powers. — A ideia é interromper a puberdade para não precisarmos remover certas características físicas... mas ainda ter material bruto suficiente, por assim dizer, para se a jovem trans chegar à maioridade e desejar passar pela cirurgia.

— Mas Lily fez a cirurgia aos dezessete anos — diz a procuradora.
— Ela não era maior de idade. Era nova demais, não era?

— Para ser sincera, não. Essa é a minha recomendação no momento. Busco por uma mistura de maturidade física e emocional no paciente jovem. Caso a cirurgia aconteça antes da faculdade, significa que os pais estarão presentes para ajudar com o processo e garantir que os cuidados posteriores sejam feitos.

— Cuidados posteriores?

— Sim. A dilatação diária da vagina por seis meses para evitar a estenose pós-cirúrgica.

— Um homem não conseguiria determinar se a sua parceira era uma mulher trans após passar pela cirurgia... mas existem cicatrizes, não existem? — Gina olha para Asher ao falar.

— Estamos tão avançados que as cicatrizes são praticamente indetectáveis. As vaginas passam por uma metaplasia após a operação; o interior adota as características de uma vagina cisgênero. Nem mesmo um patologista seria capaz de notar a diferença.

— Ah, mas um patologista é diferente de um namorado em um contexto íntimo?

O rosto de Asher cora.

— As cicatrizes cirúrgicas são escondidas na vulva, nas curvas da virilha. Muitas vezes, são ocultadas por pelos pubianos. Se você estiver olhando com muita atenção, poderia perguntar *O que são essas cicatrizes?* Mas algo me diz que um adolescente fazendo sexo com a namorada não seria tão... científico. — A dra. Powers dá de ombros. — Uma garota transgênero pode ficar pelada na sua frente sem que você note nenhuma cicatriz visível.

— Nenhuma cicatriz visível — repete Gina. — Exceto as provocadas pelas surras que ela levava do namorado.

— Protesto! — urra Jordan.

A procuradora olha para ele.

— Retiro o que disse — responde ela.

E sorri.

EM ALGUM MOMENTO antes de Asher nascer, quando Braden e eu tínhamos acabado de nos mudar para Boston, decidimos passar o dia de folga dele no Museu de Belas Artes. Vagamos pelas múmias e pelos retratos de John Singer Sargent, mas me interessei pela coleção de obras de Monet. Algo sobre como as pinturas impressionistas fazem sentido de longe, mas não de perto, me emocionava até o fundo da alma.

Foi um dia maravilhoso, perfeito. Braden foi engraçado e charmoso, indo de galeria em galeria comigo, segurando minha mão. Quando analisamos a *Psiquê* de Rodin, ele sussurrou que gostava muito mais do meu corpo que do dela. Sentamos na frente de obras de arte modernas e tentamos decifrá-las.

Só que, quando saímos do museu, o céu estava caindo. Tivemos que correr até a estação de metrô, e, quando chegamos, tudo havia sido afetado pela chuva — nossas roupas, nosso dia, nosso humor. *Por que você não olhou a previsão do tempo antes de a gente sair?*, berrou Braden para mim. *Você devia ter trazido um guarda-chuva. Por que você só faz merda?*

Eu me curvei feito um salgueiro diante da força da tempestade dele. Discutir não adiantaria nada, eu sabia. Em vez disso, concordei com a cabeça quando parecia o certo a se fazer. Pedi desculpas.

Encontrei o olhar de uma mulher mais adiante na plataforma, que imediatamente se virou para o outro lado.

Braden ficou mexendo na camurça ensopada de sua jaqueta. *Isto aqui não tem mais jeito, graças a você.*

Quando o metrô finalmente chegou, entramos. Sentei ao lado da mulher que me observava antes, e Braden se acomodou diante de nós. Ele puxou a jaqueta encharcada. *Espero que você esteja satisfeita*, bufou.

Embaixo das dobras do meu próprio casaco, a mulher ao meu lado pegou minha mão e a apertou.

DURANTE UM INTERVALO de quinze minutos, Jordan nos leva para a sala de reunião que se tornou nosso refúgio. Preciso brigar com ele para conseguir ir ao banheiro. Desde que minha última incursão até lá causou um encontro com Ava, ele não quer arriscar, mas digo que já estou bem grandinha e consigo lidar com as consequências. No fim das contas, o banheiro feminino está vazio, mas há uma fila para usar o bebedouro ao lado. Espero o homem que está bebendo terminar, e, quando ele se empertiga, percebo que é Mike Newcomb.

— Olivia — diz ele.

— Olha só quem é — respondo, forçando um tom alegre nas palavras.

Ele seca a boca ainda molhada com as costas da mão, então cora ao notar sua falta de etiqueta.

— Desculpe — diz ele, e murmuro algo indiferente. Fazemos uma dancinha enquanto ele cede seu lugar na frente do bebedouro para mim. Mike enfia as mãos nos bolsos.

— Como você está?

— Assim... — digo, o que não é uma resposta.

Ele inclina o corpo para me proteger dos olhares das pessoas que passam pelo corredor. Ele cheira a roupa limpa.

— Alguém mais te incomodou em casa? — pergunta. — Mais algum vandalismo?

— Não — respondo.

— Bom, ainda não tenho pistas — diz Mike. — Sobre o celeiro.

— Certo. Você deve ter coisas mais importantes para resolver. — Ele está menos arrumado hoje: camisa polo, calça jeans. Parece bem menos imponente do que no dia em que testemunhou contra Asher. — Você veio por causa da procuradoria?

Ele parece confuso por um instante, e então um sorriso se desenrola em seu rosto. A expressão muda seus traços, e, de repente, consigo enxergar o garoto que me deu massa frita na boca no dia da formatura para eu não sujar meu vestido de gordura.

— Olivia — diz ele. — Eu vim por *sua* causa.

Ele se despede, e o observo descendo pelo corredor. Quando volto para a sala de reunião, me dou conta de que me esqueci completamente de beber água.

• • •

O TREINADOR LACROIX se veste como convém a uma testemunha: usa o colete do time de hóquei da escola Adams. Ele acena com a cabeça para Asher, sério, ao se sentar, esperando Jordan fazer as perguntas.

— Como o senhor conhece Asher Fields, treinador? — pergunta Jordan.

— Asher joga hóquei no meu time desde que tem nove anos. Primeiro na liga infantil, agora na seleção da escola.

— O senhor também conhece Asher como estudante?

— Bom, sim. Para fazer parte de uma seleção, os alunos precisam ter média geral acima de oito. A de Asher sempre esteve muito acima disso — diz o treinador.

— Ele faz parte da seleção há quatro anos?

— Não, ele era do time reserva no primeiro ano, mas passou a fazer parte da seleção no ano seguinte, o que é bem impressionante. Muito talentoso.

— Como Asher interage com o time? — pergunta Jordan.

— Ele é um líder nato — responde o treinador Lacroix sem hesitar. — Foi eleito capitão ainda em seu segundo ano no time. Em trinta anos como treinador, eu nunca tinha visto isso acontecer. Ele liderava com seu exemplo, e cuidava dos garotos que ficavam no banco. Ele fazia questão de conviver com o pessoal que tinha menos destaque, sabe? — O treinador sorri para Asher. — Se eu tivesse um filho, iria querer que ele fosse igual a Asher.

— O senhor também conhece Asher como membro da comunidade?

— Conheço. Nos verões, ele é conselheiro no acampamento de hóquei que organizo para a criançada do ensino infantil. Sei que Asher não tem irmãos, mas ninguém diria isso pela forma como ele lida com os pequenos.

— O senhor pode nos dar um exemplo? — pede Jordan.

— Todo verão, recebemos alguns campistas que vêm da capital, organizados pelo grupo Fresh Air Fund. As crianças são ótimas, mas não sabem nem mesmo amarrar os próprios patins. Asher passou a se responsabilizar por elas sem que ninguém pedisse. Ele as ensina a patinar, cuida delas em seu tempo livre e as convida para sentar com os conselheiros, o que, para as crianças, é como vencer na loteria. Quando as crianças voltam à capital no fim de agosto, ele não se esquece delas. Mantém contato, escuta os problemas delas, incentiva-as a ter sonhos ambiciosos e a patinar de vez em quando. Até onde eu sei, ele continua se correspondendo com elas. — O treinador Lacroix se vira para o júri. — Já conheci muitos adolescentes ao longo dos anos, e conheci Asher muito bem nos últimos dez. Posso dizer com certeza absoluta que ele é mais maduro do que muitos rapazes de sua idade.

— Obrigado — diz Jordan. — Sem mais.

A procuradora fica sentada à sua mesa, batendo com a caneta sobre uma pasta.

— Não é verdade que Asher Fields se envolveu em muitas brigas enquanto jogava hóquei?

O treinador Lacroix dá de ombros.

— Quando você é o melhor do time, vira alvo dos adversários. Então, sim, ele se envolveu em algumas brigas.

— No hóquei, brigas não causam faltas que penalizam o time?

— Sim, mas...

— Então ele prejudica o time porque não consegue controlar seu temperamento? — pergunta Gina.

— Protesto — grita Jordan. — Qual é a relevância disso?

A juíza estreita os olhos.

— Negado.

A procuradora levanta e repete a pergunta.

— Como eu disse — responde o treinador Lacroix —, ele costumava ser o alvo. Ele não estava brigando... estava se *defendendo*.

A procuradora gira sobre os saltos, como se o vento tivesse mudado de direção.

— Imagino que o senhor esteja ciente do escândalo sobre as colas da escola Adams no ano passado, em que um grupo de atletas se juntou em uma gangue que invadiu as salas do departamento de matemática, roubou provas, fez um gabarito com a ajuda de alunos inteligentes e então distribuiu as respostas?

— Estou.

— Imagino que o senhor esteja ciente de que foi o réu quem deu a ideia... e que depois ele mentiu sobre isso?

— Fiquei sabendo de algo assim.

Jordan levanta, se equilibrando na mesa com os nós dos dedos.

— Vossa Excelência, protesto que o treinador testemunhe sobre algo que ficou sabendo...

— Vou reformular minha pergunta — diz Gina. — Asher foi suspenso e proibido de jogar no seu time de hóquei por um mês. O motivo para isso não foi sua participação nesse escândalo?

— Foi — responde o treinador Lacroix —, mas, veja bem, o Asher que eu conheço... ele é um bom garoto. Esse negócio não se alinha com o garoto que eu conheço.

Gina ergue uma sobrancelha.

— Parece que tem muita coisa que as pessoas não sabiam sobre ele. — Ela lança um olhar para Jordan, que está prestes a protestar. — Sem mais.

A juíza anuncia que faremos um intervalo para o almoço, mas perdi o apetite. A dra. Powers mais validou a vida de Lily do que esclareceu que Asher não teve qualquer envolvimento com a morte dela; o treinador Lacroix — a única testemunha que disse palavras gentis sobre Asher desde que o julgamento começou — teve seu testemunho pulverizado, fazendo Asher parecer um mentiroso. Serei a próxima testemunha após o retorno, e já estou tão nervosa que não paro de tremer. Não consigo imaginar como este dia poderia ficar pior.

Até eu sair do tribunal e ficar cara a cara com Braden.

• • •

— PAI? — diz Asher, com os olhos arregalados.

— O que você está fazendo aqui? — pergunto sem nem pestanejar, enquanto Jordan dá um passo para frente para formar uma barreira humana comigo, separando Braden do meu filho.

Suor escorre pelas minhas costas; estou furiosa e assustada e não consigo diferenciar uma emoção da outra. Para meu choque, minha mão voa em direção à nuca, por onde passa meu rabo de cavalo. *Você devia prender o cabelo sempre assim. Você fica muito bonita.*

— O que estou fazendo aqui? — repete Braden, como se essa fosse uma pergunta ridícula. — Estou aqui por causa do Asher. Eu teria vindo no começo do julgamento, mas tinha cirurgias que não podiam ser adiadas. — Ele se vira para Jordan, estreitando um pouco os olhos. — Pelo visto, cheguei bem na hora. Dá para perceber que você precisa de testemunhas melhores.

Ele exala poder e privilégio, um super-herói vindo salvar o dia em seu terno bem cortado. Mas você não pode ficar com o papel de herói quando é na verdade um vilão.

— Você está se oferecendo? Porque não há a menor chance de você testemunhar — responde Jordan, inexpressivo.

Consigo sentir a fúria irradiando de sua pele, e percebo que esta é a primeira vez que meu irmão vê Braden desde que lhe contei a verdade sobre o meu casamento. Ele parece querer dar um soco em Braden.

Agarro o braço de Braden e o puxo para dentro da sala de reunião, com Jordan e Asher nos seguindo. Assim que a porta se fecha, eu me viro para ele.

— Só porque você pagou a fiança do Asher não significa que você pode fingir que tem uma relação com ele — sibilo.

— A questão não é a fiança — argumenta Braden. — E eu *tenho* uma relação com Asher. A gente se encontrava uma vez por mês, antes de ele ser preso. Mas é claro que eu não *soube* disso. Quando ele parou de responder às minhas mensagens...

O zumbido nos meus ouvidos é tão alto que, por um segundo, acho que vou desmaiar.

— Ah — diz Braden baixinho, olhando para Asher e depois para mim. — Você não sabia.

A voz da procuradora ecoa em mim. *Imagino que o senhor esteja ciente de que foi o réu quem deu a ideia... e que depois ele mentiu...?*

— Aqui não é o seu lugar — diz Jordan para Braden. — Acho melhor você ir embora.

Uma expressão familiar surge no rosto de Braden — a de que me lembro nos momentos em que ele estava com raiva e prestes a atacar, mas então se dava conta de que estávamos em público. Sua expressão ameniza, e ele se vira para Asher, lhe dando um abraço.

— Vou estar na sala de audiência — diz ele.

Quando Braden vai embora, sento à mesa e enterro o rosto nas mãos.

— Tio Jordan — escuto Asher dizer. — Posso ficar sozinho com a minha mãe por um minuto?

Escuto a porta se fechar quando meu irmão sai, e ergo o olhar para encontrar Asher sentado ao meu lado.

— Eu não sabia como te contar que estava me encontrando com ele — diz Asher. — Lembra quando tio Jordan achou mensagens de um Ben Flanders no meu telefone? Não era um cara do time de hóquei. Era o meu pai. Dei um nome falso para ele, para você não descobrir.

Ben Flanders. Braden Fields.

— Por quê, Asher? — pergunto.

Ele levanta um ombro.

— Eu queria saber por que eu não fazia parte da vida dele.

Meu olhar voa até o dele.

— Eu estava tentando *evitar* que você fizesse parte da vida dele.

— Pois é — diz Asher. — Por quê?

Abro a boca para responder o óbvio: porque ele é a semente de todo mal, de todo traço potencialmente abusivo, de tudo que está sendo dito sobre Asher no tribunal. Mas, em vez disso, aperto os lábios e balanço a cabeça.

— Sei que as coisas entre vocês não foram nada boas. Mas isso foi o seu relacionamento, não o meu — continua Asher. — Eu queria descobrir por mim mesmo como ele é.

Você nem imagina como ele é, penso. Braden teria se certificado disso.

Eu me obrigo a perguntar com aparente calma:

— E você descobriu?

— A gente se encontrava uma vez por mês em um restaurante na fronteira com Massachusetts. Ele queria saber tudo sobre mim. O que faço para me divertir, o que estudo na escola, qual universidade pretendia frequentar. Pelas conversas, não daria para imaginar que ele é um péssimo pai.

Quando Braden e eu ainda namorávamos, certo dia acordei e encontrei o quarto todo cheio de balões de gás. Braden espiou pela porta, sorrindo. *Não é meu aniversário*, falei para ele. *Isso não significa*, respondeu ele, *que você não mereça*.

Por mais intensamente que Braden me amasse, ele também me machucava. Se eu soubesse que seu amor cobraria um preço tão caro, ainda teria me casado com ele?

A resposta é que, infelizmente, sim. Mesmo quando alguém é violento, ou mentiroso; mesmo quando ele parte seu coração sempre que você lhe dá oportunidade — não necessariamente isso acaba com o seu amor. As duas coisas não são excludentes.

Escutar os testemunhos da procuradoria foi um lembrete disso.

Olho para Asher agora. Fico me perguntando se Braden sorriu para ele do outro lado da mesa do restaurante e reconheceu um semelhante. Se a curiosidade de Asher de voltar a ter um relacionamento com Braden tinha a ver com a necessidade de encontrar a fonte de características dele que não podiam ser encontradas em mim.

Partes acionadas por seu namoro com Lily.

Quando eu via Asher com ela, os dois pareciam um casal feliz.

Era isso também que as pessoas viam quando olhavam para mim e Braden.

— Ele tem outra família agora — diz Asher, me trazendo de volta.
— Eu sei.
— Eu era bom o suficiente para um almoço executivo uma vez por mês, mas não para assistir a jogos de futebol americano com meus meios-irmãos aos domingos. — Asher ergue o rosto para mim. — Eu ia parar de me encontrar com ele.

Olho para ele, atenta. *Você está me contando a verdade?*, penso. *Ou está me dizendo o que eu quero ouvir?*

Se Braden teve alguma influência sobre Asher durante essas visitas, esse é exatamente o tipo de frase que ele diria.

— Mas então — continua Asher — isso aconteceu.

A morte de Lily. Sua prisão. O presídio.

— Eu devia ter te contado — diz Asher.

Se ele tivesse, eu teria interferido? Impedido-o de ir? Eu tinha medo de que Braden mentisse sobre mim para Asher?

Ou que Braden contasse a Asher a verdade?

Asher e eu não conversamos sobre o fato de que eu sofria abusos físicos de seu pai.

— Você tem muitas lembranças dele? — pergunto com cuidado.
— Antes de irmos embora?

Prendo a respiração, esperando a resposta. Não sei se ele se recorda de como era aquela vida; do que seu pai fazia comigo; do que ele via. Ou do que aconteceu na noite em que fomos embora para sempre.

— Não — diz Asher baixinho. — Esse era um dos motivos de eu querer conhecê-lo. Só consigo me lembrar de uma conversa que tivemos. *Uma.* Como você pode ter seis anos quando seus pais se separam e não se lembrar de nada além de uma conversa?

Porque você enterra as memórias bem lá no fundo, para elas não voltarem e lhe machucarem, penso.

— Era Natal, e ele me levou ao quintal — diz Asher. — Eu era muito pequeno, estava no colo dele. Então, ele apontou para o céu e disse: "Bem ali, aquele é o Papai Noel. Está vendo?". Olhei para cima,

A LOUCURA DO MEL

procurando, procurando, e juro que vi um trenó e uma rena. — Ele balança a cabeça. — Uma idiotice, né?

— O seu pai sabia ser bem persuasivo — respondo, mas penso: *Talvez tenha sido nesse momento que aconteceu. Talvez tenha sido ali que ele te ensinou a mentir.*

EXISTE UM TIPO de mel que devia ser evitado a todo custo.

O mel alucinógeno é produzido por abelhas que fazem sua colheita em rododendros e louros-da-montanha, e é cheio de andromedotoxinas venenosas. Causa tontura, náusea e vômitos, convulsões, distúrbios cardíacos. Os sintomas duram vinte e quatro horas, e podem ser fatais se não tratados, embora isso seja raro. Ele é usado como arma biológica desde 399 a.C. para fazer Xenofonte e o exército grego recuarem da Pérsia. Durante a Terceira Guerra Mitridática, em 65 a.C., os cidadãos de Pontos deixaram mel alucinógeno no caminho que os soldados de Pompeia percorreriam, e, depois que os inimigos se deleitaram com a guloseima, a vitória foi fácil.

A arma secreta do mel alucinógeno é que você espera que ele seja doce, não mortal. Você se sente propositalmente atraído por ele. Quando seus efeitos começam a afetar sua mente, seu coração, já é tarde demais.

O CORAÇÃO DA MULHER *bate um pouco mais rápido que o de um homem*, me contou Braden na primeira vez que saímos para jantar.

O meu está martelando como as asas de um beija-flor.

Quando coloco minha mão sobre a Bíblia, jurando falar a verdade, olho para a galeria. Mike Newcomb está sentado no corredor, seus olhos grudados em mim. Ele me oferece um sorriso encorajador.

Braden está em pé, junto à parede nos fundos da sala, com os braços cruzados sobre o peito.

Eu jamais seria chamada para testemunhar contra Braden se ainda fôssemos casados. O sistema americano prevê imunidade conjugal.

Mas aqui estou eu, tendo que testemunhar contra Asher.

Não, não. *A favor* de Asher.

Não é a primeira vez que preciso mentir para proteger alguém que amo.

A NOITE DA FESTA de Natal de 1999 do Departamento de Medicina Cardiotorácica do Mass General estava horrível — a chuva não era só fria, mas também misturada com granizo, como se o clima estivesse em dúvida entre nevar ou não. Braden tinha escolhido meu vestido — justo para exibir meu corpo, mas batendo abaixo do joelho para não ser exibicionista —, e eu tentava desviar das poças com meus sapatos de salto alto. Era importante para ele que eu tivesse a aparência da esposa de um cirurgião; portanto, isso era importante para mim também.

Braden e eu estávamos conversando com um grupo sobre a virada do milênio dali a uma semana e se todos os computadores do hospital entrariam em pane. Braden já tinha bebido bastante, e interrompeu um preceptor que falava sobre o bug do milênio e como proteger o histórico dos pacientes. *Imagino que você também tenha um porão cheio de comida, preparado para o fim do mundo*, zombou Braden.

Ele não notou o olhar que recebeu do médico, mas eu percebi. Para impedi-lo de fazer ou dizer algo de que se arrependeria depois, segurei seu braço para puxá-lo para longe. Meu gesto, porém, o fez derrubar o vinho — bem em sua camisa. Ele riu, fazendo piada sobre como eu era desastrada, e se secou com um guardanapo.

Uma hora depois, no instante em que eu entrava no carro, Braden segurou meu pulso. *Nunca mais me faça passar vergonha de novo, caralho*, disse ele, e me empurrou com tanta força que caí de joelhos. Ele entrou no carro, trancou as portas e saiu cantando pneu, me deixando para trás.

Não havia Uber naquela época. Eu não tinha dinheiro; não estava de bolsa, já que tinha ido com Braden. Comecei a andar de volta para casa pela calçada escorregadia, com meus sapatos de salto alto e casaco fino demais. O gelo cobria meus ombros, meu cabelo. Eu não conseguia sentir meus pés.

Não percebi que uma viatura havia parado ao meu lado até o policial me chamar. *Está tudo bem, senhora?*

Apenas por um instante, cogitei falar a verdade. Mas fazer isso acabaria com a vida de Braden, e eu o amava demais para destruí-lo.

Então, comecei a tagarelar mentiras. Meu marido havia sido chamado para conduzir uma cirurgia de emergência, me deixando voltar sozinha para casa da festa onde estávamos. O policial me ofereceu uma carona, mas me dei conta de que, se Braden me visse chegando em uma viatura, as consequências seriam drásticas. Dei o endereço de uma casa por onde eu passava quando saía para correr — uma casinha cor-de-rosa com um solário e uma varanda coberta por trepadeiras ao redor da porta. Uma vez, eu tinha visto o casal que morava lá. A mulher beijava o homem na porta de tela antes de ela sair para o trabalho.

Quando a viatura parou, rezei para os donos da casa já estarem dormindo. Acenei para o policial antes de abrir a porta de tela e entrar na varanda fechada, na casa de desconhecidos. Ciente de que a viatura estava esperando com os faróis acesos, tateei em busca de um interruptor, e, com as mãos trêmulas, fingi colocar a chave na porta.

Acenei e desliguei a luz da varanda, como se eu tivesse aberto a porta e conseguido entrar. Depois de o carro ir embora, sai de fininho pela porta de tela. Nas sombras e sobre o gelo, caminhei pelo restante do caminho.

QUANDO EU ERA PEQUENA, Jordan costumava me levar até o ponto de ônibus. O ônibus do meu jardim de infância chegava antes do dele, que era da escola de ensino fundamental. Quando vinha sacolejando colina acima, parava com um gemido e abria a plaquinha PARE, então Jordan ajeitava minha mochila em meus ombros, puxava a maria-chiquinha e dizia *Não faça nada que eu não faria*. Aquilo se tornou mais que uma rotina, beirava a superstição. Se Jordan estivesse doente e não pudéssemos ter aquela interação, era inevitável que algo ruim acontecesse na escola: implicariam comigo na aula de educação física, meu professor favorito faltaria, não haveria achocolatado no refeitório.

Agora, Jordan se aproxima de mim para começar o interrogatório que treinamos um milhão de vezes na minha cozinha. Mas ele inclina o corpo de um jeito que me permite ver seu rosto, sem revelá-lo para os jurados ou a juíza. *Não faça nada que eu não faria*, articula ele com a boca, em silêncio.

— Diga seu nome para os autos, por favor — orienta Jordan.

— Olivia McAfee.

— Qual é a sua conexão com Asher?

Olho para o rosto do meu filho, um fantasma do meu. A expressão é a mesma de quando ele era pequeno e eu o erguia do chão após uma queda — confiança total em que eu resolveria o problema.

— Sou a mãe dele — respondo.

— Conte um pouco sobre Asher quando ele era pequeno — começa Jordan.

— Ele ficou obcecado por hóquei desde que começou a jogar, aos sete anos — respondo. — Temos um lago em nossa casa, e ele patinava lá quando a água congelava no inverno. Ele entrou para a liga infantil, e, nos fins de semana, eu o levava para jogar pelo estado todo.

— Quando ele começou a se voluntariar para ensinar crianças menores?

— Com quinze anos — respondo.

— Como a pessoa que melhor o conhece — pergunta Jordan —, pode nos contar algumas das qualidades de Asher que o fazem querer ajudar as pessoas?

Meu olhar vai até Braden. Quando estávamos em situações sociais e alguém lhe perguntava por que ele tinha escolhido ser cirurgião, ele sempre respondia que queria ajudar as pessoas. Ele falava sobre o avô, que havia falecido diante de seus olhos por causa de um ataque cardíaco, e de como ele não podia voltar no tempo, mas havia decidido fazer o possível para que o avô *de outra pessoa* não morresse.

Fazia um ano que estávamos casados quando descobri que ele nunca tinha conhecido o avô, que era representante de vendas, vivia viajando e tinha uma segunda família secreta com quem fora morar antes de Braden nascer.

Quando perguntei por que não contar a verdade, ele dava de ombros. *Ninguém quer admitir que virou cirurgião cardiotorácico por causa de dinheiro. Só estou falando para as pessoas o que elas querem escutar.*

Penso em Asher, se encontrando uma vez por mês com Braden para tomar café em segredo. Lembro de Asher olhando nos olhos de Mike e afirmando que não esteve no quarto de Lily. Penso no escândalo da prova que Asher jura que não foi uma iniciativa sua.

Jordan chega mais perto de mim.

— Sra. McAfee? — Jordan incentiva.

— Desculpe. — Olho para ele. — Asher é solidário. Empático. Sempre está cuidando de pessoas mais vulneráveis que ele.

Como Braden, penso. *E eu me enquadrava nisso.*

A primeira vez que Braden e eu dormimos juntos, ele beijou minha têmpora quando achou que eu estava dormindo. *Acho que te amo*, sussurrou. Na época, eu tinha me derretido toda só de pensar que ele confessava algo tão importante apenas quando achava que eu não conseguiria ouvir. Agora, me pergunto se ele sabia que eu estava acordada. Se, mesmo naquela época, ele já me manipulava.

Pigarreio.

— Não fiquei surpresa ao descobrir que Asher mantinha contato com as crianças do acampamento depois do verão. E também ao saber que ele ajudou Lily a se livrar de um menino que a estava pressionando para sair. Asher é assim — digo.

— A senhora é mãe solo, não é? — pergunta Jordan.

— Sim. Há doze anos.

— O que Asher precisou fazer para se adaptar?

— Faz muito tempo que somos só nós dois. Asher precisou amadurecer rápido. Eu ganho a vida com apicultura, e, depois que ele ficou forte o suficiente, precisava me ajudar com as abelhas, às vezes enquanto outras crianças estavam se divertindo. Ele tinha de cuidar de si mesmo quando eu ia vender mel em feiras. Aprendemos juntos a ser carpinteiros, eletricistas, encanadores, faz-tudo, porque as coisas quebram na fazenda, e não temos muito dinheiro. Eu conto com meu filho. — Meu olhar se ameniza quando me viro para Asher. — O primeiro instinto dele sempre foi cuidar de mim.

Isso basta para eu voltar doze anos no tempo. Braden me agarra pelo rabo de cavalo. Sinto os fios se soltando do couro cabeludo enquanto me encolho. Espero pelo golpe.

Mas lá está ele: meu pequeno salvador, Asher. Seu corpo cria uma barreira entre nós. Suas mãozinhas batem em Braden. Um ato de defesa.

E também um ato de violência.

— A senhora testemunhou o relacionamento entre seu filho e Lily se desenvolvendo, entre setembro e novembro?

— Sim.

— Como Asher se comportava com Lily?

— Ele a amava — digo, inexpressiva. — Ele cuidava dela. Ele a protegia.

Se alguém perguntasse a uma testemunha para descrever o meu casamento olhando de fora, ela diria a mesma coisa sobre Braden.

— Ele jamais tocaria em um fio de cabelo dela — digo, secamente.

Essa mesma testemunha também apostaria tudo nessa conclusão.

— Obrigado, sra. McAfee... — diz Jordan, porque, quando treinamos meu testemunho, era aqui que ele se encerraria.

Mas ainda não acabei.

— E eu sei disso por um motivo: porque Asher me protege desde que tem seis anos.

Jordan fica paralisado. Vejo o conflito em seu rosto — ele não quer interromper a própria testemunha, mas não quer que eu revele algo pessoal de que posso me arrepender depois.

Minha mãe, meu irmão e meu terapeuta são as únicas pessoas para quem contei sobre o abuso. Mas estou tão, tão cansada de me esconder.

E estou apavorada de Lily ter se sentido do mesmo jeito.

— Não tem problema, Jordan — digo baixinho. — Eu quero fazer isso. — Eu me viro para os jurados. — Quando Asher tinha seis anos, ele entrou na frente do pai para impedi-lo de me bater. Fazia tempo que o pai dele me batia. Foi só nesse dia, quando percebi que Asher poderia se machucar, que reuni coragem suficiente para ir embora.

Um silêncio chocado toma conta da galeria. Os jurados parecem ter sido entalhados em pedra.

— Já conheci homens abusivos — digo. — Já *amei* homens abusivos. Já morei em um lar abusivo. — Embaixo da minha coxa, cruzo os dedos. — Sei reconhecer um abusador de longe. E posso dizer com toda a certeza do mundo — minto — que Asher não é abusivo.

A TEMPESTADE QUE toma conta do rosto de Braden é uma que conheço bem: *Você vai pagar por isso.* Essa expressão me leva de volta à época em que eu era uma vítima, sabendo que, quando menos esperasse, sofreria as consequências pelos meus atos.

Começo a chorar. Choro tanto que não consigo respirar. Jordan enfia uma caixa de lenços na minha mão e segura meu ombro. O peso quente de seu contato é a única coisa que me impede de desmoronar.

— Vamos fazer um intervalo de dez minutos — diz a juíza Byers, e seco meus olhos.

Quando volto a olhar para cima, Braden sumiu.

• • •

DURANTE O INTERVALO, Asher entra na sala de reunião, e Jordan me segura na porta.

— Você não precisava ter feito aquilo — diz.

— Eu estava tentando salvar meu filho — respondo. — Não era isso que você queria?

Ele faz uma careta.

— Não se você precisa se sacrificar por isso. — Ele me entrega meu Moleskine, que estava guardando enquanto eu ocupava o banco da testemunha. — Vou sair por dois minutos para vocês conversarem — diz ele, me deixando sozinha para encarar Asher.

Fecho a porta. Asher está sentado à mesa e ergue o olhar quando entro.

— Eu sabia — diz ele baixinho.

— Imaginei.

Sento-me ao seu lado.

— Isso me torna ainda mais babaca por querer encontrar com ele, né?

— Bom — respondo com cuidado —, levando em consideração como foi difícil para mim afastá-lo de seu pai, é um tanto incompreensível saber de seus encontros com ele.

Asher morde o lábio.

— Odeio que ele tenha feito isso com você.

E eu odeio ter deixado que fizesse.

— Você falou com ele sobre isso?

Ele balança a cabeça, depois olha para mim.

— Você acha... que ele pode ter mudado?

Olho bem para Asher. *Ele quer saber sobre o pai... ou sobre si mesmo?*

— Não sei, Asher — digo. — É pouco provável.

Asher concorda com a cabeça, digerindo minha resposta.

— Você acha que ele se arrependeu?

Na forte luz fluorescente, Asher é tão parecido com Braden. Não em seus traços, mas sua postura, a posição de seus ombros, a rigidez de sua mandíbula.

— Asher? — pergunto em tom firme. — Você quer me contar alguma coisa?

Ele ergue o olhar, parecendo magoado.

Braden também olhava assim para mim.

— Mãe — começa Asher.

Uma batida soa à porta, e eu me assusto. Jordan enfia a cabeça na sala.

— A sessão recomeçou.

Asher pula da cadeira como se estivesse pegando fogo, como se tivesse escapado por pouco. Ele se esgueira pela porta, passando por Jordan.

— Você vem? — pergunta meu irmão.

— Só um instante.

Permaneço sentada, minhas mãos entrelaçadas tão apertadas que as unhas se fincam na pele. O interrogatório está recomeçando, mas não é por isso que estou com medo de voltar ao tribunal.

É porque, querendo admitir ou não, uma parte de mim já determinou que Asher é culpado.

QUANDO SAIO DA sala, Mike Newcomb está parado no corredor, parecendo desconfortável. Ele olha para mim, e sinto meu rosto queimando de vergonha. Ele também estava na sessão, ouvindo tudo que falei. Eu estava tão envolvida com Braden e sua reação que nem pensei em quem mais escutaria meus segredos.

— Olivia. — Ele hesita. — Eu sinto muito. Eu... não sabia.

Mas sabia, quero dizer, pensando em anos atrás, na feira, no dia em que ele me deu o cartão do abrigo para mulheres que sofriam violência doméstica. *Ou pelo menos desconfiava.*

Ele estica a mão e toca meu braço com delicadeza.

— Nem todo homem é assim.

...

GINA JEWETT VEM para cima de mim armada com um bombardeio de perguntas. Apesar de a mãe da vítima ser tratada com cuidado no tribunal, a mãe do acusado não recebe o mesmo tipo de consideração.

— Então a senhora está dizendo que Asher nunca mentiu para você?

Ele escondeu as mensagens do pai usando o nome Ben Flanders. Ele disse que não subiu, mas encontraram seu DNA no quarto de Lily. Ele disse que não tocou nela, mas havia hematomas no braço dela.

— Todos os filhos não mentem? — pergunto, forçando um sorriso.

— Não estou falando de mentir sobre ter escovado ou não os dentes antes de dormir. Por exemplo, ele não contou à senhora sobre o escândalo das colas na escola Adams, contou?

— No começo, não.

— Quando a senhora descobriu que ele não tinha contado a verdade?

— Quando o diretor me ligou — respondo.

— Ah, sim. Para avisar que ele havia sido suspenso. Imagino que a senhora também não soubesse que ele saía de casa escondido para passar a noite com Lily?

Pigarreio.

— Não — admito.

Olho para os jurados, porque acho que não consigo olhar para Asher agora. Fico me perguntando quantos deles têm filhos.

A procuradora exibe as fotos que estão sendo usadas como provas. Apesar de eu tê-las visto da galeria, é surpreendente olhar para elas de perto: a foto de Lily e Maya no quarto, com os hematomas no braço de Lily; a foto do corpo de Lily na autópsia, com contusões roxas.

— A senhora está vendo os hematomas extensivos no corpo de Lily na foto tirada por sua melhor amiga, Maya Banerjee? — pergunta a procuradora.

— Estou.

— Está vendo os hematomas extensivos no corpo de Lily na foto tirada pelo dr. McBride, o patologista forense?

Engulo em seco. Eles me lembram dos hematomas que *eu* tinha.

— Sim — murmuro.

— Protesto — grita Jordan. — Isso tem algum objetivo? Já estabelecemos que a testemunha consegue enxergar bem.

— Vá direto ao ponto, srta. Jewett — diz a juíza.

— Estas fotos foram tiradas em outubro e dezembro. Durante qual período seu filho namorou Lily?

— De setembro a dezembro — respondo.

— A senhora ouviu o testemunho de Maya Banerjee sobre seu filho ter segurado Lily com força suficiente para deixar hematomas.

— Sim.

— E nada disso seriam atitudes que a senhora normalmente esperaria de seu filho, correto?

Penso em Asher abrindo um buraco na parede do quarto com um soco. Em como abri a porta e o encontrei segurando o punho, como se estivesse tão surpreso por seu acesso de raiva quanto eu. *Você acha que conhece uma pessoa*, disse ele, atordoado, *mas a verdade é que você não sabe de nada.*

Penso no dia em que Asher nasceu, um mês inteiro antes da data prevista. A dor do meu ombro deslocado era um contraponto torturante às contrações. Lembro das enfermeiras murmurando em tons encantados a respeito de Braden, porque ele se recusava a sair de perto de mim. Mas eu sabia por que ele estava ali: para que eu não tivesse a oportunidade de contar a ninguém o que ele havia feito comigo.

Espera, perguntou Asher durante o primeiro interrogatório na delegacia, com Mike Newcomb. *Como ela caiu?*

Será que ele tinha plantado essa semente, para todo mundo encarar a situação do mesmo jeito?

Meus olhos ficam marejados; minhas mãos tremem.

— Asher não a machucaria — consigo falar, me perguntando se estou tentando convencer os jurados ou a mim mesma. — Você não o conhece como eu.

Os olhos da procuradora se iluminam.

— Mas, segundo o seu próprio testemunho, sra. McAfee, a senhora já amou um homem abusivo. Não é verdade que podemos amar alguém... capaz de causar danos físicos profundos?

Ao longe, consigo ouvir Jordan protestando; escuto a juíza rejeitando seu pedido, dizendo que foi ele quem abriu essa linha de questionamento com suas perguntas.

Estão esperando pela minha resposta.

É verdade que as pessoas nem sempre são o que parecem.

É verdade que menti sobre os hematomas que meu marido deixava em mim.

Lily fazia a mesma coisa?

Evitei olhar para Asher de propósito, mas faço isso agora. Algo muda em seus olhos quando ele percebe que meu amor por ele *é* condicional, no fim das contas. Que sou tão estranha para ele quanto ele é para mim.

Não é verdade que podemos amar alguém capaz de causar danos físicos profundos?

Há falhas geológicas em meu coração. Encaro Asher, sem piscar, enquanto finalmente respondo à procuradora.

— Sim — digo —, é verdade.

ASHER NÃO LEMBRA, e jamais contarei a ele: no dia em que ele se meteu entre mim e Braden, e se agarrou à perna do pai feito um polvo, Braden o pegou e o arremessou para o outro lado da sala. Lá, ele bateu na parede e desmoronou.

Por um momento apavorante, Asher não se mexeu. Então começou a chorar e gritar. Eu fui me arrastando até Asher e o aconcheguei, formando uma barreira com meu próprio corpo, e ali minha vida se dividiu em duas partes: antes daquele momento e depois. De repente, eu conseguia enxergar dois caminhos com toda a clareza do mundo.

Pensei: *Não vou deixar que ele machuque meu filho.*
Não vou deixar que Asher também se torne uma vítima.
Eu salvaria aquele menino, mesmo que perdesse tudo.

LILY ⬢ 8

13 DE SETEMBRO DE 2018
Dois meses e meio antes

Minha mãe ainda não sabe, guincha Mackenzie LaVerdiere, a cocapitã do time de futebol feminino. Estamos no vestiário, e as colegas de time de Mackenzie estão reunidas ao seu redor, olhando para sua nova tatuagem, uma borboleta preta. Algumas das Presidentas estão nuas. *Ela me proibiu de fazer antes de eu completar dezoito anos, mas dane-se! O corpo é meu!*

Esta é minha primeira vez em um vestiário feminino. Em Marin-Muir, eu não precisava fazer educação física. O vestiário masculino tem um clima completamente diferente deste — lá, os caras andam pelados, rindo, conversando. Uma vez, muito tempo atrás, eu estava em um vestiário de uma piscina pública em Seattle e me lembro de ter visto um cara parado na frente de um espelho embaçado, *se barbeando*, totalmente nu.

O vestiário feminino funciona de outra maneira, e a maioria das garotas é mais discreta, virando de costas enquanto tiramos e colocamos as roupas de educação física. Perto dos espelhos, há um grupinho reunido. Há secadores de cabelo e batons, hidratantes e pentes. Uma menina da minha turma de biologia avançada passa uns bons trinta segundos se encarando no espelho antes de simplesmente anunciar: *Alguém me mata*.

E há Mackenzie e sua corte. Há um certo ar de união entre elas enquanto admiram a borboleta preta, uma união não apenas pela tatuagem, mas também pela beleza. Dá para perceber que essas garotas são confiantes e se sentem à vontade com o próprio corpo. Vejo outras meninas de fora do círculo lançando olhares discretos para elas, se perguntando como deve ser sentir orgulho e ser dona de sua nudez, em vez de uma sensação inexplicável de *inferioridade*. Havia garotos assim também, nos vestiários masculinos que habitei um dia, nerds que encaravam os caras musculosos com inveja.

Mais tarde, enquanto caminho pelo centro de Adams, penso nas coisas que a maioria dos homens, e a maioria das mulheres, nunca vivencia. De certa forma, ser trans é um presente, e há momentos — como agora, caminhando por esta bela cidade em um fim de tarde de verão — em que estou disposta a dizer: *Sou grata por tudo*.

Mas passei um bom tempo não me sentindo grata.

Lembro como era olhar no espelho e pensar: *Alguém me mata*.

Minha mãe vai trabalhar até tarde hoje. Disse a ela que voltaria andando para casa. É uma boa caminhada, mas estou me sentindo livre, agora quase no final da minha semana na escola Adams. Vou até o pequeno parque com vista para o Slade e sento em um banco para ver o riacho fluindo.

Abro a mochila e pego o livro de poesia que estamos lendo para a aula de Chopper. Vamos começar com *Canções da inocência e da experiência*, de William Blake.

Ó Rosa, estás doente!
O verme invisível
que pela noite vaga

Na tempestade terrível:
Encontrou tua cama
De prazer escarlate:
E a podridão invisível com que te ama
A vida irá roubar-te.

De repente, meus olhos se enchem de lágrimas, e estou soluçando.

Quando debatemos o poema de Blake, Chopper olhou para a turma e perguntou ao que ele nos remetia — não o que *significava*, mas o que nos fazia *sentir*. Gostei da diferenciação.

Até Dirk levantar a mão e dizer *Ela tem uma DST!*

Chopper apontou para a porta.

— Fora — disse ele.

— Mas, sr. Jameson...

— Para fora — disse Chopper, e Dirk pegou suas coisas, saindo cabisbaixo da sala. Então, com um sorriso, Chopper continuou: — Na verdade, doenças venéreas são um dos temas sugeridos por leitores. Mas isso seria específico demais. O que mais vocês pensam quando leem os versos?

— Penso em uma mulher que ficou doente — disse a garota na minha frente. — Por causa de um homem. Que diz que a ama. Mas, acima de tudo, ela quer ficar sozinha.

Houve uma pausa demorada enquanto todo mundo digeria o que a garota havia dito.

— Então, às vezes — continuou Chopper —, o amor deixa as pessoas doentes?

Cabeças concordaram. *Muitas* cabeças concordaram.

— Uma doença — reafirmou Chopper. Sem dúvida, ele é o professor mais feio e enrugado que já tive. Ele nos encarou com uma expressão desconhecida, gentil. — No entanto, continuamos buscando pelo amor todos os dias. Aquele que parte nossos corações. E, então, nos curamos de novo.

Ele olhou pela janela. Ficamos todos em um silêncio eletrizante. Chopper voltou a nos encarar e apontou para a porta de novo.

— Muito bem — disse ele. — *Pra fora.*

Hoje foi o Dia do Granito. O cronograma na escola Adams muda diariamente, e cada cronograma leva um nome diferente. Há o Dia do Tentilhão (em homenagem ao pássaro símbolo do estado) e o Dia do Quartzo (a pedra símbolo do estado) e o Dia da Bétula (a árvore). No Dia do Granito (a pedra), temos a "Reunião Matinal". Hoje, assistimos à apresentação de algo chamado Aliança Arco-íris. É o grupo LGBTQIA+ dos alunos, liderado por Finn Johnson e Caeden Wentworth.

— Queremos dar boas-vindas a todos neste dia de volta às aulas — disse Finn, que foi designade mulher ao nascer, mas agora é uma pessoa não binária.

Finn usa os pronomes *elu* e *delu*, enfaixa a parte de cima do corpo para ter um peito reto e parece adorar subverter todas as expectativas que as pessoas têm sobre gênero. Caeden é trans, designado mulher ao nascer, mas toma testosterona há dois anos e tem uma barba preta curta.

— Gostaríamos de explicar o trabalho da Aliança Arco-íris para todos — disse Caeden — e falar sobre nossos planos para este ano.

Ônibus levarão os alunos para assistir a algumas palestras em Dartmouth no outono — uma de Kate Bornstein, outra de Janet Mock. Haverá um baile drag pouco antes do Natal, e encontros semanais em que todo mundo pode aparecer e conversar.

Sentada na poltrona no auditório, eu só conseguia pensar em como era impressionante que Adams — aquela cidadezinha minúscula, rural, na Nova Inglaterra — tivesse tantos recursos. Como as pessoas que sentem a mesma coisa que eu agora têm algo que não tive — aliados, recursos, companheiros de jornada. Até então, informações sobre transexualidade não estavam à mão, às claras, você tinha que pesquisar por conta própria, como se quisesse entrar para um clube secreto. Agora, há *gente com quem conversar*. Parece que o mundo inteiro mudou desde 2005 — o ano em que falei pela primeira vez para mim mesma: *Eu sou uma menina*.

A sensação mais esquisita é que não tenho um pingo de vontade de me juntar à Aliança Arco-íris. Não quero nem mesmo que eles saibam quem eu sou.

Mas de onde vem esse estranhamento?, me pergunto. Por que, depois de sofrer por tanto tempo, e sozinha, não quero conversar com pessoas que *são iguais a mim*?

Essa é a questão. São *mesmo* iguais a mim?

É claro que são. Fico com vergonha de pensar isso, sentindo que, mesmo depois de tudo, uma transfobia profunda e o ódio por mim mesma estão me afastando de pessoas que eu poderia ajudar bastante. Poderia contar como aquilo quase me matou. Poderia contar sobre Sorel, e Jonah, e meu pai. Poderia contar sobre como é sair de um lugar em que tudo parece errado e chegar ao ponto em que você finalmente se sente em paz.

Para fazer isso, eu precisaria me assumir.

Apesar de ter orgulho de quem sou, de ter lutado contra todas as probabilidades de me tornar a pessoa que sempre sonhei ser — isso significaria contar para todo mundo que sou trans.

Quando tudo que realmente quero ser — tudo que sempre *fui* — é uma garota.

É tão errado assim desejar me encaixar e ser deixada em paz? Preciso mesmo passar o restante da vida sendo a garota trans emblemática?

Mais uma vez, essa é a questão. Será que ainda sou trans, depois de tudo que passei? O que me torna tão diferente de outras garotas da minha idade? Tudo que aconteceu antes de eu ter dezessete anos vai mesmo ser a parte mais importante sobre mim pelos próximos setenta?

Ou tudo isso é apenas um jeito rebuscado de fugir dos fatos, de que nunca vou ser igual aos outros, de que todas as cicatrizes causadas por ser trans vão me acompanhar para sempre, querendo ou não?

Existem momentos em que não quero ser diferente. Em que só quero sentar à beira do riacho e ler um poema, vendo o sol descer lentamente por trás da fábrica.

Como agora.

Quando anoitece, guardo o livro na mochila e sigo para casa. As luzes dos postes estão acesas, e vejo pessoas na lanchonete A-1 comendo hambúrgueres e peixes empanados com batata frita.

É surpreendente como aqui escurece cedo. Preciso me lembrar sempre de que *Não estamos mais na Califórnia*. Caminho pela rua principal, passando pela igreja católica e por uma loja de música chamada Edgar's.

Conforme me aproximo do parque público — a praça dos Presidentes —, vejo um pai de camisa polo, gritando com um garotinho, que está sentado em um banco, chorando.

— Não quero! — diz o menino.

— Não interessa se você quer ou não quer — diz o pai. — A gente nem sempre consegue o que quer na vida.

Parei na calçada para assistir a essa interação, e, agora, o homem ergue o olhar para mim e diz:

— O que você está olhando, cacete?

Volto a andar rapidamente. Mas o som daquele menino chorando é como uma punhalada em meu coração.

Eu me lembro de ser como aquele menino.

E me lembro do que meu pai fez comigo em nossa última noite juntos.

Depois de raspar todo meu cabelo, ele saiu de casa pisando duro, indo para o bar. Minha mãe voltou tarde e me encontrou no chão da cozinha, onde ele havia me deixado. Eu não conseguia me mexer.

Ela me envolveu em seus braços e me confortou. Chorei em seu ombro. *Desculpe*, eu repetia sem parar.

Foi então que a mãe-florestal entrou em ação. *Você não tem motivo nenhum para se desculpar*, disse ela. *Você é meu filho, Liam, e eu te amo.*

Mas o papai disse..., fiz uma pausa. Eu não conseguia articular aquelas palavras. *Mas o papai disse...*

Você nunca mais vai precisar se preocupar com ele, respondeu ela.

Ela estava falando sério. Duas horas depois, nós duas, além de Boris, seguíamos rumo ao sul pela Route 5, passando por Tacoma,

Olympia, Grand Mound. Naquela noite, nos hospedamos em um lugar chamado Mt. St. Helens Motel, em Castle Rock. Minha mãe tentou apontar para o vulcão inativo, mas estava escuro demais.

Mas, pela manhã, consegui enxergar o pico coberto de neve.

— Parece tão tranquilo — falei.

— Parece mesmo — respondeu ela. — Mas as coisas nem sempre são o que parecem, né?

Não, não são, eu disse.

Passamos o dia inteiro no carro, atravessando Portland e Eugene e Medford. Minha mãe contou sobre as florestas nacionais em Oregon — Willamette e Umpqua ao leste, Siuslaw e Rogue River-Siskiyou ao oeste. Não me lembro de ela dizer que nunca mais voltaríamos para Seattle, que ela não voltaria para o meu pai, que ela nunca mais guiaria pessoas pelo Parque Nacional Olympic, mostrando a floresta Hoh Rain ou a cadeia de montanhas Hurricane.

Mas me lembro de um campo de flores perto de Mount Shasta. Havíamos cruzado a fronteira com a Califórnia no fim da tarde, e paramos para descansar em um restaurante perto da rodovia. Enquanto minha mãe usava o banheiro, tirei Boris do carro para deixá-lo fazer xixi. Diante de nós havia um campo lindo e extenso de grama, atravessado por um riachinho. MIRANTE LILY HOLLOW, dizia uma placa.

Minha mãe saiu do banheiro e me encontrou perdida em pensamentos.

— Lírios crescem aqui no verão? — perguntei.

— Imagino que sim — respondeu ela. — São bem resistentes. Mas só florescem uma vez por ano.

Pensei um pouco.

— Acho que quero que meu nome seja Lily — falei.

Minha mãe se ajoelhou e passou os braços ao meu redor. Ainda me lembro desse abraço.

— Que nome bonito.
— Vou ser uma menina de agora em diante — expliquei.
— Lily — disse minha mãe. — Você sempre foi uma menina.

LEVOU CERTO TEMPO para Point Reyes parecer um lar, em vez de um lugar em que estávamos passando uma temporada. A casa pertencia à família da minha mãe havia décadas, e eu me lembrava vagamente de ter ido lá algumas vezes quando era muito pequena. Agora, aquela não era mais uma casa de veraneio, um lugar em que passávamos algumas semanas por ano. Era onde morávamos.

Eu não quis voltar para a escola na primavera, então minha mãe me deu aulas em casa e não fiquei para trás nas matérias. Foi só no verão que ela conseguiu resolver sua situação com o Serviço de Parques, e, em julho, foi oficialmente transferida para a costa nacional. Eu fiquei em casa, tocando violoncelo, explorando aquele novo mundo com Boris. Minha mãe chegava em casa todas as noites com peixe e legumes frescos que havia comprado na feira mais cedo. Em junho e julho, ela trazia buquês de lírios para mim: lírios-leopardo e lírios-de--Humboldt.

Foi naquele verão que tive minha primeira consulta com um terapeuta especializado em identidade de gênero e com um endocrinologista. Eles iniciaram meu tratamento com hormônios bloqueadores de puberdade — um medicamento chamado leuprorrelina.

Completei doze anos. Comprei roupas novas.

Minha mãe começou a me apresentar às pessoas como sua filha.

No outono, iniciei o sétimo ano em Marin-Muir, uma escola particular de ensino fundamental que vai até a oitava série. Minha mãe contou à diretora sobre mim, e, inacreditavelmente, ela foi muito compreensiva. *Talvez você se surpreenda*, disse ela, *ao saber que não é a primeira aluna trans que recebemos.*

Eu fiquei surpresa *mesmo*. Você passa o tempo todo achando que é a única pessoa que se sente de determinada forma e acaba descobrindo que ser trans não é tão raro assim, é apenas mais uma faceta de ser humano.

No fim daquele ano, comecei a me sentir diferente de novo ao ver o corpo de minhas amigas se desenvolvendo de repente. Uma coisa era tomar bloqueadores de puberdade. Outra muito diferente era dar início ao tratamento com estrogênio e espironolactona. Minha mãe tinha sido otimista em adiar a adolescência; mas saltar para a puberdade feminina parecia, aos seus olhos, uma questão bem mais complexa, uma fonte de problemas.

Ela acabou mudando de ideia com o tempo. Não era como se eu fosse virar, subitamente, um menino naquela altura do campeonato.

Passei a tomar hormônios. A puberdade chegou do mesmo jeito como Hemingway descreveu o processo de se tornar pobre — gradualmente e então de repente. Foi delicioso. E dramático. E empolgante. E, às vezes, meio assustador. Eu não tinha seios. Então passei a usar sutiã quarenta. Depois quarenta e dois. Quando comecei o nono ano em Pointcrest, usava quarenta e quatro. E isso sem falar no quadril, que não existia em um dia e, no outro, pareceu surgir do nada.

Era um milagre, e, às vezes, ter um vislumbre de mim mesma da cintura para cima me paralisava e me fazia perguntar se não estava vivendo um sonho.

Mas a visão da cintura para baixo bastava para me retirar dessa ideia onírica em um instante. O segredo que eu conseguia manter desde nossa fuga de Seattle, agora parecia mais perigoso do que nunca.

Porque, de repente, eu havia entrado no radar de garotos e homens.

Minha mãe e eu passamos muito tempo conversando sobre o que significa ser mulher neste mundo e nesta era, e ela havia determinado que, se sua filha seria mulher, no mínimo teria que ser feminista. Lembro de ficar meio irritada com esse raciocínio. Disse a ela que essa era uma forma meio histérica de definir a condição de ser mulher — e que havia outras identidades, incluindo as não binárias e o gênero fluido.

Minha mãe me perguntou se eu conhecia a origem da palavra *histérica*.

Ela vem de *hyster*, do grego e do latim, que significa *útero*. No século XIX, *histeria* era a palavra que homens usavam para se referir à doença definida como *insanidade causada pelo pertencimento ao sexo feminino*. Eles internavam mulheres por causa disso, mulheres que queriam fazer coisas como escrever livros ou estudar ciências. Ou tocar música. O tratamento recomendado era *repouso* — o que significava não ter qualquer tipo de vida pensante. Existe um conto sobre isso, chamado *O papel de parede amarelo*, de Charlotte Perkins Gilman. É a história de uma mulher confinada à cama pelo marido e que acaba enlouquecendo em decorrência da cura que ele impõe.

Disse à minha mãe que não vivíamos no século XIX e que se havia alguém capaz de provar que era possível redefinir gêneros, era eu. Minha mãe retrucou: *Você precisa tomar cuidado*.

Às vezes me pergunto se, quando ela me fez esse alerta, estava pensando no que poderia acontecer comigo no futuro, ou no que já havia acontecido com ela no passado. Como tinha sido ser casada com meu pai, um homem que aparentava ser legal, mas que, no fundo, tinha um coração de pedra?

Às vezes me pergunto se algo ruim aconteceu com minha mãe, talvez quando ela era mais nova, que a fez desejar passar a vida na selva, entre ursos e linces, em vez de na civilização, no mundo agitado dos homens.

DEVO TER VIRADO no lugar errado depois de ouvir a briga entre pai e filho na praça dos Presidentes. Ou talvez seja apenas a avalanche de memórias que tenha me distraído. De toda forma, agora estou em uma parte de Adams que nunca vi antes — uma fileira de casas velhas, talvez os lares dos trabalhadores da fábrica de cem anos atrás. A maioria está fechada com tábuas, mas uma tem uma luz acesa, e um velho está sentado na varanda, tomando uma cerveja.

Consigo ver o riacho no fim da rua, então sei que estou seguindo na direção errada. Eu me viro e começo a voltar.

Às minhas costas, o homem berra algo com uma voz grossa, rouca. Demoro um instante para entender que ele está falando francês, apesar de não parecer um francês que eu já tenha escutado antes, e me lembro de uma história sobre os trabalhadores originais de transporte de madeira pelo rio que eram todos franco-canadenses. Olho para meu relógio e vejo que já passa das sete. Minha mãe deve estar preocupada comigo.

Não demora muito para eu escutar passos me seguindo. Eles soam baixo a princípio, mas os escuto. Paro e olho para trás, e lá está ele — um homem nas sombras, a cerca de meio quarteirão. Meu coração acelera.

Ando mais rápido, torcendo para que a rua logo me leve para o centro da cidade. Aqui, as casas também estão fechadas com tábuas, mesmo as que sobem pela colina, mais afastadas do rio. Chego a um cruzamento e olho para cima e para baixo da outra rua — há armazéns velhos de um lado, um terreno baldio do outro. Os passos estão mais rápidos agora, vejo a silhueta se aproximando quando dou uma rápida espiada para trás.

De repente, sei que tenho um problema.

Enfio a mão na bolsa, pego o celular, ligo para o número da minha mãe na discagem rápida — enquanto continuo andando mais e mais rápido pela rua.

O homem se aproxima.

O telefone fica mudo por um instante, e então ouço a mensagem: *sem sinal*.

Meu perseguidor começa a assobiar uma música sem qualquer melodia específica, e é isso, mais do que qualquer outra coisa, que me faz entrar completamente em pânico.

Lá na frente, vejo um bar — há um neon fazendo um barulhinho no crepúsculo que sinaliza que ali é o LE CHEZ. Penso em entrar no bar e pedir ajuda, mas é impossível saber se aquele é um lugar seguro.

Agora, um carro com farol alto vem na minha direção, e cubro meus olhos com uma mão conforme ele se aproxima e passa direto. Ele continua por uns três metros antes de frear com um chiado, e então volta de ré até onde estou.

— Com licença, moça — diz a voz de um homem. — Está tudo bem?

Estou prestes a gritar com ele, seja lá quem for, porque estou praticamente por aqui com a quantidade de babaquice que consigo aguentar em um dia, quando ele diz:

— Está tudo bem. Sou detetive.

Não acredito nele no início, porque o carro não tem luzes nem sirenes, e suas roupas são normais, mas então ele ergue um distintivo com seu nome: NEWCOMB. Também vejo o coldre de uma arma presa ao seu quadril.

Olho para trás, e lá vem o homem que estava me seguindo, um cara de aparência oleosa com tatuagens ornadas em cada braço, do pescoço ao pulso. Ele me encara com uma expressão que só pode ser descrita como puro ódio.

— Você deu sorte — sussurra para mim, e então entra no Le Chez.

Conforme a porta se abre e fecha, tenho o vislumbre de uma sala iluminada por uma lâmpada pendurada por um fio no teto, acima de uma mesa de sinuca.

O detetive já saiu do carro.

— O que está acontecendo?

— Eu me perdi — digo, engasgando com as palavras. — Não sei como cheguei aqui.

O detetive Newcomb concorda com a cabeça.

— Que tal eu te dar uma carona para casa?

Seco os olhos.

— Obrigada — respondo.

Instantes depois, estamos de volta à rua principal — esse tempo todo, ela estava ali bem ao meu alcance, mas, por causa da curva do rio, fui andando em paralelo a ela, em vez de ir em sua direção.

— É melhor você não ir à rua Temple depois de escurecer — diz o detetive. — E deve evitar o Le Chez, entendido? — Ele pronuncia o nome como *La Chei*. — Nada de bom acontece naquele lugar, especialmente com moças jovens.

— Eu me confundi — explico — enquanto voltava para casa.

— Se você não sabe por onde está andando, isso pode mesmo acontecer.

Ele pergunta meu endereço, e respondo. Seguimos em silêncio até a minha casa. O silêncio só é interrompido pela estática do rádio de polícia. Olho para Adams pela janela, para todas as construções fechadas com tábuas, para o rio escuro atrás delas.

O detetive faz uma pergunta que não escuto.

— O quê? — respondo.

— Perguntei o seu nome, moça. — Ele sorri. — Como se chama?

Escuto um sino soando no campanário da igreja. Conforme escuto o badalar, penso em como é fácil se perder. E como me sinto grata por ter me encontrado.

— Eu me chamo Lily — digo. — Sou nova aqui.

OLIVIA ◆ 9

9 A 13 DE MAIO DE 2019
Cinco meses depois

Assim que Gina Jewett termina as perguntas, Jordan se levanta.
— Vossa Excelência — diz ele entredentes —, talvez agora seja um bom momento para um intervalo.

A juíza Byers concorda com um recesso, e o meirinho guia os jurados para fora da sala. Jordan me leva em direção a uma porta lateral.

— Vem comigo — diz ele. — Agora.

Sei que ele vai me dar uma bronca por causa do meu depoimento — em vez de ser uma defesa retumbante da inocência de Asher, acabou sendo o completo oposto. Como era de esperar, quando estamos de volta à sala de reunião, com Asher, Jordan passa uma mão pelo cabelo e se vira para mim, enlouquecido.

— Mas que *porra* foi aquela, Olivia? Ficou parecendo que você está escondendo coisas.

Eu estava. Sempre estarei.

— Eu não... conseguia pensar — murmuro.

— Bom, foi você que se expôs! — grita Jordan. — Nunca falei para você mencionar o seu relacionamento com Braden...

— Eu não sabia de que outra forma...

— E, depois que você fez isso, abriu uma linha de questionamento sobre Asher que...

Do outro lado da sala, Asher diz:

— Preciso falar.

Mas Jordan está em cima de mim, a poucos centímetros de distância, furioso.

— Você acabou de destruir a minha defesa.

— Pensei que seria melhor...

— Você me paga para que *eu* pense!

— Eu não estou *te pagando* — berro de volta.

— Eu preciso falar — diz Asher em tom mais incisivo.

Ele ergue a cabeça da mesa, onde estava enterrada entre os braços.

— Tudo bem — rebate Jordan, irritado, se virando para ele. — O que foi?

— Não — responde Asher. — Eu quis dizer que preciso falar *lá dentro*. Quero que você me coloque no banco das testemunhas.

Por um momento, ficamos imóveis.

— De jeito nenhum — diz Jordan, se recuperando.

— Escuta. Os jurados acham que minha própria mãe não acredita em mim — diz Asher.

— Asher — digo depressa. — Não é que...

— Não — interrompe Jordan.

— Quem explicaria melhor a minha relação com Lily... do que eu? — pergunta Asher.

— Se você sentar naquele banco, a procuradora vai distorcer as suas palavras e fazer perguntas capciosas. Olha só o que acabou de acontecer com a sua mãe. — Jordan cruza os braços. — Asher, isso pode piorar muito a sua situação.

— Ou — diz Asher em tom tranquilo — pode melhorar bastante.

— Confie em mim. Isso seria um erro gigantesco — responde Jordan.

— Você precisa escutar o seu tio.

Toco a manga de Asher, mas ele se desvencilha de mim.

— Você disse que está aqui para me aconselhar — insiste Asher, encarando Jordan —, mas quem manda sou eu, né?

Jordan concorda com a cabeça em um movimento brusco.

— Ou você me coloca no banco — diz Asher —, ou está demitido.
— Asher! — grito.
Jordan se enrijece.
— Eu sou completamente contra essa ideia.
Pela primeira vez desde que saímos da sala de audiência, os olhos de Asher me encontram, gélidos.
— Mais uma coisa — diz ele para Jordan. — Se sou eu que mando, ela não vai mais ficar aqui.
Lembro de Jordan me avisando, meses atrás, que eu só poderia participar das reuniões entre advogado e cliente enquanto Asher quisesse a minha presença.
— Por favor. Me deixe explicar...
— Valeu, mas já entendi — diz ele com frieza. — Posso ser um assassino aos seus olhos, mas não sou burro.
— O seu pai...
— *Eu não sou o meu pai* — esbraveja Asher, levantando tão rápido que a cadeira cai para trás. — E, agora, você não é minha mãe. — Seus olhos estão escuros feito hematomas. — Você só precisava confiar em mim. E até nisso você fez merda.
Enquanto ainda estou atordoada, Jordan me guia em direção ao corredor.
— Você ouviu o meu cliente — diz ele em tom formal, e fecha a porta depois que saio.
Fico olhando para a porta, pensando na última frase de Asher.
Ele pode não ser o pai. Mas Braden já me disse a mesma coisa, praticamente com as mesmas palavras.

QUANDO A SESSÃO é retomada, Jordan e Asher não fazem contato visual comigo. Antes de o júri voltar, Jordan se aproxima do meirinho.
— Preciso fazer uma declaração para os autos, mas sem a presença do júri — diz ele, e a procuradora ergue as sobrancelhas, interessada.

O meirinho busca a juíza Byers, que se acomoda em seu lugar.

— Sr. McAfee — diz ela. — O senhor deseja registrar algo nos autos?

— Sim, Vossa Excelência. Meu cliente decidiu que gostaria de testemunhar. Expliquei que a acusação precisa oferecer provas completas independentemente de ele oferecer um depoimento, e o aconselhei que seria melhor *não* testemunhar. — Ele olha por cima do ombro para Asher. — Sendo assim, ele optou por não seguir meu aconselhamento legal e quer se sentar no banco das testemunhas.

A juíza olha para Asher.

— Sr. Fields? Isso é mesmo verdade? O senhor quer testemunhar apesar de seu advogado ser contra?

Asher pigarreia.

— Sim, senhora — diz ele.

— Foi tomado nota — responde a juíza Byers.

Cinco minutos depois, os jurados estão sentados e lançam olhares curiosos para Asher. Ele faz o juramento, e, enquanto o observo colocando a mão sobre a Bíblia, penso em como nunca fomos uma família religiosa — íamos a uma missa de Natal ou de Páscoa de vez em quando, e só. Ainda assim, sou um clichê, uma mulher que pede a um Deus que sempre ignorou para proteger o filho.

— Asher — diz Jordan —, você ouviu o testemunho de outras pessoas sobre como você conheceu a Lily. Os depoimentos de como e quando isso aconteceu são precisos?

— São.

— Você pode descrevê-la?

Um sorriso toma o rosto de Asher, como uma névoa, borrando seus traços.

— Ela sabia tocar Bach e Dvořák no violoncelo, e também Red Hot Chili Peppers e Metallica. A coisa que ela mais queria era ir a uma escavação arqueológica com Yo-Yo Ma, porque ela havia lido que antropologia era a matéria favorita dele na faculdade, e ela achava que ele gostaria de conversar sobre algo para além de música, só para variar. Quando ela segurava o arco, sua mão se mexia tão rapidamente que eu não conseguia enxergar. — Seus olhos fitam a galeria, mas sei que é Lily que ele está vendo. — Ela *sabia* das coisas, a letra inteira de "Bohemian Rhapsody", que o McDonald's vendia chiclete com sabor de brócolis no McLanche Feliz, que as primeiras laranjas eram verdes, que não existe estado americano com a letra Q. A gente sempre tinha assunto, e ela me ensinou tanto. Mas havia momentos em que ficávamos em silêncio, quando a gente só meio que não fazia nada juntos, e era suficiente estar na companhia um do outro, porque ela preenchia todos os espaços que ocupava. — Ele respira fundo. — Ela foi a primeira garota para quem eu disse *eu te amo*.

— Vocês brigavam às vezes? — pergunta Jordan.

— Sim.

— Qual foi o motivo da última briga?

Asher se ajeita no banco.

— Eu queria dar um presente especial de Natal para Lily, então marquei um encontro com o pai dela — diz ele. — Fazia muito tempo que os dois não se viam. Quando você não tem um pai presente, e ele realmente *quer* se conectar, é muito melhor que ter um espaço vazio dentro de você... mesmo que esse pai não seja perfeito. — Ele hesita. — Agora eu entendo que, apesar de ser assim que eu me sentia em relação ao *meu* pai, a experiência de Lily era diferente. Mas não percebi isso na época.

— Como ela reagiu?

— Quando ela viu que eu havia chamado seu pai aqui, sem pedir permissão, ficou com raiva de mim. Eu tentei explicar por que tinha feito aquilo, mas ela disse que eu não entendia.

— Qual foi a sua resposta?

— Pedi para ela me ajudar a entender. Mas ela... não queria saber de mim.

— O que você quer dizer com isso? — pergunta Jordan.

Asher levanta um ombro.

— Ela parou de falar comigo. Não queria me encontrar, nem mesmo quando implorei a ela.

— Então — diz Jordan —, ela não te contou o que estava acontecendo.

— Não.

— Era um comportamento habitual dela, não era?

— Protesto! — grita Gina.

A juíza franze a boca.

— Aceito.

Jordan dá um passo para perto do banco das testemunhas.

— No início, o que ela te contou sobre o pai?

— Que ele havia morrido — responde Asher.

— Mas, na verdade, ele estava vivo... e os dois só não mantinham contato?

— Sim.

— Quando você viu as cicatrizes nos pulsos de Lily pela primeira vez, como ela explicou o que havia acontecido?

— Que tinha sofrido um acidente de carro — admite Asher.

— Apesar de elas terem sido causadas por uma tentativa de suicídio?

— Sim.

— E Lily nunca te contou que era trans...? — pressiona Jordan.

— Na verdade — diz Asher —, ela contou.

Jordan gira rápido para encará-lo, boquiaberto. A procuradora parece prestes a bater palmas de alegria. O tempo para, e Asher destrói completa e categoricamente a própria estratégia de defesa.

— Ela me contou — diz Asher, querendo apenas contar a sua verdade. — E eu não me importei.

ASHER NÃO PODERIA ter ajudado mais Gina Jewett nem se pegasse uma caneta vermelha e ligasse todos os pontos da acusação.

Ela se levanta, partindo para o ataque.

— Não é verdade que o motivo real da briga entre vocês na noite em que Lily morreu não tinha a ver com o pai dela... mas com o fato de ela ter contado que era transgênero?

— Não — responde Asher com firmeza.

— Você não gostou de saber disso, e ela não queria lidar com a sua raiva, e foi por isso que passou cinco dias evitando você.

— Não — corrige Asher. — Ela me contou um mês antes. Depois da primeira vez que transamos.

— Logo depois?

— Não — diz Asher. — Ela ficou... distante logo depois. Achei que ela estivesse questionando se devia mesmo ter... feito aquilo. Eu queria conversar, mas ela estava com medo de falar alguma coisa que nos separasse.

— Bom, assassinos causam esse efeito mesmo — diz Gina.

— Protesto!

— Retiro o que disse — responde a procuradora. — A sua primeira reação ao descobrir que a sua namorada tinha começado a vida como um menino foi, de fato, negativa, não foi?

Asher pensa com cuidado nas palavras.

— Eu precisei de um tempo para digerir a notícia.

— Você se sentiu traído, não foi?

— Eu fui... pego de surpresa — corrige Asher.

— Aposto que também ficou com raiva — insiste a procuradora.

O rosto de Asher enrubesce.

— Dei um soco na parede do meu quarto. Não me orgulho disso. Mas, no fim das contas, Lily era... Lily. Eu não me importava com os cromossomos dela. Foi por ela que eu me apaixonei. — Ele para um pouco, tentando explicar. — Se a sua banda favorita se chamasse Quarrymen e decidisse mudar de nome, você continuaria gostando da música que ela toca. Mesmo depois de passar a se chamar Beatles. — Ele abre um sorriso breve. — Eu também não sabia que eles tinham mudado de nome, até Lily me contar.

— E depois disso?

— Depois tudo estava perfeito entre nós.

— Até cinco dias antes de ela morrer, quando vocês tiveram uma briga tão feia que Lily não queria mais falar com você.

— Mas foi por causa do pai dela.

— É o que você está dizendo, Asher... mas você já mentiu antes. Mentiu sobre estar envolvido no escândalo das colas, mas foi suspenso da escola. Mentiu para a sua mãe sobre passar a noite na casa da Lily. Você falou para a polícia que nunca esteve no quarto da Lily, mas o seu DNA estava lá. A sua relação com a verdade parece bem complicada, então por que deveríamos acreditar em você agora?

Ele tensiona o maxilar.

— Estou falando a verdade sobre *isso*.

— Como nós podemos ter certeza? — zomba a procuradora. — Parece muito conveniente, olhando o panorama, que você seja um rapaz tão moderno e compreensivo. Quando, na realidade, você foi até a casa de Lily naquela tarde porque ainda estava com raiva...

— Não — diz Asher.

— Porque sentia que tinha sido enganado por ela...

— Protesto! — berra Jordan.

— Aceito.

Asher balança a cabeça.

— Não foi isso...

— Porque você tinha perdido o controle do relacionamento, se sentia humilhado e queria ensinar uma lição a ela... — Percebo que Gina Jewett espera que a raiva exploda de Asher como um raio escapando de uma nuvem de tempestade. — Mas — cutuca ela — você perdeu o controle de si mesmo quando chegou na casa e *a matou*.

— Você está errada — diz Asher, sério. As palmas de suas mãos estão esticadas sobre o colo. Ele não parece frustrado nem encurralado. Ele parece... transcendente. — Você não estava lá. *Nenhum* de vocês estava lá. Vocês não sabem nada sobre o nosso relacionamento.

Percebo que estou sem fôlego, como que em suspensão pelo magistral autodomínio de Asher, do mesmo jeito que eu me admirava com a capacidade de Braden de impedir todo mundo de enxergar o que acontecia por trás das cortinas de sua contenção. Afinal de contas, outra palavra para *autocontrole* é *disciplina*.

— Você tem razão sobre uma coisa — reflete a procuradora. — Nenhum de nós *estava* lá. Só Lily, e ela morreu. — Ela se senta. — Sem mais.

Jordan já está de pé.

— Uma nova linha de questionamento rápida, Vossa Excelência? — Quando a juíza concorda com a cabeça, ele se aproxima de Asher. — Depois que Lily contou que era trans e você precisou de um tempo para assimilar a informação... você conversou com ela sobre seus sentimentos?

— Conversei — diz Asher.

— O que você disse a ela?

Jordan está suando muito. Percebo que ele não tem a menor ideia do que Asher vai dizer — uma péssima posição para qualquer advogado estar com uma testemunha.

— Eu falei que não fazia diferença — responde Asher. — Disse que eu amava *quem* ela era... não *o que* ela era.

— Obrigado — diz Jordan, e se senta. A juíza Byers dispensa a corte. Jordan olha para Asher e diz: — Nem uma palavra. Só depois de entrarmos no carro.

EM VEZ DE LEVAR Asher sozinho para a sala de reunião (já que eu continuo sendo *persona non grata*), Jordan segue na frente até o estacionamento, passando por cima dos jornalistas com aqueles resmungos de sempre: *Sem comentários, sem comentários.* Sento-me no banco do motorista e dirijo quase um quilômetro e meio na rodovia de mão dupla antes de Jordan me instruir a parar o carro no acostamento.

Pelo espelho retrovisor, vejo o sorriso largo, satisfeito, de Asher.

— Foi ótimo, não foi? — pergunta ele, radiante. — Eu disse.

Jordan se vira no banco do passageiro.

— Não, Asher, não foi ótimo. Em uma hora, você destruiu minha defesa toda. A acusação quer que o júri acredite que você se sentiu tão humilhado quando descobriu que Lily era trans que a matou. Se eu conseguisse fazê-los pensar que ela nunca havia dito nada, você ainda tinha chances de ser absolvido. Mas você literalmente entregou essa informação à procuradoria de bandeja.

— Mas é a verdade — diz Asher, confuso.

— Não existe espaço para verdade num tribunal, cacete — esbraveja Jordan. — E como a procuradoria já passou a imagem de que você é abusivo e mentiroso, o quanto você acha que a sua palavra vale?

Ninguém fala mais nada pelo restante do caminho.

UMA SÉRIE DE COISAS pode destruir o lar de uma abelha: traças-da-cera, escaravelhos-da-colmeia, varroas. As abelhas podem ficar com as traqueias infestadas de ácaros. Há a loque americana, a nosemose, o vírus da realeira negra, o vírus da cria ensacada, o vírus que causa paralise, o vírus da asa deformada.

Outra ameaça às abelhas é o distúrbio do colapso da colônia, em que colônias saudáveis inteiras desaparecem praticamente do dia para a noite. Esse distúrbio é atribuído a várias causas, desde radiação eletromagnética até pesticidas, desde organismos geneticamente modificados até mudança climática. O único consenso entre os cientistas é que ele nasce de alguma fonte de estresse para as abelhas.

É sinistro se deparar com o distúrbio do colapso da colônia. O mel e os alvéolos operculados estão lá, mas, fora isso, é uma cidade-fantasma. As operárias e os zangões somem. As abelhas desaparecem.

Com exceção da rainha, que fica para trás e morre sozinha.

• • •

NA SEXTA-FEIRA, TEMOS o primeiro golpe de sorte no julgamento: a juíza Byers está com intoxicação alimentar, e a sessão é adiada para segunda-feira. Descobrimos o adiamento quando já estamos a caminho do tribunal em Lancaster, sentados lado a lado na picape em um silêncio desconfortável.

Em casa, nos recolhemos em nossos respectivos cantos. Asher continua se recusando a falar comigo, mesmo depois de uma tentativa de intervenção de Selena. Jordan domina a mesa de jantar, tentando encontrar algum fato que tenha passado batido durante a descoberta do corpo ou os depoimentos das testemunhas e que possa inocentar Asher, agora que sua estratégia de defesa foi por água abaixo.

Após passar horas pisando em ovos, Selena anuncia que nós duas vamos sair para beber.

Não consigo me lembrar da última vez que estive em um bar. Selena me arrasta para o único da cidade — um pé-sujo chamado Le Chez, perto dos trilhos do trem, que vende álcool barato, tem uma decoração deprimente e uma clientela mais deprimente ainda.

— Vou me arrepender disto amanhã — diz Selena, empurrando o terceiro martíni em minha direção. Eu nem gosto de martínis, mas Selena diz que, agora, minha habitual taça de vinho não vai servir de nada. Ela ergue sua taça, o álcool tão transparente e frio quanto um lago no inverno, e a bate na minha. — Um brinde para beber mais e pensar menos — diz ela.

— Se você colocar mel no drinque — digo, minhas palavras meio arrastadas —, não vai ficar com ressaca.

Selena ri.

— Onde você estava enquanto eu fazia faculdade?

Dou de ombros.

— A ressaca é causada pelo etanol — explico. — O mel tem potássio, sódio, frutose, tudo que o combate. E ele faz o fígado oxidar o álcool e te deixar sóbria mais rápido. — Tomo um gole demorado. — Gim é uma merda.

Ela pega meu copo, bebe tudo e chama a bartender.

— A minha irmã precisa de um martíni com vodca — explica para a mulher. — O que o mel *não* faz? — pergunta para mim.

— Absolve as pessoas de crimes — murmuro, pegando a azeitona do copo vazio e a comendo. — O meu filho vai para a cadeia e não vai nem se despedir de mim.

— Tecnicamente, ele vai para a prisão — diz Selena. — A cadeia é por menos de um ano.

Olho para ela.

— Você não está ajudando em nada.

— Certo. — Selena apoia os cotovelos no bar. — Nunca se sabe o que um júri vai fazer — garante. — Podem absolver Asher só porque ele tem olhos bonitos.

— Talvez Jordan encontre alguma pista — digo. — O jogo só acaba quando o juiz apita.

Selena não fala nada, e isso já é resposta suficiente. Ela é a investigadora de Jordan, conhece as provas melhor do que ele.

Olho nos olhos de Selena.

— Você conhece o Asher. Você o conhece desde sempre. Acha que ele é culpado?

Nós duas caímos em silêncio por um instante enquanto a bartender entrega meu drinque.

— Acho que você está fazendo a pergunta errada — diz Selena quando a mulher se afasta. — Pessoas boas fazem coisas ruins o tempo todo. Até Jeffrey Dahmer tinha mãe.

— De novo, você não está ajudando — digo.

— O que eu quero dizer é que você vai ficar do lado dele, esteja ele morando no segundo andar de sua casa ou na penitenciária estadual. Mesmo que ele seja condenado, Liv, vai continuar sendo seu filho.

Ela tem razão. Talvez eu não possa mais me vangloriar de suas conquistas da forma como fazia quando ele era um astro do hóquei, talvez precise ouvir sussurros em todo lugar que eu for. Posso ter imaginado um futuro para ele que envolvia faculdade, um emprego em que utilizasse seu olhar de artista, uma mulher por quem fosse apaixonado, uma casa cheia de filhos. Mas o simples fato de que a vida de Asher pode tomar um rumo diferente não significa que vou parar de amá-lo.

Isso me faz pensar em Ava, e pego meu martíni com vodca e bebo tudo em um gole só. Gesticulo para a bartender que quero outro.

Eu sei, mais do que a maioria das pessoas, o que significa cometer um erro colossal. Como você o carrega sobre as costas, como ele altera sua vida de todas as formas. Como, se você não conseguir se perdoar pela sua transgressão, acaba se perdendo sob o peso de seus próprios defeitos.

Sei como é ter que recomeçar.

Asher pode não me querer por perto agora, mas vai precisar de mim.

A bartender traz um martíni com vodca para mim e um martíni com gim para Selena, apesar de ela não ter pedido nada. Quando Selena começa a recusar, a bartender dá de ombros.

— Este fica por conta da casa — diz ela.

Selena é a mulher mais linda que já conheci, e estou acostumada a ver homens e mulheres passando vergonha só para dar em cima dela, mesmo quando Jordan está ao seu lado. Imagino que seja isso que esteja acontecendo de novo, como o esperado, até a bartender apontar para o ombro exposto de Selena, onde um hematoma escuro no formato significativo de um dedão mancha sua pele.

— Eu tive um namorado que também me machucava — diz a bartender, empática. — Você devia largar esse cara.

Suas palavras me chocam. Encaro Selena.

Selena olha para baixo como se não tivesse notado a marca antes. Mas, ao ver minha expressão horrorizada, ela diz:

— Olivia, seu irmão não é igual a Braden. Ele não toca em mim... a menos que eu deixe bem claro que é isso que quero.

Eu me encolho.

— Uau — digo, mas, como ela pretendia, suas palavras mudam o rumo dos meus pensamentos.

Ela esfrega o braço exposto com uma das mãos.

— É essa merda de endometriose. Depois da histerectomia, tiraram meus ovários também, e passei a tomar estrogênio. Agora, fico com hematoma sempre que esbarro em alguma coisa. Nem percebo mais. — Ela ri. — Você não achou que Jordan estava... Credo. Acho que ele nunca nem matou um mosquito na minha frente.

— Era isso que eu pensava sobre Braden — digo baixinho. — Era isso que eu pensava sobre *Asher*, mas...

— Puta que pariu. — Selena bate o martíni sobre o balcão. — Acabei de pensar numa coisa. O estrogênio fazia parte do coquetel hormonal que Lily precisava tomar, não? E se fosse *por isso* que ela ficava roxa com tanta facilidade?

Ergo a cabeça.

— Você quer dizer que talvez não tivesse nada a ver com...

— Abuso. Raiva. *Asher* — diz Selena. — Nada disso.

FOI ASSIM QUE acabamos, à uma da manhã, entrando de supetão no quarto de Asher. Nós o acordamos e perguntamos por que Lily não foi à aula no dia em que morreu. Sim, ela estava doente, mas quais eram os sintomas?

— Febre — responde Asher, confuso, sentando na cama. — Dor de cabeça, acho.

Armada com essa informação, Selena se vira e desce a escada, digitando furiosamente no celular. Fiquei encarando Asher, que olhou para mim, virou e puxou as cobertas.

Às nove da manhã de sábado, Selena já falou com um médico de Harvard, um patologista que namorou antes de conhecer Jordan. Ele concorda em dar uma olhada no relatório da autópsia de Lily. *Muita gente cai da escada*, explicou Selena. *Mas nem todo mundo morre por causa disso. Se existe uma forma de plantar a semente da dúvida razoável nos jurados de que Asher não é abusivo e que os hematomas — e a morte — de Lily podem não ter tido nada a ver com ele, então Asher pode ter uma chance de ser absolvido.*

No domingo, Jordan recebe uma mensagem de Selena em Boston: seu patologista vai testemunhar na manhã seguinte sobre suas conclusões — que são diferentes das do dr. McBride. É uma tentativa desesperada, mas é tudo que nos resta.

— Por que você está de cara feia? — pergunto a meu irmão. — Isso não é bom?

— Ela o chamou de patologista *dela*.

— Selena só tem olhos para você.

— Não estou preocupado com Selena. *Ele* a levou para jantar, para que pudessem conversar sobre os velhos tempos — diz Jordan. — Estou ficando cansado de todo mundo se apaixonar pela *minha* esposa.

Mas, no fim daquela noite, ele manda o currículo do médico para a procuradora, avisando que há uma nova testemunha, um especialista. Ele bate à porta de Asher, aparentemente para lhe contar a novidade.

Não entro no quarto.

Asher não me dirige a palavra desde quinta-feira, quando ordenou que eu fosse embora. Nós subsistimos em um balé silencioso, com ele coreografando seus movimentos para elegantemente evitar contato comigo.

Jordan prepara as perguntas para o patologista. Asher se esconde no quarto. Eu vago pelos corredores como um fantasma inquieto.

É solitário para cacete.

Se Asher for condenado, terei que me acostumar com essa vida.

Mas, mesmo que por um milagre ele seja absolvido, não há garantia de que ele me perdoe por acreditar no pior.

• • •

NO INÍCIO DA MANHÃ seguinte, voltamos ao tribunal. Mais uma vez, Jordan pede ao meirinho para não trazer o júri, para que ele possa explicar à juíza que a defesa trouxe uma nova testemunha não listada. Após um atraso de uma hora, para que a procuradoria tenha tempo de conversar com o patologista e preparar suas perguntas, Jordan chama o dr. Benjamin Oluwye ao banco.

As credenciais dele são impecáveis: professor de Harvard que estudou em Yale e na Faculdade de Medicina de Stanford e fez residência na UCLA. Ele pratica patologia forense no gabinete do legista-chefe em Boston e também é diretor de autópsias no Mass General. Fico me perguntando se conhece Braden.

— Dr. Oluwye, o senhor teve oportunidade de analisar o relatório e as amostras da autópsia de Lily Campanello, executada pelo dr. McBride? — pergunta Jordan.

— Tive, sim. — Sua voz é grossa, e seus olhos, sábios e focados.

Jordan lhe entrega o relatório da autópsia, que já foi registrado como prova.

— No final da última página do relatório, o senhor encontra a opinião do dr. McBride sobre a forma e a causa do óbito de Lily Campanello?

— Sim.

— E o senhor compartilha da mesma opinião?

— Não — responde o dr. Oluwye. — De forma alguma.

— Pode explicar por que não?

— A autópsia indica uma área extensa de hemorragia subaracnóidea, ao longo da região temporal direita, se estendendo da arcada supraciliar, posterior à região parietal, medindo dez por quatro centímetros e meio. Após a remoção da calota craniana, a hemorragia cobria quase quarenta por cento da região frontoparietal direita, com outro foco de dois centímetros na massa branca temporoparietal direita. — Ele olha para a expressão no rosto dos jurados e acrescenta, envergonhado: — Como os senhores estão me olhando com a mesma cara que meu filho me dirige quando digo que o Dire Straits foi a banda mais importante do século xx, vou explicar. Em termos leigos, isso significa que havia uma quantidade surpreendente de sangue dentro e ao redor do cérebro. Seria uma quantidade consistente com uma fratura no crânio, mas a tomografia e os raios-X mostram que não havia uma. Essa ausência... indica que havia outra coisa acontecendo.

— Sem uma fratura — diz Jordan —, o que o senhor *esperaria* encontrar na autópsia de Lily Campanello?

— Uma lesão por contragolpe. Se ela de fato tivesse morrido pelo cérebro ter batido de um lado para o outro no crânio, é provável que tivesse um pouco de sangramento do lado oposto do cérebro.

— Doutor, vamos ver se eu entendi. Lily tinha mais sangue dentro e ao redor do cérebro do que é normal para alguém que morre em decorrência de uma lesão por contragolpe, e não por uma fratura no crânio?

— Isso mesmo.

— O que isso indica ao senhor?

— Que a falecida tinha algum tipo de distúrbio do sangue que contribuiu para a sua morte — diz o dr. Oluwye.

— O que o senhor quer dizer com distúrbio do sangue?

— Qualquer fato que cause anomalia na forma como o sangue circula, coagula ou se comporta no geral — explica o patologista.

— Como... hemofilia?

— Sim, mas não creio que seja essa a causa da morte de Lily Campanello.

— Na sua opinião como especialista... qual foi a causa da morte?

— Se o caso fosse meu, eu teria assinado a autópsia da seguinte forma — responde o dr. Oluwye. — A causa do óbito foi, um: hemorragia intracerebral causada por choque traumático. Dois: microangiopatia trombótica, extensiva, consistente com PTT.

Jordan ergue as mãos.

— Calma, calma, calma. Na nossa língua, por favor, doutor.

— A falecida sofreu um trauma na cabeça que levou a sangramento excessivo no cérebro por causa de uma doença hematológica não diagnosticada chamada PTT, púrpura trombocitopênica trombótica. É um distúrbio em que as plaquetas se agregam aos pequenos vasos sanguíneos. Conforme os eritrócitos passam por essas aglomerações, são lisados. É como o casco de um barco sendo arranhado ao passar por pedras. O resultado é que esses eritrócitos são danificados, deformados, e explodem.

— Os eritrócitos *explodem*?

— Sim, e isso faz com que o paciente tenha algo chamado *anemia hemolítica*.

— Minha mãe tinha anemia — mente Jordan. — Ela tomava suplementos de ferro. É a mesma coisa?

— Não, é diferente desse tipo de anemia... é bem mais letal. Na opinião de cientistas, esse tipo de anemia só é encontrado em associação a duas condições específicas: a PTT e a CIVD, coagulação intravascular disseminada. Só que a CIVD quase sempre é precipitada por algo, como uma infecção grave, câncer, embolia de líquido amniótico. Pelo que me consta, a falecida não sofria de nada disso, o que significa que seria lógico deduzir que era PTT.

— O que acontece quando uma pessoa tem PTT? — pergunta Jordan.

— Quando as plaquetas se aglomeram, restam menos plaquetas para outras partes do corpo a fim de auxiliar a coagulação. Como resultado, uma pessoa com PTT tem hematomas com muita facilidade. Ela sofre frequentemente de sangramentos subcutâneos. Em termos chiques da patologia, chamamos isso de petéquias, pequenos grupamentos de pontinhos vermelho-amarronzados. Alguns pacientes com PTT também apresentam uma baixa contagem de hemácias, por causa da forma como as células se partem. Além disso, sofrem de disfunções nos rins, no coração ou no cérebro.

— Como alguém pega PTT? É contagiosa?

— Não — explica o dr. Oluwye. — Pode ser uma herança genética ou algo adquirido ao longo da vida. Existe um gene chamado ADAMTS13, que ajuda a coagulação. Se a pessoa não tem o ADAMTS13, sofre dessas aglomerações plaquetárias esquisitas. Sendo assim, se você herdar um gene com mutação, as enzimas que criam a proteína para a coagulação não são fabricadas, e, então, você tem plaquetas que se aglomeram e um diagnóstico de PTT. Mas ainda é possível adquirir PTT sem o gene com mutação.

— Como?

— Certas doenças, como câncer e aids, podem causar PTT. Assim como depois de transfusão de sangue (condição mais rara, é preciso dizer), transplante de medula óssea ou de células-tronco. Algumas mulheres passam a ter PTT durante a gravidez. Ou por fazer terapia hormonal e tomar estrogênio.

— Terapia hormonal — repete Jordan. — Como uma garota transgênero faria?

— Exatamente.

— Alguém que nunca mostrou sinais de PTT poderia... apresentá-los de repente?

— Sim. As manifestações de PTT variam muito de paciente para paciente, mas os cinco sintomas clássicos são febre, anemia, trombocitopenia e sintomas renais e neurológicos. O paciente pode exibir todos eles de forma aguda, ou apenas uma fração deles. Mesmo que nunca tenham se manifestado antes.

— É possível curar a PTT?

— Sim, se ela for diagnosticada.

— E se não for?

— O paciente pode vir a óbito.

Jordan deixa essa informação se assentar.

— Quais evidências o senhor encontrou na autópsia e nas amostras, doutor, que o levaram a concluir que Lily tinha PTT?

— Analisei as amostras do pâncreas, do fígado e do cérebro em busca de sinais de microangiopatia trombótica, o tal agrupamento das plaquetas. Ele tem uma aparência... cor-de-rosa. Quase como um bordado de caxemira. As amostras da autópsia de fato exibiam sinais clássicos dos agrupamentos plaquetários indicativos de PTT.

— Isso é algo que poderia passar despercebido por um legista?

— Acontece — diz o dr. Oluwye, dando de ombros. — Especialmente se você não estiver procurando por isso. O grau de trombose varia de paciente para paciente, o que significa que, à primeira vista, as amostras microscópicas dos órgãos talvez não parecessem anormais... ainda assim, se o legista tivesse olhado com mais atenção, teria notado evidências de PTT.

— O corpo de Lily tinha algum outro sinal das características clássicas de PTT?

— Pelo que me consta, ela estava com uma febre que a impediu de ir à escola naquele dia. Não havia sinais de insuficiência renal. Não posso fazer afirmações sobre anomalias neurológicas.

— E as petéquias, os pontinhos? Elas não seriam evidentes para o legista? — pergunta Jordan.

— Não foram encontradas petéquias no corpo da falecida. No entanto, o cadáver já tinha vinte e quatro horas no momento da autópsia, e elas poderiam muito bem ter desaparecido e passado despercebidas se a pessoa não soubesse pelo que procurar. A ausência de petéquias não é determinante para um diagnóstico de PTT.

— Outros exames poderiam ter sido feitos para comprovar o diagnóstico de PTT em Lily Campanello?

— Caso o legista tivesse feito a coleta de soro sanguíneo durante a autópsia, exames poderiam ser realizados... mas isso só aconteceria se houvesse suspeita de PTT antes do óbito. Agora, não há mais nada que possa ser feito, já que não há soro disponível.

— Se uma pessoa tivesse PTT não diagnosticada — pergunta Jordan —, o que aconteceria se alguém segurasse seu braço?

— Ela teria hematomas com facilidade. Ter PTT significa que suas plaquetas não estão funcionando como deveriam. Por esse motivo, hematomas ocorrem mesmo quando pouca pressão é aplicada.

— Quer dizer que uma garota com PTT poderia acabar cheia de marcas roxas mesmo que alguém mal encostasse nela?

— Sim, exatamente — diz o patologista.

— O senhor afirmou que um dos sinais clássicos de PTT são sintomas neurológicos — relembra Jordan. — Uma garota com PTT não diagnosticada poderia ficar tonta e cair, mesmo em um lugar familiar, como seu próprio quarto?

— Os sintomas do sistema nervoso central poderiam causar isso, sim. De fato, convulsões ocorrem em cerca de vinte por cento dos pacientes com PTT.

— Essa garota com PTT não diagnosticada poderia ser atlética e graciosa em um dia e se sentir tonta no outro?

— Sim, com o início de sintomas.

— Uma garota com PTT não diagnosticada poderia cair de uma escada sem querer?

— Poderia.

— E essa queda, especialmente em uma escada *de madeira*, poderia causar um choque traumático?

— Poderia.

— Nas circunstâncias deste caso — diz Jordan, ligando os pontos —, se Lily Campanello caísse de uma escada com degraus sem carpete e batesse a cabeça em um patamar, o fato de ela ter PTT não diagnosticada poderia produzir uma quantidade anormalmente grande de sangue em um crânio que não foi fraturado?

— Protesto, Vossa Excelência — grita a procuradora. — Não estamos vivendo em um mundo de fantasia cheio de suposições.

— Meritíssima, dr. Oluwye foi aceito como uma testemunha especialista em patologia, e estou fazendo perguntas sobre a possível causa do óbito neste caso específico — argumenta Jordan.

— Pode responder à pergunta, dr. Oluwye — decide a juíza Byers.

O patologista concorda com a cabeça.

— Sim, seria exatamente isso que eu esperaria encontrar. É a única explicação para o excesso de sangue em um crânio sem fraturas. Uma hemorragia cerebral seria mais severa em uma pessoa com PTT não diagnosticado.

— Se Lily não estivesse ciente de sua condição e não recebesse tratamento para PTT, ela poderia ter ficado tonta e caído da escada sem carpete, batido a cabeça, sangrado excessivamente no cérebro e, em decorrência disso, falecido?

— Poderia.

— Nessa situação, o namorado da garota com PTT teria algum envolvimento com sua morte?

— Protesto! — diz a procuradora, levantando da cadeira.

— Aceito.

— Retiro o que disse — responde Jordan, olhando de soslaio para o júri. — Sem mais.

NO CARRO A caminho do tribunal, Jordan explicou a história do conceito jurídico de dúvida razoável.

Vem do Reino Unido, do jurista William Blackstone, que disse, no século XVIII, "É melhor que dez pessoas culpadas escapem do que uma inocente sofra". A ideia seria proteger o réu e os jurados também. Como apenas Deus pode julgar um homem, seria um pecado mortal para um jurado condenar a pessoa errada.

É, portanto, responsabilidade da acusação remover a dúvida razoável da mente do júri. A parte divertida, segundo Jordan, é que não existe instrução formal para os jurados que defina o que é dúvida razoável. Sendo assim, se você conseguir apresentar uma teoria diferente — uma explicação alternativa de uma série de eventos que seja plausível o suficiente para se alojar na mente de um jurado —, então, legalmente, seu cliente não deveria ser condenado.

Não *deveria*, disse ele.

Não *que é impossível*.

• • •

A PROCURADORA ESTÁ de pé e indo na direção do dr. Oluwye antes mesmo de Jordan se sentar.

— Se Lily tivesse PTT, isso mudaria a causa do óbito?

Ele pensa um pouco.

— Ainda seria um choque traumático na cabeça, com extenso sangramento no cérebro, causado pelo trauma. A única diferença seria o elemento adicional, o distúrbio no sangue, que exacerbou a hemorragia.

— Uma garota com PTT não diagnosticada ainda poderia ser golpeada na cabeça pelo namorado, ou empurrada da escada por ele, e ainda encontrar o mesmo destino infeliz?

— Protesto! — grita Jordan.

— Aceito.

Mas o patologista não precisa responder para que Gina Jewett deixe claro seu argumento.

— Sem mais — diz ela.

Olho para os jurados. Alguns escrevem em seus blocos de nota. Outros encaram Asher com nítida desconfiança.

Jordan se levanta.

— Vossa Excelência — diz ele. — A defesa faz uma pausa.

DEPOIS QUE O JÚRI se retira, Jordan e Gina Jewett conversam com a juíza sobre as instruções para os jurados. Selena, que estava sentada ao meu lado, vai ao banheiro. Eu me inclino e fico a centímetros de Asher, que permanece olhando para frente, observando a conversa com a juíza, fazendo questão de me ignorar.

Quando sinto alguém sentar ao meu lado, me viro. Mike Newcomb está ali, com as mãos sobre os joelhos.

— Como você está?

Tento sorrir, mas não consigo.

— Já estive melhor — admito.

Ele concorda com a cabeça, então olha para os advogados. A juíza Byers anda de um lado para o outro, descalça, escutando os dois falarem.

— Na primeira vez que testemunhei num tribunal — diz Mike —, acabaram comigo. — Ele balança a cabeça. — Fazia uns três meses que eu era policial. Meu parceiro parou e revistou um cara que parecia suspeito. O cara não tinha nada, e, quando voltamos para a viatura, ele parou na nossa frente para anotar a placa. Meu parceiro deu partida e o carro bateu no sujeito. No relatório oficial, ele disse que o cara tinha pulado em cima do carro, e que estávamos dando ré naquele momento. Eu era novo demais e estava muito assustado para contradizê-lo, mas, no tribunal, entrei em pânico e mal conseguia falar, que dirá testemunhar. Você só sabe o que é passar vergonha de fato depois que seu procurador pergunta se você bateu a cabeça.

— O que aconteceu, então?

— Meu parceiro foi demitido por faltar com a verdade. Eu passei três meses só resolvendo burocracias.

— Eu perdi a confiança do meu filho — murmuro —, então acho que ganhei de você.

Ele pensa por um instante no que acabo de dizer.

— Eu vivo perdendo as coisas — diz ele depois de um instante. — Mas, sabe, sempre acabo recuperando tudo. — Ele dá uma batidinha no braço da cadeira. — Você se importa se eu sentar aqui?

— É um país livre — digo, dando de ombros.

Mas talvez não para Asher, não por muito tempo.

A JUÍZA BYERS continua descalça, andando atrás de sua cadeira, enquanto se dirige aos jurados.

— Asher Fields — diz ela — foi acusado de homicídio qualificado. Uma pessoa é culpada de homicídio qualificado quando propositalmente causa a morte de alguém. *Propositalmente* significa que o objetivo consciente do agente é a morte do outro, e que seu ato ou atos em relação a esse objetivo foram propositais e premeditados. — Ela encara os doze homens e mulheres, deixando que assimilem o conceito. — Uma pessoa condenada por homicídio qualificado passará a vida na prisão e não terá direito a fiança.

Um calafrio percorre minhas costas. Imagino como será ter que assistir a Asher envelhecendo atrás das grades.

Olho para além do perfil de Mike Newcomb, onde Ava Campanello está sentada. Como se conseguisse sentir o calor do meu olhar, ela se vira e me encara.

— O veredito precisa ser unânime — instrui a juíza. — Os senhores devem escutar a opinião de todos, mas chegar às suas próprias conclusões.

Que irônico. Mantenham a mente aberta... mas a fechem depois de tomarem uma decisão.

— Agora, iremos escutar os argumentos finais dos advogados, começando pela defesa e encerrando com a acusação — diz a juíza, voltando a sentar. — Sr. McAfee?

Jordan levanta.

— Senhoras e senhores do júri — diz ele. — Vou começar pela lei e concluir com os fatos. Em todo caso criminal neste país, a procuradoria carrega o ônus da prova sobre cada elemento da acusação e precisa comprová-los para além da dúvida razoável. Isso significa que, se os senhores tiverem *qualquer dúvida razoável* sobre o papel de Asher nessa tragédia, *devem* votar para inocentá-lo.

Se a lei trata da dúvida razoável, penso, *então o que eu sei* com certeza?

— As evidências que os senhores ouviram descrevem a relação entre Asher Fields e Lily Campanello. Ela começou com uma atração mútua e desabrochou em um respeito mútuo.

O que eu sei: Era uma vez um menino que se apaixonou perdidamente por uma menina.

— Eles estudavam na mesma escola. Iam ao cinema, saíam para comer. Trocavam mensagens, ligações e momentos a dois. Eles tornaram-se íntimos.

O que eu sei: Para Asher, não existe castigo pior que a perda de Lily.

— Ao contrário do que acontece em muitos relacionamentos, essa garota contou para o namorado que era transgênero. E o que aconteceu, então? A procuradoria quer que os senhores acreditem que Asher se sentiu traído e a atacou com fúria. Em vez disso, ele demonstrou imensa maturidade. Pensou no que ela disse e chegou à conclusão de que amava *quem* Lily era, não *o que* Lily era. Novamente, ele mostrou grande maturidade ao tentar reconciliá-la com o pai distante. A acusação quer que os senhores juntem os pontos de um jeito específico. Mas será possível conectá-los de outra forma?

O que eu sei: Você não retira do mundo a única pessoa que o preenche.

O que eu sei: Asher não pode ser culpado.

Sinto essa certeza me inundar, como uma luz que acende. A procuradoria montou um caso sobre a falsidade de Asher. Mas existe uma coisa sobre a qual ele contou a verdade de forma consistente: seus sentimentos por Lily.

— Sabem — diz Jordan —, quando eu era garoto, era fascinado por ilusões de ótica. Tenho certeza de que os senhores sabem do que estou falando. O vaso que, quando você pisca, parece duas pessoas conversando; as linhas onduladas em uma página que parecem se mover. Há uma em que você acha que está vendo o perfil de uma mocinha, até alguém dizer *Não, olhe de novo*. É uma bruxa, com o nariz torto, e, depois de vê-la, é impossível desvê-la. Hoje, peço para que os senhores pisquem. Peço que enxerguem uma situação completamente diferente daquela que a procuradoria os orientou a enxergar. Porque as provas que os senhores ouviram mostram que *também* existe a possibilidade de não ter acontecido uma briga, e que uma garota que sofria de uma condição não diagnosticada chamada PTT teve sintomas repentinos que podem tê-la feito cambalear pelo quarto, derrubar móveis e cair tragicamente para a morte. Uma condição que faz hematomas surgirem com tamanha facilidade que até um toque leve poderia criar algo parecido com uma marca de violência. Uma condição em que um impacto na cabeça durante uma queda poderia causar uma hemorragia no cérebro e morte instantânea. Uma situação em que o réu não era abusivo, não estava brigando, não estava mentindo... apenas sofrendo, como nos disse esse tempo todo. — Ele se vira, olha firme para Asher. — Se os senhores piscarem, verão o que eu vejo: um garoto que se apaixonou por uma garota.

Ele se senta ao lado de Asher.

A procuradora levanta e se direciona aos jurados.

— O sr. McAfee sabe usar as palavras de um jeito bonito, não é? Mas escritores de ficção têm o mesmo talento. Se nós removermos seu discurso elegante sobre ilusões de ótica, veremos os fatos básicos deste caso e que provamos além da dúvida razoável: esse conto romântico que ele tenta elaborar sobre namorados separados por uma tragédia é bem disfuncional. Os dois brigavam, os senhores viram as mensagens. Era uma relação abusiva, os senhores viram os hematomas. Um dia, após eles fazerem sexo, Lily revelou ao réu que era trans. Os dois já tinham uma relação volátil, combativa, e essa foi a última gota. O réu, um rapaz que é facilmente irritável, percebeu que tinha feito sexo com alguém que o enganara. Alguém que tinha nascido como menino. E isso, senhoras e senhores, o deixou bravo; o suficiente para dizer a Lily: *chega disso*.

A procuradora se vira, gesticulando para Asher.

— No começo deste julgamento, mostrei aos senhores um réu que mentia, que era abusivo, que brigava com a namorada e que foi encontrado com o corpo dela. Mas, agora, sabemos *por que* essa briga específica foi diferente. Asher Fields ficou tão furioso após descobrir que a namorada era transgênero, se sentiu tão *humilhado*, que foi consumido pela raiva. Os senhores viram isso acontecer diante de seus olhos neste tribunal, quando ele se sentiu traído por sua amiga Maya. Imaginem essa raiva sendo acalentada por semanas, se acumulando dentro dele. Imaginem esse garoto indo até a casa de Lily para confrontá-la, para lhe dar uma lição. Mas os senhores não precisam imaginar o restante, porque oferecemos provas suficientes de que Asher Fields assassinou Lily. Não um crime passional, mas um legítimo crime de ódio.

— Protesto! — grita Jordan. — Asher não foi acusado de crime de ódio.

Gina vira rapidamente em sua direção.

— Nenhum de nós sabia que a vítima era trans quando isto começou. Só o seu cliente.

— *Basta*, vocês dois — ralha a juíza Byers. — Não vamos conseguir passar nem mesmo pelos encerramentos?

Ela olha para Jordan.

— Aceito.

E virando-se para a procuradora, ela acrescenta:

— Os advogados irão se dirigir ao tribunal ou aos jurados, mas não ao advogado adversário.

Por fim, a juíza olha para os jurados.

— O júri não levará em consideração a última declaração da procuradora.

Decepcionada, Gina Jewett leva um segundo para se recompor.

— Senhoras e senhores — conclui ela —, o réu achava que tinha um relacionamento, mesmo que volátil, com uma garota que conhecia bem. Então descobriu que Lily Campanello nasceu como menino. Ele poderia ter simplesmente terminado com ela. Em vez disso, o réu resolveu acabar o relacionamento ao descontar sua vergonha, sua frustração, sua raiva, *em Lily*. A defesa ofereceu uma vasta lista de possibilidades, querendo distrair os senhores para que ignorassem a realidade. Afinal, não é conveniente que na casa em que Lily foi encontrada morta estivesse apenas a vítima em si, que não pode falar, e o réu, que é comprovadamente um mentiroso?

Ela vira seus olhos frios, analíticos, para Asher.

— Nada trará Lily Campanello de volta... mas isso não significa que o réu não deva ser responsabilizado por sua morte.

DEPOIS DE DEIXAREM Asher e eu em casa, Jordan e Selena vão a Portsmouth para buscar Sam e trazê-lo a Adams. Não sabemos quanto tempo o júri vai demorar para chegar a uma decisão, e os dois querem estar presentes quando o veredito for apresentado.

Sei que eles vão voltar mais tarde para irmos juntos ao tribunal amanhã cedo, mas a casa parece cavernosa em sua ausência. Asher bateu em retirada para o quarto, ainda impassível e silencioso.

Penso em algo que aconteceu com Asher na primeira série. Ele foi suspenso por três dias. A escola tinha uma política de tolerância zero, e ele havia empurrado um garoto durante o recreio. *Era ele que estava fazendo bullying comigo*, disse Asher, *não o contrário*. Escutei o diretor falar sobre o que era tolerado naquela escola, e como aquele não era um bom começo para Asher. Quando Asher entrou no carro, comentei que iríamos tomar sorvete. E recomendei que ele sempre, sempre, deveria se defender, e que eu o apoiaria.

A última coisa que eu queria era que ele se transformasse em alguém como eu.

No congelador, encontro sorvete de menta com gotas de chocolate, encho uma tigela com várias bolas e subo.

Asher não responde quando bato à porta, então a abro mesmo assim. Ele me vê segurando a tigela.

— Não estou com fome — diz em tom irritado.

— Tudo bem — respondo, e sento na beirada de sua cama.

— Não quero você aqui.

— Bom, até onde eu sei, a casa ainda é minha.

Ele se senta na cama e arranca os fones de ouvido.

— Puta merda — diz ele —, me deixe em paz.

— Não — respondo em tom tranquilo. — Eu faria quase tudo por você. Mas *essa* é a única coisa que não posso fazer.

— Tenho minhas dúvidas — responde ele, amargurado.

Enfio a colher no sorvete.

— Você se lembra de quando foi suspenso na primeira série?

O olhar dele encontra o meu.

— Aham.

— Eu também — digo, apenas.

Ele pega a tigela das minhas mãos e come uma colherada, e entendo isso como uma oferta de trégua. Eu o observo tomar um pouco do sorvete antes de ele voltar a me encarar.

— Eu queria que você tivesse se lembrado um pouco antes — diz ele baixinho, ainda magoado com meu depoimento. — O patologista te fez mudar de ideia?

Balanço a cabeça. Não foi o patologista. Foi perceber que minhas dúvidas pouco tinham a ver com Asher, e muito com as minhas próprias experiências.

Penso em como, na primeira noite que passei no apartamento de Braden, ele já tinha comprado duas escovas de dente — uma macia, outra média —, porque não sabia de qual eu gostaria. Na época, achei que ele estava sendo atencioso. Agora, sei que estava sendo calculista. *Ninguém pensa em você do mesmo jeito que eu. Ninguém gosta de você tanto quanto eu.*

— Eu costumava acreditar no melhor das pessoas — digo, hesitante.

Ele me analisa, deixando a colher cair na tigela.

— Por que você nunca conversou comigo sobre o que meu pai fazia?

— Ah, Asher — digo. — Porque eu tinha medo de você achar que a culpa tinha sido minha.

— Do mesmo jeito que ele. Você achava que eu era igual a ele.

— Não — corrigi. — Eu *esperava* que não fosse.

— Até... agora. — Toda força do meu depoimento, e do dele, e todas as insinuações feitas pela procuradoria se inflam entre nós como um airbag que abriu para nos impedir de nos magoarmos ainda mais. Asher passa um dedo pela borda da tigela do sorvete. — Na primeira série — diz ele —, quando bati naquele garoto, foi porque o babaca estava falando merda sobre você.

Fico boquiaberta.

— O quê?

— A mãe dele trabalhava na polícia, atendendo ao telefone. Ele a ouviu falar que você se mudou para cá porque era um saco de pancadas.

A ordem de restrição. Fecho os olhos, porque não sei como responder. Esse tempo todo, tentei esconder meu passado de Asher, e ele sabia. Esse tempo todo, tentei protegê-lo, quando ele já me protegia.

— Quando Lily me contou que era trans — diz Asher baixinho —, eu não sabia o que dizer. Fiquei com medo, sim, e surtei, e não queria traí-la contando para outra pessoa... nem mesmo para você. Mas eu queria. Pensei: *O que minha mãe diria?* E então entendi tudo. Voltei para Lily, e contei a ela como, às vezes, você encontrava alguém que te conhecia na época em que era casada. As pessoas sempre falam alguma coisa em código, sabe: *Você parece outra pessoa!* E você só sorri e faz piada, diz que sempre foi assim. Contei à Lily que, quando você estava com meu pai, ele queria que você fosse alguém diferente. Que, se você tivesse ficado com ele, talvez tivesse virado essa pessoa... mas que não seria você. Seria quem *ele* queria que você fosse. — Asher ergue o olhar para mim. — E então falei que eu a amava. *Ela.*

Seus olhos se enchem de lágrimas, e suas mãos tremem. Pego a tigela de sorvete e a coloco sobre a mesa de cabeceira.

— Eu a amava, mãe — diz Asher, chorando. — Ainda amo.

Eu o envolvo em meus braços, abraçando-o até ele parar de ofegar e sua respiração se acalmar. Então me afasto, segurando seus ombros.

— Asher — digo —, eu acredito em você.

Ele sabe que estou falando de tudo — de seu sofrimento, sua inocência, sua verdade. E não é por causa da testemunha especialista de última hora nem do distúrbio do sangue. Não é porque, no fim das contas, Asher não é igual a Braden.

É porque ele é igual *a mim*.

Apesar de tudo que aconteceu comigo, ainda acredito no amor... e Asher também.

E o que é ainda mais impressionante: talvez isso não seja um defeito... mas uma força.

Asher pega a tigela de sorvete e a oferece para mim.

— Aqui, mãe — diz ele. — Me ajude a terminar.

LILY ◆ 9

6 DE SETEMBRO DE 2018
Três meses antes

Tantas coisas no mundo têm gênero. Furacões. Bicicletas. Patins. Navios no mar. Até países — Mãe Rússia, Tio Sam. E, é claro, o planeta em si: *Que a Terra receba o seu rei.*

Às vezes, fico me perguntando sobre todo o tempo que passamos arrancando os cabelos para tentar classificar as coisas. E em como os resultados de alguns dos nossos esforços são, na melhor das hipóteses, duvidosos. Foi Mark Twain que notou que, em alemão, o substantivo para *peixe* é masculino, o para *escamas de peixe* é feminino, e a palavra para *mulher que vende peixe* é neutra.

São esses pensamentos que tomam minha mente enquanto nós — garotos, garotas, e até algumas pessoas não binárias — nos reunimos no ginásio da escola Adams no primeiro dia de ensaio da Orquestra de Honra do Condado de Coös. Todo mundo ao meu redor é músico e afina seus instrumentos. São alunos não apenas de Adams, mas de meia dúzia de outras escolas de ensino médio regionais. Instrumentos não são femininos nem masculinos — são apenas peças que emitem som —, cordas e arcos, cobre e madeira, palhetas e címbalos e tambores e pequenos triângulos de metal.

Ainda assim, basta olhar para os músicos ali reunidos para entender como até o som tem gênero.

No meio da orquestra ficam os instrumentos de sopro — tubas, trombones, trompetes, trompas, todos tocados por garotos. Com os instrumentos de sopro de madeira, a situação é parecida — os meninos tocam fagotes e clarinetas, mas todas as flautas são tocadas por garotas. Os de corda são ainda mais ridículos — quanto mais grave for o instrumento, mais provável é que seja dominado por um garoto. E todos os baixos? Garotos. A maioria dos violoncelos? Garotos. As violas são divididas meio a meio. E todos os violinos, com exceção de um? Garotas.

Há uma harpa, sobre a qual provavelmente existe uma lei federal exigindo que seja tocada por uma garota. E a percussão e os tímpanos costumam ser tocados por garotos.

Não é estranho? A maioria de nós resolveu tocar um instrumento na terceira série, criancinhas que tomaram essa decisão sem nem pensar direito. Mas, mesmo com oito anos de idade, já percorríamos os labirintos de gênero que o mundo montou para nós, mesmo sem percebermos.

Por isso que é legal ver alguém quebrando um pouco os parâmetros. Como o cara imenso que comanda o flautim. E a garota na última fileira tomando conta dos gongos e tímpanos, girando suas baquetas de percussão como uma expert.

A oboísta também é mulher, o que é um pouco incomum. Ela é uma garota de descendência indiana com um rosto sério. O sr. Pawlawski, o maestro, bate a batuta no suporte de partitura, se vira para ela e diz:

— Maya?

Maya começa o lá, e o primeiro violino — um cara chamado Derrick — segue seu ritmo. Há um instante de silêncio, e então Derrick faz o lá para o restante de nós, e nos afinamos.

O sr. Pawlawski é intenso, magro, com cavanhaque. Ele parece um conde Drácula *bonzinho*. Distribui a partitura das quatro composições que vamos ensaiar neste outono — o movimento "Júpiter", de *Os planetas*, de Holst; as Danças Polovetsianas da ópera de Borodin; uma mistura das trilhas sonoras de John Williams; e *Pedro e o lobo* de Prokofiev.

Prokofiev será narrado pelo goleiro do time de hóquei, um sujeito imenso chamado Dirk Anderson. Ele usa uma camisa que diz HÓ-QUEI-SE. Eu o conheci dois dias atrás, no primeiro dia da escola, na aula de inglês. Acho que conseguir que o goleiro narrasse *Pedro e o lobo* deve ter sido alguma estratégia do sr. Pawlawski, mas fico desanimada só de olhar para aquele cara.

Obviamente, ninguém aqui ensaiou essas músicas (exceto eu, talvez, porque toquei "Júpiter" com a orquestra de Pointcrest dois anos atrás), mas o sr. Pawlawski parece acreditar muito em seus músicos, porque nos pede para começar por John Williams, imediatamente erguendo a batuta e contando para começarmos a música-tema de *Star Wars*.

O som não é nada bom.

Aparentemente, esta seria a música-tema do filme se o imperador Palpatine matasse todo mundo nos primeiros trinta segundos. *Ótimo! Ótimo! Deixe o ódio fluir por você!*

O sr. Pawlawski bate com a batuta no estande da partitura, então ergue uma mão e aperta o topo do nariz com os dedos. Ele fica parado assim por um bom tempo, como se o cérebro estivesse sangrando por dentro e ele tentasse impedir a hemorragia. Ele suspira e se vira para nós.

— De novo — repete ele, e o som horrível recomeça.

O semestre vai ser longo.

É CLARO QUE eu estava percorrendo o labirinto do gênero quando escolhi o violoncelo na terceira série. Naquela época, eu já sabia que tipo de coisas meninos deveriam fazer, e o que cabia às meninas.

Meus pais brigavam por minha causa. Foi na terceira série que meu pai disse que eu não podia usar vestidos fora de casa. Acho que suas palavras exatas foram: *Essa merda precisa ter limite.*

Eu não entendia bem que diferença faziam as roupas que eu vestia. Nos fins de semana, quando ia à feira com minha mãe, a moça do queijo sempre me dizia que eu era bonita. *Ela vai partir corações um dia*, dizia ela. Eu usava jeans e camiseta, mas ninguém achava que eu era um menino, a menos que meu pai estivesse comigo e fizesse questão de deixar claro que aquele *rapazinho* era seu *filho*.

Se a questão não era as minhas roupas, o que as pessoas viam em mim para dizer *Ela vai partir corações*? Seria apenas meu cabelo, que eu gostava de deixar comprido? Ou outro detalhe, algo que sentiam no meu espírito?

Foi naquele outono que escolhemos nossos instrumentos para a orquestra. Eu sabia que tocaria violoncelo desde a primeira vez que vi um. Como disse, violoncelo é um instrumento que meninos escolhem, mas eu o queria mesmo assim. Foi por causa do som doce, de ele ser o instrumento de cordas que mais se assemelha à voz humana? Ou foi seu formato, tão parecido com o quadril e os ombros de uma mulher?

Ainda bem que descobri o violoncelo naquele ano, porque foi na terceira série que o mundo pareceu se fechar ao meu redor. Lembro que, em um fim de semana, liguei para meu amigo Jimmy Callanan para chamá-lo para jogar videogame. Jimmy só disse *Não, estou sem vontade. Sério?*, eu tinha perguntado. Quer dizer, eu entenderia se ele fosse fazer outra coisa, ou se não estivesse se sentindo bem. Mas dava para perceber que Jimmy não estava ocupado. Ele simplesmente não queria passar tempo comigo.

Depois de desligar, fiquei sentada na cozinha, tentando entender o que havia acontecido. Minha mãe entrou e me perguntou qual era o problema.

Não tenho amigos, falei, e comecei a chorar.

Ah, Liam, disse ela, me abraçando. *Tenho certeza de que isso não é verdade.*

Só que era, sim. Pararam de me convidar para as festas de aniversário dos outros meninos. Nos fins de semana, eu ficava na cama, jogando Zelda, ou tocando violoncelo, horas a fio. Como resultado, fui me aperfeiçoando cada vez mais no violoncelo, talvez porque tenha um ouvido bom para música. A verdade é que eu era motivada pela solidão. Segurava aquele violoncelo com paixão e o deixava formar sons que sentia no fundo da minha alma e não conseguia expressar de outra maneira.

Então, um dia, minha mãe chegou mais cedo do parque. Eu estava na sala, treinando escalas musicais.

— Liam — cantarolou minha mãe. — Tenho um presente para você.

Ergui o olhar, e lá estava ela, emoldurada pela porta. Nos braços, havia um cachorrinho, um labrador preto. Fiquei boquiaberta.

Corri até minha mãe e pressionei meu rosto no cachorrinho. Ele me lambeu. Meu nariz foi preenchido por aquele cheiro maravilhoso de filhote.

Fiquei tão agradecida. Minha mãe tinha percebido o quanto eu estava solitária e me deu um cachorrinho para me salvar. Era ótimo ter Boris. Eu o amava.

Mas era ainda melhor ter a minha mãe.

— Pronto — disse ela. — *Agora* você tem um amigo.

NO INSTANTE EM que guardo o violoncelo depois do ensaio, escuto uma voz atrás de mim.

— Em uma manhã — diz a voz —, Pedro abriu o portão e saiu para a porra do bosque!

Eu me viro, e ali, sorrindo de orelha a orelha, está Dirk Anderson.

— Como estou indo?

— Acho que a história não é bem assim — respondo.

— Não? — pergunta Dirk. — Bom, talvez você pudesse me ensinar. — Ele dá um passo para mais perto de mim. — Eu me chamo *Dirk*.

— Eu sei — respondo. — Eu me chamo Lily Campanello. Estou na sua turma de inglês, com o sr. Jameson.

— Aquele filho da puta do *Chopper* — diz Dirk. — Ele vai me foder.

Não sei como responder.

— Você é boa em inglês? — pergunta ele, e me lança um olhar que quase me dá pena.

Dirk, pelo que parece, *não* é bom em inglês.

— Boa o suficiente, acho — digo, fechando o último trinco do meu estojo.

— Talvez você possa me ajudar neste semestre — diz Dirk. — Você me ajuda, eu te ajudo.

Ele continua diminuindo o espaço entre nós, e eu dou um passo para trás. Mais um passo e estarei encostada na parede do ginásio.

— Ei, Lily — continua Dirk. — Se eu te dissesse que você tem um corpo maravilhoso — ele mal pode acreditar no quão boa será essa cantada —, *você viria contra mim?*

Estou me perguntando se Dirk tem QI suficiente para entender o quanto ele é estúpido, quando, de repente, um garoto que nunca vi antes se mete entre nós.

— Cara, o que você está fazendo? — pergunta ele. Ele é lindo, alto, tem cabelo ondulado e olhos verdes brilhantes. Ele sussurra: — *Entre no jogo.*

— O que parece que estou fazendo, Fields? Estou usando meu charme!

— Tarde demais, Dirk — diz o garoto, e passa um braço ao redor da minha cintura. — Ela é minha. — Ele se vira para mim e balança a cabeça. — Vamos?

— Vamos — respondo, e pego meu violoncelo antes de sairmos do ginásio de braços dados, deixando Dirk para trás.

— Você me deve uma, Asher! — berra Dirk.

Passamos pelas portas duplas do ginásio, e, agora que estamos no corredor, Asher Fields me solta e diz:

— Parecia que você precisava de ajuda.

— Asher, você vai se atrasar para o treino de novo — diz Maya, a oboísta, vindo em nossa direção. — Ah... você é a violoncelista maneira! — Ela estica o braço. — Eu sou Maya.

— Lily Campanello — digo.

— Lily — repete Asher, como se estivesse saboreando uma bala presa no canto da boca.

Maya cutuca Asher na lateral do corpo.

— Como *você* conheceu a garota nova antes de mim?

— Não conheci, oficialmente. Tentei salvá-la do Dirk.

— Argh — diz Maya. — Você acredita que ele vai passar o semestre inteiro enchendo a paciência? Ele vai narrar *Pedro e o lobo*.

— Qual é o problema dele? — pergunto.

— O problema — diz Maya — é que ele é um idiota.

— Mas é um goleiro de matar — diz Asher. Ele olha para o relógio. — Droga. Estou atrasado *mesmo*.

— A gente se vê no fim de semana? — pergunta Maya.

— Como sempre — responde Asher. — Foi bom te conhecer, Lily — acrescenta ele, e então segue pelo corredor.

Ficamos observando enquanto Dirk sai por outra porta, e ele e Asher riem de alguma coisa, indo embora juntos como se fossem melhores amigos.

— Então — digo para Maya. — Vocês dois...?

Maya demora um segundo para entender o que estou perguntando.

— Asher e eu? — Ela fica vermelha do pescoço para cima. — Nossa, não.

Agora, descemos o corredor rumo ao estacionamento, onde minha mãe combinou de me buscar.

— Sempre percebo quando alguém leva a música a sério — diz ela. — Como você. Você se dedica mesmo.

— Toco desde a terceira série — admito.

— Eu também — responde Maya. — Talvez a gente possa fazer duetos às vezes? A menos que você queira pegar leve na nerdice.

— Acho que é impossível para mim pegar leve na nerdice — digo.

— Eu sabia que tinha gostado de você. — Maya ri. — Você conhece a composição de Eugène Bozza para oboé e violoncelo? Quer ir à minha casa no sábado? Podemos tocar, depois jantar com minhas mães e assistir a alguma coisa na televisão.

— Parece ótimo — respondo, e mal tenho tempo para registrar que (1) ela disse *mães* e (2) não foi nada de mais. Meu telefone apita, uma mensagem da minha mãe. — Minha mãe está chegando — explico.

Maya pega meu celular e digita seu número nos contatos.

— Vou te mandar uma mensagem para combinarmos — diz ela.

Eu sorrio antes de ir correndo para o carro — bom, correndo tanto quanto é possível com o violoncelo e a mochila. Estou pensando no que minha mãe disse ao colocar Boris em meus braços. *Pronto. Agora você tem um amigo.*

— Como foi o seu dia? — pergunta minha mãe enquanto vamos para casa, e conto sobre Chopper, e Dirk, e Maya, e tudo. Conto que hoje foi maravilhoso. Conto que vou ficar bem.

A única coisa que não conto a ela, a informação que guardo para mim mesma, é a lembrança de Asher Fields, e como seu braço parecia perfeito ao envolver minha cintura. *Tarde demais, Dirk*, disse ele. *Ela é minha.*

OLIVIA ♦ 10

14 A 16 DE MAIO DE 2019
Cinco meses depois

À espera de um veredito. Cena: terça-feira.
 Quando eu ainda era casada, Braden às vezes operava o coração de pacientes cujos cônjuges optavam por não esperar no hospital durante o procedimento. Eles iam cuidar do jardim, ler ou trabalhar até o médico ligar e avisar que a cirurgia havia terminado e o paciente estava se recuperando. *Nem todo mundo aguenta ficar num hospital*, dizia Braden, mas isso parecia uma violação dos votos de casamento. Em algum lugar da expressão "na doença ou na saúde" havia um acordo tácito de que você faria uma vigília.

Agora, esperando pelo veredito dos jurados, começo a reavaliar minha opinião. O problema de esperar é que, bom, você precisa esperar. Na ausência de conhecimento, a mente dá cambalhotas fantásticas com as piores possibilidades possíveis. Andar de um lado para o outro não torna um cômodo maior; olhar a cada cinco minutos para o relógio não faz o tempo passar mais rápido.

Hoje durou seis anos, pelos meus cálculos. Nesta manhã, todos fomos ao tribunal, até o filho de Jordan, Sam. Jordan diz que precisamos estar perto do tribunal, porque os jurados podem voltar com uma decisão a qualquer momento.

Mas eles não fazem isso.

Passei o dia inteiro sem comer, Asher também. Estou me sentindo inquieta e trêmula, como se estivesse injetando café na veia. Asher senta à mesa na sala de reunião com a cabeça apoiada nos braços, os olhos fechados — mas sei pela veia pulsando em seu pescoço que ele não está dormindo nem relaxado. Jordan e Selena leem seções diferentes do *The Boston Globe*. Sam lê o terceiro livro da trilogia do *Senhor dos Anéis*.

— Está gostando? — pergunto para o meu sobrinho.

— É o melhor livro do mundo — responde Sam. Ele cita: *Até a menor das pessoas pode mudar os rumos do futuro.*

— Ai, meu Deus — murmuro. — Você puxou mesmo ao seu pai.

Sam ergue o olhar para mim.

— Você não gosta?

— Tem orcs demais — digo.

— A sua tia está mentindo. — Jordan ri. — Ela nunca leu um desses livros.

— Nada disso — digo. — Esses são os livros favoritos do Braden. Ele lia para mim em voz alta quando viajávamos de Adams para Boston. Ele encenava os personagens.

Jordan solta uma risada irônica.

— Quem diria que nós dois temos algo em comum — diz ele, e volta a abrir o jornal, formando um escudo que cobre seu rosto.

Não me lembro muito dos livros, com exceção de Éowyn, a guerreira que encara o rei bruxo de Angmar, que disse que nenhum homem poderia matá-lo. *Mas eu não sou um homem*, disse ela, tirando o capacete e deixando o cabelo cascatear até a cintura.

E então o golpeou.

Lembro que não prestei muita atenção no restante da leitura de Braden, imaginando como seria associar a mulher à força, não à fraqueza.

— Que livro *você* escolhia, tia Liv? — pergunta Sam.

Olho para ele, confusa.

— Para a viagem de carro?

Ele olha para mim, e a inocência em seus olhos é ofuscante. No mundo dele, todo mundo tem chance de escolher. Exceto que a chance *sempre* era de Braden. Eu me lembro de sugerir livros de Louise Erdrich e Anne Tyler e Octavia Butler, mas nunca os líamos em nossas viagens.

Fico me perguntando por quanto tempo Sam vai viver em sua bolha, até ele ficar mais velho e ser magoado pelo mundo. Tento imaginar Asher na época em que tinha a idade de Sam, mas agora ele carrega cicatrizes que são impossíveis de ignorar.

Passamos sete horas sentados naquela porcaria de sala, e, por volta das quatro da tarde, finalmente somos convocados à sala de audiência pela juíza, que concordou em perguntar aos jurados sobre o andamento do veredito.

Quando o júri entra, a juíza se vira para a sua porta-voz.

— Segundo o meirinho, os senhores não estão perto de chegar a um veredito ainda hoje. Está correto?

— Está correto.

A juíza Byers suspira.

— Vamos fazer um recesso por esta noite. Não leiam nada sobre o julgamento, não assistam ao noticiário nem acessem informações por outros meios de comunicação. Não conversem com ninguém sobre o caso, nem com seus cônjuges.

Puxo as costas do paletó de Jordan.

— O que isso significa? — sussurro.

— Significa — diz ele — que vamos voltar amanhã e fazer tudo de novo.

CENA: QUARTA-FEIRA.

Selena levou Sam de volta para Portsmouth, para ficar com a mãe dela. Está claro que o julgamento não será decidido tão rápido quanto ela e Jordan pensavam.

Jordan e eu estamos prestes a nos engalfinhar. Ele respira alto demais, meu chiclete o incomoda. Até parece que voltamos ao tempo em que tentávamos chutar um ao outro sob a mesa de jantar.

— Porra, como eu odeio saber que Gina Jewett pode esperar no escritório dela enquanto estamos apertados aqui nesta porcaria de sala — resmunga Jordan.

A procuradoria fica no prédio do tribunal, e, pelo visto, é lá que ela espera pelo veredito.

— Que diferença faz? — pergunto.

— Ela consegue *fazer* as coisas — diz Jordan. — Ligar para as pessoas. Trabalhar.

Cruzo os braços.

— Desculpe, mas estamos *atrapalhando* a sua vida ocupada? Você se aposentou.

— Correção: eu *estava* aposentado — diz Jordan.

— Meu Deus — geme Asher, enfiando as mãos no cabelo. — Vocês dois querem *parar*?

Nós nos viramos para ele.

— A gente precisa conversar sobre isso — diz Asher.

— Conversar sobre o quê? — pergunto.

— Sobre o que vai acontecer se perdermos.

— Não vamos perder — diz Jordan, instintivamente.

— Você não sabe disso — argumenta Asher. — Não pode ser boa coisa o júri demorar tanto.

— É com isso que você está preocupado? Não precisa ficar. Tive um caso em New Haven em que um sujeito foi considerado culpado depois de seis minutos de deliberação do júri.

— Você está dizendo que é um bom sinal estarem demorando tanto? — pergunto.

— Estou dizendo que é impossível saber.

Asher levanta e fica cara a cara com Jordan. Ele tem alguns centímetros a mais que o tio.

— Quero que você me diga a verdade — pede ele baixinho. — Sobre o que vai acontecer.

Ele não precisa explicar sobre o que está falando.

— Se você for considerado culpado, a pena será prisão. — Jordan hesita. — Perpétua.

Um músculo tensiona no maxilar de Asher, mas ele nem pisca.

— Se esse for o veredito, vamos entrar com uma apelação — explica Jordan. — Mas, Asher, não acho que isso vai acontecer. Tenho trinta e cinco anos de experiência com julgamentos, incluindo o do pior assassinato em massa da história de New Hampshire, então você precisa acreditar em mim quando digo que acho que seu caso foi bem.

Em comparação com o de Peter Houghton, que matou nove colegas de classe e um professor?, penso. *Meu Deus do céu.*

CENA: NOITE DE QUARTA-FEIRA.

Após outro dia de deliberações que não levaram a lugar algum, voltamos para casa. Não temos comida. O jantar é sopa enlatada, torrada e mel.

Jordan, esperando Selena voltar, seca os pratos enquanto eu os lavo.

— Você falou a verdade para o Asher? — pergunto.

Ele concorda com a cabeça.

— Não sou vidente, Liv. Não posso prometer que ele vai ser inocentado. Um júri é composto por doze desconhecidos; não tenho a menor ideia do que estão pensando. — Com cuidado, ele seca uma tigela. — Dizem que, quando um júri entra no tribunal, dá para saber o que eles vão decidir. Que, quando se recusam a fazer contato visual com o réu, o veredito é culpado. Se olharem para ele, é inocente. Mas isso é balela.

Pego a tigela das mãos dele e a coloco em uma prateleira no armário.

— O que eu *sei* — diz Jordan — é o que eles *deveriam* pensar com base nas provas... e, se estiverem fazendo seu trabalho do jeito certo, Asher tem boas chances.

— Eu sei. É só que... achei que não fosse demorar tanto — digo. — De qualquer forma.

É então que Selena entra como um furacão na cozinha. Ela larga as chaves do carro na bancada e exibe uma garrafa de vodca.

— Sabem um bom jeito para passar o tempo? — pergunta. — Bebendo.

CENA: QUINTA-FEIRA, AO AMANHECER.

Sinto o cheiro do gambá antes de ver qualquer prova de sua presença — o odor vindo em ondas fétidas, intensas, com a brisa da primavera que sopra das colmeias na direção da casa. Com máscara, chapéu e fumigador, vou dar uma olhada no estrago antes de me arrumar para ir ao tribunal.

Às vezes, gambás atacam as colmeias à noite. Eles arranham a caixa até as abelhas saírem, batem nelas até machucá-las, e então as comem vivas. Ao redor da colônia de Lady Gaga, vejo marcas de garras na entrada e excremento na grama pisoteada. Apesar de ainda estar cedo e fresco, as abelhas de Gaga estão nervosas e voando, atacando minha máscara com irritação, seus zumbidos agudos feito o gemido de um helicóptero.

Avalio se devo abrir a colmeia para me certificar de que a rainha está bem e correr o risco de irritá-las ainda mais quando sinto uma mão em meu ombro.

Eu giro, já erguendo os braços para me defender.

— Liv — diz Mike Newcomb, chocado. — Sou... só eu.

Meu gesto repentino deixou as abelhas furiosas de novo. Elas nos cercam em nuvens pequenas, raivosas. Eu me afasto da colmeia e Mike me segue, até as abelhas nos deixarem em paz.

— Eu não queria te assustar — diz ele.

— Não gosto de ser pega de surpresa.

— Agora já sei — murmura Mike. — Mas, sejamos justos, você estava correndo mais perigo de ser machucada por uma abelha do que por mim. — Ele aspira o ar. — Gambá?

— Pois é. Algum apareceu aqui ontem à noite.

— Você pode me mostrar? — pergunta ele. — O que você faz?

Concordo com a cabeça, pegando o fumigador e o usando para acalmar as abelhas. As poucas que continuam agitadas começam a diminuir o ritmo quando abro a tampa da colmeia de Gaga e uso minha ferramenta para soltar um dos quadros. Devagar, eu o deslizo para fora da caixa e observo as abelhas andando para longe, para eu conseguir enxergar os alvéolos vazios, os poucos que abrigam larvas, a prova minúscula de ovos. Girando os pulsos, analiso o lado oposto. Coloco o quadro no chão, ao lado da colmeia, apoiado de lado, e solto o próximo quadro. É um trabalho mecânico, metódico. É como nadar embaixo da água, em um mundo em que sinto que estou me afogando há dias.

Depois de três quadros, encontro a rainha, andando de um lado para o outro.

— Achei você — murmuro.

— Que linda — diz Mike, mas ele não está olhando para o favo. Está olhando para mim.

Depressa, devolvo o quadro à colmeia, depois ajeito os outros no lugar certo, pegando o que ficou apoiado no chão por último. Uso minha ferramenta para ajustar o espaço que as abelhas precisam para se mover entre os quadros, e coloco a tampa. Quando tiro o chapéu, finjo que estou toda vermelha por causa da máscara.

Mike me observa jogar fora a brasa do fumigador em um buraquinho que cavei com o calcanhar da minha bota.

— Você acreditaria em mim se eu dissesse que vim comprar mel?

— Ninguém tem uma necessidade urgente de mel às seis da manhã. — Eu rio.

— Então acho que vim até aqui para ver como você está.

Solto o ar devagar.

— Como eu estou — repito. — Bom, estou cansada demais, um gambá tentou atacar uma das minhas colmeias, bebi demais ontem à noite e nada disso é suficiente para me distrair de que as deliberações do júri já duram três dias.

Sem tirar os olhos de mim, Mike diminui o espaço entre nós e me beija com tanta delicadeza que mais parece uma respiração, ou um desejo. Seus cílios roçam meu rosto, sua mão passa por minha nuca. Ele mais me ancora do que me segura, para que eu saiba que, a qualquer momento, posso me afastar.

Não me afasto. Eu me inclino e o beijo de volta.

Ele tem gosto de hortelã e café, e percebo que sou eu quem está tentando chegar mais perto, acabar com os limites entre nós. Ele espera até eu passar os braços por seu pescoço e então vem para cima de mim, suas mãos nas minhas costas e nos meus ombros e emaranhadas no meu cabelo, seus lábios e sua língua me consumindo como se eu fosse néctar.

Mike me mordisca, e arfo, porque é doloroso e não é; o acalento vem quase junto com o ardor.

As abelhas são a trilha sonora. A sensação do toque dele na minha pele exposta — meu pescoço, meu pulso, meu rosto — é quase avassaladora. Faz tanto tempo que ninguém me toca.

Pressionado contra mim, consigo sentir como ele está duro, o quanto quer se aproximar de mim. Mas é ele quem afasta a boca, apoiando a testa na minha. Sua voz, quando ele a encontra, soa trêmula.

— Que tal essa distração? — pergunta ele.

Sinto que capotei, virei do avesso. *Não gosto de ser pega de surpresa.* Talvez isso possa ser uma exceção à regra.

— É um começo — respondo.

. . .

CENA: QUINTA-FEIRA, NOVE DA MANHÃ.
Temos um veredito, anuncia o meirinho.
Jordan e eu, ladeando Asher, precisamos levá-lo para dentro do tribunal. Ele está paralisado de medo. Ocupo minha posição atrás dele, sentando ao lado de Selena. O rosto de Asher está pálido, seus olhos estão arregalados e apavorados.

— Acho que vou vomitar — sussurra ele por cima do ombro.

Se existe a presunção de inocência, por que o júri decide se alguém é culpado ou não culpado? Por que não pode ser inocente ou não inocente?

Asher está suando tanto que a gola de sua camisa está ensopada.

É agora, penso. *É agora que perco meu filho ou o recupero.*

Do outro lado da galeria, vejo Ava Campanello esperando, com o rosto franzido e cansado.

A juíza Byers está andando de um lado para o outro de novo.

— Que conste nos autos que o réu e seu advogado estão presentes, junto com a representante da procuradoria. Fui notificada pelo meirinho que o júri enviou uma mensagem avisando que chegou a um veredito. — Ela concorda com a cabeça para o meirinho. — Traga os jurados, por favor.

Penso no que Jordan disse, e, conforme cada membro do júri entra, analiso seus rostos. Onze sentam no seu setor, e olham direto para frente.

Merda.

O décimo segundo jurado olha diretamente para Asher.

— Senhora porta-voz — começa a juíza —, o júri chegou a um veredito?

— Chegamos, Vossa Excelência.

A juíza Byers se vira para Asher.

— Sr. Fields — diz ela —, levante-se, por favor.

Quando Asher se levanta, puxado por Jordan, agarro a mão de Selena.

— Sobre a acusação de homicídio qualificado, o que decide o júri?

A porta-voz se vira para a juíza.

— Decidimos que o réu não é culpado.

O tribunal explode, com jornalistas correndo para fora da sala a fim de enviar suas matérias para a redação, Jordan passando os braços ao redor de um Asher aturdido, Selena me sufocando com um grito de alegria. Ao longe, escuto a juíza batendo o martelo, agradecendo aos jurados por seu serviço, dispensando-os. Ela se vira para Asher.

— Sr. Fields, o júri decretou um veredito unânime de não culpado, e, sendo assim, a acusação de homicídio qualificado foi descartada. O senhor está livre para ir embora. — Ela bate o martelo. — A sessão está encerrada.

Jordan pula por cima da cerca de madeira e me envolve em seus braços, me levantando do chão e me girando. Ele dá um beijo estalado em Selena, comemorando. É quase difícil respirar com o manto de alívio que nos cobre.

Há duas pessoas no tribunal que não comemoram.

Sem Jordan para lhe apoiar, Asher desmoronou sobre a cadeira, como se suas pernas simplesmente tivessem cedido. Ele se inclina para frente, seu rosto enterrado nas mãos, chorando.

A três metros de distância, como se fosse um reflexo do meu filho, Ava Campanello está curvada na mesma concha de tristeza.

JORDAN SE EXIBE para os jornalistas, mantendo o equilíbrio entre se vangloriar da própria habilidade e lembrar humildemente que uma garota morreu, ainda que não pelas mãos de Asher. Mas não nos demoramos muito no tribunal, e, depois de chegarmos em casa, ele e Selena fazem as malas, querendo voltar para Sam antes que ele saia da escola.

Ajudo Jordan a colocar tudo no carro de Selena. Enquanto Selena se despede de Asher, encaro meu irmão mais velho.

— Bom — digo. — Você pagou sua dívida.

— Dívida?

— Você pode não ter me salvado do Braden — digo. — Mas me salvou agora.

— Eu salvei o Asher — corrige ele. — Você ainda tem um passe livre.

Ele me envolve em seu abraço, e aconchego a cabeça sob seu queixo, me esforçando para não chorar.

— O que acontece agora? — sussurro.

— Agora, você pode ser mãe — diz Jordan. — Ele vai precisar de você.

Assinto.

— Obrigada, Jordan.

— Eu diria que estarei *sempre* aqui quando você precisar, mas não vamos repetir a dose, tudo bem?

Então Selena me abraça enquanto Jordan bate nas costas de Asher.

— O negócio é o seguinte — escuto Jordan dizer. — Quando a gente perde uma pessoa querida, ser absolvido não diminui o sofrimento. Então, se você quiser conversar com alguém além de sua mãe, pode me chamar para um café da manhã num Chili's uma vez por mês, quem sabe.

Os lábios de Asher se contorcem.

— Bom saber.

— Mas você paga — diz Jordan. — Já que não cobrei por meus serviços. — Ele sorri enquanto Selena entra no banco do passageiro do carro. — Não esqueça, Asher — diz ele. — Você tem muitas pessoas do seu lado.

Asher concorda com a cabeça, e Jordan se vira para mim pela última vez.

— Mais um conselho — diz ele, baixinho. — Use proteção.

— O quê?

— A janela do meu quarto tem vista para as colmeias — diz Jordan. — *Vou ver se um gambá atacou minhas abelhas*, o caramba.

Uma risada escapa de mim, como uma borboleta que se liberta do casulo. Dou um tapa no ombro dele.

— Você está oficialmente abusando da minha hospitalidade — brinco, mas, mesmo assim, fico na varanda e o observo ir embora até o carro sair do meu campo de visão.

NÃO TIRO UMA SONECA desde a época da faculdade, mas, depois que Jordan e Selena vão embora, estou tão exausta que caio no sono sobre a mesa da cozinha, depois de baixar a cabeça por um instante enquanto organizava a correspondência. Acordo porque minha cabeça está latejando, ou pelo menos é isso que penso até me sentar, estremecendo com o som de marteladas.

Sob a luz fraca do fim da tarde, é difícil ver o que está acontecendo na beirada da floresta, perto das colmeias, mas caminho rápido pelos campos de morango até encontrar a fonte do barulho. O inconfundível som de metal batendo em madeira vem de dentro da casa da árvore.

Sei que Asher é o responsável antes mesmo de eu subir pela escada de corda. Meu peito passa pelo pequeno alçapão no chão da estrutura. Ele está usando uma camiseta com as costas todas suadas. Enquanto observo, ele seca a testa no ombro, depois pega um dos pregos que estão entre seus lábios e o martela na tábua que usa para fechar uma das janelas.

— Asher? — digo baixinho, para não assustá-lo.

Ele termina de bater o prego e então se vira para mim, como estivesse me esperando o tempo todo.

— Ah — diz. — Oi.

Olho ao redor: todos os sinais de ocupação foram removidos. O leme do navio, a rede e a caixa de madeira cheia de jogos antigos não estão ali. O único sinal de que pessoas já ocuparam aquele espaço são as iniciais entalhadas nas vigas, e a manta, dobrada com cuidado.

— Você precisa de ajuda? — pergunto, sem saber para o que estou me oferecendo.

— Estou quase acabando.

Fico observando enquanto ele termina de prender a tábua, então pego uma vassoura e varro a poeira em montinhos que jogo pelo alçapão. Tomo cuidado de não encostar na manta, que parece especial. Sagrada.

Asher prende o martelo no cinto do jeans e me entrega a caixa de pregos. Ele abre o alçapão e joga mais alguns pedaços de madeira lá embaixo, então gesticula para que eu desça na frente. Na base da escada, fico esperando, mas ele para no terceiro degrau, enroscando um braço na corda feito um artista de circo, para conseguir se prender enquanto lacra o alçapão.

Abro a boca para avisar que ele deixou a manta lá dentro, mas então me dou conta de que esse era o seu objetivo.

Quando Asher chega ao chão, pega uma pá que eu não tinha visto antes e se enfia na floresta. Escuto o som de terra sendo remexida e, pouco depois, de seus passos. Ele segura a pá em uma mão, e, na outra, a haste de vários lírios-de-um-dia, suas raízes soltando terra. Ele os coloca com delicadeza na base da casa da árvore, então cava um buraquinho, onde planta um lírio. Enquanto o observo batendo no chão, ajoelho ao seu lado para ajudar — mas um som baixo vindo do fundo da garganta de Asher me faz perceber que aquilo é algo que *ele* precisa fazer.

Dou um passo para trás e testemunho o momento.

Quando Asher termina, ele passa a mão com carinho pelas pétalas laranja exuberantes, salpicando seus dedos com pólen. Seus olhos estão marejados, e sua respiração, pesada, como se ele tivesse acabado de sair do rinque de patinação. Ele engole em seco, depois ergue o olhar para a casa da árvore — agora tanto um fim quanto um começo.

— Tudo bem — diz ele, sua voz quase inaudível. — Tudo bem.

Entrelaço meu braço ao seu. Eu me apoio nele, ou talvez ele se apoie em mim, e voltamos para casa, deixando sua infância selada para trás.

LILY ⬢ 10

7 DE AGOSTO DE 2018
Quatro meses antes

Faz menos de vinte e quatro horas que estamos na casa nova quando sou lembrada de que minha mãe, apesar de ser a pessoa mais durona que conheço, é muito frágil. Não sou a única pessoa sob este teto que tem alguns estilhaços bem escondidos.

Nós nos saímos tão bem juntas na longa viagem até o leste. Todos os momentos em que poderíamos nos irritar uma com a outra acabaram sendo divertidos, até mesmo os obstáculos e as frustrações na estrada se tornaram, no fim das contas, parte da aventura.

Nós nos hospedamos em pousadas de beira de estrada, hotéis, hospedarias, pensões. Em uma noite, em algum lugar do Wyoming, estávamos tão exaustas que minha mãe simplesmente saiu da estrada, e dormimos em um campo, em nossos sacos de dormir, com Boris aconchegado entre nós. Sobre nossa cabeça havia um universo de estrelas.

Vou me lembrar disso pelo resto da vida.

Quando finalmente paramos diante da casa ontem à noite, minha mãe desligou o motor e simplesmente escutamos o silêncio por um instante e olhamos para a escuridão do outro lado das janelas. Grilos cantavam em um campo.

— Bom — anunciou minha mãe. — Chegamos.

A chave estava onde o senhorio havia dito que estaria, escondida sob um vaso na varanda. Mas ele havia avisado que deixar a chave era apenas uma formalidade. Os moradores de Adams, fomos informadas, não gostam de trancar as portas.

A mudança só chegaria pela manhã, então colocamos nossos sacos de dormir no chão da sala e fingimos que estávamos acampando. Minha mãe tirou a última garrafa de Chardonnay do cooler, e bebemos em copos de plástico. Abrimos todas as janelas e escutamos os sons noturnos de New Hampshire tomando conta do espaço até deitarmos e fecharmos os olhos. A última coisa que pensei foi *Este é meu novo lar. É aqui que vou começar a viver.*

Acordamos com o som da mudança chegando. Minha mãe e eu nos vestimos e abrimos a porta. Lá estava o caminhão, cheio de coisas que havíamos encaixotado duas semanas antes, na Califórnia. Um cara grande segurava uma prancheta. Seu nome, Hurley, estava bordado no uniforme. Ele me olhou de cima a baixo. *Ora, olá, querida,* disse ele.

Agora, fim de tarde, já espalhamos os tapetes e as cadeiras e os sofás mais ou menos nos lugares onde achamos que ficarão. Minha mãe abriu uma caixa grande com fotos emolduradas e pinturas, analisando cada uma com alegria, como se todas as caixas fossem presentes enviados por alguém que sabia *exatamente* o que ela sempre quis ganhar.

Pouco antes das quatro, minha mãe vai preparar uma xícara de chá de camomila na cozinha. Eu a escuto revirando as caixas até que, com um grito de triunfo, ela encontra o bule.

Continuo tirando as coisas das caixas, ouvindo a água lentamente começar a ferver. Pego um álbum de fotos antigas, não me lembro de já ter visto este antes. Abro a capa, e — de repente — minha versão de sete anos está me encarando, usando um terninho.

Viro a página e descubro mais fotos. Nossa antiga casa em Seattle. A estação dos guardas no Parque Nacional Olympic. Eu no gramado da igreja católica da nossa velha cidade, segurando uma cesta de Páscoa. Há mais uma foto minha posando com um bastão de beisebol em um jogo da liga infantil, em uma manhã de sábado. Eu me lembro desta. É a foto que meu pai deixava no escritório do trabalho, a que foi tirada na manhã em que entrei escondida no banheiro e passei — e depois tirei — o batom da minha mãe.

— Fiz uma xícara para você — diz minha mãe, voltando para a sala. — Quer...?

Mas, agora, ela vê o que estou olhando.

— O que *é* isto tudo? — pergunto, mas já sei o que é.

— Não fique brava — diz ela. — Mas não consigo jogar essas fotos fora. — Ela se senta ao meu lado no sofá. — Não é que eu queira essa vida de volta. Mas...

E, então, os olhos da minha mãe se enchem de lágrimas.

— Não tem problema — digo a ela, e fico surpresa ao sentir que não tem problema *mesmo*.

Houve uma época em que uma foto minha de antes da transição me encheria de vergonha e raiva. Era como se minha feminilidade fosse algo que pudessem tirar de mim — se alguém dissesse a coisa errada, ou usasse o pronome errado, ou até se guardasse uma foto velha. Mas, agora, depois da longa jornada, minha feminilidade é tão sólida e verdadeira quanto o planeta. Se minha mãe quiser guardar as fotos antigas, não me incomodo.

— Não mesmo? — pergunta minha mãe. — Porque posso jogar tudo fora se você...

— Não — digo. — Não sou a única que passou pela transição. Você passou também.

Ela seca os olhos. No álbum diante de nós, está uma foto de Boris filhotinho.

— Às vezes, sinto como se eu não tivesse um passado — diz ela. — Eu me olho no espelho, vejo uma mulher de meia-idade e fico me perguntando quem *é* essa pessoa? Como cheguei até aqui?

Aperto o corpo de minha mãe, e esse gesto me causa estranheza. Por um instante, eu pareço ser a mais velha, tomando conta dela. Tenho um vislumbre de mim no futuro, com sessenta anos, cuidando de uma versão muito, muito idosa da minha mãe.

Quando eu era pequena, nos fins de semana, ela me deixava ser tão feminina quanto eu quisesse. Eu nunca usava vestidos para ir à escola, mas tinha umas roupas bonitas que podia usar em casa. Eu tinha um conjunto de bobes de cabelo e meias-calças cor-de-rosa. Tinha até uma fantasia de princesa, com a barra bordada e um par de asas translúcidas que podiam ser presas nos ombros.

Um dia, entrei na sala com minhas asas e uma varinha com uma estrela brilhante na ponta. Meu pai, bebendo cerveja, ergueu o olhar e disse:

— Do que você está fantasiado?

Falei a verdade: *Sou a rainha das fadas!*

Meu pai bateu com uma mão na testa e disse, *Puta que pariu.*

Não sei se foi nesse dia que meus pais começaram a brigar por minha causa, imagino que tenham começado bem antes disso. Os dois tentavam esconder, mas havia épocas em que só falavam sobre mim, com minha mãe dizendo *A gente precisa deixar ele ser quem é*, e meu pai respondendo *Não podemos deixar o mundo acabar com ele.*

Ano após ano, meu pai mantinha em seu escritório aquela foto em que eu segurava um bastão de beisebol. Ele nunca a trocava, mesmo depois que me tornei completamente diferente daquele menino.

No outono de 2011, os dois chegaram ao que meu pai chamava de *meio-termo*, e ao que minha mãe depois diria ter sido sua *rendição*.

— Achei que, se eu aceitasse aquela única imposição — disse ela —, o casamento sobreviveria.

Ela aceitou me matricular em uma escola particular de nome sugestivo, Pacific Day, a partir do sexto ano. O lugar tinha cem anos de idade, o campus era cheio de áreas descampadas, e havia uma biblioteca com paredes de pedra.

— Lá tem aula de esgrima, Liam — disse meu pai, tentando me animar. — E uma orquestra!

Já fazia três anos que eu tocava violoncelo.

Nada disso fazia diferença para mim, e, para falar a verdade, nem para ele. O que importava era que a escola era *só de meninos*.

Nós precisávamos usar paletó e gravata. E chamar os professores de "senhor".

Durante todo o verão, implorei aos meus pais, *Não me obriguem a ir. Por favor, não me obriguem a ir.*

Meu pai dizia *Não estou dizendo que vai ser fácil, Liam. Mas vai ser bom para você. Vai te ensinar a ser homem.*

Eu tinha uma vontade enorme de dizer *Não é isso que eu quero aprender.* Mas sentia medo de decepcioná-los. Às vezes, eu pensava nas palavras que meu pai havia me dito anos antes. *Você pode ser tudo que quiser, Liam.* E me ocorria que, talvez, se eu tentasse o suficiente, poderia aprender a ser um garoto. Que a percepção de mim mesma que eu tinha desde que me entendia por gente poderia desaparecer, se eu me esforçasse bastante.

Quando minha primeira manhã na Pacific Day chegou, eu estava determinada a ser um menino. Achei que seria algo que eu conseguiria dominar, da mesma forma que havia acontecido com o violoncelo: com paciência e prática.

Mas logo ficou claro que, naquela escola, você já deveria chegar sabendo como ser um menino. No almoço do primeiro dia, fui atacada por uma dupla do oitavo ano. Um dos garotos amarrou minhas mãos atrás das minhas costas com uma corda, e o outro me levou para uma caminhada pela escola, berrando *Ei, venham ver o viadinho.* E todo mundo ria, como se aquilo fosse a coisa mais engraçada do mundo.

Tentei *aguentar firme*, como meu pai dizia, por mais algumas semanas, mas todos os dias havia uma nova humilhação. Levei muitas surras. Não fiz amigos. Comecei a ir mal nas provas — ficando abaixo da média nas matérias pela primeira vez. E o pior de tudo, até mesmo do que a crueldade dos alunos, eram os professores. Eles me tratavam como se eu fosse uma piada, como se minha forma de existir no mundo fosse uma escolha proposital para chamar atenção. *É melhor você se adaptar*, disse o diretor, o sr. Parsons.

Minha mãe trabalhava no Parque Nacional Olympic naquele outono, passando quatro ou cinco dias por semana na estação dos guardas na costa. Isso significava que meu pai e eu ficávamos sozinhos na maioria das noites. Pedíamos comida e fazíamos as refeições em silêncio, e então eu ia para o meu quarto, trancava a porta e colocava minhas asas.

Às vezes, eu me perguntava se as coisas teriam sido diferentes se minha mãe deixasse Boris em casa enquanto ela ia para o Olympic. Mas, naquele outono, Boris a acompanhava no parque nacional, onde passava horas correndo atrás dos gravetos que os turistas jogavam para ele no mar e trazendo-os de volta.

Um dia, o sr. Parsons ligou para o meu pai no trabalho e disse que ele precisava ir me buscar e me levar para casa. Quando chegou na diretoria, meu pai me encontrou sentada em uma cadeira. Eu exibia o começo de um olho roxo e um machucado na bochecha direita, por ter sido arrastada pelo asfalto do parquinho.

— Sr. O'Meara — disse o sr. Parsons. — Sinto muito ter lhe atrapalhado no trabalho, mas acredito que o senhor vai entender.

Meu pai olhou para mim.

— Desculpe — disse ele para o sr. Parsons. — Não sei o que dizer.

— Não é da minha conta, é claro — respondeu o sr. Parsons. — Mas preciso perguntar se está tudo bem em casa.

— *Está* — respondeu meu pai, tensionando o maxilar. — E o senhor tem razão, isso não é da sua conta.

— Não quero me intrometer. Situações como esta costumam ser um pedido silencioso por ajuda.

Apenas fiquei sentada lá, com vergonha. Eu *tinha* pedido ajuda, e não havia sido nem um pouco silenciosa. Mas ninguém tinha aparecido, não antes de eu me machucar. Agora, na sala do sr. Parsons, eu descobria a verdade — os garotos que tinham me batido não seriam responsabilizados.

Na noite anterior, quando eu havia pintado as unhas de rosa-salmão, não era como se as consequências daquilo fossem um mistério para mim. Mas o fato de o sr. Parsons estar me punindo — me suspendendo, em vez de punir os garotos que tinham me surrado contra o asfalto — me surpreendia.

Na verdade, eu tinha achado que rosa-salmão era uma cor até bastante conservadora.

Meu pai me mandou pegar minhas coisas, e obedeci.

— Quando ele pode voltar? — perguntou ele ao sr. Parsons ao sairmos para o corredor.

— Quando ele estiver pronto para retornar à comunidade — respondeu o diretor. — Quando ele estiver pronto para virar *homem*.

Entramos no carro para voltar para casa.

— Então? — disse meu pai. — Você quer se explicar?

Soltei o cabelo do rabo de cavalo e balancei a cabeça, deixando-o cair sobre os ombros.

— Nunca mais vou voltar lá — avisei.

— Nunca? — disse meu pai. — E o que você vai fazer da sua vida, Liam? Me diga.

Olhei nos olhos do meu pai.

— Eu vou ser livre.

Meu pai riu.

— Talvez eu devesse te mandar para a escola Porter, para ver como seria. É isso que você quer?

A escola Porter era um instituto luxuoso situado na costa. Só para meninas.

— Posso? — perguntei, sem perceber que ele estava brincando. — Posso mesmo?

— Qual é o seu problema?

— Eu não tenho problema nenhum — respondi. — Além de você.

Meu pai ficou quieto, mas dava para perceber pela forma como sua mandíbula se mexia que ele ainda não havia acabado de resmungar.

Finalmente, falei:
— Você me disse que eu poderia ser o que eu quisesse.
— Hein? — perguntou meu pai. — Quando eu disse isso?
— No circo — respondi. — Cinco anos atrás.
— Qual circo? Eu nunca te levei a circo nenhum.
— Tinha uma bola de canhão humana, e uma mulher que andava sobre os cavalos.
— O único circo que eu frequento — disse ele — é a porcaria da nossa casa.

Quando chegamos em casa, ele me mandou tirar o esmalte no banheiro. Odiei ver a tinta desaparecendo. O cheiro de acetona fazia meu nariz arder. Cada esfregada do algodão, de onde pingava o removedor de esmalte, me dava a sensação de estar apagando um pedaço de mim mesma.

Finalmente, minhas unhas estavam limpas, e fiquei parada ali, me encarando no espelho.

Qual é o seu problema?, perguntei a mim mesma.

Eu não tenho problema nenhum, disse a garota no espelho. *Além de você.*

Não posso ser você. É difícil demais.

E o que mais você vai ser?, perguntou a garota. *Você quer mesmo passar seus dias fingindo ser outra pessoa?*

Toda a maquiagem da minha mãe estava bem ali na bancada. Coloquei um pouquinho de corretivo no dedo indicador e o passei no hematoma azulado embaixo do olho. Então passei um pouco de base para fazer meu rosto parecer normal. Havia pó compacto, que ajudou a assentar tudo, e um pouco de bronzer para devolver cor às minhas bochechas. Fiz um traço com lápis de olho sobre as pálpebras, penteei os cílios com rímel. Então passei um dos batons dela — uma cor da Mac chamada Crème in Your Coffee. Penteei o cabelo. Um dos sutiãs da minha mãe estava pendurado no suporte da toalha, então tirei a blusa e o coloquei, enchendo cada taça com uma meia embolada.

Peguei uma blusa que estava no cesto de roupa suja, de um tecido estampado que esticava, gola redonda e mangas três-quartos.

Eu me olhei no espelho de novo. Eu estava linda, um milagre inesperado. Mas não entendia como seria possível sobreviver assim naquele mundo.

Você estraga tudo, falei para aquela menina. Como eu estava olhando no espelho, ela simplesmente repetiu a mesma coisa para mim. *Você estraga tudo.*

Abri a porta, desci a escada e entrei na sala, onde meu pai tomava cerveja. Ele ergueu o olhar. Por um segundo, acho que não me reconheceu — talvez tenha pensado que eu era uma versão de outro mundo da minha mãe, de quando ela era adolescente, de antes mesmo de os dois se conhecerem.

Então ele ficou boquiaberto.

— Que porra é essa?

— Eu avisei — falei. — Vou ser livre.

Meu pai ficou imóvel por um instante, assimilando minhas palavras. Lentamente, ele esmagou a lata de cerveja na mão direita e a jogou no chão, por onde ela saiu rolando sobre o piso de madeira.

Então me deu um tapa. Foi tão forte que literalmente me jogou no ar. Voei pela sala, minha cabeça bateu na parede.

Um pouco depois, quando retomei a consciência, percebi que tinha sido amarrada na cadeira da cozinha com a corda do varal. Ouvi um som de algo sendo cortado. Meu pai estava com a tesoura na mão, a mesma que usávamos para cortar papel de presente.

— O que você está fazendo? — sussurrei, apesar de já saber a resposta.

Ouvi o som da tesoura. Senti meu cabelo comprido caindo no chão. Ele cortou tudo. Não demorou muito. Meu pai limpou meu rosto com um papel-toalha umedecido. A maior parte da maquiagem saiu, mas o rímel não, é claro. Ele era à prova de água.

— Eu te odeio — falei. — *Eu te odeio.*

— Liam — disse meu pai. — Estou fazendo isso porque eu te *amo*, fera. Porque não quero que você se machuque.

Era ele quem estava me machucando.

— Vai se foder! — berrei. — Eu te odeio! Vai para o inferno!

— Liam, por favor — disse meu pai.

— *Eu. Não. Me. Chamo. Liam!*

— Não? — disse meu pai. — Então qual é o seu nome?

Fiquei sentada ali, me remexendo na cadeira, tentando soltar as mãos, mas ele havia apertado demais a corda. Eu ficaria presa ali até que meu pai resolvesse me soltar.

Eu queria dizer a ele qual era meu nome, apesar de ainda não saber.

— Me solta, porra — falei.

— Vou te soltar — respondeu meu pai. — Quando você disser que o seu nome é Liam.

— Vai se foder — falei.

Ele enfiou a cara na frente da minha.

— Qual... é... a... porra... do... seu... *nome*?

Cuspi. O cuspe aterrissou bem em seu olho, e ele ergueu os dedos para limpar a visão. Então retesou a mandíbula de novo, agarrou a cadeira e a empurrou com tanta força que virei para trás e caí, ainda amarrada, no chão da cozinha.

Fiquei olhando para os pés dele por trás de um véu de lágrimas.

Então ele disse:

— Eu *não* sou... uma pessoa ruim.

Escutei o barulho de chaves, e passos saindo da cozinha. A porta da frente se abriu e fechou. O carro foi ligado, e ele partiu.

Fiquei deitada onde havia caído. Não sei quanto tempo se passou. Horas. Eras. Milênios.

Finalmente, escutei o barulho da porta da frente se abrindo e fechando. Apertei os olhos, me preparando para a próxima rodada, apesar de não conseguir imaginar o que meu pai ainda poderia fazer contra mim.

Ouvi o som de unhas de cachorro batendo nos azulejos. Era Boris, voltando do mar com minha mãe.

Liam, disse minha mãe. *Meu Deus do céu, Liam, querido.* Ouvi o som da tesoura de novo — a mesma que meu pai havia usado para cortar todo o meu cabelo —, e então a corda se soltou. Minha mãe me envolveu em seus braços.

— Meu bebê — disse ela.

Era só isso que ela repetia. *Coitado do meu bebê.*

Agora, cá estamos nós, sete anos depois, em uma casa em New Hampshire. Boris está velho. Minha mãe está ficando grisalha. E meu nome é Lily.

BORIS ESTÁ COM a cabeça para fora da janela, suas orelhas balançam ao vento. Há uma opera house chique na cidade, um velho rio que serpenteia rumo ao oeste. Lojinhas, uma igreja. É tudo tão fofo, como o cenário de um filme antigo.

Viramos uma esquina, e lá está a escola. Há um ginásio imenso de um lado e um centro de artes performáticas do outro. Vejo uma placa: LAR DOS PRESIDENTES GUERREIROS.

Eu rio, pensando sobre o conceito de presidentes guerreiros, mas também sinto um calafrio de nervosismo. Porque é aí que vou estudar. Meu último ano, finalmente!

Minha mãe parece pensativa.

— Não se preocupe — digo. — Vai dar tudo certo.

Ela sopra o ar com rapidez.

— Espero que sim, Lily — diz ela. — Odeio pensar no que vai acontecer se... você sabe... nós tivermos problemas.

No caminho para o leste, minha mãe e eu tivemos conversas intermináveis sobre o que significa ser mulher. É uma questão biológica, o resultado do que existe entre nossas pernas? Ou é mais algo neurológico, ou até espiritual — o que existe entre nossas orelhas?

A questão é ter ovários e um útero? Bom, talvez, com exceção de que o mundo está cheio de mulheres que passaram por histerectomias e que continuam sendo mulheres.

A questão é ter seios e um clitóris? Talvez, com exceção de que o mundo está cheio de mulheres que fizeram mastectomia. Outras passaram por circuncisões clitorianas (descobri que a dra. Powers reverte esse procedimento). Todas essas mulheres continuam sendo mulheres.

A questão é ter dois cromossomos X que ninguém consegue ver? Talvez, com exceção de que o mundo está cheio de mulheres com cromossomos Y e nem sabem desse detalhe, mulheres cuja genética apresenta uma infinidade de variações cromossomiais. Essas mulheres continuam sendo mulheres.

Conforme seguíamos para o leste, fomos listando todas as coisas que as pessoas usam para definir mulheres — mas sempre encontrávamos uma exceção ou uma diferença rara que desvirtuava a definição binária. Até chegar o momento em que minha mãe sugeriu que ser mulher, para algumas pessoas, pode significar *simplesmente não ser um homem*.

Minha mãe disse que se sentia da seguinte maneira — que ser mulher, para ela, significava ser ignorada em conversas ou menosprezada; ser julgada como um *corpo*, e não como uma alma consciente; viver em estado de alerta, independentemente de quem ela era ou do que estivesse fazendo, para o caso de alguém decidir transformá-la em vítima.

Talvez eu não precise me sentir da mesma forma que minha mãe. Não serei uma vítima, nunca mais. Vou viver com força, com audácia e com amor.

Para ser sincera, não tenho uma teoria completa a respeito de quem sou nem se posso viver como eu mesma. Outras mulheres não precisam inventar justificativas para existir. Por que eu teria que justificar o fato de que estou aqui neste planeta, explicar e defender as coisas que estão no meu coração desde que nasci?

Às vezes, penso em todas as coisas estranhas e maravilhosas que o mundo contém — a batata-azul, plantas carnívoras, o ornitorrinco.

Se existe espaço sob o céu para todas essas coisas miraculosas, por que não haveria espaço para mim?

Sei que minha mãe está nervosa com o decurso deste ano. *Eu* estou nervosa. Mas vou ficar bem. Já passei por coisas muito piores.

Enquanto encaro o prédio da escola, penso em todas as minhas encarnações: quem eu fui, quem sou agora e — acima de tudo — quem ainda posso me tornar.

— Não precisa se preocupar comigo, mãe — digo. — Sou uma sobrevivente.

OLIVIA ◆ 11

5 DE JUNHO A 1º DE JULHO DE 2019
Seis meses depois

Não é possível voltar à normalidade. É possível se aproximar do eixo que sua vida costumava ocupar, mas, da mesma forma que uma assíntota, pode-se somente chegar perto, mas nunca cruzar aquele ponto perfeito. O sistema judiciário permite que você volte para casa depois de ser absolvido, apesar de existir certa dissonância cognitiva na percepção de que o mundo seguiu em frente na sua ausência. Mesmo inocente, você será para sempre *o garoto que participou daquele julgamento de homicídio*. Você não é culpado, mas carrega uma mácula.

Não faz muito sentido Asher voltar à escola para estudar por menos de um mês; em vez disso, o inscrevemos em um supletivo. Não saímos muito, mas, quando isso acontece, as pessoas tiram fotos furtivamente com seus celulares se acreditam que Asher não está percebendo, ou — em alguns casos — até pedem selfies. Ele é uma curiosidade. Ele se tornou notório.

No início, ele tentou. Em uma tarde de sábado, vai a um rinque gratuito em que muitos de seus colegas do hóquei costumam jogar. No gelo, ele é o mesmo de antes — confiante e habilidoso, cada ação levando a consequências que ele consegue prever. Mas, então, leva um esbarrão de outro jogador, os dois começam a brigar, e o garoto chama Asher de *chupa-rola*. Asher dá um soco nele e recebe vários outros de volta, e acaba na nossa cozinha colocando gelo no olho roxo, explicando que o outro garoto usou essa palavra caluniosa por causa de seu relacionamento com Lily.

Dirk aparece para jogar videogame, mas os dois não têm as mesmas interações brincalhonas de antes. Ele sempre se convidava para jantar, então fico surpresa quando vejo Asher sentado sozinho à mesa.

— Ele contou que os professores não queriam arredondar notas, quem terminou com quem, para quais faculdades os alunos vão no ano que vem — murmurou Asher. — É como se a gente vivesse em dois planetas diferentes.

Maya não faz qualquer tipo de contato.

Entramos em uma rotina, Asher e eu. Visitamos as colmeias de meus contratos de polinização. Acrescentamos melgueiras quando necessário e monitoramos como as abelhas as enchem de mel. Todos os dias, fazemos as palavras cruzadas do *New York Times* juntos. Preparamos o jantar — Asher pica os legumes como um sous chef, enquanto eu salteio, refogo e asso. Assistimos a todos os filmes do universo Marvel, na ordem certa.

Não é sempre que fazemos companhia um ao outro, mas estou sempre atenta para onde ele vai, ou ao que está fazendo, porque, depois de quase perder um filho, é normal se sentir cautelosa. Asher passa bastante tempo sentado entre os lírios que transferiu para baixo da casa da árvore, mas não retira os pregos e não entra. Às vezes, fica desenhando por lá. Às vezes, fica de cabeça baixa, sendo coroado pelo sol. O rei da solidão, soberano do nada.

TRÊS SEMANAS APÓS o fim do julgamento, Maya aparece de surpresa. Ela se joga nos braços de Asher.

— Ai, meu Deus — diz ela. — Eu queria ter vindo antes, mas minhas mães estavam sendo umas vacas, achando que a Williams iria cancelar minha bolsa ou coisa parecida se descobrissem que somos amigos.

Asher olha para ela.

— Você vai para Williams?

— Ah, você não sabia. — Maya me vê parada ali, observando tudo aquilo. — Oi, sra. McAfee.

Eu pigarreio. Não consigo me esquecer da imagem de Maya no banco das testemunhas, da selfie com os hematomas de Lily.

— Parabéns — digo. — É uma conquista e tanto.

Seus olhos ficam arregalados e insondáveis enquanto ela olha para Asher, como se somente agora percebesse que, enquanto ela terminava a escola, a vida dele foi tirada dos trilhos, em parte graças ao papel dela no julgamento.

— Eu... escrevi uma redação sobre a Lily para fazer a inscrição — admite ela. — Não conseguia pensar em nada além dela em dezembro.

— Pelo visto, valeu a pena — resmungo.

— Mãe — murmura Asher. — Não é culpa dela.

Maya se retrai.

— Eu queria ter ficado do seu lado, Asher. Sempre fiquei do seu lado. Mas foi tão... terrível.

— Também sinto falta dela, Maya — diz Asher.

— Odiei tudo que falaram sobre você no tribunal — diz ela. — Você não devia ter passado por aquilo tudo.

Maya começa a chorar e se joga nos braços de Asher novamente. Por cima da cabeça dela, ele encontra meu olhar e dá de ombros. Ele esfrega suas costas, e ela se aconchega nele. Eu me viro, indo para a cozinha a fim de dar privacidade aos dois.

— Você nem deveria ter sido preso — escuto Maya dizer, chorosa. — Você não deveria estar lá. — Estou passando pela porta da cozinha quando ela acrescenta: — Lily terminou com você.

As palavras são como dominós — uma se desequilibra e o restante cai. Paro de andar, minha mão segurando a porta aberta.

— Maya — pergunto, me virando —, do que você está falando?

Maya se afasta dos braços de Asher, olhando de mim para ele.

— Ela... te mandou uma mensagem.

Penso nas horas que Jordan passou debruçado sobre as mensagens impressas dos celulares de Asher e Lily. Do pedido para excluir a prova do processo, da decisão da juíza. Meus olhos se fixam em Maya, paralisando-a.

— Sim — digo. — Só que Asher nunca recebeu essa mensagem... e ela não foi mencionada no julgamento.

Maya cobre o rosto com as mãos.

— Foi um acidente — chora ela.

A MELHOR AMIGA simplesmente *sabe* das coisas. E Maya sabia que seu melhor amigo estava arrasado.

Ela sabia que seu melhor amigo precisava mais dela do que nunca, ainda que ele não compreendesse isso de fato.

Era possível perceber simplesmente pelo modo como Asher mal falava ou olhava para Maya enquanto namorava Lily. No jeito como ele verificava o celular seis mil vezes por dia, só para ver se Lily finalmente havia respondido suas mensagens.

Maya tinha aceitado o fato de que Asher não a enxergava do jeito como ela o enxergava. Mas isso não era tão ruim. Vários caras acordam um dia e percebem que a garota que desejavam não eram tão confiável ou interessante ou merecedora quanto a que nunca saiu do seu lado. Maya havia arquitetado uma forma de passar toda sua adolescência garantindo que Asher estivesse feliz, mesmo se isso significasse que ele não estaria com ela. Ela seria paciente. Ela poderia ser amiga da garota que ele amava.

Até Lily partir o coração dele.

Maya sabia o que era melhor para Asher, e não era Lily.

Lily estava em casa, doente, e ficou surpresa ao encontrar Maya em sua porta. As duas já haviam trocado mensagens naquele dia, e Lily havia dito que não, não precisava que ela trouxesse seu dever de casa. Lily estava com uma cara horrível enquanto Maya a seguia até seu quarto e sentava em sua cama. *O que é tão urgente assim?*, perguntou Lily.

Você sabe como o Asher está se sentindo agora? Porra, você nem se importa, né?

Como você pode me falar uma coisa dessas?, disse Lily.

O celular de Lily apitou, e Maya leu a mensagem por cima do ombro dela. Era de Asher, assim como todas as últimas. Mais de dez. CHEGA DISSO, ESTOU INDO PARA A SUA CASA.

Lily olhou para Maya, depois para o celular. *Você tem razão*, disse Lily baixinho. *Asher e eu precisamos conversar.*

Aquilo era, percebeu Maya, o oposto do que ela queria que acontecesse. Os detalhes estavam confusos, mas ela conseguia enxergar com clareza o resultado que desejava: Lily terminaria com Asher, em vez de continuar a palhaçada. Ele ficaria arrasado, e Maya estaria lá para juntar seus caquinhos.

Lily começou a digitar uma resposta para Asher.

Não, disse Maya, e Lily ergueu o olhar, surpresa.

Você não o ama do mesmo jeito que ele te ama, disse Maya. Ela estava chorando, e não se importava em demonstrar suas emoções. *Você nunca vai amar. E vou te contar uma coisa, Lily, essa situação é uma merda.*

Lily ficou boquiaberta. Ela encarou Maya, que acabara de perceber o quanto tinha revelado de seu próprio segredo.

Maya, disse Lily, *eu não sabia...*

O rosto de Maya estava quente. Ela não precisava da pena de Lily. Ela precisava que Asher abrisse os olhos e entendesse que ela estava ali. Que sempre esteve ali.

Se você o ama de verdade, implorou Maya, *vai abrir mão dele.*

É por amá-lo de verdade que não posso fazer isso, disse Lily. Ela olhou para o telefone, para a resposta que faria Asher voltar para ela. De novo.

Sem pensar no que estava fazendo, sem pensar *em nada*, Maya agarrou o celular da mão de Lily e apagou a mensagem não enviada.

Não precisa, acabou, digitou ela. Mas, antes de conseguir enviá-la, Lily agarrou o aparelho.

O restante era difícil de lembrar. Elas se emaranharam e brigaram, derrubaram uma luminária e a mesa de cabeceira. Seus tênis esmagaram cacos de vidro. Maya pressionou o celular contra o peito, curvando o corpo sobre ele como uma ostra abriga uma pérola, e saiu do quarto. Lily tentou pegá-lo de volta. Se ela não tivesse feito isso, Maya não a teria empurrado. Se ela não tivesse feito isso, Lily não teria perdido o equilíbrio e caído pela escada abaixo.

QUANDO MAYA TERMINA de falar, a verdade nos pressiona como um ferro. Asher está pálido, com os dentes fincados no lábio inferior.

— Eu não sabia o que fazer — diz Maya para ele. — Então fugi. Achei que você não fosse aparecer. — Ela leva uma mão trêmula aos olhos, secando-os. — Eu não queria que ela se machucasse. Eu só queria que ela parasse de machucar *você*.

Um calafrio percorre minhas costas. Aqui está a maior ironia de todas: Lily Campanello não foi morta por alguém que se sentiu ameaçado por ela ser trans.

Ela foi morta por alguém que se sentiu ameaçado por ela ser *mulher*.

— Maya — digo baixinho —, precisamos contar para a polícia.

Ela sequer olha para mim. Estica o braço para segurar a mão de Asher, apertando-a como se a sua vida dependesse disso.

— Você guardou o segredo *dela* — sussurra, destruída, esperançosa. — Não pode guardar o meu?

SÓ PODE EXISTIR uma rainha na colmeia.

Quando a rainha morre, você pode comprar uma nova e introduzi--la, ou esperar as abelhas criarem uma realeza.

No início, abelhas-nutrizes alimentam todas as larvas com geleia real. Ela é leitosa e grossa, cheia de vitaminas, açúcares e aminoácidos. Após alguns dias, a dieta muda para a geleia das operárias, que tem níveis menores de proteína e açúcar, ou para a alimentação dos zangões. Só que qualquer ovo pode ser adaptado para se tornar uma rainha, se ela for alimentada com geleia real durante todo o desenvolvimento. Os nutrientes ativam configurações genéticas diferentes, que já existem dentro do ovo.

Este sempre foi o fato que mais me encantou a respeito das abelhas: no mundo delas, o destino é fluido. Você pode começar a vida como uma operária, e terminar como uma rainha.

ALGUMAS SEMANAS DEPOIS de Asher e eu contarmos a Mike Newcomb sobre a confissão de Maya, chegou a hora da primeira colheita do mel. Estamos no celeiro. Asher cuida do extrator, enquanto eu desoperculo os alvéolos com a faca quente. Passamos a manhã reunindo dezenas de quadros cheios de mel; agora, estamos suados e pegajosos. Os fios de cabelo que escaparam da minha trança estão grudados no meu rosto.

Asher abre o extrator e vira os quadros, para a força centrífuga remover o mel do outro lado de cada favo. Passo a faca quente pela borda do recipiente plástico em que estou juntando os tampos de cera, tentando soltá-los.

— Eu estava pensando — diz Asher — em pegar o carro e dar uma volta na Plymouth State.

Com muita calma, continuo o que estou fazendo.

— Ah, é? — digo em tom descompromissado.

Esta é a primeira vez desde o julgamento que Asher expressa interesse em ir para a faculdade. Em seguir em frente.

— Eles oferecem formação em design gráfico — acrescenta ele. — E o time de hóquei da faculdade é bom.

— Parece promissor — digo, tranquila.

— Mas não quero te deixar sozinha aqui.

Meus olhos encontram os dele no mesmo instante.

— Asher — digo —, é o *meu* trabalho me preocupar com *você*, não o contrário.

— Acho que essa não é uma regra absoluta — responde ele.

Penso em Asher a uma hora e meia de distância, se reinventando. Penso nele com amigos que não sabem que ele foi julgado por homicídio, e percebo que essa será a informação que ele esconderá. O segredo que ele terá que decidir se contará para a próxima pessoa que amar.

— Posso te perguntar uma coisa? — diz ele. — Você acha que ela tinha aquilo? O negócio do sangue?

Ele está falando sobre PTT, o distúrbio de coagulação que o patologista de Selena explicou no julgamento. Sei que Jordan diria que, legalmente, não faz diferença se Lily tinha ou não a doença; a única coisa que importa é que os jurados acharam que essa era uma possibilidade. Mas Asher não é um jurado, e sei como é querer determinar qual seria o fim de uma história que você jamais terminará de viver.

— Acho que nunca saberemos com certeza. O que *você* acha? — pergunto em tom gentil.

Ele fica quieto por um instante.

— Espero que ela tivesse — responde Asher.

Uma sombra aparece no piso empoeirado de madeira, e ergo o olhar para encontrar a silhueta de Mike contra o sol.

— Estou atrapalhando? — pergunta ele.

Asher não se mexe. Fica tenso, apesar de Mike já ter vindo aqui algumas vezes desde o fim do julgamento.

— Achei que vocês iriam querer saber que a procuradoria não vai acusar Maya de nada — diz Mike.

Algo brilha no olhar de Asher — alívio, mas também confusão: por que ela foi absolvida, enquanto ele teve que passar por aquele martírio? Mike se vira para mim, inclinando um pouco a cabeça na direção da porta. Um convite.

Coloco a faca quente sobre a mesa.

— Já volto — digo a Asher, e saio do celeiro, fechando a porta.

Nós nos afastamos um pouco, até estarmos no meio do caminho entre o zunido do extrator e o zumbido das abelhas.

— Ele não gosta de mim — diz Mike.

— Você não pode culpá-lo por isso.

— Eu consigo ser bem persuasivo.

Paro de andar.

— Quero só ver.

É estranho flertar. É como cair de paraquedas em um país estrangeiro, sem ser fluente no idioma local. Mas, mesmo assim, é possível se comunicar por gestos. Balançando a cabeça que sim ou que não. É possível construir seu próprio idioma, até o dia em que você começar a sonhar com ele.

Asher não é o único que está recomeçando.

Mike passa um braço ao redor do meu quadril. Com a mão livre, ele afasta o cabelo que grudou no meu rosto e me beija.

— Hum — diz ele baixinho —, você está com gosto de bala.

Olho para as manchas de sujeira na minha camisa e calça, o mel grudento nos meus braços.

— Estou um tanto bagunçada.

Ele balança a cabeça.

— Não estamos todos?

Talvez isso seja verdade. Talvez não sejamos nada mais que os segredos que guardamos, ocultos em nossa pele, ossos e sombras.

— Ava sabe? Sobre Maya?

Mike concorda com a cabeça.

— Ela deve ter ficado arrasada quando soube que não vai ter um novo julgamento.

— Acho que não — diz ele com cuidado. — Ela não conseguiria sobreviver a outro.

— Por que a procuradora resolveu não abrir um processo?

— É um funil — diz Mike. — Nem tudo de ruim que acontece é um crime. Nem todo crime pode ser levado a juízo. Nem toda acusação resulta em uma condenação. Nem toda condenação leva à prisão, ou seja lá qual for o castigo que a família da vítima deseja. — Ele encontra meu olhar. — Algumas coisas ruins acontecem por acaso, Liv.

Imagino Asher em um dia de outono, partindo para seu futuro. Imagino Mike ao meu lado, enquanto o observo partir.

Algumas coisas boas também, penso.

EPÍLOGO

28 DE SETEMBRO DE 2019
Dez meses depois

De acordo com a seleção natural, abelhas não deveriam existir. Apesar de as operárias construírem o favo, cuidarem da rainha e alimentarem as larvas, elas são estéreis e não transmitem esses genes produtivos para a próxima geração. Além disso, ferroadas são suicídio, e passar um gene suicida não faz nenhum sentido biológico. Ainda assim, a espécie existe há cem milhões de anos.

Por quê?

Um biólogo diria que se trata de seleção de grupo. As operárias compartilham setenta e cinco por cento dos genes, mais do que compartilhariam com a própria prole. Isso significa que é mais interessante para elas cuidar das futuras irmãs do que procriar.

Na minha opinião, é porque são sobreviventes.

No fim de setembro, as árvores ficam vaidosas, vestindo suas tiaras de fogo. Estou preparando as colmeias para o inverno brutal — guardando as melgueiras limpas para o ano que vem, cortando pedaços de isopor para prender nas caixas, fervendo quilos de açúcar para preparar o xarope que as alimentará. Em uma tarde, enquanto termino de verificar as colmeias, escuto um carro parando na frente da casa. Não consigo ver quem é de onde estou, mas acelero o passo.

Mike combinou comigo de vir hoje, com pizza e cidra. Viro na quina da casa, protegendo os olhos com a mão, exibindo um sorriso no rosto.

Ava Campanello sai do carro.

Não a vi desde o julgamento de Asher. Nossos caminhos não se cruzaram, apesar de isso ser compreensível. Ela trabalha em White Mountains; eu circulo por pomares locais e fazendas e feiras de fim de semana. O carro está lotado de coisas, e vários móveis pequenos estão presos em um suporte no teto do Subaru. Um cachorro preto com focinho grisalho coloca a cabeça para fora da janela aberta, mostrando a língua.

Paro a alguns passos dela. Meu coração bate tão rápido que consigo senti-lo na minha garganta.

Ela desenha uma linha na terra entre nós com a ponta da bota.

— Não sei o que vim fazer aqui — admite.

Fico esperando, porque me dou conta de que, apesar de Asher — indo contra todas as recomendações — ter conseguido desabafar... Ava nunca fez isso.

— Estou indo embora da cidade — explica ela. — Para sempre.

Concordo com a cabeça. Penso nas cinzas de Lily sobre a mesa da casa funerária. Fico me perguntando se estão no carro. Onde, e se, Ava irá espalhá-las.

Ela coça atrás das orelhas do cachorro.

— Boris e eu vamos passar um tempo fazendo a Trilha dos Apalaches — diz Ava. — Depois disso, não sei.

— Sinto muito — digo rápido. — Sei que é...

— Você *não* sabe — interrompe Ava, mas sua voz perdeu o tom irritado. — Ninguém sabe de verdade. No início, as pessoas falam o tempo todo que sentem muito pela sua perda. Algumas semanas se passam e quase ninguém procura saber se você continua funcional. E depois você começa a só ter notícias dos outros em aniversários, feriados, todas as datas que nunca mais vai comemorar. Ou as pessoas só esquecem, completamente.

— Eu não me esqueci de Lily — digo.

Ava me encara.

— Onde está Asher?

— Ele não está aqui. — Percebo, tarde demais, que pareço na defensiva. — Foi para Plymouth State.

Ela concorda com a cabeça, mastigando uma frase antes de abrir a boca.

— Fico feliz por você não ter perdido seu filho.

Ava não conseguiria me deixar mais surpresa nem se tivesse me dado um tapa. Eu achava que o ímpeto de prender Asher havia partido dela, vindo de uma necessidade de encontrar respostas e pôr um ponto-final.

Ela pisca várias vezes.

— Eu perdi um filho uma vez, mas não foi um problema porque ganhei uma filha. Mas agora... — Ela dá de ombros. — Agora, não tenho nada.

A tristeza orbita Ava, o próprio ar que respira. Eu queria saber o que dizer para ela, o que fazer.

— Bom — diz Ava.

— Espere — peço. — Só um minuto?

Corro pelos degraus da varanda e para dentro da cozinha. Sobre a mesa está um exército de potes, cheios com a segunda colheita de mel. Pego um e levo para Ava.

O mel nunca estraga, ele era considerado um alimento imortal, digno dos deuses e daqueles que viraram poeira de estrelas.

Ava aceita o pote e o gira em suas mãos. Parece que a luz do sol está presa dentro do vidro. Uma risada escapa dela.

— Sempre detestei mel — confessa.

Mas ela leva o pote para dentro do carro e liga o motor. Eu a observo se afastando da casa. As luzes do freio são como seus olhos, vermelhos de tanto chorar.

Um dia, talvez, quando Ava se restabelecer em uma nova casa, ela precise de um substituto para açúcar em alguma receita, de um remédio para dor de garganta, de algo para dar sabor ao chá. Ela vai ficar olhando para a sua despensa e sua mão se fechará ao redor daquele pote. Talvez tanto tempo tenha se passado que ela nem se lembre de onde ele veio. Mas, em todos esses anos, ele jamais vai estragar.

Ele resistirá, até ela estar pronta.

RECEITAS

DO MOLESKINE DE OLIVIA

GRANOLA DA APICULTORA

Ingredientes

900 g de aveia integral em flocos
½ xícara de sementes de abóbora
1 xícara de amêndoas fatiadas
½ xícara de mel
½ xícara de óleo de canola

Modo de preparo

Pré-aqueça o forno a 100 graus. Unte uma fôrma grande (50 x 40 cm). Em uma tigela grande, misture a aveia, as sementes de abóbora e as amêndoas. Jogue o mel e o óleo sobre a mistura e mexa devagar, certificando-se de cobrir tudo. Espalhe sobre a fôrma e asse por 90 minutos. Deixe esfriar sobre uma grade.

A granola dura várias semanas em um recipiente fechado.

CRANACHAN
(Rende 4 porções)

Ingredientes

1 ¼ xícara de granola, separada em porções
⅓ xícara e 2 colheres de chá de bourbon, separadas em porções
3 xícaras de framboesas, mais 8 framboesas inteiras para decorar
1 colher (chá) de mel, separada em porções
2 xícaras de creme de leite fresco
4 copos de martíni

Modo de preparo

Misture ¾ de xícara de granola e ½ xícara de bourbon e deixe descansar por várias horas antes de montar a sobremesa. A granola absorverá o álcool e se tornará macia, mas não murcha. Enquanto isso, coloque uma tigela para gelar.

Amasse de leve as framboesas com um garfo, acrescente ½ colher de chá de mel e a colher de chá de bourbon. Misture. A textura deve ser a de um purê.

Em uma tigela gelada, bata o creme de leite. Quando ele começar a engrossar, acrescente a ½ colher de chá de mel e a colher de chá de bourbon. Continue batendo o creme até que fique levemente firme.

Acrescente a granola de molho ao creme.

Para montar, salpique um pouco de granola em cada copo. Com uma colher, sirva uma camada da mistura de creme sobre a granola, e então acrescente uma camada da mistura de amora. Repita até ter camadas suficientes, finalizando com uma camada de creme. Salpique a granola restante e coloque duas amoras inteiras por cima.

COQUETEL DA ABELHA-RAINHA

Ingredientes

1 ½ colher (chá) de xarope simples de mel (receita a seguir)
água com gás
45 ml de bourbon
1 colher (chá) de suco de limão
1 fatia de limão para decorar

Modo de preparo

Encha um copo grande com gelo. Acrescente o xarope simples de mel.
    Encha o copo de água com gás. Acrescente o bourbon. Coloque o suco e enfeite com a fatia de limão.
    Não misture!

COQUETEL BEE'S KNEES

Ingredientes

15 ml de xarope simples de mel (receita a seguir)
30 ml de suco de limão-siciliano (cerca de metade de um limão de tamanho médio)
60 ml de gim
casca de limão-siciliano

Modo de preparo

Encha uma coqueteleira com gelo. Acrescente os ingredientes (menos a casca) e agite; coe em um copo de martíni. Torça a casca do limão e a coloque dentro do copo.

XAROPE SIMPLES DE MEL

Em uma panela pequena, misture ⅓ xícara de mel e ⅓ xícara de água. Em fogo baixo, mexa a mistura até o mel começar a dissolver. Deixe esfriar e coloque em uma garrafa ou em um pote de vidro. Dura várias semanas.

LOMBO DE PORCO EM MARINADA DE MEL E LIMÃO
(Rende 4 porções)

Ingredientes

500 g de lombo de porco sem excesso de gordura
suco de dois limões
¼ xícara de mel
¼ xícara de azeite de oliva
1 dente de alho ralado
1 colher (chá) de molho de pimenta (se preferir, use pimenta vermelha em flocos para ficar mais suave)

Modo de preparo

Deixe o lombo de porco fora da geladeira enquanto mistura os outros ingredientes com um batedor de arame. Coloque metade da marinada em um saco plástico para alimentos e junte o lombo de porco a essa mistura. Deixe marinando por pelo menos uma hora. Pré-aqueça a grelha a gás ou a carvão.

Unte a grelha com óleo vegetal ou de canola. Asse o porco do lado oposto à fonte de calor da grelha, de 4 a 6 minutos de cada lado, até o termômetro de carne registrar 63 graus. Retire da grelha e cubra com o restante da marinada. Deixe a carne descansar por 10 minutos antes de cortar.

SALADA DE COUVE KALE COM VINAGRETE DE MEL E LIMÃO-SICILIANO

Ingredientes

1 porção de couve kale
½ limão-siciliano (reserve a outra metade para o molho)
1 pitada de sal marinho

Modo de preparo

Lave e seque a couve, rasgue em pedaços pequenos. Em uma tigela grande, esprema o limão sobre a couve, salpique o sal marinho por cima e gentilmente massageie o limão e o sal na couve. Isso irá amaciá-la.

VINAGRETE

Ingredientes

1 colher (chá) de mel
suco de ½ limão-siciliano
1 pitada de pimenta moída
¼ xícara de azeite de oliva

Modo de preparo

Em uma pequena tigela, misture o mel, o suco do limão, a pimenta e o azeite. Com um batedor, misture levemente e sirva sobre a couve.

Sugestões de cobertura

Amêndoas e peras fatiadas
Pedaços de nozes e fatias de maçã
Queijo de cabra e pinhão (pode-se usar a receita de pinhão com mel a seguir)

PINHÃO COM MEL

Ingredientes

2 colheres (sopa) de mel
½ xícara de pinhão (pode ser substituído por qualquer noz)

Modo de preparo

Cubra uma fôrma com papel-manteiga e unte com spray culinário. Em uma panela pequena, misture o mel e o pinhão até o mel se tornar líquido. Espalhe a mistura sobre a fôrma e deixe descansar de 30 a 60 minutos. Quebre em pedaços pequenos e ponha em cima de saladas ou sorvete. Armazene em um recipiente hermeticamente fechado por até duas semanas.

DONUTS COM ESPECIARIAS E COBERTURA DE MEL
(Rende 1 dúzia)

Ingredientes

1 ¾ xícara de farinha de trigo
2 ovos
¾ xícara de mel

4 colheres (sopa) de manteiga derretida
¼ xícara de óleo (pode ser de canola)
1 xícara de leite (se preferir, use leitelho)
2 colheres (chá) de canela
1 colher (chá) de noz-moscada
½ colher (chá) de gengibre
1 colher (chá) de fermento em pó
½ colher (chá) de bicabornato de sódio
1 ½ colher (chá) de baunilha

Modo de preparo

Pré-aqueça o forno a 200 graus.

Em uma tigela média, misture com um batedor a farinha de trigo, a canela, a noz-moscada, o gengibre, o fermento em pó e o bicarbonato de sódio. Reserve.

Em outra tigela, bata os ovos, o mel, a manteiga, o óleo, o leite e a baunilha.

Junte os ingredientes secos com os molhados até formar uma mistura uniforme.

Unte uma fôrma de donuts ou um ramekin para cupcakes e acrescente a massa até metade deles. (Se você não tiver uma fôrma de donuts, use uma de cupcakes/ muffins. Faça pequenos cilindros com papel-alumínio, coloque um no centro de cada cavidade, e unte cada cilindro com spray culinário. Se você usar a fôrma de cupcakes com os cilindros, transfira a massa para um saco plástico para alimentos e corte um buraco nele, para servir a massa ao redor dos cilindros.)

Asse de 8 a 10 minutos.

COBERTURA DE MEL

¼ xícara de manteiga derretida
1 xícara de açúcar de confeiteiro

½ colher (chá) de baunilha
⅓ xícara de água quente
1 colher (chá) de mel

Modo de preparo

Misture todos os ingredientes em uma tigela pequena. Mergulhe os donuts quentes na cobertura. Se você não quiser fazer a cobertura, passe um pouco de mel por cima dos donuts e salpique com sal marinho.

CREME GELADO DE MEL E BAUNILHA
(Exige uma sorveteira)

Ingredientes

5 a 6 gemas de ovo
½ xícara de açúcar
½ xícara de mel
1 xícara de leite
2 xícaras de creme de leite fresco
1 ½ colher (chá) de baunilha

Modo de preparo

Em uma tigela de aço inoxidável, bata as gemas, o açúcar e o mel até ficar aerado e fofo.

Em uma panela grande, aqueça o leite e o creme de leite até começar a borbulhar (5 a 7 minutos), mexendo ocasionalmente. Tempere a mistura de ovo com uma pequena quantidade da mistura de leite/ creme de leite para não acabar preparando ovos mexidos. Acrescente o restante da mistura de leite/ creme de leite e misture com um batedor de arame. Devolva tudo para a panela e coloque em fogo baixo, mexendo até o creme engrossar o suficiente para cobrir as costas da colher. Retire do fogo e acrescente a baunilha. Posicione um coador de malha fina sobre uma tigela limpa e coe a mistura. Deixe esfriar completamente por cerca de quatro horas. Congele segundo as orientações de sua sorveteira. Armazene em recipiente plástico.

PAVLOVA

Ingredientes

6 claras de ovo em temperatura ambiente (fora da geladeira por pelo menos uma hora)
1 xícara de açúcar de confeiteiro, dividida em partes (na ausência de açúcar de confeiteiro, bata açúcar refinado no processador)
1 colher (sopa) de amido de milho
suco de limão-siciliano
1 colher (chá) de baunilha

Cobertura

1 xícara de chantili
1 colher (chá) de baunilha
2 colheres (chá) de açúcar
morangos fatiados
mel

Modo de preparo

Pré-aqueça o forno a 150 graus.
    Forre uma fôrma com papel-manteiga de modo que haja um círculo com 20 a 25 centímetros de diâmetro.

Em uma tigela média, bata as claras e ¾ de xícara de açúcar até a mistura ficar leve e fofa (3 a 5 minutos).

Em uma tigela pequena, junte o açúcar restante, o amido de milho, o limão-siciliano e a baunilha. Acrescente às claras e continue batendo até formar picos brilhantes.

Espalhe a mistura no círculo feito sobre o papel-manteiga. Você também pode usar um bico de confeiteiro para aplicar a mistura, para dar um visual mais elegante.

Leve ao forno e diminua a temperatura para 120 graus. Asse por 75 minutos e então desligue o forno. Retire do forno após 15 minutos.

Deixe esfriar.

Em uma tigela limpa, misture o chantili, a baunilha e o açúcar. Bata até formar picos macios.

Depois que a pavlova esfriar completamente, cubra com o chantili, os morangos e o mel.

CAMPOS DE MORANGO

Ingredientes

1 xícara de morangos frescos, fatiados e levemente amassados
1 colher (chá) de mel
4 fatias de pão
um punhado de rúcula

Modo de preparo

Misture os morangos e o mel em uma tigela.

Toste o pão. Cubra cada fatia com 2 colheres (sopa) de morangos e salpique com rúcula.

PÃO DE MEL
(Rende 2 pães)

Ingredientes

3 ½ xícaras de farinha de trigo
4 ovos
¾ xícara de açúcar
4 colheres (sopa) de óleo de canola
2 xícaras de mel
1 ½ colher (chá) de fermento em pó
1 colher (chá) de bicarbonato de sódio
½ colher (chá) de canela
¼ colher (chá) de noz-moscada
⅛ colher (chá) de cravo em pó
½ colher (chá) de gengibre
½ xícara de café
1 ½ xícara de nozes picadas
¼ colher (chá) de sal

Modo de preparo

Pré-aqueça o forno a 160 graus. Em uma tigela média, peneire a farinha de trigo, o sal, o fermento em pó, o bicarbonato de sódio e as especiarias. Em uma tigela grande, bata os ovos e acrescente o açúcar aos poucos, até eles ficarem espessos e de cor clara. Acrescente o óleo, o mel e o café. Acrescente a mistura de farinha de trigo e as nozes.

Unte duas fôrmas de pão de 20 cm e coloque a massa nelas. Asse por 50 minutos ou até dourar, e quando o palito sair limpo. Deixe esfriar sobre uma grade antes de remover da fôrma.

DO CADERNO DE CÁLCULO DE ASHER

BOLO ESPERANÇA

Ingredientes

3 bananas
2 ovos gelados
3 xícaras de farinha de trigo
2 colheres (sopa) de manteiga
225 g de cream cheese
2 xícaras de açúcar branco
1 colher (chá) de baunilha
½ colher (chá) de fermento em pó
½ colher (chá) de bicarbonato de sódio
½ colher (chá) de sal

Cobertura

1 colher (sopa) de farinha de trigo
⅔ xícara de açúcar mascavo
1 xícara de manteiga
½ xícara de nozes

Modo de preparo

Pré-aqueça o forno a 180 graus. Unte uma fôrma grande com manteiga.

Em uma tigela grande, misture as bananas, a manteiga, o cream cheese, o açúcar branco e a baunilha. Acrescente os ovos.

Adicione a farinha de trigo, o fermento em pó, o bicarbonato de sódio e o sal, sempre misturando. Coloque a massa na fôrma.

Para a cobertura, em uma tigela média, misture a farinha e o açúcar mascavo, então acrescente a manteiga e as nozes.

Com um garfo, cubra delicadamente a massa com a cobertura.

Asse por 40 minutos, ou até algo impossível se realizar. O que quer que aconteça primeiro.

NOTAS DAS AUTORAS

JENNIFER FINNEY BOYLAN

No dia 8 de maio de 2017, acordei de um sonho estranho em que eu escrevia um livro com Jodi Picoult. Havia três personagens no sonho: uma garota trans que morria; seu namorado, que era acusado de assassinato; a mãe do garoto, que ficava dividida entre as provas convincentes da culpa do filho e o amor que sentia por ele em seu coração. *Nossa*, pensei, esfregando os olhos ainda sonolentos, *isso foi bem específico*.

Levantei da cama, fui para a cozinha, passei um café e depois voltei para a cama com o jornal e li as manchetes: Emmanuel Macron havia vencido as eleições presidenciais na França; o governador do Texas tinha assinado uma lei proibindo cidades com leis menos rígidas de imigração; um indicado para secretário do Exército havia retirado a candidatura após comparar pessoas transgênero com militantes do Estado Islâmico.

Então entrei no Twitter e postei: *Sonhei que estava escrevendo um livro com Jodi Picoult*.

Instantes depois, recebi uma mensagem de Jodi. *Sobre o que era o livro?*

Nós não nos conhecíamos, mas acompanhávamos o trabalho uma da outra havia anos. Eu adorava seus livros desde que tinha lido *O pacto*, em 2003; Jodi havia lido meu livro de memórias, *She's Not There* e tido a generosidade de escrever uma nota para meu romance de 2016, *Long Black Veil*. Para ser sincera, sempre pensei nela como um anjo da guarda.

Sentada na cama com o café, contei a Jodi sobre o enredo do livro que eu escrevera no sonho — para ser sincera, a história toda estava começando a desaparecer como uma mancha de respiração sobre um espelho.

Não trocamos mais que duas ou três mensagens antes de Jodi responder, em letras maiúsculas, exatamente assim: "AI MEU DEUS, ADOREI. VAMOS FAZER ISSO".

Menciono isto porque não me parece ter sido por acaso que este livro começou sua vida como um sonho, e, como resultado dele, Jodi Picoult, que sempre admirei a uma distância literária, se tornou minha amiga. Na época, ela estava terminando *A Spark of Light* e logo começaria o romance que se tornaria *The Book of Two Ways*; quanto a mim, eu havia começado o livro de memórias *Good Boy: My Life in Seven Dogs*. Nós levaríamos vários anos antes de começarmos a escrever *A loucura do mel*.

Na primavera de 2020, fizemos um esboço do enredo, enquanto a quarentena nos prendia em casas diferentes. Passei várias semanas percorrendo as duas histórias — a de Lily e a de Olivia — e literalmente as cortando com uma tesoura e as grudando em um quadro organizador que, no fim das contas, ocupou vários cômodos da minha casa. Concordamos que Jodi escreveria a voz de Olivia no início, e eu escreveria a de Lily, mas que cada uma de nós teria que escrever pelo menos um capítulo da outra personagem e que, conforme o processo avançasse, revisaríamos o trabalho uma da outra para que o romance parecesse uma obra contínua, mesmo contada em duas vozes.

Admito que fico muito feliz em imaginar os leitores tentando adivinhar qual dos capítulos de Lily é o de Jodi, e qual dos de Olivia é o meu, apesar de que, para ser sincera, depois que terminamos de revisar e reeditar, eu lia um parágrafo e não conseguia me lembrar de quem havia escrito aquilo. Além do mais, acho que houve momentos em que imitamos a outra de propósito, sendo meio diabólicas.

Isso me lembra de um velho provérbio russo: *Você me conta que vai a Minsk para eu pensar que você vai a Pinsk, mas a verdade é que você vai a Minsk, então por que sempre mente para mim?*

Falando em provérbios, devo mencionar que a epígrafe deste livro, de Kierkegaard — sobre a vida ser compreensível somente quando vista de trás para frente —, é uma simplificação do texto original, que diz, em parte, "a vida não pode ser compreendida por completo a qualquer momento aleatório; exatamente porque não existe um único momento em que o tempo pare totalmente para que eu faça o seguinte: ande para trás".

Ter a oportunidade de escrever este livro com Jodi foi um dos maiores presentes da minha longa carreira como escritora. Não existe coautora mais generosa que ela. A todo momento, ela me tratou com respeito, bom humor e amor. Foi corajosa, bondosa e engraçada. Houve dias em que tinha mais confiança na minha capacidade de conseguir escrever esta história do que eu mesma.

Admito que, conforme o projeto chegava ao fim, fui tomada por pensamentos melancólicos. Um deles tinha a ver com Ava, a mãe de Lily, que perde a filha, a pessoa que mais ama no mundo e que tanto se esforçou para salvar. Espero que ela e Boris encontrem certo consolo na Trilha dos Apalaches, mas não tenho certeza disso. Penso na frase de Paul Simon, *E, às vezes, nem a música pode substituir as lágrimas*. Conversei com Jodi sobre escrevermos uma continuação para as aventuras de Ava na trilha, mas, infelizmente, se esse livro um dia for escrito, imagino que terei que fazer isso sozinha. Não que eu quisesse escrever tanto assim a história de Ava (apesar de querer), mas, conforme chegávamos ao fim do livro, eu não estava pronta para parar de trabalhar com Jodi Picoult. Ainda não estou.

Confesso que tivemos um breve desacordo sobre qual das mães terminaria com o detetive Newcomb. Eu torcia por Ava desbravar a selva ao lado de Mike, mas, no dia em que dei essa ideia, Jodi simplesmente riu e disse *Hahaha. Ele é meu*.

A outra tristeza que sinto, é claro, é por Lily. Odeio saber que ela jamais tocará o violoncelo em Oberlin, que ela jamais vai caminhar pela nave de uma igreja com a mãe ao seu lado, que ela jamais vai se sentar diante de uma lareira com Asher conforme os dois envelhecem juntos.

Porém, o mundo está cheio de garotas e mulheres trans que perdem a vida. Durante o ano em que Jodi e eu escrevemos este livro, mais de trezentas e cinquenta pessoas transgênero foram mortas pelo mundo, mais de um quinto delas dentro da própria casa.

O dia 20 de novembro é reconhecido como o Dia Internacional da Memória Transgênero, quando devemos parar para reconhecer a violência que tantas pessoas trans sofrem, especialmente mulheres trans não brancas.

Ser trans não significa apenas uma coisa, e, como Elizabeth diz a Olivia, "Conhecer uma pessoa trans é a mesma coisa que... conhecer uma pessoa trans". Passei muitos anos celebrando as vidas fantásticas das pessoas trans que conheço: pilotos de avião e trabalhadores do sexo; bombeiros e professores de faculdade; astrofísicos e eletricistas. Eu me arrependo, de certa forma, de contar a história de uma garota trans que é morta; essas histórias surgem aos borbotões com o passar dos anos, e anseio pelo dia em que o 20 de novembro será para comemorar a resistência trans, e a coragem, e a sobrevivência, em vez da perda. Pelo menos parte disso acontece no dia 31 de março, o Dia da Visibilidade Trans.

Lily, é claro, nunca irá comemorar esse dia. Mas ainda espero que a história dela abra corações.

Após perder a audição, anos atrás, tentei aprender a língua de sinais americana, e descobri que o símbolo para *transgênero* é uma mão parada sobre o coração, com os dedos apontando para baixo como se imitassem uma flor — *um lírio, por exemplo* — com as pétalas fechadas. Então, para fazer o sinal, você move o braço para frente e aponta as "pétalas" para o céu, para que se abram. Você devolve a mão para o coração, com as pétalas agora voltadas para cima.

Adoro esse sinal, porque ele ecoa o processo pelo qual todos passamos, e não apenas pessoas como Lily e eu. Todos nós temos algo em nosso coração como uma flor que não desabrocha, porque é mantida em segredo. A aventura da vida pode ser tirar isso da escuridão em que se esconde e deixar o sol entrar.

Para que ele possa voltar ao nosso coração na direção certa.

No fim daquela longa manhã em que sonhei que escrevia um livro com Jodi Picoult, terminei as mensagens lembrando a Jodi o quanto eu a adorava. E também disse: *Espero que amanhã à noite eu sonhe que estou escrevendo um livro com Stephen King.*

Hahaha, respondeu ela. E então acrescentou: *Esse não é o sonho de todo mundo?*

Jennifer Finney Boylan

JODI PICOULT

As pessoas que dizem que nada de bom acontece no Twitter nunca passaram por uma situação em que Jenny Boylan — uma escritora que eu admirava havia muito tempo — tuita falando que quer escrever um livro com você. O que Jenny não sabia na época era que eu vinha pensando em escrever algo sobre os direitos de pessoas transgênero. Recebi tantos e-mails hesitantes de leitores, me perguntando se eu cogitaria escrever sobre o assunto em algum momento — e eu sempre respondia, todas as vezes, *Sim*. Minha carreira sempre tratou de desembaraçar os nós em que a sociedade se enreda enquanto tentamos inutilmente separar o *nós* do *eles*. Para mim, nunca foi uma possibilidade pensar em uma mulher trans como qualquer outra coisa além de uma mulher, ou em um homem trans como qualquer outra coisa além de um homem, porém existem pessoas cisgênero por aí que não acreditam nisso. Talvez, pensei, eu poderia quebrar um pouco essa resistência ao criar uma personagem trans que fosse tão real e interessante que (como Asher diz) ela pudesse ser amada por *quem* era, não pelo *que* era.

Isso foi muito antes de eu conhecer Jenny. Eu achava que escreveria sobre direitos trans sob um ponto de vista teórico, porque, apesar de me considerar uma aliada, eu não *conhecia* ninguém que fosse trans.

Mas... eu conhecia.

Um de meus amigos mais próximos se assumiu trans pouco antes de eu começar este livro. Nós nos conhecíamos havia anos, mas ele ainda precisou ter coragem para conversar sobre isso comigo. Sei que existem muitas pessoas que não sabem sobre a identidade dele nem usam os pronomes corretos com ele.

Aqui vai o que mudou em nosso relacionamento: absolutamente nada.

Ele sabe como gosto de tomar o café, entende meu amor por amendoins cobertos por chocolate, e sabe quando me mandar um GIF para me animar. A única diferença na nossa amizade é que, quando olho para ele, o vejo da mesma forma como ele sempre se viu.

Uma trajetória semelhante aconteceu comigo, enquanto eu escrevia *Sing You Home*, sobre direitos gays. Meu filho mais velho se assumiu no meio do processo da escrita. De repente, eu não estava mais escrevendo de forma hipotética. Eu estava escrevendo como uma mãe interessada em tornar o mundo um lugar mais seguro e inclusivo para o meu filho. Eu me sinto da mesma forma com *A loucura do mel*.

Receber mensagens de ódio não é novidade para mim — e tenho certeza de que vou receber muitas por causa deste livro. Existem pequenos grupos de pessoas cuja missão na vida parece ser excluir mulheres trans (em específico) do conceito maior de "mulheres". Muitas dessas pessoas sofreram abuso nas mãos de homens. Dizem que homens fingem ser trans para entrar em espaços femininos e cometer atos de violência (isso é mais do que raro, e vale notar que mais congressistas foram presos por comportamento inadequado em banheiros públicos do que mulheres trans); dizem que crianças estão sendo pressionadas a se classificar como trans porque não querem se identificar como gays (confundindo gênero e sexualidade); dizem que pessoas trans se arrependem da transição (destransicionar é algo raro, e o motivo para a maioria dessas decisões não é a infelicidade com o gênero almejado, mas a crueldade de outras pessoas, que tornam insuportável a vida da pessoa trans recém-assumida). Mais recentemente, elas passaram a dizer que o apoio a mulheres trans apaga pessoas que foram designadas mulheres ao nascer (como uma pessoa que foi designada mulher ao nascer, não me sinto pessoalmente apagada). Eu me sinto mal por elas terem passado por momentos de medo e abuso causados por homens, que de certa forma podem ter moldado essa filosofia? Com certeza. Decidi que Olivia seria uma vítima de violência doméstica porque eu queria destacar que o abuso contra mulheres é real e horrível... mas não é motivo para desdenhar dos direitos de pessoas trans. Uma mulher trans corre muito mais risco que uma mulher cisgênero de ser machucada ou morta por um homem. Levando em conta o quanto as mulheres — *todas* as mulheres — ainda precisam avançar em termos de igualdade, fico de coração partido ao saber que algumas mulheres dedicam tempo e energia a tentar minar o direito de outras mulheres. Como Ava fala para Lily, talvez ser mulher, para algumas pessoas, simplesmente significa não ser homem.

Conheço muitas pessoas cisgênero legais que não são intencionalmente cruéis com pessoas trans, apenas desinformadas. Se você é uma mulher cis, imagine como seria acordar amanhã, se olhar no espelho e subitamente encontrar um corpo masculino lhe encarando de volta (ou vice-versa). Imagine como você se sentiria desorientada, como se sentiria presa, e como isso seria confuso. Imagine ter que aproveitar momentos específicos para se vestir ou se comportar de forma a refletir quem você realmente é, imagine a humilhação de ser "tirada do armário" por alguém. Imagine ter que se explicar para as pessoas simplesmente porque você nasceu assim. Esse é um bom ponto de partida para começar a entender.

Sei que muitas pessoas cis têm dúvidas e estão cientes de que não cabe a elas fazer perguntas. Espero que a jornada de Lily tenha sido educativa — porém, mais importante, espero que ela inspire compaixão.

Quero tirar um momento para falar sobre escrever com outra pessoa. Este livro começou como um sonho literal, que se tornou metafórico. Eu só tinha escrito um livro junto com outra pessoa uma vez, a quem dei à luz (minha filha, Sammy). Eu queria trabalhar com Jenny Boylan porque (a) já era muito fã de seus livros, e (b) como uma escritora cis, eu sabia muito bem que não tinha o direito de contar a história de Lily. Mesmo se eu fizesse toda a pesquisa do mundo, mesmo se eu fosse meticulosa... escritores trans são tão pouco representados nas estantes em geral que não seria certo nem justo que eu escrevesse a história de uma garota trans por conta própria. Fiquei honrada por Jenny saber meu nome e ter lido meus livros. Fiquei me perguntando, *E se juntarmos nossas vozes e contarmos as histórias de Olivia e de Lily?* O resultado foi muito divertido... e muito trabalhoso.

Durante o processo, percebi bem rápido que teríamos que encarar isto como um único livro, mesmo que ele tivesse duas narradoras, ou as partes pareceriam em conflito. Admito que só percebi o quanto sou controladora depois que começamos a trabalhar juntas, e sou grata a Jenny por confiar em mim quando eu lhe disse que ela *conseguiria* contar uma história de trás para frente (e por me deixar guardar o arquivo principal no *meu* computador, porque sou possessiva nesse nível, rs). Seria impossível contar quantas vezes Jenny me fez chorar com trechos tão sinceros e verdadeiros que me tiraram o fôlego, e me inspiraram escrever algo igualmente bom. Mas estou muito satisfeita com o quanto o produto final ficou fluido. Se já existiu algum livro em que as cicatrizes deveriam ser invisíveis, é este.

O que eu gostaria que você levasse deste livro? Absolutamente nada. Eu gostaria que você *cedesse* — uma chance, um pensamento, sua compaixão. Assim como os gêneros, a *diferença* é uma construção. Todos nós somos sonhadores imperfeitos, complicados, feridos; temos mais em comum uns com os outros do que o contrário. Às vezes, tornar o mundo um lugar melhor apenas requer abrir espaço para as pessoas que já estão nele.

Jodi Picoult

AGRADECIMENTOS

As autoras gostariam de agradecer aos seus anjos da guarda:

De Jenny

Minha amiga Heidi Doss, do Serviço de Parques Nacionais, me ajudou a entender um pouco melhor a vida dos guardas. A frase "Meu salário é o pôr do sol" é de autoria dela. Nick Adams, diretor da Representação Transgênero da GLAAD [Gay & Lesbian Alliance Against Defamation], me ofereceu conselhos sábios conforme a história tomava forma, e mostrou como é importante entender a diferença entre o que é *segredo* e o que é *particular*. Minha amiga Zoe FitzGerald Carter, ilustre escritora de memórias (e musicista), leu o livro para garantir que eu descrevesse Point Reyes da forma correta. A fantástica dra. Marci Bowers — que, alguns anos antes, trabalhou na Junta Diretora da GLAAD comigo — passou horas com Jodi e eu, nos ajudando a entender o que acontece na medicina transgênero. A frase "O encanamento funciona e a eletricidade também" pertence à minha amiga Kate Bornstein, autora de *Hello Cruel World: 101 Alternatives to Suicide for Teens, Freaks, and Other Outlaws* [Olá, mundo cruel: 101 alternativas ao suicídio para adolescentes, esquisitões e outros foras da lei], entre outros trabalhos.

De Jodi

Não há nada como escrever um livro no meio de uma pandemia. Se não fosse pelo Zoom, a pesquisa para este livro teria sido impossível. Tenho uma dívida com meus gurus jurídicos: Jen Sargent e Jen Sternick e *especialmente* Christine Turner (que provavelmente não sabia no que estava se metendo ao dizer sim). Obrigada a John Grassel, meu detetive, que se preocupou com Asher tanto quanto eu. Sou grata aos médicos e patologistas que me ajudaram a entender o estrogênio e hematomas, e a PTT: doutores David Toub, Joel Umlas e Betty Martin.

Obrigada a Katie Desmond por todas as receitas com mel.

Houve uma parte da pesquisa que não consegui fazer atrás da tela de um computador — sobre apicultura. Por sorte, é possível aprender apicultura mantendo os dois metros de isolamento social, usando uma máscara por baixo da máscara. Agradeço a Laura Johnson, Alden Gray e Lorenz Rutz por deixarem que eu os acompanhasse durante uma temporada inteira de trabalho e por me ensinarem tanto.

Obrigada às minhas leitoras beta: Brigid Kemmerer (que esteve ao meu lado a cada capítulo, graças a Deus), Jane Picoult, Reba Gordon, Elyssa Samsel, Kate Anderson e Melanie Borinstein.

Nós duas queremos agradecer às nossas agentes, Kris Dahl e Laura Gross, por realizar um sonho. A equipe inteira da Ballantine tem nossa gratidão pelo entusiasmo por um livro escrito por duas autoras e por fazê-lo brilhar de várias formas: Gina Centrello, Kara Welsh, Kim Hovey, Deb Aroff, Rachel Kind, Denise Cronin, Scott Shannon, Matthew Schwartz, Theresa Zoro, Paolo Pepe, Sydney Schiffman, Erin Kane, Kathleen Quinlan, Corina Diez e Jordan Pace. Emily Isayeff e Susan Corcoran recebem uma menção especial porque viram o dedo nojento de Jodi quando a picada de abelha ficou inflamada e porque se empolgaram mais com este livro do que quaisquer outras pessoas no planeta. Nossa impressionante editora, Jennifer Hershey, é uma candidata a se tornar santa. Se você acha que colocar um livro dentro dos eixos é difícil, tente fazer isso com duas autoras diferentes — ainda assim, Jen consegue ser brilhante e graciosa, *sempre*.

Por fim, queremos agradecer a nossos companheiros: Tim van Leer e Deirdre Finney Boylan, por um amor que vai durar tanto quanto mel.

Jodi Picoult e Jennifer Finney Boylan

Impresso no Brasil pelo Sistema Cameron da Divisão Gráfica da
DISTRIBUIDORA RECORD DE SERVIÇOS DE IMPRENSA S.A.